Manette Salomon

FUNDAÇÃO EDITORA DA UNESP

Presidente do Conselho Curador
Mário Sérgio Vasconcelos

Diretor-Presidente / Publisher
Jézio Hernani Bomfim Gutierre

Superintendente Administrativo e Financeiro
William de Souza Agostinho

Conselho Editorial Acadêmico
Divino José da Silva
Luís Antônio Francisco de Souza
Marcelo dos Santos Pereira
Patricia Porchat Pereira da Silva Knudsen
Paulo Celso Moura
Ricardo D'Elia Matheus
Sandra Aparecida Ferreira
Tatiana Noronha de Souza
Trajano Sardenberg
Valéria dos Santos Guimarães

Editores-Adjuntos
Anderson Nobara
Leandro Rodrigues

A coleção CLÁSSICOS DA LITERATURA UNESP constitui uma porta de entrada para o cânon da literatura universal. Não se pretende disponibilizar edições críticas, mas simplesmente volumes que permitam a leitura prazerosa de clássicos. Nesse espírito, cada volume se abre com um breve texto de apresentação, cujo objetivo é apenas fornecer alguns elementos preliminares sobre o autor e sua obra. A seleção de títulos, por sua vez, é conscientemente multifacetada e não sistemática, permitindo, afinal, o livre passeio do leitor.

EDMOND E JULES DE GONCOURT
Manette Salomon

TRADUÇÃO E NOTAS JORGE COLI

© 2024 EDITORA UNESP

Título original: *Manette Salomon*

Direitos de publicação reservados à:
Fundação Editora da Unesp (FEU)
Praça da Sé, 108
01001-900 – São Paulo – SP
Tel.: (0xx11) 3242-7171
Fax: (0xx11) 3242-7172
www.editoraunesp.com.br
www.livrariaunesp.com.br
atendimento.editora@unesp.br

DADOS INTERNACIONAIS DE CATALOGAÇÃO NA PUBLICAÇÃO (CIP)
DE ACORDO COM ISBD
Elaborado por Odilio Hilario Moreira Junior – CRB-8/9949

G635m	Goncourt, Jules de
	Manette Salomon / Jules de Goncourt, Edmond de Goncourt; traduzido por Jorge Coli. – São Paulo: Editora Unesp, 2024.
	ISBN: 978-65-5711-176-5
	1. Literatura francesa. 2. Romance. 3. Artes. I. Goncourt, Edmond de. II. Coli, Jorge. III. Título.
2024-1407	CDD: 843.7 CDU: 821.133.1-31

Índice para catálogo sistemático:

1. Literatura francesa: romance 843.7
2. Literatura francesa: romance 821.133.1-31

Editora afiliada:

SUMÁRIO

Apresentação
13

Manette Salomon
17

I
19

II
27

III
32

IV
36

V
39

VI
44

VII
49

VIII
52

IX
55

X
60

XI
63

XII
67

XIII
71

XIV
74

XV
79

XVI
82

XVII
88

XVIII
93

XIX
97

XX
100

XXI
104

XXII
110

XXIII
112

XXIV
117

XXV
120

XXVI
126

XXVII
129

XXVIII
135

XXIX
137

XXX
139

XXXI
141

XXXII
144

XXXIII
148

XXXIV
154

XXXV
161

XXXVI
170

XXXVII
173

XXXVIII
176

XXXIX
179

XL
182

XLI
184

XLII
188

XLIII
192

XLIV
195

XLV
199

XLVI
204

XLVII
207

XLVIII
211

XLIX
214

L
218

LI
223

LII
226

LIII
229

LIV
232

LV
234

LVI
236

LVII
239

LVIII
243

LIX
247

LX
250

LXI
253

LXII
256

LXIII
259

LXIV
260

LXV
262

LXVI
265

LXVII
269

LXVIII
273

LXIX
277

LXX
280

LXXI
282

LXXII
285

LXXIII
288

LXXIV
291

LXXV
296

LXXVI
299

LXXVII
301

LXXVIII
303

LXXIX
308

LXXX
311

LXXXI
313

LXXXII
318

LXXXIII
321

LXXXIV
324

LXXXV
326

LXXXVI
330

LXXXVII
332

LXXXVIII
334

LXXXIX
336

XC
338

XCI
341

XCII
344

XCIII
347

XCIV
350

XCV
352

XCVI
354

XCVII
358

XCVIII
361

XCIX
364

C
367

CI
371

CII
375

CIII
380

CIV
384

CV
386

CVI
388

CVII
393

CVIII
395

CIX
397

CX
400

CXI
403

CXII
407

CXIII
409

CXIV
412

CXV
415

CXVI
417

CXVII
421

CXVIII
423

CXIX
426

CXX
428

CXXI
430

CXXII
432

CXXIII
434

CXXIV
438

CXXV
441

CXXVI
444

CXXVII
446

CXXVIII
448

CXXIX
451

CXXX
453

CXXXI
455

CXXXII
457

CXXXIII
459

CXXXIV
463

CXXXV
466

CXXXVI
471

CXXXVII
474

CXXXVIII
482

CXXXIX
485

CXL
487

CXLI
490

CXLII
492

CXLIII
494

CXLIV
497

CXLV
501

CXLVI
504

CXLVII
506

CXLVIII
509

CXLIX
512

CL
514

CLI
517

CLII
519

CLIII
525

CLIV
527

CLV
529

APRESENTAÇÃO

A ESCRITA A QUATRO MÃOS NÃO COSTUMA ser uma tendência das mais frequentes quando se trata de alta literatura – considerando os grandes clássicos atemporais, não nos vêm tão fácil à lembrança obras assinadas por duplas de escritores. Isso poderia fazer com que uma análise da produção dos irmãos Goncourt se justificasse mais pela curiosidade desse fato, por esse exotismo de tentar assimilar uma produção concebida por duas mentes. Porém, se ao longo dos anos eles não alcançaram a mesma popularidade ou fama de seus mais festejados contemporâneos, notadamente Gustave Flaubert e Émile Zola, Edmond-Louis-Antoine Huot de Goncourt e Jules-Alfred Huot de Goncourt também souberam galgar um espaço importante no panorama artístico francês do século XIX, com contribuições que extrapolam a mera peculiaridade da pena compartilhada.

Os Goncourt foram homens privilegiados: puderam dedicar praticamente toda a vida à arte, graças à condição aristocrática da família. Edmond estudou retórica, filosofia e direito, enquanto Jules foi um prodígio em grego e latim, tendo obtido inclusive amplo destaque no Concours Général, a mais renomada competição acadêmica francesa. No seio familiar, tiveram de lidar com a perda precoce das irmãs, Nephtalie e Émilie – Jules não chegou a conhecer a primeira e tinha só dois anos quando a segunda acabou vitimada pelo cólera. Evento decisivo na biografia dos irmãos é outra morte, em 1848 – a da mãe, Annette-Cécile de Goncourt. Ela deixa aos dois filhos a herança que lhes permitirá uma vida de relativo conforto. Mais do que isso: livra Edmond de uma carreira de escriturário que o deixava desgostoso a ponto de flertar com a depressão. Agora ele podia se dedicar àquilo que efetivamente lhe interessava: a arte.

Os gostos em comum nessa seara logo estabeleceram a parceria fraterna que acabaria por torná-los, no imaginário coletivo, quase indissociáveis. Eram tão conectados que, na França, é propalada a lenda de que nunca chegaram a ficar mais do que 24 horas distantes um do outro. Mesmo se isso for exagero, pesa a favor da lenda o fato de nenhum dos dois haver se casado – eles compartilhavam amantes. O primeiro trabalho deles foi o (malsucedido) romance *En 18...*, ofuscado por ter sido lançado em dezembro de 1851, quando Luís Bonaparte perpetrava seu golpe de Estado contra a Segunda República. Também com forte atuação como críticos de arte, os Goncourt chegaram a ser presos no ano seguinte, acusados de atentado à moral pública, depois de terem usado versos renascentistas eróticos num de seus artigos. Mas a isso se seguiu o período criativo mais prolífico: continuaram alimentando seu notório *Journal* [Diário], anotações sobre a vida social e literária francesa iniciadas em 1850 e que Edmond continuaria escrevendo pelos 26 anos que ainda viveria depois da morte do irmão, em 1870. Muito do conteúdo do *Journal*, monumental em suas milhares de páginas, eram comentários captados em jantares dos quais os Goncourt participavam regularmente em companhia de alguns dos mais célebres representantes da intelectualidade francesa, entre os quais George Sand, Gustave Flaubert e Ernest Renan.

A miscelânea que constitui o *Journal*, ao abarcar diferentes perspectivas e estratos sociais, dos miseráveis à alta nobreza, deu aos irmãos familiaridade com temáticas e tipos ecléticos, aos quais recorreriam em seus romances. Também é de se exaltar

MANETTE SALOMON

neles a capacidade descritiva de ambientes, como os do métier da imprensa parisiense vistos em *Charles Demailly* (1860); os do universo hospitalar de *Souer Philomène* (1861); os das habitações precárias de *Germinie Lacerteux* (1864); ou ainda os da classe média abastada de *Renée Mauperin* (1864). Assim, com o passar do tempo, analistas foram visualizando na literatura goncourtiana rudimentos daquilo que viria a ser consagrado como Naturalismo, o movimento artístico que propunha uma exacerbação do Realismo, ao agregar elementos cientificistas/darwinistas, refutar ideais românticos e valorizar personagens doentias e seus comportamentos atípicos. Muitas dessas nuances podem ser vistas no presente *Manette Salomon*, cujo enredo acompanha o vaivém de pintores por ateliês e exposições numa efervescente Paris, em busca de um lugar ao sol, oscilando entre êxitos e fracassos, esperança por dias melhores e choques de realidade.

A história de amor, não livre de rusgas, entre o pintor Coriolis e a jovem modelo Manette é reveladora da transição Realismo/Naturalismo na literatura francesa. Por um lado, em meio a suas telas e pincéis, Coriolis acalenta um ideal de sublimação, qual seja, ser capaz de oferecer ao mundo a sua obra-prima, a obra definitiva que, no limite, materializaria seu universo criativo; por outro, os problemas na vida afetiva atravancam o fluxo de tais pulsões artísticas. Manette, a presença feminina dominadora, sob cujos caprichos Coriolis gradativamente vê suas energias se esvaírem, personifica essa epifania impossível do artista – ao mesmo tempo que deixa entrever certa misoginia que dava o tom à época. Rico em complexidades, *Manette Salomon* chegou a ser comparado, por exemplo, a *A obra*, romance de Zola de premissas semelhantes. Seja como for, não é por acaso que os irmãos dão nome ao prêmio que, estabelecido em 1903, se mantém até hoje como a mais reputada distinção das letras francesas: o Prix Goncourt. O legado literário de Edmond e Jules é imenso.

Os editores

EDMOND LOUIS ANTOINE HUOT DE GONCOURT
(NANCY, 1822 – DRAVEIL, 1896)
JULES DE GONCOURT
(PARIS, 1830 – NEUILLY-AUTEUIL-PASSY, 1870)

LES FRÈRES GONCOURT, FOTOGRAFIA DE ADRIEN ALBAN TOURNACHON E FÉLIX NADAR, 1854-1855 (DATA DE EDIÇÃO).
ACERVO BIBLIOTHÈQUE NATIONALE DE FRANCE

EDMOND E JULES DE GONCOURT

Manette Salomon

ERA COMEÇO DE NOVEMBRO. A ÚLTIMA SERENIDADE DO OUTONO, a radiação branca e difusa de um sol velado por vapores de chuva e neve, flutuava, em pálida abertura de luz, num dia de inverno.

Um grupo ia para o Jardin des Plantes,[1] subia ao labirinto, grupo particular, misto, cosmopolita, composto por todos os tipos de pessoas de Paris, da província e do estrangeiro, que esse ponto de encontro popular reúne.

Era, primeiro, um conjunto clássico de ingleses e inglesas, com véus marrons e óculos azuis.

Atrás dos ingleses, caminhava uma família enlutada.

Em seguida, arrastando sua perna, um doente, um vizinho do jardim, de alguma rua ao lado, com os pés enfiados em pantufas.

Vinham em seguida: um bombeiro, carregando numa das mangas seus dois machados a tiracolo ornados por uma romã; um príncipe oriental, usando um figurino novo de Dusautoy,[2] acompanhado por uma espécie de lacaio vestido à húngara, com traços de turco, com dólmã de albanês; um aprendiz, serventezinho de

---

1 Jardim das Plantas, jardim botânico histórico de Paris, criado no século XVII.

2 Jacques Léon Dusautoy, célebre alfaiate, que vestia muitas das cortes europeias.

pedreiro recém-chegado do Limusin,[3] usando chapéu de feltro desabado e camisa parda.

Um pouco mais longe, subia um interno do Pitié,[4] de boné, com um livro e um caderno debaixo do braço. E quase ao seu lado, na mesma linha, um trabalhador de casaco, que acabara de enterrar um camarada em Montparnasse, trazendo do enterro três flores de sempre-vivas na lapela.

Um pai, com rudes bigodes cinzentos, olhava uma graciosa criança correr diante dele, em um vestido russo de veludo azul, com botões de prata, mangas de tecido branco, e em cujo pescoço saltava um colar de ouro.

Abaixo, um casal de velhos amores revelava no rosto a alegria prometida do jantar, à noite, num ambiente reservado, no cais, no La Tour d'Argent.[5]

E, fechando a marcha, uma camareira puxava e arrastava pela mão um negrinho, atrapalhado em suas calças curtas e que parecia muito triste por ter visto macacos em jaulas.

Toda essa procissão caminhava pela alameda que se afunda através da vegetação das árvores verdes, entre a madeira fria por causa da sombra úmida, os troncos vegetantes pelo mofo, a grama cor de musgo molhado e a hera escura e quase negra. Chegando ao cedro, o inglês a mostrou, sem olhar, para as misses, no Guia; e o cortejo, parado por um momento, retomava sua marcha, subindo o árduo caminho do labirinto de onde rodavam arcos de crianças fabricados com aros de barris, e descidas loucas de menininhas fazendo saltar em suas costas suas trombetinhas pintadas em azul.

As pessoas avançavam lentamente, parando nas tendas de quinquilharias de miçanga do caminho, roçando umas nas outras e, às vezes, apoiando-se na rampa de ferro contra o caramanchão de teixos podados, divertindo-se, na última curva, com as micas que a luz de três horas faz brilhar sobre as madeiras petrificadas

---

3 Região de Limoges.

4 Hospital Pitié-Salpetrière.

5 Célebre e antigo restaurante de Paris.

MANETTE SALOMON

que sustentam o belvedere, piscando os olhos para ler o verso latino que gira em torno de sua faixa de bronze:

Horas non numero nisi serenas.[6]

Depois, todos se posicionaram, um a um, sob a pequena cúpula transparente.

Paris estava sob eles, à direita, à esquerda, em todos os lugares. Entre as pontas das árvores verdes, ali onde a cortina dos pinheiros se abria um pouco, pedaços da grande cidade se estendiam até perder de vista. Diante deles, vinham primeiro os tetos apertados, com telhas marrons, fazendo massas em tom de casca de carvalho e bagaço de uva, do qual se destacava o rosa da cerâmica das chaminés. Essas tonalidades amplas, em coloração queimada, escureciam e afundavam em preto-avermelhado ao se avançar para o cais. Ali, os quarteirões das casas brancas, com as pequenas listras pretas de suas milhares de janelas, se formavam e se desenvolviam como uma fachada de quartel de uma brancura apagada e amarelada, sobre a qual recuava, de quando em quando, no enferrujado da pedra, uma construção mais velha. Além dessa linha nítida e clara, só se via como que um caos perdido em uma noite de ardósia, uma confusão de telhados, milhares deles, dos quais tubos negros se erguiam com uma finura de agulha, uma mistura de cumeeiras e topos de casas envoltos pela escuridão cinza da distância, borrados no fundo do dia em declínio; um enxame de habitações, um desperdício de linhas e arquiteturas, um monte de pedras semelhantes ao esboço e ao entulho de uma pedreira, sobre os quais dominavam e pairavam a abside e a cúpula de uma igreja, cuja nebulosa solidez se assemelhava a um vapor condensado. Mais longe, na última linha do horizonte, uma colina, onde o olho adivinhava uma espécie de afundamento de casas, figuravam vagamente as plataformas de um penhasco numa névoa do mar. Sobre ela pesava uma grande nuvem, acumulada ao longo da extremidade de Paris que ela recobria, uma nuvem pesada, de

---

6 "Assinalo apenas as horas serenas." Em latim no original.

um roxo-escuro, uma nuvem do setentrião, na qual o hálito de fornalha da grande cidade e a vasta batalha da vida de milhões de homens pareciam estabelecer como poeiras de combate e fumaça de incêndio. Essa nuvem se elevava e terminava em rasgos acentuados sobre uma claridade em que se extinguia, no rosa, um pouco de verde-pálido. Depois ressurgia um céu fosco e cor de estanho, varrido por retalhos de outras nuvens cinza.

Olhando para a direita, via-se um Gênio de ouro[7] sobre uma coluna, entre a copa de uma árvore verde colorindo-se nesse céu de inverno com calor oliva e os ramos mais altos do cedro, planos, estendidos, relvados, em que os pássaros caminhavam saltitando como em um gramado. Para além do topo dos pinheiros, que balançavam um pouco, sob o qual se via, nua, despojada, avermelhada, quase acarminada, a grande alameda do jardim, mais elevada do que os imensos telhados de telhas esverdeadas do Pitié e do que suas mansardas com cumeeiras de reboco branco, o olho abraçava todo o espaço entre a cúpula do Salpêtrière e a massa do Observatório: primeiro, um grande plano de sombra assemelhando-se a uma lavagem de nanquim sobre um fundo sanguíneo, uma zona de tons ardentes e betuminosos, queimados por essas feridas da geada e por esses calores de inverno encontrados na paleta aquarelada dos ingleses; então, na finura infinita de uma tonalidade degradada, elevava-se um raio esbranquiçado, um vapor leitoso e nacarado, abertura clara das novas construções, e onde se apagavam, se mesclavam, se fundiam, opalizando-se, um final de capital, extremidades de subúrbios, trechos de ruas perdidas. A ardósia dos telhados empalidecia sob esse brilho suspenso que tornavam negras, tocando-as, a fumaça branca na sombra. Bem ao longe, despontava o Observatório, vagamente afogado em um deslumbramento, no esplendor feérico de um jorro solar prateado. E, na extremidade da direita, erguia-se o marco do horizonte, o bloco do Panteão, quase transparente no céu, e como que lavado por um azul-claro.

---

7 O gênio da liberdade, escultura de Augustin-Alexandre Dumont, posta no topo da Coluna de Julho, praça da Bastilha, em Paris.

Ingleses, estrangeiros, parisienses, olhavam lá do alto para todos os lados; as crianças tinham subido, em busca de uma vista melhor, no banco de bronze, quando quatro jovens entraram no mirante.

– Vejam só! O homem da luneta não está aí – disse um, aproximando-se da luneta de observação fixada por um cordel na grade. Ele procurou o ponto, apontou a luneta: – Achei! Atenção! – voltando-se para o grupo de ingleses que tinha atrás de si, disse a uma das inglesas: – Milady, aí está! Confie-me seu olho... Não abusarei dele! Aproximem-se, senhoras e senhores! Vão ver o incrível! E um pouco melhor do que o encarregado dos horizontes do Jardin des Plantes, que tem duas colunas torsas em vez de pernas... Silêncio! E eu começo!

A inglesa, dominada pela confiança do demonstrador, pôs o olho na luneta.

– Senhores! É sem pagar nada antes, e de acordo com os meios de cada um! *Spoken here! Time is money! Rule Britannia! All right!* Assim me expresso porque é sempre bom encontrar sua língua na boca de um estrangeiro... Paris! Senhores ingleses, eis Paris! É isso! É tudo isso... Uma cidade valente! Sou daqui e me orgulho! Uma cidade com barulho, lama, trapos, fumaça, glória... E tudo mais! Mármore em papelão, grãos de café feitos com argila, coroas de cemitério feitas de velhos cartazes de espetáculos, imortalidade em pão de mel, ideias para a província, e mulheres para exportação! Uma cidade que enche o mundo... E o Odéon,[8] às vezes! Uma cidade onde há deuses no quinto andar, criadores de vermes no dormitório, e professores de tibetano em liberdade! A capital do chique, o quê! Saúdem! E agora, não se mexam! Isso? Milady é o cedro, o verdadeiro do Líbano, trazido por um coro de Athalie,[9] por monsieur de Jussieu, em seu chapéu![10] O forte de Vincennes!

---

8 O teatro do Odéon.

9 Referência à tragédia de Racine.

10 Bernard de Jussieu trouxe da Inglaterra a muda de dois cedros; ao transportá-los para o Jardin des Plantes, um dos vasos se quebrou, e ele teve de pôr a muda em seu chapéu.

24 EDMOND E JULES DE GONCOURT

Distância de duas léguas, meus senhores! Cortamos o carvalho sob o qual são Luís fazia justiça, para fazer bancos do Tribunal de Cassação... O castelo foi demolido, mas foi reconstruído com cortiça sob Charles X: é perfeitamente imitado, como se vê... Vemos o espírito de Mirabeau, diariamente, do meio-dia às duas horas, com proteções e um passaporte... Le Père-Lachaise![11] É o faubourg Saint-Germain[12] dos mortos: está cheio de palacetes. Olhem à direita, à esquerda... Bem na frente, o monumento a Casimir Périer, antigo ministro, o pai de monsieur Guizot. A Coluna de Julho, continuem! Construída pelos prisioneiros da Bastilha para fazer uma surpresa ao governador da prisão. Tinham posto em cima primeiro o retrato de Luís Felipe, Henrique IV com um guarda-chuva;[13] substituíram por aquela máquina dourada: a liberdade que voa para longe; esculpida a partir do modelo real. Disseram que era amordaçada nos calores, no aniversário das Gloriosas[14]: perguntei ao guarda, e isso não é verdade. Repare bem, milady, há um militar junto à liberdade: é sempre assim na França... Aquilo? Não é nada, é uma igreja... As Buttes Chaumont... Vejam as pessoas. Seria possível reconhecer os filhos naturais! Agora, milady, vou apontar para Montmartre. A torre do telégrafo... Montmartre, *mons martyrum*...[15] De onde vem a rue des Martyrs, assim chamada por estar cheia de pintores que, voluntariamente, se expõem às feras todos os anos, na época da Exposição. Abaixo, os telhados vermelhos? São as catacumbas para a sede, o depósito de vinhos, apenas isso, mademoiselle! O que não veem depois é simplesmente o Sena, um rio conhecido e que não é orgulhoso, que banha o Hôtel-Dieu,[16] a Prefeitura de Polícia e o Instituto! Dizem que, antigamente, banhava a Torre de Nesle.[17] Agora, vire

---

11 O mais célebre cemitério de Paris.

12 Bairro elegante de Paris

13 O rei Luís Felipe, descendente de Henrique IV, era frequentemente representado com um guarda-chuva, símbolo do "rei burguês".

14 As três jornadas gloriosas da revolução de 1830, dias 27, 28 e 29 de julho.

15 "Monte dos mártires." Em latim no original.

16 O mais antigo hospital de Paris.

17 Torre medieval destruída no século XVI.

MANETTE SALOMON

à direita, alinhamento à direita! Aí está santa Genoveva...[18] Ao lado dela, a Torre Clovis. Frequentada por almas penadas que tocam berrantes toda vez que morre um professor de direito comparado... Ali, o Panteão. O Panteão, milady, construído por Soufflot,[19] confeiteiro... É, de acordo com todos aqueles que o veem, um dos maiores bolos de Savoia do mundo. Havia outrora uma rosa sobre ele: puseram-na no cabelo de Marat quando lá o enterraram. A árvore dos surdos e mudos.[20] Uma árvore que cresceu em silêncio... A mais alta de Paris. Dizem que quando o tempo está bom, vemos lá do alto a solução da questão do Oriente.[21] Mas só o ministro das Relações Exteriores tem o direito de subir nela! Esse monumento egípcio? Sainte-Pélagie,[22] minha senhora... Uma casa de campo, erguida pelos credores em favor de seus devedores... De notável o prédio só tem o calabouço onde monsieur de Jouy,[23] apelidado de "O Homem da Máscara de Algodão", domesticava hexâmetros com uma flautinha. Ainda existe uma parede manchada com sua prosa! O Pitié... Um ônibus para os civis doentes, com correspondência para Montparnasse, sem aumento de preço, aos domingos e feriados... O Val-de-Grâce, para os senhores militares. Examinem a cúpula, é de um homem chamado Mansard, que pegava capacetes nas pinturas de Lebrun para fazer chapéus a seus monumentos. No pátio, há uma estátua erguida por Luís XIV ao barão Larrey.[24] O Observatório... Estão vendo, é uma lanterna mágica. Há saboianos vinculados ao estabelecimento para mostrar-lhes o sol e a lua.

---

18 Colina de Paris.

19 Arquiteto que construiu a igreja de Santa Genoveva, atual panteão francês.

20 Árvore de altura extraordinária, cinquenta metros, que existia no jardim do Instituto dos Surdos-Mudos de Paris.

21 Importante questão diplomática envolvendo Turquia, Rússia, Egito e Síria.

22 Antiga prisão.

23 Escritor, jornalista, que havia sido preso durante a restauração dos Bourbon por causa de suas opiniões políticas.

24 Célebre cirurgião francês que teve sua estátua erigida no Val-de-Grâce. A estátua é de David d'Angers, escultor da primeira metade do século XIX; portanto, a menção a Luís XIV é um anacronismo absurdo.

É aqui que Mathieu Laensberg[25] está enterrado, em uma luneta...
No comprimento... E aquela... A Salpêtrière,[26] milady, onde são
trancadas mulheres umas mais loucas do que outras! Aí está! E
agora, à generosidade do público! – lançou o mostrador de Paris.

Ele tirou o chapéu, deu a volta no auditório, agradeceu por
tudo o que caía no fundo de seu velho chapéu, tanto pelas grandes
moedas quanto pelas pequenas, cumprimentou e saiu em dispa-
rada, seguido por seus três companheiros que estavam sufocando
de tanto rir, dizendo: "Esse animal do Anatole!".

No cedro, em frente a um velho pároco que lia seu breviário,
sentado no banco contra a árvore, parou, derramou o que estava
em seu chapéu no colo do padre e lhe disse: "Senhor pároco, para
seus pobres!".

E o padre, atarantado com esse dinheiro, o olhava ainda na
cavidade de sua pobre batina, enquanto o doador já ia longe.

---

25 Cônego belga, astrônomo do século XVII.
26 Antigo hospital para doentes mentais.

II

OS QUATRO JOVENS PARARAM À PORTA do Jardin des Plantes.

– Onde vamos jantar? – disse Anatole.

– Onde você quiser – responderam as três vozes em coro.

– Quem é que *tem*? – retomou Anatole.

– Não tenho grande coisa – disse um.

– Eu, nada – disse o outro.

– Então será Coriolis... – disse Anatole, dirigindo-se ao homem mais alto, cujo traje elegante contrastava com o desleixo dos demais.

– Ah, meu caro, que idiotice... Mas já comi o meu mês... Estou a seco. Mal tenho o suficiente para dar à porteira de Boissard pela cotização do ponche...

– Que diabo de ideia foi aquela de dar todo o dinheiro para aquele padre! – reclamou um rapaz de cabelo longo, dirigindo-se a Anatole.

– Garnotelle, meu amigo – respondeu Anatole –, você tem elevação no desenho... Mas não na alma! Senhores, convido-os para jantar no Gourganson. Tenho *fiado*, lá. Por exemplo, Coriolis, não espere comer patês de arenque de Calais trufados como na sua confraria das sextas-feiras...

E, voltando-se para aquele que dissera não ter nada:

– Monsieur Chassagnol, espero que me dê a honra...

Puseram-se em marcha. Como Garnotelle e Chassagnol iam na frente, Coriolis disse a Anatole, apontando para as costas de Chassagnol:

– E aquele cavalheiro ali, hein? Parece um feto velho...

– Não conheço. Mas de jeito nenhum... Eu o vi uma vez com alunos de Gleyre, outra vez com alunos de Rude. Ele fala coisas sobre arte, na sobremesa, me pareceu... Muito pegajoso. Faz dois ou três dias que está colado em nós. Onde quer que a gente coma, lá está ele... Muito bom como acompanhante, por exemplo. Ele o leva até sua porta, em horários estranhos... Talvez more em algum lugar, sabe-se lá onde. Pronto!

Chegados à rue d'Enfer, os quatro jovens entraram por um pequeno beco numa sala dos fundos de uma leiteria. Em um canto, um grande homem, escuro e barbudo, usando um alto chapéu cinza, comia a uma mesinha.

– Ah! O homem dos caldos – constatou Anatole quando o viu.

– Isto, senhor – disse ele a Chassagnol –, o representa... O último dos enamorados! Um homem no auge da idade, que levou a timidez, a inteligência, a devoção e a falta de dinheiro a ponto de fracionar seu jantar em um monte de vales para sopa... O que lhe permite considerar um monte de vezes durante o dia o objeto de seu culto, a senhorita aqui presente...

E com um gesto, Anatole apontou para mademoiselle Gourganson, que entrava trazendo toalhas.

– Ah! Você nasceu para viver no tempo da cavalaria, você! Deixa disso, eu conheço as mulheres... Estou cuidando bem do seu negócio, vá, fanfarrão! – e deu uma cotovelada amistosa no jovem barbudo que queria falar, gaguejou, corou e saiu.

O leiteiro apareceu no limiar:

– Monsieur Gourganson! Monsieur Gourganson! – gritou Anatole. – Seu vinho mais extraordinário... Por doze tostões! E bifes... De verdade! Para o senhor – apontou para Coriolis – que é filho natural de Chevet...[27] Vamos!

---

27 Conhecida mercearia fina da época.

MANETTE SALOMON

– Diga, Coriolis – falou Garnotelle –, sua última academia... Achei boa. Muito boa mesmo.

– Sério? Veja você, estou tentando... Mas a natureza! Fazer luz com as tintas...

– Que não acontece nunca – lançou Chassagnol. – É muito simples, façam a experiência. Sobre um espelho posto horizontalmente, entre a luz que o atinge e o olho que o observa, ponha um montinho de branco prata: o montinho branco, sabem de que cor o verão? Um cinza-intenso, quase negro, no meio da claridade luminosa...

Depois dessa frase, Coriolis e Garnotelle olharam para o homem que a dissera.

– O que é isso? – Anatole, procurando papel de cigarro no bolso, acabava de encontrar uma carta. – Ah, o convite dos alunos de Chose... Uma noite em que todas as críticas do Salon[28] devem ser queimadas na caldeira das bruxas de Macbeth... É bom, o pós-escrito: "Cada convidado deve trazer uma vela...".

E cortando uma conversa sobre a Escola Alemã entabulada entre Chassagnol e Garnotelle:

– Você vai nos incomodar com Cornelius? Os alemães! A pintura alemã! Mas sabemos como eles pintam, os alemães. Quando terminam o quadro, reúnem toda a família, os filhos, os netos... Levantam religiosamente a sarja verde que sempre cobre a tela. Todo mundo se ajoelha. Oração contínua... E então eles põem o ponto visual... É assim que é! É verdade como... A História!

– Você é estúpido! – disse Coriolis a Anatole. – Ah, isso! Veja aí, seus bifes, por serem bifes bem-feitos...

– Sim, são intragáveis. Esperem... Dê-me todos aqui – e os reuniu em um prato que escondeu debaixo da mesa. Então, aproveitando uma saída da filha de Gourganson, desapareceu por uma pequena porta de vidro no fundo da sala.

---

28 Grande exposição, ora bienal, ora anual, que reunia a produção artística recente. Era de grande prestígio: expor no Salon significava o auge para um artista.

– Está feito – decretou, retornando depois de um momento. – Ah, você não conhece a tradição da casa... Aqui, quando os bifes não estão macios, nós os enfiamos na cama de Gourganson... É o castigo dele. Depois disso, pode ser também a saúde dele. Conheci um russo que sempre tinha um... Cru... Nas costas.

– O que estão fazendo no palacete Pimodan?[29] – perguntou Garnotelle a Coriolis.

– Mas é muito divertido – disse Coriolis. – Em primeiro lugar, Boissard é um ótimo sujeito. Muita gente conhecida e divertida. Théophile Gautier... O bando de Meissonier... Fazem música em um salão, no outro, conversam sobre pintura, literatura... Sobre tudo. E uma antecâmara com estátuas... Grande efeito e não é caro. Um jantar todo mês. Cada um de nós deu seis francos para um talher em Ruolz...[30] Geralmente termina com um ponche. Temos Monnier, que é soberbo! Ele teve a última vez que uma caricatura belga, os *prenkirs*... Espantoso! E depois Feuchères, que faz imitações de soldados, histórias de Bridet de morrer de rir. Um grupo bem-humorado e não muito canalha. Conversamos, rimos, nos exaltamos... Todo mundo conta ótimas piadas. Outro dia, ao sair, eu acompanhava o litógrafo Magimel. Ele me disse: "Ah! Como envelheci! Antigamente as ruas eram muito estreitas, eu batia nas duas paredes. Agora mal me enrosco em uma persiana!".

– Que homem das altas-rodas esse Coriolis é! Ele frequenta o Boissard, vejam só! – disse Anatole. – Mas você errou de ateliê, meu velho. Devia ter ido para o de Ingres. Sabe, eles são bons, os Ingres! Perguntam por você! Agora é o gênero que vale!

Como resposta, o alto Coriolis pegou a cabeça de Anatole com sua mão forte e nervosa e ameaçou, por brincadeira, afundá-la em seu prato.

– Quem viu o *Primeiro beijo de Cloé*, de Brinchard, que está exposto na Durand Ruel? – perguntou Garnotelle.

---

29 Palacete em cujos apartamentos se hospedaram muitos artistas famosos, entre os quais Charles Baudelaire e Théophile Gauthier.

30 Metal prateado, barato, inventado pelo químico Ruolz.

MANETTE SALOMON

– Eu! É excelente – disse Anatole. – Ele me lembrou o beijo de Houdon...

– Oh! Um beijo? – lançou Chassagnol. – Aquilo, um beijo? Aquela coisa que parece feita de um pedaço de pau? Um beijo, aquilo? Um beijo daquelas bonecas antigas que se veem em um armário no Vaticano, talvez... Mas um beijo vivo, aquilo? Jamais! Não, jamais! Nada que vibre. Nada que mostre essa corrente elétrica nas grandes e pequenas labaredas sensíveis. Nada que anuncie as repercussões do abraço em todo o ser. Não, o infeliz que fez isso não faz ideia do que sejam os lábios. Os lábios são revestidos com uma cutícula tão fina que um anatomista pôde dizer que suas papilas nervosas não foram recobertas, mas apenas tocadas por uma gaze, *gaze*, essa é a palavra dele, por esta epiderme... Pois bem! Essas papilas nervosas, esses centros de sensibilidade fornecidos pelos ramos dos nervos trigêmeos ou do quinto par, se comunicam por anastomoses com todos os nervos profundos e superficiais da cabeça... Eles se unem, pouco a pouco, aos pares cervicais, que têm relação com o nervo intercostal ou *o grande simpático*, o grande portador das emoções humanas no lugar mais profundo, mais íntimo do organismo... O *grande simpático* que se comunica com o par vago ou com nervos do oitavo par, que envolve todas as vísceras do peito, que toca o coração, que toca o coração!

– Nove e meia... Vou embora – anunciou Coriolis.

– Vou com você – disse Anatole; e, na porta, seu gesto chamava Garnotelle, como se lhe dissesse: "Vamos!".

Garnotelle quis se levantar, mas Chassagnol o fez sentar-se novamente, pegando-o por um botão da sobrecasaca, e continuou a lhe explicar a circulação da sensação do beijo de uma extremidade à outra do corpo humano.

III

NAQUELA ÉPOCA, A ÉPOCA EM QUE ESSES TRÊS JOVENS COMEÇAVAM a estudar arte, por volta do ano de 1840, o grande movimento revolucionário do Romantismo, que os últimos anos da Restauração assistiram se levantar, terminava numa espécie de esgotamento e de fracasso. Acreditar-se-ia ver cair, afundar o vento novo e soberbo, o sopro do futuro que havia agitado a arte. Altas esperanças haviam afundado com o pintor do *Nascimento de Henrique IV*, Eugène Deveria, que parara em seu início deslumbrante. Temperamentos brilhantes, ardentes, cheios de promessas, anunciando a liberação futura de uma personalidade, iam, como Chassériau, da sombra de um mestre à sombra de outro, recolhendo sob os chefes de escolas, que tentavam fundir as qualidades, um ecletismo bastardo e um estilo inquieto.

Talentos que se tinham afirmado, que tiveram seu dia de inspiração e de originalidade, abandonaram a arte para se tornar operários deste grande museu de Versalhes, tão fatal para a pintura pelo caráter oficial de seus temas e de suas encomendas, a pressa exigida para a execução, todas essas obras medidas pela braça e pela tarefa, que deviam fazer da galeria de nossas glórias a escola e o panteão da pacotilha.

Além dessas causas externas, as falências do futuro, as deserções, as seduções pelas encomendas e pelo dinheiro do orçamento,

MANETTE SALOMON

fora mesmo da ação, sustentada pela grande crítica, das obras e dos homens em luta com o Romantismo, havia, para o enfraquecimento da nova escola, causas internas, especiais, e relativas aos hábitos, à vida, às frequentações dos artistas de 1830. Acontecera pouco a pouco que o Romantismo, essa revolução da pintura, limitada quase em seus primórdios a uma liberação da paleta, se deixara levar, excitado por uma íntima confusão com as letras, pela sociedade com o livro ou com o fazedor de livros, por uma espécie de saturação literária, uma abeberação muito larga da poesia, a embriaguez de uma atmosfera de lirismo.

A partir daí, desse atrito com as ideias, com as estéticas, brotaram os pintores do cérebro, os pintores-poetas. Alguns concebiam um quadro apenas dentro da estrutura de um vago Simbolismo dantesco. Outros, por instinto alemão, seduzidos pelos *lieder* de além-Reno, se perdiam nas brumas do devaneio, afogavam o sol das mitologias na melancolia do fantástico, buscavam as Musas em Walpurgis. Um homem de um talento distinto, Ary Scheffer, caminhava à frente desse pequeno grupo. Pintava almas, as almas brancas e luminosas criadas pelos poemas. Modelava os anjos da imaginação humana. As lágrimas das obras-primas, o sopro de Goethe, a oração de Santo Agostinho, o Cântico dos sofrimentos morais, o canto da Paixão da capela Sistina, tentava pôr isso em sua tela, com a materialidade do desenho e das cores. O *sentimentalismo*, era por aí que o lacrimoso das ternuras da mulher tentava rejuvenescer, renovar e apaixonar o espiritualismo da arte.

A desastrosa influência da literatura sobre a pintura foi encontrada no outro extremo do mundo artístico, em outro homem, um pintor de prosa, Paul Delaroche, o hábil arranjador teatral, o hábil encenador dos quintos atos de crônica, o aluno de Walter Scott e Casimir Delavigne, congelando o passado no trompe-l'œil de uma cor local à qual carecia a vida, o movimento, a ressurreição da emoção.

Tais homens, apesar da moda do momento e da glória vitalícia do sucesso, eram, no fundo, apenas personalidades estéreis. Podiam montar um ateliê, formar alunos; mas a natureza de seu temperamento, o princípio de infecundidade de suas obras, os condenavam a não criar uma escola. A ação deles, fatalmente restrita a um pequeno círculo de discípulos, nunca foi para chegar àquela ampla influência dos mestres que decidem as correntes, determinam a vocação futura de uma geração, fecundam o porvir da arte com os talentos de uma juventude.

Abaixo da grande pintura, entre os gêneros criados ou renovados pelo movimento romântico, a paisagem lutava, ainda meio desconhecida, quase suspeita, contra as severidades do júri e os preconceitos do público. Apesar dos nomes de Dupré, de Cabat, de Huet, de Rousseau, que não conseguiam forçar as portas do Salon, a paisagem não tinha então a autoridade, a consideração, o lugar na arte que acabaria por arrebatar reiterando obras-primas. E esse gênero, reputado inferior e baixo, contra o qual se levantavam as ideias do passado, a desconfiança do presente, tinha pouca tentação para o jovem talento indeciso em seu caminho e em busca de sua carreira. O orientalismo, nascido com Decamps e Marilhat, parecia esgotado com eles. O que Géricault tentara despertar na pintura francesa parecia morto. Não se via tentativa nenhuma, nenhum esforço, nenhuma audácia que buscasse a verdade, atacasse a vida moderna, revelasse às jovens ambições em marcha aquele grande lado desdenhoso da arte: a contemporaneidade. Couture mal tinha exibido seu primeiro quadro, *Filho pródigo*. E, alguns anos antes, havia quase que um único colorista emergindo de novos talentos: um pequeno pintor de gênio natural, temperamento e capricho, brincando com as magias do sol, dotado do sentimento da carne, e nascido, parecia, para redescobrir Correggio em uma Orientale de Hugo: Diaz trouxe para a arte de 1830 a 1840 sua franca e deslumbrante originalidade. Mas sua pintura era uma pintura indiferente. Ela buscava e dava apenas a sensação da luz de uma mulher ou de uma flor. Não falava à paixão de ninguém. Falta-va-lhe toda alma para tocar e reter qualquer coisa além dos olhos.

Nessa situação da arte, rejeitada, vinculada à grande pintura por essa lassidão ou por esse desprezo por outros gêneros, a geração que se elevava, o exército de jovens nutridos na prática da pintura histórica ou religiosa, ia inevitavelmente às duas personalidades superiores e dominantes, aos dois temperamentos

MANETTE SALOMON   35

extremos e absolutos que, na Escola da época, comandavam as paixões e os espíritos. Buscavam inspiração no grande lutador do Romantismo, em seu último herói, no mestre fascinante e aventuroso, caminhando no fogo das contestações e das cóleras, no pintor de chama que expunha em 1839, *Cleópatra*, *Hamlet* e os *Coveiros*; em 1840, a *Justiça de Trajano*; em 1841, a *Entrada dos cruzados em Constantinopla*, um *Naufrágio*, um *Bodas judaicas*. Mas era apenas uma minoria, essa pequena tropa de revolucionários que se apegava e se dedicava a Delacroix, atraídos pela revelação de um belo que se poderia chamar de belo expressivo. A maior parte da juventude, abraçando a religião das tradições e vendo a via sagrada na estrada para Roma, festejava na rue Montorgueil o retorno de monsieur Ingres como o retorno do salvador do belo de Rafael. E foi assim que futuros, vocações, toda a jovem pintura, naquela época, se voltavam para esses dois homens cujos dois nomes eram os dois gritos de guerra da arte: Ingres e Delacroix.

IV

ANATOLE BAZOCHE ERA FILHO DE UMA VIÚVA SEM FORTUNA, que tivera a inteligência de estabelecer uma posição numa especialidade de moda praticamente criada por ela. Bordadeira de alta-costura, teve a imaginação daquelas novidades bizarras que encantaram o gosto da Restauração e dos primeiros anos do reinado de Luís Filipe: as bolsinhas com pingentes de aço, os regalos de veludo negro com bordado de seda amarela representando quiosques, os boás para exportação, cor-de-rosa, bordados a prata e cobertos com tule preto. No meio disso, ela também teve a invenção de vestidos feéricos: foi ela quem introduziu a *lâmina* em vestidos de baile, editou as primeiras roupas com *centelhas*, maravilhando os bailes cidadãos das Tulherias com essas saias e esses corpetes nos quais brilhavam os élitros de insetos das Antilhas. Nessa profissão de descobridora de ideias e de desenhos, ganhava de 8 mil a 10 mil francos por ano.

Ela matriculou Anatole no colégio Henrique IV.[31]

No colégio, Anatole desenhava homenzinhos nas margens de seus cadernos. O professor Villemereux, que se reconheceu num deles, ao castigá-lo por isso, predisse a forca para ele – uma previsão que começou a dispor em torno de Anatole o respeito contagiante das multidões por grandes criminosos e personagens

---

31 Prestigioso colégio parisiense.

extraordinários. Então, mais tarde, vendo-o executar com caneta, golpe por golpe, corte por corte, as xilos de Tony Johannot de *Paulo e Virginia* publicadas por Curmer, seus camaradas passaram a nutrir por ele uma espécie de admiração. Debruçados sobre seu ombro, seguiam sua mão, prendendo o ar, cheios da atenção religiosa que crianças demonstram diante deste mistério da arte: o milagre do trompe-œil. Ao seu redor, as pessoas murmuravam: "Ah! Esse será pintor!". Ele percebia a turma observá-lo com olhos meio orgulhosos e meio invejosos, como se o vissem já destinado a uma carreira de gênio.

A sua ideia de ser pintor lhe ocorreu pouco a pouco daí: da ameaça dos seus professores, do encorajamento dos seus camaradas, desse murmúrio do colégio que dita um pouco o futuro a cada um. Sua vocação surgiu de uma certa facilidade natural, da preguiça de uma criança habilidosa com as mãos, que desenha ao lado do dever de casa, sem o estalo, sem a iluminação repentina que faz brotar um talento do choque produzido por manifestação de arte ou por cena da natureza. Basicamente, Anatole tinha muito menos o apelo da arte do que da vida de artista. Sonhava com o ateliê. Aspirava a isso com a imaginação do colégio e os apetites de sua natureza. O que via eram esses horizontes da Boêmia que encantam, vistos de longe: o romance da miséria, a libertação das amarras e da regra, a liberdade, a indisciplina, a vida desleixada, o acaso, a aventura, o imprevisto de todos os dias, a fuga da casa arrumada e ordenada, o salve-se quem puder da família e do tédio de seus domingos, a piada do burguês, todo o desconhecido da volúpia do modelo feminino, o trabalho que não exige esforço, o direito de se fantasiar o ano inteiro, uma espécie de carnaval permanente; eis as imagens e as tentações que lhe brotavam da carreira rigorosa e severa da arte.

Mas, como quase todas as mães da época, a mãe de Anatole tinha para seu filho um ideal de futuro: a Escola politécnica.[32] À noite, atiçando o fogo, ela via seu Anatole usando um tricórnio, o casaco apertado nos quadris, a espada ao lado, com a auréola

---

32 A mais célebre escola de engenharia militar da França.

da Revolução de 1830 no uniforme;[33] e ela se via de antemão passando pelas ruas dando-lhe o braço. Foi um grande golpe quando Anatole lhe disse que queria se tornar artista: foi como ver diante de si um oficial que rasgava seu uniforme, e todo o orgulho de sua idade madura desmoronou.

Da terceira à retórica,[34] o colegial teve de batalhar com ela em cada saída. No final, como ele sempre se arranjasse para ser o último em matemática, a mãe, fraca como uma viúva que só tem um filho, cedeu e se resignou, suspirando. Apenas, para preservar ao máximo a inocência de Anatole, numa carreira que a fazia estremecer de antemão por seus perigos de toda sorte, pediu a um velho amigo que procurasse entre seus conhecidos e lhe indicasse um ateliê em que a moral de seu filho fosse respeitada.

Poucos dias depois, o velho amigo levou o jovem a um discípulo de David que teve um nome famoso no ano IX,[35] Peyron, e que consentiu em receber Anatole pelo bem que lhe foi dito dele.

Havia de fato um embaraço: o ateliê de monsieur Peyron era um ateliê de mulheres, mas de idade tão venerável, sem exceção, que Anatole podia entrar nele sem intimidar ninguém. Ele mesmo se viu, no final do terceiro dia, interessando tão pouco a essas respeitáveis senhoritas, que se sentiu humilhado em sua qualidade de homem e declarou peremptoriamente à noite para sua mãe que não desejava mais voltar àquela pensão das Parcas.

Ele então entrou no ateliê do pintor de história Langibout, que tinha um ateliê na rue d'Enfer com sessenta alunos. Ele ia primeiro estudar com um aluno chamado Corsenaire, que trabalhava na parte alta da casa. Ficou seis meses desenhando a partir de gessos; depois desceu para o grande ateliê no andar de baixo, para desenhar a partir do modelo-vivo.

Lá encontrou Coriolis e Garnotelle, que estavam no estúdio havia dois ou três anos.

---

33 Com seus uniformes, os politécnicos lutaram ativamente na revolução de 1830, que depôs a monarquia dos Bourbon.

34 Quinto e último ano do ensino médio.

35 Pelo calendário revolucionário, 1800-01.

V

O ATELIÊ DE LANGIBOUT ERA IMENSO, PINTADO DE VERDE-OLIVA. Na parede de um dos lados, sob a luz da janela oposta e aberta, ficava a mesa para o modelo, com a barra de ferro na qual se prende a corda para a pose dos braços levantados no ar, as cunhas para apoiar o calcanhar que não apoia, o T em couro envernizado no qual se apoia o braço que repousa.

Um painel de madeira se erguia ao longo de todo o ateliê, a uma altura de sete ou oito pés. Raspagens de paletas, endereços de modelos, caricaturas, o cobriam quase inteiramente. Um colarinho sobre calças representava as pernas compridas de um; um bilboquê caricaturava a cabeçona do outro; um guarda nacional saindo de uma guarita sob uma neve que lhe tingia o nariz e suas dragonas zombavam das ambições milicianas de um outro. Um cavalheiro amador era retratado num bocal, sob a forma de um picles, com o lema abaixo: Sempre viret.[36] E aqui e ali, por entre as caricaturas espalhadas, semeadas ao acaso, lia-se: *Sarah Levy, a cabeça, só a cabeça*, rue des Barres-Saint-Paul; e mais longe: *Armand David, pífano sob Luís XVI, modelo de torso, faz o idoso.*

Em uma das paredes laterais se erguia o *Discóbolo*, moldado por Jacquet.

---

36 "Sempre verde." Em latim no original.

Os escultores e os pintores, cerca de sessenta, os escultores com seus suportes e seus potes no chão, os pintores empoleirados em tamboretes altos, formavam três filas em frente à mesa do modelo.

Via-se ali:

Javelas, "o homem dos caldos", o chichisbéu de mademoiselle Gourganson, o saco de pancadas, o bode expiatório do ateliê, um meridional ingênuo, um *palerma* que engolia qualquer coisa e que haviam convencido de usar seu chapéu nos passeios noturnos, afirmando-lhe que o luar era o melhor branqueador para pele de castor; Javelas, a quem Anatole, aparando um pouco a bengala todos os dias, conseguiu, no fim de uma semana, convencê-lo de que estava crescendo e que devia se tratar rapidamente, pois o crescimento em sua idade sempre era sinal de doença; Javelas, que era escultor e especializado em temas de devoção;

Lestonnat, com cabelos eriçados cor de fogo, olhos que piscavam, cílios de albino; Lestonnat, que só via cores, só o loiro e a ternura, fazendo esboços leitosos e encantadores, pintor nato para mitologias decorativas nos tetos;

Grandvoinet, um rapaz magrelo que chamavam de Menos Cinco, por causa de suas respostas aos recém-chegados, que sempre o encontravam primeiro na oficina e lhe diziam: "Ei, está na hora?". "Não, senhores, menos cinco minutos para a hora." Grande comprador das gravuras de Poussin, um rapaz excelente e gentil, só se zangando quando o modelo se esquecia de colocar o lenço sobre o banco, roubando, assim, alguns segundos da pose; o tipo do fruto seco exemplar, cuja aplicação, cuja vocação ingrata, cujo esforço desesperado foram respeitados com uma espécie de comiseração pela zombaria de seus camaradas;

O grande Lestringant, atrás de quem Langibout parava, espantado e sorrindo com um detalhe exagerado ou forçado em uma academia bem desenhada: "É bom", dizia-lhe, "o senhor vê assim, é bom, meu amigo, o senhor tem o olho cômico...". Lestringant, que deveria obedecer à sua verdadeira vocação, logo abandonaria a pintura de história para pôr o espírito de Paris na caricatura;

MANETTE SALOMON

O pequeno Deloche, garoto bonito, de rosto espirituoso e atrevido, chegando com o boné quebrado, avental vistoso, berrando com os modelos, bancando o fanfarrão: fazia menos de três meses que chegara de seu colégio e de sua província em roupas de primeira comunhão encompridadas, e caindo no ateliê, no meio de uma sessão de modelo feminino, petrificado diante da "dona" completamente nua, seus olhos de menininho desmedidamente abertos, seus braços balançando e, estupefato, deixando seu álbum escorregar no chão em meio aos risos homéricos dos alunos;

Rouvillain, um nômade, que, assim que conseguia reunir vinte francos, marcava um encontro no ateliê para que o conduzissem até a barreira de Fontainebleau: de lá, ia sem parar aos Pirineus, batendo na porta do primeiro padre que encontrasse na primeira noite, pintando-lhe uma cabeça de virgem ou fazendo uma pequena restauração, levando uma carta para outro padre mais longe; e, de recomendação em recomendação, de padre em padre, chegando à fronteira da Espanha, de onde retornava a Paris pelas mesmas etapas;

Garbuliez, um suíço, filho de um operário relojoeiro de Genebra; que trouxe de seu país o culto de seu compatriota Grosclaude, e o encargo do pintor Jean Belin perante o grão turco;[37]

Malambic "e seu tostão de carvão", assim chamado pelo ateliê por causa de suas pernas intermináveis, eternamente encerradas em calças pretas e tão apropriadamente comparadas aos dois bastões de carvão que os papeleiros dão por um centavo;

Massiquot, belo, de uma beleza antiga, testa baixa com seu cabelo encaracolado à maneira nínive, traços de Antínoo com um sorriso de Mefistófeles; um rapaz que tinha as qualidades de um grande escultor, mas cujo tempo e cujo talento eram desperdiçados na ginástica, nas proezas de força, nos excessos de exercício

---

37 Alusão a Jean Belin, ou Bellin, adaptação arcaica francesa de Giovanni Bellini, pintor veneziano do Renascimento, que foi chamado pelo grão turco para pintar seu retrato e enviou seu irmão Gentile no lugar.

aos quais o levava o orgulho do desenvolvimento de seu corpo; Massiquot, o tesoureiro[38] dos alunos;

O medidor, o tesoureiro do ateliê, o intermediário entre o mestre e os alunos, o homem de confiança do patrão, que recebe a contribuição mensal, escreve aos modelos, vigia o mobiliário e obriga a pagar os tamboretes e as vidraças quebradas; Lemesureur, antigo oficial de justiça de Montargis, casado com uma cerzidora de caxemira, e que operava, no ateliê, um pequeno comércio, comprando cabeças bem desenhadas por dez francos, que revendia a internos como modelos;

Schulinger, um alsaciano com jeito de caporal prussiano, grande engrolador da língua francesa, que dava umas pinceladas de vez em quando, entre duas bebedeiras de cerveja, com um rosto que lembrava o cinza-prateado de Velásquez;

Blondulot, um malandrinho de Paris, desmamado por um amador excêntrico muito conhecido que, de tempos em tempos, acreditava ter descoberto um Rafael em algum pintor como Blondulot, cujos bons costumes ele vigiava com o ciúme interessado de mãe de atriz e que ia recomendar aos críticos, dizendo: "É puro! É um anjo!";

Jacquillat, que não tinha talento algum, mas de quem Langibout cuidava: era filho desse Jacquillat que dera aulas de torno a monsieur de Clarac e que executava a estrela de oito círculos;

Montariol, o mundano, que, muitas vezes, almoçava em leiterias com os criados dos bailes dos quais saía, o senhor bem-vestido no ateliê; mas tendo em sua elegância quebras de continuidade, e rasgos, e olhando as horas de um relógio cujo vidro havia sido recolocado com lacre;

Lamoize, de cabelo cortado rente, o branco dos olhos azuis, tez de indiano, sempre apertado num casaco preto puído; um leitor, um republicano, um músico, que fazia pintura de ideias;

Dagousset, o vesgo, que fazia envesgar todos os olhos que pintava por essa tendência singular e fatal que quase todos os artistas

---

38 Massier, encarregado de recolher o dinheiro para pagar o modelo ou para pagar o ateliê.

têm de refletir em suas obras a enfermidade marcante de suas pessoas.

Depois, era o "Sistema", Sistema, que conheciam apenas por esse apelido; Sistema, pintando, em um só pé, com a mão esquerda segurando a paleta, apoiada em uma barra de ferro; Sistema posando em seu braço, cuja manga ele arregaçava, o tom de carne tomado de sua paleta, e aproximando-o do modelo para comparar; Sistema, que compartilhava com Javelas o papel de mártir do ateliê.

E o ateliê Langibout ainda possuía os dois tipos do *beberrão* e do *sonhador* no pintor Vivarais e no escultor Romanet. Vivarais era o homem que passava a vida a "se impregnar" sem quase nunca pintar; e era Romanet quem, um dia, no umbral da porta, falava a Anatole: "Veja, meu caro, para meu busto, era preciso mármore". "Por que não em argila? Demora tanto, o mármore..." "Não, eu não teria a linha rígida, a aresta do traço... Seria sempre mole, flácido... Eu precisava de mármore, absolutamente de mármore." "Bem! Deixe-me vê-lo. Asseguro-lhe que não direi nada a ninguém." "Meu mármore? Meu mármore? Ele está lá", disse Romanet, tocando sua testa.

Estranha mistura de talentos e nulidades, de rostos sérios e grotescos, de verdadeiras vocações e ambições de filhos de comerciantes aspirando a uma indústria de luxo; de todos os tipos de naturezas e indivíduos, prometidos a futuros tão diversos, a fortunas tão opostas, destinados a terminar nos quatro cantos da sociedade e do mundo, ali, onde a aventura da vida espalha as juventudes e as promessas de um ateliê, numa poltrona do Instituto,[39] na goela de um crocodilo do Nilo, em uma gerência de fotografia, ou em uma loja de chocolates de passagem!

---

39 O Institut de France é uma prestigiosa instituição francesa criada em 1795. Reúne a Academia Francesa, a Academia de Inscrições e Belas-Letras, a Academia de Ciências, a Academia de Belas-Artes, a Academia de Ciências Morais e Políticas. Está instalado à beira do Sena, num admirável edifício do século XVII, construído por Louis Le Vau, o antigo Collège des Quatre-Nations.

VI

ANATOLE SE TORNOU IMEDIATAMENTE O ANIMADOR DO ATELIÊ, o "agitador" das farsas e das peças pregadas.

Ele nascera com malícias de macaco. Quando criança, quando o traziam de volta à escola, saía correndo de repente, a toda velocidade, e começava a gritar a plenos pulmões com sua voz de sapo: "Aí vem a revolução nascente!". A rua se agitava, os lojistas corriam para suas portas, as janelas se abriam, cabeças transtornadas apareciam, e, pelas costas dos velhos que faziam concha com as mãos para ouvir o sino de Saint-Merry, passava o susto do endinheirado. Infelizmente, em sua terceira tentativa, ele foi curado do prazer que toda essa bagunça lhe dava por um enorme chute de um merceeiro filipista[40] na rue Saint-Jacques. No colégio, eram os mesmos nichos diabólicos. Um professor, de quem tinha do que se queixar e que tivera a imprudência, em uma distribuição de prêmios, de começar seu discurso por: "Jovens atletas prestes a entrar na arena..." – *Viva a rainha!*, se pôs a gritar Anatole, virando-se para a rainha Maria Amélia, que vinha ver a coroação de seus filhos. Com esse trocadilho, uma aclamação repetida três vezes partiu dos bancos, e o infortunado professor foi obrigado a enfiar sua eloquência no bolso.

---

40 Partidário do rei Luís Filipe.

MANETTE SALOMON

Com a idade e a saída do colégio, essa imaginação de palhaçadas só cresceu em Anatole. O sentido do grotesco o conduzira ao gênio da paródia. Ele caricaturava as pessoas com uma palavra. Aplicava às figuras uma profissão, um ofício, um ridículo que grudava nelas. A explosões, a cascatas de bobagens, ele misturava chicotadas, estalos de respostas como aquelas chibatadas com que os cocheiros dominam uma atrelagem. Brincava com a gramática, com o dicionário, com a dupla compreensão dos termos: a memória de seus estudos lhe permitia inserir retalhos de clássicos no que dizia, agitar grandes nomes por meio de seus deboches, versos malucos, o sublime estropiado; e sua verve era um pot-pourri, uma salada, uma mistura de sal grosso e de espírito fino, o deboche mais doido e mais patusco.

Nos divertimentos noturnos, voltando em carros dos arredores de Paris, ele encenava um personagem provinciano; improvisava histórias de cidadezinhas, contava interiores nos quais há laranjas em panelas, inventava sociedades cheias de narizes de prata, toda uma multidão que ele parecia conduzir de Monnier a Hoffmann, para maior diversão e ataques de riso de seus companheiros de viagem. Tinha a vocação do ator e do mistificador. Sua fala era sustentada por seu modo de representar, uma mímica de meridional, a sucessão e a vivacidade das expressões, das caretas, num rosto flexível como uma máscara amarrotada, prestando-se a tudo e dando-lhe um ar como o de um homem com cem rostos. A esse temperamento cômico, a todos esses dons da natureza, ele acrescentava ainda uma aptidão singular para a imitação, para a assimilação de tudo o que ouvia, via no teatro, e por toda a parte, desde a entonação de Numa[41] até o revirar das saias de uma dançarina espanhola numa cachucha, desde a gagueira de Mijonnet, o vendedor de biscoitos do ateliê, até as atitudes mudas do cavalheiro que procura sua bolsa no ônibus. Sozinho, representava uma cena, uma peça: era o revezamento de uma diligência, o pisoteio dos cavalariços, as questões dos viajantes adormecidos,

---

41 Provável referência ao poema "Numa Pompilius", de Florian. Numa foi o segundo rei de Roma, portanto, personagem nobre.

o sacudir dos cavalos, o hu!, hu! do cocheiro; ou então uma missa militar, o *Dominus vobiscum* trêmulo do velho padre, as respostas estridentes do coroinha, o ronco do oficleide, as nasalações dos cantores, o som velado dos tambores, a tosse do par da França sobre o túmulo dos mortos. Macaqueava uma grande ária de ópera, um *dó* de tenor, imitava o despertar de um galinheiro, a fanfarra rachada do galo, o gorgolejar, o cacarejar, o arrulhar, todo o chilrear dos animais que pareciam acordar sob seu avental. Dos dias que passava no Jardin des Plantes estudando os animais, ele trazia suas vozes, seus cantos. Quando queria, sua laringe virava um zoológico: soltava, como de uma garganta de Atlas, a rouquidão do leão, um rugido tão genuíno que, à noite, Jules Gérard[42] teria disparado por engano. Possuía todos os ruídos humanos. Imitava os sotaques, o dialeto, os sons da rua, o cantarolar da vendedora de chapéus velhos, os gritos do vendedor de "boas batatas-roxas", o grito do vendedor de patos morrendo ao longe de um subúrbio, todos os gritos: só o grito da consciência que ele dizia não poder imitar.

O ateliê tinha seu animador e seu bobo da corte, um bobo de quem não se poderia prescindir. Ao final desses grandes silêncios de trabalho que ocorrem ali, depois de um longo recolhimento de todos esses jovens debruçados sobre um estudo, quando uma voz se elevava: "Vamos! Quem vai fazer um *fiasco*?", Anatole lançava imediatamente alguma palavra engraçada, fazendo com que o riso corresse como num rastro de pólvora, sacudindo a fadiga de todos, levantando todas as cabeças de seus estudos e soando a recreação de um momento até o fim da sala.

Ele nunca era pego desprovido. O ateliê tinha de exercer uma vingança? Anatole encontrava um truque de sua própria invenção e, na maioria das vezes, a pedido de seus camaradas e para responder à confiança deles, ele próprio o executava. Havia a recepção de um *novato*? Ele cuidava disso, e era o seu triunfo. Ele se superava em fantasia, em imaginação da encenação.

---

42 Célebre caçador.

MANETTE SALOMON 47

Os restos da crucificação, a tradição de tortura, permanência de um outro tempo, nessas farsas artísticas, amarrar à escada, à roldana, a brutalidade dessas execuções que às vezes terminavam com um membro quebrado, começavam a passar de moda nos ateliês. O emprego das velhas ferocidades mal se conservava ainda no ateliê do escultor David, cujos alunos, naqueles anos, exibiam por toda a vizinhança um novato amarrado a uma escada, com um camarada, montado na barriga, que tocava violão. Pouco a pouco as iniciações se suavizavam e se transformavam em inocentes provas de maçonaria. Anatole as renovou graças à seriedade da zombaria e à comédia da crueldade.

Assim que chegava um novato, começava por fazê-lo despir-se, injuriava sucessivamente todos os seus membros, denunciava seus "miúdos de ralé", estabelecia, com a voz pituitária de Quatremère de Quincy, as poucas relações existentes entre uma figura de Fídias e aquele "Apolo de serralheiro". Então, fazia-o cantar, em trajes de Adão, em poses de equilíbrio perigoso, palavras impossíveis em árias das quais tinha o segredo. Quando o novato estava rouco e resfriado, Anatole lhe anunciava os suplícios. De repente, mudava de voz, de ar, de rosto: tinha os gestos de um ogro de conto de fadas, uma entonação de rei de fantasmagoria, dando ordens para uma execução, risos sardônicos de Schahabaham.[43] Um sinistro chapéu de palha o animava: era Bobêche[44] e Torquemada,[45] a Inquisição no circo. Tratava-se de marcar um recalcitrante? Ele era terrível em acender o fogão para aquecer os ferros em brasa, terrível quando, com os ferros habilmente transformados em sua mão graças a instrumentos de escultor pintados de vermelho, ele se aproximava; terrível quando experimentava esses falsos ferros, por trás das costas do paciente, quatro ou cinco vezes em tábuas, enquanto queimavam o chifre; terrível quando ele os aplicava nos ombros do infeliz com um *pschit!*, que imitava infernalmente grito de pele grelhada. Ríamos, e ele era quase assustador.

---

43 Paxá tirânico do vaudeville *O urso e o paxá*, de Eugène Scribe.
44 Jean-Marie Giraud, conhecido como Bobêche, poeta das ruas.
45 Terrível inquisidor espanhol do século XV.

E depois vinham a fala de camelô, discursos de recepção, peças acadêmicas, Bossuet caído no *Tintamarre*...[46] Para cada novato, ele inventava um novo truque, novas peças, uma obra-prima, como as sanguessugas, a farsa das sanguessugas, que mostrava à vítima num copo e que punha na boca do estômago: a vítima primeiro brincava, depois não brincava mais: imaginava sentir as sanguessugas picar, de tão bem que Anatole as imitara com recortes de cebola queimada!

No ateliê, tinha o apelido de "A Piada".

---

46 Tradição dos acadianos, que consiste em sair às ruas fazendo o maior barulho possível para alguma celebração.

VII

A PIADA, ESSA NOVA FORMA DO ESPÍRITO FRANCÊS, nascida nos ateliês do passado, emergindo das palavras cheias de imagens do artista, da independência de seu caráter e de sua linguagem, do que nele se mistura e se confunde, pela liberdade das ideias e da cor das palavras, uma natureza popular e uma profissão ideal; a piada, jorrada de lá, subindo do ateliê para as letras, para o teatro, para a sociedade; crescida na ruína das religiões, das políticas, dos sistemas e no abalo da velha sociedade, na indiferença de cérebros e corações, tornada o *Credo* farsesco do ceticismo, a revolta parisiense da desilusão, a fórmula leve e moleque da blasfêmia, a grande forma moderna da impiedade e do charivari, da dúvida universal e do pirronismo nacional; a piada do século XIX, essa grande demolidora, essa grande revolucionária, envenenadora da fé, assassina do respeito; a piada, com seu hálito canalha e seu riso imundo, atirada a tudo o que é honra, amor, família, bandeira ou religião do coração do homem; a piada, seguindo os passos da História de cada dia, jogando pelas costas a imundície da Courtille;[47] a piada, que manda Pantin[48] às gemônias; a piada, a *vis cômica* de nossas decadências e nossos cinismos, essa ironia em que há o *rictus* de

---

47 Região de prazeres e de diversões de Paris, muito célebre então.
48 Subúrbio de Paris.

Stellion e a animação do calabouço, o que Cabrion atira em Pipelet,[49] o que o malandro rouba de Voltaire, que vai de *Cândido* até
Jean Hiroux;[50] a piada, que é a assustadora palavra humorística
das revoluções; a piada, que acende a lanterna de uma chalaça em
uma barricada; a piada, que, rindo em 24 de fevereiro, pergunta,
na Porta das Tulherias: "Cidadão, seu ingresso!"; a piada, essa
terrível madrinha que batiza tudo o que toca com expressões que
assustam e arrepiam; a piada, que tempera o pão que os aprendizes de pintor vão comer no necrotério; a piada, que escorre dos
lábios do garoto e o faz atirar para uma grávida: "Ela tem um
polichinelo na gaveta!"; a piada, contendo o *nihil admirare*,[51] que
é a frieza do bom senso do selvagem e do civilizado, o sublime
do riacho e a vingança da lama, a vingança do pequeno contra o
grande, como semelhante ao resto da maçã do moleque na funda
de Davi; a piada, essa caricatura falada e corrente, essa paródia voadora que desce de Aristófanes pelo nariz de Bouginier;[52] a piada,
que, em um dia de gênio, criou Prudhomme[53] e Robert Macaire;[54]
a piada, esta filosofia popular do: "Não estou nem aí para isso!", o
estoicismo com que a raça frágil e doentia de uma capital zomba
do céu, da Providência, do fim do mundo, dizendo-lhes em voz
alta: "Ora bolas!"; a piada, essa descarada zombeteira da seriedade e da tristeza da vida com a careta e o gesto de Pierrô; a piada,
essa insolência do heroísmo que fez um parisiense fazer um trocadilho com a jangada da *Medusa*; a piada, que desafia a morte; a
piada, que a profana; a piada, que mata, como esse artista, amigo
de Charlet, lançando, diante de Charlet, seu último suspiro no

---

49 Alusão a *Cabrion! Ou les infortunes de Pipelet* [*Cabrion! ou os infortúnios de Pipelet*], vaudeville de Michel Delaporte.

50 Alusão a *Le Dernier crime de Jean Hiroux* [O último crime de Jean Hiroux], romance de G. de Morlon.

51 "Nada surpreendente." Em latim no original.

52 Célebre caricatura de Dantan, o Jovem.

53 Madame e monsieur Prudhomme, caricatura do burguês conservador e ininteligente, criada por Henry Monnier.

54 Personagem fictício popular, que aparece em obras diversas, encarnando o tipo do bandido, do golpista inescrupuloso.

couic de Guignol;[55] a piada, esse riso terrível, raivoso, febril, malvado, quase diabólico, de crianças mimadas, podres crianças da velhice de uma civilização; esse riso que ri da grandeza, do terror, da modéstia, da santidade, da majestade, da poesia, de todas as coisas; esse riso que parece gozar dos baixos prazeres daqueles homens de avental, que, no Jardin des Plantes, se divertem cuspindo na beleza das feras e na realeza dos leões; Piada, era bem esse o nome desse rapaz.

---

55 Personagem do teatro infantil de marionetes.

VIII

O ATELIÊ ABRIA DAS SEIS ÀS ONZE DA MANHÃ NO VERÃO, das oito a uma no inverno. Às quartas-feiras, havia uma prolongação da jornada em uma hora, "a hora do torso", para finalizar o torso iniciado na véspera: hora suplementar paga pela cotização dos alunos. Três semanas de modelo masculino e uma semana de modelo feminino completavam o mês.

Nessas cinco horas de estudo diário, durante esse trabalho a partir do modelo-vivo, prolongando-se por meses, anos, Anatole viu desfilar os mais belos corpos do tempo, a humanidade selecionada que serve de lição ao artista, as estátuas-vivas que preservam as leis da proporção, o *cânone* do homem e da mulher, os tipos que desenham o nu viril ou feminino, a elegância ou a força, a delicadeza ou o poder, as linhas com suas oposições, os contornos com seu sexo, as formas com seu estilo.

Anatole desenhou: fez a longa educação de seu olho e do seu carvão; aprendeu a edificar uma academia a partir de todos aqueles corpos famosos que deixaram suas memórias nas pinturas da época: o corpo de Dubosc, esse corpo maravilhoso de 55 anos, que conservou a flexibilidade e o harmonioso equilíbrio da juventude; o corpo de Gilbert, aquele corpo cheio de vazios de uma escultura a Puget, de Gilbert, o modelo para os sátiros, convulsionários, *ardentes*. Desenhou a partir do corpo de Waill, o corpo de

MANETTE SALOMON 53

um efebo florentino, o torso cinzelado, os peitorais pronunciados sobre a adolescência do tórax, as pernas esbeltas e exibindo a flexível elegância, o alongamento estirado de um desenho italiano do século XVI, formas de cera em músculos de aço; o corpo de Thomas, o Urso, esse ex-lutador de Lyon, dispensado de seu regimento por causa do apetite, o sujeito voraz que tomava seu café com leite em uma terrina de escultor com um pão de seis libras, que os criados de Rothschild alimentavam por comiseração; um corpo de condenado de Michelangelo, ombros de Atlas, musculatura de crotoniata e de animal devorador na qual os movimentos faziam ondas correrem sob a pele. Anatole ainda tinha os corpos de graça selvagem, nervosos, ondulantes, elásticos, do negro Saïd, do negro Joseph da Martinica, o negro com cintura de mulher, braços redondos, que encantava as fadigas de sua pose com monólogos a meia-voz, chilreando na língua de seu país. Acabaram-se aqueles modelos heroicos, de constituição homérica, formados no ateliê de David, o tórax alargado como pelo ar daquelas grandes telas antigas; velhos resquícios de um império da arte, ao qual o ateliê nunca deixou de fazer caridade, geralmente com os velhos modelos, o que se chama de "cone", uma folha de papel enrolada por um dos novatos, que circula, e onde todos despejam o fundo de seus bolsos.

A mulher, o corpo da mulher, os modos diversos e contrários de sua beleza, Anatole os aprendeu com estes corpos: os corpos das três Marix, o trio de judias, uma das quais tem sua soberba nudez pintada na figura da Fama, do Hemiciclo de Delaroche; o corpo de Julie Waill, de formas cheias, com cabeça de Juno, grande boca romana, grandes e belos olhos da Tégea de Pompeia; o corpo de madame Legois, o tipo do modelo para o desenho clássico do ventre e das pernas; o corpo esbelto, nervoso, distinto em sua magreza, de Marie Poitou, uma natureza de santa, de mártir, de mística; o corpo andrógino de Carolina, a Alemã, que posou para os braços do são Sinforiano de monsieur Ingres, inimigo dos modelos de homens, com a alegação de "que fediam"; o corpo de Georgette, com cintura de enguia, ancas serpentinas, o ideal em um tipo egipcíaco da linha de beleza professada por Hogarth;

o corpo à la Rubens, seios exuberantes, pernas magníficas de Juliette; o corpo de Caroline Alibert, o corpo de uma Urânia de Primaticcio, reclinada, esbelta, com extremidades tão dúcteis que ela fazia, com um único movimento, passar todos os dedos de uma de suas mãos sob a outra; o corpo delgado, magrinho, elegante e encantador de Cœlina Cerf, com suas formas hesitantes de menina e de mulher, suas linhas de uma ingênua de romance grego, a mais jovem das modelos, tão jovem que os alunos lhe pagavam, quando posava, uma libra de caramelos.

IX

DE VEZ EM QUANDO, UMA DISTRAÇÃO FURIOSA, uma orgia irada, quebravam essa monotonia da vida de ateliê. Num belo dia ensolarado, e prometendo verão, alguém perguntava o que havia no bolo; e quando as cotizações de 25 francos pagas pelos alunos e exigidas rigorosamente de todos, sem exceção, por Langibout, quando essas cotizações, chamadas de *boas-vindas*, chegavam a uma soma de algumas centenas de francos, combinavam de ir comer o bolo no campo. Em seguida, todo o ateliê partia, seguido pelo modelo da semana, e se lançava aos campos com as roupas mais selvagens, com as jaquetas mais vermelhas, com os chapéus mais revolucionários, enfeites gritantes e vestimentas frenéticas. A juventude de todos transbordava pelo caminho; avançavam gritando, gesticulando, cantando, com uma alegria violenta que aterrorizava os subúrbios e violava a vegetação. Tudo os embriagava, o número, o alvoroço, o calor; e marchavam como desordeiros, animados, tumultuosos, belicosos, com aquela insolência alegre que coça as mãos e aquele desejo de bravura propícia a todos os lances.

Na Porte Fleury, em um cabaré a céu aberto, o bando jantava. E era uma comilança, frangos despedaçados, garrafas entornadas pelo gargalo, apostas de quem come ou bebe mais, uma espécie de vaidade e ostentação, de orgia gorda que escondia, sob os lilases de Paris, liberdades de feira e fundos de quadros de Teniers.

Então, ao cair da noite, quando todos estavam embriagados, e os mais mansos haviam bebido um vinho e se mostravam raivosos, a tropa, cantando a plenos pulmões e armada com paus de videiras, se espalhava ao acaso por uma estrada na qual esperava encontrar a hostilidade, o ódio que tem pelo parisiense o camponês vivendo perto de Paris. Nos céus de verão, céus pesados e esfumaçados, raiados de preto por nuvens de tempestade, os artistas se destacavam em silhuetas agitadas e febris; e a noite, dando seu terror à fantasia de seus trajes, à fúria de seus gestos, às suas sombras, à brasa de seus cachimbos, criavam, a partir daquilo que era vagamente visto deles, como que uma sinistra aparição fantástica de bandidos lendários: era como se avistassem os bandidos do Ideal em um horizonte de Salvator Rosa.

O bando do ateliê estava, uma noite, em um desses finais de boas-vindas. Voltavam. Na estrada, descobriram um pátio aberto e, no pátio, lavadeiras. Logo tiveram a ideia de um baile e organizaram, em pleno vento, o salão e a dança com velas compradas numa mercearia, e seguradas nas mãos por quem não estava dançando. A modelo havia trazido um violino: era a música. Mas, no meio da quadrilha, os rapazes do vilarejo investiram contra aqueles senhores que dançavam. Travaram batalha, uma batalha selvagem, no meio da qual Coriolis, com as mangas arregaçadas, se jogava derrubando dois camponeses no chão com seu pedaço de pau. No final, os rapazes, espancados, fugiram para buscar reforços no vilarejo. A única coisa a fazer era ir embora.

Mas Coriolis teimava em ficar. Tratou seus companheiros como covardes. Catou pedras que jogou no cabaré do qual acabara de sair. Queria briga. Foi preciso que seus companheiros o arrastassem à força. Todos ficaram surpresos com sua raiva, essa necessidade que tinha de espancar.

– Como! Não está contente? – disse-lhe Anatole. – Não foi atingido e derrubou dois! Ah! Você estava indo bem... Eu dei um belo chute na altura do estômago de um idiota que me chateava. Mas dois, que legal...

– Não, não – repetiu Coriolis –, vocês são covardes, amigos! Devíamos ter dado uma surra neles para fazê-los perder a vontade de voltar... Covardes, estou dizendo, amigos!

E em todo o caminho até Paris, seu grande corpo deu todos os sinais de uma raiva de crioulo[56] que não quer ouvir nada.

Naz de Coriolis era o último filho de uma família provençal, originária da Itália, que, durante a Revolução de 89, se havia refugiado na ilha Bourbon.[57] Um tio, que era seu tutor, lhe dava uma pensão de 6 mil francos e lhe deixaria, quando morresse, uma renda de uns 15 mil francos. Esse nome aristocrático, essa pensão, esse futuro, que era uma fortuna em comparação com a pobreza de seus camaradas, a elegância das roupas de Coriolis, os comentários sobre a sociedade que ele frequentava, as amantes com as quais se encontrava, os restaurantes onde o tinham entrevisto, punham entre ele e o ateliê a frieza de uma certa reserva. O próprio Langibout sentia uma espécie de constrangimento com o "fidalgo", como o chamava; e havia um pouco de rudeza amarga na maneira como tornava seus esboços tão vívidos e coloridos: "É muito bom, muito bom... Mas está fechado para mim. O senhor sabe, eu não entendo". Brincavam um pouco com Coriolis, mas gentilmente, cautelosamente, com malícias que não se aventuravam muito longe. Sabiam que pregar peças demasiadamente fortes não funcionaria com ele. Lembravam seu duelo com Marpon, quando havia iniciado no ateliê o duelo de brincadeira, com balas de cortiça, tradicional nos ateliês, e que quase se tornou trágico naquele dia: Coriolis, batendo na mão da testemunha que ia carregar as pistolas, fizera cair as duas balas inofensivas e, tirando do bolso duas balas verdadeiras de chumbo, exigiu um carregamento novo e sério. Era, portanto, respeitado; mas isso era tudo. Embora não demonstrasse nenhuma altivez em sua pessoa, nem em seus modos, embora fosse reconhecido como um bom rapaz, que desempenhava seu papel em todas as palhaçadas, que participava das brincadeiras, das bebedeiras e das batalhas de ateliê, era um camarada com quem os outros alunos não se sentiam à vontade e com quem mantinham apenas relações de ateliê. E, nesse mundo,

---

56 No sentido de pessoa de ascendência europeia nascida nas colônias europeias da América.

57 Hoje, ilha da Reunião.

o único íntimo de Coriolis era Anatole, um amigo de faculdade de dois anos de alta corte de Henrique IV. Divertindo-se com sua alegria, ele permitia, perdoava tudo, com aquela espécie de indulgência que um cão enorme tem por um cachorrinho.

– Acompanhe-me – disse-lhe, quando alcançaram as calçadas de Paris.

Chegando em sua casa:

– Você está se mudando? – perguntou Anatole, olhando para o apartamento de cabeça para baixo e com preparativos de mudança.

– Não, vou partir – explicou Coriolis, em um tom de voz de quem voltara à sobriedade.

– Vai voltar para Bourbon?

– Não, vou passear no Oriente.

– Bah!

– Sim, preciso mudar de ares. Aqui, sinto que não posso fazer nada. Amo demais Paris, sabe... Essa bendita Paris é tão encantadora, tão cativante, tão tentadora! Eu me conheço e me assusto: Paris acabaria me devorando... Preciso de algo que me mude. Movimento... Estou entediado comigo mesmo, com a minha pintura, com o ateliê, com tudo o que nos falam aqui. É como se eu tivesse sido feito para outra coisa. É nisso que sempre acreditamos. Enfim, ali, imagino... Vou ver se Decamps e Marilhat levaram tudo, se não deixaram nada para os outros. Talvez ainda haja alguma coisa a se ver depois deles. E então estarei sozinho. É bom para nos reconhecermos e nos encontrarmos. Distrações, ausência total... Chega de jantares no Boissard, chega de ceias, chega de noites regadas a champanhe... Nada! Serei obrigado a trabalhar. Meu bravo tio faz as coisas muito bem. Está encantado, você entende, me ver abandonar o bulevar... E pensar que todas essas ideias razoáveis, foi uma mulher que me deu! Meu Deus, sim... Quando me expulsou! Oh, isso! Você vai me escrever, hein? Porque uma vez lá... Vou ficar lá um tempo. Gostaria de ter o que expor quando voltar, me tornar alguém quando voltar a pisar Paris. Sabe, quando vemos nosso talento em algum lugar... Me disseram muitas vezes que tenho temperamento de colorista. Veremos o que vai ser.

E, diante do futuro, da separação, os dois amigos, voltando ao passado, começaram a falar sobre suas relações, o colégio, redescobrindo nas lembranças a infância de sua amizade. Eram três horas da manhã quando Coriolis disse a Anatole:

– Então, está combinado, você me embarca na quarta-feira...

– Sim, virei com Garnotelle.

X

_____

ERA O FINAL DO ALMOÇO DE DESPEDIDA OFERECIDO POR Coriolis a Anatole e Garnotelle. A refeição fora triste e alegre, cordial e emotiva. Beberam ali aquela saideira que agita o coração de quem parte e de quem fica. No pequeno ateliê, grandes baús pretos, como os baús dos ingleses que vão ao fim do mundo, caixas, sacos de dormir, mantas amarradas com tiras, até uma pequena barraca de acampamento, cuja lona grosseira, como uma vela em repouso, fazia sonhar com noites distantes e com outros céus: toda espécie de coisas de viagem esperavam, prontas para serem embarcadas no fiacre que tinha avançado e parado em frente à porta da casa.

Nesse momento, a porta se abriu e uma mulher apareceu na soleira empurrando uma menininha à sua frente: a criança, tímida, não queria entrar; não ousando olhar ou deixar-se ver, ela se enfiava no vestido da mãe, e com suas duas mãozinhas, puxando duas pontas de sua saia, tentava se esconder um pouco, com uma selvageria de pássaro, como duas asas que ela tentava cruzar.

– Algum desses senhores precisa de um pequeno Jesus? – perguntou a mulher com um sorriso humilde e, soltando a cabeça da criança, apontou para uma menininha de olhos azuis.

– Oh! Encantadora – disse Coriolis. E, acenando para a criança:

– Venha aqui, pequenina.

MANETTE SALOMON 61

Um pouco empurrada pela mãe, um pouco atraída pelo cavalheiro, e caminhando em direção ao seu olhar, meio temerosa e meio confiante, ela chegou até ele. Coriolis, colocando-a em seus joelhos, fez com que ela pegasse bolos dos pratos sobre a mesa. Em seguida, passando a mão pelo cabelinho dela, o cabelo loiro de uma criança que se tornará castanho, e divertindo os dedos com essas cócegas de seda, ficou por um momento contemplando essa grande e profunda felicidade pueril que a pequena tinha nos olhos.

– Ah, isso! Dona não sei mais quem... – disse Anatole. – Gostaria de tomar uma xícara de café conosco? Diga, não vemos mais a senhora posando, o que houve? A senhora não é tão idosa...

– Ah, senhor, uma desgraça... Os médicos dizem que eu tenho o início de uma anquilose na coluna vertebral. Não que me incomode para qualquer coisa. Mas faz pelo menos dois anos que não consigo fazer sobressair uma anca...

– Uma cabecinha que teria sido para mim... – disse Coriolis, continuando a examinar a menina. – É uma pena... Mas, como a senhora vê, estou partindo. A propósito, que horas são?

Olhou para o relógio.

– Diabo! Mal temos tempo...

E, levantando-se, ergueu a criança acima de sua cabeça sob os braços, a beijou e a colocou no chão. Mas, nesse movimento, a criança deslizando contra ele, enganchou a corrente de seu relógio, o que fez soltar os berloques, que rolaram, retinindo no assoalho.

– Não a repreenda, senhora. Não é culpa dessa criança – disse Coriolis, pegando os berloques: – É uma bobagem, essas coisinhas sempre enroscam em algum lugar. Mas, pronto, estou pensando numa coisa. Quando vamos lá para aqueles lugares, não sabemos de fato se voltaremos. Tome! Anatole, aqui está meu peixinho de ouro, você sempre vai conseguir vinte francos por ele no Mont-de-Piété...[58] E para você – disse a Garnotelle – que vai ganhar o Prix

---

58 Casa de penhor.

de Rome[59] um dia desses, aqui está um par de chifres de coral para protegê-lo do mau-olhado na Itália. Ah! E minha rupia?

Ele olhou para o chão.

– Sabe, tinha experimentado minha grande faca catalã nela. Ah! Não procure, senhora... Se ela tivesse caído, nós a veríamos. Devo tê-la perdido.

O porteiro entrou:

– Vamos, monsieur Antoine, vamos recolher tudo isso meio rápido... E a caminho!

---

59 Prix de Rome (Prêmio de Roma), bolsa muito prestigiosa, concedida por concurso a alunos brilhantes da Escola Nacional de Belas-Artes para que completassem seus estudos na Academia Francesa de Roma. O termo se refere ao prêmio, ao vencedor de cada seção do concurso (pintura, escultura, gravura, arquitetura, composição musical) e às obras premiadas. Os vencedores do prêmio tinham uma carreira assegurada, com encomendas do governo etc. Desde 1968, o Prix de Rome é feito por julgamento de dossiê.

XI

"PORQUINHO, O SENHOR NÃO TRABALHA", repetia Langibout para Anatole quando passava por trás dele em sua visita ao ateliê.

Langibout poderia ser chamado de o último dos romanos. Era o sobrevivente e o tipo durão da velha escola. Concluía a raça em que a independência burguesa dos artistas do século XVIII se mesclava com o culto de 89 e ideias de liberdade. Aluno de Davi, vivia na religião de sua memória. As antecâmaras ministeriais nunca o viram nem mendigar, nem esperar; e sua vida, rígida em sua dignidade, afetava certa austeridade republicana, como uma dura santidade, hoje perdida no mundo das artes. Parecia um velho veterano de Napoleão e um soldado à la Charlet, com seu liberalismo rabugento, seus descontentamentos emburrados e recalcados, seu jeito, sua voz grossa mastigando as palavras, seu bigode rígido e forte, seu cabelo cortado rente. Quando entrava no ateliê, o respeito e a saudação do silêncio se faziam diante de sua cabeça robusta inclinada para o lado, as têmporas cinzentas sob o boné grego, seus olhos de pálpebras pesadas, seus traços quadrados, largamente talhados para formar os traços de um trabalhador, e nos quais se via, sob o ar ranzinza, uma bondade de povo. Um sopro de recolhimento passava por toda aquela juventude, e os filhos mais novos sentiam um leve medo de emoção quando o mestre falava com eles. Era estimado, temido e venerado. Na repreensão de suas advertências havia um calor vindo do coração, uma brusquidão de afeição viva que não fugia a seus alunos. Agradeciam-lhe por essas cóleras impotentes, essa raiva que ele espalhava com palavrões, quando sua pouca influência nos julgamentos dos concursos do Prix de Rome havia feito com que um de seus alunos perdesse um prêmio recebido por intriga e pela parcialidade de seus colegas que mantinham ateliê como ele. Ainda lhe eram gratos por sua tolerância com os velhos costumes transmitidos pelos ateliês da Revolução aos ateliês de Luís Filipe. Langibout era indulgente com as farsas e até mesmo com as caricaturas um pouco ferozes. Achava que aquilo preparava e temperava a virilidade das pessoas, dizendo que homens não eram "donzelas"; que, no seu tempo, era bem outra coisa, e que ninguém morria disso; que, na arte, era preciso preparar a pele e o coração para tudo. E se lembrava da selvagem escola de artistas sob a República una e indivisível, as misérias viris e selvagens quando, não tendo nada para comer, ia para a cama, levava um naco de fumo de mascar à boca, derramava sobre ele um copo de aguardente e comia a febre que aquilo lhe dava.

Enfim, em todo o ateliê, Langibout era amado pela simplicidade de sua vida, uma vida pequeno-burguesa, em mangas de camisa, passeando cotidianamente por aquela calçada da rue d'Enfer, entre um *olhar* das águas de Arcueil e uma oficina de caldeireiro; uma vida de família, animada de vez em quando por um pouco de vinho de Nuits com que ele regava os modestos e cordiais jantares dos amigos de domingo.

Langibout tinha se deixado levar pelo encanto de Anatole, pela sedução exercida sobre todos por aquele rapaz alegre que parecia ter nascido para agradar e triunfar, aquele jovem tão brilhante, tão simpático, sobre quem as mães dos outros alunos comentavam, em suas pequenas reuniões noturnas, com uma espécie de inveja. O interesse, a afeição, eram conquistados pela energia desse brincalhão e também por certas promessas de talento que seus estudos pareciam revelar. Enquanto Anatole desenhou e pintou academias, nada chamara a atenção de Langibout para o que ele fazia. Mas, quando chegou a esses concursos de esboços quinzenais, em

MANETTE SALOMON

que o primeiro recebia como prêmio de Langibout um exemplar das *Loggie* de Rafael ou os *Sacramentos* de Poussin, ele se destacou, mostrou habilidades pessoais, quase sempre obtendo o primeiro lugar. Tinha certo senso de composição, de arranjo, de ordem. De muitas leituras, ele reteve como elementos de reconstrução arcaica sinais simbólicos, emblemas, a memória de animais hieráticos e figurados, a coruja da ateniense Minerva, o falcão do Egito. Apanhava aqui e ali, através dos livros folheados, um pedacinho de antiguidade, um detalhe de costumes, uma dessas ninharias que põem caráter e aparência do passado num canto da tela. Ele conhecia o *modius*, emblema da abundância, e o *strophium*, coroa dos deuses e atletas vitoriosos. Ao que sabia por acidente, acrescentava o que inventava ao acaso e que defendia diante de Langibout por meio de citações imaginárias, argumentos tirados de um Homero inédito ou de uma Bíblia implausível. "Ele pesquisa, esse aí", dizia ingenuamente Langibout aos outros alunos, confuso em sua curta ciência de erudição.

Além disso, Anatole tinha certo instinto do agrupamento, a inteligência do momento preciso da cena indicada e sublinhada no programa do concurso, uma compreensão um tanto banal, mas agradavelmente literária do drama que se agitava em seu tema. Ao lado dos outros esboços, mais coloridos, com desenho mais sentido, o seu tinha clareza: seus tipos eram postos em situação, seu cenário mostrava uma espécie de cor local, seu esboço de um quadro parecia um quadro. E Langibout julgava que, se ele jamais conseguisse trabalhar, era capaz de cavar seu lugar e abrir caminho na arte tão bem quanto qualquer outro. Assim, sempre o incitava, o atormentava, plantando-se atrás dele e resmungando às suas costas: "Esse rapaz vê bem... Interpreta bem, muito bem. Vai bem. Boa cor. Fina, sólida, luminosa. A cabeça... A cabeça está aí. O torso, bem construído, o torso... E então... Ah! Aqui... Falta alguma coisa. Sim, a vontade... Nunca vai até o fim. Fraqueza, preguiça... Sem pernas. Tudo o que larga... Mais ninguém! Embaixo, nada. Pernas? Isso são pernas? Nada. Essas pernas, por acaso, carregam alguém, veja lá? Não, nada mais. A parte de baixo, boa noite...".

E a advertência sempre terminava com o refrão: "Porquinho, o senhor não trabalha", que ele lançava no ouvido de Anatole, puxando rudemente seu cabelo.

XII

Monsieur,
Monsieur Anatole Bazoche,
pintor,
31, rue du Faubourg-Poissonnière.

Paris
França

Adramiti, perto de, e por Troia (Ilíada).
Selar.

Meu velho,

Imagine que seu amigo mora em uma cidade onde tudo é rosa, azul-claro, verde-acinzentado, lilás-suave... Apenas cores alegres que fazem: pif! paf! nos olhos assim que surge um pouco de sol. E o sol, aqui, não é como em casa: dá para ver que não custa nada, está lá todos os dias. Enfim, é deslumbrante! Tenho a impressão de estar morando na vitrine de pedras preciosas do museu de mineralogia. Preciso dizer, além disso, que as ruas, neste país, servem de leito para as torrentes que vêm das montanhas, o que significa que sempre há água – quando não é uma lama infecta – e que as mulheres são obrigadas a caminhar de tamancos altos, e que há grandes pedras jogadas para atravessar... Você me dá licença? Solto minha frase e ela se atola na paisagem. Retomando, sempre há água, e nessa água, compreende, todo esse carnaval se reflete, e todas as cores tremem, dançam: é absolutamente como uma queima de fogos no Sena que você veria no céu e no rio... E casebres! Toldos! Lojas! Uma agitação de caleidoscópio, para não falar do que ferve ali, gente do campo, pessoas que são de cor turquesa ou vermelhão, mulheres turcas, verdadeiros fantasmas com botas amarelas, mulheres gregas com calças largas, camisas esvoaçantes, um véu escuro que esconde metade de seus rostos, mendigos... Ah, meu caro, mendigos a quem daríamos tudo o que temos só para olhar para eles! E, além disso, sujeitos que parecem piada, cheios de cinturões, cheios de bossas, carregados, eriçados de pistolas, de punhais, iatagãs, com fuzis três vezes maiores que os nossos (isso me faz pensar no cinturão do albanês que me serve de escolta, ouça o inventário: duas cartucheiras, uma máquina para enfiar as balas, uma faca, além de uma bolsa para tabaco e um lenço); uma esquentada de sol e, crack!, pegam fogo: são como um rastro de pólvora, iluminam, com suas baterias de cozinha, como um fogo de Bengala!

É meu antigo sonho, você sabe, tudo isso. O desejo tinha me mordido quando vi *A patrulha turca* de Decamps. Diabo de patrulha! Ela tocou meu coração. Enfim, aqui estou eu, na terra natal dessa cor... Há apenas um aborrecimento – não diga para esses animais de críticos, que é tão lindo, tão brilhante, tão deslumbrante, tão acima do que temos em nossas caixas de tintas que, às vezes, sentimos desânimo a ponto de perder a vontade de pintar. A gente se pergunta se este não é um país feito simplesmente para ser feliz, sem pintar, com gosto de geleia de rosas na boca, ao pé de um pequeno quiosque verde e de groselha, com o azul do Bósforo ao longe, um narguilé ao lado, pensamentos de fumaça, de sol, de perfume, coisas na cabeça que seriam apenas meias ideias, uma evaporação muito suave de nosso ser em uma felicidade nebulosa... E então esse imbecil de europeu volta a ser o grande animal que você conhece; sinto-me preso pela coleira pela outra metade

MANETTE SALOMON 69

de mim, o senhor ativo, o produtor, o homem que sente a necessidade de pôr seu nome em porcariazinhas que o fizeram suar...

Enfim, seja como for, meu amigo, é uma pena fazer quadros quando nós os vemos continuamente já prontos, como este. Você vai ver.

Outra noite eu estava sentado à porta de um café. Tinha diante de mim um toldo de açougueiro. O açougueiro, gravemente, espantava as moscas dos quartos pendurados de carne sangrenta com um galho de árvore. Ao seu redor, uma revoada de brechós, de velhos tapetes multicoloridos; ao lado das crianças com os cabelos em pequenas tranças, cachorros magros, uma dúzia de cabras e ovelhas apressadas e amontoadas em um vago medo comum; uma pedra ensanguentada com sangue escorrendo, cujos rastros os cães lambiam rosnando. Eu olhava aquilo e um cabritinho preto e branco, com suas patas gordas, que permanecia quase grudado em uma cabra. Vi meu açougueiro abandonar seu galho, ir até o pobre cabritinho que queria se debater, soltando dois ou três gritinhos infelizes, abafados pelos cantos e pelo violão dos músicos do meu café. O açougueiro havia deitado o cabrito na pedra; tirou do cinto um pequeno iatagã e lhe cortou a garganta: um jorro de sangue que avermelhava a pedra espirrou e escorreu para formar grandes círculos na água que os cães lambiam. Então uma criança que estava ali, uma linda criança, de tez florida, de olhos aveludados, pegou o animal pelos chifres, esperando seu último estertor; e, de vez em quando, ele se inclinava um pouco para morder uma maçã que segurava na mão com o chifre do cabritinho... Não, nunca vi nada mais assustadoramente bonito do que esse pequeno sacrificador com sua cabeça de amor, seus bracinhos nus que seguravam com toda força, mordendo sua maçã sobre aquela fonte de sangue, sobre aquela agonia de um outro pequeno...

Minha casa fica bem no final da cidade, quase no campo, em uma estrada que leva à planície e desce até o mar, que o monte Ida domina com o branco eterno de sua neve. Sento-me do lado de fora e, ao cair da noite, na penumbra que deixa as coisas um pouco mais longe dos olhos e um pouco mais perto da alma, vejo os rebanhos entrarem. É o prazer suave e triste – você conhece isso – que temos em casa, num vilarejo, num banco de pedra, na porta de uma pousada. Eis para mim o momento mais feliz do dia, um momento de solenidade penetrante. Acredito estar na noite de um dos primeiros dias do mundo. Primeiro são os dromedários, sempre precedidos por um homenzinho montado em um burro, a fila de camelos avançando lentamente, o último carregando o sininho, os pequeninos correndo em liberdade e tentando mamar nas mães assim que elas param; depois os inúmeros rebanhos de vacas; e os búfalos conduzidos por pastores com cantos melancólicos, na pequena flauta estridente; finalmente vem o exército de cabras e carneiros. E, na medida em que tudo isso passa, os cantos, os sinos, as batidas dos cascos, as caminhadas arrastando o cansaço do dia, os ruídos, as formas que adormecem na majestade da noite, pois bem!, o que você quer que eu diga? Sobe em mim uma emoção tão boa, tão boa... Que é estúpido contar isso para você.

Depois, tenho de admitir que cheguei aqui com o coração um pouco aberto a tudo: antes de partir, houve uma senhora que tinha feito um buraquinho nele para eu ver o que tinha dentro... Ah! Em matéria de amor, quer minhas impressões de *mulheres* daqui? Aqui estão. Indo de caíque para Thérapia, passei sob as janelas de um harém. Estava iluminado *à gigorno*, como dizíamos para os vinhos quentes de Langibout; e, nos raios de luz das persianas, via-se o movimento de sombras, sombras muito densas, as huris da casa, só isso!, que dançavam e pulavam ao som da música que faziam com uma espineta e um trombone. Uma huri tocando trombone! Ah, meu amigo, acreditei estar vendo o Oriente do futuro! E deixo você com essa imagem.

Veja como penso em você. Aperte a mão de todos aqueles que não me terão esquecido. Escreva-me qualquer coisa de Paris, de você, dos amigos – muitas bobagens, sobretudo: isso cheira tão bem no estrangeiro!

Seu,

N. de Coriolis.

XIII

LANGIBOUT TINHA RAZÃO: ANATOLE NÃO TRABALHAVA, ou pelo menos não tinha aquela persistência, a vontade e a longa coragem de trabalho que extrai o talento do esforço contínuo e do parto laborioso. Tinha apenas o entusiasmo da primeira hora e o primeiro fogo da coisa iniciada. Sua natureza resistia a uma aplicação contínua e prolongada.

Em tudo o que tentou, satisfazia-se com a aproximação, a escamotagem espirituosa, uma espécie de resultado superficial, mal aflorando o tema. Levar a arte a sério, cavar, buscar um estudo, uma composição, era impossível para esse rapaz cujo cérebro leve estava sempre cheio de ideias voadoras. Sua imaginação infantil e risonha, um pensamento grotesco que o atravessava, toda sorte de ninharias semelhantes às cócegas de uma mosca na testa de um homem ocupado, uma perpétua inspiração de brincadeiras, tiravam incessantemente sua atenção, seu foco do estudo; e, a todo momento, o ateliê o via abandonar sua academia para ir esboçar alguma caricatura que lhe brotava dos dedos, a silhueta de um camarada aumentando o Panteão galhofeiro que cobria a parede.

No Louvre, à tarde, quase não trabalhava mais. Seu espírito, seus olhos, rapidamente se cansavam de interrogar a cor, o desenho das velhas telas que copiava; e sua observação logo trocava os quadros pelo mundo barroco dos copistas machos e fêmeas que povoavam as galerias. Ele brindava suas malícias com todas aquelas ironias vivas atiradas aos pés das obras-primas pela fome, pela miséria, pela necessidade, pela insistência de uma falsa vocação; povo de pobres, de um cômico a fazer chorar, que recolhe a esmola da arte sob o pé de seus deuses! Velhas, de cachos grisalhos, debruçadas sobre cópias róseas e nuas de Boucher, com um jeito de Alecto fazendo iluminuras com temas de Anacreonte, as damas de epiderme alaranjada, em vestidos sem punhos, com fitas cinzentas no peito, empoleiradas, óculos imóveis, no alto da escada ornada de sarja verde para o pudor de suas magras pernas, as infelizes pintoras de porcelana de olhos apertados, careteando ao copiar o *Sepultamento* de Ticiano com ajuda de uma lupa, os velhinhos que, em seus justos aventais pretos, com longos cabelos repartidos no meio da cabeça, parecem meninos Jesus de cinquenta anos curtidos em aguardente – toda essa gente, com sua lamentável comicidade, divertia Anatole e o fazia rir deliciosamente por dentro. Interiormente, passavam ideias de esboços, meditações de caricaturas, figurações histriônicas, trechos de lembranças sumárias e impossíveis sobre o passado, o interior, os prazeres, as paixões desses seres desclassificados que ele estudava com sua curiosidade penetrante do cômico humano, o olho sempre ocupado, indo de um velho chapéu preto, amarrado nas abas com suas fitas cor-de-rosa, até as inocentes declarações de amor que aconteciam no lugar: dois pêssegos postos por uma mão desconhecida sobre uma caixa de tinta. Tinha observado tudo e não havia mais nada para ver? Trabalhava por cerca de meia hora, depois ia bater papo com uma velha copista que usava sempre o mesmo vestido de lã preta, manchado de tinta, e uma estola feita de penas de pássaros; velha boa e sentimental, que adorava discussões metafísicas e que, falando pelo coração, falava sempre pelo nariz.

O prazer diário de Anatole era escandalizá-la com terríveis paradoxos, profissões de fé de insensibilidade, todo tipo de palavras perturbadoras, ao final das quais a pobre velha exclamava com um acento de desespero quase maternal: "Meu Deus! Ele é cético em tudo, cético em divindade, cético em amor!" – e se punha a chorar, a chorar seriamente lágrimas reais pela falta de ideais de seu jovem amigo e de todas as ilusões que ele já havia perdido.

Tal era, no aprendizado da arte, sua vida e todo seu pensamento, uma obsessão pela farsa, o trabalho mental da observação cômica, um sonho perpétuo de aprendiz de pintor que busca e cavouca invenções de caricaturas. E, às vezes, encontrava algumas peças admiráveis e extremamente engraçadas como aquela, que havia feito a felicidade de todo ateliê e barulho no bairro.

Era a respeito de Mongin, um aluno que pintava a partir do modelo na parte da manhã, com Langibout, e trabalhava à tarde no ateliê do arquiteto Lemeubre. Mongin, certa manhã, chegou ao ateliê de Langibout furioso com uma atriz que fizera Lemeubre lhes dar uma "bronca geral" por desrespeitar sua camareira, que, dizia Mongin, se obstinava em sacudir os tapetes acima das janelas abertas em que secavam os esboços e as épuras dos alunos; e Mongin falava em se vingar. Anatole o fez contar a respeito dos hábitos, da disposição da casa, do andar e do modo de vida da atriz; depois pediu para lhe comunicar o dia em que ela não sairia à noite e em que o cocheiro estaria ausente. Chegando aquela noite, entrou no estábulo com Mongin, enrolaram com panos os cascos dos dois cavalos da atriz, depois, degrau por degrau, os fizeram subir, cada um puxando um com os dedos enfiados nas narinas, ao terceiro andar, ao apartamento. Então, um sonoro toque da campainha, e a camareira, correndo para abrir a porta, se encontrou diante desses dois grandes quadrúpedes plantados no patamar. O mais terrível foi tirá-los de lá: um cavalo que é içado pelo processo de Anatole pode subir uma escada, mas, quanto a fazê-lo descer, nem vale a pena a tentativa. Tiveram de passar a noite cobrindo as escadas com tábuas para transformá-las em escorregadores, construindo uma verdadeira plataforma para levar a atrelagem de volta ao estábulo. A atriz ficou com tanto medo de que a história vazasse que não reclamou, e a camareira nunca mais sacudiu os tapetes.

XIV

SUPEREXCITADO, ENERGIZADO POR SEU SUCESSO, sua popularidade como mistificador, Anatole imaginou, pouco tempo depois, outra vingança contra outra mulher que fez cair sobre ele e seus camaradas uma terrível advertência de Langibout.

Ocorria que, por uma infeliz coincidência, nos fundos do pátio onde ficava o ateliê de Langibout, havia uma casa de banhos. Isso obrigava as infelizes moças do bairro, que iam ao banho pela manhã, a atravessar uma fila de latagões que enchiam, na hora do almoço, os dois lados do pátio, sentados contra a parede, com casacos vermelhos e cachimbos na boca. Ao saírem do estabelecimento, encantadoras, trêmulas, acariciadas sob os seus vestidos pela lembrança da água e como que por uma lufada de frescor, tinham de incomodar os vadios que lhes atravessavam o caminho. Passavam rápido, apertando-se; mas sentiam os olhos de todos esses homens vasculhá-las, tateando-as, seguindo-as; ao passarem, seus ouvidos captavam fragmentos de histórias assustadoras, palavras em narrações, gritos de animais, que as assustavam. Em dias de animação no ateliê, faziam-nas parar com o medo de uma explosão iminente diante de um pequeno canhão vazio de pólvora que um aluno ameaçava incendiar com uma grande folha de papel aceso. Vendo sua clientela se afastar, as mulheres grávidas, as moças com suas mães e até as próprias mães não mais retornarem,

MANETTE SALOMON

a dona da casa de banhos foi reclamar com Langibout, que, incendiado por justiça e honestidade por aquelas recriminações, deixou o ateliê em uma explosão de raiva.

Diante disso, Anatole resolveu punir a denunciadora atingindo seu negócio no coração. Uma manhã, oito banhos, que ele tinha reservado em um grande estabelecimento da rue Taranne, estacionavam em frente à casa, com seus endereços nas pranchetas atrás dos oito barris, espantando, chamando a atenção dos vizinhos, da casa, da rua, do bairro, uma multidão inteira se perguntando se não havia mais água, se não havia mais banhos, no estabelecimento da casa Langibout. Todo o ateliê ouvia com prazer esse boato que arruinava as torneiras do lado, quando a porta se entreabriu.

– Salve, cavalheiros – lançou a voz de um homem, uma voz que engolia e gaguejava.

– Salve, senhores – quatro ou cinco jovens vozes repetiram ao mesmo tempo, dos quatro cantos do ateliê, ecoando o tom do homem com a fidelidade de um eco.

O homem decidiu entrar, sorrindo humildemente. Era grande e desajeitado, de traços puros e regulares, lábio levemente caído, ar ingênuo e naturalmente aturdido. Uma peruca loira de namorado de teatro lhe cobria o crânio. Exalava doçura e ridículo, atraindo sobre si, como ocorre com certas grotescas boas naturezas, a simpatia e o riso.

– Salve, cavalheiros – continuou, com a mesma voz embrulhada. – O que desejam? Aqui estão algumas caixas de carvão que vendo por cinquenta tostões. Tenho esfuminhos... Esfuminhos muito bonitos de couro. E também alguns de pano. – E, abaixando-se, olhava com os olhos piscando e a ponta do nariz os objetos que tirava de sua caixa. – Precisam de canivetes com duas lâminas? Agora, senhores, tenho pequenos modelos de arame. Senhores, eu que os inventei. É isso. Foi o monsieur Cavelier que me deu as medidas com o monsieur Gigoux. Mediram. Vejam, senhores, vejam... Da patela ao maléolo, é a mesma distância que da patela à pelve. Basta pôr um pouco de cera nele. E você tem seu homenzinho, tem seu conjunto, tem tudo. Precisa de esfuminhos, monsieur Anatole?

– Sim, tio Mijonnet. Dê dois tostões aí. Mas, me diga: o que é essa peruca que o senhor tem?

– Vou lhe dizer, monsieur Anatole... Vou lhe dizer...

E um rubor infantil coloriu as bochechas do vendedor de esfuminhos.

– Não é para bancar o jovem... Ah, não, o senhor me conhece. Sempre me disseram que eu tinha uma cabeça de beneditino... Então, cortei todo o cabelo, aqui, na cabeça. E mandei moldar quase até aqui.

E ele mostrou o meio do peito.

– Mas, então, eu não parava de ter resfriados... Não parava, veja só. Então aquele bom monsieur Barnet, do monsieur Delaroche, teve pena de mim: ele me deu aquela peruca. Já não me resfrio mais. Ela é um pouco loira, é verdade. Principalmente de dia. Mas, como sabemos muito bem que não uso para conquistar mulher...

– Mijonnet, farsante danado! – disse Anatole. – E o Théâtre--Français, o que fazemos dele?

– O Théâtre-Français, monsieur Anatole? Pois bem, eu lhe digo. Eles foram gentis comigo. O monsieur Barnet fez minha fantasia. Ele me emprestou uma toga, me ensinou a fazer as poses. Tinham fabricado até sandálias, sabe, com tiras vermelhas... E esses senhores do teatro, quando me viram, ficaram encantados. Imediatamente me puseram na primeira fila dos comparsas, na frente. Mesmo eu dizendo: "Morte a César!". Vejam, senhores, posei assim – ele se enrolou no paletó – e gritei...

– Esfuminhos! – gritou Anatole na voz de Mijonnet. – Sim, eu sei, me disseram isso, meu pobre Mijonnet. Isso fez você ser demitido do teatro.

– Ah, monsieur Anatole, o senhor é sempre o mesmo. Nunca deixa de brincar. Sempre provocando todo mundo – gaguejou o tio Mijonnet baixinho e queixoso. – Mas são histórias... Sempre fui muito comportado no Français. Pois então, gritei muito bem, assim: "Morte a César!". – E arrancou uma nota prodigiosa: o grito de Jocrisse numa conspiração de Brutus!

– Sério, tio Mijonnet, seu lugar era lá. Deve ter feito ciumentos, sabe... O senhor nasceu para declamação. Não, sério, não estou brincando. Tenho certeza de que há entre os senhores quem nunca tenha ouvido o monsieur Mijonnet recitar a *Queda das folhas*, de Millevoye... Peçam ao monsieur Mijonnet.

– Ah, monsieur Anatole, de novo brincando comigo – disse o bom homem sem se zangar, acostumado com as piadas de Anatole.

– A *Queda das folhas*! A *Queda das folhas*, Mijonnet! Ou nada de esfuminhos! – gritou o ateliê.

– É isso que desejam, senhores?

Do despojo de nossos bosques,
O outono havia juncado a terra...

***

– Do despojo de nossos bosques,
O outono havia juncado a terra...

Mijonnet pensou que era ele quem estava repetindo o verso; era Anatole.

– Fique quieto, monsieur Anatole. É idiota: não sei se sou eu ou o senhor que está falando...

Mas Anatole continuou, sempre com a voz de Mijonnet:

O rouxinol era de madeira,
O arvoredo estava no ministério...

– Oh! O senhor está mudando – disse Mijonnet. – Não é assim no livro... Não digo mais nada. Ah, obrigado, meu Deus, os banhos estão aí! – disse ele, virando-se e vendo no ateliê os oito banhos trazidos da rue Taranne.

– São para o senhor, monsieur Mijonnet – Anatole apressou-se em responder, iluminado e atravessado por uma inspiração repentina. – Banhos de honra que lhe oferecemos. Cortesia do ateliê. Tem a escolha das banheiras...

– Já que é assim, estou disposto. Se for do seu agrado, senhores – disse Mijonnet, encantado com a ideia de tomar um banho grátis.

Ele se despiu e entrou na água. Depois de alguns minutos, foi contaminado na banheira pelo tédio de pessoas que não estão acostumadas com o banho. Ele se mexia, acenava com as mãos, buscava uma posição, olhava timidamente para as banheiras próximas e, por fim, aventurou-se a dizer timidamente:

– Não se importariam, senhores, se eu mudasse, não é?

– Os oito banhos são para o senhor! – berrou o ateliê em uníssono, com a seriedade de um coro antigo.

Cinco minutos depois, enquanto Mijonnet caminhava de um banho a outro, procurando uma água que não o aborrecesse, Langibout entrou no estúdio de forma abrupta e violenta, com uma cor apoplética, bigodes eriçados. Jogando-se sobre Mijonnet, que demonstrava indecisão apoiado em duas banheiras, agarrou-o pelo braço:

– Como, grande idiota, um velho como você se presta a travessuras de criança! Vista-se logo... E se voltar a pôr os pés aqui...

Mijonnet, tremendo, correu para suas roupas e começou a vesti-las rapidamente, sem se enxugar.

Langibout andava para lá e para cá, a passos largos. O ateliê estava silencioso, consternado, esmagado pela raiva muda do mestre. Anatole, encolhido dentro da gola da sobrecasaca, murchinho, com os cotovelos junto ao corpo, o nariz no seu esboço, não ousava respirar: esperava, entretanto, que toda a tempestade caísse sobre Mijonnet.

Com Mijonnet vestido, Langibout o empurrou para fora; e, fechando a porta atrás dele, lançou, sem se virar, por cima do ombro:

– Monsieur Bazoche, dê-me o prazer de vir me ver...

XV

FOI PRECISO QUE A MÃE DE ANATOLE PUSESSE SEU VESTIDO DE VELUDO para vir desarmar Langibout e convencê-lo a aceitar seu filho de volta. O "sabão" que teve de suportar em seu retorno, a ameaça de expulsão ao primeiro pecadilho, amorteceram por algum tempo a louca alegria de Anatole e sua travessa imaginação. Tornou-se quase ajuizado e começou a desenhar. Viam-no chegar às seis horas e trabalhar conscienciosamente durante suas cinco horas de sessão, quase silencioso e um tanto grave. Não perdia mais dias correndo em busca de modelos naquelas excursões em fiacre, em três ou quatro, que vasculhavam toda a rue Jean-de-Beauvais. Ele se aplicava, levava a sério seus estudos, caprichava em seus esboços como nunca havia caprichado, não se mexendo mais de seu tamborete, sempre presente quando a aula era de Langibout, em cujo rosto ameaçador ele procurava ver, com um olhar tímido e um sorriso humilde, se estava de fato perdoado. O progresso que sentia estar fazendo e do qual percebeu a gratidão ao seu redor, no contentamento mal dissimulado de Langibout e nos olhares curiosos e surpresos de seus companheiros, sustentava o esforço de seu trabalho por vários meses, ao final dos quais despontaram dentro dele, com um sopro de vaidade, uma pequena esperança, um grande desejo, uma ambição.

Anatole foi o exemplo vivo do singular contraste, da curiosa contradição, que não é incomum encontrar no mundo dos artistas. Acontece que esse patusco, esse fazedor de paradoxos, esse vigoroso zombeteiro do burguês, tinha, em matéria de arte, as ideias mais burguesas, as religiões de um filho de Prudhomme. Na pintura, só via uma única pintura digna desse nome, séria e honrada: a pintura continuando os temas de concurso, a pintura grega e romana do Instituto. Seu temperamento não era clássico, mas acadêmico, como a França. O belo, ele o via entre David e o monsieur Drolling. O colégio, o eco imponente das línguas mortas e dos nomes sombrios da História antiga, o peso das tarefas maçantes, a grandeza dos heróis, inclinara seu espírito para uma espécie de culto instintivo, sem relevo e servil, não da antiguidade, mas do Homero de Bitaubé. O clichê heroico lhe inspirou um pouco o respeito que imprime ao povo, a uma plateia, a nobreza e a solenidade da representação de um tempo enterrado nos séculos. Tinha na boca todas as admirações recebidas, todo o entusiasmo tradicional pelos grandes estilistas, pelos grandes coloristas; mas, no fundo, sem ousar confessar para si mesmo, sentia mais e saboreava melhor um Picot do que um Rafael. Essas disposições o levaram a desprezar quase toda a pintura de talentos vivos, a desviar-se dela com olhares de desprezo ou elogios diplomáticos, e olhava, com olhos furiosos de atenção que saltavam das órbitas, quase que só as pequenas telas neogregas que levavam Aristófanes ao teatro de marionetes.

Para um homem com esse temperamento e essas ideias, havia um grande sonho: o Prix de Rome. E para isso logo foram todas as aspirações de suas horas de trabalho. O que o Prix de Rome representou na mente de Anatole não era uma estada de cinco anos em um museu de obras-primas; não era a educação superior de sua profissão e a fecundação de sua cabeça; não era a própria Roma: era a honra de ir para lá, passar por aquele caminho seguido por todos aqueles em quem encontrava talento. Para ele, como para o julgamento burguês e a opinião das famílias, era o reconhecimento, o coroamento de uma vocação artística. No Prix de Rome, ele via essa consagração oficial, da qual, apesar de todas

MANETTE SALOMON 81

as aparências de independência, as naturezas boêmias são mais desejosas e gananciosas do que todas as outras. Em Roma, ele via a capital da consideração na Arte, um lugar nobre e superiormente distinto, que era um pouco para ele como o faubourg Saint-Germain para um malandro.

Tornou-se assíduo nas aulas noturnas da Escola de Belas-Artes. Conseguia até uma medalha de segunda classe, acrescentando, com um toque espirituoso, ao seu personagem acabado, as roupas, o cachimbo e a bolsa de tabaco do modelo jogados em um tamborete. E, de súbito, tomado por uma resolução repentina, insolente, confiando em um golpe da sorte, no acaso que ama os ousados, ele foi, sem prevenir Langibout, se apresentar no primeiro dos três concursos do Prix de Rome. Era abril de 1844.

Por uma fria manhã do final desse mês, Anatole, com cavalete na mão, salsichão no bolso, chegou corajosamente à Escola por volta de cinco e meia, com a emoção de uma noite maldormida. Às seis horas, foi feita a chamada dos inscritos. Os primeiros medalhados, usando o direito oferecido por suas medalhas, tomavam posse das vinte celas; os outros compartilhavam as celas restantes aos pares. O professor do mês aparecia no fim do corredor e ditava o tema do esboço, enfatizando as palavras sublinhadas que indicavam o momento da cena, que os alunos apreendiam em silêncio, em *enfiadas de palavras*, nas soleiras de suas celas. Então, entravam nos cubículos. Nas celas a dois, os concorrentes se apressavam em pregar um cobertor entre suas telas e o camarada para não serem *surrupiados*. Anatole, de sua parte, não pregou nada, atirou-se no trabalho, comeu seu salsichão sem largar seu esboço, trabalhou até o último minuto da última hora. Nos últimos quinze minutos de luz já nebulosa, ainda punha pontos luminosos em sua tela na claridade da iluminação dos locais.

XVI

— AH, MEU CARO, QUE SORTE! — EXCLAMOU ANATOLE, ao encontrar, numa esquina, Chassagnol, que não via desde aquele dia no Jardin des Plantes.

E ele se jogou em seus braços, com uma alegria tão louca a ponto de tratá-lo por você.

— Você não sabe? Sou o nono no concurso de esboços para o Prix de Rome!

— O nono? — repetiu friamente Chassagnol; e, tomando-lhe o braço, levou-o a um café que espalhava a luz do seu gás sobre a calçada. Chegado à porta, fez Anatole passar à sua frente com aquele gesto de convite que oferece o consumo e, atirando-se ao primeiro banco sem nada ver, sem se preocupar com os garçons dispostos à sua frente, com os burgueses que observavam, com o dinheiro que bem podia não estar no bolso de Anatole, começou: — O Prix de Rome... Ah! Ah! Ah! O Prix de Rome! É isso! É isso mesmo! O Prix de Rome, não é? O sonho de seiscentos simplórios... Todos os anos, seiscentos simplórios!

Lançava gritos, interjeições, exclamações, monossílabos, trechos de frases desagradáveis. Sua voz se precipitava, suas palavras se embargavam. O que ele queria dizer careteava em suas feições crispadas. Com as mãos estremecidas de violinista, agitadas acima de sua cabeça, ele levantava febrilmente as mechas caídas de seu cabelo liso. Seus dedos epilépticos se atormentavam, faziam o gesto de agarrar e apreender, batiam no ar diante de suas ideias, moviam ao redor de sua testa o magnetismo de seus nervos. Sem parar, apertava sobre o peito os botões de seu casaco abotoado. Uma risada mecânica e insana punha uma espécie de soluço em sua fala atropelada, entrecortada; e podia se acreditar ver a água que enchia de um brilho perturbado esses olhos de um rosto alucinado, mostrando as misérias de um estômago que não come todos os dias, e a devassidão do ópio.

A crise durou alguns instantes; então, com o ímpeto de um jorro a expulsar o que o sufocava e o pesava, vomitando sua areia e suas pedras, brotou de Chassagnol uma torrente livre e corrente de ideias e palavras, que o envolveu no torpor dos bebedores de cerveja.

– Insensato! Insensato! A ideia de uma fornada de futuros! De futuros! Ah! Ah! Como! O que há de mais diverso e de mais oposto, naturezas, temperamentos, aptidões, vocações, todas as maneiras pessoais de sentir, de ver, de fazer, as divergências, os contrastes, o que uma Providência semeia como originalidade no artista para salvar a arte humana da monotonia, do tédio; os contrários absolutos que devem provocar a contrariedade da admiração, esses germes inimigos e díspares de um Rembrandt e de um Vinci futuros! Trancam tudo isso em um internato, sob a disciplina e o domínio de um bedel do belo! E de que belo! O belo patenteado pelo Instituto! Eh! Você entende? Talento, mas se você tivesse a sorte de ter dois tostões de talento, você não extrairia de lá. Porque talento, enfim, o talento, o que é isso, hein, o talento? É, bem simplesmente, e isso em todas as artes, não só na pintura como em qualquer outra coisa, a faculdade pequena ou grande da novidade, entende? Novidade que um indivíduo carrega dentro de si... Aqui! Por exemplo, no quadro geral, o que diferencia Rubens de Rembrandt, ou, se você quiser, de cima para baixo, Rubens de Jordaens, aí, não é? Bem, essa faculdade, essa tendência da personalidade de não recomeçar sempre um Perugino, um Rafael, um Domenichino, e isso com uma espécie de devoção chinesa, no tom de hoje... Essa capacidade de pôr no que faz algo do desenho que você surpreende e percebe, e só você, nas linhas presentes da vida, a força, e eu diria a coragem de ousar um pouco a cor que você vê com sua visão de um ocidental, de um parisiense do século XIX, com seus olhos... Sei lá eu... De presbiope ou míope, marrons ou azuis... Um problema, essa questão, que oculistas deveriam cuidar e que talvez fornecesse uma lei para coloristas... Em suma, o que você pode ter de disposições para ser você mesmo, ou seja, muito, ou um pouco diferente dos outros. Pois bem! Meu caro, você verá o que sobrará, depois dos sermões, dos pequenos tormentos, das perseguições! Mas vão apontar o dedo para você! Terá contra você o diretor, seus camaradas, os estrangeiros, o ar da Villa Medici,[60] as memórias, os exemplos, os decalques velhos de vinte anos que as gerações passam uma às outras na Escola, o Vaticano, as pedras do passado, a conspiração dos indivíduos, das coisas, do que fala, do que aconselha, do que repreende, do que oprime com a lembrança, a tradição, a veneração, o preconceito... Roma inteira e a atmosfera sufocante de suas obras-primas! Um dia ou outro, você será agarrado por algo mole, descolorido e invasor, como o nadador por um polvo... O pastiche vai agarrá-lo, e boa noite! Você vai amar só isso, vai sentir só isso: hoje, amanhã, sempre, só vai fazer isso. Pastiches! Pastiches! Pastiches! E depois a vida, aí! Conserve então a chama na cabeça, a energia, a mola, os músculos e os nervos do artista, nesta vida de funcionário pintor, nesta existência que possui algo da comunidade, da faculdade e do escritório, nesse enclausuramento e nessa regularidade monástica, nessa pensão! "Uma cozinha burguesa", como Géricault a chamava... Formidavelmente justa, a expressão! É aí que se extingue bem o *sursum corda*[61] da ambição pungente... Você? Mas nesse bem-estar adocicado e adormecido, na insipidez das rotinas, diante da planura das perspectivas tranquilas, do futuro assegurado, do direito de ter encomendas, dos trabalhos que o esperam... Você? Mas a burguesia mais baixa acabará por moldá-lo em sua medula!

---

60 Sede da Academia de França em Roma, onde os premiados se alojavam e trabalhavam.

61 "Elevai os corações." Em latim no original.

MANETTE SALOMON 85

Você não ousará mais encontrar nada, arriscar nada. Você calçará os sapatos gastos de alguma velha glória bem-comportada e fará arte para fazer carreira! Ah! Você não sabe quanta resistência, heroísmo, solidez foram necessários para dois ou três que passaram por lá... Quatro, se você quiser, mas não mais. Para resistir ao aquartelamento, à anemia desses cinco anos, ao aburguesamento e ao achatamento desse meio! Não, veja, meu caro, podemos desfiar todas as ladainhas do mundo sobre isso, essa não é a escola de que o talento precisa: a verdadeira escola é o estudo em plena liberdade, segundo o gosto e a escolha de cada um. É preciso que a juventude tente, busque, lute, enfrente tudo, a vida, até a miséria, com um ideal árduo, mais orgulhoso, mais largo, mais difícil e mais doloroso de conquistar do que aquele que se publica em um programa escolar e que se deixa abocanhar pelos primeiros da classe... E por que uma escola em Roma, hein? Diga-me por quê? Como se não devêssemos deixar o pintor em formação ir aonde lhe parece que estão os avós, os pais do seu talento, espécies de inspirações de família que o chamam... Porque não uma escola em Amsterdã para aqueles que sentem laços de raça, uma filiação com Rembrandt? Por que não uma escola em Madri para aqueles que acreditam ter Velázquez nas veias? Por que não uma escola em Veneza para outros? E, além disso, no fundo, por que escolas? Quer que eu lhe diga o que há para fazer e o que talvez faremos um dia? Basta de concursos, de emulação escolar, de velhas máquinas gastas e de engrenagens da tradição: à obra livre, convicta, pessoal, testemunhando um pensamento e uma inspiração, ao artista jovem, iniciante, desconhecido, que terá exposto uma tela notável, que o Estado dê uma quantia em dinheiro, que com esse dinheiro o artista vá para onde quiser, para a Grécia, que é tão clássica quanto Roma, na minha opinião, para o Egito, para o Oriente, para a América, para a Rússia, sob o sol, o nevoeiro, em qualquer lugar, no inferno se ele quiser! Aonde quer que seu instinto de ver e encontrar o leve... Deixe-o viajar, se é esse o seu humor; deixe-o ficar, se for do seu gosto; que olhe, que estude no local, que trabalhe em Paris e em Paris... Por que não? Pincio por Pincio, quando ele bem poderia tomar Montmartre? Se é aí que ele acha que encontra seu talento, o caráter escondido em qualquer coisa que se revela ao homem único que nasceu para vê-la... Pois bem! Aquele que assim o encorajar, deixando-o entregue a si próprio, soltando a rédea da originalidade em seu pescoço, por pouco que tiver de dom, garanto que aquilo que fará não será o belo Blondel, nem o belo Picot, nem o belo Abel de Pujol, nem o belo Hesse, nem o belo Drolling... Não o belo tão nobre, mas algo que terá entranhas, vibrações, emoção, cor, vida! Ah, sim, quem viverá mais do que todas essas mitologias requentadas! Ora, ora! Poderia haver institutos por toda parte com coroas, que talvez não víssemos os excessivos, os desregrados, os gigantes, um Rubens ou um Rembrandt! Pararam o sol em Rafael! Ah! O Prix de Rome! Você verá o que estou lhe dizendo: uma mediocridade honrosa, isso é tudo que ele fará de você... Como fez dos outros. Pois então! Você conseguirá se sacrificar "às doutrinas sãs e elevadas da arte"... Sãs e elevadas doutrinas! É engraçado! Mas em nome de que, diacho! O que sua escola em Roma fez? Foi sua escola em Roma que fez Géricault? Foi sua escola em Roma que fez seu famoso Leopold Robert? Foi sua escola em Roma que fez Delacroix? Que fez Scheffer? Que fez Delaroche? Que fez Eugene Deveria? Que fez Granet? Foi sua escola em Roma que fez Decamps? Roma! Roma! Sempre sua Roma! Roma? Bem, eu o digo com pena! Roma? É a Meca do *clichê*!... Sim, a Meca do *clichê*... É isso! Hein? Não é? Tudo bem, o batismo está aí...

Chassagnol ainda falava. E, de sua febril e mórbida eloquência, que crescia à medida que se exaltava, surgiu o orador noturno, o orador cujas teorias e cujos paradoxos e estéticas parecem embriagados pela noite com a excitação da insônia e da luz do gás, um tipo desse gênio da fala parisiense, que desperta, na hora do sono alheio, na beira de uma mesa de café, com os cotovelos sobre os jornais sujos e as mentiras amassadas do dia, num canto da sala, à luz das velas iluminando vagamente, nas profundezas da sombra, as proteções instaladas sobre a mesa de bilhar pelos garçons em mangas de camisa.

A uma hora, o dono do café foi obrigado a mandar os dois amigos embora. Chassagnol continuava esganiçando.

Chegando à sua porta, Anatole subiu: Chassagnol foi atrás dele, como um homem acostumado a subir as escadas de qualquer amigo com quem jantava, tirou o casaco que o incomodava para falar, não ouviu o cuco soar a hora no relógio do quarto, começou a fumar um cachimbo que se apagava constantemente, olhou Anatole se despir e continuou falando, até que Anatole lhe ofereceu metade de sua cama para obter silêncio. De novo, Anatole teve o fim do discurso de Chassagnol em um de seus sonhos.

Por dois dias e duas noites, Chassagnol não largou Anatole, seguindo seus passos, acompanhando-o ao restaurante, ao café, vivendo do que ele comia, dividindo suas noites e sua cama, continuando a falar, a teorizar, a paradoxar, inesgotável em arte, sem que lhe escapasse uma palavra sobre si mesmo, seus negócios, a família que poderia ter, o que o fazia viver, sem que nunca lhe viesse à boca o nome do pai, da mãe, da amante, de qualquer ser com quem se importasse, mesmo de uma região que fosse sua. Tudo era mistério nesse homem bizarro e secreto, cuja própria ciência vinha de onde ninguém sabia.

Na terceira noite, Chassagnol abandonou Anatole para ir embora com outro amigo qualquer, que tinha vindo sentar-se à mesa do café. Era seu hábito, um hábito que todos conheciam, de passar assim de um indivíduo, de uma sociedade, de um camarada, de um café para outro café e outro camarada, agarrar-se às pessoas, quando as reencontrasse, como se ele tivesse as deixado na véspera, para deixá-las novamente alguns dias depois, e ir estabelecer uma nova intimidade de meia semana com o primeiro que aparecesse.

XVII

NO DIA SEGUINTE A ESSA SEPARAÇÃO, ANATOLE ENTROU NO ATELIÊ quando Langibout ministrava sua aula. Ele tinha o olhar modestamente orgulhoso de quem espera parabéns.

– Aí está o senhor, pequeno miserável! – gritou Langibout para ele com uma voz terrível assim que o viu. – Como, com o que o senhor sabe, teve a afronta de concorrer? E ficando em nono lugar! É nojento... Mas como teve a ideia de que é capaz de pintar uma academia, sua besta? O senhor será recusado no segundo concurso e terá tomado por nada o lugar de um outro que teria chances de obter o prêmio. Quando penso que poderia ter feito Garnotelle perder! Um jovem sagaz, que está no último ano... Ah! Se isso tivesse acontecido, por exemplo, eu o teria enxotado porta afora! Eu o teria enxotado porta afora! – repetiu mais vivamente Langibout e avançou sobre Anatole, que protegeu a cabeça com sua pasta, como se estivesse diante da ameaça de um cascudo. Essas foram todas as felicitações que Langibout lhe fez. De resto, ele não se enganou: na semana seguinte, no concurso de academia pintada, Anatole foi recusado, Garnotelle passou em terceiro lugar entre os dez admitidos para entrar na cela.

Garnotelle deu o exemplo daquilo de que é capaz, na arte, a vontade sem o dom, o esforço ingrato, essa coragem da mediocridade: a paciência. À força de aplicação, de perseverança, tornara-se

MANETTE SALOMON 89

um desenhista quase douto, o melhor de todo o ateliê. Mas ele possuía apenas o desenho exato e pobre, a linha seca, o contorno copiado, esforçado e servil, em que nada vibrava com a liberdade, com a personalidade dos grandes tradutores da forma, daquilo que, num belo desenho da Itália, encanta pela caracterização, pelo exagero magistral, o próprio erro na força ou na graça. Seu traço consciencioso, sem grandeza, sem amplidão, sem audácia, sem emoção, era, por assim dizer, impessoal. Nesse desenhista, o colorista não existia, a composição era medíocre e se limitava a imaginações de segunda mão, emprestadas de uma dúzia de pinturas conhecidas. Garnotelle era, em suma, o homem de qualidades negativas, o aluno sem vício de originalidade, a quem uma sabedoria nativa do colorido, o respeito pela tradição da escola, um precoce arcaísmo acadêmico, uma maturidade antiquada, pareciam assegurar e prometer o Prix de Rome.

Apesar de três fracassos sucessivos, Langibout mantinha a obstinada esperança de sucesso para esse aluno persistente e meritório, ao qual se ligava por um duplo vínculo: uma similitude e paridade de origem, uma semelhança de seu velho talento com esse jovem talento clássico. Parecia-lhe que o futuro era impossível de escapar; tudo aquilo que ele estimava nesse compatriota de Flandrin era seu caráter, essa tenacidade que Garnotelle punha em tudo, trazendo até às brincadeiras a teimosia de um *canut*.[62]

Filho de operários pobres, Garnotelle teve a sorte de não ter nascido em Paris e de encontrar, em torno de sua miserável vocação, todas as proteções que sustentam e acariciam nas províncias uma futura glória local.

O conselho municipal o enviara a Paris com uma bolsa de 1.200 francos e, em sua solicitude maternal, o hospedara em um hotel virtuoso, onde a moral dos pensionistas era supervisionada por um hoteleiro que mantinha um relatório de seus pagamentos. Tinha sido aumentado em duzentos francos quando passou na seleção para a Escola de Belas-Artes. Depois de duas medalhas, aumentou para 1.900 francos. Uma pensão de 2.400 francos

---

62 Nome dado aos operários da seda de Lyon, minuciosos e obstinados.

o esperava quando fosse enviado a Roma. Já lhe chegavam, sem que isso já tivesse acontecido, encomendas, restauros de capelas, retratos de pessoas de sua cidade. Sentiu atrás de si todos aqueles braços de uma província que empurram um filho de quem ela espera honra, celebridade, todas aquelas mãos que lançam no início da carreira de alguém dali, as recomendações do bispo, a influência todo-poderosa do deputado, o alvoroço de elogios da imprensa local.

Apesar desse terceiro lugar, mestre e aluno não estavam tranquilos. Era a última cartada sobre o futuro de Garnotelle, seu último ano de concurso; e por mais que Langibout repetisse para si mesmo todas as chances desse talento honesto e corajoso, seus méritos diante da justiça caridosa do júri da escola, ele conservava um fundo de inquietação. Parecia-lhe que havia correntes malignas e ameaças no ar. Comentários nos ateliês, um início de burburinho da opinião, anunciavam os nomes de dois ou três jovens, cujo novo talento, ousado, simpático, podia se impor ao júri e triunfar sobre suas repugnâncias.

O programa do concurso daquele ano era um daqueles temas retirados da *Selectæ*,[63] que as sombras de Caylus e de André Bardon, todos os anos, parecem ditar regularmente ao Instituto, em um sonho: "Breno sitiando Roma, os velhos, as mulheres e as crianças assistem à partida dos jovens que sobem ao Capitólio para defendê-lo. *Os Flâmines*[64] *descem do Templo de Jano, carregando os vasos e estátuas sagrados, e distribuem armas aos guerreiros que eles abençoam*".

Garnotelle passou setenta dias na cela trabalhando em seu quadro, até o anoitecer, sem perder uma hora, com a obstinação de toda a sua vontade, com uma fúria de aplicação, com o esforço supremo de todas as ambições e todas as esperanças de sua mediocridade.

A Exposição se aproximava: sua pintura já havia sido julgada; porque nesse concurso, os alunos não se tinham contentado,

---

63 Antologia.
64 Sacerdotes.

MANETTE SALOMON

como de costume, em *emporcalhar*, ou seja, em fazer furos na divisória para ver o esboço do vizinho: valendo-se da inexperiência de um guarda novato que tinham feito posar, de costas para as portas das celas, a pretexto de pintarem o seu retrato, os concorrentes se visitaram uns aos outros e, com a justiça leal e espontânea dos julgamentos de rivais, o prêmio foi concedido de comum acordo a um jovem chamado Lamblin. Na Exposição, esse julgamento foi confirmado pelo público e pela crítica, que permaneciam frios frente à bem-comportada ordenação dos Flâmines de Garnotelle, à pobre simetria das tropas, à banal esperteza dos panejamentos, ao movimento morto e modelado do palco, aos gestos declamatórios. Duas pinturas de seus concorrentes foram comparadas à dele como superiores pelo sentimento da cena, pela compreensão da grandeza histórica e do páthos, de partes inspiradas com verve. E o primeiro lugar foi inquestionavelmente dado à tela de Lamblin, à qual os mais severos atribuíam uma rara solidez de cor e o maior gosto na austeridade trágica.

Mas Lamblin tivera a imprudência de expor no último Salon um quadro que fora comentado e que rendeu um desses burburinhos que os professores não gostam de ouvir em torno do nome de um aluno. Além disso, tinha apenas 22 anos, o futuro estava diante dele, podia esperar. Dar-lhe o prêmio era retirá-lo de um trabalhador honesto, consciencioso, regular, modesto, de um concorrente do ano passado, a quem os próprios fracassos haviam, de alguma forma, firmado a promessa do Prix de Rome: a essas considerações se somava um interesse natural por um pobre-diabo merecedor, e vindo de baixo, que se elevara pelo estudo. Recomendações poderosas de lioneses em boa posição desequilibraram o júri mais uma vez: Garnotelle levou o primeiro prêmio. Afastaram Lamblin, para que a comparação com seu nome, a lembrança de sua tela, não pesassem muito sobre o coroado: ele nem sequer teve uma menção; e, para salvarem o julgamento, artigos foram enviados aos jornais amigos, que enfatizavam o caráter de elevação e a pureza de sentimento do quadro vitorioso. Mas isso não enganou ninguém: era um fato muito gritante que o Prix de Rome acabava de ser atribuído, mais uma vez, não ao talento e à promessa de futuro, mas à aplicação, à assiduidade, à boa moral do trabalho, ao bom aluno bem-comportado e tacanho. E a vitória de Garnotelle levou ao desprezo da Escola, à revolta que a iniquidade dos juízes e mestres inspira à juventude.

Anatole era uma dessas naturezas felizes, leves demais para abrigar a menor amargura. Não invejava essa vitória com a qual tanto sonhara. Pensava que Garnotelle tivera sorte; e foi tudo. E, durante a grande festa no campo, em outubro em Saint-Germain, naquela celebração dos Prix de Rome, quando os 55 concorrentes do ano, misturados aos veteranos e amigos, percorrem a floresta, em pangarés alugados, com calças de escreventes arregaçadas até os joelhos e com o jeito de um estado-maior de novatos em uma revolução, Anatole estava sempre à frente da grotesca cavalgada. No tradicional jantar no pavilhão Henrique IV, na quebradeira de toda a mesa e no barulho de dois pianos trazidos pelos prêmios de música, ele dominou a algazarra, a bagunça e os dois pianos. E, quando voltaram, até Paris ele aturdiu a noite e o sono dos subúrbios com a nova canção, improvisada por um arquiteto, naquela noite, durante a sobremesa do jantar, e popular no dia seguinte:

"Gn'y tem,
Gn'y tem,
Que famoso patife!..."

XVIII

AQUELE FRACASSO FORA SUFICIENTE PARA CURAR ANATOLE de sua ambição. Voltou-se para outras ideias, para um desejo mais modesto e de realização mais fácil: queria ter um ateliê que lhe oferecesse o ninho do artista, a possibilidade de fazer retratos, de ganhar dinheiro; em suma, de se *estabelecer* como pintor.

Infelizmente, sua mãe não estava disposta a lhe pagar o luxo de um ateliê. No final, decidiu consultar Langibout, que lhe garantiu "que coisas bonitas podem ser feitas em um porão". Armada com essa resposta, ela recusou decididamente o capricho de Anatole. O desfecho foi uma cena exacerbada, após a qual Anatole voltou orgulhoso para seu quarto no sexto andar, declarando que não faria mais suas refeições em casa e que iria viver de seu talento.

Viveu por cerca de um mês graças a desenhos de cabeças de espanholas em pastel, com cabelos floridos com flores de romã, que vendeu a um pequeno marchand na rue Notre-Dame-de-Recouvrance. Durante todo aquele mês, passou repetidas vezes em frente a um número da rue Lafayette, diante da placa de um pequeno ateliê para alugar, o único ateliê do bairro em que Hillemacher ainda não havia construído aqueles oito grandes ateliês que, mais tarde, transformaram a rua em um dos centros da pintura na margem direita do Sena.

O embaraço era de que precisava de uma aparência de mobília para se instalar; e Anatole mal ganhava o suficiente para comer todos os dias. Na maioria das vezes era alimentado por um colega do ateliê, na base da camaradagem; um bom rapaz selecionado para o recrutamento, e que uma recomendação de Horace Vernet havia posto na reserva e instalado entre os enfermeiros do Val-de-Grâce, "os artilheiros da seringa". Do quartel, ele trazia para Anatole metade de sua ração em seu quepe. Isso em nada abalava a firmeza da decisão de Anatole, que continuava a passar todos os dias pela escada de serviço em frente à porta entreaberta da cozinha de sua mãe, sem entrar por ela, como que desprezando, do alto de uma barriga cheia, o cheiro do almoço.

Então ele ouviu falar de um senhor da província que procurava alguém para fazer personagens em uma litografia. Pediu o endereço e se dirigiu às pressas para um pequeno hotel na rue du Helder.

– Entre! – gritou-lhe uma voz formidável quando bateu à porta indicada. Ele se viu cara a cara com um Hércules, enormemente nu e ocupado em se lavar com água fria.

O homem não se perturbou; continuou exibindo seus membros de lutador, músculos ferozes, revirando os olhos grandes naquela cabeça enorme e de barba dura.

– Profira sons – disse ele a um Anatole confuso. E quando Anatole explicou o motivo de sua visita: – Ah, o senhor sabe fazer litografia?

– Perfeitamente – assegurou Anatole, intrépido, que nunca havia tocado um lápis litográfico na vida.

– Onde mora?

– Na rue du Faubourg-Poissonnière, número 31.

– Rapaz! – gritou o homem, vestindo-se, para um empregado do hotel, cuja movimentação se ouvia no quarto ao lado. – Feche meu baú, e um carregador...

Anatole não entendeu; mas sentiu um vago terror confuso tomar suas ideias, diante desse homem perturbador por sua força e seu jeito meio desvairado.

– Vamos! – disse o homem abruptamente, já vestido.

MANETTE SALOMON

Anatole desceu as escadas, seguido pelo carregador, pelo baú e pelo homem levando uma imensa pedra debaixo do braço, concentrado, sinistro, mudo e cavernoso, com o ar de agitar meditações ferozes sob as sobrancelhas grossas e carrancudas. Tinha a impressão de um pesadelo, de uma aventura ameaçadora e, acima de tudo, uma pungente sensação de vergonha. Para ele, era horrível a ideia de introduzir esse estranho em seu muquifo. Se ele não lhe tivesse dado seu endereço, teria fugido pela esquina.

Quando o carregador, com dificuldade, enfurnou o grande baú na pequena sala, e a pedra foi colocada sobre a mesa que ela cobriu, o homem, depois de ter medido com o olho a altura e a largura do sótão, pousou sua grande mão sobre o cobertor e disse estas simples palavras:

– É a sua cama, não é? Bem, vou me deitar.

Anatole estava completamente aturdido. No entanto, começava a preparar em sua cabeça um tímido pedido de explicação, quando o homem tirou do bolso quatrocentos ou quinhentos francos, que pôs sobre a mesa de cabeceira.

Anatole viu naquele ouro um deslumbramento: seu futuro ateliê! Ele não disse uma palavra.

O homem tinha se deitado; de repente, ergueu-se um pouco da cama e, meio sentado:

– A propósito, o senhor não comeria alguma coisa, não está com fome?

– Sim – disse Anatole –, me esqueci de comer esta manhã.

– Pois então mande trazer algo do restaurante.

Depois do almoço, durante o qual o homem não falou com Anatole, e Anatole não ousou falar com ele:

– O senhor vai me acordar às dez horas – disse o homem, voltando para a cama. – Ouviu, às dez horas!

Era uma hora. Anatole foi passear. Todos os tipos de divagação lhe giravam no cérebro. Lembrava-se de histórias de loucos perigosos. Não sabia o que pensar, o que esperar desse prodigioso hóspede instalado em sua casa, caído da lua em seus lençóis.

Às dez acordou o adormecido, que se vestiu e se pôs a descobrir a pedra, com todos os tipos de cuidados especiais, sobre a qual se via apenas a indicação de um arco triunfal, daquele tipo da Alhambra, que é o estilo especial da confeitaria: sobre ela, deveria ser representada a recepção do duque de Orleans pela guarda nacional de Saint-Omer, com os retratos exatos de todos os guardas nacionais, executados a partir de daguerreótipos ruins contidos no baú do compatriota deles.

– Então? Vamos começar? – indagou o homem depois de dar a Anatole todas as explicações sobre o tema.

– Começar? Mas não estou acostumado a trabalhar à noite.

– Como? Ah, sim, muito bem... O senhor vai dormir na cama, à noite... Eu, durante o dia. Nós nos revezamos.

Após doze dias desse trabalho singular, a pedra estava terminada. O artista amador de Saint-Omer regressou à sua terra, deixando a Anatole 125 francos, a barriga recomposta e estufada, e a memória de um homem original, muito corajoso, que só tinha encontrado aquela forma bizarra de obter rapidamente de um colaborador o que ele queria, como ele queria.

A mala do Saint-Omérois nem tinha chegado ao fim da rua, e Anatole saltou para a rue Lafayette; ele reservava o pequeno ateliê. De lá, correu para um negociante de itens de segunda mão que, por setenta francos, lhe vendeu uma cômoda e quatro poltronas de veludo de Utrecht. A esse luxo, Anatole acrescentou a cama e a mesa de seu quarto. Isso bastava para firmar um compromisso de aluguel de um trimestre, de 160 francos. E entrou em seu primeiro ateliê com cinquenta francos adiantados, o suficiente para viver um mês inteiro, trinta dias sem precisar da Providência.

XIX

ATELIÊ DE MISÉRIA E DE JUVENTUDE, VERDADEIRO SÓTÃO de esperança, aquele ateliê na rue Lafayette, aquela mansarda de trabalho com seu cheiro bom de tabaco e preguiça! A chave ficava na porta, entrava quem quisesse. Um leque de cachimbos num prato de faiança de Rouen, acompanhado, nos dias de bonança, por um cartucho de tabaco, aguardava os visitantes, que sempre encontravam um lugar para se sentar, um braço de poltrona, um cobertor no chão, um canto na cama transformado em divã, e onde, apertando-se, dava para acomodar meia dúzia. Ali vinham e voltavam todos os tipos de amigos, convidados de uma hora ou de uma noite, os vagos conhecidos íntimos do artista, pessoas que Anatole tratava por você sem nem mesmo saber o nome, todos os passantes para quem bastava a palavra ateliê como atração, como a publicidade de um lugar pitoresco, cômico e cínico: eram camaradas do ateliê de Langibout que, naquele dia, tinham tomado a rue Lafayette para ir ao Louvre, algum rapaz sem ateliê que vinha a Anatole pintar uma tabuleta para um mercador de vinhos, um colega de colégio assanhado pela ideia de ver uma modelo mulher, um rapaz trabalhando em um escritório de advocacia e fazendo entregas no bairro, subindo e atirando seus papéis no oco de um gesso de Psiquê, ou mesmo algum supranumerário escapando de seu ministério às duas horas com o desejo de folgar. Ainda se viam ali jovens arquitetos, alunos da Escola Central,[65] aprendizes de todos os ofícios, estagiários de todas as artes, encontrados, recolhidos por Anatole aqui e ali, na vizinhança, no café, em qualquer lugar: Anatole não se importava. Recebia todos os conhecidos que chegavam, e nada lhe parecia mais natural do que oferecer metade de seu domicílio a um senhor que, na rua, acendera seu cigarro com o dele. Essa extrema facilidade nas relações não tardou a lhe render um companheiro permanente de cama, sem que ele soubesse de onde vinha esse camarada. Chamava-se monsieur Alexandre e tinha emprego no Circo. Seu trabalho comum era interpretar o "infeliz" general Mélas. Além disso, ele teria sido um ator bastante comum sem os pés; mas, por causa deles, saía do ordinário: tinham vasculhado todos os depósitos do Circo sem que encontrassem um sapato que lhe servisse.

Assim animado e assombrado, o ateliê de Anatole ainda era visitado, geralmente tarde e lá pelas horas em que começam as demandas do estômago, por algumas mulheres sem profissão, que faziam a ronda dos homens que ali se encontravam, tentando descobrir se um deles teria a ideia de não jantar sozinho. Na maioria das vezes, às seis horas, elas se contentavam com uma cotização que lhes permitia mandar buscar, no café ao lado, absintos e anisetes misturados.

O movimento, o alvoroço, não cessavam naquele pequeno cômodo. Dele escapavam explosões de alegrias, risos, refrões de canções, fragmentos de ópera, uivos de doutrinas artísticas. A casa honesta pensava ter um galpão cheio de loucos sobre sua cabeça. Depois vinham as brincadeiras que faziam tremer o assoalho sobre a cabeça dos inquilinos de baixo: dois reles dramaturgos, infelizes como pessoas que tivessem sido trancadas numa jaula de macacos para ter ideias. O ateliê sapateava, empurrava, dançava, brigava, se exibia. Havia palhaçadas furiosas, choques, quedas, corpos cadentes que pareciam ter sido nocauteados, lutas de tapas, saltos acrobáticos, proezas. Toda hora irrompia aquele atletismo ao qual convidam a visão das estátuas e o estudo do nu, aquela ginástica

---

65 École Centrale, escola de engenharia.

louca e furiosa com que o ateliê prolonga as recriações do colégio, prolonga as batalhas, os jogos, as atividades e as elasticidades da infância entre artistas barbados.

As entradas que o monsieur Alexandre tinha para o Circo, espalhadas pelo ateliê, logo trouxeram a essa fúria de exercícios uma terrível excitação. Anatole e seus amigos conceberam uma grande ideia que, mal tendo sido realizada, levou à demissão dos dois dramaturgos. Pensaram em ensaiar no ateliê as grandes epopeias militares do Circo. A doze, eles representavam o Império todas as noites. Cada um por vez retratava uma potência de coalizão, às vezes duas. A mesa do modelo era a capital em que se entrava, e uma prancha atirada do fogão sobre a mesa representava a plataforma imitada do famoso quadro das neves do Friul. Para a campanha da Rússia, o cenário era simples: abria-se a janela. Uma mulher da sociedade, que adorava o talento de Léontine, recebeu o papel de vivandeira, com a condição de que providenciasse o traje: vestiu uma calça, um par de botas, uma blusa com fenda até o alto, e a parte de cima de uma lata de sardinhas aplicada sobre o chapéu de couro de um capitão de longo curso, naufragado na Terra Nova, e coletado em um canto do estúdio. Anatole passava admiravelmente em revista o grande exército, montado em uma cadeira. Ele era ótimo dizendo, segundo as mais puras tradições de Gobert: "Você? Eu o vi em Austerlitz... A cavalo, senhores, a cavalo!". Também se viam ali marchas de exércitos muito unidos, em que o rufar dos tambores era feito com o barulho dos lábios, e o toque das clarins imitado no sovaco. Mas o mais bonito eram as batalhas, ferozes e heroicas, atravessadas por furiosas cargas de baionetas feitas de latas vazias, coroadas com a luta suprema: o combate da bandeira! Triunfo de Anatole, em que, apertando a vara do dossel de sua cama contra o coração, lutava, se contorcia, desmoronava e terminava por fazer passar por cima do cabo da vassoura vitoriosa todos os inimigos da França!

XX

DUAS CARTAS CAÍRAM NO MESMO DIA NESSE ATELIÊ e nessa vida de Anatole:

"Percevejiana, estrada de Magnésia
setembro de 1845

"Tratante! Abandonar-me, desde que estou aqui, sem uma carta, sem uma palavra! E tenho certeza de que você nem mesmo está morto, o que seria, pelo menos, uma desculpa. De resto, se estou lhe escrevendo não é porque o perdoo, pelo contrário. Estou lhe escrevendo porque não consigo dormir. Saiba que estou hospedado, por ora, na casa do grego Dosicles, que, para me honrar, me pôs em uma cama na qual os lençóis são bordados com flores de ouro de um relevo desesperador. Eu estava tão cansado esta noite que começava a cochilar, me acomodando, me acertando no colchão, mas dormindo... Quando, de repente, percebi que cada uma dessas flores douradas era um cálice... Um verdadeiro cálice de percevejos! E é por isso que eu o honro com minha prosa, sem falar que eu tive coceira de contar, e que preciso fazer alguém engolir minhas histórias.

"Dito isso, siga-me. Em sela, às três horas da manhã, uma escolta de uma dúzia de albaneses e turcos e, claro, meu fiel Omar. Antes de mais nada, caminhos ladeados de oleandros e pés de

MANETTE SALOMON

romã selvagens, em meio aos quais eu via passar o focinho muito jovem de um pequeno camelo nascido durante a noite e do tamanho de uma cabra, que veio nos dar bom-dia. Às oito horas começamos a subir a montanha: então, precipícios, cachoeiras capazes de arrastar tudo, pinheiros gigantescos, de formas admiráveis, árvores do tempo da criação, árvores cheias de vida e cheias de séculos, verdadeiros pedaços da imortalidade terrena, que inspiram respeito com a sombra ao seu redor. Não estou falando de todas as coisas que afugentávamos no mato e nas folhas, serpentes, pássaros, esquilos que fugiam e se viravam para nos examinar, como se nunca tivessem visto animais de nossa espécie. Lá no alto, apesar do frio cortante que nos fazia estremecer sob os casacos e cobertores, ficamos uma hora olhando o que de lá se via: o Bósforo, as ilhas, a costa de Tróia, branca, com lampejos de pedreira de mármore, brilhando neste azul, o azul do céu e do mar misturados, um azul para o qual não há palavras nem tintas, um azul que seria uma turquesa translúcida, você consegue ver isso?

"De lá, degringolada até a planície. Vilarejos dominados por grandes ciprestes, a boa natureza de vegetação gorda, como na Normandia; pomares com água ondulando sob os pés de nossos cavalos, árvores que se beijam com seus galhos do alto; pêssegos amarelos, ameixas, romãs, uvas de todas as cores escorregando das videiras emaranhadas nas árvores; em todos os lugares no caminho, frutas suspensas, tentadoras, caindo ao alcance da mão; entre as clareiras das árvores, campos de melancias e melões que minha escolta corta com grandes golpes do iatagã e dos quais me oferece o cerne. Enfim, parecia que eu estava na estrada para o paraíso, animada por um povo do paraíso que parecia encantado em nos ver comendo o que lhes pertencia. Encontramos enxabeques com estandartes vermelhos. Atravessamos pequenos rios sobre pontes em ogiva, um verdadeiro cenário de cruzadas. Desfilam ali homens, mulheres, tudo, e até uma família se mudando, consistindo em um pequeno burro branco cavalgado por um grande latagão de negro, o cafeteiro, e sobre o cafeteiro, empoleirado, um galo; depois um gordo turco esmagando uma montaria magra; depois a mulher número um, escarranchada e acompanhada na frente e atrás por uma criança; depois a mulher número dois; depois um burrico e uma ovelha em liberdade, que seguem a família mais ou menos do jeito que querem. O sol começa a baixar: topamos com um grupo de pastores, em imobilidade recortada contra o céu, cantando gravemente, seus olhos voltados para uma mesquita: eu lhe asseguro que desenhavam uma altiva silhueta da *Oração oriental*. Foi apenas à noite, em plena noite, que chegámos a Ailvatissa, onde um turco gordo e nojento, com a firme determinação em nos hospedar, enfiou-nos na boca, com todos os tipos de cortesia, os bolinhos que capricha em fazer com seus dedos sujos: era o equivalente de minha cama de flores!

"Uma jornada bem pitoresca, não é verdade? Pois bem! Não vale o que vimos hoje. Imagine um imenso oásis, um bosque de árvores enormes e tão próximas que dão sombra a uma floresta, plátanos gigantes que às vezes têm, em torno de seus troncos mortos de velhice, quarenta brotos enraizados e brotando do chão; imagine a água abaixo, um som de fontes cantantes, um serpenteio de lindos riachos claros, e, lá dentro, nessa sombra, nesse frescor, nesse murmúrio, pense no efeito de cem ciganos tendo pendurado nos galhos a vida errante, acampando lá com suas tendas, seu gado, os homens, de peito nu, fazendo armas, forjando utensílios de jardinagem em uma bigorna fincada no chão, e encantando o bater de ferro com o ritmo de uma estranha canção, belas moças selvagens dançando, brandindo sobre a cabeça pandeiros que projetam uma sombra no rosto, mulheres perto de chamas e de fogueiras vivas, assando cordeiros inteiros que transportam sobre punhados de plantas odoríficas, outras ocupadas em dar às pequenas bocas seus seios bronzeados, criancinhas nuas correndo com um *tarbourch* coberto de moedas, ou tendo sobre a pele apenas o amuleto local contra o mau-olhado: um dente de alho em um pequeno pedaço de pano dourado; todos, chapinhando, espirrando, no bosque de água e sol, perseguindo gansos assustados... E, nas árvores, berços de crianças, ninhos feitos com trapos de mil cores, recolhidos um a um nos achados das estradas...

"Mas já escrevi quatro páginas. E estou dormindo. Boa noite!
"Escreva-me para o consulado da França, em Esmirna.
"É sua vez, meu velho."

N. de Coriolis

XXI

Roma, 26 de dezembro de 1844, duas horas da manhã.

"Estou em Roma, estou na Escola de Roma! Ah, meu amigo, se eu ousasse, eu choraria. Mas nada de frases. Você vai ver do que se trata!

"Chegamos esta noite; você sabe, Charagut deve ter-lhe escrito isso, quase três meses atrás, pegamos uma caleça em Marselha. Éramos os cinco prêmios: Jouvency, Salaville, Froment, Gouverneur e Charmond, o músico. Passamos pela Corniche e passeamos bastante na Toscana: foi encantador. Enfim, hoje foi o grande dia. Às três horas estávamos em um lugar chamado Ponte Molle. Sabíamos que os camaradas viriam ao nosso encontro: eram quatro. Mas que estranha mudança! Rapazes com quem tínhamos toda intimidade em Paris, que eram amigos! Você não pode imaginar! Uma frieza... E não apenas frieza, um olhar muito embaraçado, inquieto, completamente absorto. Além disso, estavam vestidos como bandidos, assustadoramente enfarpelados. Perguntei a Guérinau por que Férussac, você sabe, Férussac, que estava em nosso ateliê, não tinha vindo. Ele me respondeu, como que misteriosamente, que não tinha podido vir; que eu iria encontrá-lo muito mudado, que ele tinha uma espécie de doença sombria; que temiam um pouco pela cabeça

MANETTE SALOMON

dele, e que ele me avisava para não contrariar suas ideias. E assim durante todo o caminho, foi uma porção de más notícias de uns e de outros, e histórias que nos deixaram muito confusos. Esqueci de lhe dizer que, em Ponte Molle, nos mostraram estátuas de Michelangelo: confesso que nem eu, nem Jouvency entendemos nada. Acham, eles, que é o que fazia mais belo. Devo lhe dizer uma coisa, mas que fique inteiramente entre nós, peço-lhe segredo: eles estão aqui muito infelizes por causa de uma aventura que aconteceu com Filassier, o prêmio do *Joseph*, você lembra. Aparentemente, é sustentado por uma princesa italiana, e publicamente. Ele não esconde, ostenta. Você compreende o descrédito que isso lança sobre a Academia e a delicada posição em que nos põe em Roma.

"Entramos por uma grande porta em que há obeliscos de ambos os lados, e eles imediatamente nos conduziram ao Corso para ver São Pedro. Meu Deus! Quão pouco isso se parece com a ideia que temos dele! Imaginava uma praça circular com colunas na frente: parece que foi demolido pelo governo para fazer ruas. Então subimos e chegamos, já ao anoitecer, a Villa Médici. Fomos levados para nossos quartos: você não pode imaginar quartos assim: eu tenho um... Ignóbil! E, ao que parece, temos de aguentar um ano ali! Então a Ave-Maria tocou: é o sinal para o jantar, a Ave-Maria. Descemos à sala de jantar. Era lúgubre; só velas ruins, sem toalhas de mesa; em vez de guardanapos, trapos, talheres de estanho. Havia dois criados para servir, mas tão sujos que tiravam o apetite de antemão. Vi que estava pintado de vermelho e que, no fundo, havia o Fauno apoiado, sabe, com sua flauta, e em cima os retratos dos pensionistas. Fleurieu me mostrou todos os que morreram: havia sete filas de falecidos! Ficamos separados: cada ano tem sua mesa. Os velhos premiados, os que permaneceram na escola, os *professores*, como são chamados aqui, comem em uma levemente elevada. Aqueles que conheci no passado me pareceram terrivelmente envelhecidos; além disso, têm a tez de um horrível tom verde. Você conhecia bem Grimel? Ele está com o cabelo todo branco agora. Passaram a sopa, e como os novos são os últimos servidos aqui, a terrina chegou quase vazia. Ninguém falava. Continuava um silêncio gélido. Todos tinham o ar de se odiarem. Os velhos, ao redor de Grimel, olhavam como se estivessem na lua. Alguns tinham pequenos casacos de lã, e mesmo assim pareciam sentir frio como os pobres. Por fim, ouviu-se uma voz na mesa dos professores: "Ah, aqui estão os novos..." "Ele é bem feio, aquele ali..." "Qual deles?" "Dizem que o concurso foi muito fraco..." Nós enfiávamos o nariz no prato. Chegou uma lata de sardinha na qual não havia nada no fundo além de espinhas e óleo que cheirava a graxa. Havia na sala um grande braseiro cheio de brasas: eis que observo um daqueles que tiritavam ir para lá, pondo os pés na armação de madeira do braseiro, e ali permanecer, tremendo. Que má impressão. Veio outro, depois outro. Então se ouviu das mesas: "São desagradáveis, esses com suas febres! Que bom haver o hospital ao lado enquanto se come!". Preciso dizer que os criados só falam italiano, o que não é nada cômodo. Tínhamos pegado alguns restos do cozido, de "alesso", como dizem aqui, quando Filassier fez sua entrada, de botas, calções brancos, paletó de veludo, esporas, chicote de montaria, e com um ar! Fazendo poses de perna, recusando os pratos que passávamos, como um homem mostrando que come melhor em outro lugar... É revoltante! Não compreendo como ele chegou a esse descaramento. Então ouvi gritos: "Michelangelo! Rafael!". Eu só ouvi isso, e vi uma mesa inteira se levantar para devorar outra... Havia até Châtelain que levava sua faca... E ninguém tentava separá-los! Nós nos tornamos verdadeiros animais ferozes aqui. Nosso gravador, que é nervoso, entrou em pânico: fugiu para a cozinha. Por sorte, fizeram trazer vinho lacrado, que, aliás, me pareceu pior do que o habitual, e Grimel propôs gentilmente beber à saúde dos recém-chegados, dizendo-nos que "esperava que honrássemos a Academia e que reconhecêssemos a generosa hospitalidade que recebemos". Nenhum de nós teve coragem de responder. Passamos para a sala de estar. Quem então me tinha dito que havia aquarelas de carnaval na sala? É uma pequena sala nua, muito pequena. Fomos obrigados a sentar no chão, enquanto Charmond tocava a composição que lhe rendera seu prêmio, e me conduziram ao meu quarto: as quatro paredes, meu

MANETTE SALOMON

amigo. Minha cama e meu baú, nada mais. Estou escrevendo sentado no meu baú. Eu vou te dizer de novo que..."

Do mesmo lugar. Outubro de 1845.

"Ah, meu caro, encontro este velho trapo de carta esquecida em um canto, e rio muito! Mas primeiro tenho de terminar de contar minha noite.

"Então, eu estava escrevendo para você no meu baú quando, crac!, minha vela se apaga. Eu a tateio: fria como a morte! Procuro fósforos: nenhum. Abro minha porta: não há luz. Arrisco-me em grandes diabos de escadas e corredores que não terminam mais. Tenho medo de quebrar o pescoço, encontro meu quarto e minha cama tateando. Pego meu vaso noturno debaixo da cama: é um regador! Finalmente vou para a cama, vou fechar os olhos... Há uma luz que começa a serpentear no chão entre as juntas dos ladrilhos, e algo como uma mina explode debaixo da minha cama! No mesmo instante a porta se abre e atiram no meu quarto uma avalanche de móveis.

"Era uma farsa tudo isso, entende; uma farsa do começo ao fim! As chamadas estátuas de Michelangelo, em Ponte Molle, são de qualquer um. O São Pedro que me mostraram era a Igreja de San Carlo. Férussac não pensa mais do que eu em ir para Charenton.[66] Há duas boas lâmpadas na sala de jantar e toalhas de mesa. O cabelo branco de Grimel fora feito com farinha. Filassier, sujeito honesto, é mantido apenas pela Escola de Roma. As pessoas febris eram falsos febris. A verdadeira sala de estar tem muitas aquarelas de carnaval. A briga à mesa era fingimento. Meu quarto não era meu quarto. O vaso noturno embaixo da minha cama estava furado, e minha vela era um pedaço de vela plantada em um nabo! Então! Ah, os bandidos! Como se divertiram comigo! Porque dão, nessas ocasiões, um quarto sem persianas, sem cortinas, e onde se pode ser visto da varanda da Loggia. E eles me viram! Representei para eles a comédia do homem que volta desesperado para o seu

---

66 Antigo asilo de alienados de Paris.

quarto, fecha a porta, olha, anda duas ou três vezes, põe a mão no bolso para se equilibrar na sua desgraça, puxa lentamente uma manga da sobrecasaca, procura um móvel para colocá-la e acaba sentado em seu baú como um prisioneiro condenado a cinco anos em Roma! Viram-me abrir o baú, tirar um pote de pomada e esfregar o nariz por causa da queimadura de sol que se costuma contrair em uma viagem, com o gesto estúpido de esfregar o nariz quando não se tem espelho! Eles me viram, besuntando-me tolamente com uma mão, e segurando e devolvendo com a outra, apreensivo, uma carta! Porque não tinha ousado lhe contar tudo. Tive a ingenuidade de falar com eles no caminho de uma italiana muito gentil que conhecera no norte da Itália e que me dissera que ia para Roma; e, quando cheguei à Academia, encontrei uma carta, uma carta com um cachê, com divisa, uma carta perfumada de mulher: mas o diabo é que esse bilhetinho estava em italiano, num descarado italiano de cozinha que me dava água na boca e no qual pescava uma palavra aqui e ali sem conseguir entender uma frase... Ah, não, eu, de camisa, com a caricatura da minha sombra na parede, pegando minha carta, aproximando-me cada vez mais da vela, e lambuzando o nariz mais febrilmente... Deve ter sido engraçado demais!

"No dia seguinte, não deixaram de me apresentar à senhora do guarda-roupa da Escola, assim como à esposa do monsieur Schnetz, e fiquei muito lisonjeado por ela me falar de meu concurso!

"Sim, sou eu, meu caro, que deixei me apanhar assim! Isso deve lhe dar uma ideia bastante boa de como se é recebido aqui. Verdade, muito bem pregada essa peça em crescendo. Sobe, sobe; belisca no final, e belisca todo mundo. E, ademais, você entende, acabamos de chegar; há a viagem que mexeu conosco, o cansaço, a exaustão. Tem-se a emoção da chegada, de tudo que vamos ver, de Roma. Não sabemos, sentimo-nos distantes. Há o desconhecido no ar, muitas coisas que nos tornam idiotas. Em suma, acontece com os mais fortes: ficamos prontos para engolir qualquer coisa.

"Vou lhe dizer que há uma Beleza aqui que sentimos não poder alcançar imediatamente e que nos oprime. É a impressão geral, pelo que me disseram, o que me consola um pouco. Parece-me que

MANETTE SALOMON

não tenho ainda meus olhos abertos. Estou na luz tamisada do primeiro ano. Parece que aqui somos iluminados subitamente. Um belo dia a gente vê. Grimel me explicou isso: chega um momento em que, de repente, o que você tem em todos os lugares diante dos olhos lhe é revelado. Aconteceu com ele no balcão da Loggia. Olhando de lá para toda a velha Roma, a Coluna Antonina, a Coluna de Trajano, as muralhas de Roma, o campo, as montanhas da Sabina, a beira do mar no horizonte, ele viu, compreendeu, sentiu: tudo ficou claro para ele.

"Enquanto isso, estou trabalhando duro.

"O que está acontecendo em Paris?

"Seu bom camarada,

Garnotelle"

XXII

TRANSCORRERAM ALGUNS MESES, UM ANO. Anatole seguiu com aquela vida, dia após dia, alimentada por ganhos ao acaso, rico numa semana, sem um tostão na outra, quando a fortuna surgiu diante dele. Um editor belga que havia falsificado os modelos de cabeça[67] de Julien para uso em internatos e escolas entrou em contato com ele. O modelo decalcado na pedra, e esta passada na pedra, Anatole pouco teve a fazer a não ser reforçar os valores esmaecidos. Ele expediu quase cem em seu inverno. Como cada uma dessas reproduções lhe pagava oitenta francos, obteve assim quase 8 mil francos. Para ele, era uma soma fabulosa, a extravagância da prosperidade: sua impressão era a de um homem descalço caminhando sobre montes de ouro. Tudo fluiu, tudo rolou no ateliê, que se tornou uma espécie de pousada aberta, um café grátis, com grandes ceias à base de charcutaria, em que os jarros de cerveja vazios acabavam contornando as quatro paredes e saindo para o patamar.

Depois, vieram os caprichos. Anatole se entregou a aquisições de luxo, há muito sonhadas. Ele comprou sucessivamente várias coisas estranhas.

---

67 Litografias publicadas por Bernard Romain Julien para uso pedagógico.

Comprou uma caveira em cujo nariz espetou uma borboleta em uma rolha.

Comprou um *Tratado das virtudes e dos vícios*, do abade de Marolles, cujo marcador fez com uma meia.

Comprou uma moldura para um estudo de Garnotelle, pintado em um dia de miséria com óleo de uma lata de sardinha.

Comprou um cravo em desuso, tendo tentado em vão aprender a tocá-lo: "J'ai du bon tabac"...[68] Depois do cravo, comprou uma grande peça de guipura histórica; depois da guipura, um barquinho que estava sendo vendido por nada, em penhora, num dia de janeiro, e que ele mandou retirar, sob a neve, do pátio dos leiloeiros.

Depois do barquinho, não comprou mais nada; mas fez a assinatura de uma edição gratuita das obras de Fourier e encomendou um casaco preto forrado de cetim branco – um casaco que deveria substituir a música no estúdio: para evitar que empoeirasse, Anatole finalmente o enfiou dentro do cravo, cujo interior ele removeu.

---

68 "Tenho bom tabaco", canção infantil.

XXIII

— GARÇOM! OSTRAS... DAS GRANDES... Do tamanho do seu berço! Vamos!

Era Anatole quem lançara seu pedido, sentado a uma mesa na grande sala de jantar do restaurante Philippe, diante da porta de entrada.

Naquele dia – o dia da Mi-Carême[69] –, foi tomado pela ideia de ir ao baile da Ópera. Juntara um colete de flanela, um par de asas, uma camisa, calças de malha, e com isso se fantasiou de Cupido. Só uma coisa o embaraçava: sua barba negra. Não querendo cortá-la, resolveu lhe dar um acompanhamento que eliminasse a falta de harmonia em seu figurino: prendeu no colete de flanela, à boca do estômago, um pouco de crina que tirou do colchão. Assim vestido, com óculos pintados de preto em volta dos olhos, uma fita azul-celeste no cabelo, pantufas bordadas nos pés, partiu, sempre em frente, vagueando. Apesar da geada, sentia frio apenas na ponta dos dedos, só incomodado por não poder enfiar as mãos nos bolsos ausentes. Parava diante das lojas de fantasias, contemplava os ouropéis de carnaval brilhando sob a luz do gás, seguia tranquilamente atrás dos blocos da garotada: não tinha pressa. No fundo, achava o baile da Ópera uma diversão de distinção

---

69 A Mi-Carême é uma tradicional festa carnavalesca de origem francesa. É comemorado na metade da Quaresma.

burguesa, deleite para um homem da boa sociedade; e se perguntava se não deveria ir a um baile menos elegante, como Valentino, Montesquieu. Chegou à Ópera. Não estando ainda bem decidido, entrou em um pequeno café das proximidades e encontrou, no que ali sucedia, no caráter dos frequentadores, nas idas e vindas dos dominós que lhe traziam doces de maçã e laranjas, atrações suficientes para lá permanecer por quase uma hora. Quando chegou à entrada da Ópera, saudado pelos berros dos engraxates de botas, que as noites de baile improvisam, deu a honra de responder a dois ou três desses pintores de graxa, nos quais reconhecia uma bela *lábia*, sob os aplausos dos grupos de passagem. De um desses grupos saiu finalmente um senhor que parecia conhecê-lo e que não teve dificuldade em conduzi-lo a uma partida de bilhar no Grand-Balcon. O cavalheiro mal conseguiu jogar: Anatole teve uma performance vertiginosa naquela noite; fez uma série de carambolas intermináveis, não se cansando de admirar o quanto o traje de Cupido, com a liberdade de suas cavas, era favorável aos efeitos de recuo. Jogou assim durante duas longas horas, no café que se perturbava por ver, no meio do sono, as fantásticas academias desenhadas pelas poses desse Cupido barbudo, tão estranhamente escrutinado, do calcanhar à nuca, pelo olhar dos últimos consumidores, durante as posições das tacadas.

Saiu de lá com a firme intenção de ir decididamente ao baile da Ópera; mas, no bulevar, a sua curiosidade se deixava fisgar, aprisionada pelo espetáculo do movimento que envolvia o baile, pelos rostos que emergem daquelas noites de prazer, por todas aquelas indústrias de quinquilharias que arrecadam muito dinheiro e tocos de charutos por trás do Carnaval.

Ele seguia e escoltava uma mulher que levava caldo num balde para a fila dos cocheiros de fiacre quando viu no relógio da estação: cinco para as quatro...

– Veja só! – disse. – Está na hora de ficar com fome – e, renunciando ao baile, se dirigiu ao Philippe.

Os mascarados chegavam. Anatole gritou:

– Oh! Essa cara! Bom dia, Chose! E você continua fazendo negócios com o clero? "A fama do incenso dos Reis Magos!..."

Você é o mascate do bom Deus! Cala a boca! E se vestiu de turco! É indecente!

E cada um que chegava, ele obsequiava com um passaporte assim, com uma caricatura grotesca em plena cara. A sala jubilava. Os consumidores se empurravam para ouvir mais de perto essa chuva de bobagens, exclamações cômicas, batismos ridículos, o almanaque Bottin[70] caindo do catecismo boçal! Faziam uma roda, cercavam Anatole. As mesas gradualmente foram empurradas em direção a ele, espremidas umas às outras; e todas as ceias, ao se juntarem, se tornaram uma única ceia, na qual as loucuras proferidas por Anatole corriam à roda com as garrafas de champanhe passando de mão em mão como baldes para apagar incêndio. Comiam, rebentavam de rir. Toalhas de mesa se embebiam de espuma, homens gargalhavam, mulheres seguravam suas barrigas, pierrôs se contorciam.

Anatole, exaltado, saltou sobre a mesa, e dali, dominando seu público, começou a dançar a dança dos ovos entre os pratos, tentou poses de equilíbrio em gargalos de garrafa, falando sempre, despejando, levantando um copo vazio com a haste quebrada para novos brindes, surrupiando um bocado de algum prato, roubando um beijo ao acaso no ombro de uma mulher, gritando: "Ah! Isso me deixa vinte anos mais jovem... E com três fios de cabelo a mais!".

A manhãzinha despontava, esse dia que nasce como a palidez de uma orgia nas noites brancas de Paris. A escuridão abandonava as vidraças da cidade. Na rua, despertavam os primeiros sons da cidade grande. O trabalhador ia às suas tarefas, os transeuntes surgiam. Anatole pulou da mesa, abriu a janela: lá embaixo havia sombras de miséria e de sono, gente das Halles,[71] operários das cinco horas, silhuetas sem sexo que varriam, toda aquela gente das manhãs que passa, ao pé do prazer ainda aceso, com a sede

---

70 Almanaque com listas de nomes e endereços, que mais tarde seria sinônimo de lista telefônica.

71 Antigo mercado no centro de Paris.

MANETTE SALOMON

do que se bebe, a fome do que se come, a inveja daquilo que lá em cima se incendeia!

– Um... Dois... Três... Abram o bico, meus garotos! – gritou Anatole. E, tomando duas garrafas de champanhe, sem ver, as esvaziou nos gasnetes vagos que bebiam como gambás. Cada mesa se pôs a imitá-lo, e das três janelas do restaurante o champanhe escorreu incessante por algum tempo, como a enchente de um riacho tempestuoso correndo, como podia, para um bueiro. A multidão se apertava, se acotovelava; dela saíam aplausos, gritos, cabeças que disputavam um gole. A rua bêbada se precipitava para beber; o dia nascia.

– Cuidado aí! – disse Anatole; e, de repente, largando as garrafas, apareceu com duas cabeças emolduradas embaixo dos braços: uma delas era de um senhor de casaco preto, a outra, de uma mulher fantasiada de estivadora. Empinando-se o mais que podia, avançando o corpo no parapeito da janela, debruçando-se com a elasticidade de um palhaço num palco de feira, começou a falar, com a voz exclamativa dos charlatões:

– O parisiense, cavalheiros! – e designava o cavalheiro de terno, debatendo-se sob seu braço, engasgando de rir. – Vivo, cavalheiros! Em carne e osso! Do tamanho de um homem! Apelidado de *rei dos franceses*! Este animal... Vem da província! Seu pelo é uma casaca preta! Só tem um olho, como podem ver! Seu outro olho... É um lorgnon! Este animal, senhores, habita um país! Delimitado pela Academia! Conhece o amor... Platônico! Não se sabe de... Doenças particulares neles! É o animal do mundo! Do mundo! O mais fácil de alimentar! Ele come e bebe de tudo! Leite coado! Vinho colorido! Caldo econômico! Cabrito do restaurante! Existem até espécies capazes de digerir... Um jantar a quarenta tostões! Este animal, cavalheiros, é muito popular! Aclimata-se em todos os lugares! Exceto no campo. Tem um humor calmo! É fácil de criar. Pode ser treinado, se é adotado quando filhote, para decorar uma melodia de realejo e compreender um vaudeville! Inútil, senhores, citar os traços de sua inteligência: inventou o chinelo e o colarinho postiço! Seus cérebros, cavalheiros! A dissecção nos revelou! Encontraram lá! Encontraram lá, cavalheiros, o gás de meia garrafa de champanhe! Um pedaço de jornal! O refrão da *Marselhesa* e a nicotina de 3 mil pacotes de charutos! Tem o comportamento do cuco! Gosta de fazer seus filhotes nos ninhos dos outros! E aqui está este animal! Sua fêmea, agora!

E Anatole mostrou a mulher que ele estava segurando à rua, girando-a como uma boneca.

– ... A dona desse senhor! Cumprimentem! Uma fera desconhecida! Uma fera que acaba com os naturalistas! La Parisiense! Senhoras! Com todo o respeito! Pés e mãos de criança! Dentes de camundongo! Uma pata de veludo e unhas de gato! Foi trazida de volta do Paraíso terrestre! Assim dizem! Apesar de muito delicada, resiste aos piores trabalhos! Pode esfregar por dez horas seguidas... Quando se trata de dançar! Esta pequena fera, cavalheiros, geralmente se alimenta de tudo o que seja prejudicial à sua saúde! Ela come salada... E romances! Sensível aos bons tratamentos, cavalheiros! E principalmente aos maus! Muita gente, um grande número de pessoas, cavalheiros, conseguiu domesticá-la, dando-lhe comida, habitação, aquecimento, iluminação, lavanderia, confiança e alguns diamantes! Muito fácil de domar! Geralmente acariciante, sujeita ao ciúme e até à fidelidade! Enfim, cavalheiros, este bichinho encantador, que anda sem enlamear a saia, é vivíparo! Paro! Paro! E é isso mesmo! É isso que é! Sigamos com a música!

XXIV

– HEIN? O QUÊ? – DISSE ANATOLE, NO DOMINGO SEGUINTE àquela quinta-feira, sentindo-se rudemente sacudido em sua cama. Abriu um olho e percebeu Alexandre, chamado Mélas, voltando de Etampes, onde tinha ido atuar.

– Veja só! O general! É você? Já é dia?

E meio que saiu das cobertas um rosto irreconhecível, que parecia uma máscara desbotada de carnaval. O suor havia escorrido em seus grandes óculos escuros, e o branco de alvaiade, escorrido pela pele, lhe imprimia um brilho de peixe escamado.

– Primeiro, lave-se – disse-lhe Alexandre –, isso vai clarear suas ideias. Você parece um fantasma que passeou sem guarda-chuva... Você sabia que deu cabelo branco ao seu porteiro?

– Eu? Bem, eu pinto o cabelo dele, e fica tudo certo.

– Imagine que ontem ele mandou chamar um médico...

– Veja só!

– Que não achou febre em você, e que disse para deixá-lo dormir...

– Ah, claro! Que dia é hoje?

– Domingo.

– Domingo? Mas então... Caramba! Estou seguro de que foi na sexta de manhã que eu estava caído...

E repetiu: "Domingo!", perdendo-se em reflexões.

– Então há buracos no calendário. O ano tem vazamentos... Ah! Bem, são dois dias da minha vida que me foram roubados. O bom Deus os deve a mim, oh! Ele me deve...

– Mas o que você pode ter feito? Porque só chegou em casa na sexta à noite, não sei a que horas... O porteiro não o viu...

– Acho que sim... Eu também não... Se você acredita que eu me vi!

– Ora! De alguma coisa você deve se lembrar.

– Nada... Não, verdade, nada... Lembro-me do Philippe, do balcão... Dos senhores que me levaram ao café... E daí, putz! Mais nada...

– Mas onde você esteve?

– Não na frente de casa, é claro. Espere... Parece-me que me fizeram galopar num cavalo, numa alameda onde havia grandes árvores... Como uma alameda de parque. E daí, está aí... aí, aí.

E ele queria se virar para o lado da parede.

– Você vai dormir de novo, então?

– Bem, sim, para me lembrar, é o único jeito. Ah, espere, estou lembrando... Sim, um quarto... Muito grande, onde havia retratos de família... Retratos de família de um homem assustador! Havia alguns de preto... Magistrados, com sobrancelhas e narizes! E, depois, havia uma dama em especial, sempre com o mesmo nariz, de vestido amarelo e bochechas vermelhas! E era pintado, meu caro! Imagine só a família do Barba Azul, sob Luís XV, pintada por um vidraceiro do vilarejo... Chardins bizantinos, consegue ver? Isso me assustou, sobretudo porque estava tão estranhamente iluminado pelo fogo de uma grande lareira... Se eu tivesse pais assim, por exemplo, seria eu que os enviaria para uma loteria de caridade! Então acho que sonhei que o retrato da senhora de amarelo tinha cólicas, e que aquilo me dava cólicas também... E depois, e depois parecia que estavam rolando o quarto num carro...

– Deve ser isso, alguém o levou para algum castelo perto de Paris. Então, estando você muito bêbado, devem tê-lo deitado e o trazido de volta...

– É possível... Não importa, mesmo assim é desagradável não saber. Talvez coisas muito divertidas tenham se passado comigo...

Talvez tenha havido grandes damas! E depois, veja só... Ah, isso! Espero que não tenham sido ladrões, essas pessoas... Tomara que não me tenham obrigado a assinar promissórias, os imbecis! Com tudo isso, vou parecer um mal-educado: não poderei enviar-lhes cartões de boas festas... Felizmente, há o juízo final para nos encontrarmos de novo! Boa noite! Oh! Deixe-me dormir um pouco mais... Estou basicamente dormindo... Você sabe que eu passei esses dias, oito dias seguidos, sem ir para a cama?

XXV

NAQUELE ANO DE 1846, EM MEIO AO "ESCOAMENTO" de sua existência, Anatole teve uma veleidade de trabalho; a ideia de fazer um quadro, de expor, lhe veio ao sair do Louvre no último dia da exposição, aquecido e animado pelo que tinha visto, a multidão, o público, as pinturas, a admiração e a imprensa diante de duas ou três pinturas de seus camaradas de ateliê.

Ainda lhe restava algum dinheiro do negócio de Julien. A ocasião era boa para investir em um trabalho. Ao voltar, entrou na loja de Desforges, encomendou uma tela de cem, escolheu pincéis, subiu ao sótão com tintas. Depois jantou rapidamente e, com a luz acesa, começou a buscar sua ideia no tateamento de uma linha de carvão. No dia seguinte, desde a manhã, do amanhecer ao anoitecer, um pouco acometido de febre, cobriu folhas de papel com esboços. Bateram à sua porta, ele não abriu.

À noite, em vez de ir ao café, fez um pequeno passeio na Place de la Bastille e, ao voltar para casa, fez rapidamente algumas últimas indicações num grande desenho escolhido entre os outros, e que havia fixado na parede com um prego.

No dia seguinte, assim que chegou sua tela, transferiu sua composição de giz para ela. Os amigos que deixou entrar naquele dia riram, muito surpresos ao vê-lo desenhar, e o chamaram de "o homem que tem uma obra-prima na barriga". Anatole os deixou

MANETTE SALOMON

falar com a majestade de alguém que se sente acima da troça; e passou alguns dias assegurando conscientemente todos os pontos principais.

Com os pontos principais bem instalados, fumou muitos cigarros na frente da tela, com uma espécie de recolhimento, ficou girando em volta da caixa de tintas, a abriu e a fechou, e, no final, começou a jogar apressadamente as primeiras camadas na tela.

– Está me coçando, você sabe – disse ao camarada que estava ali. – Vou retomar isso com o modelo.

Ao fim de quatro ou cinco dias, a tela estava coberta, e o tema da pintura de Anatole ficou claro.

Esse quadro, no qual o aluno de Langibout depositara toda a sua inspiração, não era exatamente uma pintura: era, sobretudo, um pensamento. Saía muito mais das entranhas do artista do que de sua mão. Não era o pintor que queria afirmar-se ali, mas o homem; e o desenho visivelmente dava lugar à utopia. Esse quadro, em suma, era a lanterna mágica das opiniões de Anatole, a tradução figurativa e colorida de suas tendências, de suas aspirações, de suas ilusões; o retrato alegórico e a transfiguração de todas as generosas burrices de seu coração. Esse tipo de *veleidade*, que compunha sua benevolência universal, o vago abraço com o qual ele encerrava toda a humanidade em seus braços, a suavidade de seu cérebro diante do que lia, o socialismo confuso que ele havia pescado aqui e ali em um Fourier incompleto e em fragmentos de papéis declamatórios, confusas ideias de fraternidade misturadas a efusões pós-bebidas, piedade de segunda mão para com o povo, os oprimidos, os deserdados, um certo catolicismo liberal e revolucionário, o "Sonho de felicidade" de Papety entrevisto através do Falanstério, eis o que constituía o quadro de Anatole, o quadro que deveria ter, no próximo Salon, este grande título: *O Cristo humanitário*.

Estranha tela que tinha os horizontes consoladores e nebulosos dos princípios de Anatole! Imaginemos um Salento do progresso, uma Thelema de solidariedade em uma Icária de fogos de artifício. A composição parecia começar com o abade de Saint-Pierre e terminar com Eugène Sue. Bem no alto da pintura, as três virtudes teologais, Fé, Esperança, Caridade, se tornavam no céu, onde uma echarpe de Íris se dobrava como uma bandeira tricolor, as três virtudes republicanas: liberdade, igualdade, fraternidade. Com seus vestidos tocavam uma espécie de templo posto nas nuvens e tendo no frontão a palavra *Harmonia*, que abrigava os poetas e o ensino mútuo, o Pensamento e a Educação. Abaixo dessa nuvem, que pairava como a nuvem da Disputa do Santíssimo Sacramento, percebia-se à esquerda um ferreiro com os instrumentos da forja passados em seu cinto de couro, e ao fundo a Maturidade, a Abundância, a Colheita: deste lado, um sol nascendo atrás de uma colmeia iluminava a silhueta de um arado. À direita, uma Irmã de Bom Socorro estava em oração, e atrás dela se viam asilos, creches, crianças, idosos. Abaixo, em primeiro plano, homens arrancavam de uma coluna os mandamentos de bispo, um frade ignorante mostrava suas costas fugidias; um cardeal escapava, curvado, com um cofrezinho debaixo do braço; e, de um túmulo que trazia em seu mármore as armas papais, um grande Cristo se erguia, cuja mão direita era atravessada por um triângulo de fogo no qual se lia, em letras de outro: *Pax!*[72]

Esse Cristo era naturalmente a luz e a grande figura do quadro. Anatole o fizera belo, de toda a beleza que conseguira imaginar. Ele o embelezara com todas as suas forças. Havia tentado encarnar ali seu tipo de Deus em uma espécie de figura de belo operário e jovem líder do Gólgota. Tinha ainda misturado algumas lembranças de litografias a partir de Rafael e um resto da lembrança deixada por uma *lorette*[73] que ele amara; e, superando tudo, havia criado um filho de Deus com o ar de um cabotino ideal: seu Cristo parecia tanto um Arthur do paraíso quanto um Melingue do céu.

Recoberta a tela, Anatole passeou alguns dias: "conseguira" seu quadro. Então chamou um modelo. O modelo veio: Anatole trabalhou mal; quando a sessão terminou, não lhe pediu que retornasse.

---

72 "Paz." Em latim no original.

73 Tipo de prostituta elegante, que vivia nas vizinhanças da igreja Notre-Dame de Lorette.

MANETTE SALOMON

Anatole nunca fora atraído pelo estudo a partir da observação. Não conhecia esse arrebatamento da atenção pela vida que se dispõe diante do olhar, o esforço quase inebriante de encará-la de perto, a luta implacável e apaixonada da mão do artista contra a realidade visível. Não sentia aquelas satisfações que fazem o desenhista recuar um pouco e o obrigam a contemplar por um instante, em um movimento de recuo, o que acredita ter sentido, expressado, conquistado, a partir de seu modelo.

Aliás, não sentia necessidade de interrogar, de verificar a natureza: tinha aquela deplorável desenvoltura da mão que conhece rotineiramente a superfície da anatomia humana, a silhueta comum das coisas. E havia muito tempo que se habituara a trabalhar apenas por capricho, de pintar a olho, com as lembranças adquiridas da escola, o hábito de certas cores, um fluxo corrente de figuras, a tradição de esboços antigos. Infelizmente ele era hábil, dotado daquela elegância banal que impede o progresso, a transformação, e prende o homem a um estilo aproximativo e canalha. Anatole, não mais do que ninguém, devia recuperar-se dessa triste facilidade, dessa vocação mentirosa e decepcionante que põe na ponta dos dedos de um artista a produção de um mecanismo.

Substituiu o modelo por uma maquete de argila na qual ajustava, para os panejamentos, seu lenço molhado e, achando mais facilidade com isso, se punha a economizar as extremidades de seus personagens: lembrou-se do magnífico exemplo de um de seus camaradas que, em uma pintura de Pentecostes, teve a genialidade de fazer apenas um par de mãos para os doze apóstolos.

No entanto, seu entusiasmo inicial havia diminuído um pouco, e ele estava começando a achar penosa a tentativa de querer encaixar o mundo do futuro e a religião do século XX em uma tela de 100. Começou um pequeno painel, voltou de vez em quando para sua grande tela, fez todo tipo de mudanças de acordo com seu capricho do momento. Logo o abandonou por dias, semanas, só voltando a ele eventualmente, cada vez mais desgostoso conforme avançava nele.

A ideia do seu *Cristo humanitário* já vinha desvanecendo-se na sua imaginação havia algum tempo, substituída pela imagem presente de Debureau, que ia ver quase todas as noites nos Funambules. Era perseguido pela figura de Pierrô. Voltava a ver sua cabeça espiritual, suas caretas brancas sob a faixa preta na cabeça, seu traje de luar, seus braços flutuando nas mangas; e refletiu que havia ali uma encantadora mina de desenhos. Ele já executara, sob o título de *Os cinco sentidos*, uma série de cinco Pierrôs em aquarela, cuja cromolitografia havia vendido bastante na loja de um negociante de imagens na rue Saint-Jacques. O sucesso o empurrou para essa veia. Pensava em novas séries de desenhos, em quadrinhos pequenos; e, no fundo, acalentava a ideia de criar uma especialidade, de fazer um nome com isso, de um dia ser o Mestre dos Pierrôs. E com ele não era apenas o pintor, mas também o homem que se sentia atraído por uma inclinação de simpatia para com o personagem lendário encarnado na pele de Debureau: entre Pierrô e ele próprio, reconhecia laços, parentesco, comunidade, semelhança familiar. Ele o amava por suas proezas, por sua agilidade, pela maneira como dava uma bofetada com o pé. Ele o amava por seus vícios infantis, suas gulodices por brioches e mulheres, pelas adversidades de sua vida, suas aventuras, sua filosofia na desgraça e suas farsas em meio às lágrimas. Ele o amava como a alguém que se parecia com ele, um pouco como um irmão e muito como um retrato.

Dessa maneira, logo abandonou completamente seu Cristo por esse novo amigo, o Pierrô, a quem ele virou e revirou em todos os tipos de cenas cômicas e situações muito divertidamente imaginadas. E tinha quase esquecido seu quadro sério quando um amigo arquiteto veio lhe pedir, em nome de um padre, um Cristo para uma capela de convento "a um precinho camarada". Anatole imediatamente pegou sua grande tela, tirou todos os acessórios humanitários, perfurou a túnica de seu Cristo para lhe dar um coração radiante: porém, apesar disso, o padre nunca achou seu Bom Pastor suficientemente evangélico pelo preço que queria.

Quando o infortunado quadro voltou para ele: "Senhor", disse Anatole, dirigindo-se à tela, "dizem que Judas o vendeu: não é como eu. E agora, desculpe a esfregação!".

MANETTE SALOMON

Dizendo isso, apagou e borrou furiosamente toda a tela, até que extraiu do corpo divino um grande Pierrô, com as costas curvadas, os olhos brilhando.

Poucos dias depois, nos porões do bazar Bonne-Nouvelle, o público se apinhava à porta de um novo espetáculo de pantomima em frente a esse Pierrô assinado A. B. – e que tinha um Cristo por baixo!

XXVI

CHEGOU O VERÃO: ANATOLE PASSOU DA PINTURA AOS PRAZERES, às alegrias da água, à paixão parisiense pelo remo.

Atracado em Asnières, o barquinho que ele havia comprado em seus tempos de bonança se enchia, todas as quintas e todos os domingos, com essa companhia de amigos e desconhecidos familiares que se reúnem em torno do barco de um bom rapaz e o afundam na água até a borda. Caíam nele passantes, homens e mulheres, camaradas de ambos os sexos, quase pintores, espécies de artistas, mulheres vagas das quais só se conhecia o primeiro nome, atrizes de Grenelle, *lorettes* sem trabalho, tomadas pela tentação de um dia no campo e do *"petit bleu"*[74] de cabaré. Saltavam de uma terceira classe de trem, surpreendiam Anatole e sua equipe em seu café habitual; e partiam, as sombrinhas se agitando faziam parar o barquinho à vista da margem. O dia inteiro rindo, cantando, com as mangas arregaçadas até as axilas, e lindos braços em movimento, desajeitados nesse trabalho masculino, brilhando rosados entre os lampejos de fogo dos remos levantados.

Saboreavam o dia, o cansaço, a velocidade, o ar livre e vibrante, a reverberação da água, o sol se lançando sobre as cabeças, a chama tremeluzente de tudo que atordoa e deslumbra nesses

---

74 Azulzinho, pastis, ou seja, bebida alcoólica aromatizada com anis.

MANETTE SALOMON

passeios fluidos, essa embriaguez quase animal de viver propiciada por um grande rio espumejante, enceguecido de luz e de bom tempo.

De tempos em tempos, a preguiça invadia o barquinho que se abandonava ao curso da correnteza. E lentamente, como aquelas telas em que passam quadros sob os dedos das crianças, as duas margens se desenrolavam, o verde trespassado de sombra, os pequenos bosques margeados por uma faixa de relva desgastada pelo passeio dominical; os barcos de cores vivas afogados na água trêmula, as águas agitadas pelos botes amarrados, as margens cintilantes, as margens animadas pelos barcos das lavadeiras, pelos carregamentos de areia, de carroças com cavalos brancos. Nas encostas, a esplêndida luz do dia deixava cair suavidades de azul aveludado no oco das sombras e no verde das árvores; uma bruma de sol apagava o Mont-Valérien; o brilho do meio-dia parecia pôr um pouco de Sorrento no Bas-Meudon. Pequenas ilhas com casas vermelhas, venezianas verdes, estendiam seus pomares cheios de roupas cintilantes postas para secar. O branco das grandes casas brilhava nas alturas inclinadas e ao longo jardim em ascensão de Bellevue.

Nos caramanchões dos cabarés, nos caminhos de sirga, o dia brincava sobre as toalhas de mesa, sobre os copos, na alegria dos vestidos de verão. Postes pintados, indicando o local do banho frio, ardiam em claridade sobre pequenas línguas de areia; e, na água, molequinhos, com seus pequenos corpos esbeltos e graciosos, avançavam, sorridentes e arrepiados, inclinando diante deles um reflexo de carne nas ondulações da correnteza.

Muitas vezes, nas pequenas enseadas relvadas, nos lugares frescos sob os salgueiros, no denso prado à beira da água, a tripulação se dispersava; a tropa se espalhava e deixava passar o peso do calor numa daquelas sestas em roupas descompostas, estendidas na vegetação, deitadas à sombra dos ramos, e mostrando da companhia apenas um pedaço de chapéu de palha, um pedaço de casaco vermelho, um babado de anágua, o que flutua e emerge de um naufrágio no Sena. Chegava o despertar, a hora em que, no céu pálido, o branco dourado e distante das casas de

Paris fazia crescer uma iluminação artificial. E então era o jantar, os grandes jantares de barquinho, os barbos amanteigados e os ensopados nos quartos dos pescadores e nas salas de baile abandonadas, a fome devorando os pães de oito libras, a sede de cinco horas de natação, as sobremesas transbordando de conversas, ternuras, gritos, fraternidades, expansões, cantos e felicidades do vinho ruim...

XXVII

— EI, VOCÊ, MEU ANJINHO — DISSE ANATOLE UMA NOITE, em um desses jantares, para uma mulher. – Vá devagar com a matelote.[75] Um pouco de discrição, minha menina... Veja que ainda temos três para servir, e que um quarto convidado deve chegar... Ei, Malambic, conhece Chassagnol?

– Como não! Chassagnol... Sabe das histórias dele, rapaz?

– De forma alguma. Eu o encontrei ontem. Fazia três anos que não o via, e foi como se ele tivesse me deixado na véspera. Ele me perguntou: "O que você vai fazer amanhã?". Eu disse que jantaríamos aqui. Respondeu que viria nos encontrar; e foi embora. Com Chassagnol, nunca se sabe... Aquele nunca conta nada sobre assuntos de família...

– Pois bem! Aconteceram várias coisas com ele, imagine! Primeiro uma herança de 30 mil francos que recebeu.

– Verdade? Olhe, pelo jeito dele ninguém diria – comentou Anatole, e virando-se para uma vizinha: – Julie, vai ter um senhor ao seu lado que tem 30 mil francos... Não o trate por você logo de cara...

---

75 A matelote é uma receita tradicional da culinária francesa, que leva um ou mais tipos de peixes de água doce ou de mar cortados em pedaços, cozidos em uma marinada de vinho tinto ou vinho branco e cebola.

– Mas ele não os tem mais... A história é esta – retomou Malambic. – Ele pega o dinheiro de um tio, um padre, não sei mais... Põe no baú, não é brincadeira, e viaja para ver Rembrandt, verdadeiro, puro, Rembrandt preservado no local, Rembrandt em molduras pretas. Viaja pela Holanda, pela Alemanha. Passeia durante meses em cidades que têm pinturas... Compra tudo o que encontra em bricabraques de judeus. Dos museus da Alemanha, passa aos museus da Itália, e aí, uma vagabundagem, imagine! Nos guetos, os quadros, o rococó, entusiasmos! Entusiasmos de seis horas diante de uma tela! Com isso, você sabe que ele tem o hábito de ajudar suas admirações dando a si mesmo um pequeno toque de ópio; ele afirma ser como as pessoas que vão ouvir óperas depois de tomar haxixe: para estas, são os ouvidos; para ele, são os olhos que precisa embriagar... O final de tudo isso é que, depois de ter se cercado de um monte de obras de arte, de explorar todos os palácios, as coleções, as obras-primas, as cidades, os vilarejos, todos os buracos da Itália, esgotado, depenado, seco de dinheiro, vendendo para viver, na estrada, o que arrastava com ele, foi cair na casa de Rouvillain, Rouvillain o ateliê, lembra? Que estava lá para fazer uma cópia de Giotto, que sua cidade havia encomendado a ele. Foi ele, Rouvillain, quem me contou isso. Mas o final é que é soberbo, você vai ver. Eis então Chassagnol em Pádua. Um dia, ele, o homem dos museus, que não desviava os olhos na rua, que não sabia dizer se as mulheres usavam chapéus de palha ou gorros de algodão... Enfim, atravessando o mercado, Chassagnol vê uma jovem que vendia galinhas, mas uma jovem... Você nunca viu uma assim, você... A beleza do norte da Itália, fofinha, doentia... Uma virgem de primitivo, em suma maravilhosa! Eu vi o desenho que Rouvillain fez dela, desse jeito, com aquelas galinhas, aquele conjunto de cristas vermelhas... Tem muito caráter! Chassagnol não fez rodeios: pediu sua mão . A vendedora de galinhas, que era a *innamorata* de um rapaz muito bonito, muito melhor do que Chassagnol, recusa categoricamente. Então adivinhe o que fez Chassagnol! Havia na casa uma irmã muito feia, uma verdadeira caricatura da beleza da outra. Por desespero, meu caro, e pelo menos para obter alguma coisa que evocasse a amada, casou-se com a irmã! Casou-se com a irmã! E, então, voltou sem um tostão, com uma camponesa e cornijas de lareira de mármore provenientes da demolição de um palácio em Gênova, casado, nada mudado, e... Caramba, lá está ele! – disse Malambic, cortando sua frase.

Chassagnol entrou, abotoado naquele eterno casaco preto que seus amigos mais velhos sempre tinham visto nele e que parecia sua segunda pele.

– Juro – disse-lhe Anatole, apertando sua mão –, não tínhamos certeza de que você viria, e, como vê, não o esperávamos.

– Sim, sim... Só saí do Louvre às quatro horas. Eu sei, estou atrasado – disse Chassagnol e se sentou.

O jantar seguiu; mas a frieza desse cavalheiro em negro que não falava fez encolher a alegria.

– Ah, então! Veja só, disse Anatole, você então esteve na Itália?

– Eu? Sim, sim, na Itália... Certamente, na Itália...

E Chassagnol parou, mergulhando em um daqueles silêncios que afugentam as perguntas. Debruçado sobre seu prato, parecia estar a cem léguas das pessoas e das palavras, absorto em si mesmo e sozinho, ausente do jantar, ignorando a presença dos outros. Seus próprios sentidos pareciam se concentrar e se retrair para dentro, sem contato com a vizinhança humana de semelhantes e vivos.

A loucura do jantar logo voltou, passando pela cabeça desse convidado que parecia morto e para quem as mulheres nem olhavam mais. O café acabava de ser trazido à mesa quando Chassagnol, com um súbito cutucão de cotovelo, chamou a atenção de Anatole:

– Minha viagem pela Itália, hein, não é? O que você me dizia? Itália? Ah, meu caro! Os primitivos... Veja você, os primitivos! Os *Uffizi!* Florença! Ah, os primitivos!

– Malambic! Malambic! – gritou uma voz de mulher, interrompendo o discurso. – O cordão de Bas-Meudon! E todos atrás dela! O senhor aí, que está falando... Música! Vamos lá! Bata com uma faquinha em seu copo!

Quando o cordão terminou:

132 EDMOND E JULES DE GONCOURT

– Olhe! Agora vão se pôr a falar das pinturas deles, aquela chatice – disse uma mulher, que se levantou e levou as outras mulheres para fora, para o ar livre, no crepúsculo, no caminho cheio de bancos, em frente ao cabaré.

Chassagnol permaneceu debruçado sobre Anatole com uma frase iniciada e interrompida em seus lábios. Retomou, no silêncio feito pela fuga das mulheres e pela contemplação dos homens fumando seus cachimbos:

– Ah, os primitivos! Cimabue! Quadros que são como orações... A pintura antes da ciência, antes de tudo, antes da arte! Ricco de Candia... Os bizantinos... As mãos da Virgem como canivetes... O Ingênuo bárbaro...

Parou, retomando seu costume de falar em mangas de camisa, tirou o casaco e se sentou à mesa, não se dirigindo exclusivamente a Anatole, mas a todos os que ali estavam, a um vago público, às paredes, às cabeças, coloridas, de cabides pendurados de qualquer jeito na cal viva da sala, e continuou:

– Sim, o mosaico bizantino, a cátedra, a Mãe de Deus como imperatriz, o menino Jesus sob a púrpura... Adorável! Céus de ouro, auréolas... *Ave gratia!* Uma palavra de ouro que voa de um quadro de Memmi... Anjos de ourivesaria, de relicário, com as asas salpicadas de rubis, Memmi! Sonhos... Sonhos que parecem ter sido feitos sob a grande roseira de Damasco do convento florentino de San Marco... E Gaddi! Magnífico... Elmos de reis com barbas pontudas, nos quais os pássaros batem asas... Gaddi! O terror do cenário da Bíblia, o Oriente da Bíblia... Um desenhador de Babilônias... Mulheres com fitas de gaze sob o queixo perto de grandes rios verdes, paisagens como as do primeiro assassinato, firmamentos em que há o sangue de Abel sob o sangue de Cristo! E Gentile de Fabriano! A cavalaria... Lanças, camelos, macacos, toda a Idade Média de Delacroix... Fiesole, a *transfiguração* pregada por Savonarola, o anjo da pintura a ovo... O miniaturista do paraíso... Santas como hóstias... Hóstias, wafers celestes, não é? Botticelli... Ele o envolve como Alfred Durer,[76] aquele... Dobras quebradas que

---

76 Albrecht Dürer (sic).

MANETTE SALOMON

têm um estilo! Carnes sofredoras... Luzes boreais... E Lippi, o amoroso das loiras... Masaccio... Um grande homem! O traço de união entre Giotto e Rafael... É a Fé que vai para a Academia... A arte se encarnando na humanidade... *Et homo factus est*...[77] Está aí, hein? E os seus fundos! Fileiras de crânios de senadores comerciantes... Perfis de abutres curvados sobre a deliberação dos interesses... E que variedade em toda essa gente! Há os virgilianos... Cosimo Roselli... Pinturas que fazem cantar: *En nova progenies*![78] Baldovinetti... *Corpus Christi* em uma tela... E, depois, embriões de Michelangelo, Pollaiolo que arrebenta os lombos de Anteu no tamanho de um cartão de visita... Toda a gestação do Renascimento, esses homens! E Ghirlandaio! São João Batista, o Precursor... Reconecta as duas Romas, leva Deus ao Panteão, põe frisos de amor no gineceu da Natividade... Põe o teto do presépio nas colunas de um templo, embala o menino Jesus no sarcófago de um áugure... Ghirlandaio... positivamente, não é?

Para aquele "hein?" de Chassagnol, a porta se abriu violentamente. Ouviram-se as mulheres gritando: "Para o barco! Para o barco!". E quase imediatamente uma irrupção louca, pegando os homens pelos braços, levantando-os de seus bancos, os arrastou, com Chassagnol, para o barco.

– A Grande! Para o leme! – comandou Anatole a uma mulher; e passou um remo a Chassagnol para que não falasse mais.

E o barquinho partiu, louco e ruidoso com a alegria do café e das glórias, ao som de um comovente refrão de uma canção popular.

Eram nove horas, a noite caía. O céu, empalidecendo de um lado, se iluminava do outro com o rosa do sol poente. Parecia que só vozes passavam nas margens; e, sob as árvores, na beira, as conversas murmuradas das pessoas, do amor que não se via. Tudo se desvanecia e crescia no desconhecido e na dúvida das sombras. Os grandes barcos atracados assumiam perfis bizarros e ameaçadores; grandes manchas pretas de óleo se estendiam sobre a

---

77 "E se fez homem." Em latim no original.

78 Sic: *iam nova progenies*, "agora, uma nova linhagem". Em latim no original.

água dormente; os choupos se amontoavam com a espessa densidade de ciprestes e, de repente, no topo de um deles, a lua apareceu, redonda, como uma lanterna amarela pendurada no topo de uma árvore. Lentamente, o resto da noite desceu, espalhando-se pelo sono da paisagem na qual as sonoridades se extinguiam. A respiração das indústrias ofegantes calou-se nas fábricas. O barulho do passante se extinguiu no caminho de sirga. Nada se ouvia além de uma ondulação de corrente, um tilintar, a hora que desce de um campanário suburbano, a matraca irritante de um sapo, o estrondo distante de um trem, como um trovão, em uma ponte. A lua subia, avançava com o barquinho, como se o seguisse, brincando de esconde-esconde atrás das árvores, surgindo em suas bordas e recortando suas folhas, depois passando por trás de suas massas, e brilhando através, perfurando sua escuridão com pontos de ouro. Avançando, salpicava gotas de relâmpagos e prata sobre um junco, a ponta de lança de uma planta aquática, um pequeno braço do rio, uma curva misteriosa, uma raiz, um tronco morto; e, muitas vezes, os remos, entrando na água, golpeavam a luz que caía e cortavam sua superfície em dois. O céu ainda estava azul, o azul de um vestido de baile envolto em renda preta; as estrelas do verão formavam ali um enxame de flores de fogo. A terra e seu rumor que findava morreriam no último eco da retirada de Courbevoie. O barquinho deslizava, balançava, embalado pelo chapinhar contínuo da água e pelo gotejamento pontuado a cada golpe do remo, música melancólica de queixumes de onde caíam lágrimas, uma a uma. Um frescor se levantava na noite como um sopro vindo de outro mundo e acariciava os rostos aquecidos pelo sol sob a pele. Galhos suspensos e escorridos de salgueiros às vezes faziam cócegas nas faces, como cabelos...

Pouco a pouco a obscuridade, a grandeza vazia e muda na qual deslizavam os velejadores, a solene suavidade da hora, a majestade do sono naquele belo silêncio, congelavam nos lábios a canção, o riso, a fala. A noite, no fundo desse barco boêmio, beijava a testa e curava a embriaguez do vinho azul. Os olhos, involuntariamente, se erguiam para a atração da serenidade lá em cima, olhavam para o céu... E a própria estupidez das mulheres então sonhava.

XXVIII

QUANDO CHEGOU O INVERNO, COM ENCOMENDAS E RETRATOS em falta, Anatole foi obrigado a descer às tarefas baixas que alimentam o homem com um pão que, de início, faz o artista corar e acabam matando tantos pintores, por causa do trabalho operário, o primeiro orgulho e a alta aspiração de sua carreira. Aceitou, procurou, recolheu as empreitadas mecânicas, trabalhos de refugos, trabalhos degradados: os painéis, com o dinheiro dos quais se almoça; as paisagens suíças que fornecem o dinheiro para um par de sapatos. Nesse labor miserável, fez tudo o que podia fazer: retratos de mortos, a partir de fotografias; desenhos decotados, para a Rússia; capas de álbuns de moda para o Rio de Janeiro. Fez vias-sacras com desconto, pintadas de qualquer jeito, auxiliado por dois ou três companheiros do ateliê, pelo mesmo processo com que se fazem pinturas de naturezas-mortas expostas no bulevar: cada um ficando responsável por uma cor, a quem era atribuído o vermelho, o azul ou o verde. A Paixão avançava, assim, como um trem parador, e se perpetravam "estações" para a província no meio de horríveis paródias e caricaturas da crucificação que punham na boca da agonia do Salvador o assobio de Polichinelo!

No entanto, apesar de tudo, muitas vezes a moeda de cem tostões faltava. Mas sempre acontecia uma coincidência, um acaso, alguma ocasião; e, nos momentos mais desesperados, aparecia no ateliê um casaquinho azul, um homem providencial, singularmente informado das *farras* e das *misérias* dos artistas, surgindo pela manhã diante da cama onde ainda dormiam, e por menos dinheiro possível, comprando dois ou três esboços em cujos versos anotava seu nome. O Homem da Fábrica, como era chamado, era um homenzinho vestido de cores sóbrias, com polainas brancas, os sapatos engraxados de um negociante que sempre vem de coche para fazer seus negócios. Tinha alguma coisa do militar vestido de burguês, um tom claro, um ar cortante, a tez biliosa, os olhos puxados, o nariz de um mensageiro napolitano, a boca sem desenho numa barba negra. Fazia seu principal negócio com a exportação de pinturas para os países do novo mundo, que bebem champanhe produzido em Montmorency. Pagava, no máximo, sessenta francos; mas os dava apenas aos talentos que lhe eram simpáticos e pintores de estilo; e, de sessenta francos, diminuía para meros quatro francos no caso de pequenas composições. Se acreditava no futuro de um artista, obrigava-o a fazer todo tipo de coisas; trazia esboços para serem finalizados, para serem apimentados, para que ficassem bonitinhos: pagava cinco francos por isso. Mandava pintar gravuras de Overbeck em telas de seis. Vinha também, muitas vezes, com painéis nos quais estavam litografados assuntos de pastorais, Bouchers de biombo, que bastavam colorir. Negociava rápido, nunca ria, tinha opiniões, sentava-se diante de uma cópia, criticava, usava vocabulário artístico: "É oco... Parece uma lanterna...", pedia mais dobras nos vestidos das virgens, luzes nos olhos, modelagens de tudo, uma porção de pinceladinhas, "tique-taque assim" na ponta dos dedos e da consciência, e ultramarino nos céus.

Em suma, pedia tantas coisas por tão pouco dinheiro que Anatole acabou preferindo trabalhar para o monsieur Bernardin.

XXIX

O MONSIEUR BERNARDIN, UM EMBALSAMADOR, rival de Gannal,[79] se encontrava ocupado com preparativos anatômicos para o museu de Orfila.[80] Era um preparador de grande mérito, a quem faltara apenas a chance de embalsamar homens conhecidos para se tornar famoso. Conseguira reter o peso e o volume da natureza em seus preparativos; só não podia impedir que adquirissem, com o tempo, uma cor de mumificação que destruía toda ilusão. Propôs a Anatole pintá-los de acordo com os modelos que ele lhe fornecesse. E então, Anatole ia todos os dias a uma bela e grande casa na rue du Faubourg-du-Temple. Subia ao quinto andar, a um pequeno quarto de empregada, encontrava ali o membro preparado, e ao lado o membro esfolado de fresco por Bernardin, e que lhe devia servir de modelo para os tons.

Às vezes, enquanto trabalhava, se arriscava a dar uma olhada no pátio; e não ficava muito tranquilo ao ver todas as cabeças dos inquilinos e o horror de todos os andares voltados para sua água-furtada.

---

79 Jean-Nicolas Gannal, conhecido farmacêutico da época, autor de *Histoire des Embaumements* [História dos embalsamamentos] (1838), que difundiu um método de embalsamar conhecido como método Gannal.

80 Antigo museu de anatomia.

Um dia, tendo um pouco de sangue nos dedos ao mudar seu modelo de lugar, quis se lavar em uma grande tigela, na qual não tinha visto a mancha sanguinolenta na escuridão. Ao retirar as mãos, veio-lhe com os dedos alguma coisa como uma pele que nunca acabava.

– Ah, aquela é de uma jovem – disse, negligente, o monsieur Bernardin, enquanto preparava alguns trabalhos para o dia seguinte. – Sim, é o momento... Depois do Carnaval... A passagem das mulheres pelos hospitais...

Anatole teve um tal arrepio que nunca mais voltou. Isso surpreendeu o monsieur Bernardin, que lhe pagava bem.

Algumas semanas depois, em Paris só se falava de um misterioso assassinato, uma mulher cortada em pedaços, cuja cabeça havia sido encontrada na fonte do quai aux Fleurs. Bateram na casa de Anatole: era o monsieur Bernardin. Ele havia recebido a tarefa de embalsamar essa mulher, que a polícia queria expor para que fosse identificada. Mas como ela havia ficado debaixo d'água e tinha manchas, o monsieur Bernardin, que queria fazer uma obra-prima, impressionar com um golpe de mestre, pensara em *recompor* a infeliz; vinha pedir a Anatole que passasse um verniz nela.

– Meu caro, é o meu futuro – disse ele a Anatole. E lhe ofereceu uma remuneração generosa.

Anatole, a quem o necrotério sempre atraíra e que tinha uma curiosidade natural pelos grandes crimes, se deixou convencer. E, meia hora depois, atrás da cortina puxada da sala, ele trabalhava para cobrir, em cor de carne, as manchas da mulher morta, cujo cabelo o cabeleireiro da rue de la Barillerie, mais branco que um lençol, repartia, enquanto o monsieur Bernardin, retirando os olhos esmaltados da cabeça um após o outro, limpava cuidadosamente o embaçado com seu lenço!

XXX

AO FIM DE TODOS ESSES BICOS, O ATELIÊ CAÍA NA MISÉRIA, que o artista chama por seu apelido: *a pane.*

O inverno voltou naquele ano no início da primavera. Todos os fornecedores do bairro estavam esgotados, "queimados". Anatole condenou ao fogo uma poltrona velha e manca. Da poltrona, foi até as gavetas do armário e conseguiu deixar de seus móveis apenas os dois lados que não tocavam na parede. Os amigos tinham fugido diante do frio e da ausência de tabaco. Alexandre partira para Lille, onde um trabalho o chamara. E só restou a Anatole um camarada, que havia tomado o lugar de Alexandre em sua existência.

Existe um prato nacional e religioso na Rússia, o *cordeiro na manteiga*, um cordeiro que tem sua lã feita com manteiga prensada em um pano, os olhos espetados com pontinhos de trufa, e na boca um ramo verde. Os russos dão grande importância à preparação artística desse cordeiro, que é servido na noite de Páscoa. Um cozinheiro francês, mestre de cozinha do príncipe Pojarski, durante a estada do príncipe em Paris, começou a estudar com um escultor de animais para adquirir o talento de modelar essas peças em manteiga e sebo. No meio de seus estudos, tomado pelo amor à arte, demitiu-se como cozinheiro para se tornar um artista. E quando suas economias foram devoradas, por esse acaso dos encontros que engancha os infelizes, por esse instinto de união que quase sempre une aos pares os pobres-diabos para enfrentar as agruras da vida, havia se tornado o companheiro de cama de Anatole.

A pane continuou durante o verão e o outono. Faltava tudo, até mesmo o homem da fábrica. Bardoulat – esse era o nome do camarada de Anatole – começou a mostrar sinais de desmoralização.

– É engraçado! É decididamente engraçado! – repetia ele. – Aqui estamos nós, catando pontas de cigarro para fumar. Ah! É engraçada a arte, muito engraçada! Agora, quando saio, ando no meio da rua: você entende, se eu tivesse a infelicidade de quebrar uma vidraça! Ah, é muito engraçado tudo isso! Muito engraçado, muito engraçado!

– Meu caro – disse-lhe Anatole para animá-lo –, você está cultivando um gênero que fez sucesso em Jerusalém, mas que morreu com Jeremias. Que diabo! Ainda não chegamos à miséria de Ducharmel... Ducharmel, sabe? A quem, depois que morreu, fizeram um túmulo tão bonito por subscrição. A Providência o afligiu com um filho... Você imagina o que, um dia, quando seu filho estava com fome, ele encontrou para alimentá-lo?! Uma caixa de waffles brancos!

XXXI

À NOITE, AMBOS IAM À BARREIRA,[81] AO DÉSESPOIR,[82] ao Tisserand le Danseur, onde jantavam por nove tostões. E, de estômago meio cheio, sem um tostão para beber, olhando pelas cortinas as pessoas sentadas nos cafés, voltavam tristemente.

Começava então o serão, o bate-papo e, quase sempre, a ironia de uma saborosa conversa. Curioso por qualquer coisa que tivesse um caráter estrangeiro, além de inclinado àquela gula da imaginação que o fazia pedir, dos cardápios dos restaurantes, os pratos desconhecidos de nomes sugestivos, Anatole estimulava o ex-chef do príncipe Pojarski a falar de seu passado; e o cozinheiro, animando-se com a lembrança do fogo em seus fogões, e como que levado de volta à sua primeira profissão, falou sobre cozinha, e cozinha russa. Com olhos brilhantes, enumerava as codornas dos distritos de Toul e Kursk, o galo silvestre de Wologda, Arkhangel, Kazan; o tetraz-grande-das-serras, a galinhola dos bosques, o javali dos distritos de Grodno e Minsk; o presunto, as patas de urso, toda a caça mantida congelada durante o ano inteiro nos depósitos de

---

81 Paris possuía diversas "barreiras", que eram postos de controle das mercadorias que entravam na cidade e que deviam pagar imposto. Ficavam na periferia e atraíam divertimentos populares.

82 Nome de um restaurante cujo significado é desespero.

142 EDMOND E JULES DE GONCOURT

gelo de Petersburgo. Dissertava a respeito da delicadeza dos peixes que vivem nesses rios de gelo: os pequenos esturjões do Volga, o esturjão do lago Ladoga, o salmão do Neva, todos os salmões, o sudak, cuja melhor preparação é a conhecida como do *Cabaré vermelho*; e a truta de Gatschina, o *pimpão* de São Petersburgo, os osmerus de Ladoga, o cadoz azul, o delicioso cadoz de Moscou, os *riapouschkas*, os *taurulus* de Pskoff, que são usados na Quaresma para *stschis*[83] magras, e durante a semana de Carnaval para *blinis*.[84] E, da enumeração, Bardoulat passava impiedosamente aos detalhes de sua antiga arte, com termos técnicos, explicações, gestos que pareciam mexer as coisas na panela, palavras que cheiravam bem e fumegavam. Era a sopa Rossolnick, a sopa com pepinos combinados, na hora de servir, a cremes duplos e gemas, na qual se juntam os membros de dois franguinhos cozidos no cremoso da sopa.

– O cremoso da sopa! – repetiu Anatole, como se quisesse passar pela língua a gulodice da expressão.

Mas Bardoulat não lhe deu ouvidos e se lançou à extravagância das sopas: a sopa de esturjão com fígado de tamboril, hidratado com vinho de champanhe, o *bortsch*, o *stschi* à moda preguiçosa, o caldo de *gribouis*, feito com esses cogumelos deliciosos que só crescem debaixo dos abetos, sopas com mingau de trigo sarraceno, com leitão de leite, cogumelos, urtigas e sopas com puré de morango, para o calor tórrido...

Anatole ouvia tudo isso, inalando o requinte dos pratos que o outro evocava sem cessar, os patês de esturjão, o *coulibiac* de massa folhada com repolho, os *varenikis* lituanos, os *vatruschkis* com queijo branco, os *sausselis* recheados com *pellmenes* siberianos, os *ciernikis* e os *nalesnikis* poloneses: ele parecia estar na ventilação de uma cozinha onde Carême[85] estaria trabalhando para Átila, e os sonhos entravam em seu estômago.

---

83 Sopa.
84 Panqueca.
85 Marie-Antoinette Carême, célebre cozinheira.

– Mas vou dizer o que tem de que comer – falou certa vez o antigo chef. – Com o primeiro dinheiro que tivermos, vou fazer um, você vai ver!, um faisão à moda georgiana! Mas precisamos de uvas.

– Oh! – disse Anatole negligentemente, eu vi algumas no Chevet... Vinte francos a caixa, meu Deus...

– Escute! – disse o chef, e começando a falar como um livro de receitas. – Você esvazia, flamba, recheia seu faisão... Você amarra, põe em uma panela... Oval, a panela... Retira com cuidado as películas de cerca de trinta nozes frescas e põe na panela.

– Boa!

– Você esmaga dois quilos de uvas e a polpa de quatro laranjas em uma peneira. Despeja isso sobre seu faisão, adiciona um copo de Malvasia e o mesmo tanto de infusão de chá verde. Tudo isso no fogo, uma hora antes de servir, e quando está cozido... Você já adicionou, é claro, o tamanho de um ovo de manteiga fina... Você passa três quartos do cozimento em uma toalha para reduzi-lo com um bom caldo à espanhola... Você serve... Ah, como é bom! Ah, meu amigo!

– Basta! – disse Anatole em tom imperativo.

– Sim, basta – disse melancólico o ex-chefe de cozinha do príncipe Pojarski.

Ambos começavam a sofrer muito com esse suplício abominavelmente irritante, tortura de tentação como aquela que os náufragos experimentariam se, no céu acima deles, o *cozinheiro perfeito* se abrisse com receitas escritas em letras de fogo.

XXXII

POR UM DIA SOMBRIO E FRIO DE DEZEMBRO, quando tinham ficado na cama deitados com suas blusas de lã, jogando mexe-mexe, tiveram a ideia de ir se aquecer de graça em um lugar público.

Estavam no bulevar, sem saber direito aonde iriam, hesitando entre o Louvre e um escritório de ônibus, quando Anatole disse:

– E se formos aos leiloeiros? Faz muito tempo que quero comprar móveis de jacarandá.

Bardoulat não fez objeções. Chegaram ao longo corredor da rue des Jeûneurs, entraram numa primeira sala e se sentaram em duas cadeiras, com os pés apoiados na boca de um radiador, o corpo tomado pelo calor que fazia. Só depois de alguns momentos, eles olharam.

– Ah! – suspirou Anatole. – Um esboço de Lestonnat... Veja! Outro... É dele de novo. E isso também. Uma coisa danada de boa, aquele esboço... Langibout, eu lembro, quando mostrou para ele, ficou bem contente... Que engraçado, que ele *lave* tudo isso! Então agora ele é conhecido, já que se permite uma venda. Ah, aqui está Grandvoinet... Ali, no canto, esse grande... Era seu amigo íntimo... Ele vai nos dizer... Ei! Grandvoinet...

Grandvoinet se aproximou de Anatole.

– Veja só! É você? Bom dia...

– Está vendendo?

MANETTE SALOMON

Grandvoinet se limitou a responder com um aceno triste.

– Ah, como! Por que ele está vendendo?

– Por quê? Então você não leu o cartaz?

– Não.

– Pois bem! Ele acabou de morrer.

– Morrer! Bah! Mas como? Que diabos! Lestonnat... Um rapaz em cujo futuro, no ateliê, tanto o velho Langibout quanto os demais acreditavam tanto...

– De fato! Está aí, agora, o futuro dele!

E Grandvoinet sinalizou com os olhos para Anatole, abaixo da escrivaninha do leiloeiro, uma jovem pobre e magra, vestida com o luto limpo e humilde da miséria, de chapéu, com os ombros encolhidos em um xale tingido. Ela estava ali, reta, imóvel, com as mãos na cavidade da saia, o rosto de uma palidez amarelada, a tristeza mal enxugada dos olhos. A seu lado, encostando de quando em quando, por cansaço, no braço dela, uma criança de dois ou três anos, empoleirada numa cadeira que lhe era alta demais, balançava as duas pernas, cujos pés, contorcendo-se, giravam um no outro; então ele olhou vagamente, com um ar surpreso e distraído, com o ar de crianças pequenas demais para ver a morte e que se divertem por estar de preto.

– Do que ele morreu? – perguntou Anatole.

– Do quê?! Da pintura, meu caro. Desse belo ofício dos infernos! – disse Grandvoinet, com um tom de amargura surda. – Os burgueses pensam que a nossa vida é toda cor-de-rosa e que ninguém morre com esse trabalho do cão! Você sabe disso: o ateliê, das seis da manhã até o meio-dia; no almoço, dois tostões de pão e dois tostões de batatas fritas; depois disso, o Louvre, onde se trabalha no resto do dia... E depois, à noite, ainda a escola, o modelo das seis às oito horas, e o que você faz no caminho para casa... Ache o tempo de jantar com isso tudo! Ah! Ela é bem bonita, a higiene, quando se pensa nas baiucas em que comemos, nos aborrecimentos, nas estafas dos concursos, nas torturas do estômago, da cabeça, do esforço, da vontade e de tudo... Vá, precisamos ter saúde e peito para resistir! Setenta e cinco francos! Mas é o teto dele para o Tanucci, o esboço, que está sendo vendido... Oitenta!

146   EDMOND E JULES DE GONCOURT

Que tom fino, hein? Oitenta e cinco! É capaz de não sobrar nada para mim. Seja como for, de todo modo, foi uma boa ideia pôr meu relógio e minha corrente no prego... Se eu não tivesse empurrado os lances, aquele patife do Lapaque teria arrematado tudo por nada. Noventa e cinco! Difícil de acreditar: só há ele como marchand aqui...

A venda se arrastava lentamente com o horrível tédio de uma venda que não deu certo. Os lances miseráveis definhavam. Nada havia chamado o público a esta última exposição de um pintor quase desconhecido dos amadores, cujo talento só seus camaradas conheciam, e cujos esboços outros pintores compravam para "copiar o truque". Aliás, a moda ainda não existia das vendas de artistas; e pesavam no mercado de arte as preocupações políticas do final desse ano de 1847.

Das pessoas que estavam lá, das vinte pessoas espaçadas ao redor das mesas, metade tinha vindo, como Anatole e seu amigo, para se aquecer. Dificilmente três ou quatro fizeram um leve movimento de avanço quando uma tela passava diante deles; e, num canto, um homem de chapéu vermelho dormia roncando. De vez em quando, um passante olhava da porta da sala para as molduras, os painéis, o cavalete Bonhomme, os álbuns, o manequim; e, diante de tão pouca gente, não tinha coragem de entrar. O leiloeiro obeso, recostado na poltrona e coçando a parte de baixo do queixo com seu martelo de marfim, relaxava, bocejando; o pregoeiro diminuía a voz; e até nas costas dos pesados auverneses carregando os lotes arrematados, tudo e todos pareciam desprezar essa pintura que vendia tão mal, esse talento que a publicidade da morte não tinha feito subir os preços.

Finalmente, a venda ia terminar.

A pobre mulher continuava ali, mais sofrida, mais humilhada a cada nova adjudicação, como se, diante dos pedaços da vida do marido vendidos assim tão barato, o orgulho que depositara em seu talento chorasse e sangrasse. O leiloeiro se animava; e, parecendo sorrir com a ideia de seu jantar e seu prazer da noite, olhava sob a dor dessa jovem viúva com os grandes olhos sensuais de um solteiro cético. Ele gritava, apressando os lances, dizendo:

MANETTE SALOMON

– Senhores, há uma moldura! – Ou então: – Uma bela mulher nua, senhores! Sem erro? Visto? Renunciamos? – Atirava sobre as telas, quando elas passavam, essas piadas pesadas e cínicas de sua profissão, que enterram a obra de um morto em uma profanação de riso.

– Que desgraçado! – disse Grandvoinet indignado. – Ele *alegra* a venda! Ah! Se sua esposa, com os custos, conseguir o suficiente para pagar as dívidas!

Anatole e Bardoulat ficaram sob a impressão dessa cena triste. Na rua:

– Obrigado! – disse Bardoulat. – Então trate de ter talento!

À noite, depois do jantar, quando Anatole imaginava que Bardoulat, tirando a blusa de lã, fosse se recolher, viu-o pegar a sobrecasaca de ambos.

– Você vai levar nossa sobrecasaca? – perguntou.

– Sim, vou sair por um momento...

– A esta hora? Malandro!

Durante a noite, enquanto dormia, parecia a Anatole que o termômetro baixava: no dia seguinte, surpreendeu-se ao se ver sozinho em sua cama. O dia passou sem notícias de Bardoulat. À noite ele não voltou. Na manhã seguinte, Anatole, inquieto, começava a se perguntar se não valeria a pena ir ao necrotério, quando recebeu um breve bilhete de Bardoulat. Bardoulat confessava estar desgostoso com a arte e pedia perdão a Anatole por tê-lo deixado tão bruscamente, mas não ousava revê-lo; já não era mais digno: conseguira um lugar como cozinheiro de um russo que o levava para a Rússia.

– Aquele animal! – bradou Anatole. – Ele bem que poderia ter posto a sobrecasaca na carta, ainda mais que saiu com os últimos quarenta tostões da casa! Enfim, tanto melhor que tenha partido: com suas histórias de cozinha, *era o suplício de Câncalo!*[86]

---

86 Anatole se equivoca na referência: em vez de "suplício de Tântalo (Tantale)", diz "suplício de Câncalo" – em francês, Cancale, nome de uma cidade e de uma baía na França.

XXXIII

ENTRETANTO, CHEGARA AQUELE ANO DIFÍCIL PARA A ARTE: 1848, a Revolução, a crise do dinheiro.

A princípio Anatole não sofreu muito. Achou trabalho com uma série de retratos dos deputados da Assembleia Constituinte. Mas, depois disso, as semanas, os meses, se passaram sem que ele encontrasse outra coisa para fazer além da ilustração de uma romança legitimista: *Onde está ele?*, que executou violentando suas opiniões republicanas. Então, o aperto aumentando com o tempo, conseguiu ser contratado por um indivíduo que teve a ideia de vender nas províncias livros invendáveis, *rouxinóis*[87] de livraria, com o bônus de um relógio de mesa ou um retrato, à sua escolha. Para cada retrato, incluindo as mãos, vinte francos deviam ser pagos a Anatole, e a turnê começou em Poissy. Anatole e seu empregador se inseriam nas casas, furtivamente, sem dizer uma palavra sobre o motivo da visita, o que teria feito com que fossem postos porta afora; e, de repente, Anatole, abrindo uma caixa que continha seu retrato, se punha ao lado, na pose, enquanto seu companheiro, levantando um lenço, desmascarava o relógio que funcionava como prêmio. Essa pantomima não teve sucesso

---

87 No original, *rossignols*, gíria de livreiros para livros que não saem, que ficam encalhados na estante mais alta.

MANETTE SALOMON

algum junto aos açougueiros locais. Não se deu muito melhor em outras cidades do departamento. E, poucos dias antes das jornadas de junho, Anatole voltou às ruas de Paris, tão pobre quanto antes de partir. Os dias de junho lhe deram a ideia de fazer um falso esboço imaginativo "a partir do observado" no episódio da barreira de Fontainebleau: o assassinato do general Bréa. Um jornal ilustrado o remunerou muito bem por esse desenho de atualidade. Anatole fez uma segunda versão, litografando um retrato do general, que vendia por cerca de trinta francos.

Mas foi seu último ganho; depois, todos os negócios pararam. Por mais que procurasse, corresse, implorasse: só havia fome no horizonte desesperado de seu amanhã.

Ele olhou ao redor de si. Seus pertences, seu próprio quarto, quase tudo fora transferido para a casa de penhores. Vasculhou mecanicamente o bolso do colete: o peixe dourado de Coriolis, que tantas vezes lhe adiantara um pouco de dinheiro, havia partido pela última vez e não retornara. Procurou na pobreza de suas roupas e no vazio de seus móveis: nada, não havia mais nada que o prego quisesse.

Teve então uma ideia: seus colchões ainda tinham o luxo de seus tecidos; pôs-se a descosturar, encontrou a lã embaixo bem amassada para poder dormir nela, e correu para empenhar os panos na primeira loja de penhores, obtendo alguns tostões. E começou a comer um pão de centeio no almoço, outro no jantar. Racionando-se assim, calculou que tinha o suficiente para viver uma semana. E dormiu sem pesadelos na lã de seus colchões.

Não achava que era hora de se preocupar. Era simplesmente uma situação tensa, uma falha momentânea da sorte. Além disso, havia no que lhe sucedia algo de exótico, um lado pitoresco, como uma nova aventura, que entretinha sua imaginação. Essa miséria absoluta lhe parecia um extremo extravagante, quase cômico. Aliás, sempre gostara de pão de centeio: quando comprava um no Jardin des Plantes para dar aos animais, ele o comia.

Desse modo, não tinha tristeza. No segundo dia, ficou todo feliz por ter quase jantado com um camarada arrebatado por "uma velha" depois do absinto, e quase na soleira da baiuca onde estavam prestes a entrar. Os dias seguintes se passaram da mesma forma, à base dos mesmos dois pães de centeio, igualmente desiludidos pelos encontros de amigos que o levavam à beira de um jantar. Anatole suportou esse prolongamento do infortúnio e essa conjuração de contratempos sem se deixar sucumbir. Endureceu em sua filosofia, disse a si mesmo que nada é eterno, encontrou dentro si o suficiente para zombar de si próprio, e nem sequer pensou em insultar o céu ou se ressentir dos homens. Mantinha-se à espera com uma vaga confiança, com uma lembrança instintiva do sistema de compensações de Azaïs,[88] que certa vez ele havia folheado em um livreiro do cais. Duas ou três vezes encontrou à sua porta, ao voltar, escrito com o pedaço de giz colocado ao lado em uma pequena bolsa de couro, os nomes de amigos abastados que tinham vindo vê-lo: não foi procurá-los por uma modéstia de timidez, e também de bela dignidade, que sempre o impediu de pedir dinheiro emprestado.

Tomado, por fim, por uma espécie de tédio nas entranhas, pensou em ir à casa de sua mãe, de quem estava completamente afastado e que só via no primeiro dia do ano. Mas, pensando no sermão de que uma moeda de cinco francos lhe custaria ali, decidiu esperar um pouco mais. Dessa forma, esgotaram seus pães de centeio; mas, numa última digestão, teve uma cólica tão atroz que foi obrigado a deitar-se.

A noite começava a cair; e, com a noite, sem que a dor diminuísse, suas reflexões se tornavam um pouco sombrias quando a chave girou na porta. Ouviu um fru-fru de seda e de mulher: era uma velha conhecida dos piqueniques aquáticos, que viera pedir-lhe dez tostões para tomar um caldo. Mas, quando viu o ateliê, se deteve, envergonhada de pedir a alguém mais pobre do que ela, olhou para ele, que estava amarelo de icterícia, lhe sugeriu que fizesse uma limonada e foi embora.

Anatole ficou sozinho, ainda sofrendo, sucumbindo a covardias, a tentações de falar com a mãe.

---

88 Pierre Hyacinthe Azaïs, autor de uma obra intitulada *Des Compensations dans les destinées humaines* [Das compensações nos destinos humanos], obra de cunho filosófico e religioso.

MANETTE SALOMON

Por volta das dez horas, a mulher de antes do jantar voltou, tirou as luvas, remexeu nos bolsos e tirou o que trouxera do restaurante onde alguém a havia levado: o limão das ostras e o açúcar do café. Terminada a limonada, quis aquecer, perguntou onde estava a lenha: Anatole se pôs a rir. Ela refletiu por um instante, então saiu de repente e reapareceu triunfal com todos os tapetinhos de limpar os pés do prédio, que tinha ido buscar nos patamares. Acendeu aquilo, colocou a limonada no fogo, levou um copo para Anatole, disse-lhe: "*Ele* está me esperando lá embaixo", e saiu às pressas.

No dia seguinte, a crise que joga bile no sangue havia passado. Anatole se sentia aliviado e cedia à sonolência do bem-estar que se segue ao grande sofrimento, quando Chassagnol entrou em seu quarto.

– Ué! Está doente?

– Sim, tenho icterícia.

– Ah, icterícia – retomou Chassagnol, repetindo mecanicamente a observação de Anatole, sem parecer dar a ela a menor ideia de importância ou de interesse.

Era seu jeito ser assim indiferente e surdo por dentro ao que seus amigos lhe contavam de si mesmos, dos problemas, dos negócios, das doenças deles. Geralmente, parecia não ouvir, estar longe do que lhe diziam, e com pressa de mudar de assunto; não que tivesse um coração ruim, mas era um daqueles indivíduos cujos sentimentos estão todos na cabeça. O amigo, grande entusiasta da arte, estava sempre longe, voando, perdido nos espaços e nos sonhos da estética, planando nos quadros. Aquele homem passeava pela vida como por uma rua cinzenta que leva a um museu e onde se encontram pessoas a quem se dá um aperto de mão distraído antes de entrar. Aliás, a realidade das coisas passava ao seu lado sem penetrá-lo ou alcançá-lo. Não havia no mundo miséria capaz de comovê-lo tanto quanto uma *Família infeliz* bem pintada.

– A icterícia não é nada – continuou ele tranquilamente. – Você só não pode ter aborrecimentos... Eu estava mesmo com vontade de vir vê-lo. Mas estive ocupado nesses últimos tempos por Gillain, que virou crítico de arte num jornal sério. E como ele não sabe uma palavra de pintura... Se publicassem no *Charivari* um Albrecht

Durer, sem avisar, ele o tomaria por um Daumier. Finalmente, ele fez a crítica de um salão, e ei-lo agora transformado em crítico de arte... É exatamente como um homem que não soubesse ler e se tornasse um crítico literário... Então, ele toma aulas comigo. Ele me faz falar, ele me drena minhas boas expressões, suga toda a minha técnica... É tão engraçado, um homem de espírito tão idiota em arte! Enfim, enfiei um monte de palavras nele: manchas, *glacis*, claro-escuro... Está começando a usá-las não muito mal. É capaz de acabar entendendo o que diz! Pois bem, verdade, é divertido! Por exemplo, inculquei nele a severidade, a dureza. Vai desancar em cascata... Eu lhe disse que se tratava de limpar o Templo, de ser impiedoso com as falsas vocações, com esses milhares de quadros que nada dizem e só enchem as paredes. Ah, a falsa pintura! Talento ou morte! Não pode ser outra coisa. Devemos desencorajar 3 mil pintores por ano... Sem isso, em dez anos, todo mundo será pintor, e não haverá mais pintura. Em qualquer cidade um pouco limpa e que respeita a higiene, deveria haver um báratro no qual fossem jogados todos os quadros infelizes, não viáveis, por exemplo! Mas que diabo! A arte deve ser como o salto mortal: quando se falha, o mínimo é quebrar a espinha! Vão me dizer: eles morrerão de fome... Pois não morrem de fome o suficiente! Como! Têm todos os incentivos, todas as recompensas, todas as ajudas... Li as estatísticas disso outro dia, são assustadoras... As medalhas, as condecorações, Amigos das Sociedades Artísticas... Mais de 1 milhão no orçamento! E ainda se queixam! Eu digo: são crianças mimadas... Nem tutela, nem proteção, nem encorajamento, nem ajuda... Esse é o verdadeiro regime da arte. Os talentos não são mais cultivados do que as trufas. A arte não é uma instituição de caridade. Nada de sentimentalismo: os que morrem de fome por causa da arte não me afetam. Para toda essa gente que faz muita besteira, bobagens, chavões, e que vêm dizer ao público: eu preciso viver... sou como d'Argenson,[89] não vejo necessidade! Nada de lágrimas para mártires ridículos e imbecis vencidos! O que

---

89 Marc Pierre de Voyer de Paulmy, conde d'Argenson. Voltaire conta a seguinte passagem a seu respeito: "Este abade Desfontaines é o mesmo

MANETTE SALOMON

sobraria para os outros, então? E, além disso, a arte é responsável por lhe dar de comer? Tomam-na por um açougue? Pergunto qual é o socorro que se dá a um merceeiro que faliu! Morra de fome, droga! É o único bom exemplo que há para dar. Servirá pelo menos de alerta aos outros! Como! Não se afirmou, é anônimo, sempre será! Nada encontrou, nada inventou, nada criou... E porque é um artista, todos vão se interessar, e a sociedade se sentirá desonrada se ela não lhe depuser um pão de quatro libras todas as manhãs na sua porta! Não, é demais!

Essas severas palavras, cruéis sem querer, sem saber, caíram uma a uma como golpes na cabeça de Anatole. Ele parecia ouvir o julgamento de sua vida. Essa condenação, que Chassagnol lançava vagamente sobre os outros, era para ele. Pela primeira vez sentiu a amargura das misérias merecidas; viu a nulidade que representava na arte; sua consciência, de súbito, lhe mostrou, durante um momento, seu parasitismo na terra.

– Que tal me deixar dormir um pouco, hein? – interveio, interrompendo abruptamente o discurso de Chassagnol.

– Ah! – disse Chassagnol, pegando o chapéu, continuando sua ideia e falando sozinho.

Alguns dias depois, Anatole estava de pé. Devia a vida à sua juventude e a uma velha criada da casa, sua vizinha do mesmo andar; mulher corajosa, adorando os dois filhinhos de um patrão que ela criava, e cujas cabeças Anatole havia tomado como modelos para quadros de santidade. A corajosa mulher tinha pensado ver seus dois queridinhos no céu; e ficou muito feliz em fornecer ao doente seus cuidados e o caldo que lhe restaurou as forças.

Estava ainda convalescendo quando chegou uma entrada inesperada de dinheiro, o pagamento de uma transparência que fizera para um baile Willis nos arredores de Paris, oitenta francos em atraso que o salvaram da fome.

---

que, para se justificar, disse ao monsieur conde d'Argenson: 'Preciso viver'; ao que o monsieur conde d'Argenson respondeu: 'Não vejo necessidade'".

XXXIV

CERTA MANHÃ, ANATOLE FICOU MUITO SURPRESO ao ver a criada de sua mãe chegar trazendo uma carta. A mãe lhe rogava que passasse depois do jantar em sua casa para estar com um de seus tios, um irmão de seu pai que ele nunca tinha visto e que desejava conhecê-lo.

Naquela noite, Anatole encontrou uma babá, chá, as duas lâmpadas Carcel acesas na casa de sua mãe, e um senhor com um colar de barba preta que o convidou para almoçar com ele no dia seguinte.

No dia seguinte, por volta das duas horas, numa sala do Petit-Véfour,[90] no Palais-Royal, com os dois cotovelos sobre uma mesa na qual havia três garrafas vazias de Pomard, o tio, com o colete desabotoado, com a facúndia do borgonhês, contava seus negócios para o sobrinho, a parte que tivera em Marselha em uma fábrica de produtos químicos de saboaria, seus deslocamentos como representante, a encantadora viagem que fizera no ano anterior à Espanha, metade para sua firma, metade para seu prazer. Dizendo isso, deixava escapar dessas lembranças, as quais parecia rever, grandes sorrisos canalhas. Agora, tinha vontade de ir a

---

90 Célebre restaurante situado nas galerias do Palais-Royal e que existe até hoje.

MANETTE SALOMON

Constantinopla. Ele gostava do movimento, e isso o faria descobrir novos países. Ademais, um homem como ele sempre haveria de encontrar algum negócio para fazer. Aliás, como acionário de navios a vapor, esperava ter passagem gratuita, e talvez para um companheiro também, se achasse um.

Esta última observação, lançada sem intenções, caiu numa semiembriaguez de Anatole, subitamente reconciliado com as ideias de família, e que sentia toda espécie de vagas ternuras pelo tio. Ele disse: "Para Constantinopla!". E olhou diante de si, fascinado.

Sempre tivera um desejo flutuante, uma comichão surda, uma espécie de ânsia de burocrata por percorrer maravilhosas distâncias. Por muito tempo acalentara o pensamento vago, confuso, a tentação instintiva de fazer alguma grande viagem, de ir passear em algum lugar, locais bizarros, sítios pitorescos, através de paisagens cuja estranheza respirara em narrações e desenhos de viajantes. O que nele aspirava ao exótico, àqueles atraentes horizontes desdobrados nas descrições que lera, era o parisiense mandrião e curioso, o basbaque com sua imaginação infantil embalada por *Robinson* e *As mil e uma noites*. Constantinopla! Bastava essa palavra para despertar nele sonhos de poesia e perfumaria, nos quais se misturavam, com as cartas de Coriolis, todas as suas ideias de *Perfume das sultanas*, pastilhas do serralho e o sol nas costas dos turcos.

– Pois então! E se você me levasse? – disse ele à queima-roupa.

Tio e sobrinho passaram a se tratar por você desde o café.

– Meu Deus, por que não? – respondeu o tio, como um homem surpreendido pela brusquidão do pedido. – Mas você nunca estará pronto – continuou ele.

– Quando você vai embora?

– Mas... Amanhã às cinco horas.

– Oh! Então me sobra um dia.

Anatole foi pontual na estação de trem. Ele havia arrancado trezentos francos de sua mãe, cuja vaidade burguesa vinha sendo humilhada pelos trajes com que seu filho era visto em Paris. Ele pagou sua passagem e partiu com seu tio para Marselha.

Em Lyon, o gelo estava completamente quebrado entre os dois viajantes: tio e sobrinho haviam confiado um ao outro os infortúnios de suas boas sortes.

Chegando a Marselha às cinco horas, hospedaram-se no Hôtel des Ambassadeurs. Jantaram no refeitório do hotel. Anatole se excedeu um pouco no vinho Lamalgue, geralmente fatal para os recém-chegados, e subiu para dormir. Dormia, quando uma voz estentórea o despertou: "Anatole! Anatole!", gritou-lhe o tio da rua, "estarei na casa de Conception! O mensageiro do hotel o levará até lá...".

Anatole pulou da cama, se vestiu; e o mensageiro o levou ao terceiro andar de uma residência na rue de Suffren, onde estavam, em torno de uma tigela de ponche, seu tio, quatro amigos de seu tio e a amante de seu tio, srta. Conception, uma jovem de Malta, morena de nascimento e dançarina de profissão no Grand-Théâtre.

Os três ou quatro dias que se seguiram pareceram deliciosos a Anatole. Passeios pelo Prado, pelos Peupliers, almoços na Réserve, jantares com Conception e os amigos do tio, noites nos espetáculos, no Café de l'Univers, tal era a sua vida. Seu tio se mostrava encantador para com ele; Anatole só achava bastante singular que não parecesse preocupar-se com o modo como iria viver: não falava em ajudá-lo, não abria mais a boca sobre a viagem a Constantinopla.

Ao cabo de uma semana, Anatole começou a se preocupar seriamente, quando o gerente do hotel lhe veio dizer que uma senhora, que acabava de hospedar-se ali, queria um pintor. Essa boa senhora tinha por filho o prefeito de um vilarejo vizinho que, num acesso de febre alta, havia cortado a garganta e o estômago com uma navalha. Frente à gangrena, o desespero dos médicos para salvá-lo, ela fez uma promessa a Notre-Dame de la Garde, e seu filho foi salvo; ela vinha a Marselha para providenciar o ex-voto. Anatole se apressou a esboçar a aparição da boa Nossa Senhora à mãe, junto ao filho deitado. Obteve cem francos por isso.

Esse ex-voto lhe trouxe a encomenda de um episódio de motim nas ruas de Marselha, feita por um senhor que se fez representar como o Horácio Cocles da propriedade, para obter a cruz.[91] Esse

---

91 A condecoração da cruz de honra.

quadro, em que era preciso inventar uma insurreição, lhe foi muito bem pago. Um retrato que ele fez de um agente marítimo lhe trouxe toda a série de agentes marítimos. Figuras de odaliscas com lantejoulas, que expôs na vitrine de Réveste, e que foram vendidas, o tornaram conhecido. O trabalho chegava a ele de todos os lados. Ganhou dinheiro, levou uma vida larga e feliz durante vários meses.

Continuava a ver o tio, ia muitas vezes à casa de Conception. Mas o tio parecia ter esfriado com ele. Sentia-se ofuscado interiormente pelos triunfos do sobrinho, pela maneira como, com sua alegria, seu humor, sua familiaridade, Anatole tinha sucesso em sua sociedade, no grupo, no café, onde quer que o apresentasse. Sentia-se eclipsado, relegado ao segundo plano por esse lugar dado ao parisiense, ao artista; as histórias marselhesas que ele tentava contar, depois das histórias de Anatole, não causavam mais riso: ele não brilhava mais. Além disso, foi ferido por uma certa leviandade de tom que seu sobrinho tomava em relação a ele, tratando-o de forma descortês com brincadeiras de igualdade e camaradagem inconvenientes, chamando-o, por causa de um caixote verde de laranjeira habitual em seu comércio, de "meu tio Schwanfurt". Finalmente, descobriu que a srta. Conception se divertia demais com "aquele sapo", que ria demais quando ele vinha e que parecia considerá-lo como o deleite da casa. Tudo isso fez com que ele começasse a deixar de convidar Anatole e terminar, um belo dia, por apresentar-lhe a conta de todos os jantares que pagara a ele, indicando-lhe que tinha a elegância de aceitar apenas três francos cada. Essa reclamação veio em um momento em que a popularidade do artista parisiense começava a declinar. Todos os agentes marítimos tiveram seus retratos pintados; e todos os marselheses que queriam uma odalisca haviam comprado uma no Réveste. O aperto chegou. Então o cólera foi anunciado em Marselha, fazendo com que metade dos habitantes fugisse para Lyon, o tio de Anatole sendo um dos primeiros.

Anatole, de sua parte, foi forçado a ficar: não tinha dinheiro para fugir. Felizmente, ele se viu lidando com um hoteleiro ainda mais temeroso do que ele. Aquele homem almejara lhe apresentar sua conta alguns dias antes do cólera: Anatole o viu se aproximar com uma contrição lamentável, na noite do dia em que o mensageiro do hotel fora enterrado. Durante vários meses, Anatole, forçado a economizar, ia jantar no Hôtel de la Poste por 25 tostões, com o estado-maior dos transatlânticos. Seu hoteleiro veio lhe implorar para jantar em seu hotel, com ele, pelo mesmo preço; até se ofereceu para pagar o que ele devia no Hôtel de la Poste. Anatole aceitou e, por seus 25 tostões, teve uma refeição de três pratos, na grande sala de jantar de cem talheres, desolada e deserta, na ponta da grande mesa, à qual se sentavam apenas cinco convivas, seu gerente, ele próprio e três outras pessoas na mesma situação que ele: o pastor Mondeux, exímio calculador aritmético, cujas apresentações foram interrompidas brutalmente e que não ganhava mais dinheiro, mesmo nos seminários; o acompanhante do pastor, um homem chamado Regnault; e a madame Regnault.

Apertavam-se uns contra os outros para não tremerem, juntavam-se: todo esse grupinho estava apavorado, com exceção do pastor, que não fazia ideia do que fosse o cólera e que pairava no sétimo céu dos números. Todas as noites, um dos quatro chamava os outros.

O chá, o rum, a qualquer hora, subiam as escadas: o hospedeiro estava tão abalado que não prestava mais atenção. Enfim, Anatole teve um heroísmo à la Gribouille: para escapar desses terrores, resolveu mergulhar neles a fundo; e foi direto se registrar no escritório dos coléricos, para visitar os doentes e prestar socorro.

Passou então dias, noites, indo aonde o chamavam, à casa dos pobres-diabos, desesperados por deixar sua vida de miséria, aos peixeiros e peixeiras que se extinguiam com seus rostos iluminados pelas velas de um pequeno oratório, acima da cama, engrinaldada por rosários de conchas. Tocava-os, esfregava-os, conversava com eles, brincava com eles, às vezes os salvava: frequentemente fez rir a Morte, da qual subtraía pessoas. Pouco a pouco, endurecendo-se nesse trabalho em que esgotava seus medos, acabou encontrando nele uma espécie de lado cômico sinistro; e, com sua natureza de comediante, sua inclinação à imitação, seu senso da

MANETTE SALOMON

caricatura, fazia, assim que recuperava um momento de coragem, simulações caricaturais e terríveis do que havia visto, das convulsões de que cuidara, dos mortos aos quais fechara os olhos: parecia a agonia se olhando numa concha de sopa e o cólera pondo a língua diante de um espelho.

Acabada a epidemia, Anatole voltou ao sonho de Constantinopla, que nunca o abandonara. Ele havia jantado uma vez na casa do tio com um cavaleiro-acrobata de Paris, o famoso Lalanne, que dirigia um circo em Marselha. Todas as afinidades de sua natureza de palhaço o atraíram imediatamente para o cavaleiro e o pessoal de sua trupe: o pequeno Bach, inventor do famoso exercício de bola; Emilie Bach, que fazia seu cavalo valsar, forçando-o a pôr as patas dianteiras, a cada duas voltas, na barreira dos primeiros assentos; Solié, que corria de pé, no hipódromo de Marselha, com 32 cavalos. Toda essa trupe foi contratada para fazer apresentações em Constantinopla, no circo em que a madame Bach ganhara quase uma fortuna, deixando à generosidade dos turcos o valor da entrada, e cobrando na porta, num turbante.

Anatole viu ali uma providência: bastava montar na garupa do circo para ir até lá. O assunto se arranjava: foi acertado que ele deveria ser tomado como controlador; mas o controlador da tropa deveria, se necessário, figurar na quadrilha e até, se necessário, substituir um cavaleiro. Anatole não era homem de recuar por tão pouco. Além disso, o que lhe era pedido estava dentro de sua vocação. Tinha naturalmente um quê de acrobata. No ateliê de Langibout, gostava de se pendurar pelos pés na barra do modelo. Em todos os jogos, ele mostrava uma elasticidade e uma flexibilidade maravilhosas. Fazia muito bem o salto mortal do topo de seu fogão, no ateliê. Tinha, ao mesmo tempo, o temperamento e o entusiasmo por proezas físicas. Com essas disposições, conseguiu em poucas semanas fazer o cavalo obedecer, com ele em cima, de pé, e manter-se em um pé só: bem que gostaria de ir mais longe, pular do cavalo com os dois pés, saltar as bandeirolas; mas, ao cabo de seis meses, ainda não tinha encontrado coragem para fazê-lo, quando souberam da morte da madame Bach. Constantinopla escapava dele mais uma vez!

Oprimido pela notícia, ele caminhava tristemente ao longo do cais do porto, quando, de súbito, um homem caiu em seus braços, ao mesmo tempo que um macaco pulava em sua cabeça.

O homem era Coriolis.

XXXV

ERA UM ATELIÊ DE NOVE METROS DE COMPRIMENTO por sete de largura. Suas quatro paredes pareciam um museu e um pandemônio. A exibição e a confusão de um luxo barroco, um amontoado de objetos bizarros, exóticos, heterogêneos, suvenires, fragmentos de arte, a saturação e o contraste de coisas de todos os tempos, de todos os estilos, de todas as cores, a mistura do que um artista, um viajante, um colecionador acumula, punham ali a desordem e o sabá do bricabraque. Por toda parte havia aproximações surpreendentes, a promiscuidade confusa de curiosidades e relíquias: um leque chinês emergindo da terracota de uma lâmpada de Pompeia; entre uma espada ornada de três trevos que trazia na lâmina: *Penetrabit*,[92] e um escudo de pele de hipopótamo para caçar tigres, um chapéu de cardeal, roxo, histórico, desgastado podia ser visto; e um personagem de sombra chinesa de Java recortado em couro estava pendurado perto de uma velha grelha de ferro forjado para assar hóstias.

Num dos painéis da porta, emoldurado por arabescos de Alhambra, uma caveira coroava uma panóplia que delineava vagamente, abaixo, a osteologia de um corpo. Sabres com punhos, dispostos como fêmures, lâminas com cabos de marfim e aço

---

92 "Penetrará." Em latim no original.

nigelado, punhais curvos delineando costelas, iatagãs, alfanges albaneses, *flissas* cabilas, cimitarras japonesas, *kamas* circassianos, *khossares* indianos, *kris* malaios, formavam uma espécie de esqueleto sinistro da guerra, o espectro da arma branca. Acima da porta, duas botas marroquinas de couro vermelho pendiam, como a cavalo, de cada lado de uma grande máscara de sarcófago, rosto preto e olhos brancos: descansando na testa do rosto largo e assustador, luvas persas em lã frisada lhe faziam uma espécie de estranha peruca de cabelos brancos.

Ao lado da porta, junto a um relógio Luís XIII com mostrador de cobre e pêndulo, um aparador medieval ostentava um gesso de Hígia: diante dela, um burro de gesso parecia beber de uma taça de lata cheia de vermelhão. Entre as pernas de um esfolado, era possível ver algo como um canto do Circo: um pequeno modelo de elefante e um lutador antigo atirado para a frente. A Leda de Feuchères, com as pernas furiosamente cruzadas ao redor do cisne, com os joelhos levantando suas asas, estava diante do Mercúrio de Pigalle, cujo ombro atravessava a garganta de uma ninfa de Clodion. Acima do aparador, um recipiente de ébano enriquecido com incrustações de madrepérola, representando lírios e golfinhos, escondia parcialmente um alabastro de Lagny, do século XVI, no qual se figurava o sonho de Jacó.

Do outro lado da porta, contra outro aparador, telas em chassis, empilhadas e viradas de costas, traziam em letras pretas: *1, rue Childebert, Paris, Hardy Alan, fabricante de tintas finas*.

O centro do painel esquerdo estava decorado por um feixe de estandartes e bandeiras dourados, vermelhos e azuis, tendo servido para alguma representação teatral, e que, com o brilho de suas dobras, com suas cintilâncias de lâminas de cobre, tinham clarões da abóbada dos Invalides e da cúpula de São Marcos. Esse feixe, esplêndido e triunfal, saía de elmos, de massas de armas, de escudos, de broquéis. Acima disso uma cabeça de leão empalhada, a boca aberta, as presas brancas, se projetava da parede. Ela se elevava e parecia proteger uma obra-prima fulva, uma pequena cópia de época do *Martírio de São Marcos*, de Tintoretto, cuja rica moldura dourada se destacava de um lambril negro ligado a um

MANETTE SALOMON

163

cofre em carvalho entalhado, adornado com pequenos brasões pintados e dourados. Em um canto do cofre que tinha isso, uma caixa aberta de tintas fazia reluzir, com o brilho perolado dos peixes ornamentais, pequenos tubos de estanho, manchados e escorrendo de tinta, em meio aos quais tubos velhos, vazios e esgotados apresentavam o amassado de papel-alumínio. Sobre o cofre havia ainda uma grande travessa hispano-árabe, com reflexos furta-cores, sobre a qual se espalhava um lote de gravuras, um peso para papéis feito com um pé mumificado da cor do bronze florentino, pequenos frascos, uma moringa para azeite em arenito com desenhos azuis, e uma grande estátua em madeira de Santa Bárbara, de cuja mão estava suspenso, por um cordão, um pequeno medalhão de cera, o retrato de uma velha parente de Coriolis, guilhotinada em 93.

O resto da parede, de cada lado, era tomado por gessos pintados, grandes brasões mosqueados e coloridos. Um perfil de Diane de Poitiers, carne rosada, cabelos aloirados, sob um pináculo gótico e flamboyant, com ornamentos repolhudos e crespos, a *Poesia leve* de Pradier em um pedestal giratório, cachimbos pendurados e firmados pela haste por dois pregos, um fragmento do Partenon, um relevo do vaso Borghese, cetro da Mère-Folle[93] de Dijon em madeira entalhada e pintada, guarnecido de sinos; uma estante carregada de garrafas turcas raiadas de ouro e azul, um narguilé, entrelaçando uma serpente empoeirada em seu tubo, um monte de pedacinhos de âmbar, uma tábua de conchas, punham ali uma policromia estonteante, atravessada por relâmpagos iridescentes.

Acima de uma sebe de quadros iniciados, dispostos uns na frente dos outros, o primeiro num cavalete Bonhomme, o segundo sobre a pelúcia vermelha de duas cadeiras, o último encostado na parede, o olho recaía, no painel direito, numa máscara de Géricault, sobre a qual tinha sido atirado diagonalmente um chapéu de

---

93 Mãe louca, a Mère-Folle, Compagnie de la Mère-Folle, de Dijon, era uma sociedade carnavalesca de Dijon, nascida no século XV e que floresceu até o século XVII, quando desapareceu.

feltro com penas de galo. Depois da máscara, havia uma pequena Virgem de retábulo que tinha, colado atrás, um ramo de buxo bento, todo amarelado, trazido ao ateliê por uma mulher, uma modelo, no Domingo de Ramos. Ao lado da Virgem, uma esbelta coluneta, com enrolamentos de ouro, prata, azul e vermelho, semeada por luas crescentes prateadas e flores-de-lis douradas, trazia no topo uma bola coberta por desenhos astrológicos.

Depois da coluneta, estendia-se uma grande tela oriental abandonada, no fundo da qual estavam escritos, a giz, endereços de amigos, nomes de modelos, datas de compromissos, lembranças da vida parisiense, que cabiam em saias de almeias. Acima da tela pendia a caveira de uma cabeça de camelo, com todos os arneses das rédeas ornados em mosaico de pedras azuis, todo um conjunto de selaria oriental, estribos de mamelucos, em meio aos quais caía um casaco de pele de um grande chefe dos *Pés negros*, com um buraco de bala, que tinha sido trocado, no local, por 22 pôneis.

Embaixo, um pequeno armário envidraçado mostrava, apertados e misturados, tecidos de onde escapavam fios de ouro, sedas em cores de flores, jaquetas turcas em que cada botão de ouro encerrava uma pérola fina. Um pouco mais adiante, no chão, as quebras metálicas de um monte de carvão cintilavam contra o fogão que enfiava o cotovelo de sua chaminé na parede, acima de um baixo--relevo de São Miguel derrubando o diabo, ao lado da inscrição filosófica, gravada em pedra por um predecessor de Coriolis:

Quare
Nec time
Hic aut illic mors
Veniet.[94]

Então, dentre o molde da cabeça de um foguista de Orgères e um medalhão de bronze de um estilo furioso, à la Preault, pendia um par de castanholas e dois sapatos de dançarina espanhola, que tinham como que uma sombra de carne no calcanhar. A

---

94 "Por que/ não tema/ aqui ou ali a morte/ virá." Em latim no original.

MANETTE SALOMON

decoração continuava com um baixo-relevo de um camarada, um tema de Prix de Rome, com o selo gravado, no alto, à esquerda: Escola Real de Belas-Artes. E a parede terminava com um gesso da Vênus de Milo.

Um manequim, coberto por um sujo traje de arlequim alugado, estava de pé diante da deusa, tapando grande pedaço dela com sua pose em madeira que cortejava Colombina.

O fundo do ateliê estava inteiramente preenchido por um grande divã-cama que deixava espaço, num canto, apenas para um espelho de mogno com pés de garra. Sob a luz da claraboia, uma espécie de alcova se afundava ali entre duas grandes sanefas de tapeçaria de verduras, sob uma larga lona cinza, que lembrava o tom e a grande dobra solta de uma vela no tombadilho de um navio. Essa lona era pendurada por cordas que pareciam ser sustentadas, de cada lado da claraboia, por dois grandes anjos no estilo bizantino, pintados e aureolados em ouro. O divã era recoberto com peles de panteras e tigres, com cabeças secas. Nos dois cantos do fundo, dois gessos de mulher em tamanho natural, dois moldes admiráveis do corpo de Julie Geoffroy e de seus dois rostos, por Rivière e Vittoz, se erguiam como espécies de cariátides. Era a vida, era a presença real da carne, que essas marcas, sobretudo aquela iluminada à esquerda por uma luz filtrada, esse dorso, açoitado em todos os seus relevos e na plenitude de seus contornos por uma luz titilante, iam se perder ao longo da perna sobre a ponta do calcanhar. Uma sombra flutuante dormia o dia inteiro nesse retiro de mistério e preguiça, nesse pequeno santuário do ateliê, que, com seus odores de despojos selvagens e sua cor do deserto, parecia abrigar o recolhimento e o devaneio da tenda.

Lá dentro, nesse ateliê, estava o grande Coriolis que pintava de pé; – Anatole, que fazia em um álbum, enquanto fumava um cigarro, um esboço de um corpo adormecido e perdido na sombra do divã; – e o macaco de Coriolis, trepado e empoleirado no encosto da cadeira de Anatole, muito empenhado em imitá-lo, apressando-se em olhar quando ele olhava, desenhando quando desenhava, apoiando o porta-lápis com raiva na página branca de um caderninho. A todo momento, tinha espantos, desesperos;

soltava gritinhos de raiva, batia no papel: o grafite havia entrado no porta-lápis e não desenhava mais. Quis puxá-lo, obstinava-se, cheirava o porta-lápis com cautela, como se fosse um instrumento mágico, e acabou entregando-o a Anatole.

O dia imperceptivelmente diminuía. O azulado da noite começava a se misturar com a fumaça dos cigarros. Um vapor vago no qual os objetos se perdiam lentamente e se afogavam, espalhava--se pouco a pouco. Nas paredes manchadas por rastros de fumaça, encruadas num tom de taverna, nos ângulos, nos quatro cantos, formava-se um véu de bruma. A alegria da luz morrente ia se extinguindo. A sombra caía com o silêncio: dir-se-ia que um recolhimento chegava às coisas.

Coriolis se sentou em um tamborete diante de sua tela e se perdeu nos devaneios que a hora dúbia traz aos olhos de um pintor diante de seu trabalho. Anatole foi deitar-se no lugar que os pés do sonhador deixavam livres no divã. O macaco desapareceu em algum lugar.

Os quadros pareciam desmaiar; eram tomados por aquele sono do crepúsculo que parece descer nos céus pintados o céu lá de fora, e lentamente retirar as cores do sol que encerra sua jornada. A melancólica metamorfose acontecia, transformando nas telas o azul matinal das paisagens na palidez esmeralda da noite; a noite visivelmente caía nas molduras. Logo as pinturas, vistas de lado, formavam manchas misturadas de uma caxemira ou de um tapete de Esmirna. Um aspecto idílico chegava às silhuetas das composições que assumiam, na massa de suas sombras, um caráter confuso, estranho, quase fantástico. As colunetas embutidas na parede, os consoles e os suportes das estatuetas agarravam ainda um pouco da luz do dia, que se estreitava em um fluxo cada vez mais fino em suas nervuras. Acima da cópia de São Marcos, a sombra havia entrado na goela aberta do leão, que parecia bocejar para a noite.

Uma nuvem de obliteração subia do chão ao teto. Os gessos se tornaram apagados aos olhos, e aparências de formas meio perdidas não deixavam ver nada mais do que os movimentos de corpos sublinhados por um último traço de clareza. O assoalho perdia o reflexo dos chassis brancos de madeira, que miravam em seu brilho. Continuava a chover esse gris da noite que parece poeira. O fim da luz agonizava nos quadros: eles se desfaziam ali, desapareciam sem se mover, misteriosamente, na lentidão de um trabalho de morte, e na espécie de solenidade de uma silenciosa decomposição do dia. Como cansada e caindo sobre o ombro, a caveira parecia se inclinar mais e se curvar sobre um cabo de iatagã.

Houve depois aquele momento entre o dia e a noite em que só se vê o que é de ouro: a sombra havia devorado toda a parte inferior do ateliê. A única luz que restava era a de dois godês da paleta de Coriolis, pousada sobre uma cadeira. As coisas se tornavam incertas e só se deixavam ser reencontradas tateando pela memória dos olhos. Então, manchas negras cobriram as pinturas. A sombra se agarrou às paredes por todos os lados. Uma lantejoula, ao lado das molduras, subiu, se encolheu, desapareceu no ângulo superior; e só restou no ateliê um vago brilho branco em um ovo de avestruz pendurado no teto, do qual já não se via mais o cordão nem a borla de seda vermelha.

Nesse momento, o criado trouxe a lâmpada.

O adormecido no divã, despertado pela luz, se espreguiçou e se pôs de pé: era Chassagnol.

Por algum tempo, passeou pelo ateliê com os movimentos, o tipo de arrepio de um homem se agitando e sacudindo a última covardia de sua sonolência. E de repente: "Ingres! Delacroix!" – lançou esses dois grandes nomes como se voltasse de um sonho ao eco da conversa sobre a qual adormecera.

– Ingres! Ah, sim, Ingres! O desenho de Ingres! Vá! Vá! Ingres! Há três desenhos: primeiro, o absoluto do belo: Fídias; depois, o desenho do Renascimento italiano: os Rafael, os Leonardo da Vinci; depois, o desenho *requenta*... Ainda belo, mas com indicações, acentuações, sublinhando coisas que deveriam se perder na linha, derretidas pelo fluxo, o jato de todo o desenho... Aí! Por exemplo, digamos, um modelo: Leonardo da Vinci o desenhará com ingenuidade... Bem de perto... Fio por fio de cabelo, como uma criança. Rafael porá, na observação da natureza de seu desenho, a recordação das formas, o instinto fidalgo que lhe é próprio. Pois bem! Em Da Vinci como em Rafael, naquele que apenas copiou como naquele que interpretou, haverá mais do que o modelo, algo que só eles são capazes de ver. Vejam! Aqui está uma cabeça de cavalo de Fídias. Bem! Parece ser apenas natureza: mas molde a cabeça de um cavalo e a deixe ao lado! Este é o mistério de todas as coisas belas da antiguidade: elas têm o ar de serem moldadas; assemelham-se com a verdade e a própria realidade, mas é a realidade vista por uma personalidade de gênio... Em Ingres? Nada disso. O que ele é, eu lhes digo: o inventor, no século XIX, da fotografia colorida para a reprodução dos Perugino e dos Rafael, só isso! Delacroix, ele é o outro polo. Um outro homem! A imagem da decadência destes nossos tempos, o desperdício, a confusão, a literatura na pintura, a pintura na literatura, a prosa nos versos, os versos na prosa, as paixões, os nervos, as fraquezas do nosso tempo, o tormento moderno... Flashes de sublime em tudo isso. No fundo, o maior dos fracassados... Um homem de gênio que chegou antes da hora. Prometeu tudo, anunciou tudo... O esboço de um mestre. Suas pinturas? Fetos de obras-primas! O homem que, afinal, fará mais entusiastas, como todo grande incompleto... Movimento, uma vida de febre no que faz, uma agitação de tumulto, mas um desenho louco, que avança sobre o movimento, transbordando no músculo, perdendo-se ao procurar as bolinhas de argila do escultor, a modelagem de triângulos e losangos, que não é mais o contorno da linha de um corpo, mas a expressão, a espessura do relevo de sua forma. O colorista? Um harmonista desafinado... Sem harmonia geral. Colorações duras, impiedosas, cruéis para os olhos, que precisam se erguer em tons trágicos, fundos tempestuosos de crucificação, vapores do inferno como em seu Dante. Uma boa tela, aquilo! Sem calor, com toda essa violência de tons, essa raiva de paleta... Não tem sol. A carne, ele não a exprime. Nenhuma transparência. Emplastros rosados, unhas vermelhas, disso ele faz a vida, a animação da pele... Sempre cor de vinho... Meios-tons lamacentos... Nunca a bela pasta fluida, o grande arrastar pálido dos mestres da carne... Com isso, emprega um método insuportável de iluminar corpos e objetos, luzes feitas com hachuras ou listras de branco puro, luzes que nunca se prendem no tom luminoso

MANETTE SALOMON

da coisa pintada e que destoam como repinturas. Olhem, no *Dante* essa borda brilhante de beira de prato posto na nádega do homem empurrando para trás, com o pé, a barriga da mulher... Delacroix! Delacroix! Um grande mestre? Sim, para o nosso tempo. Mas, basicamente, esse grande mestre, o que é? É a escória de Rubens!

– Obrigado! – disse Anatole. – E então, o que nos restará como grandes pintores?

– Os paisagistas – respondeu Chassagnol. – Os paisagistas... Uma explosão repentina lhe cortou a palavra.

– Ei! Você aí! – disse Anatole, olhando para o canto do estúdio de onde vinha o barulho; e, aproximando-se da mesinha sob a qual estavam colocadas as garrafas de cerveja, viu o macaco agachado, de olhos fechados, fingindo muito sério que dormia, ainda segurando na mão a rolha de uma moringa de cerveja que havia destapado.

– Farsante! – disse Anatole e o agarrou pela pata. O macaco se deixou arrastar como se em vias de ser espancado; e, quando Anatole estava prestes a lhe dar uma surra, foi salvo pelo anúncio do jantar.

XXXVI

ANATOLE HAVIA RETORNADO A PARIS, REPATRIADO POR CORIOLIS, que insistira em pagar suas dívidas em Marselha e sua viagem. Às resistências, suscetibilidades, orgulhosas delicadezas de Anatole, Coriolis respondera com palavras de cordial brutalidade, dizendo-lhe que "não fosse idiota" e que o estava levando consigo.

Enquanto Coriolis estava no Oriente, seu tio havia morrido; e ele voltara, depois de ter estado em Bourbon, para tomar posse da herança. Estava rico, tinha agora uma renda de 15 mil libras. Pretendia encontrar um grande ateliê para si. Anatole moraria com ele; e ficaria o tempo que quisesse, enquanto se sentisse bem, até que houvesse uma chance em sua vida, uma reviravolta. O calor das ofertas de Coriolis, sua amizade simples e rude, triunfaram sobre os escrúpulos de Anatole, que, deixando-se tentar, se tornou hóspede de Coriolis em seu grande ateliê na rue de Vaugirard.

Sem ser terno, Coriolis era um desses homens que não se bastam e que precisam da presença de alguém, do hábito de uma companhia ao seu lado. Ele mal conseguia passar uma hora em uma sala na qual não houvesse um ser humano. Estava quase assustado com a ideia de reencontrar a vida estreita do Ocidente em um grande apartamento onde estaria sozinho, sozinho para morar, sozinho para trabalhar, sozinho para jantar, sempre a sós consigo mesmo. Lembrava-se de sua juventude quando, para fugir da solidão, sempre enfiava uma mulher em seu interior e trocava suas amizades por relações amorosas. Em Anatole, via uma companhia alegre e divertida em todos os momentos, que o salvaria dos enlaçamentos de uma amante, e também da tentação de um fim que vetara a si mesmo: o casamento.

Coriolis prometera a si mesmo não se casar, não por alguma repugnância em relação ao casamento; mas, para ele, o casamento era como uma felicidade negada ao artista. A obra de arte, a busca da invenção, a incubação silenciosa da obra, a concentração de esforços lhe pareciam inconciliáveis com a vida de casado, ao lado de uma jovem acariciante e divertida, tendo contra a arte o ciúme de algo mais amado do que ela, fazendo, ao redor do trabalhador, o som de uma criança, interrompendo suas ideias, tomando seu tempo, chamando-o de volta ao *funcionarismo* do casamento, a seus deveres, a seus prazeres, à família, ao mundo, tentando a qualquer momento recapturar o marido e o homem nesta espécie de monstro selvagem e social que é um verdadeiro artista.

Segundo ele, o celibato era o único estado que propiciava ao artista sua liberdade, sua força, seu cérebro, sua consciência. Da mulher, da esposa, ainda fazia a ideia de que era através dela que se infiltrava, em tantos artistas, as fraquezas, a complacência com a moda, os compromissos com o ganho e o comércio, as negações de aspirações, a triste coragem de desertar o desinteresse da vocação para descer à produção industrial apressada e malfeita, ao dinheiro que tantas mães de família obrigam a ganhar por vergonha e suor de um talento. E, no final do casamento, ainda havia a paternidade que, para ele, prejudicava o artista, o desviava da produção espiritual, o ligava a uma criação de ordem inferior, o rebaixava ao orgulho burguês de uma propriedade carnal. Enfim, viu toda sorte de servidão, abdicação e abrandamento para o artista, nessa bênção bem-humorada do lar, nesse estado suave, calmante, nessa atmosfera emoliente na qual a fibra nervosa relaxa e a febre que faz criar se extingue. Ao casamento, ele quase teria preferido, para o temperamento de um artista, uma dessas paixões violentas e atormentadas que agitam o talento e, às vezes, o fazem sangrar com obras-primas.

Em suma, acreditava que a sabedoria e a razão deveriam exigir apenas gratificações sensuais à mulher, em relações sem apego, fora da seriedade da vida, dos afetos e dos pensamentos profundos, para guardar, reservar e dar toda a devoção íntima de sua cabeça, toda a imaterialidade de seu coração, o fundo do ideal de todo o seu ser, para a Arte, somente para a Arte.

XXXVII

SENTADO COM O TRASEIRO NO CHÃO, NO ASSOALHO, Anatole passava dias observando o macaco que se chamava Vermelhão, por causa do gosto que tinha por bolsas com pigmento de zarcão. O macaco se catava atentamente, esticando uma das pernas, segurando em uma das mãos o pé retorcido como uma raiz; tendo acabado de se coçar, encolhia-se sobre seu traseiro, na imobilidade de um velho bonzo: com o nariz na parede, parecia meditar sobre uma filosofia religiosa, sonhando com o nirvana dos macacos. Depois, era um pensamento infinitamente sério e ansioso, uma preocupação de negócios taciturna e vazia, como o plano de um trapaceiro, o que lhe franzia a testa, unia as mãos, o polegar de uma no polegar da outra. Anatole acompanhou todos esses jogos de sua fisionomia, as impressões fugazes e múltiplas que atravessam esses bichinhos, o ar perturbador de pensamento que possuem, esse tenebroso trabalho de malícias ao qual parecem se dedicar, seus gestos, seus ares roubados da sombra do homem, sua maneira grave de olhar, com uma das mãos apoiada na cabeça, todo o indecifrável das coisas prontas a serem ditas que passam por suas caretas e pela contínua mastigação. Essas vontades breves e frenéticas de macaquinhos, esses desejos coléricos por um objeto que abandonam assim que o pegam para coçar as costas, esses tremores palpitantes de desejo e de avidez avassaladora, essas apetências de

uma pequena língua que bate; depois, de repente, esses esqueci-
mentos, esses amuos em poses entediadas, de lado, com os olhos
fixos no vazio, as mãos entre as duas coxas; os caprichos das sensações, a mobilidade do humor, os súbitos pruridos, as passagens
da gravidade à loucura, as variações, os saltos de ideias que, nesses animais, parecem revelar em uma hora o caráter de todas as
idades, misturar ascos de velhos a vontades de criança, a cobiça
furiosa à suprema indiferença – tudo isso fazia a alegria, a diversão, o estudo e a ocupação de Anatole.

Logo, com seu gosto e seu talento para a imitação, conseguiu
reproduzir o macaco, pegar todas as suas caretas, seu estalar de
lábios, seus gritinhos, seu jeito de piscar os olhos e as pálpebras.
Catava-se como ele, com arranhões nos peitorais ou no jarrete de
uma perna levantada no ar. O macaco, a princípio surpreso, acabou vendo um camarada em Anatole. E ambos brincavam, em
jogos infantis. De repente, no ateliê, saltos, solavancos, uma espécie de corrida voadora entre homem e animal, um empurrão, uma
cambalhota, uma barulheira, gritos, risos, pulos, uma luta furiosa
de agilidade e de escalada, punham no ateliê o barulho, a verti-
gem, o vento, a tontura, o turbilhão de dois macacos correndo um
atrás do outro. Os móveis, os gessos, as paredes, tremiam. E com
ambos, ao final da corrida, encontrando-se frente a frente, quase
sempre acontecia isto: excitados pelo prazer nervoso do exercício, pela irritação do jogo, pela embriaguez do movimento, Vermelhão, de quatro patas, rabo rígido, ruga de velha desenhada na
testa franzida, orelhas achatadas, focinho tenso e enrugado, abria
a boca com lentidão e mostrava presas prontas para morder. Mas,
nesse momento, encontrava diante de si uma cabeça que se parecia tanto com a sua, uma repetição tão perfeita de sua cólera de
macaco que, bastante desconcertado, como se diante de um espelho, pulava em busca de sua corda e ia refletir, no alto do ateliê, a
respeito daquele animal singular com quem tanto se assemelhava.

Eles formavam uma verdadeira dupla de amigos. Não conseguiam ficar um sem o outro. Quando, por acaso, Anatole não
estava lá, Vermelhão ficava amuado solitariamente em um canto,
recusando-se a brincar, com movimentos mal-humorados que

MANETTE SALOMON

davam as costas às pessoas; e se as pessoas insistissem, ele imprimia a marca de seus dentes na pele, sem efetivamente morder, mais como uma suave advertência. Embora tivesse a longa memória rancorosa de sua raça, a paciência da vingança que espera por meses, perdoava Anatole por suas peças pregadas, seus presentes de avelãs ocas. Quando queria alguma coisa, era para ele que lançava seu pequeno grito de pedido. Foi a ele que se queixou quando ficou um pouco doente, nele que se refugiou para pedir intercessão quando fez o que não devia e sentiu um castigo pairando no ar. Às vezes, ao pôr do sol, aproximava-se com pequenos gestos de carícia que pediam, para adormecer, os braços de Anatole. E ele adorava catar na cabeça dele.

Era como se o macaco se sentisse próximo por uma vizinhança de natureza daquele menino tão flexível, tão elástico, com um semblante tão móvel; encontrava nele um pouco de sua raça: era, de fato, um homem, mas quase um homem de sua família; e nada era mais curioso do que vê-lo, muitas vezes, quando Anatole falava com ele, tentar, com suas pequenas mãos, tocar-lhe a língua, como se tivesse a ideia de procurar entender esse mecanismo espantoso que aquele grande macaco possuía, e ele não.

A longo prazo, os dois amigos haviam se influenciado mutuamente. Se Vermelhão dava algo do macaco a Anatole, Anatole dava a Vermelhão algo do artista. Vermelhão contraíra, de sua parte, o gosto pela pintura, gosto que o levara primeiro a comer bolsas de pigmentos; tomado então por uma fúria de rabiscar no papel, punha-se a arrancar penas das infelizes galinhas do porteiro, mergulhá-las na sarjeta e passá-las sobre o que encontrava de mais ou menos branco. Apesar de tudo o que Anatole fez para encorajar essas óbvias disposições artísticas, Vermelhão parou mais ou menos por aí. Ele só conseguira traçar, desenhando a partir da observação, círculos, sempre círculos, e era de se temer que aquele gênero de desenho monótono fosse a última manifestação de seu talento.

XXXVIII

TAL ERA A FELIZ FAMÍLIA DE ARTISTAS QUE MORAVA NAQUELE ATELIÊ da rue de Vaugirard, excelente família de dois homens e um macaco, esses três inseparáveis: Vermelhão, Anatole, Coriolis – eis aqui esses três seres.

Vermelhão era um macaco *Rhésus*, o macaco chamado *Memnon* por Buffon. Na pelagem marrom, nos ombros, no peito, tinha pelos azulados que lembravam hematomas de aponeurose. Uma mancha branca lhe fazia uma marca sob o queixo. Sobre a cabeça tinha uma espécie de cabelo plantado muito baixo com um repartido que se estendia sobre a testa. Em seus grandes olhos castanhos, com pupilas negras, brilhava uma transparência de tom marrom-dourado. O vinco de seu narizinho achatado mostrava algo como a indicação de um traço de escopro em uma cera. Seu focinho era granulado como a pele de um frango depenado. Tons finos de tez de velho brincavam no amarelado e rosa-azulado de sua pele facial. Através de suas orelhas macias e enrugadas, orelhas de papel, cruzadas com fibrilas, a luz se tornava laranja. Suas mãos em miniatura, com o roxo de um figo do sul, tinham unhas que pareciam joias. E, quando queria falar, soltava ganidos de passarinho ou pequenas queixas infantis.

Anatole tinha uma cabeça de criança em que a miséria, a privação, os excessos começavam a desenhar a máscara e a calvície da cabeça de um filósofo cínico.

MANETTE SALOMON

Coriolis era um rapaz alto, muito alto e magro, de cabeça pequena, articulações nodosas, mãos compridas, um rapaz que esbarrava nos batentes das portas baixas, nos tetos dos cupês, nos lustres dos apartamentos de Paris; um rapaz embaraçado por causa de suas pernas, que não cabiam em nenhum assento de teatro e que, em suas sestas de homem que vinha do sul, levantava mais alto que sua cabeça, apoiando-as sobre a borda das lareiras e nas bordas dos fogões, a menos que não as cruzasse, como rebentos de videira, uma sobre a outra: então se via, por baixo das calças arregaçadas, um pezinho de mulher, com o peito do pé adunco de espanhola. Esse tamanho, essa magreza flutuando em roupas folgadas, dava à sua pessoa, ao seu jeito, um aspecto desengonçado que não deixava de ser gracioso, uma espécie de bamboleio flexível e cansado, que se assemelhava a uma distinção indolente. Cabelo castanho, pequenos olhos negros brilhantes, cintilantes, que se iluminavam à menor impressão; um grande nariz, sinal de raça de sua família e de seu sobrenome, Naz, *naso*;[95] um bigode duro, lábios carnudos, um pouco salientes e vermelhos na palidez ligeiramente curtida do rosto lhe imprimiam um calor, uma vivacidade e uma energia carismáticos, uma espécie de sedução terna e masculina, a doçura amorosa que se sente em alguns retratos italianos do século XVI. A esse encanto, Coriolis misturava a carícia daquele sotaque cantado de sua região, que voltava a ele quando falava com uma mulher.

Nesse grande corpo, havia um fundo de temperamento feminino, uma natureza feita de preguiça, de volúpia, inclinada a uma vida sem trabalho e a prazeres sensuais, uma vocação de gostos que, se não fosse contrariada por uma grande aptidão pictórica, teria deixado se levar por uma dessas carreiras de observação, mundanidade, prazer, a uma dessas funções de salão e de diplomacia parisienses que os ministros sabiam criar, sob Luís Filipe, para um crioulo tão atraente. Mesmo no momento presente, empenhado como estava na luta de suas ambições, no trabalho dessa arte que preenchia sua vida, sustentado como se sentia pela

---

95 Ablativo de nasus, nariz. Em latim, ou do italiano, nariz.

consciência de um verdadeiro talento, tinha necessidade de grandes esforços para manter acesa a força de vontade. A continuidade lhe faltava na coragem e no trabalho árduo da produção. Constantemente sentia fraqueza, fadiga, desânimo. Vieram os dias em que o homem das colônias ressurgiu sob o trabalhador parisiense, dias em que se esgotava, atordoado, perdido, fumando e bebendo dezenas de xícaras de café. Na dura e longa violência que acabara de impor aos seus gostos no Oriente, tivera, para se sustentar, o encanto do país, a inebriante felicidade do clima e também a bem-aventurada ociosidade da contemplação, mais ocupada em olhar para visões do que em pintar quadros. Trabalhador, seu temperamento fazia dele um trabalhador sem continuidade, por arranques, por ímpetos, precisando esquentar, forçar-se, ligar-se ao trabalho pela força dominadora de um hábito; sem isso, ficava perdido, caindo, da obra desertada, em inações desesperadas que duravam um mês.

XXXIX

CORIOLIS VOLTARA DA ÁSIA MENOR COM UM TALENTO CUJA originalidade, então bastante nova, causara sensação no pequeno círculo de amigos que frequentava o ateliê da rue de Vaugirard.

Trazia um Oriente bem diverso daquele que Decamps expusera aos olhos de Paris, um Oriente de luz com sombras louras, todo animado por cores ternas. Às objeções da primeira surpresa e espanto, contentou-se em responder: "Sim, é bem isso"; e sorria com os olhos ao que sua tela o fazia rever. Não acrescentava mais nada. Às vezes, porém, quando insistiam: "Vejam vocês", punha-se a dizer: "Isso eu sei... E tenho certeza de que sei. Sou uma memória... Talvez não seja mais nada, mas tenho isso do pintor: a memória. Posso pôr na tela o tom correto, rigoroso, que tal parede tinha lá em tal estação. Por exemplo! Esse branco que está ali naquele canto do ateliê, pois bem! Vou surpreendê-los: esse é precisamente o valor do tom de sombra na Magnésia, no mês de julho. É matemático, vejam... Absoluto como dois mais dois são quatro". Apenas uma vez, num dia em que a discussão se animou, e quando, no curso das palavras, o elogio ao talento de Decamps terminou sendo, na boca de Chassagnol, a condenação do Oriente de Coriolis, este, sentado ao estilo turco no divã, com o dedo na borda de uma pantufa que o incomodava, lançou, uma a uma, suas ideias sobre um grande rival, assim: "Decamps! Decamps não é um

180 EDMOND E JULES DE GONCOURT

ingênuo... Ele não chegou novinho em folha diante da luz oriental. Não aprendeu o sol lá. Não caiu no Oriente com sua educação de pintor ainda por fazer, com olhos inteiramente próprios. Ele já estava treinado, ele sabia. Via com preconceitos. Levava consigo memórias, hábitos, processos... Tinha percebido bem demais como os antigos pintores fabricavam a luz em seus quadros. Convivera demais com os venezianos, com a escola inglesa, com Rembrandt... Sempre quis fazer a luz do sol do Rembrandt do salão Carré...[96] Seja como for, para mim, quando esteve lá, ele não se entregou o suficiente, esqueceu, abandonou... Não quis ver o bastante como a luz que tinha diante de seus olhos era feita, e então, para obter uma luz mais brilhante, forçou, exagerou nas sombras... Suas pinturas são tiros de pistola. Nenhuma sinceridade: ele não teve a emoção da natureza. Punha sempre muito de si no que fazia. Nunca soube, por exemplo, tal como Rousseau, refletir a natureza, mantendo-se pessoal. Além disso, Decamps fez muito pouca coisa em plena luz. Em seus quadros, nunca há luz difusa. Ele não conhece isso, os banhos de luz, o sol pleno cegando, comendo tudo... O que ele sempre faz são ruas, becos sem saída, compartimentos de luz em corredores de sombra. Decamps? Jamais uma sutileza de tom. Cinza? Procurem seus cinza! Seus vermelhos? São sempre vermelhos de lacre. Colorista? Não, ele não é um colorista. Podem gritar à vontade, mas não, não é um colorista. É possível ser um colorista, não é, com preto e branco? Gavarni é um colorista em uma litografia. Vamos começar por aí. Agora, o que faz com que uma coisa pintada com cores seja de um colorista, pareça ser de um colorista em uma reprodução gravada ou litografada? O que faz isso? Apenas uma coisa, absolutamente, a mesma que para o preto e branco: a relação dos valores. Por exemplo, aqui está um Velázquez...".

E Coriolis pegou um pedaço de carvão, com o qual riscou uma folha de álbum.

"Ele combina primeiro seus valores de sombra e luz, de preto e branco... Vai combinar em uma cabeça, um gibão, um lenço,

---

96 Salão quadrado, um dos salões do museu do Louvre.

um calção, um cavalo" – e o carvão caminhava com sua palavra. "Depois, qualquer que seja a cor com que ele pinte essas coisas diferentes, laranja, ou amarelo, ou rosa, ou cinza, pode ter certeza de que sempre conseguirá manter os valores de sombra e luz de seu preto e seu branco. Decamps nunca suspeitou disso. O que o salvou foi que quase todas as suas pinturas são monocromias betuminosas com toques claros, espécies de lápis pretos realçados com toques de pastel... Podem evocar o Oriente da África, o Oriente do Egito, sei lá, eu não estudei esse país; mas, para a Ásia Menor... Ásia Menor! Se vissem o que é! Um país de montanhas e planícies inundadas parte do ano. É uma vaporização contínua. Esperem! Uma evaporação de água de pérolas... Tudo brilha e tudo é suave... A luz é uma névoa opalizada... Com cores... Como um lampejo de cacos de vidro colorido..."

XL

QUANDO RETORNOU À FRANÇA NO FINAL DE 1850, Coriolis estava sem tempo suficiente para expor no Salon, aberto, naquele ano, em 30 de dezembro. Anatole tentara em vão convencê-lo a enviar alguns de seus belos esboços para o Palais-National.[97] Coriolis sentiu que, em sua idade, nunca tendo exibido, precisava de um começo que fosse retumbante. Queria chegar diante do público apenas com telas acabadas, nas quais teria investido todo o seu esforço, no remate do tempo.

Como no ano de 1851 não houve Exposição, ficou à vontade para trabalhar em três telas. Ele as remanejou, as acariciou, as retocou, virando-as para a parede, a fim de deixá-las dormir, voltando a elas com olhos mais frios e desprendidos da embriaguez provocada pelo tom muito fresco, pondo em cada trecho essa consciência do artista que quer se satisfazer a si próprio.

O primeiro desses três quadros, pintados a partir de suas memórias e de seus esboços, era o acampamento dos ciganos, do qual enviara o esboço escrito a Anatole. Uma luz semelhante à horda, errante e louca, que iluminava raios perdidos, a dispersão do sol na mata, zigue-zagues do riacho, ouropéis de bruxas e fadas,

---

97 Durante algum tempo, o Palais-Royal de Paris, onde ocorriam as exposições do Salon, foi chamado de Palais-National.

MANETTE SALOMON

uma mistura de galinheiro, dormitório e forja, berços multicoloridos, como pequenos leitos de Arlequim pendurados nas árvores, um rebanho de crianças, de velhas, de moças, o acampamento da miséria e da aventura, sob sua cúpula de folhas, com seu barulho e sua confusão revividos na pintura clara, cristalizada e cintilante de Coriolis, cheia de retornos de pinceladas, de acentuações que, nas massas, sublinhavam um detalhe, davam espírito a uma figura, uma silhueta.

Sua segunda tela mostrava uma visão de Edremit. Com um toque fresco e leve, tons florais, a paleta de um verdadeiro buquê, Coriolis havia lançado na tela o risonho deslumbramento desse pedaço de céu todo azul, dessas barrocas casas brancas, dessas galerias verdes, vermelhas, desses trajes deslumbrantes, dessas poças de água em que o azul-afogado parece estagnar. Havia um resplendor ali de uma ponta à outra, sem sombra, sem escuridão, um cenário de calor, de sol, de vapor, o Oriente, fino, tenro, brilhante, molhado com o pó da água das pedras preciosas, o Oriente da Ásia Menor, como Coriolis tinha visto e amado.

O terceiro de seus quadros representava uma caravana a caminho de Troia. Era a hora trêmula e doce em que o sol está prestes a nascer; os primeiros clarões, brancos e rosados, espalhando a manhã no céu, pareciam lançar as ternas cores cambiantes do nácar no nascer do sol para o qual, com os pescoços estendidos, os camelos respiravam.

Na véspera do envio, Coriolis ainda dava aquela última pincelada que os pintores dão a seus quadros, emoldurados, para a Exposição.

XLI

O JÚRI DO SALON JÁ TRABALHAVA HAVIA ALGUM TEMPO quando Coriolis se sentiu inquieto e impaciente para saber a respeito de seu destino. A ausência de qualquer carta de recusa, as promessas de recepção feitas aos seus quadros por quem os tinha visto, não o tranquilizavam. Anatole tinha ouvido vagamente, em um bar, que seu amigo fora recusado, ou pelo menos uma de suas telas. A cabeça de Coriolis ficou obcecada com essas informações. Ele tinha dificuldades em sair dessa incerteza que mexia com sua imaginação e seus nervos. Anatole o aconselhou a ir ver seu antigo camarada Garnotelle, que não via desde seu retorno de Roma, e que se tornara um artista com boa posição, lançado, "cheio de relacionamentos". Coriolis decidiu ir ver Garnotelle.

Chegou à Cité Frochot,[98] esse belo falanstério de pintura instalado nas alturas do bairro de Saint-Georges; vila alegre de ateliês ricos, da arte feliz, do sucesso, cuja pequena calçada que sobe é quase só pisada por artistas condecorados. Ele tocou, lá pelo meio da Cité, em um portão treliçado, tomado pela hera. Um criado com

---

98 Ou avenida Frochot, via particular e fechada por um portão, tradicional residência de artistas, onde moraram, ou tiveram seus ateliês, entre outros, Théodore Chassériau, Gustave Moreau, Charles Daubigny, Henri de Toulouse-Lautrec, Alfred Stevens etc.

MANETTE SALOMON

sotaque italiano pegou seu cartão de visitas e o conduziu a um ateliê pintado de lilás-claro.

Nas paredes sobressaíam molduras douradas, gravuras de Marco Antonio,[99] desenhos em grafite cinza, trazendo na borda o nome de monsieur Ingres. Os móveis foram revestidos com repes cinza que harmonizavam de forma suave e discreta com a pintura do ateliê. Dois vasos de farmácia italiana, com alças de serpentes retorcidas, repousavam sobre um grande móvel espelhado, com vitrinas, revelando a coleção, encadernada em volumes com bordas douradas, de estudos e esboços de Garnotelle. Em um canto, um fícus mostrava o verniz de suas grandes folhas; no outro, uma bananeira se erguia de uma espécie de grande suporte de cobre, ao lado de um piano vertical aberto. Tudo era nítido, arrumado, limpo, até as plantas que pareciam escovadas. Nada estava fora do lugar, nem esboço, nem gesso, nem cópia, nem pincel. Era um estúdio de arte elegante, frio, sério, amavelmente clássico e artisticamente burguês de um Prix de Rome que se dedicava especialmente a retratos de damas da sociedade.

No meio do ateliê, sob a luz mais bela, sobre um cavalete de mogno com pescoço de cisne, repousava um retrato de mulher completamente acabado e envernizado. Na frente desse retrato havia um tapete, diante do qual três poltronas instaladas, desgastadas pela passagem de pessoas, formavam um semicírculo. Essas poltronas, o tapete, o cavalete, punham ali um ar de exibição religiosa, e como o cantinho de uma capela. Coriolis reconheceu o retrato: era da esposa de um rico financista, um retrato que os jornais anunciaram que seria o único envio de Garnotelle ao Salon.

Garnotelle, com um casaco de veludo preto, entrou.

– Como! Você? – disse ele, revelando o incômodo de um homem que revê um amigo esquecido. – Faz muito tempo. Estou encantado... Ah! Está vendo minha exposição...

– Como, sua exposição?

---

99 Marco Antonio Raimondi, célebre gravador do Renascimento, que copiou obras de Rafael. Suas gravuras eram consideradas modelos para todos os pintores.

– Ah! É verdade... Você está voltando de tão longe! Tem a inocência dessas coisas. Pois bem! Simplesmente escrevi para a direção que precisava de um prazo para terminar. E aí está. Não envio como os outros... E faço aqui minha pequena exposição particular, como pode ver. Assim, o quadro não passa junto com os dos mártires comuns. A administração nos diferencia. Isso dá prestígio. Vou mandá-lo no último dia, e, você vai ver, ele não vai estar mal exposto. Ah, sim! E você? Não me disseram que tinha mandado alguma coisa?

– Sim, três pinturas de minha viagem, e é justamente por isso... Não sei se me recusaram... E gostaria de ter uma ideia, de uma posição definitiva...

– Oh! Muito bem. É fácil. Vou descobrir para você esta noite. Onde você mora?

– Rue de Vaugirard, 23.

– Como você mora lá? É longe de tudo. Por pouco que a gente frequente a sociedade... Pontes a atravessar... E você acha bom, meu retrato?

– Muito bom... Muito bom... O colar de pérolas... Oh! Ele é espantoso – disse Coriolis, sem entusiasmo.

– Meu Deus! É um retrato sério, sem grandes efeitos... Se eu quisesse, esses dias... Tanucci me mandou chamar. Eram duas, três horas... Enfim, uma hora honesta para ir à casa de uma mulher é que não era... Ela estava deitada. Um quarto de cetim, cor de fogo e ouro. Deslumbrante... Ela se divertia, despejando em um grande estojo Luís XIII, sabe, com cobre nos cantos, joias, diamantes, ouro... Estava meio fora da cama, com os ombros nus, o cabelo lindo, uma camisola... Você sabe essas camisolas que elas têm! Ela me pediu seu retrato como uma gata... Fui heroico, recusei. Veja bem, meu caro, no fundo, esse tipo de retrato, quando se frequenta a sociedade, quando se conhece mulheres de bem, é sempre mau negócio. Isso desconsidera o talento... Melhor deixar para os outros. Você disse... Seu endereço?

– Vinte e três, rue de Vaugirard.

– Vou lhe escrever, sabe, para maior certeza... Porque tenho tantas coisas... Aliás, quero ir ver você. Vai me mostrar tudo o que trouxe da viagem. Estou muito curioso. Descemos juntos aos bulevares? Sou convidado para o almoço, esta manhã.

Chamou o criado, vestiu um casaco e, quando saíram:

– Por que – indagou a Coriolis – você não mora por aqui?

– Por quê? – respondeu Coriolis. – Aqui, olhe... – e apontou para uma janela. – Vê aquelas velas cor-de-rosa, naquela penteadeira, velas cor de carne que fazem pensar nas pernas de uma bailarina em meias de seda? Vê aquela criada na calçada passeando com aquele cachorrinho de Havana? A criada tem um pouco de branco, e o cachorrinho, um pouco de vermelho... Você sente aquele cheiro de pó de arroz descendo as escadas e saindo pela porta como o hálito da casa? Pois bem, meu caro, é isso que me faz fugir. Tenho medo. Para mim, há prazer demais flutuando por aqui. A mulher está na atmosfera. Só respiramos isso! Eu me conheço, preciso da minha rue de Vaugirard, meu bairro, um bairro de estudantes que parece o Hôtel Cicéron onde se come o pão que o diabo amassou... Aqui, eu voltaria a ser crioulo... E quero fazer alguma coisa.

– Ah, para mim, para trabalhar, só existe Roma. Minha bela Roma! Quando com a escola, íamos comprar, eu me lembro, nas Quattro Fontane, laranjas e pinhas para comê-las nas termas de Caracalla...

E, dizendo isso, Garnotelle deixou Coriolis com um aperto de mão na porta do Café Anglais.

Na manhã seguinte, Coriolis recebeu um cartão de Garnotelle, no qual estava escrito a lápis: "Os três *recebidos*".

XLII

É UM GRANDE DIA, O DIA DE ABERTURA DE UM SALON!

Três mil pintores, escultores, gravadores, arquitetos esperaram por ele sem dormir, ansiosos para saber onde suas obras foram postas, impacientes para ouvir o que esse público da primeira apresentação vai dizer. Medalhas, condecorações, sucessos, encomendas, compras do governo, a ruidosa glória das colunas de jornal, o futuro, tudo está lá, por trás dessas portas ainda fechadas da Exposição. E mal as portas se abrem, todos correm.

É uma multidão, um corpo a corpo. São artistas em grupos, em famílias, em tribos; artistas de alto escalão dando o braço a esposas com cabelos em coques, artistas com amantes em mitenes pretas; cabeludos atrasados, discípulos da natureza, usando um chapéu de feltro pontudo; depois os homens da alta sociedade que querem "se manter atualizados"; mulheres da sociedade com pretensões de conhecimento artístico, e que, em suas vidas, mexeram um pouco com pastel ou aquarela; burgueses que vêm se ver em seus retratos e ouvir o que os passantes lhes atiram na cara; velhos cavalheiros olhando a nudez com lornhões de marfim; copiadoras idosas, com vestidos trágicos, que parecem ter sido cortados nas roupas velhas da srta. Duchesnois,[100]

---

100 Célebre atriz da época.

MANETTE SALOMON

parando, com o pincenê no nariz, passando em revista o torso de homens que elas criticam com palavras de anatomia. Gente de todos os mundos: mães de artistas, ternas diante do quadro filial e lacrimejando como zeladoras; atrizes petulantes, curiosas para ver marquesas pintadas; recusadores eriçados e excitados, limando tudo o que veem com verbo breve e julgamentos ferozes; irmãos da doutrina cristã[101] vindos para admirar as paisagens de um menino a quem ensinaram a ler; e, aqui e ali, no meio de todos, cortando a multidão, a caminhada familiar e o ar de estar em casa de modelos indo para as pinturas, para as estátuas em que reencontram seus corpos, e dizendo em voz alta: "Veja! Aqui estou!" no ouvido de um amigo, para que todos ouçam... Só se veem narizes para o alto, pessoas que olham com todas as formas ordinárias e extraordinárias de ver a arte. Há admiração, estupefata e religiosa, como que pronta a fazer o sinal da cruz. Há olhares alegres que um competidor lança para o quadro fracassado de um camarada. Há atenção com as mãos na barriga, ou impassível, com os braços cruzados e o programa debaixo do braço, apertado sob a axila. Há bocas escancaradas, abertas, formando um *o* diante do dourado dos quadros; há nos rostos a estupefação desconsolada e a exaustão extenuada que vem às faces dos infelizes obrigados pelo decoro social a ver todas essas cores. Há os silenciosos que andam com as mãos à la Napoleão atrás das costas; há os catedráticos que discursam, os anotadores que escrevem a lápis nas margens do programa, os que gostam de tocar, que explicam uma pintura passando a luva suja sobre o verniz que ainda não secou completamente, os agitados que desenham no vazio todas as linhas de uma paisagem e empurram com o dedo um horizonte. Há diletantes que falam sozinhos e sussurram para si mesmos palavras como *smorfia*.[102] Há homens que arrastam rebanhos de mulheres aos temas históricos. Há ateliês em

---

101 Irmãos da doutrina cristã, ou da escola cristã, conhecidos como irmãos ignorantinhos, congregação de religiosos que tem o objetivo de dar gratuitamente instrução a crianças carentes.

102 "Careta de desprezo." Em italiano no original.

pelotão, compactos, que parecem se segurar pela cauda de suas doutrinas. Há grandes diabos com gravatas de *foulard* no pescoço, cabelos compridos jogados para trás das orelhas, que serpenteiam pela multidão e cospem, enquanto correm, para cada tela, uma piada que a batiza. Há, diante de quadros tenebrosos, mas presunçosos, e de grandes coisas insolentemente mal pintadas, como que igrejinhas de convertidos, grupos de catecúmenos em sobrecasacas, cada um com o braço no ombro de um irmão, imóveis; apenas mudando de pé a cada cinco minutos, com o gesto devoto, a fala baixa, e todos perdidos numa visão extática de apóstolos cretinos...

Um espetáculo variado e confuso, sobre o qual pairam as paixões, as emoções, as esperanças que voam, rodopiam, ao longo dessas paredes que carregam o trabalho, o esforço e a fortuna de um ano!

Coriolis quis, naquele dia, se mostrar como o "homem forte". Não adiantou a hora do almoço, por uma espécie de deferência à piada de Anatole. Mas, na sobremesa, a impaciência começou a dominá-lo. Achava que Anatole demorava uma eternidade para tomar seu café. E, ao vê-lo bebericando seu gloria,[103] dizendo baixinho: "Temos muito tempo!", ele o retirou abruptamente da mesa, o puxou até um cupê e se lançou com ele pelas salas. Anatole quis parar em alguns quadros, chamava-o, retinha-o: Coriolis fugia, ia na frente dele; queria ver os seus.

Chegou aos seus quadros. Sua primeira tela lhe deu aquele soco no peito que a própria obra exposta, pendurada em público, desfere. Tudo desapareceu; teve esse primeiro grande deslumbramento de sua coisa onde todo mundo vê em letras grandes: EU!

Então olhou: estava bem posicionado. Entretanto, depois de um tempo, achou que o lugar, por melhor que fosse, tinha inconvenientes, vizinhos que o prejudicavam. A luz não era justa sobre o Acampamento de Ciganos; a claridade o iluminava um pouco falsamente. Sua vista de Edremit teve a honra do grande Salon; mas o retrato cinza e terrivelmente sóbrio de Garnotelle, posto ao lado, o fazia parecer um pouco "coisa vistosa". Além disso, suas três

---

103 Bebida composta de café, açúcar, aguardente ou rum.

MANETTE SALOMON

pinturas estavam na cimalha. Sem dúvida, não era exatamente o que ele teria desejado: Coriolis era pintor e, como qualquer pintor, só se consideraria muito bem colocado se estivesse exposto absolutamente sozinho no Salon de honra. Mas, enfim, era satisfatório, ele não tinha do que reclamar; e, muito feliz por se livrar de Anatole enganchado por velhos amigos de ateliê, começou a passear pela proximidade de seus quadros fingindo observar os que estavam ao lado, com os ouvidos atentos, tentando captar palavras do que se dizia dele, e lançando olhares de afeto sobre as pessoas que estacionavam diante de sua assinatura.

Logo foi alcançado pela alegria que o sucesso direto provoca, muito viva e presente, a alegria calorosa do homem que se vê e se sente aplaudido por um público que ele toca com os olhos e o cotovelo. Deu-lhe uma cócega de orgulho o som de seu nome que caminhava pela multidão. Comoveu-se com fragmentos de frases, ninharias, gestos, acenos, que saudavam e felicitavam as suas telas. Um bando de pintores aprendizes lançou gritos de hurra. Um crítico parou na frente e se demorou tempo suficiente para inventar um artigo sem ideias. Pouco a pouco, à medida que a hora avançava, os transeuntes se aglomeravam; aos espectadores isolados, aos pequenos grupos sucedeu um ajuntamento crescente, três fileiras de espectadores amontoados, apertados, encaixados uns nos outros, mostrando três fileiras de costas, amassando entre os ombros dois ou três vestidos de mulher, e derrubando uns sessenta fundos redondos de chapéus pretos nos quais a luz que caía de cima lustrava a seda.

Coriolis ficaria ali para sempre se Anatole não tivesse vindo pegá-lo pelo braço, dizendo-lhe:

– Você não gostaria de tomar alguma coisa?

E o conduziu a um café dos bulevares onde Coriolis, fumando seu charuto e olhando para a frente, revia todas aquelas costas diante de seus quadros.

XLIII

ESSE TRIUNFO DO PRIMEIRO DIA FOI LOGO SEGUIDO POR UMA REAÇÃO.
Não se perturbam impunemente os hábitos do público, suas ideias formadas, os preconceitos com que julga as coisas da arte. Impossível contrariá-lo sem ferir o sonho que seus olhos estabeleceram de uma forma, de uma cor, de um país. O público havia aceitado e adotado o Oriente brutal, selvagem e requeimado de Decamps. O Oriente delicado, matizado, vaporoso, volatilizado e sutil de Coriolis o desorientava, desconcertava. Essa interpretação imprevista perturbava o modo de ver de todo mundo, embaraçava a crítica, dificultava suas frases feitas sobre a cor oriental.

Além disso, essa pintura tinha contra si o nome de seu autor, os preconceitos, muitas vezes justificados, que um nome nobre ou uma aparência nobiliárquica inspiram contra uma obra. A assinatura Naz de Coriolis, inserida embaixo daquelas pinturas, fazia imaginar um fidalgo, um homem da alta sociedade e dos salões, ocupando seu lazer e seus dias seguintes depois de um baile com o passatempo de uma arte. A muitos juízes de gosto incerto, que para lá se dirigiam seguramente para encontrar talento onde estão certos de encontrar o trabalho, a aplicação, o esforço de um homem inteiro e a ambição de toda uma carreira de artista, esse nome levava a todo o tipo de ideias desconfiadas, a uma predisposição instintiva de ver

MANETTE SALOMON

naquilo apenas o trabalho de um amador, de um homem rico que faz aquilo para se divertir.

Todas essas más disposições, a pequena imprensa, que tem suas ramificações nas brasseries de pintura, as recolheu e as envenenou. Foi impiedosa, feroz para Coriolis, para esse homem rico, que nunca era visto bebendo um chope e que, ontem desconhecido, açambarcava, na primeira tentativa, o interesse de uma exposição. O povinho baixo das artes não podia perder tal oportunidade. Assim, durante dois meses Coriolis sofreu os ataques de todos esses recessos dos cafés, nos quais se batizam glórias embrionárias e grandes homens sem nome, nos quais se aquecem esses sucessos boêmios, aos quais cada um contribui com a abnegação de sua devoção, como se estivesse se coroando ao coroar alguém da mesma turma. Acabaram com ele especialmente no botequim do Vert de Gris, ponto de encontro dos *amargos*. Os *amargos*, os amargos especiais que a pintura produz, aqueles que essa carreira, que possui apenas esses dois extremos, enfurece e exaspera: a miséria anônima, o nada de quem não consegue chegar ao sucesso, ou uma fortuna repentina, enorme, todas as felicidades da glória daquele que consegue, os amargos, toda essa gente de futuros amargurados, de jovens talentos embriagados pelos elogios de amigos e sem ganhar um tostão, furiosos contra o mundo, exasperados contra a sociedade, a sorte e o sucesso dos outros, odientos, ulcerados, misantropos que se humanizarão quando tiverem seu primeiro par de luvas cinza-pérola – os amargos começaram a *executar* todas as noites a pessoa e o talento de Coriolis até que o gás se extinguisse por completo, soprando a técnica do desancamento a dois ou três críticos que ali vinham respirar o ar infectado da arte.

Coriolis finalmente encontrava uma última oposição na reação que começava a ser feita contra o Oriente, no retorno dos amadores severos, posudos, do estilo da grande paisagem que acanalhara os olhos por um carnaval de exotismo demasiadamente longo.

Diante dessa hostilidade quase universal, Coriolis se sentia meio desarmado. Faltavam-lhe as amizades, a camaradagem, o que uma cadeia de relações organiza para a defesa de um talento

polêmico. Os oito anos que passara no Oriente, a selvageria preguiçosa que trouxera consigo, sua imersão no trabalho, criaram o isolamento ao seu redor. No entanto, como quase sempre acontece,
simpatias brotaram do ódio. O que se ergue em reação à injustiça
e às unanimidades hostis, o sentido de combatividade e generosidade que revolta um público, punham a disputa e a violência
de uma batalha na discussão sobre o novo Oriente de Coriolis.
Diante da parcialidade da negação, os elogios se exaltavam até à
hipérbole; e Coriolis surgia dos ciúmes, das paixões e das críticas,
maltratado e conhecido, com o nome lapidado e uma notoriedade
arrancada de uma espécie de escândalo.

Em meio a todas essas severidades, os ataques dos jornais, a
dureza dos artigos, Coriolis encontrava quase diariamente o elogio para Garnotelle. Havia, para seu antigo camarada, um concerto
de louvor, um esforço de admiração, uma conspiração de benevolência, de amenidades, de frases agradáveis, de epítetos suaves,
de restrições respeitosas, de observações veladas. Quase todas
as críticas, num conjunto que surpreendia Coriolis, celebravam
esse talento honesto de Garnotelle. Ou elogiavam-no com palavras
que fazem justiça a um caráter. Pareciam querer reconhecer em
sua maneira de pintar a beleza de sua alma. O branco de prata e o
betume que ele usava eram o branco de prata e o betume de um
coração nobre. Inventavam a bajulação dos epítetos morais para
sua pintura: dizia-se que ela era "leal e verdadeira", que tinha a
"serenidade das intenções e do fazer". Seu cinza se tornava sobriedade. A miséria do colorido do aborrecido pintor, do pobre Prix de
Rome, fazia descobrir e imprimir que ele tinha "cores gravemente
castas". Lembravam, a respeito dessa bela moderação, a austeridade do pincel bolonhês; um crítico, inclusive, levado pelo entusiasmo, chegou, a seu propósito, a ponto de tratar a cor como coisa
baixa, material e viciosa satisfação para os olhos; e, aludindo às
telas de Coriolis, que designava como aquelas que atraíam a multidão graças ao sensualismo, declarava que não via salvação para
a arte contemporânea salvo no desenho de Garnotelle, o único
artista da Exposição digno de se dirigir, de ser capaz de falar "aos
espíritos e às inteligências de elite".

XLIV

O ESPANTO DE CORIOLIS ERA INGÊNUO. Essa viva e quase unânime simpatia da crítica por Garnotelle se explicava naturalmente.

Garnotelle era o homem diante do talento de quem a crítica desses críticos que não passam de literatos podia satisfazer seu ódio instintivo contra o *quadro expressivo*, contra o pedaço de tela ou o painel de cor deslumbrante, contra a página de sol e vida que lembra algum grande colorista antigo, sem ter a desculpa da assinatura de seu grande nome. Ele era apoiado, empurrado, aclamado por tudo o que há de impercepção e hostilidade inconfessa, nos puros fraseadores da estética, pela harmonia púrpura de Ticiano, pelo empastado corrente de um Rubens, pelo desperdício de um Rembrandt, pela pincelada quadrada de um Velásquez, pelo gênio que brinca com a cor, pelo trabalho da mão nas obras-primas. O pintor satisfazia o gosto por essas doutrinas, queridas na França, simpáticas ao seu temperamento, que levam a admiração da estima do público e das pessoas distintas a uma certa maneira de pintar unida, comportada, lisa, acariciada, sem empastamento, sem toque, a uma pintura impessoal e inanimada, emaciada e polida, refletindo a vida em um espelho cujo aço estaria doente, fixando e ressecando o traço que brinca e mergulha na luz da natureza, prendendo o rosto humano com linhas gráficas rígidas como o traçado de uma épura, reduzindo a coloração da carne aos tons mortos de um velho daguerreótipo colorido outrora por dez francos.

Garnotelle servia de bandeira e de base para a crítica puramente letrada e para o público que julga um pintor com teorias, ideias, sistemas, certo ideal feito de leituras e lembranças distorcidas de algumas linhas antigas, a estima de certa limpeza delicada, competência limitada a um desprezo adquirido e aceito pelos tons rosados de Dubuffe. A escola séria, poderosa e considerada, descendente de professores e dos homens de Estado críticos de arte, a escola doutrinária e filosófica da Beleza, o exército de escritores-pensadores que nunca viu uma pintura nem mesmo quando olham para ela, que nunca sentiu diante de um tom esse gozo pungente, essa sensação absoluta que Chevreul diz ser tão forte para os olhos quanto as sensações de sabores agradáveis para o paladar; esses juízes de arte que nunca apreciam arte por essa impressão espontânea, a sensação, mas por reflexão, por uma operação do cérebro, por uma aplicação e um julgamento de ideias; todos esses teóricos inimigos da cor com ojeriza, afetando desprezo por ela, repetindo que isso, essa coisa divina que nada ensina, a cor, pode ser aprendida em oito dias, que a pintura deve estar simplesmente no desenho colorido com óleo, que o pensamento e a elevação da Ideia devem fazer e realizar essa coisa plástica e de uma química tão material: a Pintura – tais eram as pessoas, as teorias, as simpatias, as correntes de opinião que constituíam o grande partido de Garnotelle.

Daí o sucesso dos retratos de Garnotelle. Sua ausência de vida, seu caráter decorativo, passavam por estilo; sua insipidez era saudada como uma idealização. Queriam encontrar em seu jeito de papel de parede um quê de humilde, modesto, religioso, a genuflexão de uma pintura, pálida de emoção, aos pés de Rafael. Havia um acordo para não ver toda a miséria daquele desenho mesquinho, hesitando entre a natureza e o exemplo, tímido e aplicado, buscando embelezamentos baixos e idiotas para os personagens; pois Garnotelle nem mesmo sabia tirar de seus modelos a forte materialidade atarracada, a espessa grandeza da burguesia: transformava os burgueses que pintava em porteiros pensativos,

MANETTE SALOMON

trabalhava para poetizá-los, tentava dar um vislumbre de devaneio a um velho deputado do *juste-milieu*[104] e enlanguescer um barrigudo com elegância. Amaneirava o banal e, assim, lançava sobre a gorda raça positiva, da qual ele era o pintor quase místico, os ridículos mais divertidos.

Mas os retratos mais aplaudidos de Garnotelle eram os de mulheres: cópias meticulosas e laboriosas de feições e de dobras de vestidos, imagens pacientes de damas sérias e espigadas, em interiores magros. Reunidos, teriam posto em dúvida a graça, a animação, o espírito, que todo mundo imagina a respeito da parisiense do século XIX. Eram mãos expostas desajeitadamente sobre os joelhos com os dedos forçados como pinças, fisionomias com ar de calma dormente e placidez fixa, a que se somava uma espécie de mortificação morna, resultante das longas e numerosas sessões de pose exigidas pelo consciencioso retratista. Parecia haver nisso um trabalho penoso, muito mal iluminado, um trabalho de prisão, naquele doloroso desenho, naquelas osteologias destacando-se sobre fundos verde-oliva, naquelas mulheres decotadas que pareciam ter posado para o pintor sob uma luz de sofrimento. Vagamente, diante desses retratos, vinha a ideia de burguesas em penitência no Limbo. O que Garnotelle punha como pensamento e como sombra em suas testas parecia uma preocupação com tarefas domésticas, preocupação com as contas, ou melhor, aquela reflexão de uma mulher que pechincha por algo muito caro. Apesar de tudo, eram retratos que estavam na moda. As mulheres, malgrado toda a coqueteria que têm de si mesmas e dessa imortalidade de sua beleza, as mulheres tinham se deixado persuadir de que essa maneira rigorosa de como eram pintadas possuía severidade e nobreza. O que perdiam com Garnotelle em juventude e picância pensavam obter em autoridade da graça e em transfiguração

---

104 Do centro: termo usado para definir posições políticas do centro e também posições artísticas conservadoras e inovadoras. Durante o reino de Luís Filipe, o *juste-milieu* constituía um freio para as convicções republicanas.

séria. E, entre as mais elegantes, as mais ricas e as mais lindas, os retratos desse pintor, em relação aos quais tantas vezes ouviam evocar Rafael, se tornavam objeto de ciúme, de inveja, uma exigência imposta à bolsa do marido.

XLV

HAVIA AINDA, PARA O SUCESSO DE GARNOTELLE, OUTRAS RAZÕES. Garnotelle não era mais aquela espécie de selvagem tímido, andando no rastro de Anatole, apegado e colado a ele, vivendo de sua amizade e de sua sombra. Não era mais aquele pobre rapaz, aquele bronco embaraçado e mal-educado, envergonhado de si mesmo que, contratado por acaso em um castelo para uma decoração, tinha passado quinze dias sem permitir que lhe arrancassem uma palavra, com lágrimas de constrangimento quase lhe chegando aos olhos quando a atenção das mulheres se voltava a ele, medroso como um caipira que quer beijar uma bela dama. A Escola de Roma tem um mérito que é preciso reconhecer: se não faz nada pelo talento das pessoas, faz muito pela educação delas; se não inspira o pintor, molda e desbasta o homem. Ao fazê-los conviver, essa espécie de fricção própria a um clube acadêmico, o aperfeiçoamento de naturezas abruptas em contato com as naturezas civilizadas, o que as pessoas bem-nascidas ensinam e fazem os outros ganharem, o que os estudiosos oferecem e comunicam de instrução aos iletrados, através do seu salão, das suas recepções, a Villa Médici[105] fabrica, nos temperamentos plebeus, espécies de

---

105 Palácio no alto do Pincio, em Roma, onde está instalada a Academia de França em Roma.

pessoas requintadas, elevadas, em cinco anos, pela aparência de seus modos, pelo saber superficial, pela polidez adquirida, ao nível dos mártires comuns e das exigências da sociedade atual. Ali havia começado a metamorfose de Garnotelle, encorajada pela benevolência de dois ou três salões franceses e estrangeiros, nos quais os mimos das mulheres o impeliam a se aprumar pouco a pouco e a tomar os hábitos da alta sociedade. Seu rosto lhe servia e o auxiliava em seus sucessos: ele agradava por causa de uma beleza sombria, um pouco comum e marcada, mas do tipo que as mulheres apreciam, uma beleza vulgarmente sofredora, em que a palidez, quase doença, um resquício de velhos infortúnios do sangue, que se tornaram uma espécie de tez fatal, criavam esse personagem, que levara seus companheiros a apelidá-lo de "Trabalhador Doentio". Nesse físico, a alta sociedade só queria ver o tormento do pensamento, os estigmas do trabalho, o definhar espiritual. E, aos olhos das mulheres, Garnotelle era a figura sonhada, uma poética encarnação do personagem pitoresco e romanesco que pinta com seu coração e sua saúde; ele era aquele celeste infeliz: *o artista*!

Em Paris, por meio de conexões estabelecidas em Roma graças a uma família francesa, ele havia entrado em um mundo de mulheres do alto comércio e da alta finança, um mundo orleanista[106] de mulheres sérias, inteligentes, cultas, envolvidas com as letras, com a arte, dominando a opinião pública por meio de seus salões e seus amigos no jornalismo. Ele encontrou ali poderosas protetoras, superiores à banalidade, ardentes e atuantes na amizade, pondo sua atividade e sua devoção de espírito a serviço dos frequentadores íntimos de suas casas, fazendo deles, de seus nomes, de suas celebridades e carreiras, o interesse, a ocupação, o orgulho de sua vida de mulheres e a pequena glória de seus círculos. Ele teve toda a sorte e todo o lucro com essas ligações puras, com esses apegos, essas adoções que terminam por despejar na cabeça de um pintor o sentimentalismo comovido de uma burguesa culta, apaixonada por seus empenhos, suas orações, suas intrigas, tudo o que

---

106 Liberais apoiadores de Luís Filipe, rei dos franceses de 1830 a 1848.

MANETTE SALOMON 201

uma mulher pode fazer na época do Salon para o lançamento de um sucesso.

Fora dessa sociedade, Garnotelle ainda frequentava alguns salões da alta aristocracia estrangeira, onde encontrava grandes nomes com os quais podia ter influência no ministério, mulheres com desejo despótico, acostumadas a tudo querer em seus países, e que apenas tinham perdido um pouco desse hábito na França. Era para Garnotelle uma recreação e um relaxamento, esse mundo que amava o prazer, a liberdade, os artistas. Sentia-se ali cercado pela admiração ingênua dos estrangeiros por um talento de Paris: ele era o pintor, o francês, o homem célebre que as mulheres, as moças, cortejavam com a vivacidade da ingenuidade encantadora própria à coqueteria russa. Era mimado, acarinhado. O animador dos prazeres, a festa dos saraus, o convidado anunciado e prometido. Os grupos o disputavam, o puxavam para si, com ciúmes femininos e querelas graciosas que faziam cócegas nele e alegravam sua vaidade até o fundo. Vivia assim como em uma deliciosa atmosfera de encantamento amoroso. Nesses salões, só o viam semioculto por alguma saia, com a cabeça meio erguida por trás de uma poltrona de mulher, misturado aos vestidos, sempre numa intimidade confidencial, numa pose de criança mimada, discreto, sufocando com risadinhas, com meias-palavras, sussurros, o que se murmura em um segredo, uma confidência, com trejeitinhos, silêncios, contemplações, olhos de admiração, todo um jogo de adoração por um ombro, um braço, um pé, que comovia as mulheres como o platonismo e o suspiro de um amor que teria cortejado a todas. Ele também encontrou um meio de agradar aos homens e de parecer divertido com um pouco daquele espírito que todo pintor capta na vida de ateliê. Tratava-se da compra de uma de suas pinturas por algum grande banqueiro? Uma conspiração de simpatia se organizava na sombra, e ele tinha não somente a mulher, mas os especialistas, os familiares, até o médico por ele, trabalhando para forçar a mão ao milhão.

Apoiado por essas relações e por essas proteções, persuadido de que tudo o que podia pedir ao governo seria obtido por exigências de mulheres bonitas, ou transações de mulheres influentes,

Garnotelle, que, sob sua pele de mundano, tinha conservado a argúcia e a malícia do camponês, achava que era inútil, quase perigoso, fingir ser amigo do governo. Ele não aparecia nas recepções oficiais, fechava a cara diante de tentativas de contatos, manifestando a reserva e a frieza de um homem pertencente ao Instituto e apegado às suas doutrinas.

Junto ao mestre dos mestres,[107] ele mantinha a perfeita humildade. Com seu nome e sua posição, pediu que o ajudassem em seus trabalhos; oferecia-se para pintar o fundo de suas telas, passar demãos, cobrir com céus, com terrenos, polir os panejamentos para "se dedicar e aprender", como dizia. Ele se informava, como a respeito de uma cerimônia sagrada, do dia em que haveria exposição na casa do mestre. E, diante do quadro, do qual parecia não se atrever a aproximar-se demais, mantinha uma distância respeitosa, imerso em muda contemplação. Dentro desse tipo de admiração opressiva, esmagadora, a única com que a vaidade do mestre blasé ainda conseguia ser fisgada em meio à pantomima entusiástica, aos espasmos, aos olhares em êxtase, aos monossílabos entrecortados, ele imaginara uma invenção sublime, e que tinha valido ao seu futuro a proteção do grande homem. Em uma exposição íntima, ele havia guardado um silêncio lúgubre diante da "obra"; depois, ao chegar em casa, escrevera ao mestre uma carta na qual ingenuamente deixava escapar seu desânimo, dizendo-se desesperado por essa perfeição, essa grandeza, essa pureza, que o privavam da esperança de conseguir fazer alguma coisa, quase da força de continuar trabalhando; e, fazendo seus amigos espalharem o boato de seu desânimo, ele aguardada, enclausurado em seu ateliê, até que uma carta do mestre levantasse sua coragem com elogios, incentivando-o a viver e a pintar.

Além disso, Garnotelle foi um dos frequentadores mais assíduos daquela Sociedade da Cebola,[108] reunindo e coligando os

---

107 Provável alusão ao pintor Jean-Dominique Ingres.

108 Societé de l'Oignon, assim chamada porque seus membros se reuniam regularmente em torno de uma sopa de cebola, uma especialidade do Café Le Brébant. Muito mais do que um cenáculo, era antes uma espécie

antigos Prix de Rome com dois grandes jantares anuais e alguns pequenos jantares subsidiários, numa espécie de maçonaria da ajuda mútua, na qual se passavam os trabalhos, as encomendas, os votos no Instituto, entre a sobremesa e o café, entre recitações de versos em homenagem às glórias acadêmicas e sátiras contra as outras glórias.

Com a imprensa, ele era friamente cortês. Não mimava os críticos com cartas ou esboços, não os procurava e se mantinha a alguma distância daqueles que encontrava nos salões com um aperto de mão nos quais estendia apenas a ponta de um dedo ou dois. Essa atitude reservada lhe rendeu o respeito com que a maioria dos colunistas falava de seu talento.

Assim adulado, respeitado, protegido, apoiado, com a renda de seus retratos, com a renda de seu ateliê, um ateliê aristocrático de jovens e abastados estrangeiros pagando cem francos por mês e se comprometendo por seis meses; rico e tendo alcançado todas as felicidades, realizado em seus desejos e ambições, o Garnotelle do sucesso, o Garnotelle das camisas bordadas e dos perfumes à base de almíscar, nada conservando de seu passado além do cabelo comprido, que mantinha como uma auréola de artista, Garnotelle às vezes surgia envolto por uma vaga tristeza. Parecia ter o fundo nobre e solene do sofrimento de um homem afastado "do objeto de seu culto". Queixava-se com meias-palavras de não estar ali onde se encontravam suas saudades e seu amor; e, de vez em quando, deixava escapar, com uma voz enternecida e um olhar de aspiração religiosa, um: "Querida Roma, onde estás?" – que, em torno dele, num público de imbecis, inspirava compaixão por aquela pobre alma sombria de exilado.

---

de sociedade secreta criada em 1825 por um grupo de pintores, cujo objetivo era monopolizar as encomendas, as condecorações, as medalhas, e ter o domínio no campo da arte.

XLVI

O TALENTO, A AMBIÇÃO, A ENERGIA DE CORIOLIS saíam açoitados e aguilhoados dessas contradições, da contestação. A batalha em torno de seus quadros, de seu nome, de seu Oriente, essa revolta de cóleras repentinas e inimigos desconhecidos, davam-lhe a forte excitação da luta, conduziam-no à vontade de uma grande coisa, de uma daquelas obras que arrancam do público o pleno reconhecimento de um homem.

Só era conhecido por seus aspectos de colorista pitoresco. Ele queria se revelar com as poderosas qualidades do pintor; mostrar a força e a ciência do desenhista, reunidas nele por estudos pacientes e insistentes a partir da natureza, que punham em seus menores esboços o acento e a assinatura de sua personalidade.

Abandonando o quadro de cavalete, atacava o nu em uma dimensão em que podia mover o tamanho do corpo humano. O cenário de sua cena era um *Banho turco*. Na pedra molhada da estufa, no granito úmido, ele inclinou e curvou uma mulher emergindo como da irrigação de uma nuvem, com a espuma branca de sabão jogada nela por uma negra quase nua, as ancas cingidas por um *foutah*[109] de cores vívidas. A banhista, sentada, se apresentava de frente. Estava graciosamente encolhida e arredondada na linha

---

109 No Magrebe, toalha de algodão usada no hammam.

de um disco: parecia sentada no C de uma lua crescente. Suas duas mãos se cruzavam em seu cabelo, na ponta de seus braços erguidos que desenhavam uma alça e uma coroa. Sua cabeça, inclinada, baixava-se suavemente, com um roçar de sombra em seus seios levantados. Seu torso tinha os dois contornos encantadores e contrários dessa atitude inclinada: apertado de um lado, espremido entre o seio e o quadril, tendia-se do outro, desenrolava o desenho de sua elegância; e, até o final das duas pernas da banhista, uma levemente dobrada, a outra longamente estendida, a oposição das linhas prosseguia na ondulação de um balançar. Atrás desse corpo esboçado, marcado na tela com pastel, Coriolis havia reunido no fundo grupos de mulheres que podiam ser vislumbrados em uma névoa de vapor, em perspectiva aérea de uma estufa, atravessada por raios sol que formavam barras.

No início do inverno, Coriolis havia terminado esse quadro. Anatole, que não era paparicador e tinha pouca simpatia pelos temas orientais, não conseguiu se conter, diante da tela acabada:

– Muito bom, o corpo da sua mulher... Muito bom!

Coriolis tinha o horror de certos pintores pelo elogio que engana, que enaltece uma qualidade que não existe ou um canto de uma obra que sentem não ser o ponto forte dela. Um elogio enviesado podia ser sincero e de boa-fé: atirava Coriolis em birras de criança.

– "Muito bom!" – disse ele, voltando-se com um gesto violento. – Ah! Você acha que está muito bom? Isso?! Mas é vulgar! Não é o corpo que eu quero... Estou me matando de trabalhar há seis semanas nisso. Você fez bem em me dizer que é bom. Faça-me o favor! Eu lhe digo que é idiota. Idiota como uma academia de parisiense... E distorcido. Veja! Apareça por aí uma Vênus de Goltzius... Que tem pérolas nas orelhas, com pombas esvoaçando em volta... E você vai ver! Eu bem que sentia que era ruim. Mas espere!

Coriolis começou a apagar a figura, Anatole tentou impedi-lo, insultou-o, chamou-o de "imbecil que procura pelo em ovo". Coriolis continuava a demolir sua banhista, dizendo:

– Com isso, é o diabo, achar um torso capaz de inspirar... É um nojo, agora. Não há mais um só corpo em Paris. Veja! Há seis meses que não conseguimos ter uma modelo decente... Uma mulher que tenha um tostão de raça, de distinção, um conjunto não muito safado... Cadê? Você sabe onde? Oh! Modelos? Uma espécie extinta... Rachel[110] começou a estragá-las com o Conservatório. Não existem mais modelos! Elas vêm por duas sessões... E então, na terceira, você encontra seu estudo em um pequeno cupê, com um penteado de franja, que lhe diz: "Bom dia!". Está lançada, não posam mais! E aquelas que ainda temos chance de pegar, são modelos? Não sabem manter a pose... Não têm tendões... Não *crispam*! Não *crispam*!

---

110 Elise Félix, conhecida como Rachel, célebre atriz trágica da época.

XLVII

———————————

O INVERNO DE PARIS TEM DIAS CINZENTOS, DE UM CINZA MORNO, infinito, desesperado. O cinza enche o céu, baixo e plano, sem um clarão, sem uma abertura de azul. Uma tristeza cinzenta paira no ar. O que resta do dia é como o cadáver do dia. Uma luz fria, que parece filtrada por velhas cortinas de tule, lança sua luz amarela e suja sobre as coisas e as formas indecisas. As cores adormecem como que na sombra do passado e no véu do que desbotou. No ateliê, um melancólico apagar tira a irradiação da tela; passeia, entre as quatro grandes paredes, uma espécie de tédio gelado, polar; escorre do gesso que perde suas linhas para a paleta, que perde seus tons e acaba por substituir, na mão do pintor, os pincéis pelo cachimbo.

Naqueles dias, via-se em Vermelhão atitudes preguiçosas, entorpecidas, inquietas e sofridas. Atormentado pelo mal-estar desse tempo ruim, tendo como que o frio da neve dentro de si, postava-se perto do fogão e permanecia meia hora imóvel, equilibrando-se sobre o traseiro e aquecendo suas patas em suas duas mãos. Toda sua atenção parecia focada no vermelho da boca do fogão. Passada meia hora, ele virava a cabeça em seu ombro, olhava de lado, desconfiado, para aquela placa de falsa luz do dia clareando na moldura da janela, coçava a parte de baixo de uma coxa, soltava um gritinho, olhava ainda um pouco o céu e, não o reconhecendo, parecia buscar ali, em um segundo, a memória de algo que desapareceu. Depois voltava ao calor do fogão e mergulhava numa espécie de nostalgia profunda e de meditação concentrada, com um ar confuso, aquela espécie de medo de ver o sol morto, que os naturalistas observaram nos macacos durante o inverno.

Ao lado, Anatole agia como um macaco, aquecendo os pés, encolhendo-se perto do fogão, vendo-se fumar, e entre dois cigarros, tentava fazer cócegas na sola do pé de Vermelhão. Mas Vermelhão, grave e preocupado, repelia suas provocações.

Para Coriolis, depois de algumas tentativas de trabalho desanimado, algumas pinceladas, tirava de um aparador uma pilha de álbuns com encadernações coloridas, em relevo, pontilhadas ou cravadas a ouro, costuradas com fio de seda, e, jogando-os sobre o chão, deitado de bruços, erguido sobre os dois cotovelos, com as duas mãos no cabelo, olhava, folheando, essas páginas semelhantes a paletas de marfim carregadas com as cores do Oriente, manchadas e variegadas, cintilando de púrpura, ultramarino, verde-esmeralda. E, um dia, em uma terra de fadas, um dia sem sombra e que era pura luz, amanheceu para ele a partir desses álbuns de desenhos japoneses. Seu olhar entrava nas profundezas desses firmamentos cor de palha, banhando a silhueta dos seres e dos campos em um fluido dourado; ele se perdia nesse anil em que se afogavam as florações rosadas das árvores, nesse esmalte azul emoldurando as flores brancas como a neve dos pessegueiros e das amendoeiras, nesses grandes pores do sol carmesins e de onde partem os raios de uma roda de sangue, no esplendor desses astros interrompidos pelo voo de grous viajantes. Fugia do inverno, do cinza do dia, do pobre céu trêmulo de Paris, e os esquecia à beira desses mares límpidos como o céu, balançando danças em jangadas de bebedores de chá; esquecia-os naqueles campos com pedras de lápis-lazúli, naquele verdor de plantas com pés molhados, perto daqueles bambus, daquelas sebes floridas que formam um muro com grandes ramalhetes. Diante dele se descortinava aquele país das casas vermelhas, com paredes de biombo, cômodos pintados, arte de natureza tão ingênua e tão

MANETTE SALOMON

209

viva, com interiores cintilantes, salpicados, divertidos por todos os reflexos causados pelo verniz das madeiras, o esmalte das porcelanas, o ouro das lacas, o fulvo brilhante dos bronzes tonquins. E, de repente, no que olhava, uma página florida parecia um herbário do mês de maio, um punhado de primavera, frescamente arrancado, aquarelado no brotar e na jovem ternura de sua cor. Eram zigue-zagues de galhos, ou então gotas de cor chorando em lágrimas sobre o papel, ou chuvas de caracteres brincando e descendo como enxames de insetos no arco-íris do desenho nublado. Aqui e ali, costas mostravam praias deslumbrantes de brancura e fervilhando de caranguejos; uma porta amarela, uma treliça de bambu, paliçadas com campânulas azuis, sugeriam o jardim de uma casa de chá; caprichos de paisagens lançavam templos contra o céu, na ponta do cume de um vulcão sagrado; todas as fantasias da terra, da vegetação, da arquitetura, da rocha rasgavam o horizonte com seu pitoresco. Das profundezas das bonzarias partiam e irradiavam raios, clarões, as glórias amarelas palpitantes de voos das abelhas. E divindades apareciam, com suas cabeças nimbadas pelo galho de um salgueiro e seus corpos evanescidos na descida dos galhos.

Coriolis continuava folheando: e, diante dele, passavam mulheres, algumas desenrolando seda cor de cereja, outras pintando leques; mulheres bebendo em chávenas de laca vermelha aos golinhos; mulheres interrogando selhas mágicas; mulheres deslizando em barcos nos rios, despreocupadamente curvadas sobre a poesia e a fugacidade da água. Elas tinham roupas deslumbrantes e macias, cujas cores pareciam morrer abaixo, roupas glaucas de escamas, nas quais flutuava como que a sombra de um monstro afogado, roupas bordadas de peônias e grifos, roupas de penas, seda, flores e pássaros, roupas estranhas, que se abriam e se esparramavam nas costas, como asas de borboleta, rodopiando em redemoinhos de ondas à volta dos pés, coladas ao corpo ou partindo num voo que as vestia com a quimérica fantasia de um desenho heráldico. Com antenas feitas com carapaças de tartaruga presas nos cabelos, essas mulheres mostravam seus rostos pálidos com pálpebras maquiadas, seus olhos erguidos nos cantos como um sorriso; e, apoiadas em sacadas, com o queixo nas costas das mãos, mudas, sonhadoras, com o devaneio dissimulado de um Debureau[111] numa pantomima, pareciam roer suas vidas ao mordiscar uma ponta de suas roupas.

E outros álbuns revelavam a Coriolis um aviário cheio de buquês, pássaros dourados bicando frutas carmim – quando caía, nessas visões do Japão, a luz da realidade, o sol dos invernos de Paris, o candeeiro que traziam para o ateliê.

---

111 Célebre mímico francês da época.

XLVIII

– A BASTILHA! O ODÉON! MONTMARTRE! SAINT-LAURENT! As correspon-
dências! Ninguém tem correspondência?

– Veja só! Você faz muito bem a caricatura – disse Anatole, surpreso ao ouvir o grave Coriolis fazendo uma imitação.

– ... E o ônibus se vai... Um azar naquela noite... Um jantar
ruim no Garnotelle... Chuva, nada de fiacres, e o ônibus! Talvez
seja falta de costume. Mas acho mortal, o ônibus... Essa mecânica
que parece avançar, e sempre para! A gente vê pessoas na calçada
avançando mais rápido que o ônibus... E, além disso, o cheiro!
Um ônibus sempre tem cheiro de gato molhado! Bem, eu estava
entediado... Tinha terminado de soletrar os anúncios que ficam
acima da cabeça, a vela da Étoile, a benzina Collas... Eu olhava
estupidamente casas, ruas, grandes composições de sombra, coisas iluminadas, bicos de gás, as vitrines, um sapatinho cor-de-rosa
de mulher numa vitrine, em uma prateleira de espelho, bobagens, coisas insignificantes, o que passasse... Eu tinha chegado a
seguir mecanicamente, nos estores das lojas fechadas, a sombra
das pessoas do ônibus recomeçando eternamente... Uma série de
silhuetas. Ninguém de curioso. Todos eles, cabeças de gente passando de ônibus... Mulheres... Mulheres sem sexo, mulheres que
carregam pacote... Zing! A campainha do condutor, um viajante!
Só havia um lugar nos fundos... Zing! Uma viajante... Completo!

Tinha diante de mim um senhor de óculos que insistia em querer ler um jornal. Sempre havia reflexos em seus óculos... Isso me fez voltar os olhos para a mulher que acabara de subir. Ela olhava os cavalos por baixo da lanterna, a testa quase encostada na janela do ônibus. Uma pose de menininha... O ar de mulher um pouco envergonhada em um lugar cheio de homens. Era o que havia. Olhei outra coisa. Você já notou como as mulheres parecem misteriosamente belas dentro de um ônibus à noite? Sombra, fantasma, dominó, não sei o que, elas têm tudo isso, um ar velado, uma embalagem voluptuosa, coisas delas que adivinhamos e que não vemos, uma tez vaga, um sorriso noturno, com essas luzes que batem em seus traços, todos esses semirreflexos que flutuam nelas sob o chapéu, aqueles grandes toques de preto em seus olhos, até suas saias se misturando com sombras... – A Madeleine! O bulevar! A Bastilha! Sem correspondência! – Espere! Ela estava assim... Virada, olhando, um pouco abaixada. A luz da lanterna batia em sua testa. Era como um brilho de marfim... E punha uma verdadeira poeira de luz em seu rosto, nas raízes de seu cabelo, um cabelo aveludado como se estivesse ao sol... Três toques de claridade na linha do nariz, num trecho da maçã do rosto, na ponta do queixo, e todo o resto à sombra. Consegue ver isso? Encantadora, essa mulher... E, engraçado, não é parisiense. Mangas curtas, sem luvas, sem punhos, a pele dos braços... Um vestido, não se via nada em seu vestido... E eu conheço essas coisas. Uma roupa de *grisette*[112] e de burguesa, com algo desconcertante em toda a sua pessoa, que não era nem de uma, nem de outra... – Auteuil! Bercy! Charenton! Le Trône! Palais-Royal! Vaugirard! Número dezessete! Número dezoito! Número dezenove! – Aqui, um eclipse... Ela deu as costas para a lanterna. Seu rosto diante de mim é uma sombra completamente negra, um verdadeiro pedaço de escuridão... Mais nada, apenas um lampejo de luz no canto de sua têmpora e na ponta de sua orelha onde pende um pequeno botão de diamante que lança um fogo diabólico. O ônibus continua em seu curso. O Carrousel, o cais, o Sena, uma ponte onde há no parapeito gessos saboianos...

---

112 Jovem operária namoradeira.

Depois, ruas escuras onde se veem passadeiras trabalhando à luz de velas. Agora só consigo vê-la por clarões... Sempre em sua pose... Sua orelha e o pequeno diamante. E então, de repente, no final daquela feia rue du Vieux-Colombier, ela acenou para o condutor. Meu caro, ela passou diante de mim com um passo, com gestos de estátua, palavra de honra. E não é fácil ter estilo, uma mulher, num ônibus. Só a vi um pouco naquele momento. Ela me pareceu ter um tipo, um tipo... Ela entrou em uma loja suja em cuja vitrine havia binóculos de teatro em marfim e folheados.

– Binóculos? No 27 ou 29 então?

– Ah, o número, sei lá.

– Enfim, uma loja de novos objetos velhos! Morena de olhos azuis bizarros, essa mulher, não é?

– Eu acho...

– Oh! Essa é boa! É Salomon...

– Salomon? Mas havia uma velha, me parece, antigamente, pelo que me lembro, que nos trazia perfumaria...

– Essa é a mãe... Que fez filhos aos montes... Todos que posam... A mãe na loja, no brechó. Ela é sua filha, a última... Uns dezoito anos. A propósito, é o que você precisa... Idiota que eu sou! Não tinha pensado nela... Manette... Manette Salomon.

– E se você escrevesse para ela de minha parte, para que ela venha, hein? Que venha na segunda, assim... Vejo se ela me convém.

– Perfeitamente. Ah, acabou o papel. Aqui está a carta de falecimento de Paillardin. Pego a página em branco... Sim, é no número 27 ou 29. A mãe entregará a ela. Acho que não moram mais juntas...

XLIX

NA SEGUNDA-FEIRA, MANETTE SALOMON NÃO VEIO, Coriolis a esperou no dia seguinte e nos outros dias da semana: não apareceu, não escreveu, não mandou dizer nada. Coriolis decidiu procurar outra modelo.

Ele passou em revista os corpos conhecidos. Fez posar todos os que se apresentavam em seu ateliê, modelos ocasionais e da miséria, até uma pobre mulher que subiu na mesa em traje de Eva, com seu chapéu, seu véu e uma ave do paraíso na cabeça. Nenhuma dessas curvas femininas tinha o caráter das linhas que ele procurava; e, desencorajado, confiando no tempo, em algum achado feliz para encontrar a inspiração da natureza que desejava, abandonou sua figura principal e começou a retrabalhar no resto de seu quadro.

Uma noite, quando ele e Anatole passeavam pelos bulevares, com uma noitada vazia pela frente, Anatole estacou diante do cartaz de um grande baile na sala Barthélemy.

– Ei! – disse. – É o Carnaval dos Judeus...[113] Vamos lá?

---

113 Com a introdução do personagem de Manette Salomon, os Goncourt desencadeiam um chocante antissemitismo. São passagens que nos revelam o grau do preconceito que habitava personalidades intelectuais e artísticas importantes da época. Os jornais e as campanhas antissemitas

MANETTE SALOMON   215

Entraram na rue du Château-d'Eau, na sala em que a festa do
Purim – o velho aniversário da queda de Hamã e a libertação dos
judeus por Ester – era celebrada por um baile público.

Algumas roupas pobres, ouropéis do brechó, jaquetas velhas
de malha puída cor de uva de corinto, saltavam em meio a paletós e
sobrecasacas. A família e a honestidade apareciam aqui e ali de
vez em quando, nas laterais da pista de dança, nos cantos onde
se erguia, como um mastigar de alemão ruim, um dialeto meio
francês soando em consoantes tudescas, nas fileiras de velhas
balançando a cabeça ao compasso da música, com as mãos abertas, apoiadas nos joelhos, tendo a rigidez de estátuas do Egito, em
grupos de crianças dispersos no assento do banco, sorrindo e dançando com os olhos, movendo um pouco os braços. Era um baile
que lembrava, à primeira vista, todos os outros bailes parisienses, onde o cancã constitui o prazer. No entanto, depois de duas
ou três voltas, Coriolis começou a perceber um caráter nele. Essa
multidão, semelhante em superfície e no seu conjunto a todas as
multidões, esses homens, essas mulheres sem particularidade
marcante, vestidos em fantasias, com ares de Paris, e inteiramente
parisienses na aparência, logo revelaram aos seus olhos de pintor
e de etnógrafo o tipo apagado, mas ainda visível, as característi-
cas originais, a fatalidade dos signos em que sobrevive a raça. Ele
reparou em rostos obscuros, nos quais o perfil altivo do povo do
deserto se misturava com a humildade sombria dos comércios
duvidosos da cidade grande, a tez ao mesmo tempo plúmbea por
um velho sol e pela reverberação de velha prata, rapazes de cabeleira lanosa, com cabeças de carneiro, figuras com cabelo crespo,
com grandes diamantes falsos na camisa, exibindo aquele luxo de
veludo gordo que os negociantes de coisas suspeitas amam, olhinhos iluminados pela febre do lucro e sorrisos de árabes em barbas de crina. Reconheceu, sob os capuzes e as palatinas, aquelas

---

eram muito ativos, e tudo isso levaria ao choque do "Affaire Dreyfus".
Para o leitor de hoje – esclarecido, presume-se –, estas páginas se justi-
ficam por essa razão e funcionam como um alerta contra essa barbárie
do pensamento.

mulheres que tinha visto ao ar livre no bulevar du Temple e nas lojas da rue Dupetit-Thouars. Eram louras da Alsácia, com o louro-dourado do trigo maduro, cabeleiras negras e crespas, narizes aduncos, formas ovais fugindo na palidez âmbar das faces e dos pescoços de onde se destacava a concha rosada da orelha, cantos dos lábios sombreados por leve buço rebelde, bocas empurradas para a frente como por um sopro: ombros decotados tinham uma sombra de penugem na cavidade das costas. Em todas, ele via aqueles olhos bem próximos do nariz, e todos marcados pelo bistre, aqueles olhos iluminados como mulheres empoadas, aqueles olhos vivos de animais com cílios sem suavidade deixando nu o negro de um olhar espantado, por vezes vago.

– Ali! Manette... – disse Anatole de repente, e mostrou a Coriolis uma mulher assistindo da galeria superior à sala dançar. Coriolis percebeu um braço envolto em um xale desamarrado, um cotovelo apoiado na balaustrada, uma mão sustentando uma cabeça, um pedaço de perfil, uma fita cor de fogo prendendo o cabelo em uma coifa de contas de aço. Imóvel, Manette deixava o baile vir aos seus olhos, com ar de contentamento preguiçoso e distração indiferente.

– Pois bem! – disse Coriolis para Anatole. – Suba e pergunte por que ela não veio.

Anatole desceu da galeria depois de alguns instantes.

– Meu caro, ela está furiosa. Parece que a nossa carta não estava assinada. Ela me disse que só se escreve aos cachorros sem pôr o nome. Além disso, também se sentiu humilhada porque não lhe demos a honra de uma folha de papel de carta novinha... Eu disse o que pude para amolecê-la. Enfim, se você quiser, vamos lá para cima. Tudo o que você tem a fazer é pedir desculpas. Ponha a culpa em mim, diga que fui eu, me chame de grosseirão... O que for! No fundo, creio que ela tem vontade de vir. Só uma questão envolvendo a dignidade dela. Entendeu? A dignidade da senhorita! No final, perguntou se era mesmo de você que os jornais tinham falado. – E, enquanto subiam a escadinha que dava para a galeria: – Ah, você verá, por exemplo, duas sibilas com ela... Verdadeiras filhas de Moisés e de Polichinelo!

MANETTE SALOMON

Manette estava sentada a uma mesa sobre a qual havia três copos de cerveja meio vazios, ao lado de duas velhas. Uma, de olhos vesgos e perturbados, o rosto cheio e desalinhado por um enorme nariz adunco, tinha o aspecto de uma terrível caricatura emoldurada na colmeia negra de um imenso gorro amarrado sob o queixo pontudo; um fichu de seda, com ramagens de madras, num amarelo de calêndula, lhe cruzava o pescoço emaciado. Os olhos, a boca, as narinas cheias do negrume que possuem as cabeças ressecadas, o rosto enegrecido como que por horríveis pelos de macaca, a outra usava, jogado para trás sobre os cabelos de negra, um chapéu branco de vendedora endomingada, adornado por uma rosa branca; e mechas de pelo de cabra pendiam das ombreiras de seu vestido.

Anatole fez a apresentação e se sentou com o amigo à mesa na qual as três mulheres se apertaram para dar lugar a eles. Coriolis falou com Manette, desculpou-se. Manette o deixou falar sem interrompê-lo, sem parecer ouvi-lo; então, quando ele terminou, dirigindo-lhe um daqueles olhares de "grande dama" que os olhos de todas as mulheres têm quando querem, examinou-o da ponta das botas até a raiz do cabelo, desviou a cabeça e, depois de um silêncio, decidiu dizer a ele que aceitava e que viria "fazer uma pose" na segunda-feira seguinte. E, quase imediatamente, tirando do cinto seu pequeno relógio pendurado na corrente dourada que balançava em seu vestido de seda preta, levantou-se, saudou Coriolis e desapareceu, seguida por seus dois monstros guardiões.

L

NA SEGUNDA-FEIRA, MANETTE FOI PONTUAL. DEPOIS DE ALGUMAS palavras, ela começou a despir-se lentamente, arrumando de maneira ordenada sobre o divã as roupas que abandonava. Depois, subiu na mesa dos modelos com sua camisa levantada contra o peito, segurando com os dentes o babado do alto, no movimento recolhido, pudico, de uma mulher honesta que troca de roupa.

Porque, apesar da profissão e do hábito, essas mulheres têm esses pudores. A criatura prestes a se tornar pública, que vai se entregar inteiramente ao olhar dos homens, cora instintivamente, até que seu calcanhar se apoie no pedestal de madeira que faz da mulher, quando ela ali se ergue, uma estátua da natureza, imóvel e fria, cujo sexo é apenas uma forma. Até então, até esse momento em que a camisa caída faz surgir da nudez absoluta da mulher a pureza rígida de um mármore, sempre perdura um pouco de pudor na modelo. O despir-se, o escorregar de suas roupas nela, a ideia dos pedaços de sua pele ficando nus um a um, a curiosidade dos olhos daqueles homens que a esperam, o ateliê, onde a gravidade do estudo ainda não desceu, tudo oferece à modelo uma timidez feminina vaga e involuntária que a faz se velar em seus gestos e se envolver em suas poses. Depois, uma vez terminada a sessão, a mulher volta de novo e se reencontra ao se vestir. Parece que ela recupera seu pudor ao vestir sua camisa. E aquela que oferecia a todos, havia pouco, toda a visão de sua perna se vira para que não a vejam amarrando sua liga.

É só na pose que a mulher não é mais mulher, e que, para ela, os homens não são mais homens. A representação de sua pessoa a deixa sem constrangimento e sem vergonha. Ela se vê observada por olhos de artistas; ela se vê nua diante do lápis, da paleta, do formão, nua para a arte com essa nudez quase sagrada que faz calar os sentidos. O que vagueia sobre ela e sobre os segredos mais íntimos de sua carne é contemplação serena e desinteressada, a atenção apaixonada e absorta do pintor, do desenhista, do escultor, diante desse pedaço de Verdade que é seu corpo: ela sente ser para eles o que nela estão procurando e o que estão trabalhando, a vida da linha que faz sonhar o desenho.

Daí também, nos modelos, essas repugnâncias, essa defesa contra a curiosidade de amigos, de conhecidos, que vêm visitar um pintor, esses medos, esses alarmes diante de todas as pessoas que não são do ofício, essa perturbação sob esses olhares embaraçantes de intrusos que olham por olhar e fazem com que, de repente, no meio de uma sessão, um corpo de mulher perceba que está nu e inteiramente despido. Um dia, no ateliê de monsieur Ingres, uma mulher posava diante de trinta alunos, trinta pares de olhos; de repente, ela foi vista correndo da mesa do modelo, assustada, tremendo, envergonhada em toda sua pele, ao encontro de suas roupas a fim de se cobrir bem rápido de qualquer jeito, com a primeira peça que encontrou: o que tinha visto? Um operário observando-a de um telhado próximo, pela abertura acima de sua cabeça.

Essa vergonha feminina durou um segundo com Manette. De repente ela deixou cair de seus dentes entreabertos o fino tecido que deslizou ao longo de seu corpo, arriou sobre suas ancas, amontoou-se de uma só vez embaixo e caiu a seus pés como uma espuma. Afastou aquilo com um leve pontapé, empurrou-o para trás como se fosse uma cauda de vestido; então, depois de ter baixado sobre ela própria o olhar de um momento, um olhar no qual havia amor, carícia, vitória, cruzando seus dois braços acima de sua cabeça, apoiando seu corpo sobre uma das ancas, ela apareceu a Coriolis na pose daquele mármore do Louvre que é chamado de *Gênio do repouso eterno.*

A natureza é uma grande artista desigual. Existem milhares, milhões de corpos que ela parece deixar mal-acabados, que lança à vida sem formá-los por inteiro, e que parecem trazer a marca da vulgaridade, da pressa, da negligência de uma criação produtiva e de uma fabricação banal. Da massa humana, é como se extraísse, como um operário esmagado pelo trabalho, povos de feiura, multidões de vivos esboçados, incompletos, espécies de imagens toscas do homem e da mulher. Então, de vez em quando, em meio a toda essa falsificação de humanidade, ela escolhe um ser ao acaso, como se quisesse impedir que o exemplo do belo morresse. Pega um corpo que polirá e dará acabamento com amor, com orgulho. E é então um verdadeiro e divino ser de arte que sai das mãos artistas da natureza.

O corpo de Manette era um desses corpos: no ateliê, sua nudez instalara de uma vez o brilho de uma obra-prima.

Sua mão direita, apoiada na cabeça meio virada e ligeiramente inclinada, caía como um cacho sobre seus cabelos; a esquerda, dobrada sobre o braço direito, um pouco acima do pulso, deixava escorrer contra ele três de seus dedos flexionados. Uma de suas pernas, cruzada na frente, repousava apenas sobre a ponta de um pé meio levantado, com o calcanhar no ar; a outra perna, reta e com o pé no plano, sustentava o equilíbrio de toda a atitude. Assim erguida e apoiada em si mesma, mostrava essas belas linhas estiradas e ascendentes da mulher que se coroa com seus braços. E se imaginaria perceber a luz acariciando-a da cabeça aos pés: a invisível vibração da vida dos contornos parecia estremecer todo o desenho da mulher, espalhar, ao seu redor, um pouco do contorno e da luz de seu corpo.

Coriolis ainda não tinha visto formas tão jovens e tão plenas, uma tal elegância esguia e serpentina, tão fina delicadeza de raça mantendo nas articulações da mulher, em seus pulsos, em seus tornozelos, a fragilidade e a esbeltez das articulações da criança. Por um momento, esqueceu-se de se deslumbrar com essa mulher, com essa carne, uma carne morena, fosca e absorvendo

MANETTE SALOMON 221

a claridade, branca dessa brancura quente do sul que apaga as brancuras nacaradas do Ocidente, uma dessas peles de sol, cuja luz morre em meias-tintas de rosa-chá e sombras âmbar.

Seus olhos se perdiam nessa coloração tão rica e tão fina, essas passagens de tom tão suaves, tão variadas, tão matizadas, que tantos pintores exprimem e acreditam idealizar com um rosa banal e liso; eles abraçavam essas fugitivas transparências, essas ternuras e essa tepidez de cores que quase não são mais cores, essas imperceptíveis aparências de um azul, de um verde quase insensível, sombreando, com uma adorável palidez, as diafanidades leitosas da carne, todo esse delicioso não sei o que da epiderme da mulher, que se poderia dizer feito com o interior da asa das pombas, o interior das rosas brancas, a glauca transparência da água banhando um corpo. Lentamente, o artista estudava aqueles braços redondos, de cotovelos corados, que, erguidos, embranqueciam sobre o cabelo castanho, aqueles braços em cuja parte inferior a luz, entrando na sombra da axila, revelava fios de ouro anelando ao dia; depois, o plano firme do peito branco e azulado pelas vênulas; depois, os seios mais róseos do que os seios das loiras, nas quais a ponta do peito era do tom nascente da hortênsia.

Ele seguia a indicação quase trêmula das costelas, a linha mal desabrochada do torso jovem, ainda contido e comprimido em sua graça, meio maduro, encerrado em sua juventude como no envelope de um botão. Uma cintura meio solta, livre, rolando, feliz, como a cintura de mulheres que nunca usaram um espartilho, lhe mostrava essa linda indicação suave e sem cortes, a cintura natural marcada por uma dobra como no bronze e no mármore de antigas estátuas. Dessa cintura, seu olhar ia para a aconchegante modelação, para as inflexões, para as estruturas, para a redondeza envolvente, para a suave e voluptuosa ondulação de um ventre de virgem, de um ventre inocente, quase infantil, esculpido em sua maciez e delicadamente desenhada na *imprecisão* de sua carne: uma pequena luz, meio formada na borda do umbigo, sugeria uma gota de orvalho deslizando na sombra e no coração de uma flor. Ia para a parte baixa do ventre, onde havia a convexidade de uma concha e a reentrância de uma onda, para o arco dos quadris, para essas coxas carnudas, acariciadas, no suave grão de sua pele, de brancura tranquila e brilhos adormecidos, para aqueles joelhos tenros, delicados e afogados, escondendo-se tão coquetes sob suas covinhas a pegada dos músculos e a articulação dos ossos, para essas pernas polidas e lustradas, que pareciam conservar em Manette, como em algumas mulheres, o luzidio de uma meia de seda, para esse fuso do tornozelo, para esses maléolos de menininha, aos quais se prendia um pé pequenino, magro e longo, o grande artelho na frente, os dedos um pouco rosados na ponta.

Sob essa atenção que parecia não funcionar, Manette enfim sentiu uma espécie de constrangimento. Soltando os braços e descruzando as pernas, ela parecia estar pedindo a Coriolis que lhe mostrasse a pose.

– Caramba! – exclamou Anatole num impulso de admiração e, colocando uma pasta sobre os joelhos, começou a apontar um carvão.

– Vai fazer um estudo, *você*? – disse Coriolis com um "você" duramente acentuado.

– Um pouco... Eu não lhe disse... Um fabricante de papel de cigarro... Ele me pediu uma alegoria da Fama em tamanho natural. Quatrocentos francos! Veja só.

Coriolis, sem responder, foi até Manette, a fez assumir a pose de sua banhista, voltou ao seu lugar e começou a trabalhar. De tempos em tempos, ele parava, puxava e torcia o bigode, olhava de lado Anatole, a quem terminou dizendo:

– Você é irritante com seu tique! Você não sabe como é nervoso...

Anatole havia adquirido o estranho hábito, cada vez que pintava ou desenhava, de mordiscar permanentemente um pedaço da língua que ele mostrava em um canto da boca, como a língua de um cão de caça.

– Vou virar as costas para você, e pronto...

– Não, veja, me deixe... Ir embora, sim? Hoje... Não sei o que tenho... Preciso ficar sozinho para fazer alguma coisa.

No dia seguinte e durante todo o mês, Anatole ia passear durante a sessão de Manette: ele havia aceitado fazer sua Fama "de imaginação".

LI

— O QUE VOCÊ FEZ ONTEM? — PERGUNTAVA CORIOLIS, uma manhã, ao final do almoço, a Anatole.

— Ontem eu fui ao Père-Lachaise.[114]

— E hoje?

— Bem, eu poderia voltar lá. Acho muito divertido como passeio...

— Não faz você pensar em morte?

— Oh! Na dos outros... Não na minha — a frase de Anatole o expunha inteiramente.

Houve um silêncio. As ideias de Coriolis pareciam se perder na fumaça de seu cachimbo; depois lhe escapou, como se pensasse em voz alta:

— Um ser engraçado! Há muitos que eu vejo... Mas ainda não vi nenhum assim.

E voltando-se para Anatole:

— Imagine uma mulher que trabalha com você e encontra a pose que você quer. E, uma vez que achou, é soberba! Poderíamos trabalhar por duas horas, que ela não se mexeria. É porque ela parece se interessar pelo que fazemos. Oh, meu caro, é espantoso... Você sabe, a gente percebe quando as coisas não vão bem.

---

114 Histórico cemitério parisiense.

Uns nadas... Um movimento dos lábios, um gesto... Ficamos nervosos. A ansiedade passa pelo corpo. Enfim, a gente percebe. Pois bem! Naquela manhã, quando ela viu que a coisa não avançava, tinha um jeito tão aborrecido quanto a minha pintura. Depois, quando comecei a me esquentar, quando a coisa começou a vir, ela assumiu um ar contente! Como se estivesse desabrochando... Veja! Vou lhe dizer algo estúpido: parecia que sua pele estava feliz! Verdade! Eu vi o reflexo da minha tela em seu corpo, e era como se ela sentisse cócegas onde eu dava uma pincelada... Uma bobagem, estou lhe dizendo. Algo bizarro como o magnetismo, a corrente de carícias que vai de um retrato a um rosto. E então, a cada descanso, se você tivesse visto o teatro que ela fez! Assim, desse jeito... Seu saiote meio gasto, a camisa apertada com as duas mãos sobre o peito, amontoada, como um lenço de bolso. Ela veio olhar com um muxoxinho, inclinando-se... Não dizia nada. Ela se olhava... Como uma mulher que se vê no espelho, absolutamente. E, quando terminou, foi embora com um movimento de ombros, contente. Ela sempre vinha com os pés em seus sapatinhos, sem enfiar o pé por inteiro. São lindas as mulheres que manquitolam, que se contorcem, assim. Um caso de mulher, muito especial! Quando digo para almoçar, ela me fala o tempo todo das pinturas onde ela está, de como posou... Ah! Seja como for, mesmo que ela tenha posado apenas para uma sessão, dez outras modelos poderiam ter servido depois dela, não importa, é ela que fica, só ela, e não as outras. Sobre isso, não é possível contrariá-la: ela arranharia! Tem um ciúme nessas questões... E desanca! Garanto que é divertido ouvi-la criticar suas companheirinhas... Ela faz cada retrato! Até nomes de músculos ela reteve para desancar! Isso é muito esperto! Uma verdadeira vaidade. É cômico. Em primeiro lugar, é sempre ela que encontra o movimento. Está convencida de que é seu corpo que faz as pinturas. Há mulheres que veem a imortalidade para si em qualquer lugar, no céu, no paraíso, nas crianças, na lembrança de alguém... No caso dela, é na tela que a encontra! É sua única ideia. Outro dia, sabe o que ela me fez? Eu precisava de um desenho de panejamento. Arrumei nela... E vejo que faz uma careta. Uma careta! Imagine uma rainha sendo insultada! De início, eu não entendia... E então ficou tão visível! Ela tinha o jeito perfeito de me dizer: por quem me toma? Sou um manequim, por acaso? Só tem direito à minha nudez por seus cinco francos... E, com isso, posava tão mal, a cara emburrada... Tive que desistir. Vou ter que pegar uma outra para os drapeados. Depois, ela me disse que nunca posava para isso, que não tinha ousado me dizer. E se você soubesse com que tom ela me disse "para isso"! Considerava, positivamente, um erro meu. Para ela, eu era um homem que transformaria a Vênus de Milo num cabide!

LII

NAQUELE DIA, CORIOLIS TINHA DITO A ANATOLE que não esperasse por ele. Devia jantar fora e voltar para casa bastante tarde, se voltasse. Anatole, encontrando-se sozinho, foi passar a noite no Café de Fleurus.

O Café de Fleurus, na rua desse nome, na esquina do jardim de Luxemburgo, era então uma espécie de círculo artístico fundado por Français, Achard, Nazon, Schulzenberger, Lambert e alguns outros paisagistas, acompanhados por pintores de gênero e de história, Toulmouche, Hamon, Gérôme. Na sala, decorada com pinturas feitas pelos frequentadores e ornada com uma figura da grande Vitória cercada pela alegoria de seus amores, organizava--se um jantar das sextas-feiras sob a denominação de "Jantar dos Grandes Homens". O evento, a princípio restrito a um pequeno número de pintores, depois aberto a médicos, a internos de hospitais, logo havia sido animado pela surpresa de uma loteria, sorteada a cada sobremesa, e impondo ao ganhador a obrigação de fornecer um lote para o jantar seguinte. A partir daí, uma sucessão de lotes de artistas, objetos de arte, móveis ridículos, desenhos e urinóis de graça, bronzes e clisiobombas, pinturas e bonés gregos, uma tômbola de lembranças e mistificações que, toda vez, produzia explosões de grandes risadas. Pouco a pouco a mesa cresceu: chegou a contar cerca de cinquenta convidados, quando a colônia

MANETTE SALOMON

pompeiana[115] retornou, após o fechamento da Boîte à Thé, essa tentativa de falanstério da arte, no terreno da rue Notre-Dame--des-Champs, desfeita, dispersa pelos casamentos, pelo abandono de uns e de outros. Esse jantar, o hábito de todas as noites, fizera do café uma espécie de clube alegre, espirituoso, onde se respirava cordialidade em uma reunião de camaradas e de pessoas de talento. Anatole ia lá frequentemente; Coriolis às vezes aparecia.

– Imaginem – disse um dos frequentadores –, imaginem! Uma vez me apareceu um burguês que me disse: "Senhor, eu gostaria de ser pintado sob a inspiração de Deus...". "Como assim, sob a inspiração de Deus?" "Sim... Depois de ouvir Rubini...[116] Gosto muito de música. Conseguiria expressar isso?" Acham que foi só? Quando terminei de pintar, por inspiração de Deus, ele me trouxe seu alfaiate. Sim, ele me trouxe Staub,[117] para verificar em seu retrato o pespontado de seu colete! Não, nunca chegaremos a saber até que ponto são estúpidos os burgueses!

Depois dessa história, surgiu outra. Cada um lançava sua anedota, seu chiste, sua piada; e cada nova história era saudada por hurras, risos, grunhidos, gargalhadas raivosas, uma selvageria alegre que tinha jeito de querer devorar a burguesia. Parecia que se ouviam todos os ódios instintivos da arte, todos os desprezos, todos os rancores, todas as revoltas de sangue e raça do povo dos ateliês, todas as suas antipatias profundas e nacionais levantando--se em uma *vaia* furiosa contra esse monstro cômico, o burguês, que, caído nessa fossa dos artistas, era estraçalhado com ridículo! – E sempre voltava o refrão: "Não, não, eles são idiotas demais, os burgueses!".

– Veja só! – disse Anatole, vendo Coriolis entrar, revelando um mal disfarçado ar de mau humor.

– É você? – indagou-lhe. – O que vai tomar?

– Nada.

---

115 Grupo de pintores (entre os quais Hamon, Gérome, Boulanger) que se inspirava nos afrescos de Pompeia.

116 Célebre tenor.

117 Célebre alfaiate em voga sob a monarquia de julho.

228 EDMOND E JULES DE GONCOURT

E Coriolis permaneceu calado, tamborilando com as unhas num ritmo de raiva sobre a mesa de mármore, ao lado de Anatole.

– O que você tem? – perguntou-lhe Anatole depois de alguns instantes.

– O que eu tenho? Eu estava com uma mulher na Porte Saint-Martin. Ela me deixou às dez horas... Para chegar em casa às dez e meia. Porque faz questão de ter a consideração de seu porteiro! Está entendendo? É isso!

– Que graça! Quem é essa? – quis saber Anatole.

Coriolis não respondeu e, lançando-se numa discussão engajada na mesa ao lado, surpreendeu o café com uma defesa apaixonada da *múmia*,[118] terríveis explosões de vozes, argumentação agressiva e violenta, um acento vibrante de contradição, irritante, ferino. Atacou o *betume*[119] como um inimigo pessoal, como de quem quisesse se vingar; e deixou seu defensor, o inofensivo e plácido Buchelet, atordoado, arrasado, sem saber o que havia com Coriolis, de onde vinha essa animosidade repentina, brutal e febril, que subia de repente na fala de seu oponente.

---

118 Modelos inertes.

119 Empregado para criar as sombras nas pinturas, o betume foi muito usado na primeira metade do século XIX.

LIII

ALGUMAS SEMANAS DEPOIS DESSA CENA, CORIOLIS E ANATOLE, voltando da loja de tintas Desforges e surpreendidos, no Palais-Royal, por uma chuva primaveril, passeavam sob a galerias, esperando o fim do aguaceiro. Deram uma volta, duas; então Coriolis, apoiando-se em uma grade do jardim, se pôs a olhar diante de si, com um ar distraído e absorto.

A chuva continuava caindo, uma chuva suave, terna, penetrante, fecundante. O ar, raiado de água, tinha um toque desse azul-violeta com o qual a pintura imita a transparência do vidro grosso. Nesse dia de neutro matiz líquido, o jato de água parecia um buquê de luz branca, e o branco que vestia as crianças tinha a suavidade difusa de um irradiar. A seda dos guarda-chuvas girando nas mãos lançava, aqui e ali, um fulgor. O primeiro sorriso brilhante do verde começava nos galhos negros das árvores, onde se podia ver, como pinceladas, toques de primavera semeando leves camadas de cinza-verde. E, ao fundo, apareciam o jardim, os passantes, o bronze enferrujado da Caçadora, a pedra e as esculturas do palácio, desfazendo-se na distância úmida, mergulhando em uma névoa de cristal, com a aparência flácida de imagens afogadas.

Anatole, que começava a se cansar de ver seu companheiro parado ali e sem se mexer, tentou lançar algumas palavras em sua contemplação: Coriolis não pareceu ouvi-lo. Anatole, enfim, tomando-o pelo braço, levou-o a um coche do qual desciam pessoas, numa passagem da rue de Valois. Coriolis subiu, autômato, e deixou cair de novo no silêncio as palavras de Anatole.

– Ah, isso! Meu caro – Anatole, impaciente, disse-lhe depois de algum tempo –, você sabe que parece um homem pronto para o hospício?

– Eu? – disse Coriolis.

– Você mesmo... Com essa garota... Mas Buchelet agradou a ela na quarta sessão! Buchelet! Pense!

– Se fosse só Buchelet – observou Coriolis.

– Ah! – disse Anatole, olhando para ele. – E então?

– Então... Então... – disse Coriolis em um tom surdo, e se detendo com o esforço de um homem acostumado a guardar seus pensamentos, a reprimir suas emoções, a esconder o coração no peito. – Então... Basta, me deixe em paz, hein, por favor? Vamos falar de outra coisa.

Como acabara de dizer a Anatole, Coriolis tinha sido feliz com a mesma facilidade e a mesma rapidez do pequeno Buchelet. Mas esse capricho, que ele pensava diminuir ao satisfazê-lo, se inflamara, uma vez satisfeito. Transformara-se numa espécie de apetite ardente, irritado, apaixonado por aquela mulher; e, desde o dia seguinte, Coriolis sentiu que estava com ciúmes dessa modelo, do passado e do presente desse corpo público que se oferecia à arte, e no qual via, não querendo vê-los, os olhos dos outros. Raivas incompreensíveis aos seus amigos o animavam contra aqueles que haviam feito aquela mulher posar antes dele. Negava-lhes talento, discutia a respeito deles, falava deles com uma injustiça rancorosa, como pessoas que, tomando antes dele, para suas figuras, um pouco da beleza daquela mulher, o haviam traído com seus quadros.

Para isolá-la dos outros, pensara em chamá-la todos os dias, mantê-la em seu ateliê, sem precisar dela, trabalhando pouco a partir dela: ele a pagava por sessões em que só fazia alguns rabiscos ou dava pinceladas. Mas Manette logo percebeu esse jogo em que sentia uma espécie de humilhação; inventara pretextos, faltara

MANETTE SALOMON

a compromissos de Coriolis, para ir posar para outros artistas que entendia estarem realmente trabalhando e se inspirando a partir dela. E foi aí que esse suplício começou para Coriolis, cujo tormento o mundo dos ateliês, mais de uma vez, pudera conhecer, esse suplício de um homem que se afeiçoa a uma mulher possuída pelo olhar de qualquer um.

– Sim, é isso – disse Coriolis, quando chegou, sob os ruídos do coche, ao fim de todos os seus pensamentos, e como se os tivesse confiado a Anatole. – É isso – e virou-se nervosamente para ele sobre a almofada do fiacre. – Um marido que quisesse impedir sua esposa de usar decote para sair, pois bem! Isso seria ainda mais fácil de conseguir do que eu impedir que Manette tire a roupa para se mostrar...

LIV

CORIOLIS GOSTARIA DE TER MANETTE SÓ PARA ELE, fazê-la viver com ele. Ela havia resistido aos seus rogos, às suas promessas. Diante das propostas que lhe fizera, a felicidade de mulher que ele havia lhe oferecido, uma existência larga, uma vida mimada, o comando total dentro de casa, o governo de sua casa de solteiro, ele ficara surpreso ao percebê-la tão pouco tentada. Permaneceria sua amante enquanto ele quisesse; mas não queria abandonar a sua "casinha", a casinha que ela obtivera com o dinheiro de seu trabalho. Em tudo, tinha a ideia de pertencer a si própria, de resguardar seu cantinho de liberdade. Ela só compreendia a vida com independência, com o direito de fazer o que lhe aprouvesse, até mesmo a permissão das coisas de que não se tem vontade. Era uma daquelas naturezas melindrosas que conservam um lindo caráter selvagem e teimoso, e que não admitem mão nenhuma que as dirija: para Coriolis, ao vê-la recuar diante de suas ofertas, era como estar diante de um animal fino e nervoso, de instintos livres e constantes, que não quer entrar em uma bela jaula.

Essa vontade que Manette tinha de manter sua liberdade, Coriolis não via nenhum meio de superá-la. Não conseguia ter controle algum sobre esse singular caráter de mulher. Ela não lhe parecia gananciosa. Para ligá-la a ele, não tinha o recurso que o amante endinheirado emprega em Paris junto à moça, o recurso

MANETTE SALOMON

de embriagá-la com o luxo, com o prazer e com tudo o que escraviza um homem às vaidades e sensualidades de uma amante. Manette não tinha os pequenos sentidos gulosos da mulher. De sua raça, essa raça sem bêbados, ela mostrava a sobriedade, uma espécie de indiferença à comida e à bebida. Da vaidade, só conhecia a vaidade de seu corpo. O outro lhe fazia falta, absolutamente. Por uma estranha exceção, ela era insensível às joias, à seda, ao veludo, ao que põe luxo nas mulheres. Amante de Coriolis, ela manteve seu vestido modesto de operariazinha honesta, de *grisette*. Usava vestidos de lã, pequenos xales ordinários em imitação de caxemira, uma dessas roupas limpinhas, de cores sombrias e de corte pobre que geralmente cobrem a magreza das moças que compram itens de segunda mão. As roupas luxuosas, além disso, não caíam bem nela: a moda fazia falsas dobras em seu admirável corpo como em um mármore. Às vezes, ao passar, Coriolis comprava para ela uma peça de seda vista em uma vitrine: Manette agradecia, levava o tecido para casa e o guardava intocável em um armário.

Também não tinha quase nenhum dos gostos femininos. Era preguiçosa quanto ao desejo por distrações. Não amava o prazer, nem o espetáculo, nem o baile. A confusão, o movimento, a vida agitada que o nervosismo da parisiense necessita, pareciam a ela uma fadiga. Era preciso que a vontade de alguma outra pessoa a arrastasse a algum divertimento; se se tratava de uma festa, estava sempre pronta a dizer: "A propósito, e se a gente não fosse?". Sua natureza apática e sem fantasia se contentava em saborear uma espécie de felicidade estagnada e tranquila. Parecia haver nela um pouco do humor caseiro e ruminante dessas mulheres do sul que se alimentam e se embalam sob um céu, sob um clima de preguiça. Viver em casa, sem se agitar, numa serenidade de bem-estar físico, no harmonioso equilíbrio de uma pose meio sonolenta, com linho fino e branco sobre a pele, constituía toda sua felicidade – uma felicidade que ela podia pagar com o dinheiro de suas poses, e sem ter necessidade de Coriolis.

LV

CRIOULO, CORIOLIS TINHA O CORAÇÃO E OS SENTIDOS DO CRIOULO.
Nesses homens das colônias, de natureza sutil, delicada, refinada, pondo no cuidado de seus corpos, seus perfumes, o óleo de seus cabelos, suas roupas, um esmero que vai além da vaidade viril e quase os tira de seu próprio sexo, nesses homens com apetites cheios de caprichos e de especiarias, não gostando de carne, alimentando-se de coisas excitantes e doces, existem, além das energias masculinas e das cóleras um pouco selvagens, uma analogia tão grande com a mulher, afinidades tão íntimas com o temperamento feminino que, neles, o amor parece quase um amor de mulher. Esses homens amam, mais do que outros homens, com instintos de apego e de hábito terno, com o gosto de se abandonarem e se sentirem possuídos, uma espécie de necessidade de serem acariciados, continuamente envolvidos pelo amor, de se enrolarem em volta dele, de mergulharem em suas covardes doçuras, se perderem, se derreterem nele numa espécie de preguiça de adoração e de servidão suave e feliz.

Daí as predisposições naturais, fatais, do crioulo para a vida que funde o amante na amante, para a vida do concubinato. Coriolis não fugia disso. Quase todas as ligações de sua juventude haviam se tornado cadeias. E ele redescobria suas antigas fraquezas diante dessa aventura vulgar e fácil, dessa mulher de uma espécie que ele conhecia tanto: uma modelo!

E, desta vez, achava-se ligado por um afeto totalmente novo, que não conhecera com suas outras amantes. Ao seu amor se misturava o amor de sua vida, o amor de sua arte. O artista amava juntamente com o homem. Amava aquela mulher por seu corpo, pelas linhas que revelava, por um tom que tinha no lugar da pele. Ele a amava como se vislumbrasse nela uma daquelas divinas soberanas do desenho e do colorido de um pintor cujo encontro providencial põe nos quadros dos mestres um novo tipo de *eterno feminino*. Ele a amava porque sentia diante dela uma inspiração e uma revelação de seu próprio talento. Ele a amava porque punha diante de seus olhos esse ideal de natureza, essa matéria para obras-primas, essa presença real e vívida do belo que sua beleza lhe mostrava.

LVI

DEPOIS DE MUITA OBSTINAÇÃO, PEDIDOS, ARDENTE INSISTÊNCIA, Coriolis logrou que Manette viesse morar com ele. Ficou feliz com essa vitória como se fosse a conquista de sua amante. Ele agora tinha sua vida. Tudo o que ela fizesse estaria sob sua mão, diante de seus olhos. Ela lhe pertenceria melhor e mais proximamente do que antes. Seria a mulher morando em casa, aquela que compartilha no domicílio a existência de seu amante.

Entretanto, Manette, embora vindo se instalar em sua casa, não quis se desfazer de seu pequeno alojamento na rue du Figuier--Saint-Paul. Coriolis via nisso, de sua parte, uma ideia de desconfiança, uma reserva de sua liberdade, a manutenção de um porto seguro, a ameaça de não ficar para sempre. Além disso, esse alojamento também o desagradava por ser a causa de ausências de Manette: sob o pretexto de limpá-lo e estar lá no dia da lavanderia, ela lá passava um dia por semana. Mas, independente do que ele fizesse, nada conseguia demovê-la de abandonar esse capricho.

Portanto, ela era quase inteiramente dele. Ele a separara de seus hábitos, de seu canto. Ele a trouxera para mais perto de si por meio de uma íntima comunhão de vida; mas sempre alguma coisa dessa mulher que ele apertava em seus braços parecia pertencer a outros: ela posava. Seu corpo estava pronto para o quadro de um grande nome da arte. Quando ele tentou obter dela o sacrifício de não mais se mostrar, a renúncia ao orgulho de, nua e bela, se mostrar diante de homens que pintam, ela simplesmente lhe disse que era impossível; e seu olhar, dizendo isso, havia lhe lançado um pouco do desdém de um artista a quem alguém propusesse se tornar merceeiro. Ele quis exigir, ameaçar: ela se ergueu como uma mulher pronta para a luta; e, diante do movimento de revolta que fizera, alvoroçando com raiva o cabelo na testa com uma passada rápida de mãos, Coriolis recuara. Então a hipocrisia de seu ciúme se lançava em miseráveis estratégias de má-fé, em exclusões deste ou daquele pintor, de camaradas que ele conhecia e aos quais ele não queria que Manette se dirigisse. E de proibição em proibição, de exclusão em exclusão, chegou ao ridículo de lhe permitir apenas alguns velhos do Instituto. Depois, cansado desses subterfúgios que lhe eram indignos, ele irrompia, se abria para Manette, confessava suas falsas vergonhas, suas torturas, as mentiras sob as quais seu coração sangrava; e, envolvendo-a em súplicas, em palavras ardentes, em beijos por onde passava a fúria de suas cóleras e de seus sofrimentos, pedia que acabasse com aquilo.

Manette, com o passar do tempo, pareceu ter pena dele. Embora continuasse obstinadamente a posar, e fazendo-o onde bem entendesse, ela demonstrava uma espécie de aparente condescendência às suas exigências, como se cedesse a ele, fazendo-lhe promessas, como pedidos de uma criança mimada que chora. Mas essa compaixão exasperava os ciúmes de Coriolis em vez de apaziguá-los.

Quando Manette saía, uma inquietação que se tornava uma obsessão o consumia de um só golpe. Chegava correndo ao ateliê de um conhecido onde supunha que ela estivesse e, fechando a porta às costas, como um policial que persegue uma *lorette*,[120] inspecionava todos os cantos do recinto, vasculhava, procurava, e depois de ter examinado tudo sem encontrar nada, escapava, para ir visitar outro pintor. Sua mania se tornou conhecida, de forma que já nem riam mais disso. Desejos vis se apoderavam dele: cogitava a respeito dos homens da rue de Jérusalem, sobre os quais

---

120 Jovem elegante e fácil.

lhe haviam falado, que perseguiam uma mulher por cinco francos dados por um marido desconfiado. Nos ateliês dos camaradas, ele se detinha diante de desenhos e esboços que, bruscamente, o faziam franzir a testa e diante dos quais permanecia em uma assimilação furiosa. Um de seus camaradas teve a delicada piedade de compreendê-lo; chegando a eliminar um estudo que Coriolis, cada vez que vinha, olhava dolorosamente, com olhos amargos. Mas havia em outras paredes outros estudos além desse, para atormentar o olhar de Coriolis e atirar em seu rosto a publicidade de sua amante. Ele a encontrava em todos os lugares, sempre, e mesmo onde ela não estava; porque, aos poucos, aquilo foi virando uma ideia fixa, uma loucura, uma alucinação, de querer vê-la em telas, em linhas, para as quais ela não havia posado: todos os corpos, a partir de outros modelos, acabaram por lhe mostrar aquele corpo, e todos os nus pintados pelos outros, a partir de outras mulheres, o feriam, como se fossem a nudez daquela única mulher.

Seu sangue esquentava com o pensamento de que ela continuava posando. Ele não a havia surpreendido, ninguém lhe contara. Todos os seus amigos, ao seu redor, guardavam o segredo de sua amante. Mas quando dizia a ela: "Você posou para fulano de tal?", ela respondia um "não" que lhe dava ganas de matá-la – e que ele ainda preferia a um sim.

LVII

ESTAVAM JANTANDO. PARECEU A CORIOLIS QUE MANETTE se apressava em jantar. Assim que a sobremesa foi servida, ela se levantou da mesa, foi para o quarto, voltou com um xale e um chapéu. Coriolis pensou perceber algum capricho em suas roupas. Notou que o chapéu era novo.

Teve vontade de perguntar aonde ela ia; então disse a si próprio: "Ela vai me contar".

Manette, diante do espelho, ajustava os amarrilhos do chapéu, encrespava o laço de fitas, alisava o cabelo na testa com um dedo, fazia esse lindo movimento corporal das mulheres que conferem, virando-se, se o xale, cuja ponta ergue com o calcanhar de suas botinas, cai bem.

Coriolis olhava para ela, questionava suas costas, seu xale, e todo tipo de pensamento lhe atravessava o cérebro.

Tinha na cabeça como que o zumbido desta ideia: "Aonde ela vai?".

Esperava que Manette terminasse. "Aonde você vai?" – tinha a frase prontinha nos lábios.

Manette deu um tapinha numa dobra do vestido:

– Vou sair – limitou-se a dizer.

Coriolis não teve coragem de lhe dizer uma só palavra. Ele a ouviu fazer, na antecâmara, o ruído da mulher que sai, falar com os criados, voltar-se uma última vez, fechar a porta... E partiu.

Ele pousou o cachimbo sobre a mesa, diante de Anatole, que o olhava espantado, pegou-o de novo, deu duas baforadas, colocou de volta em um prato e, de repente, pegando um chapéu, atirou-se escada abaixo.

Manette estava a cerca de quinze passos da casa. Caminhava a passinhos curtos e apressados, com um ar ao mesmo tempo distraído e contido, sem olhar nada. Ela pegou a rue Hautefeuille: não estava indo à casa da mãe. Passou por uma estação de fiacres na praça Saint-André-des-Arts: não parou. Tomou a Pont Saint--Michel, a Pont au Change. Coriolis continuou seguindo-a. Ela não se virava, não parecia ver. Por um momento, um homem se pôs a andar atrás dela, sussurrando em seu pescoço: fez de conta que não ouvia. Coriolis teria gostado que ela se mostrasse mais insultada. Na esquina da rue Rambuteau, comprou um buquê de violetas. Coriolis supôs que ela levava isso a um amante; viu o buquê na casa de um homem, sobre uma lareira, num copo de água. Manette tomou a rue Saint-Martin, a rue des Gravilliers, a rue Vaucanson, a rue Volta. Figuras de homens e mulheres passavam, e Coriolis as reconheceu como de judeus, e a quem Manette fazia uma breve saudação ao passar. De repente, depois de cruzar a rue du Vertbois, ela dobrou numa grande rua apressando o passo. Em uma porta, acima da qual havia uma bandeira tricolor, que Coriolis não viu, ela desapareceu. Coriolis se lançou atrás dela e, depois de alguns passos, se viu em uma área, pequena e bizarra, um *patio*[121] de uma casa do Oriente, uma espécie de claustro alhambresco: Manette não estava mais lá.

Teve a sensação de um pesadelo, de uma alucinação no meio de Paris, a poucos passos da avenida. Pensou ter notado uma porta com pontos de luz em um fundo. Foi até essa porta, entrou: em uma sala sombria, viu um grande candelabro em torno do qual cabeças de homens em toucas pretas, com peitilhos de renda, salmodiavam sobre grandes livros, com vozes da noite, cantos das trevas...

Ele estava na sinagoga da rue Notre-Dame de Nazareth.

---

121 Em espanhol no original.

MANETTE SALOMON

Um clarão iluminou uma galeria aberta: a primeira mulher que viu ali foi Manette.

Respirou e, tomado por uma alegria insuspeita, com o coração leve no peito, subitamente feliz, a felicidade de um homem cujo pensamento ruim voou para longe, deixou tudo o que havia de relaxado e de liberto nele afundar suavemente nessa meia escuridão, naquele zumbido murmurante de pessoas orando, o mistério esvoaçante e acariciante desses meios ruídos e dessas meias-luzes que, se harmonizando, se casando, se interpenetrando, pareciam cantar em voz baixa na sinagoga como uma melodia suspirante e religiosa de claro-escuro.

Seus olhos se renderam a essa escuridão crepuscular vinda do alto e tingida com o azul dos vitrais que a noite atravessava; iam adiante nos brilhos da moribunda policromia apagada das paredes escurecidas e veladas, com os reflexos rosados da chama das velas cintilando aqui e ali na escuridão avermelhada, com pequenos toques de branco, brilhando, de banco em banco, na lã de um *talete*.[122] E seu olhar se demorava em alguma coisa que era como a visão de um quadro de Rembrandt que ganhava vida e cuja selvagem noite dourada se animava. Voltava-se para a tribuna, para as figuras de mulheres, para aquelas cabeças que, sob a grande escuridão lançada sobre elas pela sombra, não tinham mais o jeito de cabeças parisienses e pareciam recuar para o Antigo Testamento. E, às vezes, no murmúrio das orações, ele ouvia se erguer o ruído das sílabas guturais que lhe trazia ao ouvido sons de terras distantes...

Depois, pouco a pouco, entre as sensações despertadas nele por esse culto, essa língua, que não eram nem seu culto, nem sua língua, essas preces, essas músicas, esses cantos, esses rostos, esse ambiente de um povo estrangeiro e tão distante de Paris dentro da própria Paris,[123] insinuou-se em Coriolis o sentimento, primeiro

---

122 Espécie de manto com que os judeus cobrem os ombros, na sinagoga, ao recitar suas orações.

123 O antissemitismo dos Goncourt nega aos judeus, mesmo os nascidos na França, a nacionalidade francesa.

indeterminado e confuso, de uma coisa sobre a qual sua reflexão nunca se havia detido, que sempre fora para ele, até então, como se nunca tivesse existido, e como se ele ignorasse que ela existia. Era a primeira vez que essa percepção lhe ocorria ao ver uma judia em Manette, que ele soubera ser judia desde o primeiro dia. E, com esse pensamento, ele retornava a lembranças das quais não tinha consciência, a pequenas insignificâncias de Manette que não o impressionaram na hora e que agora lhe vinham à mente. Ele se lembrava de um pãozinho sem fermento trazido um dia por ela ao ateliê; depois, uma noite, quando, ao subir com ela, de repente, no meio da escada, ela havia colocado o castiçal em um degrau, sem querer, até o pôr do sol do dia seguinte, tocar em qualquer coisa que fosse fogo.

E, na medida em que lembrava, em que descobria nela a judia, desprendia-se nele, do fundo do homem e do católico, dos instintos do crioulo, daquele sangue orgulhoso que as colônias produzem, uma impressão indefinível.

LVIII

– AH! GARNOTELLE VEIO HOJE – DISSE ANATOLE A CORIOLIS. – Acho que ele queria falar com você. Ele está ficando um fedido, sabe? Garnotelle... Tivemos uma pequena briga... Oh! Suave... É tão idiota que ele queira bancar o cavalheiro comigo! Já que fomos camaradas... Lembra, no ateliê? É demais! Ele me disse, se sentando, com um ar... Você sabe, com um ar perdido em obras-primas, com sua voz lânguida: Você continua pintando? E eu lhe digo: E você? E depois eu o agarro, claro! Você continua frequentando a alta sociedade? O Rafael de gravata branca! Ah! Eu vi um retrato seu de mulher. Pois bem! Juro, era isso. Uma porteira seráfica tocando a campainha do Paraíso! "Então você não consegue deixar de ser brincalhão?" "O que você quer? Eu não tenho um gênio, eu... Tenho que me consolar." "E como vai o trabalho, meu pobre Bazoche?" "*Seu pobre!* Ah, o trabalho...", digo a ele, "Na cabeça, meu caro! Vou ter que contratar ajudantes. Tenho todos os retratos do Tribunal de Comércio para fazer. Belas cabeças! E, além disso, tenho uma ideia para um quadro. Se eu não triunfar com esse quadro! Se não impressionar o público, o verdadeiro público, o seu público! Somos espiritualistas, não é? Ou não somos... Pois bem! Eis aqui o meu quadro: é uma criança, uma criança que foi deixada sozinha e que vai se queimar com fósforos químicos. Seu anjo da guarda está lá, tira os fósforos químicos dela e lhe dá fósforos amorfos. Está a salvo, meu Deus! E vou pintar isso com o coração, como tudo o que você pinta..." "Ah! Ele não escapou ileso, aquele franguinho danado do Instituto! Ficou verde... O que não o impediu de me dizer, ao sair, que estava feliz por ver que eu continuava o mesmo, sempre jovem, o Bazoche dos velhos tempos..."

– Oh! você sabe, eu, em relação a Garnotelle... Nunca tive uma simpatia muito grande. Foi mais por sua causa, que era próximo dele. Depois disso, ele foi muito amável comigo na Exposição. Não gostaria de brigar com ele.

– Não tenha medo. Você é um bom homem, tem uma posição... Garnotelle nunca brigará com você.

E Anatole retomou o exercício que havia sido interrompido pelo retorno de Coriolis: voltou a jogar ervilhas secas em Vermelhão com uma zarabatana, que, no alto do ateliê, amuado em uma viga, se recusava a descer. Anatole teimava, lançava ervilha atrás de ervilha, como um homem se vingando de uma humilhação sofrida por um amigo íntimo. O macaco careteava, ameaçava, se sacudia sob os disparos como um animal molhado, soltava pequenos gritos irritados, arreganhando os dentes – e sua raiva terminou por lhe render uma cólica.

Em seguida, trouxeram uma carta a Coriolis.

– Atenção, Manette! Aposto que é de uma mulher – disse Anatole a Manette que, em resposta, deu de ombros levemente.

– Olhe, é dele – disse Coriolis –, de Garnotelle. Ele me convida para ir ver sua capela na igreja Saint-Mathurin, que vão descobrir amanhã.

– Você vai?

– Sim. A carta dele é muito calorosa. Não posso deixar de ir. Pareceria...

– Muito inteligente, sua capela... Ele sentiu, em seu último envio de Roma,[124] que não tinha forças suficientes para enfrentar a grande pintura... Aquelas que arriscamos quando expomos

---

124 Os "envios de Roma" eram obras que os bolsistas precisavam enviar à Escola de Belas-Artes como testemunho de seus progressos, o que lhes garantia a manutenção da bolsa.

ao lado dos camaradinhas. Assim, ele tem seu próprio pequeno Salon... Além disso, é conveniente. Basta dizer que a luz é ruim, que a disposição arquitetônica o impediu de ser sublime, que fez uma coisa sem muita complicação para edificar os fiéis, e cinza para não destoar do monumento. E mais: sem público... Amigos, só convidados, é fantástico! Muito esperto, Garnotelle!

A uma hora do dia seguinte, Coriolis chegou à porta da igrejinha, no velho e pobre bairro que se agitava, sacudido pelos coches burgueses e fiacres que despejavam, perto da grade, nos degraus de baixo, homens bem-vestidos e mulheres com roupas elegantes. Na Igreja, em uma das laterais, a capelinha estava entupida de gente. Havia sacristãos, eclesiásticos, pessoas da confraria, velhos com gravatas brancas, com seus lornhões estáticos voltados para os pendentes dos ângulos, senhoras acadêmicas de cabelo grisalho, de físico professoral, e mulheres literárias, magras, loiras e sem atributos, que pareciam não passar de alma e cabelos.

Garnotelle, que estava de casaca, foi ao encontro de Coriolis, tomou seu braço, lhe mostrou todos os compartimentos de sua composição, lhe pediu sua opinião, solicitou sua severidade sobre tudo o que ele próprio sentia como incompleto em sua obra. Coriolis lhe fez duas ou três críticas: Garnotelle as aceitou. Senhoras chegavam, ele suplicou a Coriolis que o esperasse, ciceroneou as senhoras, voltou a Coriolis. Saíram juntos. E, enquanto caminhavam, Garnotelle se fez cordial, quase afetuoso. Queixou-se do afastamento que a vida provoca, do esfriamento da velha amizade de ateliê, da raridade de seus encontros. Fez a Coriolis esses elogios bonachões, um pouco brutais e como que involuntários, que entram no coração de um talento. Ele lhe indicou um artigo elogioso que Coriolis não tinha lido. Mostrou-se como homem simples, aberto, abandonado, chegou mesmo a felicitar Coriolis por ter em casa, perto dele, a alegria daquele bom rapaz, Anatole, recapitulou as histórias do ateliê de Langibout, as farsas, os risos, as lembranças. E, ao recriar o velho Garnotelle que ele fora, voltou a sê-lo de fato.

Coriolis tinha acabado de comprar cigarrilhas em uma tabacaria e ia pagá-las. Garnotelle pegou uma da caixa, dizendo:

– Você sabe, sou mão de vaca.

Coriolis não pôde deixar de sorrir. Ele reencontrava o homem que tinha o costume de salvar suas pequenas avarezas transformando-as em pilhéria, de antecipar e impedir, com uma piada, a piada dos outros, de salvar sua avareza com cinismo; o Garnotelle que, tendo se tornado rico e ganhado dinheiro, sempre dizia: "Você sabe, sou mão de vaca", e continuava bravamente, proclamando-se um pão-duro, a salvar na vida todas as pequenas economias da mesquinhez.

LIX

MANETTE SE PARECIA COM AS JUDIAS DE PARIS. Em casa, a judia ficava quase apagada; ela tinha meio que se esquecido de si mesma, perdida, desgastada pelos atritos da vida do Ocidente, dos círculos europeus, em contato com tudo o que funde uma raça desorientada em um povo absorvente, antes de atingir as feições e alterar completamente o tipo dessa raça.

Por sobre a oriental, havia, na pessoa dela, uma parisiense. De seus langores indolentes, ela despertava, às vezes, com dengos infantis. Sua bela cabeça morena, por momentos, se animava com a ironia de uma criança do subúrbio; e, no desprezo, na raiva, na zombaria, passavam sobre a escultura pura e tranquila de sua figura, de repente, ares de arrogância e de pequena resolução irada, o sorriso maligno das cabecinhas maldosas dos bairros pobres: dir-se-ia, em certos instantes, que a rua se erguia e ameaçava em seu rosto.

É com essa expressão que foi pintada em um retrato que ela quis trazer à casa de Coriolis; singular retrato, no qual, por um capricho de artista, seu primeiro amante a representara como um moleque, com um pequeno gorro na cabeça, a blusa grossa nos ombros, o dedo no gatilho de um fuzil de caça, olhando por cima de uma barricada,[125] com um olhar atrevido e homicida, o olhar

---

125 A descrição evoca com clareza um dos dois garotos que Delacroix pintou em seu quadro *A liberdade guiando o povo*.

de um pirralho de quinze anos, enfurecido e frio, procurando um oficial para *acabar com ele*. A pintura era impressionante: permanecia em nossos olhos, em nossa cabeça, essa mulher de blusa, atirada nas pedras do calçamento, e que parecia o Gênio do motim encarnado em Titi.[126]

Coriolis detestava esse retrato. Encontrava nele não apenas a lembrança dolorosa de um outro; ele ainda reconhecia ali, apesar de si mesmo, embora querendo negá-lo, uma semelhança ruim, uma expressão de algo que não gostava de ver e que parecia se interpor entre ele e Manette, quando via Manette depois de olhar a tela. Havia tentado em vão persuadir Manette a se separar dela, a mandá-la para a casa de sua mãe. Manette dizia que queria ficar com ela. Então ele tentou fazer um retrato dela para esquecer aquele; mas, sempre parando de repente, deixava as telas apenas esboçadas. Acontecia de retomá-las de vez em quando. Ele parava no embalo e no calor de um trabalho, ia até um dos esboços, colocava-o no cavalete e, com a paleta na mão, a cabeça um pouco inclinada de lado em seu apoio de mão, olhava para Manette.

Cabelos castanhos esvoaçavam em cachos sobre a testa de Manette, uma testa pequena que se estendia um pouco para cima. Sob sobrancelhas muito arqueadas, desenhadas com a nitidez de um traço e de uma pincelada, ela possuía olhos fendidos e alongados para os lados, olhos em cujos cantos o olhar escorregava, misteriosos olhos azuis que, na fixidez, dardejavam, de dentro das pupilas contraídas e encolhidas como a cabeça de um alfinete negro, algo de profundo, penetrante, claro e agudo. Sob a palidez quente de sua tez, transparecia essa rosa de sangue que parece florescer e pintar com carmim a face das judias, aquele clarão vermelho no alto das maças do rosto semelhante ao resto apagado de blush que uma atriz aplicou sob o olho. Todo aquele rosto, a testa cavada na raiz do nariz, o nariz delicadamente adunco, as narinas recortadas e ligeiramente ascendentes, mostravam uma modelagem cinzelada das feições. A boca, franzida e contrariada, ligeiramente inclinada nos cantos e desdenhosa, meio relaxada,

---

126 Denominação dos jovens operários dos subúrbios parisienses.

lembrava a boca respirante, sonhadora, quase dolorosa, dos rapazes nos belos retratos italianos.

Coriolis quis pintar essa cabeça, essa fisionomia, com o que via nela de um outro país, de uma outra natureza, o encanto preguiçoso, bizarro e fascinante, dessa sensualidade animal que o batismo parece matar na mulher. Ele queria pintar Manette em uma dessas atitudes que eram dela, quando, com o queixo apoiado nas costas da mão pousada sobre o dorso de uma cadeira, o pescoço alongado e inteiramente esticado, seu olhar vago diante de si, ela revelava vaidades de cabra e de serpente, como as outras mulheres exibem vaidades de gata e de pomba.

– Ah! Você – terminava por dizer a ela, pousando sua paleta. – Você é como a flor que os aquarelistas chamam de "desespero dos pintores!".

E ele sorria. Mas seu sorriso era de contrariedade.

LX

VOLTANDO PARA CASA UMA NOITE, CORIOLIS ENCONTROU Manette deitada. Ela não dormia ainda, mas estava naquele primeiro torpor em que o pensamento começa a sonhar. Com seus olhos ainda um pouco abertos e imóveis, voltou-se para ele, sem se mexer, sem falar. Coriolis não lhe disse uma palavra; e, virando-lhe as costas, sentou-se junto à lareira para fumar com aquele olhar por trás do qual se revela o mau humor de um homem zangado com uma mulher.

Então, de repente, com um movimento brusco, jogando seu charuto no fogo, se levantou, se aproximou da cama, agarrou pelo respaldo uma cadeirinha dourada sobre a qual foram atirados o vestido e as anáguas de Manette. Ela não se mexeu. Ainda tinha aquele mesmo olhar plácido e sonhador, aqueles olhos tranquilos e fixos, meio que nadando na felicidade e na paz do sono. Sua cabeça, um pouco jogada para trás no travesseiro, mostrava a linha fugidia de seu rosto. O clarão de um abajur posto na chaminé morria na suavidade de seu perfil perdido;[127] suas feições expiravam sob uma carícia de sombra em que nada se desenhava além de duas pinceladas de luz semelhantes ao rastro molhado de um beijo: a parte inferior da pálpebra refletindo-se no alto da pupila,

---

127 *Profil perdu*: expressão empregada em pintura, para indicar que uma cabeça girou para além do perfil, mostrando mais a nuca que o rosto.

a rosada face inferior do lábio molhando os dentes com reflexo de pérolas; e, sob os lençóis, seu corpo podia ser adivinhado, obscuro e encantador, assim como seu rosto, redondo, velado e suave, todo recolhido e enovelado em sua graça noturna, como se ainda estivesse posando ao dormir...

Diante dessa cama, dessa mulher, Coriolis ficou sem palavras; então sua mão soltou a cadeira, e o respaldo que estava segurando caiu e quebrou sobre o tapete.

No dia seguinte, ao mexer nas roupas de Coriolis que ainda não estava acordado, Manette encontrou ali uma fotografia de mulher nua – que era ela –, um cartão que tinha permitido fazerem, acreditando que Coriolis nunca saberia de nada. Ela compreendeu a raiva de seu amante, pôs o cartão de novo em seu lugar e esperou, preparada para qualquer coisa. Começou, a fim de estar pronta para partir, a guardar às escondidas sua roupa, seus pertences.

Mas Coriolis parecia ter esquecido que ela estava lá e fingia não a ver. No almoço, ele não lhe dirigiu a palavra. No jantar, pôs o jornal na frente de seu copo e leu enquanto comia. Manette esperava, muda, impaciente, ofendida e humilhada por aquele silêncio, com mordidinhas nos lábios, com esse olhar que, nela, diante da menor contrariedade, se carregava de um aspecto implacável, com toda aquela maldade feminina com a qual sabia se envolver e que fazia emanar de si para desencadear o choque e a faísca de uma explicação.

– Quem lhe deu isso? – indagou-lhe Coriolis de súbito: voltava de seu quarto onde fora procurar por algo e lhe mostrava uma pequena moeda de ouro que pegara na desordem de suas coisas postas fora das gavetas.

– Não sei mais – respondeu Manette. – Eu era muito pequena... Mamãe me levava aos ateliês para posar para Menino Jesus. Eu era loira, ao que parece, naquela época. Ah, sim. Eu me enganchei na corrente de um cavalheiro, em sua corrente de relógio. Então...

– Era eu, aquele cavalheiro – disse Coriolis.

– Você? Verdade, era você?

E os olhos de Manette se voltaram para o chão. Por um momento, ficou séria, sem dizer uma palavra. Pensamentos passavam pela sua cabeça. Era como se estivesse vendo, com suas ideias orientais, algo como a vontade divina de uma fatalidade nesse vínculo do passado deles e neste noivado tão distante da ligação que tinham agora.

Repetiu para si mesma: Ele... E seus olhos vagavam quase religiosamente da moeda de ouro para Coriolis, e de Coriolis para a moeda de ouro, muito abertos, espantados e derrotados.

A seguir ela se levantou lentamente, gravemente; e, andando com uma espécie de solenidade em direção a Coriolis, passou por trás dele os dois braços em volta do pescoço e, levantando um pouco a cabeça, muito suavemente, depôs um beijo sedoso de seus lábios no ouvido dele para dizer-lhe:

– Nunca mais! Eu prometo... Nunca mais! Para ninguém...

LXI

O QUADRO DO *BANHO TURCO* ESTAVA COMPLETAMENTE FINALIZADO. Os amigos, os conhecidos, os críticos vieram vê-lo, e todos admiravam, soltavam exclamações. A tela arrancava gritos de alguns, fragmentos de artigos de jornal de outros. "Muito bem realizado, soberbo! Há calor nesse quadro. Verdadeira carne. Admirável! Desenhado com a própria luz... O famoso colorista fulano de tal estava derrotado..." – era só o que diziam. Alguns olhavam por quinze minutos e iam apertar a mão de Coriolis com uma força enfurecida que magoava os ossos dos dedos.

A todos os elogios, Coriolis respondia: "Acha mesmo?" – e era tudo.

Quando saía, sentado em lugares ensolarados, ele ficava por muito tempo com os olhos em um pedaço de pescoço, em um trecho do braço de Manette, um ponto em sua pele no qual caía um raio de sol. Ele estudava a pele – as malhas do tecido reticular, esse fogo vivo e cintilante sobre a epiderme, esse esplêndido respingo da luz, essa alegria que percorre todo o corpo que a absorve, essa chama de brancura, essa maravilhosa cor da vida, junto à qual esse triunfo da carne, a própria *Antíope* de Correggio, empalidece.

– Diga, Chassagnol – disse ele um dia, voltando-se para o divã em que o noctâmbulo Chassagnol se entregava, quando vinha, a pequenos cochilos –, o que você acha da luz do norte[128] para pintar?

---

128 Luz do norte: o ateliê de David dava para o norte, a luz era assim mais difusa. Com as novas gerações, multiplicaram-se os ateliês voltados para o sul.

– Hein? O quê? Luz do norte! Pintura... Hein? – resmungou, acordando, Chassagnol. – O que está dizendo! O que está perguntando! A luz do norte, o que eu acho? Nada. Ah, a luz do norte? Pois bem, a luz do norte... Todos os ateliês, luz do norte! Todos os artistas, luz do norte! Todos os quadros, luz do norte! Minha opinião? Minha opinião! Mesmo que eu a gritasse do alto do telhado... Bem, e daí? Ideias feitas, meu caro, ideias feitas! Como! Vocês se tornam pintores... Ou seja, um bando de pobres coitados, aleijados, que têm toda a dificuldade do mundo para captar a natureza em seu poder iluminador. Não há como negar, vocês sempre ficam abaixo do tom. Bem, quando vocês têm tanta necessidade de expor... O quê! Para produzirem cor, iluminarem a pele, tecidos, qualquer coisa, verem a luz ali, enfim, para pintarem... Para pintarem! Vocês pegam uma luz... Esse cadáver de luz! Uma luz purificada, clarificada, destilada, em que já não há mais nada, nada do alaranjado que tem a luz do sol, nada do seu ouro... Uma coisa filtrada... Pálida, cinza, fria, morta! E, por cima disso, a luz do norte de Paris, a luz de Paris! Um crepúsculo, um clarão de eclipse, uma reverberação de paredes sujas... Isso é luz? Sim, como a abundância é vinho. Nada disso! As teorias, os refrões repetidos, a necessidade de uma luz neutra, uma luz "abstrata...". Uma luz abstrata! E, além disso, o sol decompõe o desenho... Está quimicamente provado. E depois... E depois... Eles dizem ainda que isso dá liberdade aos coloristas, que um colorista é sempre colorista, que se pinta o que se viu, e não o que se vê; que a cor é uma impressão reencontrada. Sei lá! Uma série de razões. Caramba! É claro que se um cavalheiro que não tem isso no sangue, você pode pôr diante de seu nariz o Regente[129] num fogo de artifício que ele não encontrará cintilações em sua paleta. Mas eu respondo que um grande pintor que pintará com uma luz viva, um pintor que pintará ao sol, de verdade, em um dia colorido pelo sol, na luz normal, enfim, vai ver e vai pintar de forma muito diferente do que se estivesse pintando nessa luz bonitinha e fria, nessa nuance misturada e opaca. Talvez seja isso que faz a superioridade dos paisagistas. Eles, pintam, ou pelo menos

---

129 Célebre diamante que fazia parte da coroa da França.

MANETTE SALOMON

esboçam a natureza em plena luz do dia. Ah, meu caro, talvez, se soubéssemos a disposição dos ateliês da época do Renascimento! Veja os artistas italianos. Infelizmente, não há um só documento a esse respeito. Ora, você imagina... Vamos pegar os grandes sujeitos. Veronese, se quiser, e Ticiano. Você acha que eles pintavam nessas condições de cinza cretino como esse, e tão contra a natureza? Quer saber? Uma coisa que eu descobri... Se um outro tivesse escrito isto em um livro, teria entrado no Instituto! É que Rembrandt... Meu mestre e o bom deus das cores – disse Chassagnol com uma saudação –, Rembrandt... Pois bem, ele tinha um ateliê voltado em cheio para o sul. Isso é como se eu tivesse visto... E, com efeitos de cortinas, ele fazia a luz que queria. Mas observe todos os seus quadros. Ele fez o sol posar, aquele homem, é evidente!

– O ateliê de Delacroix, na rue Furstemberg, não está voltado para o sul?

Chassagnol fez um leve movimento, como que indicando a pouca importância que atribuía a esse detalhe.

No dia seguinte, Coriolis pôs os pedreiros em um grande quarto voltado para o sul, que tinha no alto da casa. Os pedreiros transformaram a janela em uma claraboia de ateliê.

Então, alguns dias depois, retomava o corpo de sua banhista, a partir do corpo de Manette, na luz do sol.

LXII

FIEL À PROMESSA QUE FIZERA A CORIOLIS, Manette nunca mais posou para outros.

Quando Coriolis saía, e ela sabia que ele tinha saído por várias horas, ela permanecia imóvel olhando para o relógio, à espera durante algum tempo, que ela contava. Depois, levantando-se, ia até a porta do ateliê de onde tirava a chave, retirava de um cofre pequenos feixes de lenha de cedro, com que alimentava a chama do fogão, olhando ao seu redor como uma garotinha que, sozinha, faz uma coisa proibida.

Ela começava a se descalçar, mas muito vagarosamente, pouco a pouco, com uma lentidão feita de uma faceirice preguiçosa e longa, ouvindo complacente o grito de seda de suas meias, que ela arrancava suavemente de suas pernas. Depois que tirava as meias, tomava nas mãos, revezando, cada um de seus pés, pés orientais que pareciam outras mãos em suas mãos; em seguida, devolvendo-os no chão, ela os afundava, erguendo-se, no tapete de Esmirna: as pontas de suas unhas avermelhadas branqueavam, e um pouco de carne se elevava acima delas. Erguendo então sua saia com as duas mãos, Manette se inclinava e permanecia algum tempo olhando abaixo dela, para seus pés descalços e seu longo polegar, afastado como o polegar de um pé de mármore.

MANETTE SALOMON

Depois caminhava até o divã. Erguia o pente, deixando o esvoaçar do cabelo cair até a metade do pescoço. Abria o roupão, soltava a bela camisa de cambraia fina: esse luxo sobre a pele, a cambraia de sua blusa e a seda de suas meias, eram seus únicos e novos luxos.

Ela estava nua, era ela, apenas.

Ia se escorregar sobre as peles selvagens que cobriam o divã, estendia-se esfregando contra aquela rudeza um pouco áspera e, ali deitada, se acariciava com um olhar até as extremidades dos pés e se prolongava para além, para a penteadeira no final do divã, que lhe enviava de volta a repetição de seu alongamento radioso. E quando, sob seus dedos, seus olhos reencontravam seus anéis, ela os tirava um a um, com o gesto de descalçar as luvas, e os semeava, sem olhar, sobre o tapete.

Então ela começava a buscar a beleza, a volúpia, a graça nua da mulher. Era, sobre as listras das peles, uma agitação quase invisível, uma vibração local e que parecia imóvel, avanços e recuos de músculos quase imperceptíveis, insensíveis inflexões de contornos, lentos desdobramentos, resvalamento de membros, deslizamentos serpentinos, movimentos dos quais se diria arredondados pelo sono. E, ao final, como sob uma longa modelagem de uma vontade artística, emergia da forma ondulante e relaxada uma admirável estátua de um momento...

Por um minuto, Manette se contemplava e se possuía nessa vitória de sua pose: ela se amava. Com a cabeça ligeiramente inclinada para a frente, com o peito que sua respiração pouco levantava, ela permanecia em uma imobilidade de êxtase que parecia ter medo de perturbar algo divino. E, na ponta dos lábios, era como se as palavras de triunfo, os elogios que uma mulher sussurra para sua beleza, subissem e morressem, expirassem sem voz no desenho falante de sua boca.

Então, bruscamente, ela quebrava isso com o capricho de uma criança que rasga uma imagem.

E, deixando-se cair no sofá, retomava seu amoroso trabalho. O cheiro docemente inebriante da lenha de cedro subia no calor do ateliê: Manette recomeçava essa paciente criação de uma atitude, essa lenta e gradual realização das linhas que esboçava, remanejava, corrigia, conquistava com o tatear de um pintor que busca o conjunto, o acordo e a euritmia de uma figura. A hora que passava, o fogo que diminuía, nada poderia arrancá-la desse encantamento de transformar seu corpo numa espécie de museu de sua nudez; nada poderia afastá-la da adoração desse espetáculo de si mesma, ao qual iam sempre suas duas pupilas, como dois pontinhos pretos no azul-agudo de seus olhos.

Às vezes, Coriolis, voltando de repente com sua chave, a surpreendia. Não dizia nada. Mas Manette se apressava em lhe dizer:

– Bobo! Pois é só o espelho que pode me ver!

LXIII

CHEGARA A EXPOSIÇÃO DAQUELE ANO, 1853. O *Banho turco* de Coriolis conhecia ali um grande e retumbante sucesso.

Aqueles que queriam ver nele apenas um bom "fazedor de manchas" foram obrigados a reconhecer o pintor, o desenhista, o colorista poderoso, afirmando-se numa tela cujas dimensões pouco haviam sido empregadas para tais assuntos, salvo por Delacroix e Chasseriau. Todo o público ficou impressionado com o corpo ensolarado daquela mulher, com um certo tom luminoso que Coriolis havia obtido em seu último trabalho no esplendor do dia. Os primeiros admiradores do pintor, muito orgulhosos por ter pressentido e profetizado aquilo, se expandiam em entusiasmo. E a persistência de algumas injustiças rancorosas contribuía para a paixão nos elogios.

Ele foi o novo nome, o *leão*,[130] do Salon. O governo comprou seu quadro para o Museu de Luxemburgo,[131] e os jornais deram a notícia quase oficial da sua condecoração.

---

130 *Lion*: leão, pessoa que excita a curiosidade pública, que é muito conhecida.

131 Museu de arte contemporânea, em Paris, até os anos de 1920. Os quadros destacados nos salões eram enviados para ele. Com o tempo, se sua qualidade se mantivesse, eram enviados para o Louvre. Caso contrário, eram enviados para museus de província, ou para a decoração de administrações.

LXIV

AQUELE SUCESSO DE CORIOLIS CAUSOU UMA GRANDE MUDANÇA nas ideias e nos sentimentos de Manette.

Ela havia tomado Coriolis como amante sem amá-lo. Ela o havia encontrado em um momento no qual não tinha ninguém. Abandonada por Buchelet, ela o havia aceitado como uma mulher habituada a que um homem aceite quem a ocasião lhe apresenta e que seu gosto não rejeita. Coriolis não lhe agradara nem desagradara: ela só tinha visto nele uma coisa, que ele era um artista, ou seja, um homem de seu mundo, e que era natural conhecer. Pensava sobre isso como tantas mulheres de sua profissão, que se consideram exclusivamente dedicadas à corporação, e que não imaginam o amor fora do ateliê. Aos seus olhos, o universo se dividia em duas classes de homens: os artistas – e os outros. E os outros, a qualquer classe que pertencessem, que fossem qualquer coisa de grande e de oficial na sociedade, ministro, embaixador, marechal da França, nada eram para ela: não existiam. Nela, a mulher só era sensível a um nome da arte, a um talento, a uma reputação de artista.

Criada em Paris, em um ambiente no qual as lições de inocência haviam lhe faltado em certa medida, ela não tinha nem a ideia de virtude, nem o instinto de seus remorsos; a consciência de que houvesse qualquer mal em fazer o que fazia lhe faltava por

MANETTE SALOMON

completo. Ter um amante, desde que ele fosse pintor ou escultor, lhe parecia tão adequado e honesto quanto estar casada. E, para ela, é preciso dizer, relações estáveis eram uma espécie de compromisso e de contrato. Manette era desse tipo de amante que põe a honestidade do casamento no concubinato. Era dessas mulheres que fazem questão da fidelidade até o dia em que amam outro. Nesse dia, não enganam o homem com quem vivem: abandonam-no e partem com seu novo amor. Essa lealdade era um princípio para ela.

Possuía ainda outros lados de honestidade relativa, certas elevações da alma. Entregava-se sem cálculo, sem segundas intenções. Não olhava para o dinheiro de um homem.

As ternuras e os carinhos de Coriolis a deixavam bastante fria. A felicidade que ele queria para ela, as carícias que punha em sua vida de todos os dias, o conforto das coisas ao seu redor, não tocavam sua ternura e seu reconhecimento. Ela bem que sentia que lhe vinha, com a rotina, uma amizade por Coriolis, mas nada além da amizade. Apegava-se a ele como a um bom rapaz, a um camarada, a uma pessoa muito atenciosa. O que lhe faltava para amá-lo era acreditar, ter fé nele. Acostumada até então a conviver com homens broncos, geniosos, quase brutais, ela descobria em Coriolis os hábitos, um tom, as palavras de um homem da alta sociedade: perguntava-se se ele pertencia à mesma raça e era levada a acreditar que ele fosse educado demais para nunca se tornar célebre como as pessoas célebres que ela conhecera. O sucesso de Coriolis lançou sobre ela como um clarão de luz.

Ao ver essa unanimidade de elogios nos jornais, nos artigos, quando ela tocou essa glória, embriagada com o presente, com o futuro, com aquela popularidade ruidosa que começava, o orgulho de ser a amante de um artista conhecido fez acender em seu coração, de repente, um calor, uma chama, quase o amor.

LXV

SEM EDUCAÇÃO, MANETTE TINHA A PURA IGNORÂNCIA DA CRIANÇA, da mulher da rua e do povo. Mas essa ignorância original e virgem de uma amante, geralmente tão ferina para o amor-próprio de um homem, não melindrava Coriolis. Ela mal o alcançava: escorregava e passava sobre ele sem lhe causar nem mesmo um movimento de impaciência, sem lhe inspirar uma dessas considerações, um desses arrependimentos em que o amor humilhado se sente corar pelo que ama.

Coriolis era um artista, e os homens como ele, os artesãos do ideal, os trabalhadores da imaginação e da invenção, os criadores de livros, pinturas, esculturas, são fáceis e indulgentes em relação a tais criaturas. Não lhes desagrada viver com inteligências de mulheres incapazes de atingir aquilo que eles procuram, o que estão tentando. O pensamento deles pode viver sozinho e bastar-se a si mesmo como companhia. Uma amante que não corresponde a nada daquilo que eles têm em mente, uma amante que é apenas uma companhia para os repousos do dia e as tréguas do espírito, uma amante que põe, em torno do que eles fazem e do que sonham, uma espécie de incompreensão submissa e instintivamente respeitosa, essa amante lhes basta. A mulher, em geral, não lhes parece estar no nível de seus cérebros. Parece a eles que ela pode ser a igual, a equivalente, e de acordo com a palavra expressiva e vulgar, a *metade* de um burguês: mas julgam que, para eles, não há companheira capaz de apoiá-los, ajudá-los, erguê-los no esforço e na dor de criar; e, aos desajeitamentos de uma mulher bem-educada, que não deixariam de feri-los, preferem o silêncio da estupidez de uma mulher inculta. Quase todos só chegaram a isso, é verdade, após ilusões mundanas, tentativas de paixão espiritual; eles sonharam com a mulher associada às suas carreiras, mesclada às suas obras-primas, aos seus futuros, uma espécie de Beatriz,[132] ou então apenas uma madame d'Albany.[133] E caídos, machucados, feridos, em decorrência de alguma grande decepção, tornaram-se como essa atriz ainda linda, ainda jovem, a quem perguntavam por que a viam somente com os amantes mais ordinários do teatro: "Porque são meus inferiores" – respondia ela com uma frase profunda.

O amor com uma inferior, ou seja, o amor no qual o homem põe um pouco da autoridade do superior e encontra na mulher o leve e agradável odor de servidão de uma espécie de criada com quem ele compartilha sua mesa, o amor que permite o comportamento e a fala despudorados, que dispensa as exigências e as inconveniências da alta sociedade e não toca nem no tempo, nem no conforto do trabalhador, o amor cômodo, familiar, doméstico e à mão – é a explicação, o segredo dessas uniões rebaixadas. Daí, na arte, esses casais de tantos homens distintos com mulheres muito abaixo deles, mas que têm por eles esse encanto de não os perturbar no poleiro de seus ideais, de deixá-los tranquilos e solitários no país das Nuvens em que a Arte paira muito acima do refogado.

Coriolis era um desses homens. Ele não teria dado vinte francos para ensinar ortografia a Manette. Ele tomava sua amante como era, e pelo que era, um animal encantador, cuja conversa não o chocava mais do que as notas de um pássaro que não foi ensinado a cantar. Até mesmo essa linda pequena natureza, sem qualquer educação, lhe agradava por certos aspectos de espontaneidade

---

132 Musa de Dante, que o conduz no Paraíso.

133 Princesa alemã, casada com um nobre inglês que, depois de viúva, desposou o poeta italiano Alfieri, vivendo com ele em Florença.

engraçada e ingenuidade pessoal: ele encontrava em sua fresca tolice uma originalidade da infância, uma graça jovem. E muitas vezes, à noite, adormecendo, ele se surpreendia rindo alto, em sua cama, com uma frase muito divertida que Manette lançara durante o dia e da qual se lembrava.

Manette, aliás, compensava junto dele sua insuficiência espiritual por uma qualidade que, aos olhos de Coriolis, desculpava tudo em uma mulher, e sem a qual ele não poderia viver três dias com uma amante. Ela oferecia uma sedução que, depois de sua beleza, conectava Coriolis a ela e o mantinha preso. Possuía o que salva as criaturas inferiores do comum e do vulgar: tinha nascido com esse signo de raça, o caráter de raridade e elegância, a marca de eleição que, tantas vezes, põe, contra os acasos da posição e o destino das fortunas, a primeira das aristocracias da mulher, a aristocracia de natureza, em alguma filha do povo: a distinção.

LXVI

O NOVO AFETO DE MANETTE POR CORIOLIS logo teve ocasião de mostrar-se e consagrar-se, como as paixões de mulheres, por meio da dedicação.

A fadiga superada e vencida por Coriolis durante seu último mês de trabalho, seu esforço enorme e inquieto para terminar a tempo, haviam provocado nele um abatimento, um vago mal-estar. Um resfriado que pegasse o tornava completamente doente.

Coriolis sempre tivera maneiras bizarras de ficar doente. Ele se deitava, não falava mais, olhava as pessoas sem responder e, quando as pessoas ficavam ali, virava as costas e voltava o nariz para a parede. Era sua maneira de se tratar; e, depois de dois, três, quatro, às vezes cinco dias passados assim, sem uma palavra ou um chá de ervas, levantava-se como de costume e voltava ao trabalho sem falar de nada, sem querer que lhe falassem de nada.

Mas, desta vez, não conseguiu se cuidar por si só. No segundo dia, Anatole o viu tão doente que foi procurar um médico, o médico habitual do mundo da arte, e que metade dos homens de letras e dos artistas tratavam como camarada. Homem singular, com sua cabeça feia e sorridente de corcunda, seus olhos piscantes, suas pálpebras enrugadas de lagarto: quando estava lá, sentado ao pé da cama de um doente, assumia um aspecto inquietante de velho juiz olhando alguém sofrer. Demonstrava estar contente por ter nas mãos um homem de talento, um homem conhecido, por tê-lo à sua discrição, de poder auscultar sua moral, tatear seus medos, suas covardias, diante da doença; e, em seu aspecto paterno e meloso, perpassavam pequenas centelhas frias nas quais se percebiam, ao mesmo tempo, o rancor implacável de uma carreira fracassada, de uma vida desiludida, ferida pela sorte dos outros, e a curiosidade de um estudo ímpio e feroz lutando com o instinto salvador de uma grande ciência médica.

– Ah! Que diabos, meu pobre rapaz – disse ele a Coriolis. – Que falta de sorte! Pensar que sua reputação ia tão bem! Você estava caminhando, você estava caminhando... Começava a incomodar muita gente... Ah! Você tinha sido lançado...

Ele seguia o efeito de suas palavras no rosto de Coriolis.

– Estou nas últimas, hein? Não é? – disse Coriolis, levantando para ele olhos corajosos.

O médico não respondeu de imediato. Parecia completamente ocupado a escutar o pulso de Coriolis, a contar suas batidas. E quando ambos se entreolhavam, cara a cara, criou-se um momento de silêncio e de luta ao fim do qual o médico sentiu seu olhar enfraquecer sob o olhar intenso cravado no seu.

– Quem está lhe falando disso? – recomeçou com um ar bem-humorado. – Mas já estava na hora, é verdade. Você tem é uma bela fluxão no peito.

E se pôs a escrever uma terrível receita.

Como Manette o acompanhava até a porta, muda, sem ousar perguntar "e então?", ele disse "Que garotão!", pegando sobre um banquinho seu chapéu de filantropo com abas largas e lançando um olhar para as paredes do ateliê cheio de esboços:

– Teríamos uma linda venda, aqui... Sim... Sim...

E, com essa frase, saudou Manette com uma ironia acostumada a deixar cair nos desesperos da mulher as ganâncias da amante.

Sob a impressão dessa visita, sob os sofrimentos agudos da doença e o enfraquecimento das sangrias, Coriolis acreditou-se desenganado. Preparou-se para morrer e encontrou, para deixar a vida, um adeus de estranha doçura.

MANETTE SALOMON

Tendo vindo para a França ainda muito criança, Coriolis sempre conservara o sentimento, a paixão pelo exótico, a nostalgia, a saudade dos países quentes. Sempre sentira o desejo e a saudade de outro céu, outra terra, outras árvores. Sua boca adorava morder frutas exóticas; suas mãos iam para objetos pintados e coloridos pelo sul, seus olhos se deleitavam com as folhas da Ásia. O Oriente sempre o atraíra, o tentara. Gostava de respirar nas coisas que vinham de além-mar, que trazem de volta a cor, o cheiro, o sopro. Seu sonho, sua felicidade, a iluminação e a vocação de seu talento, a naturalização de seus gostos, sua pátria de pintor, ele havia encontrado tudo aquilo lá longe. Morrendo, quis encantar sua agonia com o que encantara sua existência e só tivera esse pensamento de aspiração suprema: o Oriente! Dir-se-ia que, como nas religiões dos povos de luz, ele voltava sua morte em direção ao sol.

Queria ter ao pé da cama retalhos de estofos que ele trouxera de longe, tecidos laminados de prata, sedas cor de açafrão com fios de ouro; e, com a cabeça um pouco prostrada nos travesseiros, com os longos olhares dos moribundos, contemplava essas coisas amadas. De vez em quando fechava os olhos por um momento para se deleitar sozinho, como um beberrão que saboreia as delícias de um vinho; depois os reabria e, incapaz de saciá-los, seguia assim até o fim da tarde, freando os passos do dia no esplendor das sedas. E o que ele via, esses tecidos, esses ouros, esses raios, pouco a pouco o envolvendo, o arrebatava ao momento, ao quarto, à cama onde estava. Sua vida, só a sentia bater no coração de suas memórias. As cores que tinha diante de si se tornavam suas ideias e o transportavam para as terras delas. Ele estava lá, bem longe: revia aquele céu, aquelas paisagens, aquelas cidades, aqueles bazares, aquelas caravanas, aquelas flores, aqueles pássaros cor-de-rosa, aquelas ruínas brancas; e a tagarelice de mulheres sentadas em um caiaque que ele ouvira em Tichim-Brahé voltava ao seu ouvido com um zumbido de fraqueza.

Nas mãos, ele fazia com que pusessem amuletos, pequenos frascos de perfume, bolsas, joias, contas de colar; e, com os dedos distendidos, errando sobre eles e com dificuldade para agarrá-los, ele os apalpava, os revirava, os manuseava durante horas, lentamente, com um tatear amoroso e devoto que parecia desfiar um rosário e acariciar relíquias. Seus olhos quase se fechavam; com os lábios roçados por um meio-sorriso feliz, ele continuava tateando vagamente. E quando Manette queria retomá-los, para que dormisse, ele os apertava em suas fracas mãos com a força de uma criança.

Às vezes, ainda, aproximava de suas narinas o perfume evaporado que permanecia nesses objetos e, cheirando-os, tocava-os com seus lábios empalidecidos como se fosse depor em uma última comunhão o beijo de sua agonia sobre a adoração de sua vida!

Cinco dias se passaram assim. Manette nunca se afastava, não dormia. Cuidava dele como uma mulher que não quer deixar alguém morrer. Anatole a ajudava admiravelmente e de todo o coração: ele também possuía cuidados femininos, os maravilhosos talentos de um faz-tudo da enfermagem.

Coriolis foi salvo.

LXVII

UMA NOITE, CORIOLIS, QUE AINDA NÃO TINHA IDO PARA A CAMA, lia, deitado no divã. Manette, entre idas e vindas, arrumando o ateliê, dobrava no pequeno armário os tecidos turcos dispersos pelos móveis; de vez em quando, de pé diante da penteadeira que duas velas iluminavam, experimentava, sorrindo para si mesma, peças de roupas do Oriente – quando Anatole voltou seguido por uma coisa branca de quatro patas, que tinha a fita cor-de-rosa de um cordeiro de fantasia pastoril.

– Ah! Que coisa! O que está trazendo para nós? – indagou Manette, dando um gritinho de medo.

– Oh! Meu Deus! – disse Anatole. – Nada... Um porco...

O leitão já trotava pelo ateliê, fuçando, com o focinho no chão, dando pequenos grunhidos, fazendo o reconhecimento de cada canto e explorando debaixo de todos os móveis do grande cômodo.

– Você está louco! – disse Coriolis.

– Por trazer para casa um porco, um amor de porco, um porco que tem fitas como uma caixa de presente de batismo? Você não merecia ganhá-lo, que coisa... Obrigado, grande prêmio, pode reclamar! Sim, meu caro. Ficamos tão felizes no Café de Fleurus por saber que você recuperou a saúde, que guardamos seu prato no jantar e jogamos por você na loteria. Você teve sorte. E ganhou o bicho. É bonzinho, é gracioso, gosta do homem... E salva da tentação: veja santo Antônio! E, além disso, será um amiguinho para Vermelhão. Quero apresentá-lo a ele. Ei! Vermelhão!

Com esse chamado de Anatole, Vermelhão, que havia arriscado um pouco de seu focinho fora da gaiola quando o leitão entrara na oficina, voltou para dentro, escondendo-se às pressas.

– Vermelhão! – gritou Anatole imperiosamente.

Vermelhão inclinou-se, coçou a cabeça, agarrou-se em sua corda, desceu rapidamente até o meio e ali se deteve, amarrando, como um palhaço, seu jarrete em volta do barbante. Anatole sacudiu a corda: o macaco caiu em seu ombro e, dali, saltando para o chão, abaixado e apoiado nas costas de suas duas mãos, se pôs a olhar, a distância, para aquele animal inesperado que não olhava para ele. Deu a volta: o porco se pôs a andar, o macaco o seguiu com pequenos saltos, inclinando-se de vez em quando, voltado para ele, analisando-o com profunda atenção meditativa, quase científica.

– Éramos uma tropa – retomou Anatole –, estávamos todos... Pedi desculpas por você. Disse que você ainda estava um pouco mal das pernas. Oh! Foi uma farra daquelas! Gritamos tanto que quase veio a polícia!

O macaco, aos poucos, seguindo o porco passo a passo, foi se familiarizando com ele. Cheirou-o, tocou-o de leve, arriscou a pôr a pata em cima dele e provou o dedo com que o tocara. Então, girando para trás, delicadamente pegou seu rabo, levantou-o, olhou-o e, como se seu instinto da linha reta tivesse sido ferido por essa cauda em saca-rolhas, puxou para endireitá-la e deixou voltar para ver se havia conseguido; e, vendo que permanecia enrolada, puxou-a novamente. O porco permanecia imóvel, paralisado em suas quatro patas, assustado com a operação, tomado por uma espécie de terror estático, sem dar outro sinal de impaciência além de um ligeiro movimento da orelha.

– Vermelhão! Já para sua casinha! – gritou Coriolis; e, voltando-se para Anatole: – Diga, o que eu tenho que dar a eles na próxima vez? Que lote? Eu gostaria de fazer as coisas bem-feitas, entende, tudo perfeito... Seria tolice dar-lhes alguma coisa minha...

– Veja! E se você desse seu macaco feio? – lançou Manette.

MANETTE SALOMON   271

– Meu filho adotivo! – disse Anatole. – Ah, bem...

– Um bronze de Barbedienne?[134] – retomou Coriolis. – Não é lá uma novidade, um bronze de Barbedienne... Sei lá! Se eu desse a eles, como lote, um jantar para todos aqui... Pelo fim de minha convalescença?

– Hum! Um jantar... – disse Anatole. – Um jantar tem cheiro de festa de família. Em vez disso, dê uma ceia. É sempre mais divertida.

– Oh! Meu Deus, uma ceia, se você quiser... Mas o que faremos antes da ceia?

– O que você quiser. Música religiosa... Tenho uma ideia! O que você acha de um arrasta-pé?

– Eu, já aviso que vou usar isto aqui, se dançarmos – anunciou Manette, que havia acabado de vestir um magnífico traje de Esmirna.

– Mas, minha querida, nem pense nisso... Não é mais época de bailes à fantasia...

– Bah! Se isso a diverte – interveio Anatole. – Proporcione a ela essa festinha. Ela merece. Não tem se divertido muito ultimamente... Garnotelle conhece o chefe de polícia, acabou de fazer seu retrato. Ele nos dará permissão. Teremos um guarda municipal à porta. É isso que vai chamar a atenção! Acabando com o burguês!

Manette, sem dizer nada, posou completamente vestida diante de Coriolis.

– De acordo! – disse Coriolis. – Baile e ceia! Eis o programa. Mas isso é com você, Anatole. Você cuida de tudo. Ah! Vermelhão safado!

E os três caíram na gargalhada.

Depois de insistir em endireitar o rabo do porco, depois de ter tentado em vão subir em suas costas, Vermelhão parecia que soltava sua vítima. Subiu sobre um baú e, lá, permanecendo muito quieto, com ar de não pensar em nada, esperou que o leitão, tranquilizado, passasse em sua caminhada de busca logo abaixo dele. Aproveitou o momento, calculou o salto e pulou direto sobre o

---

134 Conhecido fundidor de bronzes artísticos.

pobre animal que, aterrorizado, fazia, em círculos frenéticos, como no carrossel de um circo, uma corrida estimulada pelas unhas de Vermelhão, agarrado no couro do corredor pelo medo de cair. O porquinho, com as orelhas para baixo, caídas sobre os olhos, correu desembestado como se tivesse um diabinho às costas; o macaquinho, com suas inquietações nervosas, com seu jeito de ladrão, achatado, aplastado, colado nas costas daquele animal sebento, se segurava e se aguentava em contínuas perdas de equilíbrio – era um espetáculo da mais prodigiosa comédia, no qual um filósofo talvez tivesse visto o Espírito montado na carne e carregado por ela.

LXVIII

À MEIA-NOITE, 20 DE JUNHO, COMEÇAVA NO ATELIÊ DE CORIOLIS aquele baile que devia tornar-se histórico e deixar nas lendas da arte uma memória ainda viva.

Entre as quatro paredes irradiando luz, era possível imaginar que se apertavam um pouco todas as nações, e de todos os séculos. A História e o espaço pareciam amontoados. O universo se acotovelava ali. Era como uma evocação em que o povo de um museu, saído de suas molduras, se soltava no Carnaval. Os tecidos, as modas, os desenhos, as linhas, as lembranças, os países, tudo se misturava na barafunda vertiginosa das cores. Havia amostras de todas as civilizações, pedaços vindos de toda a Terra, mantos roubados das estátuas. As fantasias variavam de um polo a outro, de Júpiter a um guarda nacional dos subúrbios. Estas vieram do Níger; aquelas foram arrancadas de uma página de Cesare Vecellio.[135] Passavam cardeais e moicanos. Casais conversavam entre si como se estivessem à distância de uma mata virgem até o Trianon. Um retrato histórico, um personagem com drapeados em uma obra-prima, passava o braço na cintura da última das estivadoras. Pontas de clâmides batiam em pontas de chinelos. Edo[136] estava

---

135 Gravador e pintor italiano do Renascimento, ativo em Veneza.
136 Antigo nome de Tóquio.

naquela saia, um bárbaro da Coluna de Trajano naquela correia. O saiote plissado ao lado da saia escocesa. A toga, como na estátua de Tibério, ficava ao lado da *tébuta*[137] da Oceania. Uma deusa da Razão, uma Diane de Poitiers e uma bela ostreira[138] formavam um grupo das três Graças. Um paisagista se fingia de estátua antiga com uma máscara de gesso e madapolão engomado. Via-se um escravo de galera com malha vermelha, boné verde, a corrente e um peso nela feito de uma bola infantil pintada de preto. Um louco de Velázquez apertava a mão de um recruta do Império. Dois egípcios, do tempo de Ramsés II, destacados de grafia egípcia, confraternizavam com um Mezzetin.[139] Pano para colchão às vezes escondia a púrpura.[140] A cabeça de um leão, servindo de chapéu para um Hércules, era atravessada pela pluma de um Chicard.[141] Um menino de primeira comunhão com uma barba, em um casaco e calças de colegial curtos demais, com a braçadeira branca, dava o braço a uma pajem com roupa bicolor, que pintara as pernas com cola, preta e azul. Uma mulher, vestida de habitante das Molucas, tinha um chapéu de seis pés de largura, todo enfeitado com madrepérola e conchas do mar. Outra foi como a Santa Cecília, de vermelho, de Domenichino.

E a todos esses trajes, homens e mulheres haviam acrescentado, com a consciência de artistas que se fantasiam, o jeito, o ar, a tez, a fisionomia, a cor local da maquiagem, a própria careta de cada latitude. Todo um bando de ateliê, vestidos como peles-vermelhas, tinham passado o dia pintando-se religiosamente, a partir

---

137 Há uma tribo Tebula, mas na África do Sudeste. Talvez um equívoco dos autores.

138 As ostreiras gozavam de celebridade pela beleza na primeira metade do século XIX, sobretudo depois do assassinato de uma delas, que se tornou lendário e foi tema de canções.

139 Personagem da Commedia dell'Arte.

140 Cardinalícia, entende-se.

141 Nome de um célebre dançarino de baile à fantasia, tornou-se um nome comum para significar um personagem de carnaval que se entrega a danças furiosas e grotescas. Sua roupa compreende um capacete com uma pluma enorme.

MANETTE SALOMON

das pranchas de Catlin,[142] todas as tatuagens vermelhas, verdes e amarelas dos índios: teriam sido aceitos na dança do búfalo. E uma mulher que estava fantasiada de chinesa tinha enxaqueca porque seu cabelo estava esticado nas têmporas para puxar o canto dos olhos.

Naquele pitoresco burburinho se destacava um recanto do Olimpo: a beleza de uma modelo em Anfitrite, vestida com uma espuma de musselina por onde apareciam, em seus tornozelos, periscélides[143] douradas, copiadas da *Venus physica* do Museu de Nápoles; a beleza de um homem cujos músculos se moviam sob um colante, a beleza de Massicot, o escultor, fantasiado de produtor de queijo parmesão, a camisa de babados, cortada no bíceps, o aventalzinho azul sobre o ventre, o calção parado no joelho, as pernas nuas, morenas, nervosas e perfeitas, dignas de seu traje e desse tipo de raça que mostra o Baco indiano nas fazendas milanesas.

Então surgiam, aqui e ali, aparições, fantasias de terça-feira gorda, como se acham nos ateliês, caricaturas talhadas pela mão de um artista, paródias, uma Idade Média à la Courtille,[144] refugos da cavalaria do Sire de Franboisy,[145] valetes heráldicos de cartas de baralho, sombras grotescas da Ilíada, heróis que pegaram um capacete em um Daumier, vinganças de castigos nas costas de Aquiles, uma corte de Cucurbitus[146] I, imaginações de disfarces roubados da cozinha de Grandville,[147] pessoas que tinham jeito de ter caído de cabeça em um cozido e terem sido retiradas com uma coroa de louros e cenouras.

---

142 George Catlin, pintor e etnólogo norte-americano que expôs em Paris e causou grande impacto, com excelentes críticas, incluindo a de Baudelaire.

143 Ornamento feminino da antiguidade grega usado no tornozelo.

144 Pequeno jardim. A mais célebre ficava no Temple, em Paris, onde se dava um corso carnavalesco popular.

145 Personagem de canção popular.

146 Rei pepino caricatural.

147 Jean-Jacques Grandville.

Coriolis vestia a grande roupa de brocado com pelerine, com ramagens amarelas e verdes, do fidalgo que levanta uma taça nas *Bodas de Caná*.[148]

Manette vestia um dos trajes trazidos do Oriente por Coriolis: as pernas em calças largas e esvoaçantes de seda, com o delicioso tom falso do rosa turco, a cintura desenhada por uma pequena jaqueta de seda marrom com sutache de ouro, de onde emergiam seus braços nus, batidos pelas grandes mangas largas de uma blusa de tule sem fecho que deixava entrever, ao esvoaçar, metade de sua garganta. Na cabeça, tinha o encantador *tatikos* de Esmirna, o tarbuche vermelho e chato, todo coberto de enfeites e bordados, pelos quais ela havia passado, amarrado, enrolado, as tranças de seu cabelo com a arte e faceirice de uma mulher de lá. E, adorável, parecia a verdadeira mulher da Jônia – a mulher da sedução.

Garnotelle, embora conservando seus cabelos longos, tinha se arranjado muito bem no gibão de brocado preto, com mangas roxas, do belo retrato de Calcar[149] do Louvre.

Chassagnol estava soberbo em seu traje de ator cômico florentino, como Stenterello[150] do teatro Borgognisanti, com sua peruca ruiva, seu pequeno rabicho para cima, os traços pretos no rosto, as sobrancelhas terríveis, sua jaqueta xadrez curta.

Quanto a Anatole, ele se fantasiou de saltimbanco, de saltimbanco clássico de barraca de feira. Tinha meias de lã pretas, sobre as quais fizera costurar um laço de ouro em um triângulo, e agasalho de pele, malha branca, calção de cachemira vermelha com borda de veludo preto, pulseiras de veludo preto e dourado, gola em veludo preto e ouro, um diadema em ouro sobre uma grande peruca, e um trompete nas costas.

---

148 Vasto quadro de Veronese no Museu do Louvre.
149 Jan Stephan Calcar, tido Giovanni Calcar, pintor do século XVI; retrato de Melchior von Brauweiler.
150 Personagem do teatro italiano.

LXIX

ESSA FANTASIA DE SALTIMBANCO ERA A VERDADEIRA fantasia da dança de Anatole, uma dança louca, deslumbrante, estonteante, na qual o dançarino, com uma agitação de mercúrio e de palhaço, saltava, caía, se levantava, fazia um nimbo para sua dançarina com uma volta do pé, se achatava em um *grand écart* no solo da pastorinha, levantava-se em um salto mortal. Risadas, aplausos. A dança ao seu redor parou para vê-lo. Sua agilidade, sua mobilidade, diabo no corpo que deslocava todos os seus membros, acrescentavam como uma vertiginosa alegria no baile.

De repente, no meio de seu triunfo, dos grupos se acotovelando e pisando os pés uns dos outros, Anatole desapareceu. Procuravam-no, perguntavam o que havia acontecido com ele: reapareceu com uma gravata branca, roupa negra, com a cara enfarinhada de um Pierrô, e, gravemente, recomeçou a dançar.

Não era mais sua dança de há pouco, uma dança de proezas ginásticas: agora era uma dança que se assemelhava à pantomima séria e sinistra de sua caricatura – uma dança que caricaturava! Movimentos, fisionomia, as pernas, os braços, a cabeça, todo seu ser, o dançarino agitava no jogo de uma indescritível insolência cínica. Um não sei quê de sardônico corria por sua espinha. De toda a sua pessoa surgiam caricaturas cruéis de enfermidades: fazia tiques nervosos que desarmonizavam seu rosto; imitava, mancando, o coxo ou a perna de pau; simulava, no meio de um passo, o estertor do pé de um velho com um ataque de apoplexia em uma calçada. Ele tinha gestos que falavam, que murmuravam: "*Meu anjo!*", que diziam: "*Vá para o inferno!*", que pareciam agitar lixo, gíria e nojo! Caía em pasmaceiras bem-aventuradas, êxtases idiotas, aturdimentos embrutecidos, entrecortados por súbitas coceiras bestiais que o faziam bater no alto de seu peito com ares de um natural da Terra do Fogo. Levantava os olhos para o teto como se cuspisse para o céu. Tinha alguns olhares que pareciam cair do paraíso à cervejaria; dava, na testa de sua dançarina, bênçãos de mãos à la Robert Macaire.[151] Beijava o chão em que havia passado a mulher à sua frente, fazia gracinhas, se deformava, fazia o gesto de colher o ideal no voo, pisoteava-o como sobre uma ilusão que murchou, encolhia o peito, curvava os ombros, representava Don Juan, depois Tortillard.[152] Ele imprimiu um movimento de rotação mecânica em uma de suas mãos e, girando no vazio, parecia moer uma melodia que soava como a canção da cotovia de Julieta[153] no órgão de Fualdès.[154] Parodiava a mulher, parodiava o amor. As poses, os balanços dos casais apaixonados, consagrados em obras-primas, estátuas e pinturas, linhas imortais e carícias divinas que vão de um sexo ao outro, que saúdam a mulher e a desejam, o enlace, que lhe toma a cintura e se enreda em seu coração, a prece, o ajoelhar-se, o beijo – o beijo! –, ele fazia a caricatura de tudo isso em arremedos de artista, em poses de ornamentos de relógios e de trovadorismo, em atitudes irrisórias de súplica, pudor e respeito, zombando, com um dedo de Cupido na boca, de todo o sentimentalismo terno do homem... Dança ímpia,

---

151 Personagem de comédia, tipo da malandragem hábil e audaciosa, gabola e escroque, bandido irônico contemporâneo. Daumier o apresentou sob os traços de banqueiro, advogado, jornalista, personificando a perversão impudente da sociedade.

152 Personagem manco e retorcido de *Os mistérios de Paris*, de Eugène Sue.

153 De *Romeu e Julieta*, de Shakespeare.

154 Célebre assassinato da época: enquanto Fualdès era morto, um cúmplice tocava bem alto um realejo na rua.

MANETTE SALOMON

em que se acreditaria ver Satã-Chicard[155] e Mefistófeles-Arsouille![156] Era o cancã infernal de Paris, não o cancã de 1830, ingênuo, brutal, sensual, mas o cancã corrompido, o cancã zombeteiro e irônico, o cancã epiléptico que cospe como a blasfêmia do prazer e da dança em todas as blasfêmias da época!

No final, todo o baile se reunia em torno da quadrilha onde ele dançava; e as mulheres que tiveram a sorte de se vestir como turcas e usar calças, montadas nos ombros de doges, cardeais, senadores romanos, olhavam lá de cima, gritando de tanto rir.

---

155 Ver nota 141, sobre Chicard.
156 Arsouille: nome que se dava a um malandro libertino e crápula.

LXX

CORIOLIS TINHA SIDO BRUTALMENTE AFETADO POR SUA DOENÇA. Recuperava as forças muito lentamente, trabalhando mal, sem o entusiasmo da saúde, sofrendo com o calor do verão, intolerável naquele ano.

– Coisa engraçada – disse Anatole um dia –, quando se tem dezoito anos, nem se percebe o mês de julho em Paris. Não se sente sufocar, nem que a água da sarjeta fede; nem pensar de ter ideia de procurar lugares onde há ar e sombra de árvores...

– Ah, isso! – disse Anatole. – Você pretende comprar uma casa de campo com repuxo de água?

– Não – respondeu Coriolis –, não chego a esse ponto. Mas, meu Deus, se conviesse a Manette e a você...

– O quê? – disse Manette.

– Ir para o campo, simplesmente, como negociantes de passagem, respirar...

– Para o campo? Oh, sim... – disse Manette com indolência, a quem essa palavra fazia vislumbrar algum lugar além de Saint-Cloud, verde, desconhecido, atraente, com grama onde se pode sentar.

Ela retomou de imediato:

– Onde?

– Bem – retomou Coriolis –, não conheço Fontainebleau. Parece, pelo que todos dizem, que é uma verdadeira floresta.

MANETTE SALOMON

Acharíamos um buraco ali. Em Barbizon, numa estalagem... Uma instalação, seria o diabo... Deixaremos os criados aqui.

– Ah! É isso, como um passeio de rapazes! – disse Manette, a quem a ideia de ir à estalagem agradava como uma criança que sorri à ideia de jantar num restaurante.

Quanto a Anatole, ele se pavoneava com alegria de uma ponta do ateliê ao outro. De repente, estacou:

– E Vermelhão.

– Você vai querer que a gente o leve, aposto? Aliás, a propósito – disse Coriolis –, não o vemos mais.

– Meu caro, o que vou contar é totalmente confidencial. Envolve a honra de uma mulher, e você compreende. Vermelhão está apaixonado, palavra de honra! Paixão infeliz, espero. Ele arde pela forte esposa do nosso zelador. Sim, ele foi seduzido por sua gordura... Agora, passa todo o tempo ensaboando sua roupa na sarjeta para provar sua devoção a ela. É comovente! E ele lhe faz a corte em seu cubículo de zeladora, com os olhos para o céu, ares de adoração... Um homem não seria mais idiota do que ele, veja só!

– Muito bem. Você o deixará aos cuidados de sua adorada.

– Pode ser muito grave... Eu lhe digo, acredito que um tenha ciúmes do outro: o marido e ele. O marido é sombrio; além disso, é alfaiate, e os homens que trabalham o dia todo de pernas cruzadas sobre uma mesa são classificados pelos criminalistas na categoria de pessoas concentradas, perigosas, passíveis de perpetração...

– Imbecil!

– Vamos fazer as malas! – gritou Anatole.

LXXI

NO DIA SEGUINTE, A CALECHE ALUGADA QUE CORIOLIS PEGARA em Fontainebleau desembocava, depois de uma hora e meia de viagem através da floresta, numa estrada de areia sobre o calçamento.

Pomares tocavam o bosque, o vilarejo nascia à beira dele. Pequenas casas com venezianas cinzentas, tetos de telha, de um andar, com o avanço de um anteparo sob o qual as mulheres papeavam à sombra em cadeiras rústicas, muros encimados por urze seca, de onde saíam e se debruçavam vegetações de jardim, fachadas de chácaras com seus grandes e largos portões, no início da longa rua. Logo na entrada, uma criança muito mirrada, da idade das crianças que desenham casas tortas com um saca-rolhas de fumaça, sentada no chão e sob a curiosidade de duas menininhas às costas, desenhava qualquer coisa a partir da observação da natureza. Casas recobertas de parreiras, prudentemente montadas em suportes e postas fora do alcance da mão, paredes de pedra dos celeiros prosseguiam. Aqui e ali, uma grade de madeira escondia mal algumas flores; uma cortina chinesa aparecia no térreo; janelas com batentes embutidas em uma construção camponesa. Uma abertura, mal coberta por sarja verde, mostrava as vigas de um ateliê. Por uma porta aberta, via-se um cavalete com um

MANETTE SALOMON

estudo sobre um bufê.[157] Coriolis reconhecia telhados de madeira sobre portas, pátios, vielas de casebres com vista para o campo, que algumas águas-fortes já lhe haviam revelado. O carro parou na frente de um longo edifício onde a vinha empurrava as venezianas verdes: haviam chegado, era a estalagem.

O estalajadeiro, usando um chapéu de artista, conduziu os viajantes para um pequeno pavilhão onde encontraram três quartos bem limpinhos, um dos quais se abria para um pequeno ateliê ao norte, mobiliado com um sofá em nogueira, coberto com veludo vermelho de Utrecht, cujos braços tinham esfinges do Diretório, com mamas, e os pés com garras em terracota.

Coriolis achou os lençóis um pouco pesados à noite, mas impregnados do cheiro agradável de roupa que secou nas sebes e nas árvores frutíferas; e adormeceu ao som de um pingar de água que parecia um canto de codorna.

Estalagem pitoresca e alegre, aquela pousada de Barbizon, verdadeiro ponto boêmio da Arte! Uma casa atrás, uma treliça devorada pela hera, jasmim, madressilva, trepadeiras com grandes folhas verdes. Pedaços de chaminé soltando fumaça em aglomerados de rosas, andorinhas aninhando-se sob a calha e batendo nas vidraças; na reentrância das janelas, borrifos de pincéis criando bizarras paletas. A vegetação da casa saltando sobre os caramanchões, subindo as escadas com pequenos telhados de madeira, enfeitando pequenas pontes trêmulas, lançando-se nas aberturas dos pequenos ateliês. Parreiras coladas nas paredes balançando e sacodindo seus raminhos e suas gavinhas no buraco negro da cozinha e nos braços bronzeados de uma lavadeira. Um recorte de treliça enquadrando, com folhas, uma caveira de veado com ossos brancos.

E se multiplicavam, ao ar livre, mesas sobre as quais estavam largados copos manchados de vinho e velhos livros gastos, dos quais se rasga o papel para proteger o osso de um pernil de cordeiro, bufês, bicas d'água, armários cheios de carnes sangrentas

---

157 Durante muitos anos, Barbizon foi um centro que reunia pintores paisagistas que formaram a "Escola de Barbizon".

sob o abrigo de uma folha de zinco; canecas de chope; canequinhas, copos vazios, atulhando o topo da abarrotada adega aberta. A polia, a corda e o ranger de um poço se perdendo nos ramos de um abricoteiro. As galinhas subindo as escadas para ir botar ovos no sótão sem janela; corvos familiares voando para lá e para cá; gatinhos minúsculos brincando entre as pernas de um banquinho; no suporte de um cavalete quebrado, um galo lançando seu grito.

Havia, no monte de estrume, patinhos que se amontoavam, cães que dormiam, pintinhos correndo. Havia barris afundados em charcos; aqui e ali, caldeirões pretos de fuligem, baldes de estanho, tigelas, galinheiros, regadores, gamelas e saquinhos cheios de sementes; paliçadas nas quais são enfiados, em cada estaca, gargalos de garrafa; um arado sem cabo irregular ao lado de restos de um berço de vime; um moedor de café, em um enxame de abelhas, ainda cheirando ao que ele queimara; prateleiras para secagem de queijo ao lado de pincéis e trapos escuros em feixes de lenha seca; cordas de balanços podres pendendo de um sabugueiro; pilhas de madeira, montes de vigas, alpendres, tetos de galhos, galinheiros remendados, coelheiras improvisadas, galpões onde se enfurnam bancadas de trabalho com o sol batendo nas ferramentas; portas com dobradiças, cujo peso é uma pedra num pedaço de lenço azul; trilhas onde há pedaços e restos de tudo; barracões cheios de velharias fora de uso... Bricabraque híbrido de café e fazenda, de confusão e galinheiro, de comerciante de vinhos e ateliê, que, com sua bagunça fervilhante, animada, batida, agitada pelo o ar ventilado do local, evocava o pátio de uma hospedaria construída pelos pincéis de Isabey.

LXXII

OS PRIMEIROS DIAS PASSADOS EM BARBIZON PARECERAM A CORIOLIS suaves e relaxantes. Tinha saído de Paris ainda convalescente, fadigado no corpo e na cabeça, numa dessas horas de vida que levam o trabalhador a ir relaxar e mergulhar no ar sadio e calmo da vida vegetativa. O animal, em casa, tinha necessidade de estar em contato com a natureza. Então, teve prazer em se sentir nesse lugar tão completamente morto em relação a todos os sons de uma capital e onde a publicidade não passava do *Moniteur des Communes*.[158] Sua visão ficava satisfeita com aquela grande rua com galinhas na calçada e aquelas últimas diligências desatreladas na beira da estrada. Ele provava os prazeres do esquecimento ao ver o pouco que acontecia por lá, o trabalho lento de animais e pessoas, esse apaziguamento particular que as grandes florestas manifestam perto de suas orlas, como as grandes catedrais expandem sombras sobre as casas e as existências de seus locais. Ele amava esses dias que se sucedem, sem que um dia seja mais do que outro, esse tempo do vilarejo ao qual nos abandonamos, essas horas desocupadas que conduzem à noite, uma noite sem gás cuja única luz, na escuridão da rua, vem dos candeeiros do bilhar. Mesmo à noite,

---

158 *Monitor das Comunas*, diário oficial local.

no meio do sono da manhã, sentia uma certa satisfação, quando o condutor do carro de Melun gritava à hoteleira:

– Nada de novo?

E a hoteleira respondia:

– Nada – esse *nada* que dizia que nada acontecia lá.

Para Manette, o campo era como desembalar a primeira caixa de brinquedos da qual saem ovelhas, uma casa que seria uma chácara, e árvores crespas. Tinha curiosidades pueris, questões de uma cabeça de quatro anos: o que é isso? De garotinha no espetáculo. Com os olhos cheios de céu, da terra, das árvores em todos os lugares, um jardim sem fim, pássaros, campos cheios de coisas que crescem, era como um mundo novo de surpresas e diversões para ela.

Tinha a virgindade boba e feliz de impressões, a alegria um pouco pateta da parisiense no campo. Parecia-lhe encantador comer morangos de joelhos no canteiro. A todo momento, ela se debruçava no movimento de colher. Pegava joaninhas, às quais dava beijinhos nas costas, as punha por um momento no pescoço. Agarrava um galho ao passar em um caminho, roubava o que estava dependurado, colhia a natureza em um fruto, como uma criança captura o mar em uma concha.

Parecia que a terra, com sua vitalidade, a tirava de sua apatia, de sua indolência séria. Ela ficava, com aquele ar, com humor animado, dançante, saltador, quase escaladora. Tinha vontade de subir às cerejeiras. Com as mulheres da casa, ela ia remexer o feno e voltava radiante, encantada, com a pele feliz de sol, as ancas com cócegas de fadiga. Ia à câmara do forno olhar a lixívia na grande barrica. Levava capim para a vaca: quis ordenhá-la, tentou; suas mãos tiveram medo, e ela não teve a ousadia.

Mas o mais soberanamente feliz dos três era Anatole. Ele explodia em gestos, em trechos de canções, em palavras malucas, em apóstrofes que pareciam a ebriedade, a embriaguez que o ar da campanha dá a certos homens do escritório e do teatro. Ele passava a metade do dia a sós com animais do galinheiro, estudando, atento a seus gritos, incorporando suas vozes, ecoando a canção do estrume e deixando os cães limparem, como a um amigo, a metade de uma face com uma lambida.

MANETTE SALOMON

Nos campos, na floresta, era visto estendido, espichado, deitado em toda sua extensão, com os olhos semicerrados sob o chapéu de palha que produzia nele uma sombra sobre o rosto, com a cabeça sobre seus braços em mangas de camisa. Ficava lá, totalmente feliz e imóvel, com o botão de seu cinto desapertado, com pequenos estremecimentos de prazer que lhe percorriam o corpo inteiro. E todo mergulhado nesse lazzaronismo[159] ao ar livre, meio extasiado no florir de um júbilo infinito, ele digeria a paisagem. Ele "vacava"[160] – como dizia, usando a expressão crapulosa que pinta essas felicidades que retornam ao animal.

Assim se passaram várias semanas, durante as quais Coriolis não teria notado os domingos, sem as bolas de estanho que expunha, num jardim, um empregado que as trazia sábado à noite e as levava embora na segunda de manhã.

---

159 Neologismo do autor, a partir do italiano *lazzarone*. O *Grand dicctionnaire universel de Pierre Larousse*, de 1874, define assim: "Há dois séculos, designa-se sob o nome de *lazzaroni* essa população numerosa e descuidada que enchia as ruas de Nápoles [...], dormindo ou se esquentando ao sol, sem domicílio fixo, sem profissão certa, vivendo o dia a dia nos suaves prazeres do *far-niente*".

160 Neologismo, verbo formado a partir do substantivo vaca.

LXXIII

O JANTAR ERA A GRANDE RECREAÇÃO DO DIA. O que dava o aviso era o pôr do sol, fazendo tudo parecer negro, em sua irradiação de fogo vermelho, o zimbro morto servindo de insígnia para a estalagem. Um a um, os pintores penetravam nesse deslumbramento que calçava de luz a rua do vilarejo. Os primeiros a chegarem se punham à sombra, sobre o banco de pedra em frente, ao lado de uma carroça, e faziam poses cansadas, com silêncios famintos, batendo com seus bastões as solas cheias de areia. A moça da casa, saindo para o calçamento, com a mão na frente dos olhos, olhava ao longe e, assim que via chegar os últimos aguardados, com a ponta do para-sol saindo da mochila, ia pôr o pão na sopa e a trazia fumegante para a sala de jantar.

Mal tinham tempo de lavar os pincéis. Jogavam os chapéus, abriam de qualquer jeito as grandes toalhas amarelas em tecido rústico, amarravam os cães com barbantes aos pés das cadeiras; e um formidável ruído de colheres soava nos pratos vazios. O grande pão colocado em cima do piano passava de mão em mão, e cada um cortava um pedaço. O vinhozinho espumava nos copos, os garfos espetavam, os pratos circulavam à volta, as facas batendo na mesa exigiam mais, a porta batia sem cessar, o avental da menina que servia voava sobre os convivas, as garrafas vazias se sucediam às garrafas cheias, os guardanapos açoitavam os cães que punham

MANETTE SALOMON

descaradamente suas cabeças no molho de seus mestres. Risos recaíam sobre os pratos. Uma grande alegria juvenil, uma alegria de refeitório de crianças crescidas, partia de todos esses apetites de homens avivados pelo ar que dava fome, depois de um dia inteiro na floresta. E o alvoroço só se recolhia no momento da solene preparação da salada com mostarda, para a qual, no fim, a mesa suplicante obtinha uma gema de ovo cru.

Ao redor da mesa alegre, tudo ria: o grande aparador com suas sopeiras em forma de galo e sua grande cabeça de dez chifres; a sala de jantar com todas as suas pinturas em molduras de madeira branca, na qual parece enquadrado o álbum da Escola de Fontainebleau.[161] A luz morria sobre todo esse pequeno museu, pincelado por todos os hóspedes de Barbizon, e que põe, naquelas paredes, atrás das cadeiras de quem janta, a sombra ou a memória, o nome de quem lá jantou, escrito com a ponta de um pincel, num dia de chuva, com um resto de estudo e a verve do jovem talento, em todos esses quadros que colidem: paisagens, carneiros, interiores de bosques, guarda-chuvas cinza na floresta, cavalos, canis, caçadores em casacos vermelhos, naturezas-mortas, crepúsculos mitológicos, sóis sobre o Rialto, jornada de canoagem no Sena, cupidos coxos batendo na porta de Mercúrio. E os últimos raios iam para aqueles painéis do aparador que mostram o esboço de um mercado de cavalos ao lado de uma colheita de maçãs com escadas; iam para aquelas guirlandas nas quais o pincel de Brendel uniu copos da Boêmia a cachimbos do Reno; abandonavam, como se com arrependimento, esboços de Rousseau pintados na tampa de uma caixa de charutos, e esses painéis de luz e capricho, esses buquês de flores e mulheres desabrochando sob o pincel de Nanteuil e a varinha mágica de Diaz, essas pencas de fadas mostrando suas meias de mulher em balanços cheios de rosas.

Com as velas trazidas nos castiçais de cobre amarelo, o queijo gruyère devorado, o café despejado nas meias xícaras opacas, os cachimbos se acendiam. Apartes eram feitos nos cantos em que

---

161 Não se trata aqui da Escola de Fontainebleau do Renascimento, mas da moderna Escola de Barbizon.

os camaradas falavam a meia-voz uns com os outros, enquanto gaiatos escreviam versos falsos no livro de lembranças da casa. A noite adormecia a rua, as carroças, o vilarejo; as palavras se faziam mais raras; o sono do campo caía gradualmente sobre a sala. Os paisagistas, em seus olhos semicerrados, traziam à lembrança seus estudos, seus motivos, seus dias, e sorriam vagamente para suas tintas do dia seguinte, junto com o sonho que fazia rosnar seus cães entre as pernas. O cansaço era embalado em uma visão de trabalho. Um cotovelo fazia um acorde no piano aberto. E todos iam se deitar, para dormir um daqueles bons sonos, sobre os quais recaía o som distante do berrante do tocador em Macherin[162] e que acordava, com seus ruídos matinais, o galinheiro despertador.

---

162 Pedreira em Fontainebleau.

LXXIV

CORIOLIS PASSAVA OS DIAS NA FLORESTA, SEM PINTAR, sem desenhar, deixando que se formassem nele esses croquis inconscientes, essas espécies de esboços flutuantes que, mais tarde, são fixados pela memória e pela paleta do pintor.

Uma emoção, quase religiosa, tomava conta dele toda vez quando, depois de quinze minutos, chegava à avenue du Bas--Bréau:[163] sentia-se diante de uma das grandes majestades da natureza. E sempre permanecia alguns minutos em uma espécie de êxtase e de silêncio respeitoso e comovente, em frente àquela entrada de alameda, àquele portão triunfal, onde as árvores sustentavam no arco de suas soberbas colunas o imenso verdor cheio da alegria do dia. Do início da alameda que fazia curva, olhava para aqueles carvalhos magníficos e austeros, tendo uma idade de deuses e uma solenidade de monumentos, com a beleza sagrada dos séculos, emergindo, como de uma vegetação anã, das florestas de samambaia esmagadas pela altura deles: a manhã brincava em sua casca rude, pele centenária, e passava sobre suas veias de madeira as brancuras polidas da pedra. Coriolis se punha a andar sob essas abóbadas que irrompiam acima dele, em elevações de cem pés, em girândolas de galhos, em cimos fulminados, em

---

163 Um dos pontos mais conhecidos e pintados da floresta de Fontainebleau.

fúrias desgrenhadas e retorcidas, tendo o ar de coroas de cólera em cabeças de gigante. Ele caminhava sobre as sombras estiradas barrando o caminho, que caíam do enorme fuste dos troncos; acima, o céu só lhe aparecia por frestas do azul de uma flor e do tamanho de uma estrela, por pequenos trechos de bom tempo que o verdor da folhagem fazia fugir e quase empalidecer em uma infinidade de altitude. Em ambos os lados do caminho, ele tinha a vegetação rasteira, fundos desse verde, suave e tenro, que a sombra das florestas apresenta na transparência penetrante do meio--dia e que é rasgado, aqui e ali, por um zigue-zague solar, um raio que corre, vibrante, até a ponta de um galho, esvoaçando sobre as folhas, parecendo acender ali uma rampa de fogo esmeralda. Mais perto dele, pequenos zimbros em forma de pirâmide brilhavam com a geada luzidia; e os azevinhos trepando agitavam, sob o verniz de suas folhas, uma luz metálica e líquida, o deslumbramento branco de um diamante em uma gota d'água.

O espetáculo radiante, a felicidade da luz sobre as folhas, essa glória do verão nas árvores, esse ar vivo que passa sobre as têmporas, os aromas cordiais, o cheiro da saúde e o fresco hálito dos bosques, o que passa de grave e de suave na carícia da solidão, envolviam Coriolis, que sentia retomar em seu corpo a alegria de ser jovem. Ele passava por todas essas árvores com membros de atletas, de desenho heroico, as que se curvavam com as linhas inclinadas dos altos pinheiros italianos nas vilas, as que subiam reto em um jato de ímpeto rígido. Havia algumas solitárias como reis; e outras que, reunidas, adunadas, misturando e amarrando seus braços em uma cúpula de vegetação, pareciam desenhar um círculo de dança para hamadríades. A areia, atrás de Coriolis, enterrava seus passos; e ele avançava nesse silêncio da floresta muda e murmurante, onde cai das árvores como que uma chuva de pequenos ruídos secos, onde zumbem sem cessar, para o embalo do devaneio, todas as coisas infinitamente pequenas da vida, a palpitação do nada que voa, o farfalhar do nada que anda. E, quando ele se deitava sobre um tapete de musgo, com o cotovelo à terra, os olhos para o eterno balancear dos galhos junto ao céu, pequenas respirações acorriam para ele, na grama e nas folhas caídas, com o passo de um animal.

A alameda em que ele retomava o passeio tinha, no final, sob a chama da luz, a imberbe claridade do desabrochar da primavera. Aos grandes carvalhos sucediam as matas altas; às matas altas, os pequenos bosques, nos quais, de repente, ao passar, ele fazia pular um esquilo para o meio de uma árvore, observando-o dali; ou então era um grande barulho que ele despertava, uma grande agitação de ramos de onde fugia, a galope, como um grande cavalo vermelho, o que era um cervo.

Depois a floresta se abria: um áspero meio-dia pleno queimava, diante dele, na paisagem aberta, os desfiladeiros selvagens de Apremont, os rochedos que, sob o azul africano do céu e a implacável intensidade da luz, se erguiam em massas violetas, com bordas secas. Então, deixando o grande caminho, subia aventurando-se ao acaso da estrada sinuosa. Infiltrava-se entre as pedras em meio às quais se erguia a árvore sem terra e sem sombra, a esguia bétula. Afundava entre as samambaias, quase tão altas quanto ele, fazia estalar sob seu pé o musgo seco e crepitante, se inseria entre fendas rochosas, caminhava sob tranças de árvores sufocadas, estranguladas entre dois blocos e empurrando para o lado um galho sem folhas que corria pelo ar como a ponta de um chicote. Ele sondava e batia com seu bastão, ao passar, o desconhecido desses arbustos semelhantes aos nós de serpentes apedrejadas, e cuja vegetação se contorce com ares de alimária ferida, esses zimbros com raminhos mortos, galhos quebrados semelhantes a embriões de cânhamo batido, com o emaranhado de cabeleira nodosa e desfiada, com ramos apertados, escoriados, através dos quais se convulsiona o tronco azinhavrado, com esses rasgos dos quais se diria que o sangue escorre.

Ele passava por areias, por alta vegetação ondulante de deslizamentos furtivos e de rastejar suspeito, por trilhas de cabras, por leitos de torrentes secas, por subidas em que os degraus eram feitos de tramas de raízes semelhantes a esqueletos de lagartos, por escadarias em que grandes lajes sugeriam afloramentos de fósseis mal enterrados; e o instinto de seus passos o conduzia, quase sempre, no fim de suas caminhadas errantes, ao vale estreito e fundo que vai até Franchart. Tomava o pequeno caminho de cal branca calcinada, todo cintilante de micas, cuja brancura deslumbrante só era interrompida, aqui e ali, por um trecho úmido de musgo verde e pela mancha de terra de urze, que tinha a escuridão do rastro de um carregamento de carvão. E então, à esquerda e à direita, só havia rochas. Da crista das duas colinas, recortando contra o céu o rasgar de suas arestas, até o fundo da encosta, ele imaginava ver o deslizamento de terra, a avalanche, a cascata de restos de montanha largados por uma derrota de Titãs. Uma parte do Caos parecia ter desmoronado e estancado ali; havia no tumulto imóvel da paisagem como que uma grande tempestade da natureza subitamente petrificada. Todas as formas, todos os aspectos, todas as formidáveis fantasias e todos os terríveis aspectos da rocha estavam reunidos nesse circo no qual os enormes arenitos formavam perfis de animais de sonho, silhuetas de leões assírios, alongamentos de peixes-boi em um promontório. Aqui, as pedras empilhadas figuravam uma revolta, um esmagamento de tartarugas monstruosas, de carapaças tentando cavalgar umas sobre as outras; lá, duas esfinges de nariz achatado estreitavam a estrada e quase bloqueavam a passagem. Os grandes seixos de um primeiro mar do mundo, crânios de mamute furados em suas imensas órbitas, a lembrança e o desenho dos grandes ossos do passado se levantavam nesse caminho ladeado por rochas esculpidas pelos turbilhões de séculos, escavadas e batidas talvez por uma onda antediluviana.

No topo da subida, Coriolis parava naquela caverna de Franchart, em cuja soleira há a desordem e a agitação dos bancos de granito derrubados por uma festa de Lápitas.[164] Ele soletrava aquelas pedras que têm o caráter tosco dessas paredes outrora escritas, essas pedras milenares rabiscadas pelo tempo em grafias indecifráveis, e onde a água da eternidade escavou a aparência escultural de uma caverna de Elefanta.[165] Permanecia diante dessas cavernas

---

164 Povo da Tessália. Tornou-se célebre a festa do casamento do rei lápita Pitous com Hipodâmia, que terminou em batalha com os centauros.

165 Grutas localizadas na ilha de Elefanta, Índia, com um enorme complexo de templos rupestres, esculpidos, predominantemente dedicados ao deus Shiva.

MANETTE SALOMON

escancaradas em que o deserto parece voltar para casa, diante desses antros de bestas ferozes nos quais ficamos surpresos de ir ver, em vez de rastros de leão, rastros de cachorros perdigueiros...

Pássaros raros cruzavam o ar, e Coriolis pensava involuntariamente em pássaros levando comida para um santo em uma caverna da Tebaida.[166]

Depois, contornava a pequena lagoa ali perto, encerrando uma água fulva em sua bacia de pedra branca, com margem acidentada, ondulada e corroída. Sentava-se por alguns minutos no pequeno café de Franchart, partia de novo, reencontrava as árvores, atravessava, uma vez mais, o Bas-Bréau.

Havia, a essa hora, uma magia na floresta. Brumas de vegetação se erguiam suavemente das moitas nas quais se extinguia a suave claridade das cascas, nas quais as formas meio flutuantes das árvores pareciam desentorpecer e se inclinar com a preguiça noturna da vegetação. No alto dos cimos, entre os interstícios das folhas, o pôr do sol em fusão agitava e fazia cintilar os fogos de pedrarias de um lustre de cristal de rocha. O azulado, o desbotamento vaporoso da noite, subia insensivelmente; clarões de água umedeciam os fundos; raios de luz, com uma palidez elétrica e uma leveza de raios lunares, brincavam entre as moitas. Das alamedas, da areia soprada sob os carros, levantava-se pouco a pouco uma brumazinha aérea, uma fumaça idílica suspensa no ar e perfurada pelo sol redondo, inteiramente branco de calor, projetando sobre as árvores todas as chamas de um cenário celestial... A janela de Rembrandt, onde há um prisma e onde a Titânia de Shakespeare estaria representando seu papel em uma teia de aranha de prata – era essa a paisagem da tarde.

---

166 Antiga região do Egito em que vários ermitões cristãos encontraram retiro.

LXXV

JÁ HÁ ALGUNS ANOS, A HOTELARIA NO CAMPO VOLTADA à arte mudou de aspecto, fisionomia e caráter. As estalagens não são mais frequentadas apenas pelo pintor; são visitadas e ocupadas pelos burgueses, por aquele que ainda não chegou à alta sociedade, pelo faminto por férias baratas, pelos curiosos desejosos de se aproximarem desse bizarro animal: o artista, vê-lo pegar sua comida, surpreender seus costumes, seus hábitos, seu desleixo íntimo e familiar, suas despesas, um pouco dessa vida de gente vil e divertida, que as lendas cercam com um halo de licença, alegria e imoralidade. Pouco a pouco, toda sorte de intrusos foi chegando para ficar naqueles quartinhos, comer daquela tigela de juventude, boa infância e estudo da natureza, professores, oficiais em licença, magistrados, mães de família, turistas, velhinhas solteironas, passantes, o mundo compósito das mesas nas quais se come em comum.

Essa mistura existia na estalagem de Barbizon. Em volta da mesa, ao lado de sete ou oito jovens, trabalhando e instalando-se lá no verão e no outono, ao lado de dois paisagistas americanos, trazido a Barbizon pela reputação dessa floresta de Fontainebleau, popular até na pátria das matas virgens, vinha se sentar uma velhinha, sempre segurando um esquilo pela coleira, conhecida apenas pelo nome de "a senhora de Versalhes"; um professor de classes avançadas de um colégio de Paris, em companhia de sua

MANETTE SALOMON

297

esposa e dois grandes filhos magricelas; um velho maníaco que passava a vida retificando os mapas de Dennecourt;[167] um jovem surdo, com surda vocação para a pintura, saído da grande escola de Batignolles.[168]

Essa mistura de pessoas havia extinguido, assustado, o entusiasmo da primitiva sociedade: diante dos convivas desconhecidos, da imponente presença da família e da virgindade burguesa, dos jovens pintores com a timidez de pessoas sem instrução, com medo de deixarem escapar uma inconveniência e tendo em vista uma espécie de decoro, congelaram em uma daquelas posturas de frieza e bom-tom que enregelam, no artista *afetado*, o riso natural da arte. Respeitavam a comicidade do professor, uma espécie de Fessor Bravo, homem severo, mas justo, que passava a metade do tempo repreendendo seus dois filhos e a outra esculpindo punhos de bengala. Não abusavam da credulidade sem fim da senhora de Versalhes. Eram bastante educados com a enfermidade do jovem surdo que os *enchia* com aquelas risadinhas que os surdos-mudos têm nos cursos, tentando chamar a atenção para a tabuleta assinalando a enfermidade, pendurada em seus peitos.

Com Anatole, tudo mudou. Ele pregava peças a rodo. Gritava no ouvido do surdo coisas que o faziam corar. Visitava o tempo todo o velho cavalheiro que tinha tanto medo de ver alguém invadindo seu quarto, desarrumando seus papéis, suas notas, seus cartões, que arrumava a própria cama. Repetia, com entonações de Prudhomme,[169] os anátemas do professor contra o descontrole da juventude de hoje; e falava escondido com os filhos deles, para lhes inculcar os mais satânicos princípios de insubmissão. Sobre a solteirona de Versalhes, fez dela sua vítima adotiva. Ele começou por persuadi-la, muito a sério, respaldado por textos de livros de medicina, de que a coabitação com um esquilo dava, com o tempo,

---

167 Claude-François Dannecourt, que publicou mapas da floresta de Fontainebleau.

168 Grupo de jovens pintores de vanguarda, reunidos à volta de Manet, que morava em Batignolles. Entre eles: Renoir, Monet, Sisley, Bazille, Pissarro, Degas. Foi desse grupo que nasceu o Impressionismo.

169 Ver nota 53.

a dança de São Guido. Ele a fez usar botas masculinas contra a picada de víboras para passear na floresta. Fez com que acreditasse que um dos dois americanos à mesa era um selvagem civilizado, mas que fora criado comendo carne humana. "Não é verdade?", dizia; e o americano, sabendo da brincadeira, respondia, com sorrisos vorazes e inquietantes, que era saborosa, que o gosto ficava entre a de carne de boi e a do rodovalho. Uma noite, depois de um ensaio secreto durante o dia, Anatole fez o ianque dançar uma assustadora dança antropofágica: os grandes olhos azuis arregalados do dançarino, seu nariz adunco, seu cabelo e bigodes louros, seu ar vampiresco de Polichinelo, a "figura" na qual fazia saltar, como um pedaço apetitoso, o olho de sua vítima, instalaram o horror do pesadelo nas noites da pobre senhora. Mas a mais bela peça que Anatole pregou foi a da leoa, que fez com que ela se trancasse por quinze dias em seu quarto. Ela havia lido em um jornal que uma leoa escapara de um zoológico em Melun: disseram-lhe que a leoa havia fugido para a floresta, que dera à luz a onze filhotes já bem grandes; e, para convencê-la do perigo, Anatole, todas as noites, entrava na sala de jantar com o rifle do estalajadeiro, como se não ousasse aventurar-se fora a não ser com uma arma.

LXXVI

MANETTE SE ENCONTRAVA PERFEITAMENTE FELIZ ENTRE AQUELAS duas velhas, no meio dessa reunião de homens. As atenções, as cortesias, as deferências se dirigiam à sua juventude, à sua beleza. Ela se sentia entronizada àquela mesa: estava lá como uma pequena rainha.

Encontrava ainda, naquela companhia, uma satisfação que lhe era nova, que a lisonjeava na falsa posição em que se achava. A esposa do professor, criatura boa e ingênua, se deixara enganar por suas excelentes maneiras, pelo modo com que a chamavam de "madame Coriolis", que ela ouvira na escada. Acreditava que o casal estava casado, que Manette fosse a esposa do pintor. Então, ela tinha respondido às suas amabilidades.

Em suas relações com ela, seus bons-dias, a proximidade trazida pelos vizinhos, os contatos amiúdes proporcionados pelas refeições em comum, tecera esses laços estabelecidos, como numa espécie de polidez do mesmo nível, entre mulheres do mesmo mundo e de situação social semelhante. De vez em quando, no banco de pedra no qual se esperava o jantar, ela honrava Manette com pequenos momentos de conversa familiar.

Manette ficava extremamente comovida por ser tratada assim; e empenhou-se em manter essa estima, alimentando o engodo, representando com arte admirável a comédia da mulher honesta que a mulher que não o é tanto adora e da qual, muitas vezes, sobe à cabeça de uma amante a tentação de se tornar de fato o que tenta simular.

Todas as manhãs, tinha um pequeno momento de ansiedade, com medo de uma descoberta, de uma indiscrição, ao interrogar a imagem da esposa legítima. Vigiava seus gestos, suas palavras, suas expressões, punha vestidos simples, lencinhos modestos, fazia pequenos trabalhos de costura, elaborava, com todas as maneiras de sua pessoa, a mentira que devia manter a ilusão e sustentar o engano da respeitável esposa do professor. E uma alegria interior a invadia, que se inchava e se pavoneava, em uma espécie de pequeno orgulho exuberante. Essa consideração de honestidade, que ela encontrava pela primeira vez, lhe causava a embriaguez, o atordoamento que provoca nas criaturas sem berço, e que nem sempre respiraram, naturalmente, como o ar ao redor, a atmosfera da estima.

Por isso, ela adorava Barbizon e não parava com risos e brincadeiras para zombar, como ela mesma dizia, desse Coriolis "*chorão*" que começava a reclamar da estada.

LXXVII

O HOMEM DA ALTA SOCIEDADE, O PARISIENSE MIMADO EM SUA CASA, despertara em Coriolis. Ele ficava fisicamente ferido por insignificâncias que não pareciam afetar ninguém ao seu redor, nem Anatole, nem mesmo Manette. A rusticidade da estalagem vinha se tornando dura para ele, quase entristecedora. Tinha saudades da boa poltrona que lhe faltava, com todas as pequenas insuficiências da hospedagem, com essa miséria de água e de panos para sua toalete, as toalhas de oito dias, a boca do jarro de água desbeiçada, a bacia de faiança com aquele pavoroso cor-de-rosa na borda.

A comida o enjoava com a monotonia das omeletes, as manchas na toalha de mesa, o garfo de estanho que sujava seus dedos, os pratos de Creil[170] com as mesmas charadas. O ácido vinhozinho local irritava seu estômago. Tinha a impressão de ser um homem arruinado, caído na vala comum de uma chácara. Vivendo em seu quarto, descobrira todas as misérias dos quartos mobiliados que se alugam no campo: o desbotado dos assentos, a imunda pobreza do papel de parede, o remendo da colcha, a cor desbotada das cortinas, o tapetinho gasto até a corda, o descolamento das placas da

---

170 Creil é uma pequena cidade da França que produzia pratos, jarros e outros utensílios em faiança, com imagens reproduzindo ilustrações históricas, fatos históricos, piadas, charadas, enigmas etc.

302 EDMOND E JULES DE GONCOURT

cômoda de segunda mão. Era tomado pelas instintivas inquietações que se apoderam dos que são delicados e doentios, expulsos de suas casas para esses alojamentos do acaso e da miséria, entre essas quatro paredes onde más litografias se deformam em molduras de madeira preta.

Ele havia esgotado aquele primeiro momento feliz que o parisiense tem ao sair de casa, ao trocar seu conforto pelo inesperado e pelas privações da estalagem. Não tinha mais a indulgência em relação à falta de todo o bem-estar que até suportaria no Oriente, mas que achava difícil e excessivo suportar a dez léguas de Paris: sua paciência com a cama precária, o jantar sem boa iluminação, os ladrilhos sem tapete, havia acabado com as distrações desconhecidas, com o prazer da novidade. Ele não podia deixar de se indignar interiormente, por instantes, contra o *atraso* da região, com aquele resquício de selvageria teimosa e de caipirice inculta que perdura nas margens das florestas, defendendo-se ali por tanto tempo contra a civilização e o conforto moderno, e continuando a conservar um pouco daquela França de cem anos atrás, próxima dos bosques, que punha caravanas de artistas para dormir sobre travesseiros de cascas de ovo.[171]

Além disso, seu hábito de ser servido estava completamente deslocado com o serviço ali prestado, espécie de serviço voluntário que as pessoas pareciam fazer por cortesia e no qual se revelava a independência do silvicultor, misturada com a superioridade do camponês que tem uma propriedade. Parecia se tratar de uma estalagem acostumada com pessoas de vida quase operária, sob os cuidados uma criada, pronta, se necessário, a cumprir a ordem que lhe dessem, de ir buscar um prato no bufê e água do jarro no poço. Era como se os hóspedes, alojados na casa, fossem recebidos ali como amigos com os quais não se tem cerimônia; e o estalajadeiro, que lhes dava a mão, parecia tratá-los, embora pagassem, unicamente para lhes fazer um favor e continuar a merecer a alcunha de "Benfeitor dos Artistas", inscrita em grandes letras no túmulo de seu predecessor.

---

171 Trata-se de um ponto de tricô.

LXXVIII

CORIOLIS SE ENCONTRAVA NAQUELE MOMENTO DE DESENCANTO quando, uma noite, na hora do jantar, percebeu, no final da rue de Barbizon, uma silhueta conhecida, a silhueta de Chassagnol tendo como única bagagem uma bengala que cortara em seu caminho na floresta.

– Bah! é você? Ah, que simpático...

– Sim, tinha necessidade de rever meu Primaticcio...[172] é por isso. Parti para Fontainebleau. Faz dois dias que estou lá. Disseram que vocês estavam aqui... E eu vim comer alguma coisa.

– Oh! Você pode ficar alguns dias conosco. Vamos lhe mostrar a floresta.

– Eu... Ah, você sabe, a floresta... Tenho horror disso, eu... Em Fontainebleau, durante o tempo em que eu não podia estudar meu artista... Eu ficava em um gabinete de leitura razoavelmente bem montado para a província. Eles têm uma coleção de românticos de 1830. É idiota, mas exalta... Nem fui ver as carpas.[173] Você sabe, eu estou estragado de verdade. Só gosto daquilo que o homem fez. Só isso me interessam... As cidades, as bibliotecas, os museus.

---

172 Pintor, arquiteto e escultor do maneirismo florentino que foi chamado por Francisco I para trabalhar no castelo de Fontainebleau.

173 Conhecido lago de carpas do castelo de Fontainebleau.

E então, o resto... Essa grande extensão amarela e verde, essa máquina que convencionamos chamar de natureza, é um grande nada do todo, para mim. Um vazio mal colorido que entristece meus olhos... Você conhece o grande charme de Veneza? É porque é o canto do mundo onde há a menor quantidade de terra vegetal. Ah, é isso! Manette vai bem? E Anatole?

– Sim, sim, você vai vê-la. Anatole ainda está na floresta, ele vai voltar.

Depois do jantar, quando os comensais deixaram a mesa, uns para jogar piquete com amigos, outros para passear, outros ainda para se deitar:

– Mas me parece que vocês não estão nada mal por aqui – falou Chassagnol, que acabara de dizer, sem se mexer, "não precisa!" para ao estalajadeiro que queria mostrar-lhe seu quarto.

– Nada mal! Hum! Hum!

E Coriolis contou a Chassagnol todos os seus pequenos contratempos em relação a conforto.

– Ah! Ah! – lançou de repente Chassagnol em meio a essas reclamações, com a explosão de sua eloquência vespertina inflamada pela imprudência das confidências de Coriolis. – Ah! Ah! Bem-feito! Grande aristocrata! Você, grande aristocrata! Fidalgo! Só você, por exemplo! E você vem aqui para ficar bem? Em um lugar frequentado por pintores! Pintores! Um bando de ratos, vivendo mal... Todos unhas de fome! Todos, deixe estar!

– Vamos, meu caro – tentou dizer Coriolis –, só porque há alguns pés-rapados entre nós, isso não é motivo para envolver toda a nossa classe.

– Sabe, os pintores, eu os adoro... Passei toda a minha vida com eles. Mas, precisamente por adorá-los, eu os vejo e os julgo... Todos, unhas de fome. Exceto você e uma dúzia de outros... – continuou Chassagnol se atirando completamente em seu paradoxo. – Oh! Os preconceitos! Os preconceitos do burguês! Você pensa nisso? Todos esses bons burgueses que têm, sob a calota do crânio, a ideia, a ideia entranhada, sólida, inextirpável, atrelada, de que um artista é um homem cheio de vícios caros, um perdulário, um esbanjador, um luxuoso! Um dispersador de dinheiro,

MANETTE SALOMON

que o joga fora à medida que o ganha, que adquire tudo do bom
e do melhor e do mais caro em bebida, em comida, em amores!
Mas eles são ordenados, arrumados, apertados... São regrados,
os artistas! Ah, a calúnia, meu amigo, a calúnia! Eles gastam...
Gastam quando são jovens para imitar seus camaradas; desper-
diçam um pouco do dinheiro enviado pela família, vindo de faca-
das nos pais, emprestado pelo sapateiro, dinheiro dos outros...
Mas, quando é dinheiro deles, quando é esse dinheiro sagrado e
solene, dinheiro ganho, dinheiro do talento e do trabalho deles;
quando desce para aquela parte do cérebro em que as contas são
feitas, que moedas em cima de moedas formam pilhas, e que
pilhas sobre pilhas formam essas coisas veneradas e consideráveis: rendas, casas, propriedades, ah, propriedades! Oh, então
penetra no artista uma economia... E que economia! A magnífica
avareza burguesa da arte! Enfim, em todas as outras profissões,
há, não é?, certo grau de fortuna, de lucros, de enriquecimento,
que empurra o homem para a largueza, o arrivista para o gasto,
o jogador feliz para o esbanjamento. Um agente da bolsa, tomo
um agente da bolsa de valores, um agente que tem um grande
ganho no mercado de ações, é capaz de enviar duas dúzias de
blusas enfeitadas com Malines[174] para sua amante... Mas na arte?
Procure! Parece uma indústria de luxo na qual os ricos permane-
cem como pobres-diabos. O dinheiro que chove sobre eles com o
sucesso conserva nas mãos a vilania e a imundície desse dinheiro
do esforço que se ganha com suor. Há muitos que têm anos com
ganhos de cirurgiões, receitas de 100 mil francos; há, portanto,
neste mundo, assinaturas que fazem valer 50 mil francos o metro
quadrado de tela. Pois bem! Não se preocupe, isso nunca vai dar a
eles a loucura do gasto e o desprezo de um homem que nasceu rico
pela moeda de um tostão. Uma raça insignificante... Com gostos
insignificantes, sentidos insignificantes, apetites insignificantes.
Sim, pessoas capazes de fazer fortunas como as dos tenores, sem
nunca terem a ideia de fumar um charuto de trinta tostões ou de
beber uma garrafa de Bordeaux de dezoito francos. No fundo, têm

---

174 Rendas de Malines.

naturezas de *povo*, quase todos... Uma pobreza de gostos que vem da origem, de primeira educação que combina muito bem com a vida deles, que simplifica tudo em seus arranjos da existência, o amor, o lar, a família, o interior. Rapazes nascidos com o pouco de requinte que permite o barateamento das duas coisas mais caras da vida: o prazer e a felicidade... A mulher, tomo a mulher porque é a estiagem da distinção, do luxo e da despesa do homem, por acaso ela causa, neste mundo, a grande despesa que provoca em outros lugares, em outras camadas sociais? Um pintor, quando ganha 40 mil, 50 mil francos por ano, ele se oferece esse animal de luxo e de preguiça, pastando notas, que vai passar para um jovem uma renda de 25 mil libras? Para o artista, a amante, quase sempre, o que é? Hein? O que é? Algo de útil, que conserta as roupas, uma companheira, uma mulher entre a governanta e a criada, boa moça que usa joias de prata dourada, mantidas com o benefício de suas virtudes domésticas... Da doméstica vem sua ordem, sua costura, sua economia. Esposa legítima? Meu Deus, é isso... Com um verniz... O lar? Um lar de trabalhador... Crianças vestidas com roupas velhas, endomingadas nos dias de festa... Pirralhos, com ranho escorrendo do nariz... É isso! Você conhece um só pintor que tenha carro? Nenhum, certo? Enfim, em todos os estratos, em todas as profissões, nas corporações de curtidores como nas associações de oficiais de justiça, até no mundo das letras no qual se ganha menos dinheiro do que pincelando pores do sol e no qual se pagam três tostões, quando pagam, uma ideia com a qual um pintor ganharia 3 mil francos por ano... Até nas letras, às vezes ouvimos as pessoas dizerem: Jantei ontem no Chose... E houve um jantar no Chose que teve tudo o que constitui um jantar. Entre os pintores, nunca! Eu peço que me mostre uma única pessoa que tenha feito um jantar verdadeiro na casa de um pintor. Se alguém disser isso, que prove! Mas não, o fogão de um pintor é mítico, é uma abstração. Desde o início do mundo, nunca se falou do fogão de um pintor! Os pintores, sabemos como recebem: eles convidam para noites em que, como refrescos, foi Gozlan[175] que denunciou isto, mostram

---

175 Léon Gozlan, escritor popular do século XIX, em Paris.

MANETTE SALOMON

gravuras e desenhos! E quando há circunstâncias impossíveis que os forçam a oferecer o cozido, eu os conheço, suas frases sobre a "sem cerimônia", a mesa com oleado, o vinhozinho de porteiro e o vinhozinho local, tão bom para a saúde! O vinhozinho, simples e natural, que se bebe em qualquer copo, sem pretensão! Eu os conheço, com seus cachimbos de barro! Os bares rústicos, as cantinas pitorescas, as cozinhas que envenenam, aonde eles nos levam no campo e de onde saímos com a ideia que eles nunca se sentaram num restaurante, com espelhos por trás das costas e três francos à frente dos pratos no cardápio! Os pintores? Ah, sim, os pintores! Mas se Solimena...[176] Sim, se Solimena voltasse...

E interrompendo-se bruscamente, vendo a cabeça de Coriolis que se inclinava:

– Você está dormindo?

– Perdão, meu caro... São duas da manhã. E, aqui, adquirimos um pouco os hábitos das galinhas. Às nove, todo mundo está *na palha*, como dizem nesta região...

– Duas da manhã? – repetiu tranquilamente Chassagnol. – Duas da manhã... O carro sai às seis... Não vale a pena ir para a cama. Vou passear um pouco lá fora. Ah! E então, se eu fosse acordar Anatole? Sim, é isso, vou acordar Anatole. Vou dar uma volta junto com ele.

---

176 Pintor do barroco italiano, que reuniu uma grande fortuna.

LXXIX

ANATOLE, CANSADO DE VADIAR E ATORMENTADO PELO REMORSO de sua arte, havia começado um estudo na floresta. Ele tinha ido com um desses grandes trajes de artista que dão aos pintores, sob a folhagem, o ar terrível de bandidos da paisagem, com um casaco militar azul, um chapéu de malfeitor, uma faixa vermelha na cintura, calças de pano cru, polainas de couro, o guarda-chuva cinza pendurado sobre sua mochila. E tinha ido assim, bravamente, *caçar o motivo*.

No entanto, ao fim de dois dias, começou a descobrir que o que ele fazia não funcionava, que a natureza o derrubava, e que o bom Deus era decididamente mais forte que a pintura. Deitou-se numa pedra, olhou para o céu, as distâncias, os topos ondulantes das árvores, as oito léguas da floresta até o horizonte; depois seu olhar desceu e se deteve na pedra. Ele estudou os pequenos musgos em tom de azinhavre, o tigrado negro de gotas de chuva, os escorrimentos luzidios, os salpicos de branco, as pequenas cavidades molhadas nas quais apodrece o ruivo caído dos pinheiros. Então ele acreditou ver algo se mexendo, espiou, procurou com todo cuidado uma víbora, e acabou adormecendo com o sol sob as pálpebras.

Nos outros dias, ele recomeçou. Denominava isso de "dormir copiando a natureza".

MANETTE SALOMON

Depois, ia fazer algum protesto em favor do pitoresco, ao modo do paisagista Nazon: punha sapatos pesados contra as plantações que desonravam a floresta e pisoteava por duas horas as pequenas mudas em linha dos pinheiros. Passava dias com o homem das víboras, o velho com dois bastões e duas caixas de répteis. Ia papear com o vendedor de abobrinhas-do-mato da Cave aux Brigands. Era conhecido nas cabanas dos guardas de cervos. Jogava bocha na entrada da floresta com pessoas comuns que conheciam pintores; tocava trompa com cavalheiros que punham, à noite, no final de Barbizon, o eco dos mezaninos dos vendedores de vinho da terça-feira gorda.

À noite, ele se infiltrava, com roupa sombria, no fundo dos bosques, e permanecia sem se mexer, sem fumar, sem ofegar, esperando um bramido, esperando ver um desses fantásticos combates de cervos que são a lenda da região.

Nunca tivera uma existência tão suave e tão plena. A floresta o alimentava com espetáculos, emoções, distrações. Ele tinha grande prazer em procurar tudo o que ali se encontrava, o que a mão apanhava no chão, debaixo do mato, com uma espantosa alegria. Da caça a víboras, passou à colheita de cogumelos.

Uma noite de chuva fazia crescer plenamente os cogumelos, como se fossem relva, avolumando-os, enormes, aos pés dos carvalhos: Anatole sempre voltava com o casaco amarrado nos quatro cantos, pesado e cheio daquelas *girolles* douradas que o passo esmaga, de tanto que elas se aglomeram.[177] Ele mesmo as preparava, em azeite, à moda provençal: porque era cozinheiro bastante bom por gosto e vocação, e não era preciso que a mesa implorasse muito para transformar uma toalha em avental e remexer numa caçarola seu famoso pernil de cordeiro judaico.

Como o tempo voltara a ficar seco e os cogumelos acabaram, Anatole retornou ao seu estudo, trabalhou mais um ou dois dias. Então, de repente, em plena Bas-Bréau, os carvalhos que o observavam viram o incorrigível mestre dos Pierrôs pendurar na árvore que ele havia pintado um Pierrô enforcado.

---

177 Cogumelos amarelos em forma de campânulas, comestíveis.

Anatole deu essa pintura ao seu novo amigo, o estalajadeiro. E esse presente estreitou a intimidade que o misturava com toda a família; porque ele tinha se tornado um camarada para a casa. Vivia um pouco na cozinha; participava, aos domingos, das noitadas da casa e dos conhecidos em avental de trabalho do campo, das partidas de carteado à luz de velas das criadinhas que vestiam touca, com cartas engorduradas e castanhas secas para contar os pontos.

Quando o estalajadeiro ia fazer a feira da semana, no sábado, em Melun, levava Anatole em sua carriola e o fazia comer, em um restaurante, aquele extra que é um sonho para um estômago de Barbizon: uma lagosta. E os dois voltavam só à noite, um pouco embriagados, fraternalmente unidos pelo braço de um sobre o ombro do outro.

LXXX

———————

– E ENTÃO – DISSE ANATOLE CERTA MANHÃ, BATENDO NA PORTA de Coriolis –, você não vem para Marlotte? Um passeio que acabamos de combinar por causa do bom tempo que vem fazendo. Vamos a pé, vamos visitar a Mare aux Fées, o Long Rocher, as Ventes à la Reine, passeio de dois dias: vamos?

– Não... Seria muito duro para Manette... Mas então veja se é melhor lá do que aqui.

Anatole voltou:

– E então? – perguntou Coriolis.

– Ah, meu caro, soberbo! O Long Rocher... Fomos ver à noite, com uma lua magnífica! Parecia um cenário para a Porte-Saint-Martin,[178] com um belo crime dentro.

– E as estalagens?

– As estalagens, deliciosas! Tanta gente! Nada de matusaléns como aqui... Muitos jovens! E que vivacidade! Ah, de verdade, eles... São ouvidos a meia légua na estrada, até as duas da manhã.

– E a comida?

———————

178 Teatro da Porte-Saint-Martin, consagrado a melodramas românticos cheios de crimes.

– Oh! A comida... Pesquei para eles um fantástico prato de rãs, vá! A comida? Sabe, não prestei muita atenção... Por exemplo, o vinho é melhor do que aqui. Um verdadeiro pai Lajoie,[179] meu querido, o estalajadeiro de lá... Sem cerimônia, usando chinelos... Ah! Ar muito simpático! Muito animado, o lugar. Chegam bandos do Quartier Latin, mulheres que vêm de cabelo solto, em chinelos e vestindo uma camisa para a semana. Isso traz ares da Closerie des Lilas[180] na floresta. Enfim, eu lhe digo, é o que há de mais alegre.

– Bem, agora estou sabendo – disse Coriolis.

– Não tem como se entediar um só minuto – continuou sem ouvir Anatole –, histórias de mulheres durante todo o dia; a amante de fulano que acusou a amante de beltrano de ter lhe tirado as marcas das meias... Fizeram uma cena na mesa! As camas? Não senti nada... Bem! Acho que não seria mal ficarmos por lá! – concluiu Anatole, atormentado pela necessidade de movimento que as crianças têm e sempre pronto para mudar de lugar.

– Obrigado – disse Coriolis. – Levo Manette para lá?

– Ah! É verdade, sim, Manette... Não pensava nisso – disse Anatole, como um homem de repente esclarecido por Coriolis, e tendo quase nenhuma percepção nítida, imediata e pessoal das conveniências da vida.

---

179 Possível referência a *Le Père Lajoie*, almanaque destinado aos camponeses e que continha a vinheta de um sábio barbudo.

180 Antigo baile público na Avenue de l'Observatoire, que subsiste hoje sob forma de restaurante.

LXXXI

MANETTE, A VELHA SENHORA, O VELHO SENHOR, o professor e sua família haviam se retirado da sala de jantar. E Anatole demonstrava seus talentos de queimador de aguardente passando a concha em Ruolz,[181] cheia de açúcar, na chama de uma tigela de ponche apostado e perdido por Coriolis.

Narrações, lembranças que numa sociedade de homens, na efusão tagarela da digestão, surgem da memória de cada um e se espalham depois do primeiro cachimbo, histórias de todos os países e de todas as cores, cruzavam-se ao redor da tigela de ponche.

Um dos americanos, num francês impossível, contava que, por amor a uma cigana, se juntara a um bando de ciganos correndo pela América. E entrou nos detalhes mais curiosos sobre essa vida de três meses, mesclada com roubo, aventuras e adivinações, interrompida por um incidente singular. A mulher do chefe morreu: a religião do bando exigia que ela fosse enterrada na areia, e só havia areia a quinze dias de caminhada, no Potomac: na viagem, seu amor pela cigana diminuía à medida que o cheiro da morte aumentava; ele, no meio do caminho, terminara por fugir dos boêmios e de sua amante.

---

181 Liga à base de cobre prateado ou dourado por galvanoplastia, muito empregada na fabricação de talheres.

Um cosmopolita, um observador espirituoso e encantador, um rapaz conhecedor dos cantos e recantos das capitais da Europa, falava de dois salteadores assassinos que havia visto serem enforcados em Florença. Esses malfeitores matavam sem se sujar ou se comprometer. Tinham, cada um, uma espécie de capa de guarda-chuva que enchiam de terra compacta e com a qual aplicavam pequenas pancadas, muito suavemente, no epigástrio da vítima, de maneira a nunca criar hematomas ou extravasamento de sangue. Vinte minutos, em média, bastavam para essa pequena operação. Depois disso, voltavam para casa, como se fossem camponeses honestos, com suas bainhas de guarda-chuva esvaziadas. Em seguida, vinham descrições de outros enforcamentos, maravilhosamente observados, contados com todos os detalhes impressionantes e científicos da coisa testemunhada, terminando com o quadro sinistro de um lançar na eternidade, em Londres, com o carrasco esplenético, a capa de borracha sobre o condenado, e a eterna chuvinha desconsolada das execuções por lá.

Outro expunha as origens de Barbizon, evocava as mais antigas lendas do país, atribuía a imigração de pintores a uma espécie de precursor mítico, um pintor de História desconhecido da época do império, um discípulo anônimo de David, que veio morar no país, em tempos pré-históricos, e que pediu a um certo padre Ordet um sabre para ir à floresta. Ele tinha, segundo a tradição, um criadinho, o qual fazia posar nu na floresta e nos rochedos; e era tudo o que se sabia de sua história. Seus sucessores tinham sido Jacob Petit, o pintor de porcelanas, depois um monsieur Lediu, depois um monsieur Dauvin. Na sequência vieram Rousseau, Brascassat, Corot, Diaz, chegando por volta de 1832, dois anos depois de, na estalagem, fundada em 1823, haverem construído um primeiro andar com um quarto de três camas, ao qual subiam por uma escada de pedreiro, e onde, à noite penduravam o estudo do dia acima da cama. Foi nessa época, acrescentou o historiógrafo, que se pôde fixar o início da segurança do país para os artistas, não por causa de bandidos, mas por causa dos guardas que, até então, prendiam por excesso de pitoresco "os homens com bastões", que o pai do atual estalajadeiro era obrigado a ir buscar.

MANETTE SALOMON

Anatole havia enchido os copos.

– Aqui! Surdo, aqui está o seu – disse ao de Batignolles.

– Mas diga, danado! Você recebeu uma carta pesada esta manhã. Você vai nos pagar alguma coisa. Venha aqui um instante para retomarmos nossa conversa.

O surdo de Batignolles tinha um traço cômico, a avareza, uma avareza que se diria ter sido acumulada por várias gerações camponesas dos subúrbios de Paris. Nutria uma desconfiança terrível daquele mundo em que se aventurava, e que uma tia, de quem não parava de falar, como sobrinho respeitoso e como herdeiro afetuoso, lhe havia, sem dúvida, pintado como um antro. Nada era mais engraçado do que seu medo grosseiro de ser trapaceado e a preocupação contínua com que ele negava ter dinheiro no bolso. Falava sempre de sua miséria, dos setecentos miseráveis francos da pensão de sua tia, de seus credores de Batignolles. Mostrava, como obrigações, cabeçalhos de contribuições, resmungava, mastigava números, contas de pobre, pedia o preço de tudo. Quando queriam que ele jogasse, pedia para jogar apenas centavos; e quando perdia cinco tostões, dizia que iria penhorar sua sobrecasaca de veludo.

A brincadeira habitual de Anatole consistia em convencê-lo de que queria se casar com sua tia, uma piada que, apesar da monstruosidade, não deixava inquietar vagamente, pela insistência diária e ar sério de Anatole, as esperanças do sobrinho.

Quando o surdo se sentou ao seu lado, Anatole agarrou seu pescoço como se quisesse desatarraxar sua cabeça, aproximou sua boca do melhor de seus dois ouvidos e gritou, lá dentro, com todas as suas forças:

– Quantos anos você me disse que tem sua tia?

– Trinta e cinco.

– Vamos dizer, quarenta. É gostosa?

– Quem?

– Sua tia.

– Minha tia? É uma mulher bonita.

– Ela teria filhos se eu me casasse com ela?

– Hein?

– Estou perguntando: ela teria filhos se eu me casasse com ela? Porque eu só quero me casar com a certeza de ter filhos...

– Ah, puxa... Não sei, eu...

– Isso me basta. Você é meu amigo. Tem que me fazer casar com sua tia...

O surdo balançou a cabeça toscamente e lançou um:

– Não – meio formulado em um sorriso idiota.

Anatole voltou a agarrar sua cabeça:

– Você não acha que sou bom partido?

O surdo olhou para ele e continuou a rir, com uma risada indefinível.

– Onde você vive?

– Rue Cardinet... 14.

– Há ônibus para lá?

– Sim.

– Vou ver você.

O surdo continuava rindo.

Anatole retomou:

– Vamos todos ver você... Sua tia vai ficar contente, essa excelente mulher que é sua tia. Um coração de ouro... Eu a imagino daqui... Ela fará um jantarzinho...

– Quanto mais gorda é a cozinha, mais magro é o testamento... – murmurou o surdo com uma espécie de finura maliciosa.

– Ah, muito bom! Ele é um malandro! Um provérbio! A sabedoria das nações! Ele é um amor de surdo, vá! Que canalha, hein! – acrescentou Anatole, virando-se para os outros que, chegando um após o outro, tomavam a cabeça do sujeito de Batignolles e gritavam para ele em seu bom ouvido:

– Vamos todos para a casa de sua boa tia, todos nós!

– Sabem de uma coisa? – interveio alguém. – Vou abrir o jogo. Ele não é surdo coisa nenhuma... Ele nos prega uma peça. É um truque que sua tia ensinou para que não empreste nem cem tostões a ninguém.

Anatole o pegara pelo pescoço e lhe atirava no tímpano, com uma voz cavernosa, fatal e mefistofélica:

MANETTE SALOMON

– Você me disse que gostaria de ser um homem de gênio... Sim, você me disse. É uma ambição honesta. Só há uma maneira... É começar comendo sua fortuna.

– Tocar no meu *tapital*! – exclamou o surdo, em um primeiro sobressalto, com a articulação de uma criança. Em seguida, voltando a si e recuperando a serenidade, ao mesmo tempo boçal e dissimulado, começou a dizer, como se falasse consigo mesmo sobre suas ideias: – Eu... Não quero me casar. Gosto de gente famosa, eu... Vou convidá-los... Um dia. E, além disso, gostaria de fundar alguma coisa depois da minha morte...

– É isso! – berrou Anatole para ele –, uma fundação, bravo! Isso! A fundação de um ponche perpétuo em Barbizon! Trezentas e sessenta e cinco tigelas por ano! Ótima ideia! Você será a chama do seu século! Venha nos abraçar!

E todos, imitando Anatole, se lançaram nos braços do surdo, pasmado e se debatendo.

LXXXII

VENDO QUE SEU BANDO ESTAVA FELIZ, Coriolis se resignou à paciência. O trio permaneceu na estalagem, continuando sua vida de passeio e preguiça, gozando do ar, da floresta, do campo, quando uma noite apareceram à mesa dois novos rostos: um sujeito gordo e radiante, de pescoço largo, mãos enormes; e uma pequena mulher, sua esposa, moreninha, muito seca e nervosa, com grandes olhos negros, traços finos, recortados, quase pontiagudos, com uma amabilidade azeda, olhos desdenhosos, palavras cortantes, elegância correta e afetada do alto comércio parisiense; um tipo de esposa legítima de artista na qual uma espécie de puritanismo rabugento, uma dignidade eriçada, uma suscetibilidade agressiva, sempre em guarda contra qualquer falta de respeito, uma honestidade nítida, afiada, rica, quase amarga, desenham ao pequeno-burguês uma pequena madame Roland[182] que não deu certo.

À primeira vista, ela viu o que Manette era; e, durante o jantar, deixou cair sobre ela dois ou três daqueles olhares com que mulheres decentes sabem como lançar seu desprezo e seu ódio no rosto dos outros.

---

182 Manon Roland, que desempenhou papel importante na Revolução Francesa, militante girondina, atuante, corajosa, foi decapitada em 1793.

MANETTE SALOMON   319

Ao sair da mesa, Manette perguntou à esposa do estalajadeiro quem eram aquelas pessoas e se iriam ficar por muito tempo. Descobriu que se chamavam monsieur e madame Riberolles; que vinham passar ali todos os anos uma parte da temporada. O marido, corpulento, por um contraste frequente em todas as artes entre o aspecto do indivíduo e o tipo de seu talento, era especialista em pintar ramos de groselha e de cerejeira em pequenos painéis, dos quais deixava o fundo e os veios da madeira. Sua esposa passava o dia todo com ele, nunca o abandonava: tinha muito ciúmes dele.

No dia seguinte, no almoço, Manette voltou a encontrar o desdém de madame Riberolles, afastando-se de seu raio, fugindo dela, afetando não a ver, não a ouvir; e ela percebeu o constrangimento, o embaraço, essa espécie de vergonha perturbada que a esposa do professor sentia em sua presença, evitando seu olhar e sendo a primeira a se levantar na sobremesa, para não a encontrar.

Daquele dia em diante, Coriolis ficou muito espantado ao encontrar em Manette um eco, uma voz que, pouco a pouco, se misturou com suas queixas. As coisas estavam nesse ponto quando, uma noite, um dos americanos começou a dizer que, em seu país, a profissão de modelo era considerada vergonhosa; e, como exemplo do preconceito, relatou que, num dia em que havia desenhado um modelo de mulher numa academia de Nova York, nenhuma jovem, em um bailinho ao qual ele tinha ido à noite, se dispusera a dançar com ele. O honesto americano havia contado isso com grande inocência e em completa ignorância do passado de Manette. Sua história, apesar de tudo, magoou profundamente Manette: encontrou nela um insulto direto; quis absolutamente ver nisso uma intenção de alusão e de ofensa. Apesar de tudo o que Coriolis lhe dissesse, ela se agarrou, com uma teimosia tola e furiosa, a essa ideia, cravada para sempre no cérebro de uma mulher do povo, e que nada consegue arrancar, nem o raciocínio, nem a evidência. Declarou a Coriolis que nunca mais apareceria em uma mesa em que era insultada.

Anatole não dizia nada. No fundo, não lhe desagradaria deixar a estalagem: o lugar o acusava de um crime. Como havia embriagado o corvo favorito da casa com conhaque, ele o fulminara. Pensando que tivesse fugido, procuraram-no por todos os lugares.

Coriolis prometeu a Manette que ela não iria mais jantar à mesa dos pintores. Todos os três seriam servidos separadamente. Ele não estava muito mais contente do que ela com a estalagem; mas, embora estivesse pronto para partir, pediu que ficassem mais alguns dias. Tinham lhe falado de Chailly: iria ver se não conseguiriam se acomodar um pouco melhor por lá.

E tinham ficado nesse arranjo quando, depois de uma caça com rede, para destruição de grandes animais dos quais se queixavam os camponeses, um pintor do lugar, uma das celebridades locais, o famoso paisagista Crescent, tendo recebido um cabrito-montês do guarda geral, convidou para uma refeição em sua casa todos os artistas que estavam em Barbizon, Coriolis, "sua dama" e Anatole.

LXXXIII

CRESCENT ERA UM DOS GRANDES EXPOENTES DA PAISAGEM MODERNA.
No grande movimento do retorno da arte e do homem do
século XIX à natureza *natural*, nesse estudo simpático às coisas às
quais as velhas civilizações vão se retemperar e se refrescar, nessa
busca apaixonada das belezas simples, humildes, ingênuas, da
terra, que permanecerá sendo o encanto e a glória de nossa escola
presente, Crescent tinha feito um nome e um lugar à parte. Foi um
dos primeiros a romperem bravamente com a paisagem histórica,
o local composto e tradicional, a folha de salsa heroica que compunha a folhagem, a árvore monumental, cedro ou faia, trisssecular,
abrigando inevitavelmente um crime ou um amor mitológico. Ele
estivera no primeiro campo, na primeira grama, na primeira água;
e lá toda a natureza lhe surgira e falara com ele. Olhando ingenuamente e religiosamente para o ar e para seus pés, a poucos passos
de um subúrbio e de uma barreira,[183] ele havia encontrado sua
vocação e seu talento. No campo comum, vulgar, desprezado no
âmbito da cidade grande, descobrira o campo. O pomar misturado
com os pastos, os conjuntos de tetos de palha dentro de um buquê
de sabugueiro, as magras encostas das vinhas, as ondulações das

---

183 Barreiras de alfândega que se situavam nas entradas de Paris e assinala-
vam a separação entre campo e cidade.

colinas baixas, as leves cortinas de choupos, os ralos bosques claros dos grandes subúrbios, foram suficientes para que ele encontrasse essas obras-primas "que podem ser feitas – dizia um de seus grandes camaradas – sem sair dos arredores de Paris".

Para ele, a terra não tinha lugares-comuns: o menor canto, o menor assunto o inspiravam. Uma chácara, um terreno cercado, um riacho sob o bosque marulhando sob o casco de um cavalo de carroça, um trecho de trigo verde cheio de papoulas e flores amassadas pelo burro de uma camponesa, uma borda de macieiras em flor, brancas e rosas, como árvores do paraíso: eis suas pinturas. Uma linha do horizonte, um charco, uma silhueta perdida de mulher, era só disso que precisava para levar o espectador a ver e tocar com o olho a planície de Barbizon.

Sua pintura transmitia a respiração da floresta, da relva molhada, da terra dos campos gretada em grandes torrões, do calor, e, como diz o camponês, o *tufo* de um belo dia, do frescor de um rio, da sombra de uma estrada ladeada por barrancos: exalava perfumes, *fragrâncias*, hálitos. Do verão, do outono, da manhã, do meio-dia, da tarde, Crescent oferecia o sentimento, quase a emoção, como um admirável pintor de sensações. O que ele buscava, o que exprimia acima de tudo, era a impressão, viva e profunda, do lugar, do momento, da estação, da hora. De uma paisagem, exprimia a vida latente, o efeito penetrante, a vivacidade, o recolhimento, o mistério, a alegria ou o suspiro. E, de suas lembranças, de seus estudos, ele parecia carregar em suas telas a espécie de alma variável, circulando em torno da seca imobilidade do motivo, animando a árvore e o terreno: a atmosfera.

A atmosfera, a posse, o manejo contínuo, o abraço universal, a penetração das coisas pelo céu, tinham sido o grande estudo daqueles olhos e daquele espírito, sempre ocupados em contemplar e a apreender os encantos do sol, da chuva, da neblina, da bruma, as metamorfoses e a infinita variedade de tonalidades celestes, as vaporizações mutáveis, as flutuações dos raios, as decomposições das nuvens, a admirável riqueza e o divino capricho das colorações prismáticas de nossos céus do norte. Por isso, o céu para ele não era nunca *um fato isolado*, o topo e o teto de

MANETTE SALOMON

uma pintura; era o envolvimento da paisagem, dando ao conjunto e aos detalhes todas as relações de tom, o banho no qual tudo se encharcava, da folha ao inseto, o ambiente circundante e difuso de onde se erguiam todas as miragens da natureza e todas as transfigurações da terra.

E às vezes, em suas telas, que eram o poema rústico das Horas encontrado na ponta do pincel, ele espalhava a manhã, a aurora empoada, as últimas varreduras da noite, o dia tímido em uma névoa de orvalho, a luz prateada, virginal, como que tecida por fios da Virgem, sob a qual a vegetação se arrepia, a água solta seus vapores, o vilarejo desperta: dir-se-ia que sua paleta era a paleta de *Angelus*.[184] Às vezes ele pintava o meio-dia ardente e empoeirado, cinza por causa do calor tempestuoso, com seus tons neutros e ardentes, seus sóis surdos, fazendo pesar a insipidez desalentadora do verão sobre a sesta dos ceifeiros. E toda uma série admirável de seus quadros se desenrolava à tardinha, com seus incêndios celestes, seus rolos de nuvens cor de rubi em um horizonte de ouro, os vagarosos desvanecimentos, o empalidecer do dia, a descida da serena melancolia própria às horas negras sobre o campo que se extingue e quase se apaga.

Dentro disso tudo, Crescent frequentemente criava uma cena, alguma cena campestre, a semeadura, a ceifa, a colheita – um desses trabalhos nutridores do homem nos quais ele buscava indicar a antiga grandeza e santidade com a singeleza austera das poses, com o arredondado da linha rudimentar, o tipo de estilo rude de uma humanidade primitiva, fazendo da camponesa, da mulher trabalhadora, curvada sobre a gleba, daquele corpo no qual o labor do campo matou a mulher, a silhueta plana e rígida vestida como que da descoloração dos dois elementos em que vive: o marrom da terra, o azul do céu.

---

184 Referência a *Angelus*, de Millet, de 1858, um dos mais célebres quadros de seu tempo.

LXXXIV

O JANTAR OFERECIDO POR CRESCENT ACONTECEU A UMA HORA, horário do jantar no campo, sob uma tenda feita com lençóis, erguida no jardim.

O cabrito-montês, servido com todos os molhos, foi consumido alegremente. E logo, na expansão daquela refeição ao ar livre, Crescent e Coriolis, que tinham de antemão, sem se conhecerem, uma estima mútua por seus talentos, se tornaram quase amigos, conversando confidencialmente e no isolamento do bate-papo a dois.

Com seu riso, sua alegria infantil, essa mistura de familiaridade burlesca e de galanteria atenciosa, que constituía seu encanto junto às mulheres, Anatole conquistou imediatamente madame Crescent.

Apenas Manette, um tanto deslocada naquele jantar de homens, no qual não havia outra mulher com ela exceto madame Crescent, demonstrava uma espécie de constrangimento.

A esposa do paisagista percebeu isso; e, mal a sobremesa foi posta à mesa, ela lhe disse:

– Minha linda, venha ver meu galinheiro. Isso vai diverti-la mais do que ficar com todos esses homens horrorosos... E o senhor? – disse ela, voltando-se para Anatole, o senhor, o *chefe*...

MANETTE SALOMON

Madame Crescent tinha pelas galinhas o gosto, a paixão disseminada e popularizada em Barbizon pela *galinhomania* de Jacques, o pintor-gravador. No final do jardim, no campo, ela havia criado um pequeno parque dividido em quatro compartimentos, incluindo uma poda de choupos que, ligados a postes amarrados com vime, formavam a cerca, forrada no fundo com palha de centeio. Ela levou Manette e Anatole até lá, puxou o grande fecho da porta e lhes mostrou os galinheiros com paredes de pedra, atravessados por ripas, cobertos pelo colmo; os pequenos galpões unidos aos galinheiros por uma extensão de abrigo contra a chuva; os poleiros móveis, os ninhos em vime presos à parede por uma haste de madeira, as caixas de criação. Ela lhes explicava isso e aquilo, dizia que precisava de um terreno que não pegasse umidade, que não *estragasse*; que os galinheiros estavam expostos a leste, porque a exposição ao sul provocava parasitas; que, no inverno, era preciso pôr uma boa camada de esterco sob os galpões, para evitar que as galinhas tivessem frio. Ela os retinha no pequeno local, no meio do gramado, onde depositava areia fina que as galinhas usavam para ciscar. Mostrava um cocho coberto que havia inventado para proteger o grão da chuva e dos pisoteios.

E, muito contente com as surpresinhas de Manette, encantada com Anatole, com seu ar e seus assentimentos de conhecedor, com seus gritos imitativos com os quais perturbava o galinheiro, cocoricós com os quais fazia os galos se pisotearem e se bicarem hostilmente, mostrava e remostrava suas Houdan, suas Crèvecœur, suas Cochinchine, suas Brahma, suas Bentham, suas espécies nativas e exóticas, suas galinhas anãs: verdadeiras bolas de seda. Ela chamava todos esses animais, os pequeninos, os grandes, falava com eles, os acariciavas com uma espécie de ternura embriagada, misturada a um sentimento familiar.

LXXXV

MADAME CRESCENT ERA UMA MULHER BAIXINHA E ROLIÇA, com um jeito atarracado, com algo de grotesco, de divertido, de cômico. Duas chiquinhas de cabelo cor de cânhamo, em desordem, escapavam em sua testa sob a renda de sua touca. Seus olhos azuis muito claros mostravam uma grande brancura quando ela olhava para cima. Tinha um narizinho espantado, uma pele fresca com maçãs do rosto rosadas como uma maçã api. Um quê infantil perdurava naquele rosto de mulher quarentona, que, às vezes, parecia revelar a face e a pele de uma menina sob a touca de uma avó.

Camponesa ela era e camponesa permaneceu em tudo, no corpo, nos hábitos, na linguagem e na alma. Seus vestidos, feitos em Paris, lembravam, nas costas, os papos e as dobras do vilarejo. Usava sapatos cujo barulho remetia a passos masculinos. Contava que seu primeiro chapéu a deixara surda e que, por duas vezes, quase fora atropelada naquele dia. Suas ideias eram as ideias teimosas da ignorância do povo; excêntricas sobre a medicina, republicanas sobre o governo, sobre um modo de governar que imaginava, das francesas contra estrangeiros, de economista, querendo impedir que os ingleses comprassem o que se come na França. Particularmente contra os ingleses, nutria todos os tipos de preconceitos: estava convencida de que davam, em Paris, uma renda de 100 mil francos à filha da rainha da Inglaterra. Tudo isso

MANETTE SALOMON

jorrava dela misturado, com finas observações de camponesa, em tiradas jocosas, em uma linguagem colorida pelas palavras de sua região e as expressões suburbanas de Paris, uma linguagem meio aprendida, meio criada, meio inventada, meio estropiada, uma língua de tropeço e de acaso, que brigava com a gramática e que tinha um fundo de gosto dos campos, a originalidade nativa e bruta daquela natureza que permanecia campestre.

Ria sempre e resmungava sempre. Era uma mistura de bom humor e de impaciência, rabugices sem amargura fazendo subir a vivacidade de seu sangue, e acessos de hilaridade que rebentavam, verdadeiras cascatas de riso, que produziam em seu gogó um som de pilhas de cem tostões caindo e que quase a estrangulavam.

Mas o mais curioso dessa criatura é que ela não podia conter nenhum pensamento seu. Ela não conseguia conservá-lo, íntimo, secreto, fechado, escondido, como todo mundo. Um sentimento, uma impressão, surgiam imediatamente em seus lábios. Seu cérebro pensava alto com palavras. Tudo o que a atravessava, as ideias mais barrocas, mais absurdas, mais "endiabradas", como ela dizia, chegava, no mesmo momento, à ponta de sua língua. As palavras de coisas que lhe passavam pela cabeça escapavam por causa de um fenômeno estranho, como o borbulhar de uma panela sem tampa. E isso era nela tão involuntário quanto instantâneo. Muitas vezes, logo depois de um mau cumprimento lançado à primeira vista de alguém, ficava vermelha como uma cereja e infeliz como um rato pelado.

Aquela personalidade singular a fazia falar da manhã à noite e a conversar com tudo, com as paredes, com o cômodo onde se encontrava. Em um eterno monólogo de confissão, dizia sozinha, inocentemente, o que fazia, o que ia fazer, o que a ocupava, o que olhava, todas as ninharias de sua imaginação, o anúncio de suas menores intenções. Trabalhando, cozinhando, conversava com seu trabalho; dialogava com tudo que suas mãos tocavam: avisava uma batata que ia cozinhá-la. Interpelava o carvão, a lareira, as panelas, ralhava com todo tipo de coisas que a deixavam com raiva e que ela chamava seriamente de *horrores*, uma palavra universal que aplicava a tudo.

Um amor, uma paixão, enchiam a vida de madame Crescent: a adoração pelos animais. Os bichos eram sua felicidade e como que seus filhos. Parecia haver sentimento materno em sua caridade e em sua ternura para com eles.

Ela havia sido alimentada por uma cabra, que nunca a deixava, que ela levava consigo para os campos, para os bosques. Aos doze anos, tinha visto sua ama de leite ser morta e devorada por seus pais. Desde esse momento, a revolta, o horror de seu estômago por carne tinha sido tal que ela passara toda sua juventude sem poder tocar nem mesmo num torresmo; e mesmo agora não comia de bom grado o que era carne, recusando-se a provar a caça, ou o que lembrava a ela um pássaro, vivendo de vegetais e de verdura, como único alimento inocente e sem crime. Seu instinto naturalmente tinha a religiosa repugnância do brâmane pelo bicho que viveu e foi morto: para ela, o açougue parecia um canibalismo.

Gostava dos animais como que fisicamente. Havia laços secretos entre ela e eles, uma espécie de cadeia, relações como de uma outra vida em comum. Sua amamentação por uma cabra, esse primeiro sangue formado por uma ama de peito animal, esses misteriosos laços naturais que estabelece com um ser humano, quase lhe deram uma solidariedade de parentesco, uma comunhão de sofrimentos com os animais. Suas doenças, suas alegrias, mexiam um pouco com suas próprias entranhas. Ela sentia viver sua vida neles. Quando via algum sendo maltratado, levantavam-se de seu pequeno corpo, de sua timidez, uma ousadia, uma raiva, interpelações em plena rua que assustavam. Contra os açougueiros levando suas reses para o matadouro, contra os carroceiros batendo nos seus animais com violência, ela tinha acessos de raiva que a faziam voltar para casa em fúria, com a touca torta, terrivelmente indignada. Sonhava à noite com todos os cavalos que vira apanhando durante o dia.

Quase que só pensava nisto: os animais. Sua grande alegria era ver um cachorro, um gato, qualquer coisa viva, que voasse, que brincasse, feliz com a felicidade de um animal na terra ou no céu. Os pássaros, sobretudo, ocupavam seus pensamentos. Por eles, ela temia o frio, o inverno, a neve, a fome, a tempestade que os espalha fazendo-os piar.

Um pássaro que cantasse no telhado fazia com que ela passasse uma hora meio escondida por trás de uma persiana, distraída, interessada, absorta, sem se mover, perdida numa atenção amorosa, encantada, com uma imobilidade de êxtase nas dobras de seu vestido. E quando, sob um lindo sol de primavera, alegre em todo seu corpo, trotava alegremente, ele ia até ela, com uma voz que parecia agradecer o bom tempo e os primeiros brotos verdinhos, como uma caridade do bom Deus para aqueles pobres pequeninos: "Os pássaros estão gordos este ano, há muita erva-de-bicho; eles vão encher as barriguinhas".

LXXXVI

– AH! ESTÃO NA *BUTIQUE* – DISSE MADAME CRESCENT, usando a palavra que seu marido empregava para denominar seu ateliê, e ela voltou do jardim com Manette e Anatole.

Encontraram Coriolis e Crescent no ateliê conversando familiarmente: Coriolis encantado por ter, finalmente, encontrado um pintor com quem pudesse falar um pouco de sua arte; Crescent, o selvagem, vivendo afastado dos habitantes locais, muito feliz por conhecer um conversador sagaz que comentava sua pintura, o lembrava de quadros vistos em vitrines de marchands, analisando-os como um homem que os havia estudado, farejado, sentido. Da pintura, a conversa passou ao lugar, à falta de conforto nas estalagens, coisa singular, perto de uma floresta tão bonita, ao lado de um ponto de encontro tão importante de passeadores e curiosos. Coriolis compartilhou com Crescent sua tristeza por tê-lo conhecido apenas na hora de partir, de voltar a Paris. O lugar lhe agradava; ele teria gostado de passar mais um ou dois meses ali, mas não estava bem alojado nem via um meio de conseguir ficar melhor.

– Um meio? – indagou vivamente madame Crescent, que achava Manette encantadora. – Mas existe um... Basta que se tornem nossos vizinhos, só isso. Se em vez de ficar na estalagem... A casa, você sabe, Crescent, aquela que está ali, do outro lado do nosso muro?

– Ah, é verdade – disse Crescent. – Eles me escreveram... A família inglesa que vem todos os anos. Eles não vão aparecer este ano. Estou encarregado de alugar... Então, se achar que pode servir... Há um pequeno ateliê onde o marido fazia aquarelas amadoras... Mas venha ver, será mais simples.

E, levantando-se, foi mostrar a casa vizinha, uma casinha alegre, construída com pedras embutidas em cimento vermelho, com venezianas e persianas pintadas cor de mogno, telhado de telha, escondido à sombra de duas grandes bétulas, de aparência agradável pela rusticidade confortável de uma instalação inglesa.

– Vamos assinar o papel – disse Coriolis ao final da visita.

E, no dia seguinte, instalavam-se na casa, onde a cozinheira, chamada de Paris, lhes preparava o jantar.

LXXXVII

A VIZINHANÇA DE PAREDE-MEIA, AS INSTRUÇÕES QUE MADAME Crescent era obrigada a dar sobre o aprovisionamento feito em Barbizon por entregadores, as visitas a todo minuto para perguntar alguma coisa, pedir emprestado, devolver algo, produziram, em alguns dias, a maior intimidade entre as duas mulheres.

Manette estava encantada com a nova conhecida. No fundo, sentia certo alívio por não ter mais de "se comportar" como com a esposa do professor, por sentir-se libertada da reserva, da vigilância sobre si mesma, de todo esse modo cerimonioso que tivera tanta dificuldade em manter. Sentia-se à vontade com essa mulher gordinha, com seus modos espontâneos, sua linguagem popular. Aquela companhia rude, grosseira e cordial de mulher do campo a devolvia a seu próprio meio, ao mesmo tempo que permitia conservar a superioridade de sua juventude, de sua beleza e de sua distinção parisiense.

Além disso, Manette também se sentia lisonjeada por encontrar nessa relação o fato de ter uma mulher casada, mulher honesta, estimada, amada em toda a localidade, como sua acompanhante. Pois madame Crescent não tinha preconceitos: possuía aquela singular indulgência da esposa para com a amante, bastante comum no mundo das artes, e que talvez demonstre por aí, às mulheres legítimas, o exemplo de todas as amantes que acabam por se casar.

MANETTE SALOMON

Por sua vez, a boa mulher encontrava um vivo prazer na companhia de Manette, em uma espécie de autoridade da experiência e da idade para com essa bela e jovem mulher que poderia ser sua filha. Seu coração caloroso e amoroso de camponesa sem filhos ia, por si só, na direção dessa companheira simpática que representava a ela uma presença, um auditório, que dava ouvidos ao tagarelar que Crescent nem mesmo ouvia.

Assim, quando a via, tinha como que um desabrochar. Logo que Manette chegava, à tarde, era tomada por uma espécie de grande e louca felicidade, que a transtornava e a fazia bagunçar tudo e gritar, como se fosse a maior surpresa: Minha linda, vamos fazer uma boa salada com creme!

Depois, no jardim, em meio às flores, na sombra quente, com os olhos felizes por olhar para Manette, com sua voz estridente que se adoçava de todo, deixava escapar esta frase como uma música.

– Como estamos bem aqui! É como se estivéssemos deitadas no musgo do paraíso...

LXXXVIII

CORIOLIS PASSAVA HORAS NO ATELIÊ DE CRESCENT.

Não podia deixar de invejar aquela facilidade, o dom daquele homem que nascera pintor e que parecia ter vindo ao mundo só para fazer isto: pintar. Admirava aquele temperamento de artista mergulhado tão profundamente em sua arte, sempre feliz e se alegrando dentro de si, todos os dias, por colocar tons finos na tela, sem que jamais se insinuasse na felicidade e na aplicação de sua operação material uma ideia qualquer de celebridade, glória, dinheiro, preocupação com o público, com o sucesso, com a opinião geral. Que sempre houvesse motivos, efeitos noturnos e matinais no campo, e tintas no negócio de Desforges,[185] era tudo o que Crescent desejava. Ao vê-lo trabalhar sem inquietação, sem hesitação, sem cansaço, sem esforço de vontade, parecia-lhe que o quadro brotava de sua mão. Sua produção tinha a abundância e a regularidade de uma função. Sua fecundidade se assemelhava ao decurso de um trabalho operário.

E, de fato, à primeira vista, o homem e o ateliê mostravam o caráter da vida operária, do operário.

---

185 Provavelmente Deforge, e não Desforges, comerciante de tintas, telas, emoldurador, famoso restaurador de obras de Paris.

O ateliê era um celeiro com uma prancha sustentando, a sete ou oito pés de altura, telas viradas de costas, três cavaletes de madeira branca e algumas cerâmicas lascadas do vilarejo.

O homem era atarracado, com uma cabeça forte emoldurada por barba ruiva, com grandes olhos azuis, olhos *vorazes*, como um de seus amigos havia definido. Ele usava as calças de lona e os tamancos do camponês.

LXXXIX

ENTRETANTO, OLHANDO BEM PARA CRESCENT, percebia-se no homem inculto e rústico uma espécie de Jean Journet[186] dos bosques e dos campos. Também havia nele algo da figura daquele Martin,[187] o lavrador visionário da Restauração, que tinha ouvido vozes e Deus lhe falar em um prado. Seu jeito, seu aspecto, seus gestos pesados, a testa que parecia borbulhar, seus silêncios, o sorriso que passava por seus lábios grossos, seus olhares, exalavam o sentimento vago, penetrante, perturbador, que poderíamos perceber diante de um camponês apóstolo.

Sem instrução, sem educação, não lendo nada, nem mesmo um jornal, ignorante de tudo, mesmo do governo que estava no poder, fechado em si mesmo, não se misturando com os outros,

---

186 Utopista, socialista francês, que se definia como "apóstolo do fourierismo", perseguido pela polícia, várias vezes preso, de comportamento excêntrico e ingênuo, caminhante incansável. Teve a simpatia de muitos intelectuais da época, foi fotografado por Nadar e retratado por Courbet. Autor de muitos panfletos e de poesia.

187 Thomas Martin, conhecido como Martin de Gallardon. Camponês, teve visão do arcanjo Rafael (em sobretudo e cartola) que o teria encarregado de dizer a Luís XVIII para pôr ordem no país, fazer barragem aos heréticos e restabelecer uma monarquia absoluta apoiada na fé. Foi recebido por Luís XVIII.

não vendo ninguém, evitando visitas, retirado, enclausurado em sua "barbizoneira", indiferente ao mundo, não tendo posto o pé havia uns doze anos nem no Luxemburgo,[188] nem nas Exposições, surdo ao barulho de sua mulher, Crescent chegara, por excesso de solidão e contemplação, à espécie de misticismo ao qual a arte agreste eleva as almas simples.

A embriaguez de um panteísmo inconsciente lhe viera desses estudos errantes a que se dedicava fora de seu ateliê, sem pintar, sem desenhar, imerso no infinito dos céus e dos horizontes, mergulhado de manhã à noite na relva e, durante o dia, deslumbrando-se com a luz, bebendo com os olhos a aurora, o pôr do sol, o crepúsculo, aspirando os odores cálidos de trigo maduro, a acre voluptuosidade dos aromas da floresta, os grandes sopros que abalam a cabeça, o vento, a tempestade, a borrasca.

Essa absorção, essa comunhão, esse abraço das visões, das cores, da fantasmagoria do campo, tinham, com o passar do tempo, desenvolvido em Crescent a espécie de iluminação de um vidente da natureza, a religiosidade inspirada de um sacerdote da terra em tamancos. A ruminação dos devaneios de um pastor, a exaltação das percepções de um artista, a tenacidade camponesa da meditação, o trabalho superexcitante do isolamento, a imensa embriaguez sagrada da criação, tudo isso, misturado nele, lhe dava um pouco do êxtase dos antigos solitários. Como com alguns grandes paisagistas de existência selvagem, cheios de ideias congestionadas, parecia que a seiva das coisas tinha subido ao seu cérebro.

---

188 Museu do Luxemburgo, museu de arte contemporânea da época.

XC

OS CORIOLIS E OS CRESCENT ADQUIRIRAM O HÁBITO DE SE ENCONTRAR À noite, passando o serão alternadamente na casa uns dos outros. Os homens papeavam, fumavam; as duas mulheres jogavam baralho. No jogo, madame Crescent trazia suas vivacidades, a mais cômica paixão, reagindo com desesperos infantis quando perdia, zangando-se com as cartas, injuriando-as, batendo nas figuras e dizendo: "Quem precisa desses Pierrôs aí, desses Macabeus! Vejam só! Uma chuva de espadas, o rei de espadas! É esse monstro que me fez perder! Ah, por exemplo, a primeira vez que pegar um *moreno*... Pois bem! Sim, um gato preto... Traz boa sorte...

Os homens riam, e, na hilaridade, a gargalhada de Crescent explodia, sonora e larga, igual àquela gargalhada de Lutero que se ouve nas *Conversas à mesa*.[189]

– Veja lá, madame Crescent, calma – dizia Anatole –, vamos jogar juntos, e ficará mais feliz.

– Não jogue com minha esposa – gritou Crescent, continuando a rir –, ela trapaceia!

---

189 Obra editada em 1566, na qual amigos e discípulos de Lutero transcreveram o que ele dizia à mesa. Lutero falava livremente de tudo, com muita verve.

MANETTE SALOMON

– Eu trapaceio? Ah, caramba! – exclamava madame Crescent sobre esse ponto, com a exclamação barbizoniana que usava em todas as ocasiões: – Conversa fiada! – Ela engasgava de indignação e de raiva. – Eu, trapaceando? Repita isso, que estou trapaceando... Mas, você sabe, você, um dia eu vou dar corda, e você vai se enforcar, você vai ver!

Ela se mexia, se levantava, ia, voltava, se agitava, não conseguia ficar calada nem parada. Trepidações de nervos a percorriam; era atormentada por influências atmosféricas, tomada e sacudida por inquietações animais que a faziam correr até janela e olhar com medo.

– Vejam só! Estão vendo, ali, no canto, o que é amarelo no céu, tenho certeza, vão ver, ainda vai ter um... Ah, sim, riam! Vai acontecer um, estou dizendo... Ah, bom Deus, como sou infeliz! O senhor não acredita em mim, monsieur Anatole? Então venha ver.

– Mas não, madame Crescent, não é nada, não vai haver tempestade... Espere aí! A desforra...

– Sabe, eu tenho isso no meu corpo, veja aqui o tropeço... Eu sou como uma condenada, isso começa na planta dos meus pés... E depois nos braços... Eu tenho, sabe... Tenho formigamento nas unhas. Ah, deixa pra lá! O rei, eu marco.

Esquecia a tempestade, voltava à sua preocupação, à monomania de suas ternuras. – Imagine só – ela começava a dizer –, a gente daqui é tão safada, é tão... Sei lá o quê, oh! Os descarados! Se tivessem os meios, fariam uma carnificina com todos os pobres animais da floresta. Então! O Boichu... Ele sai todas as tardes, no cair da noite, não sei o que vai fazer, mas Deus de Deus, se eu fosse o guarda! É minha praga, aquele homem. Além disso, é feio como o coisa-ruim. Eu, primeiro, todas as pessoas que machucam os animais, eu as sinto. Antigamente, em Paris, em uma casa onde morávamos, um dia, ao voltar, eu disse ao meu marido: um açougueiro se mudou para cá... Mas não... Mas sim... E era verdade: eu sabia, tinha sentido o cheiro na escada! Eu! Um homem capaz de fazer um animal sofrer, não sou uma traidora, sou? Eu rolaria a cabeça dele com o meu pé! E não me importaria nada com isso! E aqui é uma desgraça. As crianças, tão pequenas, que se a gente fosse lhes assoar o nariz sairia leite, só sabem aprontar para fazer o mal: sempre atrás de fuzis, de pistolas... São pequenas pragas que vão virar caçadores furtivos. E as menininhas também! Elas são ainda piores os meninos. Há caçadas. Isso as deixa com maldade. Pois não é que hoje a filha de Prudent, aquela mosquitinha, estava atirando areia na sua espingardinha na corça que nós temos! Não viram, minha corça, quando ela me segue, tão bonitinha, atrás da carriola? Ah! Meti um *tabefe* naquela malandrinha que a deixou *bufando* o dia inteiro, juro! Monstrinhos! Querendo machucar os animais!

Crescent tentava interrompê-la:

– Vamos lá, deixe um pouco Anatole conosco, faz uma hora que ele não aguenta mais...

– Ah, monsieur Anatole, diga aí – retomava ainda madame Crescent, segurando-o pelo braço –, tenho certeza de que, nisto, o senhor há de concordar comigo. O senhor sabe, esse realejo que veio tocar aqui em frente de casa? Pois bem! Não é que o governo deveria proibir os realejos... Porque, o senhor sabe, podemos ver por nós mesmos, deve haver alguma influência nos cachorros com raiva, não?

XCI

– OH! SENHORA! SENHORA! PINTORES COM UM MORDOMO! – gritou para madame Crescent a pequena empregada que a ajudava nas tarefas domésticas.

– Um mordomo, para *mordomar* o quê? – disse madame Crescent, e passou pela janela uma cabeça toda desgrenhada: ela viu, em frente à porta dos Coriolis, um brake atrelado com quatro cavalos.

Era Garnotelle quem, conduzido por alguns de seus jovens alunos aos passeios de Fontainebleau, e sabendo que Coriolis estava em Barbizon, vinha lhe dizer um rápido bom-dia.

– Vou ficar com você por uma hora – disse ele.

E como Coriolis queria que eles voltassem para jantar, ele e sua turma:

– Impossível, jantamos no...

E Garnotelle lançou o nome de um dos grandes castelos dos arredores.

– Ah! O que você anda fazendo por aqui?

– Nada de nada... Estou pensando em fazer alguma coisa. E você?

– Estou apenas trabalhando para conseguir uma curta estada em Roma para o final do outono, porque Roma, veja você... É o único lugar no mundo que provoca a ojeriza de coisas que são vivas demais... Do sucesso fácil, do sorrisinho... Aqui, a gente vai, a gente escorrega, por mais que se aguente... Enquanto lá, o estilo, o estilo... Entra, penetra em você... É o ar! Basta aquela grande linha horizontal... – e, com a mão, ele desenhou a severidade de um campo plano. – A grande linha horizontal! Além disso, aquele acervo de arte, o desenho altivo e conciso de Michelangelo! Rafael! Mas, diga aí, esses senhores e eu ficaríamos curiosos em ver as pinturas da estalagem daqui.

– Vamos levá-lo até lá com Anatole.

Partiram. Ao longo do caminho, Anatole tomou conta dos alunos de Garnotelle, que eram russos de grandes famílias se divertindo em aprender arte; e, ao chegar à grande sala da estalagem, começou:

– Não há catálogo, senhores. Vou substituí-lo. Digo-lhes que este é um verdadeiro pequeno museu do Luxemburgo. Todos os nomes, todas as tendências, toda a escola moderna... Todos os gêneros. Ali, a morte de um besouro sob Péricles... O neogrego... Um tocador de pífaro italiano... O rabo de Léopold Robert! Uma mulher Luís XV... Schlesinger chique e companhia! O bretão que fuma seu cachimbo... A Bretanha de Leleux! Um café na Floresta Negra... A escola de cerveja de Estrasburgo! A Verdade saindo de um balde de cerveja... O grande movimento de cervejarias! O templo do Realismo, no fundo do jardim, com uma porta onde tem: "*É aqui...*". A escola de alegoria! E nomes! Vejam! Esta vista de Veneza, pintada em *amarelo solar*... Bonington! Esses carneiros... Brascassat! Um tártaro na neve... Horace Vernet *fecit*[190] *em diligência*! Esta dança de ninfa ao luar... Gleyre! Este duelo na Idade Média... Delacroix! Vejam que ele usava *verde-cadáver* para assuntos dramáticos. Estes dois guardas... Meissonnier! Aquele casco e aquela lanterna de estábulo... Ali... Um Decamps! Um puro Decamps! O mais curioso é que todos esses farsantes assinaram com pseudônimos.

---

190 "Fez." Palavra latina frequentemente empregada junto a assinaturas. Em latim no original.

MANETTE SALOMON

Mostrou uma cabeça com grande chapéu, desenhada com carvão na parede:

– O retrato do nosso anfitrião, por Flandrin, *ipse*[191] Flandrin!

As peças de Anatole pregadas em estranhos quase sempre causavam uma irritação insuportável nos nervos de Coriolis. Achava aquilo, segundo uma expressão sua, horrivelmente "coisa de cabeleireiro" e, se não se tivesse contido, teria cedido ao desejo de bater nele. Arrastando Garnotelle para a sala ao lado, ele tentou chamar sua atenção para um painel emoldurado na parede.

Anatole continuava:

– Isso?

E mostrava, diante da lareira, uma tela representando o fim de um jantar em Barbizon, na qual se viam mulheres fumando cigarros, beijos de amantes, artistas pálidos e sonhadores, e bebedores sanguíneos, de braços nus, em madras vermelhos.

– É de monsieur Ingres! Ele a pintou quando passou oito dias aqui, em sua lua de mel, quando se casou com sua segunda esposa, a Ideal... Para substituir a sua primeira, a Linha, que havia morrido... Uma extravagância em seu trabalho. Muito curioso... Um senhor já ofereceu 25 mil francos e um cachimbo em escuma do mar, que herdou de sua mãe.

Voltando à casa de Coriolis, Garnotelle chamou Anatole de lado e disse:

– Meu caro... Que você queira pregar peças em mim, muito bem. Mas fazer esses senhores de tolos, acho isso estúpido.

– Garnotelle, você me deixa triste. A alta sociedade estragou você. Está desertando os grandes princípios de 89... A igualdade perante a piada!

---

191 "O próprio." Em latim no original.

XCII

DAS CONVERSAS SOBRE SUAS PRODUÇÕES ARTÍSTICAS, das confissões sobre o ofício que era o deles, Crescent e Coriolis tinham chegado às confidências sobre suas vidas, contando o passado um ao outro.

– Eu – dizia Crescent – sou camponês, filho de camponês. Quando cheguei aqui, um dia, num campo, ceifadores zombavam de mim: chamavam-me de "o parisiense". Fui até um que me chamava assim, bancando o idiota peguei a foice de suas mãos, perguntando se era muito difícil, se cortava... E então, vlan! Dei uma foiçada na hora. Ah! Ele viu que eu conhecia o ofício dele melhor do que ele próprio e que eu não tinha braço curto para aquele trabalho! Depois disso, todos tiram o chapéu para mim.

História simples, a dele. Fizera o serviço militar. Quando criança, voltando da cidade, desenhava em seu vilarejo as imagens que tinha visto nas lojas de Nancy. No regimento, continuara a rabiscar e, sendo um péssimo soldado, teve a chance de encontrar um capitão que se extasiava com suas caricaturas. Quase todos os dias, era a mesma cena: "Que coisa! F... da p...!", dizia o capitão, que o havia mandado chamar. "O que é, Crescent? Outra falta no serviço... Eu deveria mandar fuzilar você, p... que p...! Você está de sacanagem! P...! Olha! Senta aí e me faça a caricatura da mulher do sargento..." Depois da caricatura feita: "Incrível, aquele b... lá!

É a f... da p... da f... da p... da sargenta...". E pela janela: "Tenente! Venha ver a caricatura desse p... do Crescent!".

Ao deixar o regimento, Crescent se casara com sua mulher, uma *paisana*, pobre como ele, que encontrara nas calçadas de Paris. Com o admirável instinto de devoção de uma mulher do povo, ela o deixava fazer "suas coisinhas" das quais nada entendia, trazendo para o casal todos os seus escassos ganhos de operária.

– Rude miséria – dizia Crescent, referindo-se àquela época –, e bicos! Não há como negar. Ah! Eu fazia de tudo, mulherzinhas nuas no gênero de Diaz que agora me fazem saltar quando as revejo. Uma vergonha! – E sua voz tinha a indignação de um rigorismo sincero, o remorso de uma natureza de artista austera e severa. – De tudo! – resumia. – E depois, gravura em água-forte de ornamentos... Como ela corria, minha pobre e boa esposa, por qualquer tempo, chuva, neve, perseguindo os vendedores de feiras, os comerciantes nas entradas dos prédios, encharcada, enlameada, com uma pequena pasta de papelão e sua touca de linho, para conseguir uns tostões aqui e ali! Não, minha mulher, veja bem, só eu sei o que ela vale! Finalmente, um pouco de dinheiro apareceu... Tive a ideia de me tornar proprietário. Sim, proprietário...

E ele explodiu em uma daquelas ruidosas gargalhadas que faziam tremer a claraboia de seu ateliê.

– Comprei por trinta francos um vagão de carga que havia sido sucateado pela ferrovia de Orléans. E, com ele, cinquenta metros de terreno a cinco francos no Petit-Gentilly. Pus meu vagão no meu terreno, uma casa como qualquer outra, muito cômoda, posso garantir. Às vezes, um policial que via luz ali à noite gritava: Quem está aí? Eu respondia: Proprietário! Sabe? Eu alugo ainda hoje por setenta francos para um comerciante de aparas, e os reparos são às custas dele. Pois bem! Foi essa casa que me transformou em paisagista. Ela me fez descobrir o Bièvre...[192] E eu venho daí. Eu, homem do campo, não tinha visto o campo de jeito nenhum. É minha origem, estou dizendo. Sim, aquele sem-vergonha de riozinho, foi ele que me batizou. Comecei a pescar ali dentro aquilo que sou, o

---

192 Rio da região da Île-de-France, afluente do Sena.

que sinto, o que pinto... Sim, o Bièvre, foi ele quem abriu a janela grande para mim.

E, tirando de uma arca de pão um monte de painéis de estudo que limpou com a manga:

– Aqui está! Veja...

XCIII

E O ESTRANHO CANTO DE SUBÚRBIO E DE CAMPO EM QUE CRESCENT tinha aberto os olhos e encontrado seu gênio se desenrolou diante de Coriolis.

Eram os curtumes ao lado do teatro Saint-Marcel: uma água marrom, avermelhada, espumosa, água de nitreira, coletada entre revestimentos de pedra, uma espécie de cais cheio de cubas de madeira rebocadas, sujas de brancuras esverdeadas de barro, ao lado das quais o branco e o preto de pelagens de carneiro eram separados por mulheres em camisolas lilás, protegidas por chapéus de palha. A água pesada e suja, turva e sem reflexo, fluía entre altos pardieiros industriais, curtumes com tons de reboco velho, caiados com cal berrante; as janelas, sem persianas, eram abertas como buracos; as cumeeiras encimadas por varais recortavam no ar, sob o telhado e águas-furtadas, silhuetas de pérgolas; peles brancas pendiam encarquilhadas lá no alto, em grandes varas; e a água ia se perder em um fundo cortado por velhas barreiras de madeira negra, em uma desordem de construções remendadas, de arquiteturas cinzentas, de chaminés retas e pretas de fábrica, de grandes gaiolas com aberturas gradeadas, barrando, no céu, a cúpula do Val-de-Grâce.

A partir daí, os estudos de Crescent subiram a Bièvre. Passaram pela lama na qual menininhos andam descalços e menininhas andam com as grandes chinelas de suas mães, por todo o bairro Mouffetard, por essas ruas onde só se entreveem, do outro lado da abertura das portas, montanhas de casca de carvalho[193] e andares de casas claras com telhados de telha; e haviam encontrado essa espécie de infeliz natureza, a natureza de Paris, a natureza que vem depois das ruas batizadas de Campagne-Première.[194] Os esboços de Crescent traduziram o estilo de miséria, a pobreza, o raquitismo melancólico desses prados surrados e amarelados em alguns lugares, espremidos entre muros altos, regados pelo estreito Bièvre, secamente sombreados por choupos e pequenos conjuntos de salgueiros. Punham diante dos olhos aquelas estradas negras de carvão que avançam ao longo desses quadrados pantanosos nos quais pastam os pangarés; essas linhas do horizonte e de colinas ondeadas nas quais explode um branco brutal de uma casa nova, esses caminhos ao lado de campos de trigo branqueando ao sol, nos quais terminam os lampiões nos postes verdes; esses pedaços de paisagem em tom de gesso nos quais o vermelho de uma cereja em uma cerejeira surpreende como uma fruta inesperada de coral; esses lugares vagos, verdes de urtigas, em que o azul de um casaco adormecido nas costas de um homem escondido mostra uma sesta suspeita de bêbado ou de assassino.

A parte alta dos céus suburbanos de luz aguda, das nuvens com arredondados sólidos e concrecionados, dos céus baixos pesando nas encostas, era recortada por hastes de varais. Então reaparecia ainda o Bièvre arrastando pedaços de musgo semelhantes a cogumelos podres, o Bièvre rolando como um riacho de curtume, água operária, e sujeira de um rio que trabalha. Nessas pinturas de Crescent, ele serpenteava e corria, encaixado sob salgueiros meio

---

193 De onde se extrai o tanino para o curtume.

194 Talvez um equívoco dos autores. Em Paris, há apenas uma rue Campagne-Première. O equívoco poderia se originar no duplo sentido da palavra *campagne*: campo e campanha (no sentido militar). Seu nome veio de um general revolucionário, proprietário dos terrenos onde ela se abriu, e que queria comemorar sua primeira campanha militar, em 1793. É uma rua de Montparnasse, tradicionalmente habitada por artistas, e foi escolhida por Godard para a última sequência de seu filme *Acossado*.

mortos, sabugueiros com ramalhetes de flores vibráteis, entre as fábricas, as lavanderias, os casebres apoiados em contrafortes, semelhantes a prédios queimados, cuja chama teria enegrecido a porta e a janela; contra barris de lavagem, pedras achatadas para bater a roupa, a parte baixa dos abrigos com grandes telhados musgosos e mofados, sob os quais duas mãos de operários laminam peles sobre pedaços de madeira redonda.

Desse pobre rio oprimido, desse córrego infecto, dessa natureza magra, enfermiça, Crescent soubera extrair a expressão, o sentimento, quase o sofrimento.

XCIV

COM A PRONTA ADAPTAÇÃO DE SUA NATUREZA AOS LUGARES onde ele se encontrava, sua facilidade em se encaixar no molde da vida circundante e nos hábitos de uma localidade, Anatole, um pouco cansado da floresta, vinha se tornando um verdadeiro habitante de Barbizon, e seus dias corriam preenchidos por passatempos de pequeno-burguês de vilarejo.

Depois do almoço, passando por sob a porta baixa na qual a avareza do camponês havia economizado em altura, ele entrava na rústica tabacaria do lugar e gastava ali, regularmente, seus cinco tostões em tabaco; então, empoleirando-se diante da vendedora, na lareira pintada em madeira preta, se entregava ao prazer de fumar cigarros, de ver os consumidores que vinham, conversavam sobre os campos, os cereais, as aberturas dos tribunais de Melun, pegava no voo as notícias locais, sabia de cor os móveis da sala caiada, o balcão, o almanaque, a tabela de preços de venda do tabaco, a balança, os dois potes brancos com borda azul e a etiqueta: *Tabaco*, os copos decorados com a cabeça de Luís Napoleão, presidente da República, e de onde saíam cachimbos de barro, o relógio em sua caixa de nogueira, com seus ponteiros parados e seu mostrador imóvel adornado com o cobre que estampava Jesus e a Samaritana. E seu olhar encontrava sempre a mesma diversão na parede do fundo, contemplando a imagem colorida da rue

MANETTE SALOMON   351

Zacharie, representando o *Catafalco do imperador Napoleão nos Invalides*, um catafalco amarelo com guirlandas verdes, com alegorias cor-de-rosa da fama, iluminadas por quatro queimadores de incenso, tendo, em primeiro plano, uma mulher usando um chapéu verde-ervilha, um boá no pescoço, um xale azul-celeste com franjas laranja sobre um vestido vermelho, de mãos dadas a um menininho com calças colantes e botas à maneira dos hussardos.

De vez em quando ele dizia palavras à vendedora, e a velha vestida de madras então espichava dentre os ombros sua cabeça enterrada, lentamente e de lado, com o movimento penoso e suspeito de uma tartaruga, e lhe respondia: "O que foi, por favor?".

Depois de uma ou duas horas gastas assim, quando se cansava da tabacaria e da vendedora, grudava em um nativo ou em um artista e o levava para perto da estalagem, a um pequeno bilhar onde os galos pulavam do quintal para a sala, e onde o garçom era um pequeno camponês em pantufas.

Para suas noitadas, tinha encontrado uma distração. Havia no local um açougueiro aposentado que, a fim de criar relacionamentos, popularidade, atrair pessoas de Barbizon para sua casa e abrir, dizia-se, o caminho para a prefeitura, tinha pensado em fazer sessões de lanterna mágica. Anatole se tornou naturalmente o projecionista do açougueiro, um demonstrador espantoso, o cicerone delirante da lanterna mágica, que ele parecia ter nascido para ser.

XCV

A GRANDE AMIZADE DE MADAME CRESCENT PELA AMANTE DE CORIOLIS recebeu um golpe súbito e fatal a partir de uma revelação fortuita: madame Crescent descobriu que Manette era judia.

Havia naquela boa mulher todas as superstições do povo, de um velho povo provinciano.

No fundo de si dormiam e reviviam ocultamente as credulidades do passado contra os judeus, a tradição de suas hostilidades contra os cristãos, as fábulas populares absurdamente derivadas do artigo do Talmude que permite roubar a propriedade de estrangeiros, vistos como brutos, que podem ser mortos. Ela tinha em sua imaginação a vaga flutuação de sacrifícios de crianças, de feridas sangrando nas hóstias, de crueldades ímpias, de histórias de bicho-papão enfiadas no *credo* da barbárie e da ignorância das lendas de vilarejo.

De suas origens, ficaram-lhe os preconceitos envenenados, a suspeita, o ódio, o desprezo contra essa raça de feiticeiros parasitas, não produzindo nada, não semeando, não cultivando e surgindo sempre, sempre despontando do sulco do arado, onde quer que haja uma vaca para vender, a parte de um negócio para tomar. De sua infância, voltava-lhe aquilo que a embalara, as maldições da França do leste, dos camponeses da Alsácia e da Lorena, as duas regiões de sua mãe e de seu pai, as duas províncias em que a

MANETTE SALOMON

usura cedeu parte do solo aos judeus. E dessas lembranças, dessas impressões, desses instintos, finalmente desencadeara nela a ideia obstinada e irrefletida de que tudo o que era judeu, homem ou mulher, era ruim e marcado com o sinal de prejudicar, trazendo fatalidade aos outros e, inevitavelmente, fazendo a desgraça e a ruína de todos os que permitiam que eles se aproximassem.

Embora sem nada encontrar em Manette que pudesse justificar seus preconceitos, embora buscando raciocinar, escapar de sua injustiça, fazer entrar em sua cabeça, repetindo para si mesma que há pessoas boas em todos os lugares, madame Crescent não conseguia superar as lições da infância, as antipatias de seu velho sangue de Lorena. E, com sua observação despertando num sentimento desconfiado, com aquele senso penetrante de julgamento que oferece às naturezas boas e simples a mera comparação de si mesma para com os outros, ela começou a descobrir em Manette uma espécie de alma interior, escondida, envolta, profunda, suspeita, quase ameaçadora para o futuro de Coriolis.

Madame Crescent tinha uma natureza muito voltada para fora, quase não era dona de suas impressões e de sua fisionomia para permanecer a mesma pessoa com Manette. Manette imediatamente percebeu a mudança. Sua reserva provocava contenção em madame Crescent; e, em poucos dias, cresceu um grande frio instintivo entre as duas mulheres.

XCVI

SETEMBRO TROUXERA OS ÚLTIMOS DIAS BONS. A floresta, sob o calor do verão, emanava irradiações mais suaves. Tons amarelos e vermelhos escorriam pelas pontas das folhas, rompendo as cruezas do verde. O céu fazia grandes buracos nas massas mais leves. Ao redor dos galhos que se desnudavam e apresentavam desenho mais nítido, as folhas mais raras adicionavam apenas nuanças. Acima dos azevinhos de tom metalizado, dos zimbros com densa vegetação, tudo se fundia elevando-se em harmonias supremas e esmaecidas, que misturavam as tonalidades do sul às névoas do norte. Era como ver as despedidas da floresta. A abóboda de seus grandes caminhos banhava em uma ternura verde e rosa; desfazia-se em tons de pastel e em limpidez de neblina iluminada. Por um momento, aquilo tremia como um cenário prestes a desaparecer; e os carvalhos, com seus grandes braços, a estrada com seu mistério, os bosques com sua luz moribunda, sua transparência de encantamento, pareciam mostrar aos pensamentos de Coriolis o caminho de um conto de fadas, a avenida de uma Bela Adormecida. Por vezes, nessas horas, a floresta não tinha para ele quase nada de real; enlevava sua imaginação acima da terra: se um cavaleiro negro de romance ou um paladino da Távola Redonda surgisse de alguma curva do Bas-Bréau, não o deixariam muito surpreso.

MANETTE SALOMON

Porém, pouco a pouco, com o outono, a melancolia que cai dos grandes bosques penetrava Coriolis: ele era atingido por aquela lenta e surda tristeza que envolve os frequentadores, os amantes de Fontainebleau, e perfila as costas tão desoladas de artistas nas alamedas sem fim.

Ele começava a encontrar meditação na floresta, a grandeza silenciosa, a aridez taciturna, a espécie de sono maldito de uma floresta sem água e sem pássaro, sem alegria que flui, sem alegria que cante; de uma floresta tendo apenas chuva na lama de seus charcos e o grasnido do corvo no céu enamorado. Sob a árvore sem felicidade e sem pranto, a terra lhe parecia sem eco; e seu passo se entediava sobre esse solo arenoso que absorve o barulho com o rastro do caminhante, e onde todas as sonoridades da vida dos bosques vão caindo gota a gota, se afundando e se perdendo.

As paisagens rochosas agora lhe apareciam com sua dureza rude e seu rigor nu. Até as magnificências da vegetação, as árvores enormes, os carvalhos soberbos, não lhe davam aquela alegre impressão de felicidade que se sente diante do desabrochar fácil e bem-aventurado daquilo que brota sem esforço e daquilo que sobe ao céu sem padecimento. Ao ver a torção de seus galhos negros contra o céu, a convulsão de suas forças, o desespero de seus braços, o tormento que os sulca de alto a baixo, o olhar de cólera titânica que fez com que dessem a um desses furiosos gigantes do bosque o nome que todos eles merecem, o *Colérico*, Coriolis sentia um pouco da fadiga e do esforço que arrancaram das cinzas ou da terra magra todas aquelas dolorosas grandezas de árvores. E logo tudo, até o ruído do homem, se tornava comovente para ele nessa floresta que falava baixinho com suas ideias solitárias. Se, em algum horizonte, em algum canto do bosque perto de Belle-Croix ou Reine-Blanche, ele ouvisse uma picaretada firme e resignada nas pedreiras, pensava, involuntariamente, na breve vida dos quebradores de pedra, provocada por aquela poeira de arenito se infiltrando nas molas de seus relógios, se infiltrando em seus pulmões.

Chegavam os dias cinzentos, os tempos chuvosos, os ventos fortes e arrepiados lançando gemidos que se lamentam no alto das árvores. À beira do Bornage, os pequenos choupos já faziam estremecer, na ponta de seus galhos, pequenos feixes de folhas douradas e doentias. Na mata as folhas iam caindo, girando devagar, e esvoaçavam por um instante, varridas como borboletas secas; muito enferrujadas, mal mostravam o veludo do musgo ao pé das árvores e, nas clareiras ao longe, reunidas em montes, adquiriam aparências amareladas de areal, enquanto o vento no horizonte sublevava, no côncavo da floresta, um rugido do mar. Galhos se queixavam e soltavam, sob as rajadas, o grito de um mastro que se esforça sob a tempestade.

Por toda parte era o desnudamento e o sepultamento do outono, o começo da estação sombria e da noite do ano. Havia apenas uma luz extinta, como que filtrada por um véu de luto, que desde o meio-dia parecia querer findar e ameaçava se consumir. Uma espécie de crepúsculo envolvia todo aquele verdor numa luz velada, adormecida e sem chama. Em vez de uma porta de sol, as avenidas só tinham em seus términos uma claridade na qual o verde se desvanecia; e os bosques grandes e altos, agora abandonados pelos raios que os salpicavam e por todas as luzes que faziam ricochetear a perder de vista, os grandes bosques, adormecidos com a infinita monotonia de suas grandes árvores, inexoravelmente retas, agora abriam apenas profundidades de sombra riscadas eternamente por bastões de troncos negros. Uma tênue nevoazinha empoeirada, cor de teia de aranha, se mostrava sob conjuntos de abetos que, com seus troncos mofados e sumarentos, tendo embaixo detritos podres e o amarelado das sempre-vivas, dispunham dos dois lados do caminho a aparência de jardins mortuários abandonados.

Nas gargantas de Apremont, nos pântanos de urze com flores em poeira, nos campos de samambaias queimadas e cor de ferrugem, as estradas, serpenteando pelas rochas, havia pouco cintilantes com o branco da areia e agora molhadas, assumiam tons de cinza. Acima, o céu pesava com um frio de ardósia, penduravam-se nuvens paradas, chumbadas e maciças, precedendo as neves do inverno; e, nos rochedos, repetindo, com sua solidez de pedra o acinzentado borralhento do caminho, o cinza de ardósia do céu, aqui e ali, a folhagem esguia e descolorida de uma bétula

MANETTE SALOMON   357

estremecia com a magreza de uma árvore sem chapéu. Triste paisagem de frieza selvagem, em que a áspera intensidade de uma desolação monocromática mostrava todos os lutos da natureza do norte!

Mas a maior morte de todas era o silêncio, um desses silêncios que a terra faz para dormir, um silêncio plano que havia enterrado todos os ruídos dos silêncios do verão. Não havia mais o zumbido, o voltear, o assobio, o estrídulo murmúrio de átomos alados, a vida invisível e presente que faz viver o tufo de relva, a folha, o grão de areia: o frio e a água haviam matado o inseto. O coração da floresta tinha cessado de bater; e o vazio e o medo de um deserto, de um solo inanimado e surdo, se levantavam daquela grande paz de aniquilação.

O dia terminava cedo; a sombra já espreitava e rastejava, escondida ao longo dos caminhos, sob as árvores. A noite se juntava lentamente no distante apagado dos fundos. E então, um momento, como um sorriso agonizante, um último clarão do dia enfadonho se movia na parte baixa do céu e parecia pôr ali o nácar de uma pérola negra. Uma fraca serenidade prateada se erguia, numa longa faixa, sobre o horizonte: então um falso luar passava sobre a estrada, um poste destacava sua mancha de brancura na escuridão de uma alameda, um clarão de bronze dourado corria sobre a confusão enferrujada de samambaias, um pássaro perdido lançava seu boa-noite com um pequeno grito friorento para o céu já fechado. E, quase imediatamente, atrás dos grandes carvalhos, as rochas cinzentas pareciam espalhar-se e afundar em uma névoa azulada. Depois, os sulcos de carros à frente de Coriolis se misturavam e se emaranhavam enquanto se afastavam.

Em plena noite, todas essas severidades do outono, perdendo-se na grandeza do negro, se tornavam temíveis e sinistramente misteriosas. Quando ele havia caminhado sob essas abóbadas, onde nada guia a não ser a pequena fissura do céu entre as copas das árvores, quando havia descido a allée aux Vaches, afundando na areia, no vago e no desconhecido do terreno suave, entre aquelas paredes de escuridão, naquele sono da avenida, despertado apenas pelo riso da coruja, Coriolis voltava com um pouco daquela noite da floresta na cabeça, sonhando, com certa sensação perturbada, com a solenidade terrível do imenso silêncio e da vasta imobilidade.

XCVII

NO MEIO DOS DIAS EM QUE CORIOLIS PASSAVA no ateliê do paisagista, vadiando, olhando por cima do ombro do trabalhador absorto o que nascia magicamente em sua tela – era, muitas vezes, um efeito que eles tinham visto juntos na véspera –, Crescent, de vez em quando, apoiando sua paleta sobre a coxa, voltava-se para o observador e, lentamente, com o sotaque arrastado do camponês, dizia: "Sempre conservo os pincéis e a paleta do quadro que estou pintando. Mudar de paleta e de pincéis é mudar de harmonia. Minha paleta, veja bem, é como uma montanha. Tenho dificuldade em carregá-la. O pincel seco morde como um cinzel, torna-se uma ferramenta resistente".

Calava-se, voltava ao mutismo do trabalho; então, depois de uma hora, deixava cair, palavra por palavra, como das profundezas de si mesmo e do vazio de suas reflexões: "É preciso dispor o tom sem mexer, conseguir modelar sem mexer na cor. Buscar obter as veias da paleta". Ele parava, repintava; e, depois de outras horas, o calor vindo de seu trabalho, uma espécie de clarão branco subindo à sua fronte, recomeçava a falar como se consigo mesmo. Dizia então: "A paleta é a decomposição infinita do raio solar, a arte é sua recomposição".

Dos segredos da prática, das receitas refinadas da execução, das superstições dos procedimentos, ele passava, com tom de revelação, a axiomas que lhe caíam dos lábios, entrecortados, sacudidos, escandidos como versículos de um evangelho que lhe era próprio. Ele continuava repetindo: "É preciso fazer entrar a variedade no infinito".

De vez em quando lançava no silêncio frases enigmáticas, envolventes, misteriosas, sobre o *summum*[195] e a consciência da arte. Fragmentos de teorias lhe escapavam, equivalentes a uma certa filosofia da pintura e que iam *para além* da pintura, para o objetivo moral da concepção, para a espiritualidade superior dominando a habilidade, o talento da mão. Falava das virtudes de caráter da pintura, da sinceridade que dizia ser a verdadeira vocação para pintar. A restos de estética, a um fundo de Montaigne, breviário do paisagista e sua única leitura, misturava todos os tipos de convicção ardentemente pessoais, de crenças incubadas e fermentadas no recolhimento de seu trabalho e na estagnação de sua vida. Aos poucos, arrebatando-se, exaltando-se, mas sempre falando com grandes pausas, longas suspensões, frases quebradas, espécies de longas ruminações silenciosas, dogmatizava sem coerência, elevava-se por curtos jorros de palavras a uma formulação suspeita e nebulosa da idealidade da arte; e o que dizia terminava por ser incompreensível e perturbador, como o início da exaltação e do levantar voo de um cérebro em direção ao absurdo, ao irracional, à loucura.

Coriolis, que tinha mente estrita, reta e sólida, que amava em todas as coisas a simplicidade, a clareza e a lógica, sentia um tipo de mal-estar junto a essas ideias, a essas palavras, a essa estética. As febres da imaginação, as embriaguezes do cérebro, as teorias que perdem chão, sempre inspiraram nele uma repulsa nativa e intransponível, quase um primeiro movimento físico de horror e de recuo.

Instintivamente, tinha medo desse contato como de uma vizinhança perigosa, de algo doentio e contagioso que temia vir perturbar a saúde de sua cabeça, o equilíbrio de seu pensamento. E aconteceu que, no mesmo momento em que madame Crescent

---

195 "O mais alto, o supremo." Em latim no original.

esfriava em relação a Manette, Coriolis sentia, pela frequentação do paisagista, embora permanecendo amigo do homem e de seu talento, uma espécie de distanciamento involuntário.

XCVIII

EM MEADOS DE OUTUBRO, CORIOLIS VOLTAVA DE UMA LONGA CAMINHADA durante uma daquelas noites úmidas que fazem aparecer numa névoa a lâmpada das pequenas salas de jantar dos vilarejos. Ao vê-lo, Manette gritou para ele do canto do fogo, perto do qual ela conversava com Anatole.

– Chegue aqui; se você soubesse as bobagens que ele me diz! Você acredita que ele tem a ideia de passar o inverno aqui?

– Bah! Inverno, como assim? Quer me explicar um pouco?

– Perfeitamente – disse Anatole, superando a espécie de pequena vergonha de uma criança surpreendida naquelas tentações quiméricas com que a leitura de viagens envolve as primeiras imaginações do homem. E ele começou a falar, em tom meio sério, meio brincando, como se zombasse de si mesmo, sobre um desses projetos que passavam de vez em quando em seu cérebro de passarinho, e lhe oferecia duas ou três boas noitadas de devaneio na cama antes de adormecer. – Você conhece bem o porão dos Barbissonières? Tem uma lareira natural. Basta colmatar algumas pequenas rachaduras, um punhado de urze... Com isso, uma porta de segunda mão... Estarei em casa. Há um americano que já morou lá. Faço minha comida... O que vai me custar? Sem lenha para comprar, você entende... O inverno, dizem que é tão lindo. Parece que há dias de geada na floresta. Um verdadeiro cenário de cristal!

362   EDMOND E JULES DE GONCOURT

E então, depois do inverno, eu pego a primavera. E é aí que eu, esperto, me entrego ao meu pequeno negócio. Aqui, eles não têm ideias, não colhem cogumelos, deixam lá, estragando... Vou ter um carrinho de mão. Bem! O quê? O que tem de engraçado nisso? É que eu conheço as espécies, agora. E daí... Não sou eu que engoliria alguma laranja falsa. Veja o negócio, um negócio enorme! Vou entrar em contato com um grande comerciante da *halle*...[196] Vou fornecer a ele *vinhas, cabeças de negro, umbelas*... Nem lhe falo de *cantarelos*. Um verdadeiro comércio... Porque, enfim, em Paris, uma cestinha de cogumelos vale dois francos. E está cheio aqui. Calcule. A floresta... Ah, não sabem tudo o que ela pode render!

E, aos poucos, pondo-se a caricaturar seus projetos como que para não deixar a zombaria aos outros:

– Não, não sabem... A floresta de Fontainebleau! Mas aposto que podemos obter aqui, como coelhos, uma renda de 5 mil libras e mais! Uma ideia... Veja, uma ideia... Uma ideia magnífica que me vem agorinha. Você sabe, não é? Aquelas famílias de estrangeiros que têm bracinhos e se colam a oito contra a casca para medir a circunferência de uma árvore. Pois bem, meu caro, aí está uma renda. Eu escrevo num pedaço de papel: o *Carvalho do imperador... Elevação: tanto... Circunferência na altura do homem: tanto...* Todos os carvalhos célebres assim. Faço imprimir em Melun. Tamanho de um cartão de visita... E um tostão! Eu vendo um tostão para eles, não mais. Gente que está com mulher, não vão negar... Eles compram. Há bilhões de estrangeiros no mundo. São os tostões que produzem milhões. Ganho um dinheiro de ficar louco... E construo um castelo onde eu o convidarei para passar quinze dias: jantaremos de casaca!

– É quando você fará seu grande quadro para a exposição, não é? Então você vai continuar sendo sempre tão idiota, velho imbecil? Bem! O que vamos jantar? Eu, é bizarro, não sou como Anatole: na medida em que caminho pela floresta, descubro que falta alegria.

–Você viu o tempo hoje? – disse Manette.

---

196 *Les Halles*: o grande mercado em estrutura metálica de Paris.

MANETTE SALOMON

– Está horrível de umidade... E, além disso, essas casas de arenito são como um porão.

– Vamos! – disse Coriolis. – Não parece que está aí um belo momento para voltarmos a Paris? Instalamos Anatole em sua toca... – e Coriolis se voltou para ele rindo: – E partimos, não é, Manette?

– Ora bolas! – disse Anatole, curado de seus projetos ao falar deles e abrindo velas para o vento de Paris. – Os cogumelos podiam ter a doença no ano que vem! E, além disso, meu futuro! A posteridade notaria minha ausência... Voltemos à arte!

– Então, partida para depois de amanhã, pela diligência de Melun, às duas horas? Chegaremos para jantar em Paris...

XCIX

DE VOLTA A PARIS, O TRIO TEVE O PRAZER DO RETORNO, a alegria de encontrar os móveis, os objetos da memória, as coisas que parecem novas quando voltamos.

Ao chegar, Coriolis começou a revolver, a olhar velhos esboços. Anatole foi até Vermelhão que não vinha a ele e que, cochilando em um canto do ateliê, debaixo de um cobertor, tinha se contentado, à entrada de seu amigo, em abrir os seus dois grandes olhos e de fixá-los com um olhar de reconhecimento.

– E então, Vermelhão, o que há? – disse Anatole. – Só isso? Nenhuma festa? Vamos ver, vamos ver...

E ele se curvou sobre o animal deitado.

Vermelhão trepou em direção a ele com gestos entorpecidos e dolorosos, e, ao lhe passar os braços em volta do pescoço, ele preguiçosamente deixou a cabeça apoiar-se sobre seu ombro, num movimento inclinado, como se fosse dormir ali.

– E então! O quê? Meu pobre bibi? Você não está bem? Está triste? É verdade que faz muito tempo que você não tem um camarada... Sentiu muita falta de mim, hein? Mas espere.

E, colocando-se diante de Vermelhão, que repousava sobre seu cobertor, Anatole começou a lhe fazer suas velhas caretas. De repente o macaco começou a tossir, e um ataque de tosse,

MANETTE SALOMON

entrecortado por pequenos gritos de impaciência e raiva, sacudiu todo o seu corpo com um tremor convulsivo até a ponta do rabo.

– Esse estafermo do seu zelador! – lançou Anatole a Coriolis. – Bem que eu tinha lhe dito, antes de partir... Deve ter deixado ele passar frio... Pobre bichinho! Não é verdade que você passou frio?

E, pegando o infeliz animal que se tinha encolhido e enrolado em seu sofrimento, envolvendo-o delicadamente no cobertor, trouxe-o para o calor do fogão. O macaco estava entre suas pernas: Anatole o mimava, conversava com ele, tinha doçura de ama e, de vez em quando, lhe dava para beber uma colher da água com açúcar que tinha posto para amornar sobre a placa.

Nos dias seguintes, Vermelhão ficou mais ou menos assim. Tinha altos, baixos, bons momentos, seguidos de ruins, despertares de vida, horas de alegria, depois tosse, acessos rasgados e teimosos que o deixavam num abatimento que Anatole tentava, em vão, distrair e alegrar.

Anatole o levara para seu quarto e fizera uma caminha no chão, ao lado da sua. Quando o ouvia tossir à noite, pulava descalço no chão lhe e dava leite, que ele mantinha quente sobre uma lamparina.

De manhã, ao se levantar, o olhar suave e límpido do animal seguia o menor de seus movimentos. Sua cabeça, pouco a pouco, se erguia para ver. Quando Anatole estava prestes a sair, o macaco ficava quase sentado, com todo o corpo tenso, os olhos fixos nas costas de Anatole, na porta que ele fechava, com a expressão dos olhos de uma pessoa que olha a tristeza de ver alguém partir e a solidão chegar. Um dia, Anatole teve a curiosidade de reabrir a porta alguns minutos depois de fechá-la: Vermelhão ainda estava na mesma posição, com o olhar de um pensamento fixo voltado para a porta, sugando melancolicamente um dedo de sua mãozinha levado à boca: parecia uma criança infeliz que foi deixada pela manhã em penitência.

Anatole achou horrível deixar esse pobre animal ficar solitário assim. Desceu ao ateliê, montou um pequeno assoalho acima do fogão de ferro fundido, organizou uma espécie de colchão com mantas, voltou a subir:

– Venha, Vermelhão – chamou ele.

Vermelhão olhou para ele.

– Pule, meu velho! – instigou-o, abaixando o peito em sua direção.

O pobre animal esticou os dois braços, mas foi tudo o que conseguiu: a parte inferior de seu corpo não levantou. Alguma coisa parecia tê-lo pregado pelas patas na cama. Permaneceu, lançado para frente, soltando pequenos gritos, tentando em vão saltar.

– Ah, diabos! – disse Anatole ao descobri-lo. – Está com a parte traseira paralisada!

C

CORIOLIS SAÍA COM CHASSAGNOL DE UMA EXPOSIÇÃO DE QUADROS e de desenhos modernos que havia atraído para os leiloeiros, em um dos grandes salões do Hôtel Drouot,[197] toda a Paris que fazia da arte sua vida, seu comércio, seu gosto ou seu gênero.

Caminhavam na calçada um ao lado do outro, Chassagnol absorto, com ar mal acordado; Coriolis silencioso e deixando escapar alguns gestos.

De repente Coriolis parou:

– Sim, uma folha, uma telha sobre um telhado... Duas coisas assim no céu... – E desenhou com o dedo o traçado do voo de um pássaro no ar. – Está assinado, é dele. Tem uma personalidade dos diabos, esse danado!

E voltou a andar ao lado de Chassagnol, que parecia não o ter ouvido.

Ao cabo de vinte passos, parou uma segunda vez abruptamente e fez Chassagnol parar também:

– Você notou, meu caro, como tudo desaparece ao lado dele? Todos os outros parecem o que são: modernos. Ele, seus quadros... Recuam, aprofundam, douram, sedimentam-se em obra-prima.

– Ah! Então? De quem você está falando?

---

197 Edifício que reúne as salas de leilão em Paris.

– De Decamps, claro! – disse baixinho Coriolis.

Chassagnol olhou para ele, surpreso ao ouvir sair de sua boca aquele nome que Coriolis não gostava na boca dos outros.

– Bem, sim, dele – retomou Coriolis. – Já discuti muito a seu respeito e contestei, para poder lhe fazer justiça.

E, com sua admiração brotando de sua rivalidade, de seu ciúme vencido, começou a enaltecer esse grande talento com a linguagem que os pintores têm, as palavras que redobram a expressão, palavras que se assemelham a uma sucessão de toques, de pequenas pinceladas com as quais parecem querer mostrar a eles próprios as coisas de que falam.

Falava do temperamento, da originalidade, do poder pitoresco daquele desenhista que admitia ser incapaz de "tirar de suas patas" uma figura de Prix de Rome e, no entanto, pondo em tudo o que toca aquela garra, aquela marca, aquele DC que, em sua pintura, em suas telas, em seus desenhos, em seus carvões, têm o efeito das iniciais do dono marcadas a ferro quente nos flancos de um rebanho. Falava do colorista, que outrora ele próprio havia negado, do colorista esmagando, acabando com tudo ao seu redor. Encontrava em sua pintura a vida, a vida íntima e penetrante das coisas, uma intensidade de vitalidade, uma espantosa aspereza de sentimento.

– Truques! Imagine só! – exclamava. – Alguém pode ser Decamps por meio de truques? O que importa que ele tenha uma maneira? Por que então não criticamos Delacroix por seus pincéis de aquarela, pelos traços largos e delgados que ele não obtém com o pincel a óleo, e a maneira como preparou seu carro do sol na galeria de Apolo?[198] E então vem nos dizer: Verdier! Ele copiou de Verdier! Um falso Lebrun! Fico mal com isso!

E ele voltava a pôr sob os olhos de Chassagnol aquela paisagem vista no leilão, os guardas florestais, pingando de tão molhados, toda a desolação da chuva, uma tromba d'água num arbusto de Ruisdael, o estouro da chuva num trecho de campo, e, no fundo, que ele indicava diante de si com um movimento de mão, na orla

---

198 Galeria do Louvre cujo teto foi pintado por Delacroix.

da mata num branco-pálido, aquela charrete fantástica, de um burguês quase assustador, parecendo levar o diabo a um cartório do lugar.

Ele dizia como Decamps é um impressionante pintor de paisagens, como ele faz vibrar a natureza, como dramatiza a mata e o horizonte, que grande cenário misterioso e surdo ergue com os bosques de ciprestes ao redor dos lagos, que árvores sagradas extrai da terra para pendurar nela a aljava de Diana, que céus ele constrói, terríveis, poderosos, ciclópicos, fazendo ondular colunatas, arquiteturas, bases de templo, semelhantes a alicerces, a grandes escadarias, a arquibancadas de circo em torno de uma arena de História, amontoados, pregueados muitas vezes no horizonte como a orla do vestido das tempestades, às vezes raiado de barras de ouro, de sangue e de fogo como uma escada de Jacob.

Falava sobre a grande e selvagem poesia que exalam aquelas veredas perdidas, aqueles caminhos abandonados, suspeitos, aventureiros, onde o pintor da melancolia das estradas lança suas silhuetas boêmias: o pastor, o mendigo, o caçador furtivo, os últimos nômades e os últimos selvagens, vistos maiores do que na vida, elevados pelo caráter, pela aparência, pela escultura do andrajo a uma espécie de estilo heroico moderno.

O estilo, eis a grande superioridade, o signo da força suprema que Coriolis reconhecia em Decamps. E, com todas as páginas do estilo de Decamps passando em sua mente, citava, animando-se, tornando-se eloquente sob uma espécie de amargura, essas batalhas betuminosas,[199] massacres fumegantes, essas pelejas furiosas, esses choques bárbaros em que cavalinhos brancos galopam entre povos que se trituram. Citava os desenhos de Sansão; ele os proclamava bíblicos com alguma coisa de feroz no épico, gritava: "É o homérico judeu!".

Voltando à memória aquele café turco no qual enchera os olhos na exposição durante meia hora, ele lembrou a Chassagnol aquela faixa de céu com chumaços de branco, marchetada de azul, sobre a qual parecia tremer um tule rosa; aquelas arvorezinhas

---

199 Referência ao betume, usado como tinta negra na época.

formando moitas, como touceiras de rosas selvagens, o cone dos teixos, dos ciprestes negros vazando a luz, aquela redondeza de cúpula, a linha dos terraços, aquele raio vibrante dos rebocos manchados com o veludo dos musgos, aqueles muros com tons de pele seca de cobra e como que de escamas de répteis, aquele gretado do muro furta-cor sob os rastros do pincel, o debulhar do tom, o esmalte dos empastados, as gotículas de cor oleosa, os tons escorrendo como lágrimas de velas, até aquele recanto de frescor, no qual a projeção do sol cobria com lantejoulas de ouro os trançados, acendia o fornilho avermelhado de um cachimbo, o branco ou o vermelho de um turbante, um paletó cor de ouro verde, uma flor ao fundo de um jardim de flores. Evocava, ressuscitava, parecia repintar todo o quadro, sua luz, sua sombra, a grande sombra quente, vaporizada pelo calor, e embaixo das colunas porfirizadas e marmoreadas com azul de estanho, o charco surdo e fumegante com águas de transparência sombria, espetado aqui e ali por um fogo de brasa, com um reflexo daquelas patelas de pedra preciosa com as quais brincam as crianças das *Mil e uma noites*. No fim disso, Coriolis disse sonhadoramente:

– Ah, meu caro, o Oriente... O Oriente! E eu, que só fiz besteira...

– Deixe disso – disse Chassagnol –, você tem as qualidades que são suas. E muito grandes.

– Besteira, eu lhe digo! Um exotismo turco, inteligente, espiritual, colorido, com qualidades como você diz... Oh! Muitas qualidades! Mas nunca a nota extrema... E sem essa nota, veja você, em arte... O que ele faz, talvez não seja tão verdadeiro quanto o que eu faço. Mas é melhor, é... Bem, não sei, alguma coisa acima. Veja, é um Oriente... Um Oriente...

– O Oriente da poesia de "Childe Harold" e de "Don Juan",[200] sob o sol de Rembrandt, é isso, hein? "Childe Harold" rembranizado... – repetiu Chassagnol duas ou três vezes.

Coriolis não respondeu, pegou o braço de Chassagnol e o levou, sem lhe dizer nada, para jantar em sua casa.

---

200 Poemas de Lord Byron.

CI

— E AÍ! COMO ELE ESTÁ HOJE? — PERGUNTOU CORIOLIS A ANATOLE, que trazia Vermelhão para instalá-lo sobre o fogão.

Anatole, como única resposta, balançou tristemente a cabeça. E se pôs a arrumar o cobertor, formando um travesseiro sob a cabeça do macaco.

— Oh, como ele fede! — disse Manette, olhando para Vermelhão por cima do ombro de Coriolis, que tinha vindo acariciá-lo e foi se sentar novamente, à distância, nos fundos do ateliê.

Dava muita pena ver, em Vermelhão, a triste diminuição da mobilidade, da flexibilidade, da elasticidade animal. A preguiça dolorosa, o sofrimento que acompanhava seus movimentos, a paralisia de suas travessuras e de suas reinações, o que havia como dor de um rosto expresso em seu semblante, transformavam-no como que num doentezinho muito próximo do homem e de sua piedade por esse jeito de sofrimento humano que o padecimento animal tem. O pobre infeliz não parava de levantar a cabeça, de se virar, mudando de posição e de lugar, oferecendo o lancinante espetáculo da agitação contínua no incessante mal-estar e na angústia de sofrer sempre. Ele se lamentava, se queixava, lançava, grunhindo, pequenos *hum, hum*. Uma respiração visível e dolorosa corria sob a magreza de suas costelas. Calafrios nervosos o faziam franzir a testa, erguendo acima das sobrancelhas o tufo de pelos, e crispações enrugavam a pele arrepiada de seu pequeno focinho nos cantos da boca. No alto de suas órbitas cavadas, seus olhos fechados mostravam uma mancha vermelha, um hematoma de sangue extravasado, o que fazia parecer mais azul o azulado de suas pálpebras. Ele permanecia muito tempo com um único olho aberto e observando; depois, mergulhava nesse sono dos doentes, oprimido, abatido, que não dorme; ele abria suas pálpebras de repente, desviava os olhos para os lados, alargados pelo sofrimento, no qual perpassavam o desespero e a prece do animal. Outras vezes lançava olhares circulares que davam a volta na sala e paravam antes de terminar em Anatole, olhares cheios de todo tipo de expressão, nos quais se viam a estupefação por seu sofrimento, sua imobilidade, pela corda que pendia do teto sem que ele pudesse se balançar. Parecia, às vezes, na lenta doçura de seus olhos cor de laranja, com grandes pupilas negras, haver o espanto de ver o sol brincando sem ele na janela.

Pequenos sacolejos de dor faziam suas mãos darem golpes nervosos no ar. Sentia calafrios que agitavam seu pelo e abriam redemoinhos como sob um sopro. Suas pernas tinham alongamentos de coxas de lebre mortalmente ferida. Sua cabeça se punha a mexer com um tremor horrível, em meio a esforços para se levantar e se apoiar na posição sentada, com a ajuda de suas mãozinhas fracas que se levantavam de vez em quando e colocavam seus dois punhos crispados contra suas têmporas – um movimento que os dois amigos tinham visto dizer, nas agonias dos homens: *Meu Deus! Como sofro!*

Coriolis, que assistia àquilo com a paleta na mão, voltou ao seu cavalete. Anatole permaneceu perto de Vermelhão, levantando sua cabeça o melhor que podia sob dobras do cobertor, segurando-o suavemente com as duas mãos nas crises convulsivas que o agitavam. Vermelhão se jogava para a frente como se quisesse se atirar do fogão. Depois, permanecia ajoelhado e debruçado na pose de um animal que bebe, com seu bracinho dependurado; ou então, ainda, se mantinha, por longos momentos, apoiado no dorso de suas mãos voltadas para cima e mostrando as palmas amareladas, os cotovelos levantados dos dois lados de suas costas como patas de um gafanhoto pronto para saltar, com a cabeça completamente fora da placa do fogão, imóvel, parado sobre uma folha do piso.

A vida, tal como acontece nesses pequenos seres delicados, vivos e nervosos, se debatia cruelmente naquele corpinho infeliz. Eram tremores, espasmos, contorções implacáveis, pontadas, idênticas a essas últimas revoltas que, de repente, atiram os membros de um doente para o lado, pés fora da cama, cabeça contra a parede. Ele tentava se escorar, agarrar-se à volta dele; e sua mão, fora da coberta, enlaçava a asa de uma taça com o aperto da garra de um pássaro segurando um galho.

Com as horas, quase com os minutos, uma espécie de velhice descia no encovado emagrecimento de seus pequenos traços. Tons doentios de deterioração se misturavam pouco a pouco sobre seu rosto com um amarelamento de cera velha. Seu narizinho enrugado assumia um tom marrom de nêspera. Um pouco de baba escorria de seu focinho. Um princípio de imobilidade e de resfriamento já fazia a morte subir nesse corpinho no qual a vida era pouco mais do que o movimento do globo do olho sob as pálpebras completamente azuis, o piscar e a febre de um olhar fechado. De repente, rolou de lado; sua cabeça teve uma reversão suprema: tombou totalmente para trás, com uma súbita reentrância nos ombros, descobrindo a parte inferior branca de seu queixo. No final de seus dois braços, alongados e rígidos, suas duas mãos apertaram os polegares sob os dedos; ondulações horríveis percorreram, serpenteando, toda a parte inferior de seu corpo. Um movimento furioso, como o gatilho de uma mola que quebra, agitou uma de suas pernas que batiam desesperadamente no vazio. Houve então uma imobilidade na qual nada mais se mexia, a não ser um pequeno tremor na planta dos pés.

– Veja só! Ele está chorando! Anatole está chorando de fato! – disse Manette.

Uma lágrima acabara de cair da face de Anatole sobre o cadáver do macaco, que a luz fazia brilhar na ponta de um pelo.

– Eu, chorando? – disse Anatole, envergonhado e apressando-se em secar a lágrima com cinismo: – Ah, irra, esqueci de perguntar se ele queria um padre...

– Vamos, acabou – disse Coriolis, vendo o olhar de Anatole se voltar para o macaco; e jogou o cobertor sobre o animal.

– Então chamo alguém para nos livrarmos disso? – disse Manette.

– Não se preocupe, minha pequena – respondeu Anatole, parando seu braço com um gesto dramático. – Isso é coisa para o papai aqui!

CII

ANATOLE PEGOU UMA SARJA VERDE JOGADA SOBRE UM GESSO num canto do ateliê. Deitou nela, com mãos quase piedosas, o cadáver de Vermelhão, pegou a sarja, amarrou-a nas quatro pontas, passou um casaco sobre sua malha, pôs o chapéu.

– Onde você vai? – perguntou Coriolis.

– Longe. Vou aonde as concessões perpétuas não custam nada.

Quando ele chegou à rue de Rivoli, subiu no alto de um desses grandes ônibus que despejam os parisienses no campo. Segurava seu pacote sobre os joelhos e espiava dentro dele, de vez em quando, afastando um pouco o pano.

Na Porte Maillot, desceu, entrou no Bois de Boulogne, tomou uma alameda à direita, caminhou, procurando um lugar, um pequeno pedaço de solidão onde fosse possível fazer uma fossa cavando um buraco. Havia gente por todos os lados, e nada de deserto.

Não era a hora. Saiu do bosque, desceu a avenue de Neuilly, sentou-se à mesa de um cabaré e começou a esperar a hora do jantar pedindo um absinto.

Depois do primeiro copo, mais um; depois do segundo, outro. Bastava um desgosto caindo em um copo de qualquer coisa para embriagar Anatole: ao terceiro copo de absinto, ele estava "bêbado como um gambá".

Encostou a cabeça na parede do cabaré, escavada, no gesso, por buracos feitos por tacos de bilhar, que cavoucaram para obter o giz. Ele olhou para o pacote de sarja verde colocado sobre a palha de um banquinho ao lado, e seus pensamentos enternecidos lhe escapavam em um monólogo de pinguço: "Morto! Você, morto! Pobre bibi! Hein, é ruim? Pensando que você está aí! Encolhido, todo frio... É isso, você! Isso! Só isso, nada além disso! Eles me tomam, veja bem, por um empregado de sapateiro que está levando sapatos para a cidade. São imbecis, esqueça. Que me importa? Meu pobre velho, então você foi lançado na eternidade, nessa grande canalha da eternidade! Deixar que algum trapeiro o levasse, por exemplo... Como ela queria, ela... Para que eu encontrasse você empalhado no bulevar Montmartre, no taxidermista, numa cena com personagens! Ah, pois sim, deixe estar! Sou eu que vou deixá-lo na sombra, em algum lugar onde você não será incomodado. Um bom lugar onde você não terá botas de sargento pisando sua cabeça. Não tenha medo! Danadinho! Mas você me mordeu uma vez... É verdade que você me mordeu, lembra?

Pedreiros comiam alguma coisa em uma mesa ao lado da dele. Pediu comida à atendente. Mas, quando teve diante de si o *grude* do dia, não conseguiu comer. Sentiu uma espécie de infelicidade que lhe bloqueou o estômago e arrolhou seu apetite: era a impressão de ter perdido alguém, como nunca sentira antes.

Pediu um litro, depois o litro de aguardente, e bebendo:

– Hein? Vermelhão – disse ele, debruçando-se –, chega de copinhos, acabou... Não vamos mais colocar nossa linguinha cor-de-rosa ali.

E levantou-se, disse ao que estava no pacote:

– Venha! – e foi pagar no balcão.

Lá fora era noite. No céu violeta e frio rolava e encrespava o capricho de uma grande nuvem branca, uma imensa nuvem flutuante e transparente, irradiante, atravessada, penetrada pela luz difusa da lua que ela escondia.

Anatole estava no meio da avenue de l'Impératrice, quando um pedaço da lua surgiu da nuvem rasgada.

MANETTE SALOMON

– Bravo, que efeito! – disse Anatole. – O quadro de Girodet... O enterro de Atala, gravado pelo senhor... Senhor... Veja, agora não sei mais o nome da gravura de Atala. Mas, então, Vermelhão, você vê? O sol enlutado... Um funeral natural e caprichado! Você tem o céu em seu cortejo fúnebre. A lua, nada menos do que isso! Primeira classe, franjas de prata, tapeçaria e tudo, as nuvens nos carros...

A lua cheia, radiante, vitoriosa, havia subido inteiramente no céu irradiado por uma luz de madrepérola e de neve, inundado por uma serenidade prateada, iridescente, cheia de nuvens de espuma que formavam como que um mar profundo e límpido de águas peroladas; e, nesse esplendor leitoso, as mil agulhas das árvores nuas, suspensas em toda parte, punham como que arborizações de ágata sobre um fundo de opala.

Os grupos de árvores do bosque, apertados e magros, começavam a se espalhar. A fita branquejante das alamedas afundava muito longe em manchas negras. Uma carruagem que ria passou; depois, um passo.

Anatole virou à esquerda, entrou em um matagal, caminhou por cinco minutos, estacou como um homem que encontrou o que procurava: encontrava-se em uma pequena clareira. A abertura era melancólica, suave, hospitaleira. A lua caía bem em cima dela. Havia naquele canto a luz acariciante, submersa, quase angelical, da noite. Cascas de bétula empalideciam aqui e ali, claridades suaves fluíam no chão; cimos das árvores, coroas de ramos finos e empoeirados pareciam buquês de baracejos. Uma leveza vaporosa, o sono sagrado da paz noturna das árvores, o que dorme de branco, o que parece passar do vestido de uma sombra sob a lua, entre os ramos, um pouco daquela alma antiga que possui um bosque de Corot, evocando, diante daquilo, os Campos Elíseos de almas infantis.

Nada quebrava o silêncio a não ser o chamado de patos, de quando em quando, e o farfalhar das águas do lago, comovido, no horizonte.

Um grupo de três bétulas se erguia de um lado da clareira, destacando-se da massa; a lua escamava um pouco o fundo de suas cascas. Anatole desfez, ali perto, o nó do seu embrulho: as pálpebras entreabertas de Vermelhão deixavam ver seus olhos, aqueles olhos horrivelmente doces de macaco morto, que tinham ainda um olhar; seus dentes brancos, apertados, avançavam um pouco sobre o focinho contraído e retirado.

Anatole se ajoelhou, sacou sua faca e começou a cavar. Enquanto trabalhava, um cantarolar negro veio a seus lábios, uma espécie de balanço fúnebre, como se, com o chilrear das canções que Saïd entoava no ateliê, ele esperasse se aproximar do ouvido de Vermelhão.

Ele murmurava:

– Dance, Canadá! Fougum, fougum! Vermelhão morreu, eu fazer buraquinho, ninho pequenininho, pequenininho, pequenininho... Muito bom! Paraíso lá embaixo... Abençoado, Vermelhão... Paraíso! Dance, Canadá! Não mais sofrer, Vermelhão! Bom macaquinho ir embora, voar... No azul! Ásia, África, América, são dele! Dance, Canadá! Dance, Cocoli, Bengali, Colibri! Mississippi, florestas virgens de Vermelhão... Beber nos rios, beber ao sol, beber dos frutos das árvores! Do coco, muito, muito! Dance, Canadá! Países nos quais não há homens... O bom Deus para os macacos, todos os dias, toda a vida... Vermelhão correr, Vermelhão ficar quente nas costas... Vermelhão encontrar seus amigos... Vermelhão lá em cima! Vermelhão, amor! Pássaro! Estrela! Florzinha azul! Pervinca! Psiu! Mais nada! Dance, Canadá!

O buraco estava cavado: levando as costas da mão ao fundo, Anatole tateou:

– Ah, meu pobre friorento – disse ele, séria e tristemente, com um tom sóbrio de voz –, você vai achar a terra muito fria...

E, tomando-o nos braços, fechou-lhe as pálpebras como faria com uma pessoa. Endireitou seus membros, dobrou o rabo sob ele, colocou-o na pequena cova, puxou com as mãos a terra no buraco. E, quando terminou de caminhar e pisar em cima, ele, sentado com as pernas cruzadas, à la turca, se pôs a fumar um longo cigarro silencioso.

Estava cheio de ideias que não pensavam em nada. No entanto, alguma coisa dele parecia morta e acabada: havia algo de suas traquinagens sob a terra.

MANETTE SALOMON

Levantou-se. Estava comovido e sujo. Tinha o coração bêbado, tonto e perturbado. Caiu no primeiro banco em uma grande alameda, deitou-se totalmente, com um braço, uma perna que pendiam, e ali adormeceu.

Depois de algumas horas, acordou. Não havia mais lua, e chovia. Ele se apalpou: estava encharcado.

Pulou nas pernas, correu à frente, até uma porta do bosque, viu uma luz numa alfândega, entrou, pediu para se esquentar, mandou buscar uma garrafa de aguardente, bebeu essa garrafa e uma outra com os fiscais da alfândega;[201] e, ao retornar pela manhã, Coriolis perguntando o que lhe havia sucedido, conseguiu extrair de suas lembranças embrutecidas apenas esta frase: "Os fiscais, muito legais! Muito legais, os fiscais...".

---

201 Havia controles para se entrar em Paris com mercadorias que deviam pagar impostos.

CIII

OS AMIGOS DE CORIOLIS FICARAM SURPRESOS POR NÃO O VER INICIAR alguma grande tela, uma obra importante ao retornar de Fontainebleau, depois de um descanso tão longo. Meses se passavam: Coriolis continuava a não pôr nada na tela. Saía o dia todo e ia passear por Paris.

Ele batia perna pelos bairros mais distantes e mais opostos; atravessava as mais diversas populações. Ia, andava sempre em frente, vasculhando com olhos perscrutadores, nas multidões cinzentas, nos amálgamas das turbas apagadas; de repente, detinha-se, como se atingido por uma imobilidade diante de um aspecto, uma atitude, um gesto, a aparência de um desenho saindo de um grupo. Então, fisgado por um indivíduo bizarro, punha-se a acompanhar, durante horas, a originalidade de uma silhueta excêntrica. Os passantes se perturbavam, quase preocupados com aquela inquisição ardente, com a fixidez penetrante daquele olhar que os constrangia, passeava por eles, com o efeito de cavá-los e penetrá-los a fundo.

Por vezes, tirando do bolso um caderno, pequeno como a metade da mão, lançava ali dois ou três desses traços a lápis que capturam a instantaneidade de um movimento. Fixava com um traço o esforço de pedreiros puxando carga, a preguiça de alguém apoiando o cotovelo num banco de jardim público, a prostração de um sono em demolições, o balanço das ancas de uma lavadeira com um cesto pesado, o debruçar de uma criança que bebe na mufla de bronze de uma fonte, a carícia envolvente com que um trabalhador hercúleo carrega seu filho com braços de babá, o que existe das cariátides de Puget em um carregador do mercado, qualquer coisa do natural escultural, soberbo, comovente, que o espetáculo da rua indica e mostra. Jornadas exaustivas, muitas vezes estéreis, mas que também ofereciam recorrentemente ao artista, em algum canto obscuro, sob algum portão de prédio, um desses encontros repentinos com a realidade semelhantes a uma iluminação para sua arte.

Uma vez, por exemplo, havia passado horas gravando na memória a cabeça de uma mendiga cega, o mais belo dos rostos dolorosos que a pintura jamais sonhara: o perfil de uma velha octogenária, na linha rígida do desenho de Guido Reni do Louvre, uma cabeça emaciada, fundida, cinzelada pela magreza, esculpida por todas as misérias, a face se mexendo, trêmula com o sopro de uma pequena tosse, a máscara de mármore da vida sem olhos e sem pão, tendo, sobre a pele branca como pergaminho, o polimento de uma coisa gasta; uma cabeça de Níobe dos Petits-Ménages[202] e da rainha em madras, cujos cabelos grisalhos, cujo pescoço tenso e cheio de cordas, cuja majestade do desespero, cuja paralisia de estátua, faziam as pessoas do povo que passavam se voltar até com espanto.

De um extremo a outro de Paris, ele vagava, estudando os tipos expressivos, tentando captar de passagem, naquele mundo de idas e vindas, a fisionomia moderna, observando esse novo signo da beleza de um tempo, de uma época, de uma humanidade: – o caráter, que passa como um delinear artístico do polegar nessas figuras febris e agitadas; o caráter, que marca e designa para a arte a face dos pensamentos, das paixões, dos interesses, dos vícios, das doenças, das energias de uma capital. Sua curiosidade perscrutava faces civilizadas, que trazem tão longe o vago sorriso adormecido

---

202 Hospital de idosos em Paris.

dos eginetes[203] e da divina placidez grega; essas faces trabalhadas por ideias, sensações, todas as aquisições da atividade moral do homem, esgotadas pela complexidade das preocupações, atormentadas pela dureza da carreira, pela labuta enfurecida, pela dor de viver. Ele questionava essas faces de pessoas que correm nas ruas, como a formiga no formigueiro, com um pacote debaixo do braço, ou um negócio enfiado no bolso, os homens da miséria que arrastam sua fome diante dos cambistas, aquelas compleições de malandros, escondendo a maldade dos instintos sob a feminilidade de uma cabeça de Faustina, essas aparências de inventores, levados pelas pernas que avançam, em monólogos na calçada, com grandes gestos de ator.

Estudava essa beleza singular, espiritual, a indefinível beleza da mulher de Paris. Seguia essas aparições imprevistas, essas caras enrugadas e radiantes, essas estranhas pessoinhas, florescidas entre dois paralelepípedos, que afundam Paris, como a luz de uma grisette e o amanhecer de uma cortesã, o escuro de uma escada em rampa de madeira. Ele tentava analisar o encanto dessas moças magras, tendo nas têmporas o reflexo das lâmpadas do ateliê, pálidas por causa das vigílias, e como que vagamente torturadas por uma nostalgia de preguiça e de luxo. Às vezes, ele percebia, sob um chapéu reles, um requinte de graça, uma raridade de expressão, um ar dessa suavidade sofredora, dessa melancolia virginal que a vida dos grandes centros, o requinte das civilizações, o fim dos sangues pobres, parecem atirar na cara dos pequenos trabalhadores. Um dia, ele levou em sua memória, para um estudo que começou no dia seguinte, o rosto da filha de uma porteira, uma pobrezinha linfática, tão doce, tão sofrida, tão branca, com os olhos tão cheios de céu em sua grande sombra, que ela evocava um anjo doente.

---

203 Habitantes da ilha grega de Egina. Houve ali uma grande produção de escultura na idade arcaica, que perdurou até a submissão da ilha pelos atenienses em 456 a.C. As obras dessa ilha tornaram célebre o sorriso "eginete". A obra mais conhecida é o *Frontão de Egina*, consagrado a Atena Afaia, descoberto em 1811.

No fundo dele, nessa agitação de suas caminhadas, havia um grande mal-estar, a ansiedade que se apodera de um homem abandonado por uma religião de juventude. Encontrava-se nesse momento crítico, nessa hora da vida de um artista em que o artista sente morrer nele a primeira consciência de sua arte: instante de dúvida, de tensão, de ansiedade em que, tateando seu futuro, dividido entre os hábitos de seu talento e a vocação de sua personalidade, sente estremecer e agitar dentro de si o pressentimento de outras formas, outras visões, o começo de novas maneiras de ver, de sentir, de querer a pintura.

CIV

— VERDADE, A TERRA GIRA?

Manette posava para um ensaio do *Banho turco*, encomendado por um banqueiro de Roterdã a Coriolis, que se esforçou, nesse trabalho, para se reconectar à sua pintura passada.

Uma palavra casual o levara a dizer a sua amante que a Terra girava.

– A terra gira? Isto aqui, onde estou? – retomou Manette, olhando para baixo: parecia que estava com medo de cair. – Isto gira?

Ela ergueu o olhar para Coriolis, como se perguntasse se ele não estaria zombando dela.

Coriolis começou a querer lhe explicar o que ela não sabia, e como explicava tão mal quanto sabia:

– Não continue – pediu ela de repente –, parece que sinto um mal-estar com tudo isso que você me diz sobre girar...

Coriolis se calou e voltou a pintar Manette. Mas não estava inspirado. Ele rosnava, enquanto pincelava, contra a pressa singular que Manette tinha de vê-lo terminar a tela.

– Seu corpo – terminou por dizer a ela –, meu Deus, seu corpo não vai mudar daqui a oito dias.

– Você acha? – perguntou Manette. E deixou cair, da ponta rosa de seus seios à ponta dos pés, sobre a virgindade de suas formas,

MANETTE SALOMON

o desenho de sua juventude, a pureza de seu ventre, um olhar no qual parecia se mesclar o amor de uma mulher que se lamenta com a dor de uma estátua que chora.

– Ah! – disse Coriolis.

Ele havia compreendido.

– Sim – disse Manette, abaixando a cabeça, com o tom de uma mulher que vai chorar.

Coriolis sentiu um aperto no coração. Mas logo, envergonhado por essa emoção, o artista silenciou o homem com uma ironia:

– Pois então, minha pobre Manette, o que você quer? Estamos em séculos ranzinzas e moralistas... Outrora, num país da antiguidade, um país cujas estátuas você viu no museu, havia uma modelo, uma modelo como você, tão bonita quanto, pelo que sei... Chamava-se Laís.[204] Aconteceu com ela... O que está acontecendo com você. Isso causou uma revolução no país. O instituto local, onde havia pintores tão coloristas quanto monsieur Picot, e marmoristas um pouco melhores do que monsieur Duret, o instituto local lançou gritos de desolação... Os desenhistas declararam em massa que jamais encontrariam a correção de monsieur Ingres se deixassem a natureza danificar seu modelo. Houve tumultos, artigos de jornalecos, comissões, subcomissões, tudo o que constitui um movimento nacional. E acabaram levando Laís para Cos, para um médico famoso que você talvez tenha visto em uma gravura, o chamado Hipócrates...

E como ia continuar, Coriolis interrompeu a brincadeira, diante da expressão de Manette, a fixidez do pensamento em seus olhos.

Indo até ela, pegou sua cabeça, jogou-a sobre os joelhos e, pousando sobre ela a seriedade de seu olhar, esquadrinhou até o fundo de sua tentação.

Manette se escondeu em seu pescoço, para que ele não a visse corar.

---

204 Houve várias cortesãs na antiguidade grega chamadas de Laís. O episódio narrado por Coriolis não parece constar da biografia de nenhuma delas.

CV

O INTERIOR DA CASA DE CORIOLIS ERA SEMPRE FELIZ. Anatole continuava a enchê-la com sua alegria, suas loucuras infantis. Manette punha ali o encanto de sua pessoa.

Quando ela estava lá, no ateliê, com um vestido branco, sobre o qual sobressaía um pequeno xale infantil vermelho-sangue de boi, com a cintura solta e toda lânguida com a preguiça de grávida, bela de uma beleza indolente, florescente, radiante – Coriolis tudo esquecia.

Uma ternura agradecida havia, pouco a pouco, se infiltrado em seu amor por essa mulher que preenchia e animava sua casa, tornava sua vida fácil e fluida, lhe poupava o aborrecimento das tarefas domésticas, tomava conta da casa com uma leveza que não se vê e não se sente.

Entre Manette e ele havia todas as convergências que fazem da modelo a amante natural do artista. No meio dessa ignorância popular que não lhe desagradava, Coriolis encontrava nela o encanto dos conhecimentos que possuem as mulheres formadas nos ateliês. Manette tinha visto pintar e sabia como se faz pintura. As coisas do ofício artístico lhe eram familiares: conhecia o nome e o uso. Não dizia bobagens burguesas diante de uma tela. Respeitava o silêncio de um homem diante de seu cavalete. Sabia como lavar pincéis e reconhecia vagamente tons requintados numa tela. Em uma palavra, ela era "*do ofício*".

MANETTE SALOMON

Coriolis também era grato a ela por outros encantos. Ela lhe agradava por bastar-se a si mesma, por fazer companhia a si própria, por dispensar a irmandade das mulheres, não indo ver amigas. Ela lhe agradava por sua frieza diante do prazer, sua serenidade preguiçosa, seu ar contente naquela existência pacífica e monótona. Tinha um conjunto de qualidades submissas, uma graciosa docilidade ao que ele dizia, ao que ele desejava, uma obediência às suas ideias, uma espécie de amável apagamento do caráter: mal deixava escapar pequenas suscetibilidades a respeito de palavras, de frases que ela não compreendia e que, de repente, fazendo subir o vermelho às maçãs do rosto, a deixavam mal-humorada por um momento ou irritada com pequenos gestos de selvageria maldosa.

Assim, um apego de gratidão e de confiança veio a Coriolis por essa amante tão pouco absorvente, de aparência tão desconectada de todo desejo de dominação, e que ele via, recolhido em si mesma, aborrecida se tinha de sair disso, cansada de estirar seu pensamento para as coisas ao seu redor. Era, para ele, em sua vida, a calma e o repouso, uma assiduidade boa para seus nervos artísticos. Em sua companhia tranquila, sua presença suave, as meias-palavras de sua boca, as meias carícias de suas mãos, havia um suave apaziguamento que embalava as fadigas do pintor, adormecia suas contrariedades, suas más previsões, seus tormentos de imaginação...

E parecia-lhe que aquela linda criatura apática emitia à volta dela a paz, a saúde, a materialidade de uma felicidade higiênica.

CVI

CORIOLIS VINHA SE TORNANDO CASEIRO, QUASE SELVAGEM. Tinha horror de se vestir, recusava convites, não ia mais a lugar nenhum. O homem do trabalho, da incubação, só apreciava agora o recolhimento interior, a tranquilidade ao canto da lareira, a casualidade do roupão e dos chinelos.

À noite, depois do jantar, em seu ateliê, fumava longos cachimbos meditativos; depois, no meio da conversa com dois ou três amigos que tinham vindo tomar sua sopa, se punha a desenhar e esboçar até a meia-noite.

Uma noite que desenhava assim, sozinho com Chassagnol e Anatole:

– Veja só! – disse-lhe Chassagnol, olhando o que ele riscava no papel, uma lembrança da rua. – Você que zombava de mim quando eu dizia que havia algo aí... Parece que está indo nessa direção...

– Pois é! Sim, estou chegando lá. Eu lutava contra mim mesmo ao combater você. Eu me policiava, não queria... Estava numa outra coisa... É o diabo. A gente não gosta de reconhecer quando se ludibria a si próprio. Sabe? Aquilo desembocou na minha última doença. Os orientalismos, boa noite! Fiz minhas despedidas disso acreditando que morria... Agora, morreu. E você tem me visto desde aquela época... Desorientado... Veja só! É a palavra exata.

MANETTE SALOMON

Um homem que procura... Que tenta se agarrar... Enfim, o certo
é que passarei a outros exercícios. Você vai ver o que quero fazer.
– Bravos! O moderno... Veja você, o moderno, é só isso que
conta. Boa ideia, a sua. Pois bem! De verdade, fico feliz com isso,
isso me dá muito prazer. Porque... Escute, eu me dizia: Coriolis que
tem aquilo, um temperamento, brilhante, ele, que é alguém, um
nervoso, um sensível... Uma máquina de sensações... Ele, que tem
olhos... Como! Ele tem tempo pela frente e não está vendo! Não,
não está vendo, esse animal... Não, não, não – repetia Chassagnol
com uma risada boba, louca e sarcástica. – Mas todos os pintores,
os grandes pintores de todos os tempos, não foi da época deles que
extraíram o belo? Você pensa que o belo é dado apenas uma vez,
a uma época, a um povo? Mas todos os tempos carregam dentro
de si um belo, um belo qualquer, mais ou menos à flor da terra,
palpável e explorável. É uma questão de cavoucar, só isso. Pode ser
que o belo de hoje esteja envolvido, enterrado, concentrado. Para
encontrá-lo, a análise, uma lupa, olhos de míope, novos procedimentos de fisiologia talvez sejam necessários... Vejamos então Balzac. Balzac não soube encontrar grandeza no dinheiro, no mundo
doméstico, na sujeira das coisas modernas? Num monte de coisas
nas quais séculos passados não tinham visto nem dois tostões de
arte? E não restaria nada para o artista na ordem das coisas plásti-
cas, não haveria mais inspiração artística no contemporâneo! Sei
muito bem, a roupa, a casaca preta... Sempre estão jogando isso na
sua cara, a casaca preta! Mas, se houvesse um Bronzino em nossa
escola, garanto que acharia um estilo garboso em um Elbeuf.[205]
E se Rembrandt voltasse... Você acha que um terno preto pintado
por ele não seria uma coisa linda? Houve pintores do brocado, da
seda, do veludo, dos tecidos de luxo, dos vestidos de nuvem... Pois
bem! Agora falta um pintor do tecido comum: ele virá. E fará coisas soberbas, completamente novas, você vai ver, com esse negro
dos negócios na nossa vida social. Ah! Essa questão, a questão do
moderno, acreditamos que foi esvaziada, porque havia essa caricatura da verdade de nosso tempo, um espanto burguês: *Realismo!*

---

205 Tecido fino de pura lã.

Porque um senhor fez uma religião em seu quarto com o feio estúpido,[206] o vulgar mal escolhido e sem critério, moderno... Baixo, eu não me importaria, mas comum, sem caráter, sem expressão, sem o que é a beleza e a vida do feio na natureza e na arte: o *estilo*! De que você fazia tão justamente outro dia o gênio, a garra do leão, em um pintor... E então, o feio? Não passa de uma sombra deste mundo, por mais feioso que seja. Ao lado da rua, há a sala. Ao lado do homem, há a mulher. A mulher moderna. Pergunto-lhe se uma parisiense, em vestido de baile, não é tão bela para pincéis quanto a mulher de qualquer outra civilização. Uma obra-prima de Paris, o vestido, o olhar, o capricho, o amassado de tudo, da saia e do aspecto! E dizer que essa mulher, a mulher do século XIX, a boneca sublime, ninguém ainda a viu num quadro que valha sequer dois tostões. Por quê? Nunca poderíamos saber. Ah, os limites, os exemplos, as tradições, os antigos, a pedra do passado em cima do estômago! Sabe para onde me parecem ir os ateliês de hoje? Ora! Para o cemitério do ideal. Mas olhe então para David, David que tirou Hercílias durante trinta anos das caixas de tinta,[207] David fez apenas uma imagem de paixão, uma pintura que vive: seu Marat! É no moderno que tudo se encontra. A sensação, a intuição do contemporâneo, do espetáculo que convive com você, do presente em que você sente efervescerem suas paixões e que tem alguma coisa de você. Tudo está lá para o artista, desde a época de Egina até a época do instituto. Ah, eu sei, há artigos de sonhadores, de moedores de frases com sangue branco para lhe dizer que é preciso se distanciar do seu tempo, voltar para o repertório do *cânone* antigo dos temas e dos interesses! O hierático, então? Bobagens atropeladas pela máquina a vapor e por 1789! Aquelas coisas entram em indivíduos metempsicóticos e transplantados que necessitam de coisas em que as pessoas sejam obrigadas a ter quinhentos anos nas costas para encontrar nobreza, atualidade ou gênio. O século XIX não faz pintor! Mas é inconcebível... Não acredito. Um século

---

206 Alusão a Courbet.

207 Sabina que havia sido raptada pelos romanos e que figura no quadro *A intervenção das sabinas*, de Jacques-Louis David.

MANETTE SALOMON   391

que sofreu tanto, o grande século da inquietação nas ciências e da
ansiedade pelo verdadeiro... Um Prometeu fracassado, mas um
Prometeu... Um Titã doente do fígado, se você quiser. Um século
assim, ardente, atormentado, sangrando, com sua beleza doente,
seus rostos febris, como você quer que ele não encontre uma forma
de se expressar, que não jorre em uma arte, em um gênio a ser
encontrado, e que será encontrado... Depois daquele doloroso gri-
salheiro, Géricault, houve um homem, veja! Delacroix. Talvez ele
fosse o homem para isso. Um temperamento todo feito de nervos,
um doente, um agitado, o apaixonado dos apaixonados. Mas ele
só viu através do Romantismo, uma bobagem, um idealismo do
pitoresco. E, no entanto, quantas coisas neste danado século XIX!
É que, irra! Há nele coisas para todos os gostos. Se forem pequenos
demais para você os costumes da época, as cenas, a rua que passa,
há também grandes coisas, gigantescas, épicas, nestes nossos
tempos. É possível ser um pintor de História no século XIX. E dos
grandes! Tocando as emoções humanas que um dia também serão
clássicas, tão consagradas quanto as mais velhas! O Império, por
exemplo! É possível ainda passear muito por ele, mesmo depois de
Gros. Homero, sempre Homero! E o Homero do instituto! Mas nós
tivemos, depois de Aquiles, um senhor que fazia epopeias todos
os dias, um certo Napoleão que conquistava diariamente a glória
a ser pintada. O incêndio de Moscou, então, poderia muito bem se
sustentar ao lado da conflagração de Troia. E a retirada dos Dez Mil
talvez tenha empalidecido um pouco desde a retirada da Rússia.
Ali estão os projetos! Ali estão algumas páginas! Há todos os sóis
ali, e tantos homéricos quanto se queira! Grandes quadros, pinturas históricas, mas a época moderna deu programas tão magníficos quanto os mais belos do mundo. Desde 1789, chovem cenas
nas revoluções da França, que são grandes... Como nós! O Terror são os nossos Átridas! Veja! Tome a Vendeia, e na Vendeia a
passagem do Loire em Saint-Florent-le-Vieux...[208] Imagine *a Ilíada*

---

208 Pequena cidade na França que se revoltou contra o poder da Revolução
     Francesa, acolheu os contrarrevolucionários, que foram atacados pelo
     exército da Revolução.

e o *Último dos moicanos*! O semicírculo da colina... O vasto areal...
Oitenta mil pessoas amontoadas... A água na qual se entra... Os
cavalos sendo empurrados... O incêndio, a fumaça, os *azuis*[209] por
trás... O Loire amarelo, plano e largo com uma ilha no meio como
uma jangada... E a margem, lá, preta de gente que havia atravessado e cheia de murmúrios... Uns vinte barcos precários para atravessar tudo aquilo. Os barcos de Michelangelo no *Juízo final*! Na
frente, misturados, os prisioneiros republicanos, os chapéus com
sagrados corações, Bonchamps que agoniza, Lescure morrendo
em um colchão sustentado por duas lanças, os pés enrolados em
toalhas... E mulheres, crianças, idosos, feridos, um povo, a migra-
ção de uma guerra civil desbaratada! E nisso tudo, disfarces, como
aqueles cavaleiros com saias velhas, aqueles oficiais com turban-
tes emprestados ao teatro de la Flèche, refugo do *Romance cômico*[210]
caído sobre os ombros de uma legião tebana. Que quadro! Hein!
Que pintura! Grande como a passagem do Nilo!

– Sim, disse Coriolis, profundamente absorto, e não parecendo
ouvir. – Sim, fazer isso com um desenho que não seja nem antigo,
nem renascente...

– A mão de Michelangelo não satisfaz você? – indagou Anatole, levantando o nariz, no fundo do ateliê, de um exemplar da
Illustration.

– A mão de Michelangelo que, em primeiro lugar, não é de
Michelangelo... E além de tudo, não, não é isso... Seria preciso
encontrar uma linha que desse apenas a vida, abraçaria bem de
perto o indivíduo, a particularidade, uma linha viva, humana,
íntima, em que houvesse alguma coisa do modelado de Houdon,
uma preparação de La Tour, um traço de Gavarni. Um desenho que
não tivesse aprendido a desenhar, que estaria diante da natureza
como uma criança, um desenho... Sei muito bem, é estúpido o que
estou dizendo. Mais verdadeiro do que todos os desenhos que eu
vi, um desenho... Sim, mais humano, isso dá a minha ideia.

---

209 *Bleus*: cor dos Revolucionários.

210 *Roman Comique*, obra de Scarron que evoca o mundo dos atores ambu-
lantes.

CVII

LENTAMENTE, MANETTE HAVIA CONQUISTADO SEU LUGAR naquele interior. Ela havia, pouco a pouco, e dia a dia, se instalado, se estabelecido. Desse assentar na casa que a patroa tem, cujo conjunto de coisas está todo arrumado na cômoda, a pousar no galho onde a mulher, intimidada com as pessoas, assustada com quem entra, humilde, inquieta, furtiva, treme ao vento como uma coisa às ordens de um capricho, pronta para varrer no dia seguinte, ela havia se elevado a sentir-se à vontade, ao equilíbrio, àquele ar de dona de casa que se revela em toda mulher, em seu gesto, seu tom, sua voz, no espalhar de seu vestido sobre um divã, quando ela se sente em casa na casa do amante. Tempo havia passado em que os criados se dirigiam ao homem e consultavam o patrão antes de fazer o que a senhora disse: suas ordens começaram a significar, para o serviço, a vontade de Coriolis. Os camaradas que vinham ao ateliê já não a tratavam com a velha sem-cerimônia: havia entre eles um acordo tácito para reconhecer nela a amante oficial, a dona da casa, ancorada no lar, na vida do amigo, que ascendera a uma espécie de dignidade própria de uma união quase conjugal. Na frente dela, a conversa ficava menos livre, assumia um tom que a respeitava mais ou menos como a uma pessoa casada; e, num dia que Anatole lançara uma palavra bastante maliciosa, Coriolis lhe mandou um: "Onde você pensa que está?" tão sério, que a própria Manette não pôde deixar de rir.

Manette quase não precisou fazer esforço no trabalho para essa mudança. Ela aconteceu quase por si só, pelo fluxo natural das coisas, pela lenta e progressiva infiltração da influência feminina, pelo hábito, pelo travesseiro, pela sucessão desses crescimentos, semelhantes com a aluvião do concubinato, ampliando a posição, o poder, a iniciativa da amante sobre tudo o que se destaca com o tempo, no amolecimento da vida comum, da força do homem para ir à fraqueza da mulher.

E agora Manette não era mais somente a amante: era mãe.

CVIII

TORNANDO-SE MÃE, MANETTE HAVIA SE TRANSFORMADO em outra mulher. A modelo tinha sido extinta de repente; estava morta nela. A maternidade, tocando seu corpo, eliminara o orgulho. E, ao mesmo tempo, uma grande revolução interior ocorrera secretamente dentro dela. Ela se renovara e mudara de natureza, como em um desdobramento de sua existência que teria levado diante dela e de seu presente todo seu coração e todos os seus pensamentos. Não era mais a criatura preguiçosa de mente e de corpo, de instinto boêmio, satisfeita com uma inércia de bem-estar e com uma felicidade oriental. Das entranhas de mãe, a judia havia brotado. E a perseverança fria, a teimosia resoluta, a rapacidade original de sua raça, levantaram-se das sementes de seu sangue, em surdas ganâncias apaixonadas de uma mulher que sonha com dinheiro sobre a cabeça de seu filho.[211]

Entretanto, essa profundidade de seu amor maternal permanecia enterrada e escondida em Manette. Ela não mostrava nada daquela avidez ambiciosa que se agitava dentro dela. Não

---

211 Os Goncourt estavam longe de ser os únicos antissemitas do tempo deles, e observações como essas eram lugares-comuns. O que, absolutamente, nada absolve essas posturas indignas e infames, que fazem parte de uma triste história de abomináveis preconceitos.

havia pedido ao pai para reconhecer seu filho. Mesmo naqueles momentos de efusão que se seguem ao parto, nessas horas em que a mulher é como uma doente doce e sagrada, ela não deixara escapar uma palavra, uma alusão ao destino daquele filho. Nunca teve uma dessas palavras que buscam e tateiam, na caridade ou na generosidade de um homem, o pai de um filho natural. Ela sempre pareceu querer, em vez disso, afastar Coriolis de qualquer ideia sobre o futuro, qualquer preocupação de compromisso e união. O que incubava nela, as novas e ousadas cobiças despertadas por seus sentimentos maternos, se traía exteriormente apenas por longos períodos absortos nos quais seu claro olhar reluzia.

Ela esperava: não tinha pressa nem precipitação. O tempo trabalhava por ela, o tempo que ela via todos os dias, ao seu redor, trazer para suas semelhantes, para antigas camaradas, a fortuna de seus sonhos, elevando modelos à boa sociedade, ao casamento, à riqueza, dar a uma o nome e o dinheiro de um comerciante de xales, à outra, um castelo e uma coroa de condessa: ela o deixava agir, paciente e firme na certeza de suas esperanças. Confiava nas circunstâncias, nos acasos favoráveis, na Providência do imprevisto, nesses poderes misteriosos que ainda parecem, aos herdeiros do povo de Israel, encarregados de bem conduzir seus negócios; confiava no futuro que faz, para os judeus, o Deus dos judeus. Como todas as suas iguais, ela tinha esse resquício de crenças, a fé insolente em sua sorte, a certeza religiosa de sua felicidade, da chegada de tudo o que desejava. "Antes de tudo", dizia baixinho, "sou de uma religião em que tudo dá certo."[212]

---

212 Diante da trágica história do povo judaico que ocorreria no futuro, o tempo transformou o final deste capítulo em uma terrível ironia.

CIX

MAIS OU MENOS NA ÉPOCA EM QUE CHASSAGNOL TINHA feito sua grande tirada sobre o moderno, Coriolis começou a atacar duas grandes telas. Trabalhou nelas por quinze meses, aguentando o cansaço, com a coragem de tão longo esforço, na perspectiva da Exposição Universal de 1855, que, reunindo a arte de todos os povos, iria fazer do mundo o público de sua grande e ousada tentativa.

Na Exposição de 15 de maio, essas duas telas mostraram, ao mesmo tempo, a emergência completa do colorista anunciado pelo *Banho turco*, uma renovação do pintor, de seus modos de pintar, de suas aspirações, de seu gênero. Nessas duas composições, uma intitulada *Um conselho de revisão* e a outra, *Um casamento na igreja*, Coriolis empregava um empastamento de cor que se aproximava do belo empastamento espanhol, de largas harmonias sólidas e severas, em que nada restava dos luzentes tons de seus primeiros modos, um estudo rigoroso da natureza, um evidenciar característico da realidade.

O tema da primeira dessas telas, a *Revisão*, lhe permitiu aquela mistura do vestido e do nu que os temas modernos tão raramente autorizam. Partes soberbas de corpos, um torso, um braço, uma perna, um fragmento de uma forma que se vestia ou se despia, se destacavam aqui e ali. No centro da tela, no estrado, diante dos personagens oficiais, os uniformes, as vestes oficiais pretas, as cabeças dos funcionários, a academia de um jovem examinado pelo cirurgião, erguiam a admirável figura do nu marcial do século XIX. E um fundo de multidão, no grande salão de Saint-Jean, se agitava com a turbulência e as emoções dos camarotes do *Circo de Goya*, nas suas litografias de Bordeaux.

O outro quadro de Coriolis, *Um casamento na igreja*, representava uma missa de primeira classe em Saint-Germain-des--Prés. O momento escolhido por Coriolis era aquele em que o padre, diante do público, benzia o véu erguido por duas crianças, duas pequenas figuras efébicas que pareciam gênios do himeneu escolar. Atrás dos noivos, viam-se as duas famílias nas poltronas vermelhas da primeira fila. Muitas mulheres estavam completamente de cabeça virada ou de perfil, olhando os trajes com a vaga emoção do casamento e da missa em seus rostos. Mocinhas magras, virgindades secas, despontavam em alguns pontos. Em meio à leveza elegante, erguia-se, numa cor poderosa e magní-fica, um suíço[213] segurando na mão esquerda uma alabarda cuja ponta de lança deixava pender uma fita de cetim branco: Corio-lis o pintara de perfil perdido, as bochechas e a barba arrepiadas para trás pelo colarinho da camisa, seu grande boldrié cor de ama-ranto e dourado atravessando seu casaco engalanado e pesado, suas abas se perdendo sobre panturrilhas baixas e farnesianas,[214] envoltas em meias de algodão branco das quais faziam arrebentar as malhas. Do outro lado da balaustrada, nas estalas de madeira, abaixo das pinturas, desenhavam-se duas espirituosas silhuetas de padres, de sobrepeliz, um dos quais fazia cócegas nos lábios com o pompom do barrete; o outro lia o ofício, debruçado sobre um livro cuja lombada dourada brilhava com as chamas das velas. À volta do altar, como numa rosa de luz, perdiam-se os coroinhas com faixas azuis, em batinas rendadas, o oficiante em casula de

---

213 Aqui significando um empregado, vestido e armado à maneira dos anti-gos suíços da guarda real, encarregado da segurança da igreja e de pre-ceder os padres nas procissões.

214 Referência à escultura antiga conhecida como Hércules Farnese, gigante musculoso.

ouro, o altar dourado, com seu pequeno templo, os castiçais, os candelabros acesos cujas luzes se elevavam no cintilar berrante dos vitrais modernos. Como contraste a todos esses esplendores, um canto de nave lateral perto do altar-mor reunia, abaixo de um cofre para esmolas, uma velha ajoelhada no chão, com uma touca suja e esburacada revelando seu cabelo grisalho; uma espécie de moreninha mística, de luto feito de lã, com os olhos voltados para o céu, apoiada num guarda-chuva, com o gesto de santa de quadro antigo que põe suas mãos num instrumento de tortura; uma mãe do povo carregando uma criança que dormia enrijecida em seus braços, e um operário muito jovem, de paletó e calça azul de algodão, assistindo à missa com as duas mãos nos bolsos e um pão debaixo do braço.

CX

CORIOLIS SENTIU UMA GRANDE E CRUEL DECEPÇÃO diante da indiferença com que suas duas telas foram acolhidas na Exposição.

O público, naquele ano, se dirigia aos grandes nomes de Ingres, Delacroix, Decamps. Sua curiosidade se dispersava pelas escolas alemãs e inglesas, pela arte estrangeira do outro lado do Reno, do além-mar. Sua atenção tinha muito a abarcar para reconhecer e saudar os novos esforços da arte francesa.

Ele ainda tinha contra seus quadros a ideia geral, a opinião estabelecida de que a questão da representação do moderno na pintura, suscitada pelas tentativas, ousadas a ponto do escândalo, de um outro artista,[215] era definitivamente julgada. Os críticos não quiseram voltar a isso; e, entre ela e o público, havia um entendimento tácito de preconceito para considerar o novo Realismo que Coriolis propunha um realismo buscado fora da estupidez do daguerreótipo, do charlatanismo do feio, e voltado a extrair da forma típica, escolhida, expressiva das imagens contemporâneas, o estilo contemporâneo.

Sua exposição não teve nenhuma repercussão. Falou-se dele apenas para lamentar essa ideia singular. E, no momento de

---

215 Alusão a Gustave Courbet.

encerrar o salão, num pós-escrito desdenhoso, o patriarca do desancamento clássico o esmagava sob este clichê de sua crítica:

"... Que nos seja permitido falar aqui, para concluir, de duas telas sobre as quais nossa crítica parece designada a dar uma última palavra. Ainda que o público tenha lhes feito jus, parece nosso dever insistir no caráter dessas duas infelizes tentativas, ousadas por um pintor que nos fizera algumas promessas, e em torno de quem a camaradagem havia tentado fazer algum barulho. Quando ocorrem tais sintomas, quando a desordem da arte é revelada por tais sinais, eles devem ser registrados; é somente a esse preço que podemos seguir os desvios e fracassos da escola moderna. Como o autor dessas duas pobres e lamentáveis telas, um *Conselho de revisão* e uma *Missa de casamento*, não compreendeu que a grande pintura é incompatível com a vulgaridade, a realidade comum do moderno? Como não entendeu que é quase uma blasfêmia querer fazer um nu, o nu divino, o nu sagrado, com o nu de um recruta? Como não entendeu que os trajes precisam perder sua atualidade e sua frivolidade nesse caráter de nobreza eterna e permanente que só os mestres sabem atribuir a ele? Deus nos livre de querermos desencorajar jovens talentos! Mas existe ali, não podemos esconder, embora nos custe, uma grande degradação. Pintar tais temas é faltar com o alto e primitivo destino da pintura, é rebaixar a arte à fotografia da atualidade. A que abismos do que hoje se chama "o verdadeiro contemporâneo" querem nos arrastar? Vão suprimir na pintura o interesse moral, a perspectiva do passado, tudo o que força o espírito a se elevar acima da atmosfera comum? Não podemos evitar uma dolorosa impressão, pensando que é diante dos estrangeiros, na Exposição das Grandes Obras da Europa, face à Alemanha, essa terra de pensamento, que um pintor francês teve a triste coragem de exibir tais mostras da decadência da nossa arte. Sem dúvida, não devemos temer que tais exemplos jamais prevaleçam: a França, tão fiel ao sentimento e ao bom senso da arte, sempre se lembrará de que é a nobre pátria de Poussin e de Le Sueur. Mas os espíritos lúcidos não podem deixar de ver a arte de hoje ameaçada, como a escola grega depois da morte de Alexandre, por uma invasão daqueles pintores de costumes vulgares então chamados de *riparógrafos*...[216] Os bárbaros estão sempre às portas da arte, não nos esqueçamos; e cabe a todos aqueles a quem compete, aos críticos, que têm a missão, ao governo, que têm o dever, de redobrar o incentivo aos talentos puros, honestos, que se dedicam, na sombra, à pintura severa, resistindo às baixas solicitações da moda, do sucesso e do público, defendendo a tradição, dizendo mais, a religião desta alta arte da qual a escola de Roma é o santuário, o asilo e o paládio."

---

216 Do grego antigo ῥύπος (rhúpos, sujeira) e γραφή (graphê, descrição): palavra usada por Plínio para significar pintor de temas sórdidos ou detestáveis.

CXI

JÁ HAVIA ALGUM TEMPO, GARNOTELLE VINHA COM FREQUÊNCIA jantar na casa de Coriolis.

Manette, que começava a meter seu bedelhinho, apoiou-o na casa, dizendo a Coriolis que não compreendia como ele podia viver rodeado de pessoas que não lhe serviam para nada, e por que recusava as tentativas de aproximação feitas por um homem de talento, tendo um nome, uma posição, relações honrosas, e capaz, mais tarde, de lhe ser útil no caminho de seu futuro.

Coriolis deixava que Garnotelle voltasse, não sem sentir um prazer velado nas brigas, nas pequenas disputas provocativas, nas bulhas entre Anatole e Garnotelle cada vez que se encontravam. Anatole se sentia ferido com o tom de Garnotelle em relação a ele, e era bem raro que, sob a excitação do vinho, da conversa, ele deixasse de *pegar* seu velho camarada.

Uma noite, ainda não lhe havia dito nada.

– E aí, meu velho – disse, depois do jantar, indo sentar-se ao lado dele e dando-lhe um tapa amigável na coxa. – Então estão dizendo que você se apresenta ao Instituto. O quê! Vamos ter um amigo, que ainda tem cabelo, com as palmas verdes?[217] Obrigado! Que sorte.

---

217 O uniforme dos membros do Instituto é bordado com palmas verdes.

– Oh! Oh! – disse Garnotelle. – Eu me apresento... Mas é tudo. Sei que não tenho chance nenhuma. Que sou completamente indigno. Meu Deus! Foram meus camaradas. Forçaram-me um pouco. Oh! Não serei nomeado... Mas, de qualquer forma, confesso, ficaria muito feliz, muito lisonjeado, veja, se meu nome estivesse na lista de candidatos...

– Você está ficando modesto? Seja do jeito que quiser... Farsante, vá, me deixe em paz... Você tem chances, tem chances... Não pode imaginar todas as chances que tem, ora!

– Ah, é! Quer ter a gentileza de me dizer quais são? Você me fará um favor.

– Aqui... Primeiro, meu caro, você não é erudito. Muito bom... Excelente... O Instituto gosta disso. Nada a temer... Nada de artigos na *Revue des Deux Mondes*,[218] nem mesmo uma brochura de cinquenta centavos sobre a fabricação de tintas. Você também sabe disso tanto quanto eu: um cavalheiro que escreve... Não vai nunca para o Instituto! É a primeira... Como orador, você não solta fogos de artifício. Você é temperado em suas metáforas. Você até conversa mal... Mais uma vez, muito bom, isso! Se você fosse brilhante nos salões, se fizesse efeito, espírito, barulho, tiradas, para defender o Instituto... Péssimo! Você falharia na gravidade de sua causa, comprometeria a solenidade dos membros. Seriedade, silêncio, isso é que é preciso. E que você tem de nascença... É a segunda! Você não trabalha na solidão. Mais uma nota muito boa. Eles sempre têm medo de um sujeito bizarro, independente, que não se submete. As rodas que você frequenta, perfeitas! Nunca se diz ali uma palavra contra o Instituto, todo mundo sabe... E, além disso, outra coisa boa, são rodas que não chamam muito a atenção. Você as escolheu muito bem. Já faz algum tempo que você não aparece muito nos jornais; não falam muito de você. Uma chance a mais. Veja então! O que lhe falta, eu pergunto um pouco? Você tem tudo, tudo! Ora... Veja, mais ainda... Você não anda a cavalo. Muito importante... Se lhe vissem cavalgando, você

---

218 Revista periódica bimestral, que existe até hoje, consagrada a artigos de cultura e ciência.

entende... Você não tem uma elegância exagerada... Enfim, você não tem muita elegância... Você nem tem... Estou dizendo isso cá entre nós. Você nem tem, graças a Deus por você, uma limpeza que assusta – disse Anatole pondo o dedo em manchas da gola de seu casaco. – Ah! Se não chamar tudo isso de chances! Você não tem nada que destaque, nada em sua pessoa que chame a atenção. Você se parece com todo mundo, dos pés à cabeça. Você conseguiu, espertalhão!, não ter personalidade nenhuma... E vem nos dizer que o Instituto não vai querer você! Mas você é o ideal do Instituto: eles sonham com você!

– Você é muito divertido – disse Garnotelle, com ar abespinhado.

– E quando a tudo isso vem se somar a proteção de um sujeito de lá, que vê no rapaz encantador que está se apresentando o futuro marido da senhorita sua filha...

– Ah, nada foi definido – disse Garnotelle rapidamente, bastante surpreso com o que Anatole sabia – e lhe rogo que não fale de uma pessoa...

– Encantadora! Mas não bonita, pelo que dizem... Oh! Não falo mais dela! Oh! Não falo mais dela! – disse Anatole com uma entonação de Sainville;[219] e serviu o segundo copo de aguardente que fazia aumentar a vivacidade de suas sátiras, levando-as a uma espécie de insistência e de tenacidade implacáveis.

– Enfim, meu caro, meus cumprimentos. Se fosse apenas a sobrinha de um membro do Instituto você já seria um sortudo! Há camaradas... E que eram poderosos. Que nunca conseguiram se aproximar da Academia a não ser por meio de mulheres que conheciam gente naquela butique e que frequentavam as grandes sessões. Mas você...

Garnotelle fez um gesto de impaciência.

– Ah, isso! Meu caro, você pensa que eu sou tão estúpido a ponto de não achar que tudo isso é muito simples... Que um sogro tente passar sua contramarca para o genro, e conseguir para ele uma pequena poltrona ao seu lado, sob a cúpula? Mas isso se faz

---

219 Conhecido ator da época, que tinha o hábito de repetir duas ou três vezes a mesma coisa.

nas melhores sociedades. Está até nas leis da natureza, não acha? No passado, tinham ideias bobas nesse conjunto de velhos imortais: eles imaginavam que um artista fosse feito para viver para a arte. Um jovem artista que se casasse numa família elegante e bem-posta era considerado por eles *habilidoso, distinto*... Mas hoje...

– Olhe! Vou dizer o que você é, você... – falou Garnotelle, com certa animação, cortando-lhe a palavra. – Você é um piadista! A piada devorou você, meu caro, e a única coisa que você vai fazer na vida é isso, piadas!

– Você está cansativo, Anatole – rebateu Manette. – Está sempre atormentando Garnotelle, não é, Coriolis? Eu, que odeio ver as pessoas brigarem... É tão bom ficar um pouco em paz, depois do jantar... Conversando tranquilamente...

– Ah! Se a gente não pode mais rir agora! – disse Anatole. – E daí que a gente caçoe um pouco dos contemporâneos? E, além de tudo, isso diverte Garnotelle. Não é verdade que isso diverte você, meu velho Garnotelle?

CXII

QUANDO MANETTE VEIO PARA AQUELA CASA, Anatole se apagara diante dela e demonstrara a mais amável boa vontade em lhe entregar a direção da casa, essa espécie de papel de governanta que, pouco a pouco, ele assumira junto a Coriolis. Manette ficara grata a ele. Além disso, Anatole ainda ficara bem com ela graças a cuidados, atenções, uma espécie de pequena corte.

Sem ser talhado para a paixão, Anatole era um rapaz de temperamento amoroso e natureza insinuante. Pronto a se inflamar por dentro, hábil em se infiltrar sem demonstrar, suspirava nos cantos, era um cortejador de infatigável complacência, um desses sedutores murmurantes, manhosos e modestos que, um dia, podem tornar-se perigosos. Aquecia-se com as mulheres como na lareira dos outros e se aconchegava com as amantes de seus amigos como se aconchegava em seus ateliês. Aquilo lhe parecia algo sem deslealdade nenhuma e muito simples. Em sua vida, ele quase não reconhecia a propriedade de ninguém, sempre vivera como que uma existência lateral, e o amor a que assistia, e que se passava perto dele, lhe era como algo a compartilhar, como a sopa que se toma com um camarada.

Então, com Manette, era o que havia sido com todas as mulheres encontradas nessa situação por ele, em meia união com um homem: um *desejador*. E Manette não deixou de se lisonjear com aquela adoração humilde, muda e contemplativa, na qual encontrava e saboreava a submissão de um criado. Um dia, quando voltavam do campo, aonde tinham ido em bando, ela se divertiu muito com a provocação de Anatole para um duelo com o belo Massicot. Massicot havia flertado com ela a noite toda de maneira evidente: Anatole percebeu isso, depois ficou indignado em nome de Coriolis, que não vira nada; e a embriaguez, tirando por um momento seu medo profundo e natural dos golpes, tinha entrado num frenesi de homem que tem a embriaguez violenta e que se acredita um pouco o amante da esposa de um amigo. De resto, esse ataque de ciúme e de coragem não durou muito: sóbrio no dia seguinte, nem pensou em duelar. Mas seu ato não evitou que Manette não se sentisse lisonjeada por dentro e rindo alto por fora.

No entanto, como ela não queria enganar Coriolis, Anatole sendo, aliás, o último homem com quem ela o teria enganado, um homem que ela desprezava por sua falta de talento e, principalmente, de notoriedade artística, ela rapidamente se cansou e se entediou desse pobre e vil adorador. Nos primeiros dias, tivera para ele olhos indulgentes, perdões de camarada. Agora percebia seus aspectos ruins. Encontrava nele expressões, palavras, maneiras abjetas do populacho, que a enojavam como as manchas em seu avental branco. Com a soberba aristocracia da mulher de classe baixa, seu desdém por tudo que não parecesse *distinto*, ela terminou tomando antipatia e desprezo por ele. Não perdoou mais nada, nem mesmo o fato de fazê-la rir. Todas as suas vaidades femininas se revoltaram contra a ideia de que um homem de tão má espécie pudesse aspirar a ela, de forma que, depois de um tempo, se viu envergonhada, no fundo, humilhada, furiosa com a persistência daquele namorado paciente, que continuava a se comportar de maneira gentil e amável, com ar de quem nada pede e espera.

Mas, vendo a forte afeição de Coriolis por Anatole, a necessidade que ele tinha de seu bom humor, dissimulava todos os seus sentimentos desagradáveis. Apenas de vez em quando, muito delicadamente, com seu tato feminino, e sem que Coriolis pudesse encontrar nisso qualquer intenção, ela rebaixava Anatole e o punha no humilde lugar que ocupava na casa, na inferioridade e no parasitismo de sua posição.

CXIII

NO FINAL DO VERÃO, CORIOLIS PARTIU REPENTINAMENTE sozinho para os banhos de mar.

Permaneceu lá por um mês e trouxe de volta o esboço bastante avançado de um quadro.

Era a praia de Trouville em um belo dia de agosto, por volta das seis da tarde, hora em que o sol, baixando sobre o mar, faz subir de cada onda os brilhos de um espelho quebrado e lança no ar, pleno de reflexos, uma reverberação em que as cores se acendem com vivacidades de flores.

No primeiro plano, no canto direito e ao abrigo da sombra de duas cabines de banho dispostas em ângulos retos, um banhista de formas atléticas, com camisa em flanela de um vermelho-violáceo pelo reflexo do mar e enegrecida pela umidade na cintura, estava de pé sobre seus largos pés bronzeados que se afundavam na areia, perto de normandas sentadas, com anáguas e malhas negras, usando toucas de algodão brancas que caíam sobre seus rostos com tez de maçã e olhos de advogados. A partir daí começava o caminho de tábuas que conduzia os descalços ao mar, mostrando, na beira do quadro, como que cestos tombados de crianças: cachos, montes de lindos bebês, meio enterrados nos buracos que suas enxadinhas e suas grandes colheres de pau cavavam, uma confusão de cabeleiras loiras, carnes cor-de-rosa, de olhos negros, braços redondos, perninhas nuas, saiotes de renda, chapeuzinhos de marinheiro, aventais cheios de conchas, mãozinhas fazendo bolos de areia em tigelas russas, vestidos brancos com um grande repolho de fitas nas costas, um emaranhado do qual sobressaíam dois meninos consagrados ao Sagrado Coração, que, inteiramente de vermelho, das botas ao gorro, pareciam mostrar ali a púrpura da igreja.

No meio desse mundinho espalhado pelo chão, erguia-se um grupo de jovens inteiramente vestidos de veludo preto, e cujas calças curtas expunham meias com riscas azuis e vermelhas. Apoiados em para-sóis de seda amarela forradas de verde, conversavam com duas moças que deixavam pender sobre seus albornozes os cabelos soltos ainda escorrendo um pouco, úmidos das ondas matinais; e uma das duas, segurando com a mão virada para cima a corda do mastro dos banhos, punha para secar e fazia titilar com o sol sua loira cabeleira anelada, que ela esfregava, com a cabeça um pouco pensa para trás, balançando suavemente, contra o cânhamo vibrante.

Lançado para diante, esse grupo cortava a longa linha de cadeiras apoiadas contra a frente das cabines de banho e que estendiam quase até o fundo da tela a perspectiva dos trajes.

Ali, sob o rosa suave e delicado das sombrinhas esvoaçando nos rostos, nos seios, nos ombros, se sentavam as banhistas de Trouville. O pincel do pintor fizera desabrochar, como que com toques de alegria, a vivacidade dessas cores vistosas que o mar harmoniza, a fantasia e o capricho das novas elegâncias dos últimos anos, essa moda, tomada de todas as modas, que parece pôr na beira do infinito um ar de baile de máscaras num canto de Longchamp.[220] Tudo se mesclava, colidia, as lãs coloridas dos Pirineus, os jaquetões e os corpetes, as mantilhas de renda preta e os capotes, as transparências de musselina e os dolmãs, as saias de gaze de Chambéry e os paletós de caxemira enfeitados com sedas do Tibete. Aqui e ali, percebiam-se alguns lindos detalhes: a ponta de um pé na barra de uma cadeira mostrando meias escocesas, um

---

220 Passeio à beira do Bois de Boulogne.

MANETTE SALOMON

coque que escapava de um chapéu de palha de três bicos, clarões de um dourado-pálido que brincavam no côncavo de uma saia cor de milho, a pena ocelada de um pavão ou a asa de cor de bronze do faisão que atravessavam um chapéu, um pente de ouro com pintas de coral que mordia a cabeça de uma morena, grandes brincos de ouro que se mexiam na ponta de uma orelha vermelha por ter sido furada pela manhã; e os pesados colares de âmbar de grossa granulação, a grande e rica joalheria dos broches normandos, que brilhavam em graciosas blusas listradas.

Diante das cadeiras se estendia a praia com o seu areal pisado e cheio de marcas de passos, a praia úmida, escurecendo em direção do mar, e recortada por sulcos onde se afogavam pedaços de céu.

Lá iam e vinham, com um passinho rápido e que se aquecia depois do calafrio do banho, mulheres passeando, acariciadas por seus véus, seus vestidos arregaçados sobre suas anáguas vermelhas e descobrindo suas altas botinas amarelas. Outras caminhavam lentamente, apoiadas com uma coquete mão esquerda sobre uma grande bengala, cada uma envolvida num esvoaçar de tecidos, num flutuar de fitas por trás graças à brisa do mar. E aí, novamente, meninas descalças, com as pernas úmidas e bronzeadas sob as saias, corriam atrás dos cães vadios da praia. Mais adiante, em cadeiras agrupadas e esparsas, pequenos grupos amontoados faziam essas manchas de roxo e de branco, essas manchas francas, brutais, berrantes, que lançam sua vida e sua festa na claridade ofuscante e metálica dessas paisagens, no azul-áspero do céu, no verde-claro e frio do canal da Mancha. Ao longe, um velho cavalo puxava de volta, galopando, uma cabine flutuante; mais adiante, além do último sulco, com aquele toque nítido e aquela precisão de tom que o horizonte do mar dá aos microscópicos transeuntes que se aproximam, destacava-se uma louca cavalgada de crianças montadas em burros. E, bem no fundo da praia, à beira da espuma da primeira onda, sozinho, um padre velhinho era visto, todo de preto, lendo seu breviário ao longo da imensidão.

CXIV

DURANTE A AUSÊNCIA DE CORIOLIS E SUA ESTADA EM TROUVILLE, Anatole ficou surpreso ao perceber a mudança na maneira de Manette se comportar com ele. A mulher desagradável, fria e desdenhosa, que o mantinha à distância, pouco a pouco se tornou doce, atenciosa, amável. Quando Coriolis voltou, ela continuou a conversar com Anatole, a dar atenção a ele, a tratá-lo como um amigo da casa. E parecia a Anatole que, a cada dia, a camaradagem de Manette ganhava mais proximidade e familiaridade. Uma pitada de coquetismo parecia se mostrar nela. No que ela lhe dizia, nos gestos roçando nele, nos longos silêncios do ateliê, naquelas horas em que ela o envolvia sem lhe falar, Anatole sentia alguma coisa vinda daquela mulher sorrir para ele, irritá-lo, tentá-lo, chamá-lo. E um resto daquele velho sentimento, que ainda não estava completamente morto, voltava a ele.

Uma tarde, ele não havia almoçado naquele dia no ateliê:

– E então! Coriolis não está aí? – perguntou ele, ao encontrar Manette sozinha.

– Eu não o ouvi entrar – respondeu Manette.

E enquanto Anatole pegava seu avental de trabalho:

–Oh! Vai trabalhar? Está tão quente hoje... Vejamos, enrole um cigarro para mim. E sente-se aí... Aí...

MANETTE SALOMON 413

Afastando-se um pouco no divã, onde se estendera numa pose descontraída e vencida pela preguiça do meio-dia, ela não se retirou o suficiente para que Anatole não sentisse contra ele o calor de sua saia viva. Ao mesmo tempo inclinada para trás e debruçando-se sobre si mesma, com um movimento que fazia desatar um pouco seu penhoar negligentemente desabotoado na parte de cima, ela passava, de vez em quando, pelo começo da curva e do entremeio úmido dos seios, a carícia distraída da ponta de seus dedos.

Ela não falava com Anatole, não olhava para ele, não tinha o ar de pensar que ele estivesse ali. Nada nela se importava com ele. E, no entanto, para Anatole era como se ele jamais tivesse estado tão perto do minuto de um capricho e da fraqueza de uma mulher.

O som da voz com o qual Manette lhe dissera para vir se sentar junto dela, a saia que ela negligenciara contra ele com um pouco de seu corpo, seu abandono sonhador, o lindo jogo animado dos músculos de seus braços seminus, a mão deixando pender o cigarro apagado, a penumbra amorosa da tenda do ateliê onde ela mantinha, meio deitada, a sombra tenra alongando a sombra de suas pálpebras no suavizado azul de seus olhos, esses movimentos lentos e errantes, cujas cócegas ela fazia passear sobre seus seios, tudo trazia gradualmente a Anatole essas seduções de muda volúpia com que a mulher inflama e solicita, sem uma palavra, sem um sorriso, apenas com a tentação de seu abandono e do seu silêncio, a audácia dos sentidos masculinos.

Por um momento, ele quis sumir dali. Mas o seu olhar encontrou o olhar de Manette, um desses olhares perturbadores que deixam tudo ler, uma provocação, um desafio, uma ironia, no enigma de uma fulgurância...

Com um movimento enlouquecido, Anatole se lançou sobre ela e quis abraçá-la; mas Manette, escorregando entre seus braços, o interrompeu com uma gargalhada, no meio da qual gritou duas ou três vezes:

– Coriolis!

E, de pé, posta diante de Anatole, lançou na cara o insulto com aquele riso forçado de atriz que a sacudia por inteiro e fazia ondular o roupão em torno de si.

– Ora! O que é? – indagou, entrando, Coriolis.

– Ela sabia que ele tinha voltado – disse Anatole para si mesmo.

– O que há? – retomou Coriolis, intrigado com o ar embaraçado do amigo, com a risada interminável de Manette e sem saber bem que cara fazer entre os dois.

– Ah, meu caro – zombou Manette –, você tem um amigo que está conquistador hoje... Tão conquistador!

Ela parou para gargalhar novamente.

– Oh! Uma brincadeira – disse Anatole, procurando fazer o seu ar mais natural; e corou.

– Claro... Claro... Uma brincadeira – e Manette deu tapinhas de um jeito infantil nas bochechas de Coriolis.

Ela obtivera o que queria: uma história que poderia envenenar, uma arma traiçoeira posta de reserva para lutar e matar quando quisesse a forte amizade que Coriolis tinha por Anatole.

CXV

CORIOLIS HAVIA TERMINADO SEU QUADRO DA PRAIA EM TROUVILLE. O pintor não quis apenas mostrar ali os trajes: teve a ambição de pintar a mulher da alta sociedade tal como ela se exibe à beira-mar, com o picante de seu aspecto, a viva expressão do seu coquetismo, a ousadia de seu traje, a casualidade de seu vestido e de sua graça, o modo de desvestir que toma toda a sua pessoa. Ele almejara fixar ali, naquele cenário de uma praia na moda, a fisionomia da parisiense, o tipo feminino da atualidade, tentou reunir as figuras evaporadas, frágeis, leves, quase imateriais da vida artificial, aquelas criaturinhas mundanas, pálidas por causa de noites brancas, esgotadas, sobre-excitadas, meio mortas por causa do cansaço do inverno, exasperadas por viverem com quase nada de sangue nas veias e com esses pulsos de grande dama que só batem por condescendência. As distinções, as lassitudes, as elegâncias, as magrezas aristocráticas, os refinamentos dos traços, o que se poderia chamar de o requintado e o supremo da mulher delicada, ele buscara exprimir, desenhar na atitude, no nervoso langor, na magreza encantadora, nos gestos caprichosos, na distração do sorriso, no pensamento errante de prazer ou de tédio de todas essas mulheres que desabrochavam no ar salino, no vento da costa, preguiçosas, e revivendo como plantas ao sol. Lindas convalescentes em meio às energias da natureza – tal era o contraste que ele buscara, fazendo surgir de seus pincéis, de todas essas marcas dos saltinhos de Cinderela semeados pela praia, figuras que fazem sonhar.

O público nada viu dessa ambição de Coriolis em sua pintura exposta na galeria de um grande marchand da rue Laffite.

CXVI

COM O PUDOR QUE TINHA EM DEMONSTRAR SEUS DESÂNIMOS e suas amarguras, a espécie de hábito selvagem que o fazia devorar, sem dizer uma palavra, tanto a tristeza quanto a doença, Coriolis permaneceu, quase um mês, após a humilhação desse insucesso, taciturno, estendido em seu divã, fumando, sem fazer nada.

Ao fim de um mês desse *far niente*[221] irascível, ele pegou uma tela grande e começou a borrá-la impetuosamente, encarvoando-a e ressaltando-a com golpes de giz. E logo, desse trabalho impulsivo, sob o tatear e a confusão das linhas, dos contornos, das acentuações, dos pentimentos, na nuvem dos rabiscos e na perturbação circular das formas, começou a emergir a aparência de uma jovem e de um homem, de um velho.

Depois, dormindo em seu ateliê, Coriolis ali permaneceu quinze dias, trancado, sozinho, não querendo ninguém por perto. Pela manhã, ele próprio acendia seu fogão para estar pronto para o trabalho do dia. Chegava para jantar, cansado, esgotado, com esse abatimento que têm os grandes corpos, essas fadigas extenuadas que os espalham, como que quebrados, sobre os móveis.

– Até amanhã – disse ele certa noite a Manette e Anatole, levantando-se da mesa para ir dormir – vocês vão ver.

---

221 "Fazer nada." Em italiano no original.

– É isso – disse-lhes bruscamente no dia seguinte diante de sua tela; e se jogou, por trás deles, no divã, na sombra.

Isso, eis o que era.

Num arranjo que lembrava um pouco *Paris e Helena* de David, havia um casal em tamanho natural: uma jovem nua na beira de uma cama, sobre a qual se debruçava, com braços desejosos, a paixão de um velho. De um lado, uma luz, a manhã de um corpo, a primeira inocência de sua forma, seu primeiro esplendor branco, seios meio desabrochados, joelhos rosados como se tivessem acabado de se ajoelhar sobre rosas, um deslumbramento como a aurora de uma virgem, uma daquelas divinas juventudes de mulheres com quem Deus parece fazer todas as belezas e todas as purezas como que para desposá-las com o amor de outra juventude; de outro, imaginem a feiura, a feiura moral, a feiura do dinheiro, a feiura da ganância mesquinha e dos estigmas ignóbeis, a feiura enrugada, esmagada, deprimida, abjeta, daquilo que o banco põe na face da velhice, a voracidade da usura no milhão, o que a caricatura fisiológica de nosso tempo pega de relance, elevado à grandeza, quase ao terror, pelo poderio do desenho.

O velho criado por Coriolis nada tinha daquele grande desejo triste, quase melancólico, da velhice apaixonada que se vê nas sombras de velhos quadros suspirar pela nudez de uma Suzana.[222] Ele era o sinistro enamorado que esta palavra feminina representa: "*um velho*". Viam-se nele a lascívia, a licenciosidade daquela idade, esses últimos apetites quase ferozes por causa dos sentidos que vão se extinguindo, o gosto por amores que se transformam em escândalos sexuais e terminam no Tribunal Correcional. A galvanização do erotismo senil, a congestão sanguinolenta de olhos sem cílios, o hiato de uma boca desdentada e úmida, trechos de nudez assustadoras e grotescas mostravam este monstro: um minotauro em um velho assanhado – o sátiro burguês.

---

222 Suzana: mulher judia cuja história é contada no capítulo XIII do Livro de Daniel: esposa de um rico israelita, ela é surpreendida no banho por dois velhos juízes. Estes exprimem seus desejos, são rejeitados, e a acusam de adultério.

MANETTE SALOMON 419

No entanto, a mulher descansava, tranquila, esperando, passiva, sem se virar. Sua pele, sem nojo, não recuava; e ela parecia entregar, com o hábito de um ofício, com uma indiferença ingênua, o esplendor e a modéstia de todo o seu corpo àqueles olhos de estupro.

Nesse contraste da mulher e do monstro, do velho e da jovem, da Bela e da Fera, o pintor havia posto essa espécie de horror da aproximação de uma mulher branca por um gorila. A oposição era impiedosa, sem misericórdia e quase inumana. Só se via uma vontade maligna, um capricho feroz de artista, que se tensionara para fazer a mais terrível, a mais revoltante, a mais sacrílega e a mais antinatural das antíteses. A execução era quase cruel. De ponta a ponta, a mão, levada pela fúria da ideia, quis bater, ferir, assustar e castigar. Pinceladas aqui e ali pareciam chicotadas. As carnes eram arranhadas como que com garras. Havia um vermelho tempestuoso e sanguíneo nas cortinas cor de fogo da cama, nas chamas de seda ao redor do corpo da mulher. A atmosfera pesada de volúpia de um Giorgione pesava com seu sufocamento no quarto. E pedaços de tecido, rígidos, retorcidos, serpenteando, revelavam como que o levantar de látegos e os voos sibilantes de trechos de mantos de Erínias, e as vestes de anjos vingadores...

Não era obsceno: era doloroso e blasfemo.

Há dias na vida do artista que ocorrem essas inspirações, dias em que ele sente a necessidade de espalhar e comunicar o que existe de desolado, de ulcerado no fundo do coração. Tal como o homem que grita o sofrimento de seus membros, de seu corpo, é preciso que, nesse dia, o artista grite o sofrimento de suas impressões, de seus nervos, de suas ideias, de suas revoltas, de seus ascos, de tudo o que sentiu, sofreu, devorado pela amargura ao contato com os seres e as coisas. O que o atingiu, o magoou, o feriu em sua humanidade, em seu tempo, em sua vida, ele não consegue mais segurar: vomita em alguma página emocional, sangrenta, horrível. É o desbridamento de uma ferida; é como se, num talento, em certos gênios, rebentassem o fel, a pústula de certas obras-primas. Há dias em que, no seu instrumento, violino, ou quadro, ou livro, numa criação em que sua alma palpita, todo artista requintado e

vibrante lança uma daquelas páginas latejantes, iradas, enfureci-
das, nas quais há a agonia da blasfêmia de um crucificado; dias
em que se encanta com um trabalho que o fere, mas que revela ao
público esse mal que faz a si mesmo, dias em que ele busca, em sua
arte, o excesso de sensação dolorosa, a emoção do desespero, uma
vingança de sua sensibilidade sobre a sensibilidade dos outros.
Coriolis estava num desses dias.

Manette e Anatole permaneceram em silêncio por alguns
minutos, plantados ali na frente.

Anatole terminou por dizer:

– Soberbo! Mas que diabos levou você a fazer isso?

– Saiu desse jeito – disse Coriolis simplesmente.

Depois de alguns dias, o ruído dessa pintura de Coriolis se
transformou no ruído de Paris. A curiosidade do mundo da arte e
dos basbaques se acendia a respeito dessa estranha tela à qual os
burburinhos da imprensa, as lendas do público, emprestavam o
escândalo de um Giulio Romano. O ateliê foi sitiado por um mês.
O último dos amadores loucos, um grande comerciante de roupa
branca, ofereceu pela tela tanto dinheiro quanto Coriolis quisesse.

A princípio, Coriolis teve um vislumbre de alegria com esse
sucesso. Tentou retomar seu esboço. Procurou dar os toques
finais; mas a febre que ele havia provocado passara: ele o abandonou e, depois de alguns dias, o virou em um canto, contra a parede.

CXVII

A VIDA MILITANTE DA ARTE DESENVOLVERA, AO LONGO DO TEMPO, uma singular sensibilidade doentia em Coriolis. Para sofrer, para se fazer infeliz, para se envenenar nas poucas boas horas de sua vida, descobriu em si uma assustadora riqueza de imaginações ansiosas e de percepções dolorosas. Sentidos de infinita delicadeza pareciam se abrir nele e se irritar com as alfinetadas da existência. Os menores contratempos, as miudezas desagradáveis, os aborrecimentos insignificantes, tomavam, no negror e na insatisfação de suas ideias, proporções desmedidas, a ampliação que lhes atribui, frequentemente em demasia, essas naturezas de seres agitados, frágeis e violentos, essas almas inquietas de artistas que poderiam ser chamados de gênios sofridos.

E, paralelamente, era atravessado por vontades, por caprichos. Tinha desejos de criança e de doente. Veleidades súbitas, apetites, vinham a ele por coisas cuja posse lhe dava desgosto imediato. Ele arrastava Anatole a um restaurante bizarro para fazer uma refeição com a qual havia sonhado e que acabava intocada. Levava-o para pequenas viagens aos subúrbios, de onde voltava furioso, exasperado com o lugar, com os hoteleiros, com o tempo.

Acordava com irritações sem causa que não se dissipavam até a metade do dia. Quase nada mais o interessava, exceto ele próprio. O círculo de seus interesses se estreitava a cada dia. Os outros, pouco a pouco, pareciam desaparecer ao seu redor. Não parecia mais se importar com eles nem querer saber se estavam vivendo, se estavam sofrendo, se estavam trabalhando, se estavam fazendo alguma coisa. Afundava-se, encerrava-se na estreita personalidade do seu *eu*, com esta absorção total, com este egoísmo profundo e absoluto, quadrado e resistente, o egoísmo de bronze do talento. Naquele homem nascido sem ternura, não tendo com os homens o afeto expansivo e cuja superfície de insensibilidade já havia sido notada no ateliê de Langibout, a dureza acabou por se mostrar numa rudez áspera, quase selvagem.

À rigidez de sua natureza, o pintor juntava, pouco a pouco, a amargura de sua carreira. No desencorajamento, na insatisfação com suas obras, com o olhar aguçado pelo pessimismo, começou a aplicar nos outros as severidades cruéis que tinha para consigo mesmo. Era o conselheiro e o julgador implacável que, diante de um quadro, punha o dedo na ferida, lançava sua crítica no ponto sensível. "Um praguento", diziam dele os ateliês, que o batizaram: Desencorajador II, atribuindo-lhe o segundo lugar depois de Chenavard. Assim, quase temerosamente, as pessoas se afastavam dele como de um colega perigoso, fazendo tocar as impossibilidades da arte, congelando a ilusão e a coragem, desesperando a tela iniciada, capaz de fazer o pintor mais talentoso se enojar da pintura.

Coriolis, que amava a solidão um pouco mais a cada dia e só via com prazer dois ou três íntimos, ainda tinha provocado esse distanciamento por sua acuidade de espírito, pela coloração de ironia mordaz peculiar aos crioulos. Aquilo que o sucesso, as satisfações do trabalho e do amor-próprio haviam contido nele e fechavam seus lábios, agora lhe escapavam. Seus desprezos, seus rancores, seus ascos, sua raiva de artista, exalavam-se em palavras amargas, em traços venenosos. Sobre os camaradas de que não gostava, sobre as glórias que não estimava, sobre um quadro da moda, lançava o batismo de um ridículo mortal em frases que misturavam o colorido da linguagem de pintor com a fina barbárie de uma observação de mulher, com palavras imperdoáveis, como os gracejos de Anatole, mas que permaneciam plantadas em carne viva de vaidades que sangravam.

CXVIII

ELE TINHA APENAS UMA ALEGRIA, UMA ALEGRIA DOS OLHOS: SEU FILHO. Quando o filho nasceu, Coriolis não havia sentido em seu ventre aquela revolução que transforma um homem em pai e que parece abrir um novo coração no coração. Diante da criança que era apenas "pequena", uma forma esboçada, um pedaço de carne chorosa e não acabada, ele não sentiu sua paternidade estremecer e mexer dentro de si. Ficara frio diante daquela vida que parecia prolongar a vida fetal, àqueles movimentos ainda embrionários, àquele olhar que mal surgira, de criança em fraldas, àquela formação obscura e sonolenta dos primeiros meses que a ternura das mães observa e surpreende. Mas, quando aquele corpinho começou a tomar forma como que sob o cinzel de François Flamand,[223] quando aqueles bracinhos, aquelas perninhas provocaram, com suas tentativas, a lembrança das linhas arredondadas que Coriolis vira nas crianças mouras, quando essa figura assumiu, sob o arrepio de seus cabelinhos, a expressão de um pequeno amor da pintura italiana, quando a beleza, a beleza do sul começava a se erguer nele, sorridente e já quase grave, a paternidade do burguês e do artista despertou ao mesmo tempo no pai.

---

223 François Duquesnoy, escultor flamengo do século XVII.

O seu filho era verdadeiramente uma daquelas crianças de quem uma ingênua expressão popular diz que são lindas como o dia, daquelas crianças cuja tez, cujos movimentos, cabelo, olhos, boca, parecem florescer na alegria e na inocência de uma luz. Ele tinha essa suave pelezinha que irradia e ilumina, uma pele que pede o carinho da mão como a pele de uma menininha. Seu cabelinho, cacheado como de um pequeno carneiro, cabelo de seda fina e de um dourado-pálido, com reflexos de poeira ao sol, se enrolavam em sua cabeça com mil cachos, um dos quais sempre caía na testa. Ao redor dos olhos, nas têmporas, brincavam transparências de madrepérola. Sua testinha toda pura, sem nuvem e sem pensamento, parecia cheia do nada com o qual as crianças sonham deliciosamente. A ternura loura das sobrancelhas e dos cílios fazia seus olhos azuis parecerem negros, olhos de criança oriental, ligeiramente oblíquos embaixo e alongados nos cantos, olhos que, às vezes, invadiam seu rosto. Percebia-se o contorno de um nariz árabe em seu narizinho que começava a se formar. A boca, um pouco para a frente, espichava os lábios de um pequeno flautista de Lucca della Robia; era miúda, com uma risada larga que enchia a criança de riso. Seus bracinhos bem formados, redondos e cheios tinham lindos gestos. Ele fazia mexer a graça com suas mãozinhas.

O pai queria sempre que ele estivesse seminu, vestindo apenas uma camisa e um colar de coral; e, quando, vestido assim, no chão, sobre um tapete, o menininho rolava, era adorável com suas brincadeiras, seus afagos, sua preguiça, a flexibilidade que parecia vir da mãe, suas pernas, seus ombros, seus braços, seus pezinhos que se buscavam para beijar, sua carne, a pele firme e macia emergindo da brancura curta do tecido.

Não tinha medo de ninguém: ia para os recém-chegados, confiante, com os braços estendidos, com a antecipação de um beijo na boca. Oferecia o prazer de um objeto de arte. Um bebê de Reynolds, um pequeno São João de Correggio, o *Menino com uma tartaruga* de Decamps, ele evocava ao mesmo tempo todos esses tipos encantadores da infância inglesa, da infância turca, da infância divina.

À noite, quando sua mãe o fizera dormir, embalando-o por um minuto no colo, e quando, escorregando nas almofadas do divã, dormia, com o cabelo desgrenhado, o aspecto florido e rechonchudo, numa daquelas poses em que seus braços pequeninos formavam um travesseiro, era como estar perto do sono de um pequeno deus, perto desse pequeno adormecido que tinha o sopro do céu na boca aberta e o bater de asas dos sonhos do Paraíso em suas pálpebras titilantes.

CXIX

O INTERIOR DA CASA JÁ NÃO ERA ALEGRE, RISONHO, vívido como outrora. O frio do embaraço se insinuava nele, a lembrança de dias felizes, loucos e jovens parecia ali morta com o eco dos saltos de Vermelhão, e o passado como que se apagava ali tal qual uma coisa antiga que a poeira faz pouco a pouco esquecer. Sentia-se no ar da casa e das pessoas um princípio de distanciamento e separação. A vida comum do trio havia perdido a intimidade, a confiança; ela sofria desse primeiro afastamento das pessoas que acontece muito lentamente, antes da separação. Manette tinha mutismos afetados, a seriedade de projetos de mulher no rosto. Até a bela criança era bem-comportada e não trazia ali a algazarra da infância. Um mal-estar pesava sobre as reuniões; Anatole não tinha mais coragem de ser Anatole. Seu espírito estava contrafeito. O piadista pesava suas palavras, continha suas infantilidades e temia o efeito de uma frase lançada. Manette havia mudado sua familiaridade com ele para uma polidez seca, intercalada com alusões que reforçavam, sob sua intimidação, sua posição em falso. Todos ficaram reservados, as palavras cessavam, silêncios caíam, grandes silêncios frios que punham sobre as cabeças a ameaça muda de uma grande mudança.

Muitas vezes dentro de si, nesses momentos, Anatole e Coriolis se lembravam dos dias, cheios apenas do presente, quando não pensavam se separar. Compreendiam que estava acabado, que suas vidas iriam se modificar sem que soubessem o porquê, que estavam perto de um amanhã que não os veria mais juntos; e, covardes diante dessa ideia, nenhum deles ousava dizer isso ao outro.

CXX

NAQUELE INTERIOR ENTRISTECIDO CRESCIA O DESÂNIMO DE CORIOLIS. Ele chegava àquela angústia que parece fatalmente coroar neste século a carreira e a vida dos grandes pintores da vida moderna. Era devorado por essa febre de decepção, essa desolação interior que Gros chamou de "a raiva no coração". Sofria a dor suprema desses grandes feridos pela arte que avançam no fim do seu caminho, apertando nas entranhas as feridas recebidas quando jovens. Ao lado dos outros, em meio a tantos contemporâneos que via realizados, mimados pelo público, lançados muito precocemente à fama, cortejados pela opinião pública, adulados pelo sucesso, esmagados pela glória vitalícia, pelos louros da publicidade, pelo título de *Divo* só atribuído aos mortos, sentiu-se nascido sob uma dessas infelizes estrelas que predestinam toda a existência de um homem à luta, consagram seu talento à contestação, as suas obras e o seu nome à disputa de uma batalha. A prova terminara, a ilusão já não era possível: enquanto vivesse, estava destinado a não ser reconhecido; enquanto vivesse, não atingiria essa celebridade da qual tentara apoderar-se, com todos os seus esforços, com toda a sua vontade, que por um momento havia tocado com suas esperanças.

Então um infinito de tristeza se abriu diante de Coriolis, e, em sombrios colóquios consigo mesmo que tinham o desânimo das melancolias supremas suportadas por Géricault no final de sua vida, abandonava-se a um sentimento assustador, a uma obsessão cruel. Uma ideia lúgubre, mostrando-lhe o futuro das suas ambições e dos seus sonhos para além da vida, mantinha o artista suspenso no pensamento e quase no desejo de morrer, como sob a promessa e a tentação das justiças da morte, das reparações dessa posteridade vingadora que os vencidos da arte esperam, perseguem, clamam – que eles apressam, por vezes.

CXXI

LOGO ELE BUSCAVA ENTERRAR O TORMENTO DESSAS HORAS, no trabalho, no cansaço, na arrebentação de uma espécie de arte mecânica. Teve como que uma mania de água-forte que aprendera vendo Crescent fazer. A água-forte o tomava por seu interesse, sua absorção apaixonada, o esquecimento que ela lhe dava de tudo, das refeições, do charuto, a espécie de apagamento do tempo que ela retirava de sua vida. Passava dias debruçado sobre sua placa, riscando o cobre, descobrindo, sob os talhos e os arranhões, o ouro vermelho da linha no verniz negro. E foi como uma suspensão momentânea de sua vida, esse leve estupor cerebral, essa espécie de congestão que provocava nele o cansaço dos olhos, esse vazio que sentia no cérebro substituindo a tristeza.

Ao final disso, o ataque, esse trabalho do ácido que, conforme o grau, a temperatura, leis desconhecidas, uma sorte, um acaso, faz com que se erre ou acerte na placa, faz ou desfaz seu caráter, cava ou embota seu estilo, o ataque do ácido o levava às emoções de seu mistério e de sua química mágica. Arrebatava-se a si próprio quando, abaixado sobre as fumaças vermelhas, com as bolhas de ar estourando na superfície, seguia na água mordente as mudanças do cobre, seus esmaecimentos, o borbulhar verde que espumava sobre os traços da ponta. E logo que tirava o verniz da placa, passava o solvente, tinha pressa em sair e, com um passo

MANETTE SALOMON

apressado que cortava as filas das menininhas nas portas das pastelarias, ele se apressava em chegar, com sua placa debaixo do braço, ao alto da rue Saint-Jacques.

Ali, ao fundo de um pequeno jardim, numa sala cheia de luz branca, de cujo teto pendiam, em varais, tecidos de lã para a impressão, diante de uma prensa com grandes rodas, no silêncio do ateliê, cujo único ruído era o gotejamento de água que molha o papel, os trancos em uma placa de cobre, as pulsações de um relógio cuco, as pancadas da calandra que gira, era tomado por uma verdadeira ansiedade em seguir a mão negra do impressor impregnando de tinta e pondo sua placa na caixa, limpando-a com a palma da mão, dando batidinhas com gaze, bordejando e margeando com greda branca, passando sob o rolo, apertando a prensa, girando a roda e a virando. Ele se concentrava inteiramente no que surgiria dali, naquela virada da roda, no resultado de seu desenho. A prova, toda molhada, ele a arrancava das mãos do operário.

E, todas as vezes, saía da gráfica com uma espécie de prostração, um esgotamento físico e moral comparável ao de um jogador que sai de uma noite de jogo.

CXXII

TODOS OS ANOS, NA ÉPOCA EM QUE CORIOLIS TIVERA UMA CONGESTÃO no peito, ele sofria uma recaída; no verão, os calores de julho levavam embora esse resfriado. Mas, naquele ano, sua tosse, talvez irritada pelas emanações da água-forte nas quais vivera durante vários meses, persistiu durante todo o verão, não desapareceu, e tudo o que fez, tudo o que decidiu tomar, por insistência de Manette, não o livrou daquilo.

Nas primeiras manifestações do frio do fim de outono, sem ver nenhum perigo em seu estado, seu médico, desconfiado pela experiência da delicadeza dos pulmões crioulos, o aconselhou a não ficar no frio e na umidade de Paris, a ir passar o inverno no Egito, em algum bom país quente, de onde traria, no ano seguinte, algum par para seu *Banho turco*. Coriolis se irritava com essa ideia de viagem, opôs uma resistência quase furiosa a ela, disse que não podia sair de Paris, que todos os seus estudos agora eram ali, que ele tinha grandes coisas em mente.

O tempo passava. Ele não sentia nenhuma melhora. Continuava a sofrer, sem poder trabalhar. Frequentemente, era forçado a ficar dias de cama. E, nos cuidados que Manette dedicava a seu amante acamado, na intimidade, nessas conversas confidenciais a dois, nessa aproximação de pequenos segredos que a doença cria entre o doente e a mulher, Anatole sentia trocas de palavras em voz baixa perto da cama que o excluíam, afastavam-no do amigo, conversas que se calavam à sua aproximação, espécies de consultas misteriosas, sinais furtivos de discrição, silêncios que acabavam de falar dele, e que dele se escondiam.

CXXIII

MANETTE HAVIA SE LEVANTADO DA MESA PARA PÔR O FILHO para dormir. Coriolis tocava em objetos sobre a toalha, recolocava-os tal como os havia apanhado, sem pensar, olhava de vez em quando para Anatole e não dizia nada.

Anatole esperava. Por vários dias ele se sentiu pouco à vontade sob aquele olhar de Coriolis, que parecia querer lhe falar, mas não ousava. Tinha o pressentimento de má notícia, dura de dizer para Coriolis, cruel de ouvir para ele.

De repente, Coriolis fez um desses gestos bruscos e decididos com os quais se reúne coragem, e com uma voz que se apressa a terminar logo com isso:

– Pois é, meu velho, há oito dias que isso me pesa... Levanto-me todas as manhãs dizendo a mim mesmo: hoje conto para ele. E aí, é mais forte que eu... Quando estou em vias de lhe contar, a coisa não vai, fica lá... É que isso me custa, de verdade. Enfim, vou embora de Paris, é isso...

– Você vai embora de Paris? – perguntou Anatole, atordoado com o golpe.

– Ah, diabo – respondeu Coriolis –, se não fôssemos tantos... O menino, dois criados... Eu o levaria, entende...

– Completo! Sim, entendo. A placa foi posta, como nos ônibus... É verdade que não podem me pôr no colo, já passei da

MANETTE SALOMON

idade – respondeu Anatole num tom de palhaçada quase amarga. Então, parando e pondo um tom amistoso na voz: – Você se sente mais indisposto?

– Sim e não. Quer dizer, sem dúvida já faz tempo que as coisas não estão indo como eu gostaria... Mas não é isso. No fundo, veja você, há um grande problema no meu caso. Não sei em que ponto estou da minha carreira, do meu talento, da minha pintura... Pois é, isso vale por uma doença, e é uma, e lhe asseguro: sofremos muito. Achei que tinha encontrado o *moderno*... Agora não vejo mais o que eu via nisso. E talvez não esteja nisso... Preciso de descanso, de isolamento... Isso me mata, essa maldita temperatura de febre que tem Paris. Vou ficar um ano. Vamos para Montpellier. Foi Manette quem teve essa ideia. Garanto, é uma boa ideia. Coitada! É dedicação, porque a vida não vai ser muito divertida para ela. Se eu piorar, lá há bons médicos.[224] E depois, bem pertinho, entre Montpellier e o mar, há a Camargue, onde quero me dedicar aos estudos. Ah, vai me fazer muito bem. Eu queria avisar você. Mas Manette não quis que eu contasse antes... Porque, se não desse certo, não valia a pena lhe causar preocupação à toa. Além disso, até agora não estávamos completamente decididos... Não importa, meu velho, quando vivemos juntos como nós, não se separa facilmente!

E Coriolis jogou seu guardanapo na mesa.

– Enfim, não estou indo para a China... E quando eu voltar, nada vai nos impedir de recomeçar aqueles bons anos, não é?

Dizendo isso, ele sentia que a vida deles, a dois, tinha acabado para sempre e que era um último adeus que ele dava naquela noite à grande amizade de sua vida.

– Mas – retomou – não posso deixar você assim na sarjeta... Sem um tostão...

– Oh! Eu tenho meu quarto... Tenho tempo para me virar...

– É que, devo dizer... – anunciou Coriolis em tom constrangido. – Nós tínhamos, sabe, um ano de aluguel ainda... Pois bem! Manette encontrou uma maneira de subalugar. Ela arranjou tudo.

---

224 Desde o Renascimento que a Faculdade de Medicina de Montpellier é reconhecida como uma das melhores.

Há um comerciante que deve vir e levar os móveis. E então, sabe, os seus... Os do seu quarto... Ficaria feliz se ficassem com você. Sim, eu mesmo me mobiliarei. Também estamos demitindo os criados. Manette encontrou parentes que não estão felizes, primas dela... Estaremos cem vezes mais bem servidos... Mas vamos lá, não é só isso, do que você precisa?

– De nada – assegurou Anatole, levantando a cabeça, magoado por ter sido expulso pela mulher mais ou menos da mesma forma que os criados foram mandados embora. – Obrigado, tenho ainda os quinhentos francos que você me fez ganhar, no mês passado, para pintar o teto daquele imbecil...

A mentira era heroica: os quinhentos francos haviam rolado para o grande buraco de todas as pequenas dívidas de Anatole que parecia se cavar sob todos os "por conta" que ele jogava lá.

– Verdade? – disse Coriolis aliviado, livre da ideia de uma luta a travar com Manette. – Ah! Então, você sabe, se passar por momentos difíceis, se estiver *queimado* no Spectre Solaire, você pode tirar tudo no Desforges por minha conta, eu o avisei. Vejamos, o que você vai fazer?

– Ainda não sou um morto de fome. Vou tentar continuar desse jeito.

– Olhe, eu me censuro por ter deixado você ocioso... Devia ter feito você trabalhar. Mas você me fazia rir tanto que nunca tive coragem...

– E quando vocês vão embora? – perguntou Anatole, interrompendo-o.

– Sábado... Ou segunda-feira. E em que pé você está com sua mãe?

– Ah, por favor, sem sentimentalismo... É suficiente que nós tenhamos de nos separar, basta. Vamos falar de outra coisa.

E ambos ficaram em silêncio. A emoção deles incomodava os dois. Anatole pegara um álbum ao acaso de uma mesa e o folheava.

– De onde é isso, diga? – indagou a Coriolis para quebrar o silêncio, mostrando-lhe um esboço.

– Isso? Ah, é da minha viagem a Bourbon... Quando estive lá, sabe, antes da minha volta do Oriente.

MANETTE SALOMON

E como se, naquele momento de separação e camaradagem rompida, ele quisesse retomar seu coração graças ao passado, Coriolis começou a contar a Anatole o que lá lhe sucedera, nas colônias, com palavras que paravam e se demoravam nas coisas, palavras que pareciam sair da memória suspensa por um momento.

No navio de Suez, ele conheceu uma jovem.

– Imagine... Ela escrevia um diário nas tiras de papel de seu bordado... E prendia aquilo nas patas dos pássaros cansados que vinham descansar no barco. Era tão linda aquela ideia, sabe... Aqueles pensamentos de menina levados pela asa de um pássaro, atirados do mar para a terra e que deviam cair em algum lugar como se fosse do céu, como a carta de um anjo! Sabe, ninguém tem ideia de como a gente se apaixona... Fui muito bem recebido na família. Ela tinha uma grande fortuna. Mas havia uma propriedade. Seria preciso pôr sua vida ali, largar tudo, renunciar à pintura... E eu disse não.

– E termina assim?

– Mais ou menos... É que, quando me acompanhou ao escaler, quando eu ia embora, a babá da jovem, que havia adquirido adoração por mim, me deu um saquinho de farinha de mandioca que ela sabia que eu gostava muito. Todos os passageiros a quem ofereci foram envenenados. Um pouco menos, felizmente, do que eu deveria ter sido se tivesse comido sozinho. Não importa – disse Coriolis em um tom meio irônico, meio sério –, não há, nos criados, devoção como essa em nossa Europa...

E, ao se calar, Anatole pensou ter visto o primeiro arrependimento do amante de Manette.

CXXIV

— TIA CAPITAINE, TEM UM LUGAR PARA ME INDICAR, em que eu possa dormir por alguns dias?

Anatole disse isso à dona de um pequeno *bistingo*[225] transferido da rue du Petit-Musc para o quai de la Tournelle, e que ele havia decorado, no passado, com afrescos de episódios da guerra da África e das façanhas dos zuavos. A partir desse trabalho, dificilmente passava em frente ao cabaré sem entrar, tomar um trago e bater um papo com a tia Capitaine.

– Ah! Então, veja, tenho exatamente o que você precisa – disse madame Capitaine. – Champion, um bom sujeito que vem aqui, que você conhece bem, já beberam juntos, ele tem um quarto grande e vai gostar muito de ceder a metade. É a hora dele, deve estar chegando.

Um sargento de polícia apareceu e, depois de trocar algumas palavras com madame Capitaine, se dirigiu até Anatole, lhe disse que o negócio estava fechado, que ele poderia vir naquela mesma noite para dar uma olhada no "bazar", que ele instalaria sua *tralha* no dia seguinte. E, sentando-se em frente a Anatole, começou a beber com ele.

---

225 Bistrô.

MANETTE SALOMON

Foi assim que, em dez minutos, Anatole se viu inquilino da metade de um quarto desconhecido, numa casa da qual nem conhecia a vizinhança, e companheiro de quarto de um indivíduo de quem nem se lembrara, num primeiro momento, de que era sargento de polícia.

À meia-noite, os dois homens atravessaram as pontes, foram em direção à prefeitura, chegaram a uma ruela atrás de Saint-Gervais, onde, ao fundo de um negócio de vinhos, ressoava a música nasal de um realejo, com acompanhamento da *bourrée*[226] que ela tocava pontuada pelo barulho de tamancos. Lá, em um pequeno beco escuro, tendo apenas o fio pálido de gás refletido na água do riacho que saía dele, eles entraram. O sargento de polícia acendeu um fósforo raspando na parede; e eles se encontraram na escada, uma escada reta feita de tijolos em pé, com moldura de madeira.

– Diacho! – disse Anatole. – Não é a escadaria do Louvre...

E subiu.

Deitado, dormiu com o dom admirável que tinha de dormir em qualquer lugar, ao lado de qualquer um.

– Hein? O que há? – perguntou às cinco horas da manhã, acordando com o barulho da casa. – O que é? Há elefantes aqui?

– Isso? – disse Champion com negligência. – Ah, esqueci de dizer. Aqui é uma casa de pedreiros. Quando amanhece, eles degringolam... Há três partidas todas as manhãs.

Ao barulho dos sapatos dos pedreiros se mesclava o som da madeira sendo serrada, da lenha caindo, do fogo soprado para a sopa.

– Oh! A gente se acostuma – respondeu Champion. – Amanhã você não vai ouvir mais nada. Eu, eu tenho que ir embora...

Quando seu camarada partiu, quando o dia raiou, Anatole olhou seu quarto, e, embora habituado como era com todos os alojamentos, o lugar lhe deu um certo calafrio. Do assoalho sobre a terra batida, sobravam apenas três ladrilhos. A janela era de guilhotina e dava para um muro interminável que se erguia a dez pés de altura. Na parede, um pedaço de papel, de cor indiscernível,

---

226 Dança camponesa na Auvergne.

havia sido arrancado perto da cama por causa dos percevejos e substituído por uma grande mancha branca feita a cal. Ali dentro entrava uma luz de porão com toda a sua tristeza, o que é tão apropriadamente chamado de "uma luz de sofrimento", um clarão no qual só havia a pobreza do dia.

CXXV

ÀS DEZ HORAS ELE DESCEU AS ESCADAS PARA DESCOBRIR UMA TAVERNA e topou com a rua, uma rua estreita com pequenas calçadas, onde encontrou marcos de pedra estreitando as entradas dos becos, a água correndo livre e lavando o pé dos prédios que se projetavam nos térreos negros cheios de buracos de sombra. Olhou aquelas casas medievais afastando-se no alto para ver um pedaço do céu, as construções remendadas durante três ou quatro séculos e deixando, sob o seu reboco de ontem, despontar a sujeira de sua velhice, montantes cruzados recobertos com um pedaço de morim, grandes janelas com pequenos vidros esverdeados que faziam parecer macilentas as crianças que se colavam atrás, parapeitos de madeira nos quais pendiam calças de tecido azul deixadas para secar. De vez em quando, menininhas caminhavam ao som de tamancos naquela vizinhança sem sapatos. A gaiola de um cabeleireiro, que barbeia os pedreiros todos os domingos, pendurada na parede do lado de fora do salão, evocava, com seus dois canários, uma velha rua provinciana abandonada por trás do palácio de algum bispo. Ao fundo de um pequeno pátio, viu, como um resquício dos dias de junho, uma criança que se exercitava com um pedaço de sucata, usando uma barretina militar, apanhada no sangue.[227]

---

227 Referência à insurreição operária ocorrida de 22 a 26 de junho de 1848, reprimida violentamente, com operários massacrados.

Aquele pitoresco interessou a Anatole, que amava o caráter da miséria, as curiosidades dos recantos pobres de Paris, e cuja errância o levava instintivamente aos bairros, aos hábitos e à vida das pessoas. Divertia-se em descobrir; caminhou ao longo dos térreos onde todos os tipos de atividades para os pobres ficavam escondidas e encobertas: havia tinturarias para luto, lojas de moda em cujas venezianas estavam pendurados vasos de barro destinados ao aquecimento, negociantes com a placa feita de um saco dentro do qual desgrenhava a lã para colchões, banca de flores sob redoma, velhas gaiolas, velhas camas com estrados de correias, velhas lanternas de carros, todos os tipos de trapos desbotados e podres pingando na água escorrida como um estrume de brechós. Havia lojas de cuteleiros, com a forja acesa, fabricantes de cochos e de ferramentas de pedreiro, lojas de confecções para operários, nas quais estava escrito em letras grandes: "Aventais, blusas de operários, roupas para trabalho pesado". Ao lado de um negócio de comércio de vinho, Anatole leu um anúncio meio apagado de "alisamento de chapéus a cinco tostões"; e ele parou na esquina da rua em velhos cartazes de coleta a domicílio para o escritório de assistência social daquele bairro carregado com 18 mil indigentes.

Encontrou grandes distrações nessa exploração. O que teria entristecido um outro quase o divertia, ele estava ali em plena miséria e se sentia à vontade. Seu primeiro sentimento de desânimo, de melancolia matinal, havia desaparecido. Ele não se sentia mais deslocado ou desconsolado. Quanto mais avançava, mais simpático esse ambiente se lhe mostrava. Ele se via, naquela rua, livre, despojado de todo respeito humano, misturado a trabalhadores que não tinham muito mais dinheiro que ele próprio. Deu mais duas ou três voltas nas ruas circundantes e ficou decididamente encantado com o bairro.

Ao lado de sua casa havia uma leiteria com placas escritas: "Ovos estrelados, carnes e cozidos para viagem". Ele entrou, sentou-se a uma mesa sem toalha, regou sua refeição com um pouco de café preto a dez centavos; e, ao terminar, deixou seus pensamentos correrem para uma série de reflexões consoladoras, de ideias tranquilas, satisfeitas, felizes, em meio às quais caiu, sem perturbá-las, o barulho dos cacos de vidro jogados diante de vendedor de vidros quebrados, na rue Jacques-de-Brosse.

No mesmo dia, ele mudou sua pouca mobília para o quarto do sargento de polícia.

CXXVI

ESSA VIDA, QUE NAS IDEIAS DE ANATOLE DURARIA QUINZE DIAS, um mês no máximo, logo se deixou moldar, sem contar o tempo, nessa singular comunidade com um sargento de polícia.

Champion era um antigo policial, de Caiena, amarelo como um marmelo. Tinha histórias de patrulhamento de florestas virgens, de fenômenos meteorológicos, de tubarões, de cobras, de morcegos-vampiros, curiosidades de história natural, todo tipo de contos embelezados com fantasias de caserna e lendas da polícia colonial, que ele contava à noite de sua cama, a Anatole, com os *rra* e a vibração do rufar do soldado. A essa interessante reserva de conversa, o sargento de polícia acrescentava e misturava a narração detalhada das prisões galantes que fazia todas as noites; pois, enquanto esperava sua promoção para a Vigilância,[228] Champion se achava designado para a delegacia de costumes. Só uma coisa o embaraçava: seus relatórios. Anatole se encarregou deles, fez as minutas, pôs nelas, com sua sagacidade de brincalhão, a ortografia e o estilo de um amigo da moral; e os relatórios de Anatole fizeram tanto sucesso na Prefeitura de Polícia que Champion chegou a ponto de se tornar brigadeiro.

---

228 Vigilância sobre a liberdade condicional.

MANETTE SALOMON

Champion permanecera, no exercício de suas delicadas e severas funções, um verdadeiro militar francês. "A honra e as damas" – ele praticava o lema nacional. Respeitava o sexo feminino no infortúnio. Tinha lido romances sentimentais, usava um anel feito com cabelo.[229] Assim ele tinha, em relação a suas investigadas, formas, modos, até indulgências que, às vezes, o faziam fechar os olhos para uma contravenção. Disso resultavam, muitas vezes, visitas de agradecimento, o reconhecimento de uma mulher que timidamente lhe trazia um buquê e o farfalhar dos babados de seu vestido de seda no miserável quartinho dos dois homens.

Então, Anatole encenava uma comédia prodigiosa de amabilidade, galanteio, ironia, um gastar das palhaçadas que economizara. Fazia arcos com os braços, como um professor de dança, para conduzir a visitante ao divã – que era a cama. Punha, com o gesto de Raleigh, umas calças velhas sob os pés dela. Pedia-lhe perdão por recebê-la naquele pequeno tugúrio de rapazes: eles o estavam mobiliando, o estofador nunca aparecia para colocar seus espelhos Luís XV... Ele dava piruetas, era Lauzun, era Richelieu, como se usasse saltos vermelhos.[230] Tirava do bolso um papel e dizia: "Outro convite da duquesa!". Escovava os sapatos, gritava: "Jean! Está despedido! Minha senhora, não há mais bons criados... Isso é resultado das revoluções!". Fazia madrigais para a mulher, aturdia, atordoava, dava a ela a ideia de estar diante de algum fidalgo maluco na indigência.

E se houvesse alguns tostões naquele dia na casa, a festinha terminava mandando buscar vinho branco e ostras.

---

229 *Bague en cheveux*: anéis feitos com cabelos trançados, às vezes completados por metais, que eram usados como lembranças sentimentais.

230 Referência à moda na corte de Luís XIV, quando os homens usavam salto alto vermelho.

CXXVII

A CONVIVÊNCIA NOITE E DIA COM ESSE NOVO AMIGO, as refeições feitas nas baiucas nas quais Champion se alimentava, as noitadas que se passavam nos cafés aonde ia, não tardaram a fazer de Anatole, sempre pronto para dependurar sua vida à vida, às relações e aos costumes dos outros, o camarada de todos os camaradas do sargento de polícia, um conhecido de todos os seus conhecidos, dos guardas de Paris, dos bombeiros que frequentavam os mesmos lugares que ele. Qualquer mundo novo onde pudesse divertir sua leviandade de observação parecia sempre atraente, interessante, para Anatole. Entrando naquele, achou-o bastante cordial e encantador. Foi seduzido pela simplicidade, pelo jeito de bom menino dos militares que ali encontrava, pela franqueza do entusiasmo e pela espessura desses ridículos, gordos e marciais, de onde tirou uma *militariana* com a qual fez suas vítimas rirem até às lágrimas. Porque ali, naquele mundo forte, ele desarmava por sua fraqueza. Seus ouvintes perdoavam tudo nele, até as piadas das histórias de batalha, com a indulgência de homens que perdoam um moleque. E, além disso, ele os divertia, atiçava-lhes o bom humor com piadas ao alcance deles, caricaturava-os, traçava retratos poéticos e pensativos de suas esposas. Para os bailes das corporações dados para a festa[231]

---

231 Na França, a festa é, nesse sentido, o dia do santo da pessoa.

do imperador, ele fabricava transparências gratuitamente. Conheciam-no, amavam-no, tratavam-no no quartel como um menino da caserna: ele ficava *de olho* na cantina.

Mas se acercou sobretudo dos bombeiros, e, com eles, suas relações se tornaram íntimas. Seu gosto pela ginástica o levou a se aproximar deles, participava de seus exercícios e, reencontrando sua elasticidade, sua flexibilidade da juventude, lutava com eles, fazia o *cavalo*, as *barras paralelas*, a *trave*, a *guirlanda*, a *corda com nós*, a *escada de agilidade*. Não era o menos ágil nessas corridas do *pega-pega* no quartel dos Célestins, onde os exercícios dos bombeiros, correndo do pátio, saltando em cima dos muros, pulando de telhado em telhado nas casas do bairro, e acabava mandando dois ou três estropiados para a enfermaria no dia seguinte.

CXXVIII

ANATOLE APRESENTAVA O CURIOSO FENÔMENO PSICOLÓGICO de um homem que não tem a posse de sua individualidade, que não experimenta a necessidade de uma vida à parte, de uma vida própria, de um homem que tem o gosto e o instinto de vincular sua existência à existência dos outros por uma espécie de parasitismo natural. Ia, por impulso do seu temperamento, a todas as reuniões, a todas as aglomerações, a todas as convocações, que misturam e fundem no todo a iniciativa, a liberdade, a pessoa de cada um. O que o atraía, do que ele gostava, era o café, o quartel, o falanstério. Conservou seu bom coração, oferecendo o admirável exemplo de um pobre-diabo puro de qualquer ódio e de qualquer amargura; ainda cheio de utopias, quando construía felicidade para toda a humanidade, era essa felicidade que desejava e via para ela: uma felicidade comunitária, a felicidade da refeição em comum, o paraíso da gamela com que sonham, para si e para os outros, as pessoas vivendo na miséria de uma grande cidade e mal sentindo, como numa multidão, uma existência, movimentos, um corpo para si próprias. Assim, daquela convivência com os bombeiros, da sua vida com eles, quase submetida ao regulamento, à agenda deles, divertindo-se com as suas recreações, com os seus prazeres, bebendo à sua mesa, seguindo os seus passos, extraía uma espécie de satisfação, de bem-estar difícil de expressar, uma espécie de alívio, de libertação de si próprio, como se fizesse parte, um pouco, do quartel, e como se tivesse posto um tanto de sua pessoa na *massa*.

Outro estado de espírito feliz contribuiu ainda mais para fazê-lo tolerar aquela vida que teria levado um outro a se atirar no Sena que corre tão perto dali. Ele era sustentado pela graça que a Providência concede aos infelizes: tinha um senso supremo de *inverdade*. Uma prodigiosa imaginação do falso o salvava da experiência, conservava nele a cegueira e a infância da esperança, ilusões teimosas que nada matavam, credulidades idiotas que sempre o embalavam, uma confiança raivosa que lhe tirava a previsão de todos os acasos da vida e que fazia recair sobre ele apenas o golpe inesperado dos infortúnios. Ele confiava em tudo e em todos, jamais pensava o mal. As mais horríveis carantonhas, com as quais o acaso o fazia encontrar, lhe pareciam rostos de gente boa. Ele via um negócio concluído numa palavra vazia. As chances mais impossíveis, os milagres que salvam, ele os esperava de pé firme. E, em sua cabeça, na qual resquícios de embriaguez flutuavam sobre miragens de encomendas, havia andaimes da fortuna, encadeamentos do acaso, fileiras de trabalhos, contatos de grandes personagens, sonhos que seguiam a pista de milionários oferecendo somas fabulosas de dinheiro pelas transparências de seus bombeiros, cujos nome e endereço ia procurar em lugares incríveis, nos *minzingues*[232] da rue Saint-Hilaire, na Bolsa dos Comerciantes de Roupas! E em tudo levava tão longe seu sentido do falso, sua falta de faro para as coisas e para as pessoas, que, entre vários trabalhos que lhe eram oferecidos, sempre escolhia aquele pelo qual não seria pago. Essa decepção, aliás, não o incomodava; punha-se no lugar do homem que lhe devia, arranjava mil desculpas para ele e fazia dele seu amigo.

Acontecia que, salvo do desespero por todos esses recursos de caráter, por essa vida em que o contato contínuo com os outros o aliviava de si mesmo, Anatole encontrava na miséria as rédeas soltas de sua natureza, a livre expansão, a oportunidade de desenvolver gostos inconfessáveis que conduziam suas familiaridades e suas amizades em direção aos inferiores. Havia nisso, para ele,

---

232 Bistrô popular, em gíria parisiense da época.

o prazer de um desabrochar sem cerimônia nas fraternidades, de um realizar-se sem constrangimento nas confraternizações à queima-roupa, nas amizades improvisadas junto ao balcão dos bistrôs, nas intimidades que surgiam tomando um copinho. Suavemente, e sem resistir, nesses ambientes de rebaixamento, ele se abandonava a essa ladeira tomada por muitos homens educados à burguesa e que, por suas preferências sociais, suas relações, seus pontos de encontro, descem pouco a pouco ao povo, mergulham em seus hábitos, esquecem de si próprios e ali se perdem. Ele também era um daqueles que parecem ser puxados para baixo por vínculos de origem, daqueles que, nas adegas, decaem para o absinto. Depois de beber, quando às vezes se via rico e fazia projetos, falava dos banquetes que daria nos grandes salões de Ménilmontant; e esboçava a festa com seu ostensivo luxo de mulheres usando correntes de relógio, grandes travessas de arenques defumados, suas tigelas de salada de ovos vermelhos, suas jarras de vinho azul – um rega-bofe de periferia, uma apoteose do Cabaré, em que ele parecia saborear um ideal canalha.

A essas aspirações de Anatole, os acasos de sua existência atual, aquela casa, aquele dormitório, todos aqueles companheirismos lhe davam uma plena satisfação. Ele rolava de encontro a encontro, de engate em engate, na companhia de qualquer um. Deixava-se levar a festas de casamento que tinham por damas de honra mulheres que tiravam a loteria em botequins, bodas que iam ao *Barreaux Verts*,[233] parando as "boleias" e a noiva para uma "rodada" à porta dos comerciantes de vinho; e, nessas rudes farras festivas, encolhido no fundo do fiacre, com as costas curvadas, as duas mãos entrelaçadas sobre os joelhos levantados, a boca atrevida, ele assumia a aparência de contentamento quase fantástico, o ar de felicidade irônica de Mayeux.[234]

---

233 "Grades verdes", baile popular parisiense, muito frequentado por artesãos que buscavam um namoro. Na entrada, cada cavalheiro ganhava uma rosa, que, depois, entregava à moça com quem queria dançar.

234 Tipo das caricaturas: corcunda bêbado, sem religião, anticlerical, mas patriota. Era visto como o símbolo da pequena burguesia.

CXXIX

NAS INDOLÊNCIAS E DEGRADAÇÕES DAQUELA EXISTÊNCIA, Anatole gradualmente perdeu a força de sua vontade. Ele se mostrava preguiçoso em procurar trabalho. Já não ousava, na sua timidez de pobre envergonhado, buscar algum negócio, ver as pessoas, conseguir uma encomenda.

Ocorria nele como que um desabamento de suas últimas energias e de seus últimos orgulhos. Sua vocação morria. O que o artista, no mais profundo de suas quedas e misérias, conserva dos sonhos e ilusões de sua carreira, o que o sustenta na baixeza e no mercantilismo dos trabalhos forçados do ganha-pão, a confiança, a fé e o desejo de voltar um dia à arte, o orgulho de sempre se sentir um artista – até isso o abandonou. A miséria havia devorado o pintor; e, no antigo aluno de Langibout, se infiltrava e começava a surgir um novo ser: o puro boêmio, o *lazzarone* de Paris,[235] o homem sem outra ambição a não ser a comida e a subsistência, o homem do dia por dia, mendigo do acaso, à mercê da oportunidade, e nas mãos da fome.

---

235 Os *lazzaroni* eram os miseráveis de Nápoles, a camada social mais baixa da cidade. A miséria, a indolência e a sujeira dos *lazzaroni* se tornaram proverbiais.

Vendeu aos poucos seus *molambos*, seus móveis; depois, perseguido pela necessidade, ele se sujeitava a pegar as somas mais baixas e o mais vil óbolo de sua propriedade. Para um negociante de estampas no quai de l'Horloge, fazia retratos destinados à ilustração de livros, alguns com tinta enferrujada imitando velhas gravuras, outros em aquarelas ao gosto da imagem popular e com cores de confeitaria, os primeiros ao preço de 75 centavos, os demais a 2,50 francos. Ou então eram desenhos que ele rifava no café da esquina do Hôtel de Ville, feliz quando o maître do café arrancava algumas moedas de cinquenta centavos aos pileques dos guardas nacionais que ali vinham.

Em meio a essa *pindaíba*, ele ficou muito surpreso, um dia, ao ver desembarcar em seu quarto a visita de sua mãe, que jamais botara os pés em sua casa desde a separação deles. Ela tivera perdas financeiras. A moda e o trabalho que lhe davam a renda estavam completamente abandonados, perdidos. Tudo o que lhe restava era um pequeno capital que quase não dava para sustentá-la em uma pequena localidade ao redor de Paris. Ela fez uma apresentação patética dessa situação a Anatole, pediu seus conselhos, não os ouviu e, depois de contradizê-lo o tempo todo, saiu como uma mulher que veio fazer uma cena para causar efeito, envolvendo-se no manto do drama.

Na soleira da porta, virando-se, disse ao filho:

– Não entendo como é possível ficar numa casa assim... Se alguém da sociedade viesse...

– Alguém? Ah, sim. Pares de França, não é mesmo?

CXXX

CHEGOU O VERÃO, E, COM ELE, AS NOITES ESCALDANTES, devoradas de percevejos, o fizeram descobrir um novo prazer no seu bairro, nos seus aposentos: o banho *grátis* a dois passos, no Sena.

Por volta das onze horas, ele descia de casa de camisa e calça de pano, pegava sua jarra e seu pote de água, ia até o bebedouro do cais e, em poucas braçadas, estava na bela água cheia e profunda, correndo entre o Hôtel de Ville, a île Saint-Louis e a île Notre-Dame.

Os cais estavam negros e como mortos; apenas algumas janelas, abertas, respiravam. De vez em quando, uma luz que se afogava no rio parecia fazer tremer o clarão da janela de um salão de baile. Aqui e ali uma lanterna, um poste de iluminação era um ponto de luz no breu do rio, sob os grandes blocos de casas. A lua, no meio de uma corrente enrugada, mirava-se e brilhava. Anatole nadava, perdia-se na sombra com aquela espécie de emoção que o desconhecido e o mistério da água provocam no nadador; depois ia em direção à luz, divertia-se em cortar os reflexos do gás, perturbava com a mão o fogo branco da lua que escorria de seus dedos. Dava pequenas braçadas, deslizava, abandonava-se na água suave e, por momentos, deixando-se cair de costas, com a testa meio molhada, contemplava no ar, como do fundo de um poço, as torres de Notre-Dame, os telhados do Hôtel de Ville, o céu, a noite prateada. Todos os tipos de sensações de preguiça, de calma, o invadiam com bem-estar. Ouvia se extinguir a canção de um bêbado na ponte, o assobio melancólico de um *escoador* de navio, palavras que o eco do Sena parecia suspender no ar, aquele barulhinho suave de uma grande água que corre através de uma cidade grande adormecida. Horas com um timbre agonizante caíam à distância: meia-noite, uma hora. Ele nadava ainda, dizendo para si mesmo: "Vou sair", e continuava, sem se cansar de beber, com todo o corpo e todo o ser, aquela felicidade dos mudos encantos noturnos do Sena e aquele delicioso frescor envolvente da água, posta ali para ele no meio dessa Paris de pedras quentes, sufocada e suando por causa do sol do dia.

CXXXI

NO FUNDO, ANATOLE NÃO SE ACHAVA MUITO INFELIZ.
Tratando sua miséria com indiferença, ele quase que só tinha um aborrecimento, uma contrariedade que o importunava.

Enquanto Champion estivera na brigada de costumes, Anatole vira no colega de quarto apenas um soldado civil da edilidade, uma espécie de aduaneiro das transgressões do amor. Mas Champion fora promovido à vigilância: então, aos olhos de Anatole, o funcionário do governo se transformava; tomava uma cor política, virava o homem do tricórnio, da espada, o homem que agarra, o homem da polícia contra o qual se levantavam todas as repugnâncias instintivas do parisiense e do velho moleque. Anatole começou a sofrer em suas opiniões liberais da convivência que tinha com tal homem, tão completamente estabelecido em sua intimidade – e, às vezes, em suas camisas.

Parecia-lhe também que o amigo adquirira, com suas novas funções, rigidez, um ar autoritário, um tom de caporal que havia interrompido abruptamente suas tentativas de propaganda falansteriana, e cortado na raiz suas piadas sobre o governo. Anatole tinha ainda outro agravo contra seu companheiro, um rancor mais profundo. Champion, que se levantava com o dia, que muitas vezes passava a noite suportando o mais rigoroso inverno e que merecia francamente seu pão ao lado desse senhor que levantava às dez horas, passeava o dia inteiro, fingia procurar trabalho, sem querer encontrar, não se ocupava, não se preocupava com nada, Champion, com o passar do tempo, acabara por adquirir em relação ao artista o desprezo que todo homem do povo que ganha a vida tem por aquele que não a ganha. Esse profundo e violento desdém do trabalhador pelo *perdedor*, Champion, com sua espessa e pesada natureza, deixava escapar a cada minuto em palavras e ares que eram um reproche e uma humilhação para Anatole. Assim, Anatole teve a alegria de uma grande libertação quando Champion, talvez temendo por seu avanço na carreira a companhia de um rapaz com ideias perigosas, veio lhe anunciar que se mudava.

Anatole ficou sozinho no quarto, com os móveis reduzidos, pelas *lavagens* sucessivas, a uma cama, uma cadeira e sua peça de guipura histórica, único resquício de sua opulência, a que muito se apegava sem saber por quê. Foi obrigado a alugar uma mesa por vinte tostões mensais para alguns desenhos que ainda fazia, por acaso, de quando em quando.

CXXXII

NO FINAL DA ÎLE SAINT-LOUIS, DO LADO DO ARSENAL, há um canto pitoresco que escapou ao desenhista parisiense Méryon, à sua água-forte tão enamorada pelas pontes, pelas margens, pelos cais.

Uma grande barreira, velha, meio podre, remendada com pedaços de ferro, meio desparafusada por ladrões noturnos, ergue ali a arquitetura vazada de sua treliça de vigas. Essa massa de estacas arrimadas e entrelaçadas, esse emaranhado de andaimes, esses enormes madeiros alcatroados, pretos e como que calcinados em cima, lamacentos, argilosos, completamente acinzentados embaixo, os mil buracos nos nichos da estrutura, evocam um molhe em portos marítimos, numa máquina de Marly[236] avariada, numa floresta cujo incêndio teria sido afogado na água, numa ruína da Samaritaine,[237] suspeita e frequentada por saqueadores.

O sol, caindo lá dentro, desfere golpes esplêndidos que traçam barras em todas as travessas da paliçada, entram em suas

---

236 Marly-la-Machine era célebre pela máquina hidráulica construída sob Luís XIV para alimentar o aqueduto de Marly, que levava as águas do Sena a Versalhes.

237 Antiga bomba hidráulica construída na margem direita do Sena, para alimentar de água os jardins dos palácios do Louvre, as Tulherias e os bairros vizinhos. Sua fachada ostentava um baixo-relevo em bronze representando Jesus e a Samaritana.

cavidades, batem, penetram, acendem ali o branco de um avental, esquentam as cabeças das vigas em violeta, douram embaixo sua podridão de lama e jogam, na água azulínea e tenra, a intensidade negra e cálida do reflexo da grande estrutura.

Anatole que havia se tornado, por causa da vizinhança do Sena, um pescador de vara, ia pescar lá.

Descia nos vãos das vigas, divertindo-se com a ginástica arriscada da descida; e, chegando ao seu lugar, trepado, instalado, empoleirado, equilibrado sobre uma viga, com as pernas penduradas, ele iscava, com uma pelota de larvas em uma bola de barro, a *pardelha-dos-alpes*, o *barbilhão*, a *brema*, o *caboz*. Ficava ao lado das outras cabanas; e, no bizarro ajuntamento de indivíduos que o gosto comum pela pesca de vara reúne e mistura em uma cidade como Paris, ele encontrava as relações imprevistas com as quais a Providência parecia se divertir instaurando o acaso e a ironia nos encontros de sua vida. Logo seus amigos incluíam um carteiro no mercado de vitelos; um rapaz alto que dava aulas particulares de apoio e também discretas lições a emergentes surpreendidos pela fortuna e a cortesãs com ortografia insuficiente; um inspetor de bens confiscados, muito curioso de se ouvir a respeito dos objetos inimagináveis que se perdem todos os dias na calçada da perdição em Paris; um balconista de uma loja na rue Coquillière, onde só se vendiam fitas tingidas, rapaz talentoso e bem pago para imitar com seus lábios, enquanto media, o assobio da seda nova; e, com alguns outros, um preparador assistente de monsieur Bernardin.

Um gosto singular sempre conduzira Anatole para homens de profissões funerárias. Tinha uma inclinação pelo embalsamador, pelo agente funerário, pelo necróforo. A morte, da qual ele tinha muito medo, o atraía. Ele era curioso, quase obcecado por ela. O necrotério, a Salle Saint-Jean depois de uma revolução, os cemitérios, as catacumbas, o espetáculo dos cadáveres, as imagens de esqueletos, causavam-lhe uma espécie de encanto pavoroso que ele adorava. E achava original a intimidade com um homem que trazia para a o grupo de pescadores grandes larvas, sobre as quais ninguém ousava questioná-lo, e que resultavam em pescas miraculosas.

CXXXIII

NAS RUAS, ANATOLE TINHA O HÁBITO DE SE DETER DIANTE DA PINTURA que via sendo feita. Um dia, vagando sem rumo, ao longo do faubourg Montmartre, parou para olhar uma farmácia onde um decorador representava o deus de Epidauro[238] com o atributo sacramental de sua serpente enrolada.

– Uma serpente, isso? – questionou ele. – Mas é uma enguia de Melun![239]

O decorador se voltou e ofereceu sua paleta a Anatole com um sorriso zombeteiro.

Anatole pegou a paleta, pulou na cadeira e, com algumas pinceladas, fez um soberbo trigonocéfalo que vira no Jardin des Plantes.

Pessoas se aglomeraram, o farmacêutico veio ver e achou a cobra expressiva.

Quando Anatole desceu, o farmacêutico lhe pediu que entrasse e lhe mostrou sua farmácia. Ele queria ter os seis painéis decorados com alegorias representando os elementos da química;

---

238 Asclépios, ou Esculápio, deus da medicina, que tinha por atributos uma serpente, um galo, um bastão e uma taça.

239 Enguia de Melun era uma expressão proverbial, denotando aquele que se lamenta ou se apavora de antemão.

460 EDMOND E JULES DE GONCOURT

infelizmente, estava iniciando o negócio e não podia investir mais de cinquenta francos por painel.

Anatole aceitou imediatamente e, no dia seguinte, trouxe os esboços da *Água*, da *Terra*, do *Fogo*, do *Ar*, do *Mercúrio*, do *Enxofre*. O farmacêutico ficou encantado com os desenhos. Papearam, nomes de conhecidos em comum surgiram na conversa. O farmacêutico o segurou para jantar e, na sobremesa, só o chamava de Anatole: Anatole, ele já o chamava de Purgon.[240]

No dia seguinte, Anatole atacou um painel com o ardor, a verve, o primeiro entusiasmo que sempre tinha no início de um trabalho. "Senhores", gritava ele enquanto pintava a primeira figura que era a água, "eis uma pintura imortal: nunca será alterada!" Durante as horas de repouso, estudava a farmácia, as entregas de remédios, lia as inscrições dos boiões, as etiquetas, interrogava o jovem farmacêutico, espantava-o com o a meia ciência que possuía de tudo. Logo, diminuindo seu ardor pela pintura, vagueava pela loja, colava aqui e ali uma etiqueta, lacrava alguma coisa, amarrava um pacote, mexia num almofariz ao passar, punha cerato em um pote, ajudava a receber os fregueses. Pouco a pouco, com a facilidade de assimilação que o fazia entrar, se infiltrar em todas as profissões das quais se aproximava, a misturar-se com tudo o que atravessava, tornou-se ali uma espécie de auxiliar amador do farmacêutico. Essa aparência de profissão lhe convinha maravilhosamente: havia nele um fundo de lojista, uma vocação para uma carreira de preguiça cujo esforço é abrir uma gaveta, para uma ocupação leve, distraída pela agitação, pelo movimento dos compradores, pelo cavaco com os clientes. E tinha não apenas o gosto, mas também o gênio natural para o pequeno comércio de Paris: era excelente em vender, em "enrolar" o consumidor.

Nesse ritmo, as pinturas não avançavam tão rapidamente. Anatole precisou de dois meses para terminá-las. Na rue des Barres, ele só ia para dormir. No final dos dois meses, como a amizade entre ele e o farmacêutico tinha adquirido a força do hábito "de uma

---

240 Personagem de médico ridículo e ganancioso, da comédia *O doente imaginário*, de Molière.

cola", o farmacêutico, não tendo mais nada para decorar, ofereceu-se para lhe emprestar a sua "salinha para os acidentes" como ateliê. Comeriam juntos, e Anatole só teria de ir à farmácia quando as coisas estivessem apertadas, para dar uma mãozinha se fosse preciso. O arranjo encantou Anatole, que se deixava ficar de bom grado onde quer que estivesse e se achava sempre um covarde para se livrar de um hábito.

Tudo, aliás, lhe agradava na casa. Ele nunca conhecera um rapaz melhor do que o farmacêutico, um moço grande, gordo e preguiçoso, com os óculos deslizando pelo nariz, que ele reposicionava a todo momento com um gesto desajeitado de dois dedos: Théodule, esse era seu nome, passava a vida bebendo cerveja, o que lhe rendera, de tanto inchá-lo e inflá-lo, a aparência cômica e perturbadora de um balão. Daí uma piada diária de Anatole: "Fechem as janelas, Théodule vai voar!". E, ao lado do farmacêutico, havia o encanto de sua amante, instalada nos fundos da farmácia: uma mulherzinha gorda, quase bonita, graciosa quando se escondia para roubar uma pitada de rapé, fazendo, numa *bergère*, um ronronar de gata, boa menina, falante, uma espécie de jeito decoroso e suficiente coquetismo para satisfazer à necessidade que Anatole tinha de estar junto de uma mulher, entretê-la e ficar meio enamorado.

Anatole saboreava o aburguesamento daquele interior, a felicidade do ensopado, bem aquecido, bem nutrido, bem iluminado, embalado suavemente na maciez de uma boa poltrona e no prazer de uma digestão agradável. Cochilava no entorpecimento da felicidade adormecida, na banalidade das conversas domésticas e do pequeno comércio, nas fofocas, nas lenga-lengas, no papear de velhos pais e dos provincianos de Paris, que interrompiam seus deveres. Sua verve cansada parecia tomar seus Inválidos. E, além disso, a farmácia o divertia: encontrava um ar de alquimia rembranesca na destilaria dos fundos; a cozinha dos remédios o ocupava, suas curiosidades superficiais se interessavam pelo borbulhar das bacias, pelas filtrações, pelas evaporações, pelas manipulações. Gostava de dizer palavras médicas às pessoas comuns, de dar consultas para todas as doenças, de deslumbrar velhas mulheres com fragmentos do Codex[241] e com o latim de Moliè-re.[242] Os próprios acidentes, os feridos trazidos para a farmácia, eram uma distração para ele e lançavam em seus dias a aventura das colunas policiais. Além disso, nada era mais bonito do que seu zelo em socorrer: era um pai para os atropelados; falava com eles, apalpava-os, colocava-os no carro. Mas onde ele se mostrava acima de tudo admirável pela atenção, pela caridade e pelo sangue-frio era no nervosismo das mulheres fulminadas pela notícia do casamento de um amante, após um jantar de quarenta tostões: nunca perdeu nenhum durante todo o tempo em que permaneceu na farmácia.

Apegado a esses encantos de toda sorte, Anatole ficou lá, acreditando que permaneceria para sempre, lavando, de vez em quando, alguma aquarela no gênero do século XVIII, que o farmacêutico conseguia vender para algum comerciante seu amigo. Mas, ao fim de seis meses, numa manhã em que trazia desenhos para rolhas de frascos que deveriam conferir à farmácia a estima das pessoas de gosto, o empregado lhe contou que o patrão havia partido para Le Havre, para ocupar um lugar de farmacêutico de terceira classe, vinculado à expedição da Cochinchina.

Eis o que se passou. O amigo de Anatole pretendera recriar, com bons produtos, uma farmácia decaída; dava o que lhe pediam, fazia preparações escrupulosas, entregava xarope de goma feito com goma e não com xarope de açúcar. Essa consciência foi sua perdição: com os lucros sempre em queda, viu-se obrigado a vender seu negócio por baixo preço e embarcar.

Anatole enfiou no bolso seus modelos de rolhas, pegou a caixa de aquarelas e o estirador na sala dos acidentes, apertou a mão do empregado e voltou para a rue des Barres com o primeiro grande desânimo de sua vida, e esta ideia que disse a si próprio em voz alta: "Há um bom Deus contra mim!".

---

241 Conjunto de fórmulas de medicamentos adotadas pela Faculdade de Medicina de Paris.

242 Latim estropiado dos médicos, na peça *O doente imaginário*.

CXXXIV

ANATOLE ENTÃO PASSOU DIAS E DIAS INTEIROS NA CAMA.
Quando acordava, e entreabrindo os olhos, percebia ao seu redor aquela manhã descorada, aquele dia sem raios estremecendo na janela estreita, aquele trecho de parede em frente refletindo a brancura de um céu gelado, o inverno sem fogo em seu quarto, sem coragem de se levantar. E, enrolando-se no oco e no calor de seus lençóis, encolhido sob o morno dos cobertores e do resto de suas roupas jogadas e acolchoadas sobre eles, buscava perder a consciência e o sentido de sua vida, o pensamento de existir real e presentemente. Abandonava-se à sonolência, às suavidades mortas de um langor infinito, à felicidade covarde de esquecer-se e de perder-se. O que experimentava não era um sono completo, era uma bem-aventurada impressão de cinza, um leve balanço na imprecisão e no vazio, o apagamento de um início de sonolência que repele os problemas urgentes da vida, algo como o toque de uma mão de chumbo comprimindo inquietações sob o crânio da pobreza.

Assim gastava os dias de neve, de chuva, os dias mornos, os dias cor de tédio em que é preciso ter um pouco de felicidade para viver. O que caía sobre ele das tristezas do céu, da rua, do quarto, do frio das paredes que era como um sopro atrás da porta, da visão perseguidora dos credores, ele esquecia tudo, numa espécie de sonho, com os olhos abertos.

De vez em quando, nessas horas baralhadas, confusas e iguais, ele esticava um pouco o braço fora do cobertor, pegava uma pitada de fumo, uma folha de papel Job,[243] e enrolava sob o lençol um cigarro que acendia logo em seguida nos lábios. Então, parecia-lhe que seu pensamento subia, evaporava, se dissipava com a fumaça, com o azul e as argolas de fumaça do tabaco. Permanecia por longos quartos de hora, deixando o papel virar cinza na ponta do cigarro, perseguindo ao mesmo tempo um devaneio e um sonho; e como se, voando deliciosamente e se despojando de si mesmo, tivesse apenas, no final, uma sensação de suor em seus membros e em toda sua pessoa.

O dia passava sem ele comer, sem que tomasse nada. Esse jejum, essa debilitação, diminuíam ainda mais nele o sentimento que tinha de sua personalidade material, sentia seu corpo um pouco mais leve; e o vazio do estômago fazendo seu cérebro funcionar, superexcitando nele os órgãos da imaginação, conseguia chegar perto da alucinação. A luz baça de seu quarto eventualmente o levava a acreditar, durante um minuto, que se afogava na água amarela do Sena, uma água que o fazia rolar e na qual se imaginava não sofrer de modo algum.

Às vezes, porém, não conseguia atingir esse estado flutuante de si mesmo, encontrar esse devaneio e essa sonolência. A noção de seu presente persistia nele e assumia uma fixidez insuportável. Então, tirava da beira de sua cama algumas das entregas de quatro vinténs enfiadas entre o cobertor e o frio da parede, e que forravam toda a sua cama da cabeceira aos pés. Imerso no papel gorduroso por uma ou duas horas, ele lia. Quase sempre eram sobre viagens, explorações distantes, trajetos até o fim do mundo, histórias de naufrágios, aventuras terríveis, romances recheados de catástrofes, todo tipo de histórias que levam o leitor ao perigo, ao horror, ao terror. Com isso, buscava dormir, com o desejo e a vontade de reencontrar sua leitura no sono e de escapar completamente de seus pensamentos intoxicando até mesmo seus sonhos com a

---

243 Job era uma marca de papel de cigarro e uma marca de cigarros criada em 1849.

MANETTE SALOMON

vertiginosa aparição de seus medos. Mesmo em certos dias, por requinte, depois dessas leituras, e para aprofundar-se nelas, dormia propositadamente sobre o lado esquerdo; e assim, forçando a mescla do desconforto e da memória, do pesadelo do seu corpo e do pesadelo de suas ideias, concedia-se meias jornadas ansiosas e conturbadas, nas quais encontrava um estranho encanto e uma angústia quase saborosa: o encanto da emoção do perigo.

Assim viveu por um mês, escamoteando os dias para si mesmo, enganando a vida, o tempo, as suas misérias, a fome, com o fumo do cigarro, esboços de sonhos, fragmentos de pesadelos, as vertigens da necessidade e as preguiças amolecedoras da cama.

Ele quase não se levantava até que o reflexo de uma vela acesa em algum lugar da casa lhe indicasse que era noite. Então se vestia, ia para os fundos de algum mercador de vinhos, não comia nada do que havia para comer, depois era tomado por uma sede de luz. Ia aonde havia gás. Caminhava uma hora por alguma rua iluminada, enchia os olhos com todo esse fogo ardente e vivo, e, a seguir, quando chegava desse deslumbramento, voltava para a cama.

CXXXV

POR UM DIA DE SOL NO FIM DE FEVEREIRO, ANATOLE PASSEAVA pelo quai de la Ferraille, ao longo do parapeito, à toa, com as costas voltadas para um desses caridosos raios de sol de inverno que parecem ter piedade do frio dos pobres.

Ouviu atrás de si uma voz de mulher interpelando e, voltando-se, viu madame Crescent muito carregada com pacotes e utensílios de jardinagem.

– Ah, meu pobre menino! – disse ela, com um olhar que ia da cabeça aos pés de Anatole. – Você não está rico...

A vestimenta de Anatole chegara à última ruína. Tinha a tristeza vergonhosa, sórdida, a melancolia suja do traje desesperado do parisiense; revelava o desgaste, os puídos, a ruína ignóbil e imunda, o tipo de podridão hipócrita daquilo que no homem não é mais a vestimenta, mas a "farpela". Usava um chapéu amassado com quebras e arestas, trechos luzidios ruivos e castanho-avermelhados por onde passava o papelão; em alguns lugares, a seda colada, lustrosa, parecia ter recebido a chuva por baldes de água; e a velha poeira respeitável dormia entre suas bordas onduladas. No pescoço, um trapo sem cor e sem feltro mostrava o tecido de algodão de uma camisa ordinária meio escondida por um pedaço de colete agaloado com o largo galão dos coletes que acabavam no Temple.[244] Seu sobretudo, um sobretudo marrom, estava completamente desbotado; uma espécie de tom de musgo velho deslizava no apagado marrom do tecido nos ombros, e grandes linhas brancas circundavam as bordas dos bolsos. Os brilhos da gola de veludo pareciam nadar no ensebado; e, abaixo da gola, a gordura do cabelo havia desenhado círculos nas costas. Manchas imemoriais e manchas de ontem, todos os infortúnios e todos os estragos de um tecido, ostentavam suas marcas no pano velho, naquele paletó de químico na *tanga*: as mangas couraçadas, com crostas por cima, de tudo o que haviam recolhido nas mesas ensopadas ou pegajosas das tabernas e dos cafés, pareciam ter a solidez e a espessura de um couro de hipopótamo. Um gesto de pobreza, o pudor instintivo que os infelizes têm do que mostram e do que escondem, faziam-no cruzar com as duas mãos esse casaco meio fechado por botões gastos. Sua calça cor de chocolate esvoaçante descia em franjas sobre os sapatos sem forma e esponjosos, com o salto gasto de um lado, a gáspea deformada, a sola descolada e desfolhada, desses sapatos em que os conhecedores reconhecem a verdadeira miséria.

Dentro, o homem tinha como que o corpo de sua roupa. O derreamento de seus traços, os pelos brancos na barba rara e negra, as manchas perto das orelhas, no pescoço, vermelhas e granuladas como couro de arraia, uma tez de tijolo sobre aquele fundo de amarelo que o vazio e a fome da hora das refeições põem sob a pele dos mortos de fome da grande cidade, das privações, dos estigmas dos excessos e dos jejuns, o não sei quê de queimado e gasto dava ao seu rosto algo do aviltamento das roupas.

– Mas segure um pouco isso aqui – retomou vividamente madame Crescent –, em vez de ficar aí como um dois de paus. Ajude-me um pouco. O que você quer? Com a preguiça que eu tenho... É a cruz e a caldeirinha para tirá-lo de sua *toca*... É toda uma história para fazê-lo vir duas ou três vezes por ano. Então, eu

---

244 O marché du Temple, dividido em blocos (carreaux) cobertos por estrutura metálica, reunia uma grande quantidade de vendedores de roupas de segunda mão, que iam do luxo ao trapo.

sou o viajante. É uma criança, você sabe, o meu homem... Um verdadeiro menininho. Ele precisaria de um cesto com um pote de geleia! Hein! Não estou carregada? Nada de muito bom, sabe, em tudo isto... Agora os comerciantes, o que é que eles vendem? *Coisa de mastigar!* Oh! Os malandros! Se eu os agarrasse! Esses safados! Não importa, meu pobre rapaz. Você está com o rosto magro! Um verdadeiro pau de virar tripa! Então você nunca vem à nossa casa quando as coisas não estão boas? De trem, não é assim tão longe... Lá você tem sempre sua cama e sopa. Nós sabemos o que é isso, nós... Também tivemos os nossos dias ruins!

– Meu Deus, madame Crescent, vou dizer... Agradeço muito. Mas, sabe... Eu sou como cachorros que se escondem quando estão sarnentos...

– Sarnento! Sarnento! Aguente firme! – e madame Crescent deu um espirro de explodir a cabeça. – Ah! Que idiotice ter um resfriado desses... Assoo o nariz o tempo todo... Diga, sabe, vamos jantar juntos.

Anatole fez um gesto de humildade cômica mostrando sua roupa.

– Inocente! – disse madame Crescent. – Olhe, pegue mais este pacote aqui. E me dê seu braço. Vamos assim tranquilamente caminhando para jantar no Palais-Royal, e depois você me leva até a estação de trem.

– E os animais, madame Crescent?

– Ah, nem me fale... Enchem a casa. Ah! Tenho uma cotovia. É uma graça! Uma coisa tão doce que até embala o sono quando ela canta...

Chegados ao Palais-Royal, entraram num restaurante a quarenta tostões: para madame Crescent, o jantar a quarenta tostões era a mais alta das refeições de luxo.

– E então? – disse a Anatole enquanto comia. – Vai tão mal assim, meu pobre garoto?

– Meu Deus! Um período de azar... Nada à vista... O que a senhora quer? Não consigo obter nem um retrato a 25 francos! É como a crise do algodão. Mas já chega de meus problemas... Não vamos falar mais disso, hein? Havia algo que poderia ter me

MANETTE SALOMON

colocado de pé... Uma cópia de um retrato do imperador. Todo mundo consegue... Eu não tinha Coriolis... Ele não está em Paris. Bastaria que Garnotelle dissesse apenas uma palavra. Mas é um bom camarada, Garnotelle! Mandou dizer duas vezes que não estava em casa. E, na terceira, me recebeu como se estivesse no alto da coluna Vendôme![245] Eu disse a ele: Mande fazer uma sobrecasaca cinza, então![246]

– E sua mãe? Ela ainda tem alguma coisa, sua mãe? – perguntou madame Crescent, rapidamente virando o pão de Anatole: – O carrasco teria o direito de pegar...[247]

– Ah, minha mãe... É como meus negócios. Não vamos tocar nesse ponto, madame Crescent... Veja! Verdade, não foi por mim, foi por ela que fui ver Garnotelle... E não foi sem custo, eu lhe digo! Sim, por ela... Porque vejo que terá necessidade de comer um pouco do meu pão em breve. Mas, por favor, não vamos falar sobre isso. O que será, será. Daremos um jeito. O que ele está fazendo agora, monsieur Crescent?

– Sempre seus *bosques*... Nós, vamos indo. Ele está ganhando seu peso em ouro, agora, esse homem. Mesmo sendo muito bem pago, imagino, pela tinta na tela... Mas não sou eu que vou dizer a eles, não é?

E chamando o garçom:

– Diga, garçom! O seu queijo *camousse*...[248] Qual é o problema desse grande imbecil, com orelhas de abano? Todo mundo sabe o que isso significa, que é queijo que tem mofo.

– Acho que, se a senhora quiser chegar a tempo para o trem... – disse Anatole.

– Não, mudei de ideia. Só vou embora amanhã. Tinha esquecido. Preciso ir ao ministério por causa de Crescent... Sou eu que os divirto, no ministério! Lá tem um *zarolho* que parece um Baco

---

245 Coluna de 44 metros de altura, com a estátua de Napoleão no topo.
246 Napoleão usava uma sobrecasaca cinza.
247 Nas cidades em que havia um carrasco, ele tinha o direito de receber um pão nas padarias. Ninguém queria tocar no "pão do carrasco", assim, ele era virado do lado errado para distingui-lo dos outros.
248 Palavra regional para mofar, embolorar.

ridículo. Ah, eu é que não me deixo enrolar! O último negócio dele, sem mim... Meu homem não tem cabeça, sabe... Eu falo um monte de bobagem para eles. Ah, se você acha que eles me assustam! Peguei o que queria, e há de continuar assim. Vamos ver amanhã. Olhe, as pessoas reparam tanto... Os garçons poderiam estranhar se me vissem pagar. Tome, pague você.

E passou a bolsa a Anatole por baixo da mesa.

– Obrigada! – disse ela ao sair do restaurante. – Você estava esquecendo um dos meus pacotes, você! Vai me levar até meu hotelzinho, onde eu fico quando durmo aqui. É pertinho. Rue Saint-Roch... Já estou acostumada. E, além disso, não vou ficar mofando lá... Vamos! Lembre-se disso, sou eu quem estou lhe dizendo, ainda há uma chance para quem nunca fez mal a ninguém... E, além disso, venha então ficar conosco um pouco. Você nos daria tanto prazer... Há uma bobagem que você disse a Crescent, quando estava lá, não lembro mais... Ele ainda ri toda vez que pensa nela. Agora, você pode ir andando. Boa noite, meu rapaz...

CXXXVI

A ESSES HOMENS DE PARIS, VIVENDO AO ACASO DAS CARIDADES do inesperado e das esmolas da sorte, no calçamento da grande cidade na qual 200 mil indivíduos se levantam todas as manhãs, sem ter o pão do jantar; a esses homens cuja existência é, segundo a grande frase de um deles, Privat d'Anglemont, "apenas uma longa continuação de hoje", ocorre, de repente, por volta dos quarenta anos, uma espécie de colapso moral que abaixa a confiança insolente de sua miséria.

Os quarenta anos, para eles, representam a travessia da Linha.[249] A partir daí, avistam a outra metade severa da vida, a perspectiva de realidades rigorosas. Do desconhecido para onde vão, começa a erguer-se diante deles a temível e nova figura do amanhã. O que até então tinha sido a força, a paciência, a sanidade de espírito e a filosofia da alma, o atordoamento, a verve, a ironia, a embriaguez da cabeça e das palavras, tudo o que esses homens haviam recebido para conseguir resignação e felicidade sem um tostão, eles, de repente, sentem fraquejar. Não têm mais, o tempo todo, aquela mola, aquela elasticidade, aquele borbotar de alegria, aquele primeiro movimento de descuido, aquele ceticismo e aquele estoicismo de levianos que os faziam reagir com tanta presteza e os

---

249 Da linha do equador, entende-se.

relançavam na ilusão. O instinto de piadista desaparece e só volta aos trancos e barrancos. Para serem engraçados, eles agora precisam se esforçar; para se reencontrarem, têm de esquecer, e para esquecerem, precisam beber. Tristezas, amarguras, inquietações, ameaças de vencimentos, bolsos e estômagos vazios, ontem, bastavam para não os fazerem sofrer com isso, uma bobagem, uma risada, um nada: hoje eles têm momentos que exigem que sejam afogados em aguardente!

Tudo se torna sombrio. As dívidas não são mais as dívidas de outrora. Não parecem mais ter a diversão de uma pantomima em que enfrentariam "o diabo a quatro" contra sapateiros, alfaiates e outros monstros do comércio. O toque de campainha matinal do credor, que os fazia murmurar, virando-se na cama: "Meu Deus! Como essa gente se levanta cedo!", agora soa na boca do estômago; e a cobrança atormenta: dá insônia de comerciantes que sonham com dívidas protestadas. O próprio corpo não é mais tão filosófico. Perde a segurança da saúde. Os excessos, as privações, os mal-estares reprimidos, todos os adiamentos de danações passadas, começam a voltar e a se estabelecer como uma vaga ameaça de expiação da juventude. A vida se vinga do abuso e do desprezo que dela fizeram. O estômago já não se adapta a ficar 24 horas sem comer, com uma xícara de café pela manhã e dois copos de absinto antes de dormir. O inverno sopra nas costas: falta o sobretudo... Sinistro retorno da época da boemia, quando se acreditava ver um jovem guarda partir, miserável e alegre, para a vitória, e que agora, afundando-se no frio, começa a sentir o reumatismo dos alojamentos e as agruras de suas primeiras campanhas!

Então, num banco de café, na tristeza da hora, quando o dia cai e a meia obscuridade de uma sala ainda sem gás confunde o papel impresso dos jornais, há lúgubres devaneios desses homens tão envelhecidos depois de terem sido tão jovens. Lembram-se dos amigos ricos que conheceram, das mesas sempre postas, nas casas onde há um piano, uma esposa, filhos, uma lareira, uma lâmpada. Reveem os móveis de mogno, os tapetes sob as cadeiras, o copo d'água sobre a cômoda, o luxo burguês do atacadista a cujo filho vão dar aulas. Pensam no que os outros têm: uma casa, um lar, uma carreira...

MANETTE SALOMON

E então, pouco a pouco, parece que percebem na vida outros horizontes. Todos os tipos de coisas desconhecidas aparecem para eles pela primeira vez, sérias, sólidas e graves. O senhorio já não lhes parece a grotesca Cassandra[250] do aluguel com que se divertiam suas caricaturas de pintores aprendizes: veem nele o homem que vive de sua renda e o poder que penhora. E, diante da visão que lhes mostra suas antigas risadas, a sociedade, a família, a propriedade, o burguês; diante da imagem esmagadora de todas essas existências classificadas, rentosas, confortáveis, prósperas, honradas – vêm a eles como que a ideia desoladora, o arrependimento e o remorso de serem apenas transeuntes e errantes na vida, acampados sob as estrelas, fora do direito da cidadania e da felicidade dos outros homens...

Anatole estava nesses quarenta anos do boêmio...

---

250 Personagem da guerra de Troia, capaz de predizer o futuro, mas em quem ninguém acredita.

CXXXVII

FAZIA UM DAQUELES DIAS PRIMAVERIS DE FIM DE ABRIL, quando sopra no ar a última acidez do inverno, enquanto os muros de Paris são postos à prova pelo calor pálido e pelas primeiras cores do verão.

Anatole, com um chapéu decente, sapatos de verdade, uma sobrecasaca nova, um ar feliz, atravessava, correndo, o jardim do Luxemburgo. Ele quase se chocou com um senhor que caminhava a passos curtos em um casaco com gola de pele.

– Você? Como você está? – perguntou. – Em Paris! E nem uma palavra? Nem uma noticiazinha? E como vai, meu velho?

Coriolis teve um primeiro momento de embaraço e, corando um pouco, como um homem bruscamente fisgado por um encontro inesperado:

– Estou chegando – respondeu –, Manette queria que eu ficasse até o mês de julho, mas eu estava cheio... E aqui estou eu... Sim... Você sabe, não sou de escrever muito, eu... E você, está feliz?

– Obrigado. Nada mal... Essa madame Crescent, tão boa mulher, teve a grande ideia de me obter uma cópia do retrato do imperador. Mil e duzentos francos... O mais bonito é que ela fez isso sem me avisar. A carta do ministério caiu como um aerólito. Ah, então? E sua saúde?

– Oh! Agora estou muito bem. Só friorento demais...

MANETTE SALOMON

E caiu um silêncio, provocado pelo silêncio de Coriolis e por uma frieza particular de toda a sua pessoa. Era o frio de gelo que as mulheres sabem tão bem enfiar em um homem inteiro em relação a outro homem, a indiferença antipática, o distanciamento enojado que elas conseguem obter das amizades de um amante. Sentia-se o maldoso trabalho surdo, contínuo, que solapa, de uma hostilidade da amante contra um camarada de quem ela não gosta, as maledicências instiladas gota a gota, os ataques que cansam a defesa, o lento envenenamento das lembranças, as alfinetadas que matam o hábito no coração e o aperto de mão do amigo.

– E se a gente bebesse alguma coisa ali, para conversar? – propôs Anatole, mostrando o café perto do qual eles tinham se encontrado e que se erguia em meio a árvores altas com casca verdejante, cercado por sua grade de madeira podre, com a tristeza do inverno que os lugares de diversão do verão apresentam. E, pegando o braço de Coriolis, ele o fez entrar no canteiro abandonado, onde aves bicavam os pedestais de quatro pequenos candelabros a gás. Diante deles, havia um daqueles efeitos de luz que, muitas vezes, transfiguram em Paris a insipidez cinza das casas e a grandeza falsificada de arquiteturas estúpidas.

O céu era de um azul tão tenro que parecia verdejar. Como nuvens, havia algumas dilacerações de gazes brancas que se arrastavam. Nele se erguia a cúpula do Panteão, banhada, cálida e violeta, no meio da qual uma janela refletia um fogo dourado no sol poente. Então, uma girândola de galhos selvagens e topos emaranhados, árvores púrpura com os primeiros botões verdes, os dois lados de uma longa e velha alameda no jardim, encerravam em sua moldura um grande trecho de luz ao longe, um raio de sol afogando edifícios e deslizando em alguns lugares, na terra amarela, até duas luzidias estátuas de mármore branco, em primeiro plano, as brancuras calorosas do marfim. Era como se fosse, naquele dia de primavera, o raio de um inverno de Roma no Luxemburgo.

– Veja! – disse Anatole a Coriolis, encostando-se contra parede do café pintada de rosa. – Ficaremos aquecidos lá como se tivéssemos nossas costas contra o fogão. Garçom! Dois absintos... Não? Quer Chartreuse, hein? Ah, meu velho! E pensar que você está aqui! Que coisa! Puxa vida, de verdade, como isso me deixa feliz. Há quanto tempo! Parece séculos! Como o tempo passa! Fizemos cada bobagem juntos, hein? Veja, aqui... É um café que deveria nos conhecer. Lá atrás, lembra?, quando tivemos nossa fúria pelo bilhar no tempo de Langibout... Fazíamos partidas de cinco horas! E Zaza? Zaza, sabe?, que era tão engraçado... Que sempre me chamou de Georges e que me escrevia *Gorge* com uma cedilha sob o *g* para fazer Georges!

E vendo que Coriolis não ria:

– Você deve ter trabalhado por lá? Terminou uma de suas grandes telas modernas... Você sabe... Dessas pelas quais você era maluco?

– Não... Não... – respondeu Coriolis com um tom de tristeza. – Oh! Vou fazer... Você verá. Tenho na cabeça. Lá, o que eu fiz? Meu Deus! Fiz cerca de vinte quadrinhos do sul da França. Acrescentando uns quarenta esboços meus do Oriente... Tudo isso, eu lhe digo, não é minha última palavra, mas, enfim, isso dá para fazer um leilão, entende... O suficiente para um dia inteiro nos leilões. Os leilões estão na moda agora. Acho que seria uma boa para mim. Isso voltaria a me dar visibilidade, e é o que eu preciso... Há três anos que não exponho, as pessoas tiveram tempo de me esquecer. Há um catálogo, os jornais falam de você, dão os preços... Eu faço uma exposição particular... Oh, é muito bom... O que não subir até somas consideráveis, eu retiro. É preciso fazer como todo mundo faz. Eu não teria pensado nisso sem Manette. Ela é muito inteligente para tudo isso, Manette. E, não bastasse, eu liquido... E agora que estou aqui, com todos os meus materiais em mãos e este bom ar ruim de Paris que faz trabalhar, eu lhe pergunto um pouco – disse ele, tornando-se animado e como que inflexível em uma vontade de futuro –, eu lhe pergunto um pouco, quem poderá me impedir de fazer o que eu queria fazer, o que tenho dentro de mim... Coisas... Você vai ver! Mas já o incomodei bastante a meu respeito. Ah, quem foi que me disse que sua mãe caiu nas suas costas, meu pobre garoto?

– Perfeitamente. Eu tenho essa cruz, a cruz da minha mãe. Enfim! Mãe é só uma, não é para ser deixada na sarjeta... Além

MANETTE SALOMON

disso, não posso culpá-la por ter me dado à luz... Ela acreditou que estava fazendo uma boa coisa, aquela mulher...

– Mas sua mãe não tinha um pouco de dinheiro?

– Pois é... Houve um tempo em que havia quatro lâmpadas Carcel[251] na casa... Mas mamãe teve uma doença, não é, que acabou com ela. A mania de reuniões para jogar whist... A fúria de dar recepções, é isso! De convidar chefes de repartição para jantar... Tudo o que ela ganhava, gastava nisso. No final de tudo, ela tinha algo em renda vitalícia para os seus velhos dias, investido num ótimo banqueiro: ele deu no pé e, um belo dia, nem um tostão! Foi o que aconteceu... Você compreende, não era hora de lhe pedir contas sobre a fortuna de papai... Aluguei dois quartos... E, quando ela parece muito entediada à noite, eu digo: Mamãe, se quiser, digo ao porteiro para subir e jogar whist com você!

– Ora, ora! Não brinque... Parece que você se comportou admiravelmente, e você, que é tão *vadio*, me disseram que você se virou de todos os jeitos, como um louco, que fez tudo o que podia para sair da miséria...

– Eu? Vá, vá... – disse Anatole modestamente, meio humilhado pelo elogio à sua devoção filial, e retornando às suas ideias de observação cômica: – O mais engraçado, meu caro, é que ela não mudou nada com isso, continua a mesma mulher. E aí os problemas chegaram... Não tinha mais um só tostão, não sobrou nada a não ser os móveis do quarto dela. Eu, estava duro. Tinha seis francos, seis francos eram tudo para a mudança... Pois bem! Sabe o que a preocupava? Enviar cartões de visita com P.P.C.![252] Para se despedir! Mamãe, eu digo para você – e sua voz assumiu a solenidade cavernosa do Prudhomme de Monnier[253] –, ela é a vítima das convenções sociais!

---

251 A lâmpada Carcel era um dispositivo de iluminação eficiente e muito caro utilizado no século XIX para fins domésticos.

252 *Pour prendre congé*, "para se despedir". Sigla convencional avisando a despedida, um pouco como RSVP, *respondez s'il vous plaît*, "responda, por favor".

253 Henry Monnier, caricaturista, ilustrador, dramaturgo e ator francês, em cuja obra mais célebre, *Memórias de monsieur Josephe Prudhomme*, criou esse personagem gordo, conformista, solene e imbecil.

478   EDMOND E JULES DE GONCOURT

– Cale a boca, seu imbecil! – disse Coriolis, incapaz de conter o riso.

E, continuando o papo, eles deixavam lentamente suas palavras voltarem ao passado e tocarem aqui e ali aquilo que aquece os anos mortos. Os olhares de Anatole, carregados de expansão, envolviam Coriolis, e, ao falar, ele apoiava o que dizia com pressões, toques carinhosos, gestos pousando em alguma parte da pessoa de seu interlocutor. Com esse contato, com o toque daquelas mãos que reatavam uma velha amizade, com a respiração vinda dos tempos passados, com as palavras, as perguntas, as lembranças de efusão que despertavam uma amizade de vinte anos e suas duas juventudes, Coriolis se sentia amolecer e derreter sua frieza inicial. E você vem jantar em casa, não é? – indagou, por fim.

Levantaram-se, saíram do Luxemburgo e subiram a rue Notre-Dame-des-Champs, essa rua de ateliês e de capelas, com grandes casas conventuais, com alamedas estreitas cheias de hera, com rústicas cabinas de porteiros, com cartazes de pomada de Irmãs,[254] a grande rua religiosa e provinciana em que tropeçam velhos leitores de livros com lombadas vermelhas e que, com seus sinos, parece soar a hora do trabalho com a hora do convento.

Anatole transbordava palavras; Coriolis falava menos e se fechava em si mesmo com um ar de preocupação, na medida em que se aproximavam da casa.

– E ela vai bem, Manette? – perguntou Anatole, quando estavam a duas ou três portas de Coriolis.

– Muito bem.

– E o seu guri?

– Muito bem, muito bem, obrigado.

Subiram.

– Olhe! Espere por um instante no ateliê – disse Coriolis –, eu vou avisar Manette que você vai jantar.

Anatole entrou no ateliê, cheio de um calor morno, no qual se levantava, de uma chaleira no fogão, um forte cheiro de alcatrão. Mal havia entrado quando, por uma portinha, uma criança

---

254 Pomadas fabricadas por freiras em conventos.

MANETTE SALOMON

se introduziu como um gatinho e, agarrando-se ao canto do divã, se colou a ele, com as mãos atrás das costas, apoiadas na madeira, a barriga avançando um pouco, com aquele jeito de criança que a mãe manda vigiar, na sala, um senhor desconhecido.

– Você não me reconhece? – disse Anatole, avançando em sua direção.

– Sim. Você é o senhor que imitava os bichos – respondeu, sem se mexer, o belo filho de Coriolis; e se calou como um homenzinho que não quer mais falar. Depois, como para se afastar de Anatole, ele se recostou no divã, com uma graça rabugenta, e dali, sem tirar os dois olhinhos redondos de cima dele, se pôs a seguir todos os seus movimentos.

Um pouco constrangido por estar sozinho com esse garoto que o mantinha à distância, Anatole pôs-se a olhar os painéis colocados em dois cavaletes, paisagens com céus de lápis-lazúli, verdes metálicos de esmalte.

Havia terminado seu exame e estava começando a achar o tempo longo, quando Coriolis reapareceu com um ar singular.

– Vamos jantar nós dois – disse ele –, Manette está com enxaqueca. Ela se deitou.

– Veja só! Ah, tanto pior – respondeu Anatole. – Eu teria um grande prazer em vê-la. Ele é adorável, seu filho... Criança encantadora!

– Ah, você estava olhando? É de lá, tudo isso... Sabe, nós estávamos em Montpellier. Tudo o que você precisa fazer é descer o Lez, um lindo riozinho com íris amarelas, durante uma hora. Depois, passando os salgueiros de uma vilinha chamada Lattes, é isso, meu caro. Oh! Um lugar muito estranho. Um verdadeiro Egito, imagine. Veja! Aqui... – E tocava, em seus estudos, os efeitos e as cores de que falava. – Uma terra, assim... Grandes poças d'água... Brejos com relva... E, entre a relva, grandes placas de azul, pedaços de céu muito crus... Tão crus assim... E, então, ao lado, veja... Línguas de areia com valverde-dos-sapais. Um monte de canais ali, com aqueles barcos, dragas, com rodas d'água... Ilhotas queimadas... De vez em quando um grande prado vago. Aí está. Onde só se veem duas ou três éguas brancas que galopam, ou manadas de touros que se assustam quando você passa... Uma fermentação dos diabos em todas aquelas águas... Uma vegetação! Juncos, tamargueiras, sarças, caniços! E céus, meu caro! Mais azul ainda do que isso. Enfim, tudo: escorpiões, miragens... Há miragens. Há até flamingos... Veja aqui, feitos a partir do natural, por favor, esses flamingos... Perto de Maguelonne... E eles voavam, juro! Pareciam felizes, como eu, por encontrar o Oriente deles...

– Mas – disse Anatole, olhando para as paredes do novo ateliê de Coriolis ornado apenas com alguns gessos – o que você fez de seus bibelôs?

– Oh! Tudo foi vendido quando partimos. Eram ninhos de poeira... Você vem para a sala de jantar? Talvez isso as faça nos servir...

O jantar, jantar de sobras em que nada lembrava a antiga largueza da vida de solteiro de Coriolis, foi servido por duas moças que respondiam com amargura às observações de Coriolis, sentavam-se na ponta de uma cadeira, quando os dois se abandonavam, depois de um prato, a conversar.

– Olhe! – disse Coriolis, quando serviram o café, com um tom de impaciência que Anatole não entendeu. – Pegue sua xícara, a garrafinha de aguardente... Estaremos melhor no ateliê.

Anatole, de fato, se sentiu bem ali. O prazer de estar com Coriolis, alguns cálices que ele serviu, logo o fizeram animar-se; e, com suas velhas graças que voltavam, ele recomeçou suas antigas farsas, pulando, gritando: Au! au!, latindo como um cachorrão em volta de Coriolis, atordoando-o com acrobacias e ameaças de tapas, jogando-se sobre ele, dizendo: "Então é você! Chegou o animalão!", fazendo cócegas, beliscando e parando de repente, para lançar sua alegria nesta frase: "Olhe! Estou feliz como se estivesse condecorado!".

Enquanto brincava, Anatole voltava à aguardente. No final, ele levantou a garrafinha na frente da luz da lâmpada e procurou ali um último cálice: a garrafinha estava vazia. Coriolis chamou. Uma criada apareceu.

– Aguardente...

– Não sobrou mais nada – respondeu a criada com uma voz na qual o próprio Anatole sentiu a insolência.

MANETTE SALOMON   481

Ao fim de alguns momentos, ele pegou o chapéu de uma poltrona, que havia colocado cuidadosamente apoiando as abas: era,
para ele, um princípio absoluto pôr o chapéu assim, para evitar,
como dizia, que as abas caíssem; e foi embora sem que Coriolis
procurasse retê-lo.

Uma vez na rua, no frio do ar açoitando sua embriaguez, a
frase da empregada voltando aos seus pensamentos com o jantar,
o dia, o primeiro embaraço, as singularidades de Coriolis, Anatole caminhou falando alto para si mesmo, repetindo ao longo do
caminho: "Não sobrou mais nada! Não sobrou mais nada!. Não
vou me esquecer dessa empregadinha! Não sobrou mais nada! E
a enxaqueca da madame! Não sobrou mais nada! E todo mundo
daquela casa... Judeu! Judeu! Judias, as criadas! Judia, a mulher!
Judeu, o guri, judeu, o meu amigo! Judeu! Todo mundo, judeu!
Não eu, judeu..."[255]

---

255 Cabe lembrar que os Goncourt não eram os únicos antissemitas da época, que o antissemitismo era difuso, não justifica absolutamente nada.
O livro vale por suas qualidades literárias e históricas e, creio, também
como um testemunho vívido das práticas antissemitas na França naqueles tempos: traz a ilustração de como se infiltraram, no cotidiano, esses
comportamentos ignóbeis. É, portanto, um documento essencial para
a história e, mesmo, para uma antropologia do antissemitismo. Talvez
reste, para o tradutor, uma consolação. A palavra empregada por Anatole
é *ïoutre*, mais grafada como *youtre*. Em francês, existe também *youpin*,
jude, *schomouz*, que, como *ïoutre*, são modos insultantes de tratamento
racista e injurioso contra os judeus, fazendo parte do vocabulário antissemita. A consolação para o tradutor seria o fato de não ter encontrado,
em português, nenhum equivalente, o que é honroso para a nossa língua.

CXXXVIII

A AMANTE DESFERIRA UM GRANDE GOLPE AO TIRAR CORIOLIS DE PARIS, alterando bruscamente seus hábitos, arrancando-o dos círculos de sua vida, isolando-o e mantendo-o por quase dois anos sob uma influência contra a qual nada lutava, em novos lugares que não evocavam nele a independência de seu passado. Todas as facilidades se encontraram ali para a submissão de um homem doente, acreditando-se mais doente ainda do que estava de fato, e disposto a aceitar a vontade do ser que cuidava dele, como quem aceita uma xícara de chá de ervas, por cansaço, por tédio de lutar, por essa renúncia do querer que traz aos mais fortes o pensamento da morte. Sua autoridade como enfermeira, a amante, pouco a pouco, a estendera sobre o homem. Ela tocara em seus sentimentos, seus instintos, seus pensamentos. Coriolis tinha se deixado lentamente se enlaçar, se envolver, do coração ao cérebro, ser tomado por inteiro por aquelas mãos acariciantes ajeitando seu lençol ou cruzando seu casaco sobre o peito, envolvendo-o o tempo todo com calor, ternura, mimos. As atenções maternais, com ralhos tão amorosos de Manette, a solidão, o tête-à-tête, o hábito que cada dia traz, estas duas forças lentas e dissolventes, o tempo e a mulher, haviam longamente enfraquecido as resistências de seu caráter, seus instintos de revolta, seus esforços de rebelião. Submissões que a esposa legítima não impõe ao marido a quem está ligada

MANETTE SALOMON

para sempre, a amante as impusera ao amante que ela era livre de abandonar: ela o dobrara a uma servidão de medo, a rendições temerosas e humilhadas diante do menor sintoma de irritação, da menor ameaça de aborrecimento. Um abandono, uma ruptura, uma partida, era o que Coriolis via imediatamente e, em uma febre de inquietação, o terror de perder aquela mulher tomou conta dele, a única por quem ele poderia ser amado e cuidado, aquela mulher necessária para sua vida e sem a qual ele não imaginava o futuro. Dominando-o por aí, segurando-o amarrado pela imensa necessidade que ele tinha dela, e que ela mais do que estimulava, inquietando-o, com a habilidade e o gênio do tato dado às mais medíocres inteligências de seu sexo, Manette acabou dobrando Coriolis para seus próprios pontos de vista, seus modos de julgar, suas antipatias, suas mesquinharias. O que ela obtivera dele não tinha sido uma abdicação total e repentina de seus gostos, de seus instintos, dos apegos de seu coração: o que ocorrera em Coriolis foi, antes, uma diminuição na confiança absoluta de suas opiniões. Entre ela e ele, produziu-se o efeito daquela lei irônica que, na comunidade de duas inteligências, quer que a inteligência inferior predomine, pise o outro com o tempo e ofereça este estranho espetáculo de tantos homens de talento vendo tudo apenas pela pequena lente da mulher que os domina.

Bem que ele ainda tinha em sua cabeça, no alto de seu espírito e de sua alma, ideias nas quais não deixava Manette tocar; mas isso era tudo o que Manette ainda não havia alcançado, diminuído e dobrado nele. Na medida em que vivia da companhia dessa mulher, de sua conversa, de suas palavras, ele perdia o desprezo franco que o protegia no primeiro dia contra a impressão do que ela dizia a ele. Ele havia começado por não ouvir quando ela falava sobre coisas que ele não queria ouvir; agora ele a escutava e, contra si mesmo, ele a ouvia.

Entretanto, quando se viu em Paris, mais vigoroso, armado com um pouco mais de energia e saúde, retomando o contato com antigos conhecidos, retemperado na corrente parisiense, estimulado pelas brincadeiras dos amigos; quando ele se viu, em um bairro que não apreciava, com criados insuportáveis, cair naquela vida que Manette lhe proporcionava, uma vida antipática a todos os seus gostos, mortal para suas amizades, estreita, *módica* para aquém de sua fortuna, indigna de seus hábitos, Coriolis não conseguiu reprimir um movimento de revolta. Mas então ele encontrou na vontade de Manette uma espécie de força que ele não havia suspeitado, uma resistência que sempre lhe parecia ceder e que nunca cedia, uma obstinação sem violência, uma espécie de teimosia ingênua, carinhosa, quase angélica. A tudo ela dizia: Sim, e agia como se tivesse dito: Não. Se ele se exaltava, ela se desculpava: tinha esquecido, ela pensou que não o contrariava; era coisa de tão pequena importância. E para o que ela decidia, para o que ela comandava contra as ordens de Coriolis, contra seu desejo tácito ou formal, era o mesmo jogo, a mesma justificativa calma e fria. Havia na forma de sua dominação algo como uma doçura passiva, um ar de humildade desarmante, uma espécie de indolência apática, diante dos quais as cóleras de Coriolis eram forçadas a se devorar a si próprias.

CXXXIX

A GRANDE DISTRAÇÃO DE CORIOLIS TINHA SIDO ATÉ ENTÃO REUNIR dois ou três amigos em sua mesa. Ele gostava desses jantares familiares que eram animados por conversas e rostos de velhos camaradas; tinha tomado gosto por essas recepções casuais, que, para ele, eram a festa e a recompensa do seu dia, a recreação da noite em que esquecia a fadiga cotidiana de seu trabalho, e se restaurava com a verve dos outros.

Aos poucos, os comensais habituais se tornaram raros e só apareciam eventualmente: Coriolis se surpreendeu. Quem os afastava? Ele demonstrava sempre o mesmo prazer em vê-los. E não podia acusar Manette de rejeitá-los: ela não tinha, com eles, a enxaqueca que tivera com Anatole. Parecia-lhe que ela os recebia amavelmente, dava-lhes atenção, servia-os, nunca era ácida ou mal-humorada. E, no entanto, quase todos eles desertavam, um a um. Seus mais antigos amigos não voltavam. E quando Coriolis os encontrava, eles buscavam escapar da calorosa insistência de seu convite, desculpando-se com pretextos.

O que os expulsava era o que expulsa os amigos de uma casa, a ausência de cordialidade que se espalha e se estende da dona da casa à própria casa, a acolhida rabugenta e relutante das paredes, uma espécie de má vontade das coisas que incomodamos e que perturbamos, a surda hostilidade dos móveis contra os convidados, a cadeira manca, o fogo que não pega, a lâmpada que não quer acender, as chaves domésticas que se há de procurar, o conjunto de pequenos acidentes conjurados para o desconforto dos convidados. Os delicados ainda ficavam sentidos com a inflexão de amabilidade de Manette; sentiam nisso um tom de esforço e de comando, a graça forçada de uma amante obrigada a aguentar a presença deles, como que ressentida com a indiscrição de terem se deixado convidar, e fazendo, através de seu sorriso, correr sobre a mesa olhares que pareciam controlar as garrafas. Sua atenção, a amabilidade embaraçada que tinha para com eles, as queixas em sua presença sobre pratos malsucedidos, reprimendas nos serviçais, eram, nela, maneiras educadas de rogar para que não voltassem. E, para as naturezas menos finas, menos sensíveis, para quem esses modos de Manette não feriam, havia ao redor da mesa, para rejeitá-los, a insolência das duas criadas altas, com ar mal-humorado, cansadas das fadigas do jantar, o desdém da mão que tinham para passar um prato, a impaciência de esperar o fim da sobremesa, a expressão própria das domésticas para com pessoas que só vêm para comer.

No tipo de sonho e fuga da realidade em que vivem os homens cuja cabeça trabalha e que uma obra preenche, Coriolis, pairando acima de todos esses detalhes, não percebia nada. Enfim, num dia em que convidou Massicot, que se tornara seu vizinho e permanecera um de seus últimos fiéis:

– Jantar? – respondeu Massicot. – Pode ser... Mas no restaurante.

– Por quê?

– Ah, por quê? Bem, porque na sua casa... Na sua casa me parece que existem centenas de alfinetes ingleses no estofado de minha cadeira, e que colocam alguma coisa na minha sopa que me impede de tomá-la! Veja, há pessoas que enlouquecem olhando um anel de cortina de um quarto em que seus pais os aporrinhavam... Eu, quando olho o papel de sua sala de jantar, tenho vontade de quebrar meu prato no nariz de suas empregadas... E de pedir a sua esposa... Sem nenhuma educação... Para ir dormir!

CXL

TUDO HAVIA MUDADO NA CASA DE CORIOLIS.

Seu pequeno alojamento não era mais seu grande e largo apartamento da rue de Vaugirard. Seu ateliê, despojado daquela quinquilharia de arte em que o olho do colorista gosta de vagar, parecia vazio e frio, quase pobre.

Lá dentro, no lugar do criado e da velha cozinheira, estavam instaladas as duas primas de Manette, duas criaturas com desagradável jeito masculino de criadas provincianas, uma retirada de um serviço de fazenda dos Vosges, a outra da casa de Maréville, onde cuidava de loucos.

Manette ainda havia trazido para a casa sua velha mãe, cuja coluna vertebral estava quase inteiramente anquilosada, e que, imóvel e rígida, permanecia no canto de uma lareira, perto do fogo, com seu lenço preto de judia viúva na cabeça, seu rosto cor de laranja, a depressão escura de seus olhos, o assustador automatismo de seus movimentos, o murmúrio resmungado e medonho de orações incompreensíveis. Na escada, na porta, Coriolis encontrava constantemente, em suas longas pernas, um jovem de cabelo lanudo, trazendo sempre um pacotinho envolto em um lenço colorido: era um irmão de Manette. Certos dias, ele entrevia cabeças pontudas no fundo da cozinha, olhos suspeitos

488 EDMOND E JULES DE GONCOURT

e brilhantes, a beiçola desses *nixkandlers*,[256] desses industriais da calçada e do bulevar saídos do pequeno vilarejo de Bischeim, perto de Estrasburgo.

Humildemente, com passos rastejantes, a judiaria se infiltrava, subia disfarçada na casa, tomava conta, punha nela o ar de seus hábitos e o contágio de suas superstições. As duas primas, conservadas pela província mais próximas de seu culto e de sua origem, desfaziam, pouco a pouco, em Manette, as indiferenças e os descuidos da parisiense. Reforçavam nela as práticas e as ideias do judaísmo, remexendo, redescobrindo, reanimando na judia que envelhecia a persistência imortal da raça, o que sempre resta do judeu no sangue que não parece mais ser o dele.

Desde o dia da sinagoga, Coriolis nada tinha visto nela de sua religião ou seu povo. Manette, no entanto, sempre conservara laços secretos desse lado. Dificilmente passava um sábado sem que seu passeio a conduzisse, naquele dia, em direção a uma pequena praça localizada na junção entre a rue des Rosiers, a rue des Juifs, a rue Pavée, a rue du Roi-de-Sicile, nessa reunião que os judeus ali realizam sob o sol da tarde. Era como uma necessidade para ela de passar e repassar, uma ou duas vezes, por essas figuras de pessoas que ela não conhecia, a quem ela não falava, mas de quem se aproximava, a quem ela tocava e cuja visão lhe dava, durante toda a semana, uma espécie de comunhão com os seus e com uma humanidade de sua família.

Chegaram a ponto de servir à mesa apenas carnes abatidas de acordo com o rito *schechita*[257] tradicional; iam buscar chucrute na rue des Rosiers.[258] Dominando o interior da casa, as mulheres não

---

256 Esse termo local designa revendedores e comerciantes de Estrasburgo.

257 Ou *shechita*. Trata-se do abate de certos mamíferos e pássaros para alimentação de acordo com *kashrut*, o conjunto de leis dietéticas que tratam dos alimentos que o povo judeu pode comer e como esses alimentos devem ser preparados de acordo com a lei judaica.

258 A rue des Rosiers fica no centro do bairro judeu chamado não oficialmente de "o *Pletzl*" (em iídiche, "pequena praça"). Em 9 de agosto de 1982, ocorreu um atentado terrorista antissemita, tendo como saldo seis mortos e 22 feridos.

MANETTE SALOMON

faziam mais cerimônia em submeter Coriolis à tirania dos costumes dos quais ele tinha repugnância.

Mas esses não passavam de pequenos despotismos, que apenas provocavam, irritavam Coriolis, deixavam-no impaciente. Problemas mais sérios, pungentes preocupações do coração vieram de uma invasão bem diversa em sua vida: ele sentia o domínio hostil dessas mulheres chegando ao carinho de seu filho e afastando-o dele. Seu filho, conforme crescia, parecia ir em direção a essas estrangeiras,[259] deliciar-se entre suas saias, como se fosse instintivamente atraído por uma misteriosa simpatia de consanguinidade. Para tê-lo, para ter momentos com ele, era obrigado a ir tomá-lo, arrebatá-lo da avó que, de sua velha e insegura memória, derramando na jovem imaginação da criança o maravilhoso da *Zeanah Surenah*,[260] repisando para ele coisas de livros antigos escritos em germânico-judaico, o mantinham encantado, deslumbrado com os contos do Oriente Talmúdico, as refeições cujo vinho será o de Adão, cujo peixe será o Leviatã engolindo de uma vez um peixe de trezentos pés, cujo assado será o touro Behemot comendo todo os dias o feno de mil montanhas.

---

259 O antissemitismo repulsivo dos Goncourt os leva a considerar que os judeus, mesmo nascidos e com plena nacionalidade francesa, são "estrangeiros".

260 Narrativa em iídiche sobre as maravilhosas aventuras ocorridas com Alexandre, o Grande.

CXLI

CRESCENT MAL VINHA TRÊS OU QUATRO VEZES POR ANO A PARIS para fazer provisão de telas, tintas, pincéis, e receber o pagamento de um quadro. Em cada uma dessas pequenas viagens, nunca deixava de ir ver Coriolis, na maioria das vezes passando a metade inteira do dia com ele.

Coriolis tinha um grande prazer em revê-lo. Encontrava nele uma lembrança dos bons tempos de Barbizon. Gostava o que o rústico artista lhe trazia do cheiro e da serenidade dos campos. E ficava feliz em ver um bom homem feliz.

Em uma dessas visitas:

– E Anatole? – começou a dizer Crescent. – Eu estava tão acostumado a vê-lo com vocês...

– Oh! Já faz muito tempo – disse Coriolis, constrangido. – Ele veio jantar uma noite... E então não o vimos mais. Não sei por quê.

– Oh! Ele já comeu o suficiente aqui – disse Manette.

– Pobre rapaz – retomou Crescent –, alguém acabou de reclamar a seu respeito no ministério pela encomenda que eu consegui para ele. Parece que ele não termina sua cópia. Escreveram a ele para a inspeção.

– Não duvido – disse Manette –, ele é tão preguiçoso! Um verdadeiro bicho-preguiça...

– Enfim, talvez não seja culpa dele. Na sua posição, é preciso primeiro comer, ganhar o pão de cada dia. Miséria infame, nossa profissão, quando ficamos para trás...

E mudando de tom:

– Ah, você – disse bruscamente a Coriolis – sempre me prometeu um desenho. Não vim só para conversar. Quero meu desenho. Cadê meu desenho?

– Veja! Ali, no fundo do ateliê. A pasta vermelha... Isso...

Crescent se abaixou, abriu a pasta, começou a folhear: era uma seleção dos mais belos desenhos de Coriolis. Mecanicamente, ele ergueu os olhos: viu, no espelho à sua frente, Manette se aproximar vividamente de Coriolis, fazendo-lhe o sinal raivoso de uma mulher furiosa que vê levarem de sua casa um objeto valioso, alguma coisa que represente dinheiro. E quase imediatamente:

– Não, não o vermelho – gritou Coriolis –, o outro, ao lado... O verde. Veja, ali.

Crescent pegou a pasta verde e a levou para Coriolis.

Coriolis, com um gesto de tristeza, tirou um desenho dela, pôs sobre uma mesa, o retrabalhou, *recompondo-o* longamente, e depois entregou a Crescent.

Alguns minutos depois, Crescent apertou sua mão calorosamente e saiu sem cumprimentar Manette.

CXLII

COM OS AMIGOS ASSIM AFASTADOS, O ISOLAMENTO RESTAURADO em Paris ao redor de Coriolis, o trabalho incessante da amante continuou, prosseguindo com mais ousadia a diminuição, a aniquilação do dono da casa, com essa espécie de despotismo esmagador que a mulher do povo põe na dominação doméstica. Manette possuía, como mulher do povo, essas tiranias ostentadas, públicas, mostradas na frente dos criados, dos fornecedores, das pessoas que passam, e tirando de um homem a dignidade que uma mulher da sociedade abandona por modéstia à fraqueza de um marido. Coriolis perdia o governo e o comando do seu interior; tiravam de suas mãos a direção da casa; tiravam de sua boca as ordens a serem dadas. Ele não contava mais, não entrava mais nos arranjos que eram feitos. Só era consultado para tudo o que Manette queria por um: "Não é, querido?" que ela lhe lançava com confiança, sem escutar sua resposta. Logo ele não tinha mais dinheiro: a mulher agia com ele como num casal de operários, apertava-o, continha-o, habituou-se a considerar o dinheiro como uma coisa dela, que ela dava a ele, e do qual ele devia prestar contas. Privações, cortes de gastos foram impostos de acordo com seus gostos. Coriolis tinha um sentimento de elegância crioula. Ele sempre se vestira de maneira distinta e gastara generosamente com aquilo que o homem das colônias chama de "seus panos". Foi contrariado nisso até que encontrar um alfaiatezinho cobrando barato; e, pouco tempo depois, começou a mostrar, em seus trajes, o corte feito pelas empregadas da casa.

Toda a sua vida foi rebaixada, subjugada a hábitos domésticos, ao modo de viver daquele trio de mulheres que, todos os dias, o puxavam um pouco mais para elas, traziam a familiaridade mais perto dele, o arrastavam para ver um espetáculo em algum lugar humilde que o entediava, ou o empurravam para alguma recepção ministerial para o bem de seus negócios.

Foi como uma longa despossessão dele próprio, no fim da qual ele quase não pertencia mais a si mesmo. De submissão em submissão, Manette fizera dele, em casa, uma daquelas crianças crescidas que são tratadas como bebês, um desses seres vencidos, desarmados, absorvidos, dóceis, que a mulher conduz, manobra, escova, veste, põe a gravata, beija, e que, até mesmo fora, e na rua, carregam a marca da humildade e da sujeição que têm dentro de casa.

Manette ainda o compensava com carinhos, meiguices, afetos, doçuras: de vez em quando, sentia passar, no toque de sua mão, a ternura com que se lisonjeia, para fazê-lo obedecer, um animal de estimação. Mas, ao lado de Manette, havia as duas primas, as duas almas más, que pareciam atirar seu desprezo na cara de Coriolis e rir ironicamente de sua decadência. Com seu ar de desdenhar suas ordens, o azedume de suas respostas, suas grosserias amargas, seus acordos astutos para ferir seus gostos, suas preferências, suas manias, a espécie de dominação subalterna, essas mulheres envolviam Coriolis com humilhação, tratamento que lhe reaplicavam a cada minuto. O que o faziam sofrer e engolir, essa tortura que primeiro o havia exasperado, agora lhe causava como que um medo: ele se voltava para Manette, implorava sua presença contra elas, pedia-lhe, quando por acaso saía à noite, para voltar logo, para que ele não fosse entregue às criadas, para não pertencer a elas durante toda a noite.

Era como se, nesse aviltamento, as forças de resistência de Coriolis, todos os dispositivos da vontade, tudo o que mantém de pé o caráter de um homem, cedessem pouco a pouco, como cede a solidez de um corpo à dissolução daquela doença do Egito, tornando os ossos algo macio, capaz de ser amarrado como uma corda.

CXLIII

E ESSA DOMINAÇÃO DOMÉSTICA, ESSA VONTADE SUBSTITUÍDA À SUA NA CASA, Coriolis começava a vê-las infiltrando-se aos poucos até nas coisas de seu ofício, de sua arte, tentando suavemente atingir o artista, aproximar-se de seu cavalete, quase tocar em sua inspiração.

Quando Manette, em um esboço que ele lhe mostrasse, lançava um encorajamento gelado; quando, ao lado dele, ela lhe parecia torcer o nariz ao que ele pincelava, ou apenas quando, com o admirável talento das mulheres para se fingirem de cegas, ela fazia de conta que não via o que ele pintava, Coriolis era tomado em seu trabalho por uma impaciência nervosa que o levava a estragar seu esboço e seu quadro. De sua tela, só percebia as fraquezas, as dificuldades, os lados desencorajadores, que detêm a verve matando a ilusão; e ele não tardava em abandonar sua obra começada.

Coriolis, o Coriolis que por toda a vida se insurgira ao conselho de outrem, com o justo orgulho de seu valor; o Coriolis tão desdenhoso a respeito da inteligência e dos gostos artísticos da mulher, tão ciumento de suas próprias sensações, de sua ótica pessoal, da independência e da suscetível originalidade de seu temperamento, Coriolis aceitava os desencorajamentos vindos daquela mulher. O hábito de obedecer-lhe, de consultá-la, de submeter-se a ela e confiar-lhe todo o resto de sua vida haviam-no conduzido lentamente àquela escravização em que as fraquezas do homem

MANETTE SALOMON   495

passam para o artista, põem em sua pintura o franzir de testa de
sua amante, abalam sua fé em si próprio e terminam por arrancar-
-lhe o caráter até em seu talento.

Ele não ousava confessar a si mesmo essa influência de
Manette. Repelia a ideia, não queria acreditar nisso, debatia-se
sob ela. E, no entanto, contra sua própria vontade, nas horas de
suas reflexões solitárias, lembrava-se de sua exposição em 1855,
daquela tentativa em que havia vislumbrado um novo horizonte
de arte. Era preciso concordar com si mesmo: não era a imprensa,
a gritaria dos jornais, as mordidas da crítica que o fizeram recuar
diante do moderno e abandonar o grande sonho de pintar sua
época. Era ela, com suas "lenga-lengas" mal-humoradas, com tudo
o que havia dito a ele ou deixado perceber, para desviá-lo da arte
que não vende e empurrá-lo em direção dos quadros vendáveis.
Porque Manette, como mulher e judia,[261] julgava o valor e o talento
de um homem apenas por esta baixa medida material: a clientela e
o preço venal de suas obras. Para ela, o dinheiro, na arte, era tudo
e provava tudo. Era a grande consagração trazida pelo público. Por
isso, ela trabalhava incansavelmente para pôr na carreira de Coriolis a tentação do dinheiro. Contava, fazia soar em seus ouvidos os
ganhos dos outros: ela o atordoava, o humilhava com os gordos
preços deste, daquele, da renda produzida, cada ano, pela pintura
de Garnotelle. Também aproximava dele ambições mesquinhas,
aspirações burguesas, veleidades de se candidatar ao Instituto,
todos os tipos de apetites voltados para o sucesso.

Em vão Coriolis buscava não a ouvir e fechar-se a essas exci-
tações incessantes, a essas palavras que tinham a repetição e a
paciência da gota d'água que cava; ele, que até então se considerava tão feliz por ter seu trabalho em andamento, por estar acima
das exigências, das concessões de miséria que desonram um
talento; ele, cheio de nojo e desprezo por qualquer coisa que chei-
rasse a comércio nos outros; ele, o enamorado e o religioso de sua
arte, que havia feito da pintura sua coisa santa e reverenciada, a

---

261 Este capítulo, em particular, associa a misoginia e o antissemitismo dos
Goncourt.

religião desinteressada e o voto severo de sua existência; ele que, ao ideal da sua vocação, havia sacrificado as felicidades de sua vida, o prazer, um amor, as preguiças do crioulo; ele, o artista refinado, delicado, raro, que quase tinha feito um ponto de honra de manter a voga à distância; ele, cuja carreira, até então, só era feita de orgulho, liberdade, pureza, independência – começava a sentir, junto a essa mulher, como que os primeiros sintomas de um abrandamento de sua consciência de artista.

Muitas vezes uma vergonha raivosa o dominava, a vergonha de uma espécie de degradação moral que gradualmente ocorria nele, a vergonha de alguém que vai cometer uma ação má, renegando toda sua vida, em uma vida de honra! Ele partia, não voltava para o jantar, por horror do contato com essa mulher; e, sozinho consigo mesmo, em algum passeio de solidão, esmiuçando em sua covardia, debruçando-se sobre ela, sondando o fundo, ele se perguntava com angústia se, de tanto ouvir esta palavra, esta ideia, este mestre e este deus daquela mulher: o dinheiro!, sempre voltar em sua boca, julgando tudo, desculpando tudo, coroando tudo por ela, o dinheiro já não falava um pouco a ele também.

CXLIV

CHEGOU UM MOMENTO EM QUE O TALENTO DE CORIOLIS PARECIA derrotado, domado por Manette, dócil ao que ela queria dele. O artista parecia se resignar às exigências da mulher. Da arte, ele se deixava escorregar para o ofício. O futuro com que sonhara, ele o adiava. Seus projetos, suas ambições, a pintura elevada e viva que tivera a ideia de tentar, ele os adiou, empurrando-os para outros tempos, quando se deu um acaso que o vinculou violentamente a seus trabalhos anteriores e, erguendo o homem dentro do pintor, quase o fez quebrar repentinamente sua servidão.

Livrando-se de todas as queridas quinquilharias que Manette soubera obter de seu desânimo, de seu enfraquecimento doentio, quando partiram para o sul da França, Manette ainda pretendera que ele se separasse destas duas telas, *A revisão* e *O casamento*, sobre as quais ela dizia estorvarem e serem invendáveis. Coriolis, a quem esses dois quadros lembravam um insucesso e ataques, aborrecido com eles e sofrendo em vê-los, não havia oposto grande resistência; e as duas telas foram vendidas, passadas a um marchand. A partir daí, uma dessas telas, *A revisão*, fora para um amador, homem da sociedade, elegante antiquário, literato que fazia eventuais colaborações com revistas, que vinha montando, durante dez anos, uma galeria de modernos com um sangue-frio calculista, jogando com novos nomes como um agiota joga com valores futuros, e decidido a fazer de sua venda um "golpe certeiro".

Essa venda anunciada, apregoada, causou grande barulho. Um literato em seus inícios, brilhante e já notado, querendo cavar seu lugar e fazer barulho, procurando uma personalidade na qual ele pudesse pendurar ideias novas e turbulentas, acreditou encontrar seu homem em Coriolis. Três grandes artigos de entusiasmo estridente no pequeno jornal mais lido chamou a atenção para "o mestre de *A revisão*". Acorrendo para a venda, Paris, que mal se lembrava do nome de Coriolis e não sabia mais que quadro era o dele, fez a descoberta dessa tela varrida pelos olhares indiferentes do público na grande exposição de 1855. Polêmicas se inflamaram, correram de jornal em jornal. Coriolis tomou as proporções de uma curiosidade e de um grande homem desconhecido.

Chegada a hora do leilão, dois concorrentes se viram frente a frente: um cavalheiro possuído pelo ímpeto de se dar a conhecer, pelo desejo furioso de qualquer publicidade, e um corretor de valores diposto, para restaurar seu crédito e abafar ruídos desastrosos, a fazer um gasto maluco bem notório e anunciado nos jornais. Entre esse interesse e essa vaidade, o quadro subiu para cerca de 15 mil francos.

Coriolis tinha ido para se ver vendido. Quando voltou, Manette percebeu nele um outro homem. Seu semblante tinha tal expressão de dureza reconquistada, de dureza resoluta, quase malvada, que ela não ousou lhe pedir notícias sobre a venda. Foi Coriolis quem primeiro quebrou o silêncio, indo até ela.

– Ah, é uma mulher que entende de negócios, minha senhora! – E lançava com um tom de desprezo: *negócios*.

– Minha *Revisão* acabou de ser negociada... Sabe quanto? Quinze mil francos! Ah! A senhora acha que isso significa alguma coisa para mim? Mas, quando eu fiz isso, a senhora não era nada na minha vida... Nada além da mulher que me servia o amor. Como ela engraxaria minhas botas! Pois bem! Então, eu era alguém, eu era um pintor... Eu encontrava... Ah! Que boa ideia de especulação a senhora teve! Sabe o que a senhora fez de mim? Um comerciante, um fabricante de pintura no dia a dia, o criado da moda, dos marchands, do público! Um miserável! Espere! Enquanto mostravam minha *Revisão* na mesa, durante o leilão, eu olhei... Há coisas lá dentro... O homem nu, a projeção da luz, as costas abaixo, na sombra... Eu dizia a mim mesmo: Mas é lindo, isso! Sinto que é lindo! As pessoas se apertavam, se inclinavam. E vi que era lindo em todos os olhos que olhavam! Agora? Mas eu não saberia mais fazer *um treco* desses, palavra de honra! Acho que não poderia mais... É preciso poder querer... E é a senhora! – disse avançando, com um ar ameaçador, em direção a Manette. – A senhora, de tanto me atormentar, sempre atrás do meu cavalete, com suas palavras que me davam calafrios na espinha. Ah! O que eu seria hoje com os quadros que a senhora me impediu de fazer! E o dinheiro que a senhora teria ganhado, a senhora! A senhora não conhece ainda tudo sobre dinheiro. É que agora, também penso nele. A senhora me passou seu sangue, sabe! Deus me perdoe! Ah, a senhora esvaziou bem o artista! Eu odeio a senhora, sabe, eu a odeio. E quer que eu lhe diga! Há dias... – e sua voz lenta adquiriu uma suavidade homicida – dias... Em que tenho a ideia, mas a ideia muito séria, de começar consigo, e terminar comigo, para acabar com esta vida!

Então, depois de duas ou três voltas agitadas no ateliê, voltando para Manette e falando com ela em tom de uma oração perdida:

– Mas fale, então! Diga pelo menos alguma coisa! Fale comigo! Diga o que quiser! Mas fale comigo! Veja! Eu tenho medo de mim... Manette! Manette!

Então, lançando uma espécie de risada cruel e louca:

– Dinheiro? Ah! Dinheiro! É verdade, você gosta dele? Ama-o tanto assim? Então, espere.

Chamou.

Uma das criadas apareceu à porta.

– Vá buscar todas as telas que estão no quarto de cima.

A criada não se mexeu e olhou para Manette.

Coriolis deu um passo em direção a ela, um passo terrível que a fez responder:

– Sim, senhor.

Quando todas as telas foram trazidas, Coriolis se sentou em frente ao fogão, abriu, jogou uma tela, ficou olhando queimar. Pegou outra, arrancou-a de seu chassi. Manette, que tinha se levantado, quis tirá-la de suas mãos.

– Vamos, meu caro – disse-lhe ela com seu tonzinho um pouco superior –, já foi infantil demais. Basta.

Coriolis agarrou o pulso de Manette. Ela gritou. Coriolis não largou e, continuando a apertar, a conduziu até o divã, onde, à força, fez com que ela caísse sentada, bruscamente.

Depois voltou ao fogão, arrancou outras telas, jogou no fogo. Olhava para a pintura cheia de óleo e de tinta que se contorcia – e depois Manette.

Por um momento, Manette fez um movimento para sair.

– Fique aí! – disse-lhe Coriolis. – Senão eu a amarro com uma corda...

E lentamente, com uma cara que parecia gozar desse sacrifício e dessa agonia de suas obras, ele voltou a queimar seus quadros. Quando o último foi consumido, ele remexeu sem pressa o que restava de tudo aquilo, uma espécie de pedaço de mineral, o resíduo branco-prateado de todas as telas queimadas; então, tomando-o entre as hastes da pinça, foi até Manette e o jogou brutalmente na fenda de sua saia.

– Tome! Aqui está um lingote que vale 100 mil francos! – disse-lhe.

– Ah – disse Manette com um salto de terror que fez escorregar o lingote na barra de sua saia queimada –, me queimar! Ele quis me queimar!

– Agora – disse-lhe Coriolis – pode ir embora. Não preciso mais da senhora.

E caiu, alquebrado, sobre o divã.

CXLV

DE TODOS OS ANTIGOS AMIGOS DE CORIOLIS, apenas um não havia sido afastado por Manette: Garnotelle. Ela tinha por ele a estima, a consideração, o respeito que o sucesso financeiro lhe inspirava. Ela o recebia com atenções elogiosas, afetações de inferioridade e de humildade que feriam cruelmente Coriolis no orgulho de seu valor não reconhecido.

Atraído por suas amabilidades, não precisando mais temer as hostilidades de Anatole, Garnotelle frequentava a casa com bastante assiduidade. Sempre tivera uma espécie de deferência por Coriolis; e o homem que venceu na vida ainda parecia saborear, com seus instintos de camponês, a honra de se esfregar na amizade do gentil-homem.

Além disso, ocorreram acontecimentos em sua vida, havia um ano, que o conduziam a essa aproximação. Nomeado para o Instituto, desfez, com uma habilidade admirável, seu casamento com a filha do membro do Instituto que conduzira e o fizera vencedor em sua eleição. Mas, embora ele tivesse posto, nessa questão delicada, a aparência dos bons procedimentos a seu favor, esse casamento rompido causou um efeito bastante ruim, ainda mais que a ruptura concordava, por uma infeliz coincidência, com uma reversão da fortuna do pai. Por isso, ele encontrava na confraria na qual acabara de entrar uma frieza, uma reserva quase hostil. Então se voltava para o ministério, para suas ligações governamentais; e, com as influências que ali acionava, o peso de sua personalidade e de suas recomendações, ele tentava, pelas recompensas, comendas, ganhar o reconhecimento, a simpatia, a clientela com a qual ele poderia contrabalançar a opinião pública e recuperar a consideração.

– Vamos! Meu caro – disse ele uma noite para Coriolis no ateliê meio escuro e esperando pela lâmpada –, permita-me dizer-lhe, é infantilidade...

Coriolis andava a passos largos.

Manette, ao lado de Garnotelle, observava Coriolis ir e vir; e tinha um sorriso desdenhoso, quase cruel.

Houve um longo silêncio.

– Olhe! – disse enfim Coriolis. – Sinto-me vaidoso demais para recusar...

– Ah, isso é bom! – respondeu Manette.

– Meu caro, antes de oito dias, sua nomeação estará no *Moniteur*...[262] Manette pode comprar fita vermelha.[263] Já amanhã teremos sua resposta. Eu mesmo irei...

Quando Coriolis se deitou, sua cabeça se pôs a trabalhar, e, com a leve febre que lhe acometeu, pouco a pouco suas ideias deram lugar a uma irritação de amargura. Pensava naquela cruz que a opinião pública lhe dera em sua exposição de 1853, e que intencionavam lhe conceder depois de tantos anos, só agora, por causa da repercussão daquela última venda. Pensava em todos aqueles seus camaradas que a haviam obtido ao lado dele, atrás dele; lembrava-se das nomeações que eram quase ironias; reencontrava os nomes, revia os quadros de cada um. Vinha a seu coração uma rebelião, a revolta legítima de um homem de talento que tem a consciência de ter merecido a cruz há muito tempo e que acha que, quando a fita espera que venham seus cabelos brancos, se torna apenas uma banal recompensa por antiguidade. Então, ele se perguntava se não era covardia ter

---

262 Equivalente ao *Diário Oficial*.
263 Fita vermelha para a cruz da Legião de Honra, condecoração francesa.

aceitado e se não era digno dele recusar uma recompensa que chegara tarde demais e que ele tinha por demais merecido. E, pouco a pouco, seu orgulho falou contra sua vaidade: ficou tentado pelo brilho de recusar a cruz, de se singularizar pelo desprezo daquela fita tão invejada, tão procurada, tão implorada. Por uma hora, duas horas, deu-se nele a luta de suas repugnâncias, o debate de sua natureza, do homem, do artista que não tinha a filosofia de Crescent, não estando preenchido nem recompensado apenas pela arte, muito tocado por todas as fraquezas humanas do homem de talento, muito sensível ao desejo pelas marcas e distinções oficiais da celebridade.

No final, sua repugnância prevaleceu. Ele parecia ver essa coisa odiosa e terrivelmente humilhante: sua cruz na ponta da mão de Garnotelle.

Atirou-se aos pés da cama, acendeu uma vela e começou a escrever uma carta em que a soberba dignidade da sua recusa se escondia sob a humildade de um exagero de modéstia.

De manhã releu a carta, lacrou-a e enviou-a sem dizer uma palavra a Manette.

CXLVI

AO SABER DESSA RECUSA DA CRUZ, MANETTE FOI TOMADA por um sentimento singular. Surgiu nela um profundo desprezo, um desprezo de mulher de negócios em relação ao homem que desperdiçou a chance que aparecia em seu caminho e perdeu tudo o que a condecoração dá a um artista: a consagração oficial, a mais-valia da assinatura, a clientela comercial, a obtenção de encomendas ministeriais. Nessa recusa que nada explicava, nada desculpava aos seus olhos, e da qual ela era incapaz de entender a altura e a dignidade, ela só via uma estupidez. Coriolis foi para ela, doravante, um homem julgado; nada restava nele do que ela respeitava e reconhecia ainda nele: era um puro imbecil.

A partir desse dia, Manette se tornou outra mulher. Sua dominação não tinha mais ternura. Pôs em suas relações com Coriolis uma espécie de autoridade, de secura. Não parecia mais implorar seu perdão por fazê-lo obedecer: o que ela queria, ela queria sem mesmo pedir que ele quisesse com ela. Ela lhe dava ordens breves, sem frases, sem explicações, sem réplicas, como quem não tem o direito de pedir mais. Assumia, com ar descontraído, a segurança e o comando de uma vontade nítida e cortante; de sua voz surgia um frio tom imperativo, firme, categórico. Isso foi tão abrupto, tão decisivo, que Coriolis recebeu como o golpe de uma proibição repentina: permanecia, braços quedos, oprimido, atordoado.

Alguns dias depois, um marchand de quadros belga veio vê-lo pela manhã, e, no mesmo instante, em presença de Manette, que debateu todos os termos do contrato, Coriolis assinou um compromisso pelo qual se comprometeu a entregar um número de pinturas de cavalete por ano, contra uma renda anual.

Era sua vida e seu talento que Manette acabara de fazê-lo vender. Ele tudo havia aceitado sem fazer objeções: suas revoltas estavam extenuadas, sua energia de homem fora quebrada para sempre em seu último embate com Manette.

CXLVII

ENTÃO COMEÇOU PARA AMBOS O SUPLÍCIO DO CONCUBINATO. Manette percebia em Coriolis como que o fundo negro dos ódios acumulados por tudo o que ela o fizera sofrer, engolir vergonhas, devorar aviltamentos, mágoas, desesperos. Ela discernia distintamente o que incubava nele contra ela, todo o horror do homem pela mulher a quem atribui todas as degradações de uma corrente indigna. O que ele revolvia sem dizer nada ao lado dela, os maus pensamentos, os ressentimentos de seu orgulho e de seu coração, os insultos que ele guardava, as revoltas que silenciava, ela sentia sair dele, atingi-lo, insultá-lo. Silêncios de Coriolis lhe soavam como maldições. Ele a feria com esses olhares que vão da amante que se tem ao braço à mulher honesta, a casais que passam; ele a feria com seus devaneios que ela acreditava ir para algum puro amor, para a lembrança de uma jovem, para uma antiga ideia de casamento, para a visão e o arrependimento de uma felicidade fracassada.[264]

Sob essas censuras mudas que esbofeteiam uma mulher com mais ultraje do que as brutalidades de um homem, os últimos laços ligando Manette a Coriolis se rompiam. O que, de costume,

---

264 Os autores acumulam os preconceitos: ao antissemitismo e à misoginia acrescenta-se o moralismo.

permanece involuntariamente amoroso em uma mulher que não ama mais um amante, mas que foi e permanece sua amante, que é a mãe de seu filho, que ainda tem o calor de seus braços ao redor de seu pescoço, se quebrava para ela: sua alma se fechou, com a amargura da mulher ulcerada para sempre, àquelas doçuras que voltam à memória das coisas compartilhadas, àqueles perdões que emanam lado a lado da vida, ao que se deixa enternecer, pela existência a dois e pelo contato da lembrança.

E então aconteceu no lar triste, ante as cinzas apagadas de seus anos vividos, o horrível distanciamento de morte que se estabelece entre dois seres vivendo, comendo, dormindo juntos, unidos em todos os instantes da existência, e sentindo-se separados para sempre. Esse abominável distanciamento de pai e mãe, que nada mais aproxima, nem mesmo as brincadeiras de seus filhos a seus pés; essa vida dupla, inimiga, importuna e constrangida, como a corrente que prende o ódio de dois condenados, essa vida em comum na qual cada roçar é uma irritação, na qual o próprio instinto dos corpos evita e foge um do outro, na qual o homem e a mulher põem a separação de um vazio entre seus dois sonos, como se tivessem medo de misturar seus sonhos!

Hora terrível desses amores, que dá ao amante o terror dessa metade de si mesmo, sentada em seu interior, penetrada em sua casa, e que está ali, contra ele, implacável, concentrada, pouco ocultando o mal que ela quer para ele, saboreando os aborrecimentos que ela lhe proporciona com as mágoas que ela lhe deseja, desafiando-o a expulsá-la e ciente de que ele não o fará porque ela o segura pelo hábito, porque ela o conhece como covarde e incapaz de manter sua palavra consigo mesmo, porque ela sabe que o coração está na idade das baixezas do coração de um homem e que ele tem medo, como as crianças, de ficar sozinho!

E, na medida em que os dois seres se machucavam mais em seu acoplamento, na indissolubilidade de um vínculo íntimo intolerável e detestado, era como se emergisse de Manette contra Coriolis uma espécie hostilidade original. O afastamento da mulher parecia se complicar e piorar com a separação da judia. Sem que ela tivesse consciência, sem que percebesse, a judia, ao retornar aos preconceitos dos seus, voltava pouco a pouco a antipatias obscuras e confusas de seus instintos. Uma espécie de sentimento novo e nascente, impessoal, desarrazoado, o fazia perceber vagamente, na pessoa de Coriolis, o cristão, contra quem sempre, no vazio de cada alma judaica, persiste a tradição dos ódios, a amargura de séculos de humilhação, tudo o que uma raça salpicada pelo sangue de um Deus pode ter de fel concentrado. Havia no fundo dela, em estado latente, natural, quase animal, um pouco desses sentimentos que escapou de um desses reis judeus do dinheiro quando, num momento de expansão, numa daquelas embriaguezes em que se abre o coração, respondia aos amigos que lhe perguntavam que prazer ele teria em trabalhar sempre para enriquecer: "Ah, não sabem o que é sentir sob as botas um monte de cristãos!".

Esse prazer odioso, essa vingança reduzida à proporção de uma mulher, Manette os degustava ao sentir Coriolis sob o salto de sua botina.

A judia desfrutava, como de uma revanche, da servidão desse homem de uma outra fé, de um outro batismo, de um outro Deus; de modo que seria possível ver – ironia das coisas que terminam! – a bizarra sobrevivência das velhas vinditas humanas, conflitos de religiões, rancores de dezoito séculos, estabelecidos como o resto do entredevorar-se de raças, da raça indo-germânica e da raça semita, ali, em plena Paris, num ateliê da rue Notre-Dame--des-Champs, lá no fundo daquele miserável concubinato de um pintor e uma modelo.

CXLVIII

MAIS DE DOIS ANOS TINHAM SE PASSADO DESDE O DIA em que Anatole jantara pela última vez na casa de Coriolis. Ele estava saindo do Palais de l'Industrie, onde ele começara um segundo retrato do imperador, do qual Crescent tinha obtido uma encomenda para ele, e conversava com uma mulher ainda jovem que, caminhando ao seu lado, parecia ouvir religiosamente suas palavras:

– Sim, cara senhora – dizia sentenciosamente Anatole –, esta é a receita para fazer um imperador a um precinho camarada... Na primeira vez, esbanjamos loucamente, gastamos, afundamos... Mas, na segunda, nada disso. Tomamos juízo. E como tenho um interesse genuíno pela senhora – seu sorriso tinha uma nuance de galanteria –, vou lhe contar minha experiência *grátis*. A tela, sabe, custa 58 francos, mais o papel vegetal, adquirido à parte por cinco francos. Agora, atenção! *Tem povo* que, pela calça branca e pelo manto de arminho, esbanja oito bexigas de prata branca a cinco tostões, num total de quarenta tostões. Eu, malandro, com quatro bexigas de chumbo branco a quatro tostões, quatro vezes quatro, dezesseis, eu me ajeito... Sou a favor de pôr um pouco de amarelo de Nápoles no culote e um pouco de betume nas sombras e nos meios-tons do arminho, entende? Para os ouros da dragona, da gola, dos paramentos, do cinto, da poltrona, da coroa, do cetro, das franjas, da mesa, é bem simples: uma preparação de ocre amarelo para as luzes e betume para as sombras... Todas as sombras da tela, é claro, preparadas com marrom-vermelho. Então a senhora repica as luzes com amarelo de cromo escuro e amarelo Nápoles, e o brilhante quebrado com amarelo de cromo brilhante, boas bexigas de cromo a quinze e vinte cêntimos. Tem gente sem economia que enfia aí amarelo indiano, com cada tubo a preços malucos, a senhora sabe: é a ruína das famílias... Nada de sicativo de Harlem, nem sicativo de Courtray, tudo em óleo graxo comum... Nem preciso recomendar isso à senhora... Ah, também encontrei o meio de substituir o verde-esmeralda pelo azul-mineral, que só custa um tostão a mais que o azul da prússia...

Dando esses conselhos à copista, Anatole chegou ao Champs-Elysées, em vez de a um jogo de bocha. De repente ele interrompeu-se e parou, percebendo, no grupo de espectadores, alguém que acompanhava o rolar das bolas, com a cabeça para a frente e descoberta, o torso inclinado, o chapéu na mão atrás das costas. Ele olhou para aquela cabeça na qual o cabelo quase branco, cortado rente, contrastava com o negro das sobrancelhas, que permaneciam duramente negras. Examinou esse homem por inteiro, alquebrado, devastado, envelhecido vinte anos em poucos meses: maravilhado, ele reconheceu Coriolis.

– Adeus! – disse bruscamente, deixando a mulher atônita. – Até amanhã.

A poucos passos, ele lhe lançou:

– Mas, acima de tudo, nunca acetine com tom de capuchinha rosa, use laca Robert, laca de Smyrna! Só boa laca fina a nove tostões!

E avançou em direção de Coriolis.

– Você não tem um... Charuto? – Essa foi a primeira frase de Coriolis. – Não, verdade, você fuma cigarro... *Ela* só me dá o suficiente para comprar dois, imagine!

E, segurando o braço de Anatole, atracando-se a ele, grudando, agarrando, tocando-o com seu grande corpo inclinado, com um ar de segurá-lo e de não querer largar, começou a falar "daquela mulher", como ele a chamava, daquela tirania que não lhe deixava um centavo, que não lhe permitia ver seus amigos, da infelicidade de tê-la encontrado, de tudo o que sofria em sua casa, da sua vida, uma vida de achatamento, de solidão, de covardia...

Dizia isso vivamente, precipitadamente, com explosões de voz logo reprimidas, gestos violentos que se interrompiam, como se assustados.

– Você não a viu... Você não a viu com aquela cara de malvada, a cara que ela faz para mim. Ah! O que surge no rosto de uma judia com a idade... A Parca que nasce na mulher. Aquele nariz ficando adunco... E seus olhos agudos. Seus olhos! Você já olhou bem para eles? Aqueles olhos! – murmurou Coriolis, baixando a voz. – Ah, as mulheres! Você estava com uma mulher agora há pouco, não é?

– Sim, uma infeliz... Era rica, criada no luxo, com o piano. Um marido canalha devorou tudo e a largou lá com dois filhos... E agora ela tem que viver com um talento ornamental.

O triste romance de miséria esboçado nas poucas palavras de Anatole não parecia entrar nos ouvidos de Coriolis. Ele tinha chegado a essa monstruosa surdez das grandes dores que impossibilita um homem de ouvir o sofrimento alheio. Sem dizer uma palavra de interesse para Anatole, sem perguntar nada a seu respeito, sobre sua mãe, sem se inquietar com o que ele havia se tornado durante dois anos, e se tinha o que comer, ele se pôs a repintar o inferno de sua vida. Passeando com ele, indo e vindo sob as árvores dos Champs-Elysées, segurando seu braço, grudando nele, repisou suas queixas, suas lamentações, suas jeremiadas.

Acostumado a vê-lo reprimir suas doenças e mágoas, Anatole não pôde evitar um triste espanto, ao encontrar esse homem tão forte, tão concentrado, tão senhor de si, rebaixando-se a este ponto: falar mal, com medo, daquela mulher, para se vingar como uma criança que *cagueta* por trás das costas de seu tirano!

CXLIX

A PARTIR DESSE ENCONTRO, QUASE TODOS OS DIAS, na hora da saída, Anatole encontrava Coriolis esperando por ele.

Coriolis estava lá, quinze minutos antes, passeando de um lado e de outro, diante da porta; espiava e, assim que Anatole aparecia, o agarrava e imediatamente, de repente, na primeira palavra, aliviava sua miserável fraqueza no transbordar de lamentos com o qual tentava esvaziar e vomitar seus sofrimentos.

– Uma verdadeira judiaria, a casa, agora! – disse-lhe um dia. – Não, você não tem ideia... É o sabá lá em casa, o sabá! Primeiro as duas primas que agora mandam mais do que *ela*, que a viram e reviram pelo avesso como se ela fosse uma luva. Há a velha paralisada que mexe os molhos enquanto murmura em hebraico por cima. Além disso, é o irmão escrofuloso. Vem uma parente... Que trabalha para a sinagoga, bordadora de *sefarim*...[265] Eu conheço as palavras deles, veja só! Horrível, aquela ali! E, além disso, um monte de almas penadas do Antigo Testamento, parentes, judeus da Alsácia, sei lá eu! Gente com casacos verdes e botões de aço azuis, bastões com cabo envolto em lã vermelha e fios de latão... Correligionários sabe-se lá de onde, que vêm comer, "sentar-se junto à lâmpada",

---

265 Em hebreu no original (ספרים). *Sefarim* é livros. Ela seria uma bordadeira de livros.

como eles dizem... E cada cabeça! Ah! Sou punido por ter amado Rembrandt! Parece-me que minha casa fervilha com o obscuro de suas águas-fortes. E as comidas que fazem, se você soubesse! Cozinhas lá deles, como na Alsácia, para casamentos, sopas nas quais põem mechas de touca de algodão... Sim! Nesses dias, eu fujo de casa. Não, é demais que toda essa abominação de vendedores de binóculos se hospede em minha casa como se fosse uma pousada! Olhe! Você sabe, a prima, a grande, com o cabelo de fogo, de rosto terrível... Aquela que se parece com a prostituta do Apocalipse... Que estava com os loucos... Ah, os pobres loucos, como devem ter sofrido! Não é que ela conhece enfermeiros de Charenton? E ela os traz para jantar! Eles vêm com os loucos que estão encarregados de levar para passear. Anteontem, teve um que ficou louco de novo na cozinha. Foi preciso ir chamar o guarda... É divertido. Loucos, você entende? Trazem loucos na minha casa! Sim, e você quer que eu continue suportando isso?

E vendo que Anatole, cansado de ouvi-lo, tentava libertar-se:

– Você já está me abandonando? Mais quinze minutos. Olhe! Dez minutos, só dez minutos...

– Não, eu de verdade... Vou contar... Já faz uma hora que eu deveria ter ido. Você compreende... Imagine, já faz três dias que mamãe quebrou os óculos. Há três dias que ela não pode fazer nada, nem trabalhar, nem ler... Só tive dinheiro esta manhã para fazer o pedido... Tenho que pegá-los no caminho de volta. Ela espera por mim como se eu fosse seus olhos, você pode imaginar...

– Você? – indagou Coriolis, decidindo soltar seu braço. – Está bem, não tem importância...

Parou e olhou para ele.

–Você, pode deixar, é muito feliz!

CL

DAÍ CORIOLIS DESAPARECEU. ANATOLE NÃO TORNOU A VÊ-LO. Dois meses se passaram sem que ele o encontrasse no portão do Palais de l'Industrie. Não sabia o que sucedera a ele quando, em um dia de outubro, ficou surpreso por ser abordado por Coriolis ao sair.

– Ora, ora! Aí está você! – disse ele. – Quanto tempo!

– Sim, faz tempo... Muito, muito tempo – disse Coriolis lentamente, como se só ele, em sua vida, pudesse medir o doloroso comprimento do tempo.

Passando sob seu braço o braço de Anatole, retendo, de forma amigável, sua mão na dele:

– Está contente? Como vai a vida?

– Sim... E você? – perguntou Anatole, surpreso com essa ternura incomum de Coriolis.

– Eu? Ah... Estou ficando razoável... – respondeu com uma voz surda. – Você bem sabe, meu amigo, quando há um homem de inteligência, ele precisa encontrar uma fêmea para lhe pôr a pata em cima, para dilacerá-lo, para morder-lhe o coração, matar o que há dentro dele, e depois, também, o que está aqui – e tocou sua testa –, enfim, para devorá-lo! Sempre se vê isso. Acontece todos os dias. E é preciso ser mesmo muito criança para reclamar disso... É ridículo.

Lançou com uma ironia quase selvagem.

MANETTE SALOMON

– Eu sei perfeitamente... Há um jeito de quebrar esses mecanismos.

Suas mãos fizeram diante dele o movimento nervoso e enraivecido de apertar, como mãos que estrangulam.

– Sim, coisas seriam necessárias... Não muito boas. Seria preciso... Um assassinato... Ah! Antigamente!

Seus olhos brilharam; um clarão selvagem passou por eles, no qual Anatole reencontrou o fogo feroz da raiva de seu amigo quando era jovem. Mas imediatamente aquilo tudo se extinguiu.

– Agora eu sou uma...

E soltou uma palavra ignóbil.

– Ah! Se você quer ver um homem que não acha a vida divertida...

Tentou fazer com os dedos o gesto, o balançar chinês de um cômico em voga; mas água lhe veio às pálpebras, e a sua piada terminou na sufocação quebrada de uma voz horrível de um homem que se molha com lágrimas de mulher.

Retomou:

– Ah, sim, que belo instrumento para fazer um homem sofrer, aquela moça lá! Olhe! Não sei mais se tenho talento... Não, juro, eu não sei mais! Não consigo ver mais... Estou como um homem que vi uma vez, espancado durante uma briga em uma barreira, e que avançava, em um sulco... Ele não sabia mais, ele avançava... Estúpido como eu. Quem entra no meu ateliê me encontra no meu cavalete, certo? Se olhasse meus pincéis e minha paleta, veria que estão secos. Eu dormia em um canto qualquer, ouvi que alguém chegava. Eu me levanto para fingir que estava pintando. Eu não pinto mais, eu faço de conta! Compreende? E *ela* está sempre lá, nas minhas costas... Quando não aguento mais, quando me atiro no divã, ela vem me ver. Ela faz buracos na parede para me espionar! Quando ela sai, tenho os olhos das primas em cima de mim, eu sinto... Oh! Cuidam de mim. Pois então! Sou eu quem mantém a casa. Sou como um boi que puxa! Quando saio... Veja, hoje... É como se eu tirasse comida daquelas bocas...

Parou por um momento; depois:

– Sabe meu filho? Meu filho, que era tão bonito? Bem, ele é horrível. Ficou horrível! – disse ele com uma espécie de riso amargo que deixou Anatole mal. – Agora é um verdadeiro merino[266] preto... Ah! Eu lhe digo que ele não terá necessidade de um professor de aritmética, aquele! Meu filho, aquilo! Mas ele não tem nada de mim, nada dos meus... Nada! Sabe, há momentos em que eu acho que é a alma de algum avô que vendia sucata em um subúrbio de Varsóvia. Um homenzinho horrível, sabe? E se você o ouvisse me contar o que elas o treinaram para me dizer o dia todo: *Papai, você não está fazendo nada...* Se você ouvisse!

E, de repente, partindo para outra ideia:

– Você vem comigo até a rue du Bac? Queria lhe mostrar um novo quadro que acabei de expor.

Chegando à rue du Bac, empurrou Anatole diante da vitrine em que estava seu quadro.

Anatole olhou e, depois de alguns elogios vagos, fugiu às pressas: parecia-lhe que acabara de ver a loucura de um talento.

---

266 Carneiro de pelos muito densos e crespos. Esta passagem intolerável leva o antissemitismo ao pior preconceito biológico. Atribui também habilidades matemáticas ao menino, como se herdasse o estereotipado atavismo negociante dos judeus.

CLI

UM FENÔMENO BIZARRO TERMINARA POR SE PASSAR com Coriolis. Com o nervosismo do homem, uma superexcitação chegara ao órgão artista do pintor. O sentido da cor, exaltando-se nele, tinha perturbado, desregulado, febrilizado sua visão. Seus olhos estavam quase loucos. Pouco a pouco, ele foi tomado como que por uma grande e penosa desilusão diante de suas antigas admirações. As telas que outrora lhe pareciam as mais esplêndidas e iluminadas não lhe davam mais sensação luminosa: ele as revia extintas, desbotadas.

No próprio Louvre, no salão Carré, essas quatro paredes cheias de obras-primas não lhe pareciam mais irradiar. O salão se escurecia e só pôde lhe mostrar uma espécie de mumificação de cores sob a pátina e o amarelamento do tempo. Da luz, ele só encontrava ali uma lembrança empalidecida. Sentia algo faltar no encontro desses quadros imortais: o sol. Uma monótona impressão de negro vinha a ele diante dos maiores coloristas, e ele buscava em vão o sul da carne e da vida nos mais belos quadros.

A luz, ele tinha chegado a não mais concebê-la, a vê-la, exceto na intensidade, na glória flamejante, na difusão, na cegueira do esplendor, na eletricidade da tempestade, no clarão das apoteoses de teatro, nos fogos de artifício do cristal, no fogo branco do *magnésio*. Do dia, ele só tentava pintar a ofuscação. Seguindo o exemplo de certos coloristas, que, tendo cruzado a maturidade de seus talentos, perdem em demasia o domínio de seu talento, Coriolis, que, numa época, havia parado em uma coloração sólida e sóbria, voltara, nesses últimos tempos, à sua primeira maneira, e pouco a pouco, de tanto exagerar o brilho da iluminação, a transparência, a limpidez, o sol feérico, a ignição furiosa, a cintilância, se deixava arrastar por uma pintura verdadeiramente iluminada; e, de seu olhar, escapava um pouco daquela alucinação do grande Turner que, no fim de sua vida, ferido pelas sombras dos quadros, descontente com a luz que lhe pintavam, descontente até com a luz de seu tempo, tentava se elevar, numa tela, com o sonho das cores, a um dia virgem e primordial, na *Luz antes do dilúvio*.

Em tudo ele buscava como subir o grau de sua paleta, aquecer seus tons, incendiá-los, abrilhantá-los. Diante das vitrines de mineralogia, tentando roubar a natureza, raptar e levar consigo os fogos multicoloridos daquelas petrificações e cristalizações de relâmpagos, ele parava nesses cerúleos de azurita, de um azul de esmalte chinês, nesses azuis desfalecidos de cobres oxidados, nesse azul-celeste da lazulita variando do azul real ao azul da água. Seguia toda a gama dos vermelhos, mercúrios sulfurados, carmim e sangue, até o vermelho-negro da hematita, e sonhava com o *amatito*, a cor perdida do século XVI, a cor cardeal, a verdadeira púrpura de Roma. Seguia os ouros e os verdes cauda de pavão dos conglomerados diluvianos, dos verdes de veludo, os verdes furta-cor e azulíneos, o verde de lagarto do feldspato; a infinita variedade dos amarelos, do amarelo-canário ao amarelo-mel dos orpimentos cristalizados e das fluoritas; as cores abrasadas de cobres piríticos, as cores das pedras rosa ou violeta, que fazem pensar em flores de cristal.

Dos minerais, ele passava às conchas, às cores mãe da ternura e do ideal do tom, a todas essas variações do rosa em numa fundição de porcelana, do roxo-escuro ao rosa-desfalecido, ao nácar afogando o prisma em seu leite. Ia a todas as irisações, às opalizações de arco-íris, cintilando no vidro antigo emergindo da terra como se do céu enterrado. Punha nos olhos o azul da safira, o sangue do rubi, o oriente da pérola, a água do diamante. Para pintar, o pintor acreditava agora precisar de tudo o que brilha, de tudo o que queima no céu, na terra, no mar.

CLII

— COMO! É A SENHORA, MADAME CRESCENT? – perguntou Anatole, que estava na cama. A entrada brusca de madame Crescent acabara de despertá-lo do delicioso sono das dez da manhã. – A senhora, na minha casa? Na casa de um rapaz!

— Idiota! – disse madame Crescent. – Muito bonito, o rapaz! Sem contar que os homens nunca me assustaram... Ufa! – disse ela, soprando como se fosse sufocar. – Bem! Não é fácil desencavar você... E que horror, a sua rua!

— A rue du Gindre, minha senhora! A porta é ao lado do bureau de Bienfaisance...[267] O apartamento ao lado da bomba de água... De manhã, acho girinos na minha bacia! Quando espirro, o papel levanta... Um detalhe! Uma loja de aguadeiro que não conseguiam alugar... Deixaram-me por dez francos por mês. Com o fungo incluído. Não importa, minha boa madame Crescent, a senhora está vendo alguém orgulhosamente feliz. Ah! Já passei por alguns momentos duros antes disso! Três dias, com aquilo que se chama nada para mastigar! Zero, na hora das refeições... Ia dormir jururu... Ah, diabos, jururu, a senhora entende... Mas, psit! Mudança de cenário, uma fortuna! Sorte! Eu, que devia bater

---

267 Instituição municipal laica de ajuda aos pobres, hoje chamada de Centre Comunal d'Action Sociale [Centro Municipal de Ação Social].

as botas, terminar no necrotério... Veja só! Pois bem, de jeito nenhum. Percebe? Jantar bem, me divertir, ser feliz, pagar jantares de 25 tostões! Cinco dias de farra, aí, sem fazer nada... Ah! Nada... Poderiam ter vindo me oferecer qualquer coisa para fazer o que quer que seja. No primeiro dia, me regalei no Jardin d'Acclimatation,[268] e só saí às seis horas. Há um pássaro, sabe, madame Crescent, um pássaro... Nem lhe conto. Por exemplo, desta vez, meus credores... Nada, nem uma pataca. É idiota demais, não guardar um só tostão... Não vão me pegar de novo. Quando recebi meu dinheiro, tchan!, comprei primeiro um guarda-chuva... É engraçado, hein? Eu, comprar um guarda-chuva? Como devo ter amadurecido! E depois, três camisas por 4,50 francos. Nada mal, hein? Aquele paletozinho ali por dezoito francos? O colete, quatro francos... E dois pares de botas. Um, não... Dois! Ah, é assim que eu faço, eu, quando eu faço... Ah, é você...

Um garoto acabava de entrar trazendo a Anatole uma xícara de café com leite.

– Volte amanhã. Folga hoje, sem aula... É o dia de são Barnabé!

E, voltando para madame Crescent, quando o menino se foi:

– Estou muito bem aqui. A zeladora arruma a minha casa *na faixa*, pelas lições que eu dou para o pirralho dela, aquele idiotinha... Ele não tem a menor disposição... Não importa. Essa velha estúpida fica tão encantada que, nos primeiros dias, me mandava um copo de vinho com meu café. São atenções capazes de comover um bruto! Tudo está muito bem arranjado. Enquanto ela fica lá escovando minhas roupas, engraxando meus sapatos, eu taco minha lição no moleque... Hein? Os lençóis não são bonitos? Também comprei dois pares com quatro fronhas de travesseiro. Ah, estou revigorado... Veja só! Agora levo uma vida bem-comportada! Chego todas as noites cedo para me sentir bem em casa, desfrutar de tudo isso, meu pequeno lar... Estou me amolecendo

---

268 Jardim de Aclimatação, antes chamado de Jardin Zoologique d'Acclimatation, era um jardim zoológico que apresentava animais e também seres humanos "selvagens", em jaulas, sobretudo africanos, para diversão e pseudoestudos etnográficos.

no bem-estar, o quê! Quando estou aqui dentro, nos meus lençóis, com uma vela, sinto uma felicidade! Dizer que ainda tenho sessenta francos em ouro, ali em cima, naquela moldura! Eu, que fazia tempo que nunca planejava com antecedência por mais de três dias... Enfim, é um socorro de duzentos francos que me caiu bem.

– Ah! Está tão feliz assim? – perguntou madame Crescent com um ar embaraçado.

– Parece que isso a deixa triste?

– Não... Mas é que...

Ela parou.

– É que... O quê?

– Eu estava trazendo uma coisa para você.

E tirou desajeitadamente do bolso uma carta que tinha o aspecto de correspondência ministerial.

– Uma encomenda? – disse Anatole olhando para ela.

– Não, você não é bonzinho o suficiente para isso... Como, seu pequeno sem-vergonha, nós lhe conseguimos uma cópia... Você não vem nos ver... Não vimos você depois disso nem um segundo: você não mexe nem pé, nem asa, para nos dar notícias suas. Bem! Quanto a mim, eu pensei em você, animal... Sei lá por quê. Você sabe, no fundo, apenas nós dois amávamos de fato os bichos...

– Vejamos, minha boa madame Crescent... Essa carta!

– Oh! Não é nada – disse madame Crescent –, não é nada... – E corou. – A gente imagina tantas vezes, sabe, fazer uma coisa para o bem... Eu, eu acreditei... E então, de jeito nenhum... Você está rico. Está aí com sessenta francos... Eu podia chegar num dia, não podia? Quando você não estivesse tão orgulhoso... Enfim, o que você quer, uma ideia... Se não combina com você, não vá ficar zangado comigo por isso. Porque, juro, eu, foi por você... – disse a gorda com adorável e vergonhosa humildade. – Eu sou uma boba... Enrolo a língua... Não sei elaborar frases. Pois então! Foi assim que a coisa me ocorreu. Então estávamos recebendo notícias suas daqui e dali, pelos outros. Logo vi que, no fundo, as encomendas, tudo isso, não tiravam você do buraco... Faziam você comer por dois ou três meses, e depois precisava começar de novo. Bem! Então me veio um sonho. Saber que você estava assim me dava cólica... Eu disse a mim mesma: está aí um homem que ama os animais. Se eu conseguisse encontrar um empreguinho, onde ele estaria, por assim dizer, com seus amores, com a mamãe... Aliás, e a mamãe?

– Empacotei e mandei para a província, para a casa de uma amiga, enquanto esperava por uma melhora... Era pesada demais, no fim das contas, a vida a dois. Eu me encarreguei de resolver... Foi ela que me deixou a seco.

– Pois bem! Não é, se vocês tivessem, assim, vocês dois, o pão e o barraco... Sabe, eu, quando tenho uma ideia na cabeça... Aquilo não me saía... Então, a corte vem a Fontainebleau. Aparece em casa uma pessoa de bem. Veja! Não era arraia miúda. Um ministro, por favor!, de não sei o quê... Ah, um homem com uma testa grande como o portão de uma granja. Ele queria muito ter em sua sala uma decoração de Crescent... Você sabe que sou eu quem faz os negócios. Ele, você conhece, fora das suas coisas de pintor, é um chucro! Um casco de porco seria mais esperto do que ele. Se eu não estivesse lá, ele faria tudo de qualquer jeito. Então quando estávamos praticamente acertados quanto ao preço. Pois então! Ele parecia tão boa gente, aquele ministro... Eu disse a ele que queria meu agradinho... Ele me disse: O quê? Pois bem! Eu disse para ele que almejava uma pequena vaga no seu Jardin des Plantes para alguém. Ele começou a me dizer que isso não funcionava assim. Que era difícil, que ele não sabia... Um monte de motivos. Monsenhor, eu disse a ele... Ah! Eu não vacilei, disse: Monsenhor... Então nada feito, Crescent não fará nem uma pintura deste tamaninho na sua casa, sem eu conseguir isso para um pobre rapaz que tem a mãe nos braços... E aqui está a sua carta. Foi tudo o que pude fazer... Oh! Eu me ponho no seu lugar, vá... Eu entendo... Eu me dou conta. Um artista não é como todo mundo, eu sei o que é... Tem suas ideias, se preocupa com sua posição. Quando se teve coragem até os quarenta anos, quando se passou a vida toda imaginando sobre isso... Além disso, você pode se levantar mais cedo, fazer ainda alguma coisa. E depois, algumas vezes, pintam lá dentro, parece... Alguma coisa. Um modelo de peixe... É pão, você vê. É para comer todos os dias. Você não é sozinho, pense nisso! E, ademais, os anos começam a subir à cabeça, sabe?

E avançou timidamente a carta no pé da cama.

Anatole pegou a carta, virou-a nas mãos, com uma expressão quase dolorosa, e a largou sem abrir. Parecia-lhe que havia ali dentro a morte vergonhosa do sonho de sua vida. Madame Crescent foi pegar as três moedas de ouro postas na borda da moldura. Voltou para Anatole carregando-as na mão aberta.

– Você sabe – disse suavemente para Anatole – o que é esse dinheiro aí, meu filho? É dinheiro que não se ganhou... E dinheiro que não se ganha é caridade. Moeda ruim, eu lhe digo, na mão de um homem que tem suas quatro patas...

Anatole baixou sobre seu lençol um olhar sério, pegou a carta novamente, abriu, leu sua nomeação como preparador assistente no Jardin des Plantes. Ele a colocou de volta sobre o lençol, olhou para ela por um tempo de longe sem nada dizer. Então, de repente, gritando:

– Enterrada a glória – e se jogou aos pés da cama para beijar madame Crescent, esquecendo que estava de camisa.

– Quer fazer o favor de se enfiar imediatamente na cama, seu macaco feio! – disse madame Crescent, que logo retomou: – E Coriolis? É muito estranho na casa dele, pelo que parece. Você não o vê há muito tempo?

– Tempo infinito.

– Pois bem! Há histórias... E que histórias! Foi Garnotelle quem encontrei e que me contou isso. Ah, mas devo dizer primeiro que ele se casou, Garnotelle, você não sabia? Sim, casado. Ah, um belo casamento. Sua mulher é uma princesa... Espere: moldava. Sim, foi isso mesmo que ele me disse. O nome, vejamos... Sabe, são nomes estrangeiros. Sei lá... Então, para se casar, ele foi pedir a Coriolis para ser seu padrinho. Um antigo camarada, acho que é simpático como ideia, acho... Parece que Coriolis o recebeu! Que lhe disse coisas! Que ele tinha vindo para insultar... Que era uma afronta, já que Garnotelle sabia que ele próprio ia se casar com uma... Nem posso dizer a palavra! – reprimiu-se madame Crescent, mas terminando por dizê-la. – Uma cena abominável! Garnotelle teve medo de que Coriolis fosse bater nele. Acha que ficou louco de pedra... E depois, meu Deus! Não seria surpreendente com a mulher que tem. Uma gananciosa daquele jeito! Bem! Você sabe que ainda temos alguns centavos em casa. Se você tiver credores que incomodam demais... Venha então buscá-los. É o que tem que fazer. Vamos passar uns bons dias juntos. Você vai ver as galinhas...

CLIII

– PSIT! PSIT! CHASSAGNOL!

Assim interpelado por Anatole, Chassagnol, que estava prestes a deixar a prefeitura de Luxemburgo, se virou. Ele tinha ao seu lado uma criada carregando uma criancinha sob um véu branco.

– É sua? – perguntou Anatole a Chassagnol, olhando para a criança.

– Minha sétima filha – disse o pai com um sorriso que deixava escapar o segredo guardado por tanto tempo de sua numerosa família. – Que coisa! Por que está aqui?

– Oh! Eu, nada, nada... Uma historinha de justiça de paz, um acordo de três meses... O último dos meus credores... É que, agora, você não sabe, eu tenho um trabalho...

– E eu, é muito mais impressionante! Eu tenho dinheiro... Imagine só que Cecchina... Ah, desculpe, é minha mulher. Vendo-me sem um tostão, as crianças com fome, ela teve uma ideia, minha caipirinha... Descobriu não sei o que para limpar a palha da Itália,[269] ela diz que é um segredo que lhe vem da Madona. Enfim, as pequenas têm o que pôr no bico todo dia, sempre há alguns tostões no bolso do meu colete e posso vadiar tranquilo. Ah! Você vem comigo, vai jantar conosco.

---

269 Palha empregada para a fabricação dos chapéus de palha da Itália, também conhecidos como chapéus de palha de Florença.

E enquanto conversavam assim nos degraus da entrada da Justiça de Paz:

– Veja aquilo – disse Anatole de repente.

Nesse momento, no alto da grande escadaria de pedra, que se avistava pelo arco da porta envidraçada do peristilo, sob a iluminação difusa e branca de uma ampla janela, acima do parapeito, uma silhueta negra surgia. Essa silhueta afundou para o lado da parede, desapareceu na parte de trás da escada que os dois amigos não podiam avistar. Depois, reapareceu, contra o vidro da porta, um chapéu e um perfil destacando-se diante do mapa colorido do décimo primeiro *arrondissement*,[270] pintado no fundo da escadaria. A porta de vaivém se abriu, e um homem começou a descer os doze grandes degraus da escada da prefeitura, com uma mão que arrastava atrás dele no corrimão de mogno, e pés de sonâmbulo, distraídos, perdidos, tateando o vazio. Os dois amigos recuaram um pouco no vestíbulo escuro da Justiça de Paz. O homem passou sem vê-los: era Coriolis.

Alguns passos atrás dele vinha Manette com roupa de gala, seguida por um grupo de quatro indivíduos, vulgares, apagados e vagos como esses comparsas de registros de estado civil, coletados o mais próximo possível entre os comerciantes da vizinhança.[271]

Saindo da prefeitura, Coriolis seguiu maquinalmente pela calçada, passou roçando, sem sentir, operários em avental lendo o *Moniteur* afixado na parede, atravessou a rue Bonaparte e, como se em busca de sombra, das pedras sem janelas que não olham, Anatole e Chassagnol o viram caminhar ao longo da grande muralha do seminário de Saint-Sulpice. Manette tinha parado com as testemunhas na esquina da rue de Mézières e parecia agradecer.

De repente, deixando-os, ela correu para alcançar Coriolis, a quem tomou pelo braço, e as costas da mulher e do noivo foram vistas indo em direção ao final da rue Bonaparte. Depois, o casal se virou à direita e desapareceu.

– Degolado! – disse Anatole, fazendo o gesto enérgico do moleque que representa com a mão um homem decapitado.

---

270 Divisão administrativa de Paris que tem, cada uma, uma prefeitura.
271 Os casamentos civis se fazem, na França, nas prefeituras.

CLIV

— O BELO, AH, SIM, O BELO! RECONHECER-SE NO BELO! DIZER: o belo é isto, afirmá-lo, comprová-lo, analisá-lo, defini-lo! O porquê do belo? De onde vem? O que o faz ser? Sua essência? O belo! O esplendor do verdadeiro... Platão, Plotino... A qualidade da ideia produzindo-se sob uma forma simbólica. Um produto da faculdade de *idear*... A perfeição percebida de maneira confusa. A reunião aristotélica das ideias de ordem e de grandeza. Sei lá eu! O belo é o ideal? Mas o ideal, se você pegá-lo na raiz, *eido*, eu *vejo*, é apenas o belo visível... É a realidade tirada do domínio do particular e do acidental? É a fusão, a harmonia dos dois princípios da existência, ideia e forma, da essência da realidade, do visível e do invisível? Está no verdadeiro? Mas em qual verdadeiro? Na imitação do belo dos seres, das coisas, dos corpos? Mas qual imitação? Imitação por eleição ou por elevação? A imitação sem particularidade, sob a imagem icônica da personalidade, o homem e não um homem, imitação de acordo com um modelo coletivo de perfeições? A beleza superior está para a beleza verdadeira... *"Pulchritudinem quæ est supra veram"*...[272] Uma segunda natureza glorificada? O que, o belo? A objetividade ou o infinito da subjetividade? O *expressivo* de Goethe? O lado individual, o natural, o característico de Hirtch e

---

272 "A beleza que está acima da verdade." Em latim no original.

Lessing? O homem somado à natureza, nos termos de Bacon? A natureza vista pela personalidade, individualidade de uma sensação? Ou o platonismo de Winckelmann e Santo Agostinho? Ele é uno ou múltiplo? Absoluto ou diverso? Oh! O belo! O supremo do ilimitado e do indefinível! Uma gota do oceano de Deus, para Leibniz. Para a escola da ironia, uma criação contra a criação, uma reconstrução do universo pelo homem, a substituição da obra divina por algo de mais humano, mais em conformidade com o *eu finito*, uma batalha contra Deus! O belo! Alguém disse: o belo é irmão do bem... O belo voltando ao ponto de vista da conformidade com o bem, uma preparação para a moral, as ideias de Fichte: o belo útil! Ah, a filosofia do belo! E todas as estéticas! O belo, veja! Eu o batizaria como os outros, e tão bem quanto eles, se eu quisesse: o Sonho do Verdadeiro! E daí? Palavras! Palavras! O belo! O belo! Mas, primeiro, quem sabe se ele existe? Está nos objetos ou em nosso espírito? A ideia do belo talvez seja apenas um sentimento imediato, desarrazoado, pessoal, quem sabe? Você acredita no princípio refletido do belo, você?

É assim que, na noite do casamento de Coriolis, em horas impróprias da noite, num quartinho, por cima do ateliê onde secavam os chapéus de palha de sua esposa, Chassagnol falava com Anatole, estendido no tapetinho da cama e adormecido com um cigarro apagado nos lábios, com ar de quem escuta.

CLV

UMA JANELA, NUM DESSES LINDOS PRÉDIOS MEIO DE TIJOLO, meio de pedra, parecendo um estábulo e um cottage, onde se agarram os braços grimpantes de uma glicínia, uma janela é sempre a primeira a se abrir no final do Jardin des Plantes. Abre-se ao sol, à manhã que saúda, sob ela, o aviário de quero-queros, abre-se ao que revive no dia que ressuscita.

Essa janela é a janela de Anatole, que, já tendo descido para o jardim, arrasta lentamente os chinelos preguiçosos pelas alamedas, ao longo das grades. Por toda parte há um florescimento de seres; e, de jardinzinho em jardinzinho, corre o frêmito do despertar animal, encantador em sua maleabilidade, sua leveza, sua elasticidade. A vida salta e pulula de todos os lados. Os muflões sobem a escada dos seus quiosques, jovens chitais se inclinam patinando sobre o chão em que escorregam; as lamas se lançam em corridas loucas; corças, instáveis em suas patas desajeitadas, tropeçam tentando galopar; onagros alegres, com as quatro patas para cima, fazem grandes rolagens no chão. Tudo o que está ali, no movimento, na febre, na velocidade, no alongamento, na corrida, no jogo de nervos e músculos, reencontra o deleite de ser. E os passarinhos, em seus viveiros, que fazem tremer a árvore morta sob um bater de asas incessante, se cansam sem parar, aflorando rápido num segundo pousar.

Em lugares de frescor verde, o branco dos velocinos e das plumas é como o branco da neve; o trotezinho das cabras de Ancara balança como flocos de prata opaca; pavões brancos arrastam, espalhados, as luzes de cetim de um vestido de noiva; e toda a esplêndida brancura dada aos animais aparece ali numa espécie de doçura arrepiada, com reflexos adormecentes de nuvem e de nácar. Nos pequenos relvados, quase inteiramente cobertos pela sombra alongada das árvores, onde a sombra estremece e voa para longe da relva a cada brisa que sacode os picos acima, Anatole se diverte em ver a passagem dos animais ao sol, o passeio de suas cores em cintilâncias, a fuga, a obliteração instantânea das pequenas linhas finas e secas que se desenham ao correr atrás das patas das gazelas. Ele olha para os velhos bodes ajoelhados coçando a barba na madeira áspera do cocho; a zebra, com sua elegância de um burro de Fídias, suas formas cheias, puras e flexíveis, sua impaciência de coices em todo o corpo; os bisões, absortos, adormecidos em sua sólida passividade, deixando cair de sua massa o sombrio de uma rocha, deixando que o ar leve flocos de sua lã queimada. Das corças da Argélia, com seu jeito lento, elástico e ritmado, ele vai para os grandes cervos, que se erguem preguiçosamente em seus jarretes dianteiros, levantando seus chifres como a majestade de uma coroa. Ele vai até esses grandes bois da Hungria, com chifres gigantescos, que parecem encarnar a paz na força e na candura. Ele vai até o dromedário, cujo olhar se alonga na ponta de seu pescoço de serpente, e cujo olho nostálgico parece buscar diante de si a liberdade, o horizonte, o infinito, o deserto. E, na relva, ele segue as tartarugas cor de bronze, indo, remando com as patas por entre os raminhos que esmagam e se arrastando com esse andar que tomba, até chegarem a um pouco de sol.

Na margem do ribeirão, no meio da relva nova e translúcida, no cenário úmido das acácias, dos choupos, dos salgueiros, as cegonhas, rompendo de repente suas poses e sua imobilidade empalhada, tomam impulsos claudicantes; e correndo, tropeçando, colidindo, lançando-se em saltos ridículos e grotescas veleidades de voar, iluminam todo esse canto do jardim com as cores vivas que lançam ali, com o branco palpitante de suas asas agitadas, com o vermelho de seus bicos e suas pernas. Ao lado das cegonhas, lá está o pequeno lago e as aves aquáticas; Anatole se demora ali como num charco do paraíso: só há arrepios, tremores, ondulações, folguedos, semimergulhos, o despertar, o banho do pássaro, a toalete coquete feita com bicadas nas costas, sob as asas, sob o ventre, os contentamentos que se incham, o inflar como uma bola, os eriçamentos, os ingurgitamentos que levantam a penugem aveludada de todos esses corpinhos com o sopro de uma brisa; e isso, no sol e na água, entre duas luzes, com voos que nadam e plumas brilhantes que se afogam, com reflexos flutuantes e salpicos de poeira úmida que parecem quebrar, à volta toda do pássaro, em gotas de cristal, o espelho em que se reflete. Uma divina alegria ali se encontra, a alegria graciosa dos animais que acompanham a terra e não se arrastam sobre o solo, a alegria incansável de todas essas existências flutuantes, equilibradas, levadas sem fadiga por um suspiro do ar ou por uma ondulação do rio, passeando sobre a onda ao fio da nuvem, embaladas na transparência e na limpidez, viajando no céu que as molha.

Um pouco mais longe, Anatole para diante do hipopótamo, que dorme à flor da água, semelhante, em seu tanque, a uma ilha de granito meio submersa, e que, de vez em quando, mexendo um pouco a orelhinha e piscando o olho redondo, mostra, ao abrir sua imensa boca em forma de foice, a enorme rosa de uma imensa flor pertencente a um mundo desconhecido. O pão de centeio que Anatole tem o hábito de mordiscar enquanto caminha no jardim atrai imediatamente o elefante, que avança em um trotezinho, com abanos de orelhas semelhantes ao movimento poderoso de um *punka*[273]: Anatole acaricia o venerável animal com a mão, que tem cílios de múmia, afagando quase piedosamente esta pele de pedra que tem a cor e o grão de um bloco errático, riscado aqui e ali pela fricção de um século. Depois, passa para os elefantinhos, que, apertando-se e enlaçando-se uns aos outros pelas trombas, se empurram testa contra testa e brincam de se fazer recuar, como travessuras

---

273 Grande abanador de teto utilizado na Índia.

de filhos de gigantes que lutam e a grande doçura de irmãos que se divertem...

O sol, ao subir, restringe a sombra de tudo a cada minuto e, mordendo o canto da jaula, o ângulo da noite em que se refugiam os noturnos empoleirados, acende um fogo âmbar no olho da águia-cobreira. O brilho que derrama se espalha sobre todos os animais. No meio das árvores, às quais acabaram de ser levados, os papagaios deslumbram. As araras-vermelhas fazem luzir em seu vermelho o escarlate de uma pimenta; as plumagens das araras brancas cintilam com a brancura das estalactites de cera virgem e de lágrimas de leite. E enquanto no alto de um pequeno telhado o trecho da cauda de um pavão faz cintilar um fogo de artifício de amores-perfeitos e esmeraldas, o penacho da garça-real estremece na relva como um buquê de espigas de ouro.

Sobre o solo, ainda bastante sombreado pela grande alameda de castanheiros, a claridade projeta de distância em distância discos de luz; e, sobre os troncos ensolarados, o recorte em forma de dedos das folhas desenha, tremulando, flores-de-lis de sombra.

Sentado em um banco, sob essa espessa folhagem onde a respiração do ar corre, fazendo passar como que agitações de asas que voam e o bater de línguas que bebem, Anatole tem diante de si o zoológico que encerra o sol e as feras em suas jaulas, o zoológico em que leões ruivos caminham na chama do dia, em que o tigre que passa e repassa cada vez parece trazer nas listras de sua pelagem as listras de suas barras, em que jovens panteras, deitadas de costas, se espreguiçam suavemente com as volúpias derribadas das bacantes. Ele se envolve com o chilrear dos pássaros atraídos pelo pão dado aos animais e pelas migalhas deixadas pelos grandes bichos. Ao ensurdecedor concerto de pardais empanturrados, responde, de todos os cantos do jardim, o canto de pífano de pássaros exóticos, chilrear assobiado, chamariz infinito que esmaga ou rasga de repente o mugir surdo de um grande boi, o rugido de um leão, o bramido gutural de um cervo, o barrido estridente de um elefante, a trombeta de bronze do hipopótamo – bocejos de feras entediadas, suspiros de animais selvagens, bafios em hálitos ruidosos, sons roucos, pelos quais

Anatole adora sentir-se atravessado e que agitam em seu peito a emoção, o estremecimento dos instrumentos de bronze e as notas de trovão. Então tudo isso cessa, e logo se extingue no grito de um pequeno animal, como um grande sopro que morresse no último pequeno murmúrio de uma flauta de Pã; e faz-se um silêncio em que se ouve, gota a gota, o fio de água que renova o banho do urso branco.

Ao vaguear, seu olhar encontra nas frestas da vegetação cabeças com olhos moribundos, com língua rosada que lambe beiços brilhantes, bocas flexíveis e ardentes de hemíonos, contorcendo-se e procurando-se, num beijo que morde, atravessar as grades! Há no ar que Anatole respira o perfume dos espinheiros-da-virgínia em flor que cobrem os caminhos com suas folhas; há aromas de defumado, emanações almiscaradas e cheiros selvagens misturados com os perfumes doces de rosas "coxas de ninfa" que perfumam com seus arbustos a entrada do jardim.

Pouco a pouco, ele se entrega a todas essas coisas. Ele se esquece, ele se perde vendo, ouvindo, aspirando. O que está à sua volta o penetra por todos os poros, e a natureza, abraçando todos os seus sentidos, faz com que ele se dissolva nela e permaneça assim, nela se embebendo. Chega-lhe uma sensação deliciosa que sobe por todo seu ser, como naquelas metamorfoses antigas que replantavam o homem na Terra, fazendo brotar nele raízes e galhos. Ele se entranha no ser dos seres que lá estão. Sente como se estivesse um pouco em tudo o que voa, em tudo o que cresce, em tudo o que corre. O dia, a primavera, o pássaro, o que canta, canta nele. Ele acredita sentir que passa em suas entranhas a alegria da vida dos bichos; e uma espécie de grande felicidade animal o invade com uma daquelas bem-aventuranças materiais e ruminantes nas quais a criatura parece começar a se dissolver no todo vivo da criação.

E, às vezes, nesse dia do começo da jornada, nessas horas leves, nessa luz que bebe o orvalho, nesse inocente frescor matinal, nessas jovens claridades que parecem trazer de volta à terra a infância do mundo e seus primeiros sóis, nesse azul do céu nascente em que o pássaro sai da estrela, na ternura verde de maio, na solidão das alamedas sem público, no meio dessas cabanas de madeira que evocam a primitiva casa da humanidade, em meio a esse universo de animais familiares e confiantes como numa terra ainda divina, o antigo boêmio revive as alegrias do Éden, e brota nele, quase celestialmente, como um pouco da bem-aventurança do primeiro homem diante da natureza virgem.

Dezembro de 1864/agosto de 1866.

FIM

SOBRE O LIVRO

FORMATO
13,5 x 20 cm

MANCHA
23,8 x 39,8 paicas

TIPOLOGIA
Arnhem 10/13,5

PAPEL
Off-white Bold 70 g/m² (miolo)
Cartão Triplex 250 g/m² (capa)

1ª EDIÇÃO EDITORA UNESP: 2024

EQUIPE DE REALIZAÇÃO

EDIÇÃO DE TEXTO
Fábio Fujita (Copidesque)
Tomoe Moroizumi (Revisão)

PROJETO GRÁFICO E CAPA
Marcos Keith Takahashi (Quadratim)

IMAGEM DE CAPA
Gulnare (Mlle. Waldor), Paul Gavarni, 1843

EDITORAÇÃO ELETRÔNICA
Arte Final

ASSISTENTE DE PRODUÇÃO
Erick Abreu

ASSISTÊNCIA EDITORIAL
Alberto Bononi
Gabriel Joppert

Coleção Clássicos da Literatura Unesp

Quincas Borba | Machado de Assis

Histórias extraordinárias | Edgar Allan Poe

A relíquia | Eça de Queirós

Contos | Guy de Maupassant

Triste fim de Policarpo Quaresma | Lima Barreto

Eugénie Grandet | Honoré de Balzac

Urupês | Monteiro Lobato

O falecido Mattia Pascal | Luigi Pirandello

Macunaíma | Mário de Andrade

Oliver Twist | Charles Dickens

Memórias de um sargento de milícias | Manuel Antônio de Almeida

Amor de perdição | Camilo Castelo Branco

Iracema | José de Alencar

O Ateneu | Raul Pompeia

O cortiço | Aluísio Azevedo

A velha Nova York | Edith Wharton

O Tartufo ∗ *Dom Juan* ∗ *O doente imaginário* | Molière

Contos da era do jazz | F. Scott Fitzgerald

O agente secreto | Joseph Conrad

Os deuses têm sede | Anatole France

Os trabalhadores do mar | Victor Hugo

O vaso de ouro ∗ *Princesa Brambilla* | E. T. A. Hoffmann

A obra | Émile Zola

O urso | Antônio de Oliveira

A arlesiana ∗ *La Doulou* | Alphonse Daudet

Camacorp Visão Gráfica Ltda

Rua Amorim, 122 - Vila Santa Catarina
CEP:04382-190 - São Paulo - SP
www.visaografica.com.br